SHAYLA BLACK / LEXI BLAKE

Perfect Gentlemen

Präsidenten sind zum Küssen da

Die Romane von Shayla Black und Lexi Blake bei LYX:

Die Perfect-Gentlemen-Reihe:

1. Ein One-Night-Stand ist nicht genug (Everly & Gabriel)
2. Ein Bodyguard für gewisse Stunden (Lara & Connor)
3. Nur Rache ist süßer (Holland & Dax)
4. Alte Sünden leben länger (Gus & Roman)
5. Präsidenten sind zum Küssen da (Liz & Zack)

SHAYLA BLACK
LEXI BLAKE

PERFECT GENTLEMEN

Präsidenten sind zum Küssen da

Roman

Ins Deutsche übertragen von Nele Quegwer, Hanna Ohlrogge und Sophie Wölbling

LYX

LYX in der Bastei Lübbe AG
Dieser Titel ist auch als E-Book erschienen.

MIX
Papier aus verantwortungsvollen Quellen
FSC® C083411

Die Originalausgabe erschien 2019 unter dem Titel
»The Perfect Gentleman – At the Pleasure of the President«
bei Black Oak Books LLC

Published by Arrangement with BLACK OAK BOOKS, LLC
Dieses Werk wurde vermittelt durch die Literarische Agentur
Thomas Schlück GmbH, 30161 Hannover.

Für die deutschsprachige Ausgabe:

Redaktion: Antje Steinhäuser
Umschlaggestaltung: © Birgit Gitschier, Augsburg,
unter Verwendung mehrerer Motive von
© shutterstock (Undrey/pun photo/Mayer George)
Satz: Greiner & Reichel, Köln
Gesetzt aus der Adobe New Caledonia
Druck und Verarbeitung: CPI books GmbH, Leck – Germany
ISBN 978-3-7363-0978-4

3 5 7 6 4 2

Sie finden uns im Internet unter www.lyx-verlag.de
Bitte beachten Sie auch: www.luebbe.de und www.lesejury.de

Freundschaft macht alles möglich

Prolog

Zack und Liz
Vor drei Jahren
Memphis, Tennessee

Als Zack Hayes die Frau ansah, die ihm an einem Tisch mit Leinentischdecke in einem der exklusivsten Restaurants in Memphis gegenübersaß, befiel ihn ein merkwürdiges Gefühl der Befriedigung. Es meldete sich ein Teil von ihm, von dessen Existenz er keine Ahnung gehabt hatte. Mit Schrecken dachte er daran, dass jenes mysteriöse Etwas womöglich sein Herz sein könnte – von dem er bis jetzt nicht geglaubt hatte, dass er es überhaupt besaß. Allein indem er sie ansah, konnte er freier atmen. Es fühlte sich gut an, in ihrer Nähe zu sein. Die Zeiten änderten sich, und er ließ sich einfach treiben.

Denn Elizabeth Matthews war das magische, mystische Einhorn, das er immer für ein Fantasiegebilde gehalten hatte. Sie war *die Eine.*

Nur Elizabeth hatte ihn erkennen lassen, dass es mehr im Leben gab als Arbeit und das endlose Streben nach Erfolg. Nur dass er sich in sie verliebt hatte, hatte ihn davon überzeugt, dass er mehr wollte als den Weg, der ihm seit seiner Geburt bestimmt war.

Und das Einzige, was ihn davon abhielt, sie in seine Arme zu schließen und von ihr Besitz zu ergreifen, war das kleine Problem seiner Ehe – die er mit einer anderen Frau eingegangen war.

»Zack, ich weiß, dass die Prognosen nicht so sind, wie du gehofft hast, aber die Wahl ist noch nicht vorbei. Es ist noch alles drin.« Liz' klare blaue Augen blickten ernst und beruhigend.

Er lächelte. Natürlich konnten dieselben Augen auch eiskalt werden. Und wenn das nicht seine Wirkung auf ihn hatte.

Vorsichtig sah er sich in dem privaten Speisezimmer um. Abgesehen von ihnen beiden war der Raum leer. Nicht überraschend, denn das Personal war gut ausgebildet. Außerdem wurde es nicht schlecht bezahlt, um die Getränke zu bringen und dann wieder zu verschwinden. Zum ersten Mal seit einer Ewigkeit konnte sie keiner hören. Keine Reporter oder Experten lauerten darauf, ein paar Satzfetzen aufzuschnappen, die sie in die Schlagzeile des Abends verwandeln konnten. Er war mit Elizabeth allein, und das gefiel ihm.

»Ich habe dich nicht hierhergebeten, um mit dir über Wahlprognosen zu sprechen.« Obwohl sie sich irrte, was diese anging. Niemand schoss innerhalb einer Woche um vier Punkte in die Höhe. Sein Rennen war gelaufen. Natürlich würde er das Pflichtprogramm durchziehen, alles tun, um den Anschein zu erwecken, er hätte bis zur letzten Minute gekämpft, aber seine Rede, mit der er seine Wahlniederlage eingestand, hatte er bereits geschrieben.

Und es war schockierend, wie gelassen er deswegen war.

Sein ganzes Leben hatte er darauf hingearbeitet, an jenem Schreibtisch im Oval Office zu sitzen. Jede wache Minute – und manchmal sogar im Schlaf – hatte er darauf verwendet, sich auf seine Präsidentschaft vorzubereiten. Sorgfältig hatte er sein Leben, bis hin zu seiner wohlkalkulierten Ehe, dahingehend organisiert, eines Tages der mächtigste Mann der freien Welt zu sein. All diese Pläne glitten ihm nun aus den Fingern, weil er laut der amerikanischen Öffentlichkeit zu kühl und distanziert war, kein Mann des Volkes. Ihnen gefielen sein

Auftritt und seine Ideen, aber der andere war der Typ, mit dem sie ein Bier trinken gehen würden.

Abgesehen von der Tatsache, dass er seinen besten Freund Roman Calder enttäuscht hatte, ärgerte er sich nicht über seine Niederlage. Im Gegenteil, er fühlte sich leichter, nun, da es nur noch wenige Tage dauerte, bis ihm das Gewicht der Verantwortung für immer von den Schultern genommen wurde. Und zwar, weil er einen neuen Lebensinhalt hatte, auf den er sich konzentrieren konnte. Er hatte Elizabeth.

Na ja, fast.

Vergangene Nacht hatten er und Roman bei einer Flasche sündhaft teurem Scotch gesessen und eine Zukunft geplant, in der keine Secret-Service-Leute vorkamen. Sie würden ihre Jura-Abschlüsse zum Einsatz bringen und Lebensentscheidungen treffen, die sie wahrscheinlich für eine Weile zu einem gefundenen Fressen für die Regenbogenpresse machen würde. Aber schließlich waren sie die Perfect Gentlemen – gehörten zu der verrücktesten Clique reicher Jungs, die je die Privatschule und die Eliteunis durchlaufen hatten. Natürlich handelten er und Roman unter den sechs immer am meisten mit Bedacht, aber niemand wäre wirklich überrascht, wenn er und Joy ihre Scheidung bekannt geben würden. Es würde wohl die eine oder andere Augenbraue gelupft, wenn er anfing, mit seiner Medienberaterin auszugehen. Und wahrscheinlich würden einige regelrecht nach Luft schnappen, wenn sein bester Freund seine Exfrau heiratete, aber Zack war sich sicher, dass sie dem Sturm standhalten würden.

»Natürlich hast du mich streng genommen nicht hierhergebeten, um über Wahlprognosen zu sprechen. Tut mir leid, Zack. Ich verstehe schon«, sagte Elizabeth mit einem traurigen Lächeln. »Ich werde das Feld räumen.«

»Warum das denn?« Es waren noch ein paar Tage bis zur

Wahl. Egal, was die Prognosen sagten, noch konnte er das Handtuch nicht werfen. »Willst du aufhören?«

Sie runzelte die Stirn. »Nein. Ich dachte, du feuerst mich.«

Er streckte quer über den Tisch die Hand aus und verschränkte ihre Finger mit seinen. Sie riss die Augen auf, zog ihre manikürte Hand weg und sah sich unauffällig im Raum um, ob irgendjemand zusah.

Unbeirrt griff Zack erneut nach ihr, und diesmal hielt er fest. »Warum um alles in der Welt sollte ich dich feuern? Und du kannst aufhören, dich umzusehen. Unser Team und die Presse sind beide viel zu sehr damit beschäftigt, die Wahlveranstaltung heute Abend vorzubereiten, um zum Mittagessen durch die ganze Stadt hierher zu fahren. Ich habe dieses Speisezimmer für uns reserviert und dafür gesorgt, dass wir ungestört sind, damit wir frei reden können.«

Sie entspannte sich etwas. Und was noch besser war: Sie versuchte nicht mehr, ihre Hand wegzuziehen. »Na gut. Ich dachte, dass du mich feuern würdest, weil ich meinen Job, deine Botschaft dem amerikanischen Volk nahezubringen, nicht gut genug gemacht habe. Aber ein paar Tage haben wir noch. Du weißt genauso gut wie ich, dass viele Wähler noch unentschlossen sind. Ein paar große, Influencer – Senatoren, Promis, Zeitungen – haben sich noch nicht formal für einen Kandidaten ausgesprochen. Mensch, wenn dich einer der Kardashians abnicken würde, könnte das das Wahlergebnis komplett umschwingen lassen. Und man weiß nie, ob nicht doch noch eine Oktoberüberraschung eintritt und alles verändert.«

Er musste ihre Sorgen hier und jetzt zerstreuen. »Du hast deinen Job ausgezeichnet erledigt, Elizabeth. Meiner Meinung nach bist du in dem Metier die beste. Allein die Tatsache, dass das Weiße Haus für mich in greifbarer Nähe ist, obwohl ich als Senator in der ersten Amtszeit gegen einen bekannten

Vizepräsidenten antrete, der seit acht Jahren im Amt ist, ist unglaublich. Es war einfach nicht unsere Zeit. Und ehrlich gesagt hatten die Experten mit ein paar Sachen recht. Ich bin zu intellektuell. Ich komme manchmal kalt und abgehoben rüber.«

Jetzt drückte sie bestärkend seine Hand, bevor sie ihre Finger erneut mit seinen verschränkte. Das Gefühl, dass dies das Richtige war, schlich sich noch tiefer in sein Herz. Er wollte – er musste – sich mit dieser Frau verbinden. Seit Jahren arbeitete er mit ihr zusammen. Während dieser Zeit hatte er sich mit ihr angefreundet – und sich allmählich in sie verliebt. Für ihn war sie die Eine.

Er war sich nicht ganz sicher, was sie für ihn empfand.

»Zack, du bist nichts von alldem«, versicherte Elizabeth ihm in sanftem Ton. »Das heißt, intellektuell bist du natürlich. Du bist einer der klügsten Männer, denen ich je begegnet bin, aber du bist überhaupt nicht kalt. Irgendwie müssen wir auch die amerikanische Öffentlichkeit davon überzeugen, denn du bist zudem unglaublich großzügig und gütig.«

»Das denkst du nur, weil ich mir dir gegenüber Mühe gegeben habe.« Sie würde seine skrupellose Seite schon sehr bald kennenlernen. »Weil ich wollte, dass du so über mich denkst. Ich kann brutal ehrgeizig sein.«

»Natürlich. Das ist einer der Gründe, warum ich in deinem Wahlkampfteam sein wollte.« Sie beugte sich vor. »Ich weiß nicht, ob es Ihnen aufgefallen ist, Senator Hayes, aber ich kann auch brutal ehrgeizig sein.«

Oh, das war ihm aufgefallen. Elizabeth war die meiste Zeit ganz reizend. Es war ihr typischer Südstaaten-Charme, der sie so effizient machte, wenn sie ihre innere Löwin losließ. Das geschah nicht oft. Für gewöhnlich delegierte sie die hässlichen Einzelheiten an ihre Stellvertreterin, um ihre perfekt manikürten Krallen nicht zu zeigen, bis sie sie wirklich einsetzen musste.

Aber wenn er einen der seltenen Blicke darauf erhaschte … und verdammt, auch das hatte seine Wirkung auf ihn.

Deswegen machte das, was er als Nächstes sagen wollte, ihn auch so nervös. Elizabeth Matthews war entschlossen, sich selbst einen Namen zu machen. Konnte sie einen gescheiterten Politiker lieben? Konnte sie sich wirklich an einen Mann binden, der drauf und dran war, die Welt, die sie zu erobern gedachte, hinter sich zu lassen?

»Elizabeth, ich werde diese Wahl verlieren.«

Mit zusammengepressten Lippen schüttelte sie den Kopf. »Das darfst du nicht denken. Und wenn wir verlieren, konzentrieren wir uns darauf, bei den Midterms deinen Senatssitz wieder einzunehmen.«

»Nein.« Hier musste er ihr Einhalt gebieten. Sie musste verstehen, dass er diesmal einen anderen Kurs ansteuerte – seinen eigenen. »Ich höre auf. Roman und ich haben beschlossen, eine Kanzlei in New York zu eröffnen. Ich gehe ganz aus D. C. weg.«

Manhattan war die richtige Wahl. Roman und er wären in der Nähe von Mad und Gabe. Dax konnte sie alle leicht besuchen, wenn ihm ein Landgang vom Schiff gestattet war. Und eines Tages, wenn Connors Aufenthaltsort nicht mehr geheim war, würde er zu seinen Freunden zurückkehren, die auf ihn warteten. *Falls* Connor lebend nach Hause kam.

Diese Sorge nagte an ihm. Einer der Vorteile, in der Regierung zu sein, war es, seinen Freund bei der CIA ein Stück weit im Auge zu behalten. Aber da er nun nicht zum Oberbefehlshaber werden würde, musste Zack darauf vertrauen, dass Connor sich schon um sich selbst kümmerte.

Elizabeths Hand glitt aus seiner heraus. »Das kannst du nicht machen. Du bist zu talentiert, um aufzuhören.«

Sein Herz rutschte ein paar Stockwerke tiefer. Es wäre nicht das erste Mal, dass eine Frau ihm einen Korb gab, aber das einzige Mal, dass es ihm etwas bedeutete. Weil Elizabeth etwas bedeutete. Sie war alles für ihn … auch wenn sie es noch nicht wusste.

Gott, so nervös war er nicht mal gewesen, als er Joy den Heiratsantrag gemacht hatte. Natürlich hatte er gewusst, dass sie Ja sagen würde, weil ihr Vater es ihr gesagt hatte. Ihre Hochzeit war bis ins kleinste Detail durchgeplant, bis hin zu seinem Antrag. Und sie hatten sich auf die Auflösung ihrer lieblosen Vereinigung auf ähnlich durchdachte und gefühllose Weise geeinigt.

Es ist das Beste, Zack. Ich empfinde für Roman so stark, wie ich es nie für möglich gehalten hätte. Lass uns die nächsten paar Tage durchstehen. Dann können wir still und leise das Leben führen, das wir beide wollen.

Ein aufrichtiges Lächeln – das bis zu ihren Augen reichte – hatte sich auf Joys Gesicht ausgebreitet. Er hatte sie seit Jahren nicht so glücklich gesehen.

Sie hatten es also hinter sich gebracht. Und auch für ihn war die Zeit gekommen, glücklich zu werden. Das bedeutete, endlich an die Frau heranzukommen, die ihm gegenübersaß, sie zu erobern.

Aber was, wenn sie ihn nicht wollte?

»Elizabeth, meine Entscheidung steht fest. Ich verlasse die Politik, ziehe nach New York, um mit Roman eine Kanzlei zu eröffnen, und« – er holte tief Luft – »Joy und ich lassen uns scheiden.«

Sie schnappte nach Luft und hob ihre zarte Hand zum Mund. »Ihr lasst euch scheiden? Aber … Joy hat gar nichts gesagt. Das verstehe ich nicht.«

Zack wollte sie in die Arme schließen. Aber er zwang sich, sitzen zu bleiben. Er durfte sie nicht berühren, ehe er nicht wusste, wie sie zu ihm stand.

»Doch, das tust du. Du weißt, dass meine Ehe nichts ist als ein Vertrag zwischen zwei Parteien, und ich habe meinen Teil nicht erfüllt. Joy war es bestimmt, First Lady zu werden, keine Ehefrau oder Geliebte. Ich habe darin versagt, ihr die Position zu verschaffen, die sie verdient, also gibt es eigentlich nichts mehr, was uns aneinander bindet. Joy und ich haben diese Entscheidung gemeinsam getroffen und sind beide zufrieden damit.«

Er hegte den Verdacht, dass Joy schon lange in Roman verliebt war. Und auch Roman schien etwas für sie zu empfinden. Natürlich versuchte er es zu verbergen, aber Zack kannte seinen besten Freund zu gut. Es würde ein Fehler sein, wenn Roman Joy schließlich den Hof machte. Aber Zack bezweifelte, dass Roman es hören wollte, zumal von ihm, dass Joy mit ihrer Friedfertigkeit nicht die perfekte Ehefrau für seinen hitzköpfigen Freund abgeben würde. So wie Zack es sah, war Roman immer noch scharf auf Augustine Spencer.

Bis heute verstand Zack nicht genau, was zwischen Roman und Dax' Schwester eigentlich schiefgelaufen war. Er wusste nur, dass Roman seit ihrer Affäre vor Jahren nicht mehr derselbe war. Noch heute veränderte sich sein Ausdruck, wenn Gus den Raum betrat … allerdings nicht immer auf positive Weise.

Na ja, wer wusste schon, ob Joy Roman nicht doch den Frieden bringen würde, den er zu brauchen behauptete?

Eins wusste Zack mit Sicherheit: Bei Elizabeth suchte er mehr als höfliche Verbindlichkeit.

Am anderen Ende des Tisches hatte sie jenen leicht nachdenklichen Blick aufgesetzt, der ihm verriet, dass sie ein Problem überdachte und irgendeine Liste in ihrem Kopf durchging. »Alles klar, wenn der schlimmste Fall eintritt und wir die Wahl verlieren, arbeite ich die Geschichte von eurer Scheidung so auf, dass du dabei menschlicher rüberkommst. Du und Joy könnt in den Medien freundlich miteinander umgehen. Wenn du nicht sofort mit einem Supermodel ausgehst, müsste sich der Klatsch schnell legen. Und wenn du dann wieder um deinen Platz im Senat kandidieren willst –«

»Werde ich nicht. Und seit wann gehe ich mit Supermodels aus?«

Sie zuckte die Achseln. »Deine Freunde tun das alle. Ich dachte …«

»Mad und Gabe vielleicht«, korrigierte er. »Hör mal, du sollst für mich überhaupt nichts aufarbeiten. Ich habe dich auch nicht hergebeten, um mir deine Ideen anzuhören, wie wir meine Scheidung der Presse verkaufen.«

»Warum hast du mich denn dann hergebeten?« Die Frage kam knapp herüber, als würden allmählich ihre Gefühle mit ihr durchgehen.

Mittlerweile kannte er ihre Körpersprache. Er studierte sie seit Jahren. Sie war nervös und angespannt. Ein gutes Zeichen.

»Elizabeth, ich habe dich hierher gebeten, um dich zu fragen, ob du mit mir zu einem richtigen Date ausgehst.«

Sie riss die Augen auf und erstarrte, als versuche sie, seine Aussage zu verarbeiten. »Einem richtigen Date?«

»Ja.« Er beugte sich zu ihr hinüber und senkte die Stimme, obwohl er wusste, dass sie allein waren. »Ich empfinde schon sehr lange etwas für dich. Seit dem Tag, an dem ich dir begegnet bin, weiß ich, dass es ein Fehler war, Joy zu heiraten. Wir waren nie ineinander verliebt. Wir lieben uns zwar – aber nur als Freunde. Bei keinem von uns hat es je gefunkt. Ich habe nicht einmal daran geglaubt, dass es so etwas gibt … bis ich dir begegnet bin.«

Ihr blieb der Mund offen stehen. »Bei dir hat es gefunkt? Als du mir begegnet bist?«

Was er verspürt hatte, war über bloße Lust hinausgegangen,

obwohl die sicherlich auch eine Rolle gespielt hatte. Ein Blick auf die umwerfende Blondine mit dem weißen Kostüm und den schwindelerregend hohen, roten Louboutins, und seine Welt stand kopf. Seine halb tote Libido erwachte zu neuem Leben.

»Ja, und im Laufe dieses Wahlkampfes ist es nur noch stärker geworden.«

Sie runzelte die Stirn. »Zack, bei einem Wahlkampf wie diesem steht man unter Hochspannung. Man fühlt sich schnell jemandem nahe, mit dem man rund um die Uhr Zeit verbringt und auf den man angewiesen ist. Aber –«

»Sag, dass du nichts empfunden hast, als wir uns das erste Mal begegnet sind.«

Er erinnerte sich noch ganz deutlich an jene schicksalhafte Begegnung. War es möglich, dass sie es nicht auch gespürt hatte? Konnte er ihr unbeschwertes, einem Flirt nicht abgeneigtes Wesen irrtümlicherweise als tiefere Zuneigung gedeutet haben?

»Natürlich habe ich das«, gab sie zu und begegnete seinem Blick mit sanften Augen. »Du müsstest eigentlich wissen … dass ich verrückt nach dir bin. Ich habe nicht einmal darüber nachgedacht, mit einem anderen Mann auszugehen, weil ich die ganze Zeit an dich denke.«

Erleichterung machte sich in ihm breit. Sie würde ihm gehören.

Er fing an zu grinsen. »Ich bin auch verrückt nach dir. Und du sollst wissen, dass Joy und ich … dass wir schon lange nichts Körperliches mehr miteinander hatten.«

»Darüber sollte ich mich nicht freuen, aber ich tu es. Macht mich das zu einem schlechten Menschen?«

»Das würde es allenfalls, wenn sie Gefühle für mich hätte.« Zack musste Elizabeth davon überzeugen, dass er und Joy alles andere als eine normale Ehe führten. »Ich habe mit ihr über dich gesprochen. Sie weiß, dass ich heute hier bin, um dich zu fragen, ob du dich nach der Wahl mit mir triffst. Sie hat vorgeschlagen, den Wodka-Gimlet für dich zu bestellen. Sie sagte, dass du davon gute Laune bekommst.«

Elizabeth lachte, und für ihn klang es magisch. Sie war die strahlendste Frau, der er je begegnet war.

»Tja, sie kennt mich.« Elizabeth schüttelte den Kopf, jedoch mit einem ironischen Lächeln. »Das ist so surreal. Das ist verrückt! Ich hatte keine Ahnung, dass du so empfindest …«

»Ist das ein Ja? Ich weiß, wir sollten wahrscheinlich eine Weile warten, aber ich will nicht. Ich will diesen Wahlkampf zu Ende bringen und dann endlich wieder anfangen zu leben.«

»Indem du mit *mir* ausgehst?« Ihr Tonfall verriet ihm, dass sie von dieser Vorstellung geplättet war. »Ja! Aber Sie sollten wissen, Senator Hayes, dass ich eine Lady bin. Und der Mann, mit dem ich ausgehe, sollte ein Gentleman sein.«

Nichts leichter als das, Gentleman war praktisch sein zweiter Vorname. »Ich habe kein Problem damit, Autotüren zu öffnen und deinen Stuhl heranzuschieben. Du wirst an meiner Höflichkeit nichts auszusetzen haben.«

»Das tust du doch schon alles. Ich weiß, wie außerordentlich gut du dich in der Öffentlichkeit um eine Frau kümmerst. Aber das meine ich nicht. Ich erwarte absolut, dass du ein Gentleman im Bett bist. Ein perfekter Gentleman«, beharrte sie, und er fragte sich, ob ihr klar war, dass jedes Wort aus ihrem Mund sein Blut zum Kochen brachte. »Und damit meine ich nicht Höflichkeit, Zack. Ich weiß, dass hinter dieser ganzen höflichen Fassade ein böser Junge steckt. Jenen Teil von dir will ich für mich – und all die anderen, die du dahinter verbirgst.«

Sein Unterleib reagierte, und er war erst recht froh, dass er ein privates Speisezimmer reserviert hatte. »Ich will dich küssen.«

»Das will ich auch«, gestand sie atemlos. »Aber nicht hier und jetzt. Nicht, wenn Joy und die Wahlen wie eine finstere Wolke über uns hängen. Ich will, dass es etwas Besonderes ist. Wenn wir uns das erste Mal küssen, will ich, dass wir nie wieder aufhören müssen.«

»Einverstanden. Wo willst du bei unserem ersten Date hingehen? Ich sage, wir klauen Gabes Flieger und hauen nach Paris ab. Ich buche ein Zimmer mit Aussicht, denn du wirst wahrscheinlich nicht viel rauskommen.«

Er hatte es langsam angehen wollen, sie sacht in eine Beziehung zu manövrieren, aber sie hatte soeben das Gaspedal durchgetreten, und er hatte nicht die Absicht, in die Eisen zu steigen, nicht, wenn es bedeutete, dass er sie haben konnte – und zwar bald. Er war normalerweise kein ungeduldiger Mensch, aber er hatte sich auch noch nie nach jemandem so sehr verzehrt wie nach Elizabeth.

»Paris klingt nett, aber ich werde voll und ganz mit der Aussicht zufrieden sein, die ich von meiner Betthälfte aus habe.« Sie schenkte ihm das verführerischste Lächeln, das er je gesehen hatte.

Er hatte sich schon gedacht, dass sich hinter ihrem würdevollen Charme eine Frau verbarg, die sexy und keck war. Keine, die die Schüchterne spielte. Schließlich war Elizabeth alles andere als mädchenhaft. Sie war eine Frau durch und durch, und er rechnete damit, dass sie ihn mit auf den Ritt seines Lebens nehmen würde – der den Rest seiner Tage andauern würde.

Letztendlich hatte er keinerlei Zweifel, dass er und Elizabeth füreinander bestimmt waren. Sie würde sein Leben entscheidend verändern, denn jetzt würde er mehr als bloß seinen Ehrgeiz haben. Er würde seine Freunde in der Nähe und seine Seelenverwandte an seiner Seite haben.

Eine beruhigende Zufriedenheit hüllte sein Herz ein wie

eine warme Hand und wiegte sanft seine Seele. Plötzlich erschien es ihm wahnsinnig verlockend, nicht der mächtigste Mann der Welt zu sein.

Er lehnte sich zurück und rückte die Serviette auf seinem Schoß zurecht, als der Kellner wie aufs Stichwort erschien, um das Essen zu servieren. Zack konnte nicht aufhören zu lächeln. Trotz der Jahrzehnte voller Dramen fühlte er sich wieder wie ein dummer, kleiner Junge – allerdings wie einer, dem die Welt offen stand.

Heute Abend würde er seine Standard-Wahlkampfrede voll absoluter Zuversicht halten. Er würde all die richtigen Dinge tun. Hände schütteln, Babys küssen – und es würde rein gar nichts daran ändern, dass er die Wahl verlor. In ein paar Tagen würde er frei sein. Dann würde Elizabeth ihm gehören.

Er entspannte sich und starrte sie mit kaum verhohlenem Lächeln an. Sie tat es ihm gleich und verschlang ihn fast mit den Augen unter ihren langen Wimpern hindurch, während sie ganz aus Versehen unter dem Tisch gegen seinen Fuß stieß. Das Leben war schön. Das Versprechen eines Morgen schwebte vor ihm, daher war er froh, einfach nur in ihrer Nähe zu sein – vorerst.

Später am selben Abend

Liz stand wie betäubt mitten auf dem schmucklosen Krankenhausgang, unfähig sich zu rühren. Verdammt, sie konnte kaum atmen. Immer wieder hallten in ihrem Kopf die Schüsse nach.

»Ms Matthews? Sie sind Senator Hayes' Medienberaterin. Können Sie uns etwas Neues über den Zustand seiner Frau sagen?«, fragte ein Reporter, der ihr vage bekannt vorkam. »Wird sie überleben?«

Jemand hielt Liz ein Mikrofon vor die Nase. Das Licht war viel zu grell. Sie blinzelte und erstarrte.

Himmel, sie verdiente ihr Geld damit, in Zacks Namen die Fragen der Presse zu beantworten, und sie war verdammt gut in ihrem Job. Aber im Moment war sie wie vor den Kopf geschlagen. Sie konnte sich kaum auf die Frage konzentrieren, geschweige denn auf eine zusammenhängende Antwort. Alles, was sie zustande brachte, war, den Film immer wieder abzuspulen, wie Joy zu Boden fiel wie ein Sack und das Blut überallhin spritzte.

»Sie sollten gar nicht hier sein«, donnerte eine tiefe Stimme.

Connor Sparks betrat den Flur, und augenblicklich verschwand die Kamera vor ihrem Gesicht.

Sie sah Männer in schwarzen Anzügen hereinstürmen, die Augen von identischen, spiegelnden Piloten-Sonnenbrillen verdeckt, obwohl es draußen bereits dunkel war.

Die Secret-Service-Agenten drängten das Filmteam innerhalb von Sekunden hinaus. Liz sah dabei zu und verarbeitete alles in Zeitlupe. War es wirklich erst wenige Stunden her, dass sie mit Zack in einem Restaurant gesessen und ihre gemeinsame Zukunft geplant hatte?

Connor wandte sich ihr zu. »Ist alles in Ordnung?«

Mein Gott, er hatte Blut auf seinem Hemd. Sie zuckte zusammen, obwohl sie wusste, dass sie sich zusammenreißen musste.

»Wo ist Zack?« Die Frage rutschte ihr heraus, dann schüttelte sie den Kopf. Sie sollte sich nicht als Erstes nach ihm erkundigen. »Und was ist mit Joy? Ist sie noch im OP?«

Joy war nicht tot. Sie lebte. Sie musste leben. Die Sanitäter hatten sie innerhalb von Minuten ins Krankenhaus gebracht. Liz hatte nicht gesehen, wie sie sie bewegt hatten, aber sie hatte die Traube aus Ersthelfern auf der Bühne gesehen, die sich bemüht hatten, ihr das Leben zu retten.

Connors Gesichtszüge entglitten ihm. »Hat es dir noch keiner gesagt?«

Ihr drehte sich der Magen um. »Mir was gesagt?«

»Liz! Liz!«, rief eine vertraute Frauenstimme.

Augustine. Ihre beste Freundin stand am Ende des Flurs und wurde von Security-Leuten am Eintreten gehindert.

Verdammt, sie brauchte Gus.

»Lassen Sie sie durch«, beschwor Liz die uniformierten Wachen. »Bitte.«

Sie rührten sich nicht.

»Lasst sie durch.« Auf Connors Befehl hin teilten sich die Wachleute wie das Rote Meer für Moses.

Sofort rannte Gus den Gang entlang und sah ausnahmsweise mal nicht perfekt aus. Ihr sonst tadelloses karamellfarbenes Haar war achtlos zu einem Pferdeschwanz zusammengenommen. Normalerweise war sie wie aus dem Ei gepellt. Heute Abend hatte sie eine zerrissene Jeans und ein schlichtes weißes T-Shirt übergezogen.

»Ich habe mir den Privatjet eines Freundes geliehen und bin so schnell ich konnte hergekommen«, erklärte Gus hastig. »Oh Gott, Connor. Sag, dass es nicht wahr ist. Gerade eben haben sie in den Medien gemeldet, dass … dass sie gestorben ist. Joy ist tot.«

Ein Schluchzen saß in Liz' Kehle fest, als sie zu Connor wirbelte. Da er bis eben noch bei Zack gewesen war, wusste er es bereits. Aber nein, es konnte nicht wahr sein …

Vielleicht führten Sie die Presse mit Absicht in die Irre. Das ergab Sinn. Sie wollten nicht, dass irgendjemand wusste, dass es ihr gut ging. Denn sie musste einfach leben. Joy war so sanft und mild. Meine Güte, sie hatte heute Abend noch Tee mit ihr getrunken, bevor Zack die Bühne betreten hatte. Diese Frau konnte nicht tot sein.

»Joy starb auf dem OP-Tisch. Ein einzelner Schuss ins Herz.« Connors Stimme war so weich wie sie sie noch nie gehört hatte. Schützend legte er Gus eine Hand auf die Schulter. »Zack … Sie mussten ihn sedieren. Liz, ich weiß, das ist viel verlangt, aber jemand muss eine Stellungnahme abgeben. Zack kann es nicht, und ich auch nicht. Ich bin heute sowieso schon viel zu viel gefilmt worden. Roman ist …«

»Oh Gott.« Tränen flossen über Gus' Gesicht. »Roman kann das nicht machen. Ich tu es.«

Nein, das war nicht Gus' Job.

»Nein.« Liz schüttelte den Kopf. »Ich mache es. Gebt mir nur einen Augenblick, um darüber nachzudenken.«

Denn was sie als Nächstes sagte, würde von großer Bedeutung sein. Es bedeutete alles.

Connor starrte auf sie hinunter. »Bist du sicher? Liz, hast du verstanden, was passiert ist?«

Seine Frage zielte nicht darauf ab, ob sie verstanden hatte, dass Joy umgebracht worden war. Er wollte sich nicht vergewissern, dass sie die Tatsache begriff, dass jemand versucht hatte, Zack zu ermorden, und stattdessen seine Frau erwischt hatte. Er wollte sichergehen, dass ihr klar war, dass ein Akt der Gewalt das Machtgefüge für immer aus dem Gleichgewicht gebracht hatte.

Sie blickte auf den Fernseher im Wartezimmer. Im Großformat liefen dort die schockierenden Momente nach dem Schuss ab. Es waren Menschen zu sehen, die panisch versuchten, sich in Sicherheit zu bringen. Und mitten auf der Bühne – zu sehen auf jedem Fernseher in Amerika – zeigte das Video etwas sehr Reales, Herzzerreißendes und zutiefst Emotionales.

Es zeigte Zack Hayes, der seine sterbende Frau im Arm hielt, sein Gesicht eine Maske des Schocks und purer Angst. Es offenbarte ihn in seinen menschlichsten Momenten.

»Zack wird Präsident werden«, murmelte Liz. »Wir werden die Wahl gewinnen.«

Sie würden auf einer Welle des Mitgefühls ins Weiße Haus gespült werden.

Mit einer einzigen Kugel war die Geschichte umgeschrieben worden.

Gus an ihrer Seite nickte und holte tief Luft. »Ich helfe dir. Komm, wir bessern dein Make-up aus.«

»Nein. Ich gehe so. Ich werde nichts bereinigen. Ich will, dass die Öffentlichkeit sieht, was heute angerichtet wurde. Ich will, dass sie es spüren. Connor, briefst du mich bitte über alles, was wir über diese Tragödie wissen? Ich nehme Fragen entgegen.«

Gus drückte ihr die Hand. »Ich werde an deiner Seite sein.«

Ganz im Gegensatz zu Zack. Er würde Präsident der Vereinigten Staaten sein.

Und sie würde allein bleiben.

Mad und Sara
Manhattan
Drei Jahre später

»Bist du sicher, dass du schon nach Hause musst?«, fragte Maddox Crawford, während die Limousine dahinglitt. Maddox war sonst nicht nervös, aber der Abend war ziemlich in die Hose gegangen. Eigentlich sollte er ganz friedlich werden. Es war der letzte Abend, der Abend vor seiner Verlobung. Nicht dass Sara Bond das wusste. Es war ein Geheimnis, in das er lediglich Augustine Spencer eingeweiht hatte.

Er hatte ihr diese Information unter strenger Geheimhaltung anvertraut, weil er sich nicht zutraute, den richtigen Verlobungsring zu kaufen. Trotz seiner unverschämt privilegierten Herkunft – oder vielleicht auch gerade deswegen – tendierte er dazu, zu protzen, wenn es um Schmuck ging, und vergaß die Dinge, die Sara wertschätzen würde, wie Eleganz und guten Geschmack. Offenbar würde ein Diamant von der Größe seiner Faust auf einem Band aus dem teuersten Platin nicht so gut ankommen. Woher sollte man das so genau wissen?

So kam es also, dass, verborgen in einer kleinen Samtbox in seiner Nachttischschublade, ein Diamant im Wert von einer halben Million Dollar mit Princess-Schliff in einer Pavé-Fassung auf einem Rotgold-Band auf seinen Einsatz wartete. Morgen Abend würde er einen Kniefall machen und die beste Frau, der er je begegnet war, fragen, ob sie ihn heiraten wollte. Er hatte getan, was er konnte, um das Ereignis so romantisch und schön wie möglich zu gestalten … aber er hatte gehofft, dass er den Vorabend seiner Verlobung damit verbringen würde, unanständige Sachen mit seiner Zukünftigen anzustellen. Er wollte sie daran erinnern, dass er zwar mit etwas Ballast kam, aber dafür auch mit einer äußerst behänden Zunge, die genau in der richtigen Geschwindigkeit vibrieren konnte. Natürlich könnte sie wahrscheinlich einen anderen skandalbehafteten Milliardär finden, der sie liebte – denn wer würde sie nicht lieben? –, aber eine solche Zunge würde sie bei keinem anderen Mann finden.

Selbstverständlich hatte er schon darauf hingearbeitet, dass sie ihn möglicherweise heiraten würde: Er hatte sie geschwängert. Zwar nicht mit Absicht … aber dieser Patzer würde seiner Sache nicht schaden.

Vor zwei Tagen hatte sie ihm unter Tränen ihren »furchtbaren« Zustand gestanden. Er hatte gemerkt, dass von ihm erwartet wurde, dass er sich aufregte. Also hatte er die Stirn gerunzelt und ihr gesagt, dass sie das Beste daraus machen würden. Innerlich hatte er einen Freudentanz aufgeführt und sich selbst beglückwünscht, und dann angefangen zu planen, wie er sie für immer halten konnte.

Mit einem Stöhnen drehte Sara sich jetzt zu ihm. »Ja, ich muss nach Hause. Tut mir leid, Schatz. Ich bin erschöpft, und ich muss extrem früh aufstehen wegen diesem Meeting. Außerdem weiß ich, was passiert, wenn ich bei dir bleibe. Du machst diese Sache mit deiner Zunge, und ich werde nicht mehr aus dem Bett rauskommen.«

Zumindest in diesem Punkt waren sie sich einig. »Du brauchst überhaupt nicht zu diesem Meeting zu gehen, weißt du. Zufällig kenne ich den Boss, und er hat kein Problem damit, wenn du es versäumst. Genau genommen kannst du das Meeting hier bei mir abhalten.«

Ihre warmen Schokoladenaugen waren voll Heiterkeit, sogar, als sie sie jetzt verdrehte. »Oh, das wird meinen Chef sicher beeindrucken. Die anderen Angestellten tuscheln und spekulieren bereits. Wenn wir morgen Abend auf diese Gala gehen und alle mitkriegen, dass wir zusammen sind, wird es noch mehr Klatsch geben. Meinst du, die Hoffnung ist übertrieben, dass die Leute sich mehr für deine neue Leiterin für IT-Sicherheit interessieren? Ich habe sie noch nicht kennengelernt.«

Oh, das würde sie bald. »Everly Parker wird große Dinge leisten. Ich werde ein Treffen zwischen euch beiden organisieren, wenn sie von der Konferenz zurück ist, an der sie diese Woche teilnimmt. Sie ist jung und klug.«

Außerdem war sie seine Halbschwester.

Er hatte entdeckt, dass sein sonst für nichts zu gebrauchender Vater vor vielen Jahren mit seiner Sekretärin eine Affäre gehabt hatte. Es hatte eine Recherche angestoßen, die dazu geführt hatte, dass er seine Blutsverwandtschaft mit Everly herausgefunden hatte. Leider war er sich ziemlich sicher, dass sie keine Ahnung hatte, dass der Vater, mit dem sie aufgewachsen war, nichts zu ihren Genen beigetragen hatte. Mad wollte sie lieber früher als später einweihen … aber ihm fehlte das Fingerspitzengefühl. Zum Glück hatte seine zukünftige Verlobte davon jede Menge. Sobald er und Sara verlobt waren, würde er ihren Rat einholen, wie man es Everly schonend beibrachte. Denn wenn er sich mit einer Arschbacke auf die Ecke von Everlys Schreibtisch pflanzen und sagen würde, »Hey, Schwester, Dad war schon ein Schwerenöter, oder?«, würde sie vermutlich ausflippen.

Sara grinste ihn an. »Ausgezeichnet. Ich bin froh, dass du mehr Frauen einstellst. Wenn Gabe das nicht auch macht, werde ich vor der Firma meiner eigenen Familie demonstrieren. Ich schwöre, wenn ich mich durch noch eine Vorstandssitzung quälen muss, in der mir irgendein reicher Wichtigtuer die Welt ›herrklärt‹, werde ich zur Mörderin.«

Er liebte ihre idealistische Seite. »Du weißt, dass diese Wichtigtuer die Welt regieren.«

»Nicht wenn Frauen wie ich und Everly Parker das Ruder übernehmen«, erwiderte sie. »Ich habe mir gedacht … wir könnten Zack Augustine klauen.«

Auch ihr Selbstbewusstsein liebte er. Sara wusste verdammt gut, dass er und Gus jahrelang Freunde mit gewissen Vorzügen gewesen waren, und sie fühlte sich nicht bedroht. Wahrscheinlich hatte es geholfen, dass er ihr erklärt hatte, dass es bei jenen nächtlichen Treffen meist eher darum ging, nicht allein sein zu wollen als um Sex.

Mad zog Sara an sich, weil er sie spüren wollte. Bald würden sie an ihrem Haus angelangt sein, und er würde sie gehen lassen müssen. »Keine Chance, Baby. Es war schwer genug, ihr diesen Job im Weißen Haus zu beschaffen.«

Sie schmiegte sich an ihn. »Warum? Ich war immer davon ausgegangen, dass Gus eines Tages die Rechtsabteilung von

Crawford leitet. Ich würde ja versuchen, Gabe zu überreden, dass er sie einstellt, aber wir sind zu klein. Gus braucht eine ernsthafte Herausforderung. Du wirst öfter verklagt als wir.«

Tja, aber bald schon würden sie nicht nur all diese lustigen Rechtsstreits miteinander teilen, sondern auch ihr Leben. »Ich habe heimtückischerweise Roman überredet, Gus einzustellen, weil er schon seit unserer Kindheit in sie verliebt ist.«

Er hatte es satt, den beiden dabei zuzusehen, wie sie ihr Leben ruinierten. Wenn sie es nicht bald auf die Reihe bekamen, würden sie jämmerlich und einsam enden, da war er sich sicher, und sein sanftes Herz würde das nicht ertragen.

Er war schon vor Langem dahintergekommen, dass all das biblische Zeug über die Zeit stimmte. Es gab eine Zeit, um geboren zu werden und eine Zeit zu sterben. Eine Zeit, um Stripperinnen und Kokain zu genießen, und eine Zeit, um zu heiraten und nichts von alldem mehr zu machen. Roman hatte diese Lektion noch nicht verstanden. Aber das würde er noch.

Sara setzte sich auf, als die Limousine zum Stehen kam. »Hm, das ergibt irgendwie Sinn. Ich dachte immer, Roman liebt Joy, aber er wirkte schon immer lebendiger, wenn er in Gus' Nähe ist.«

Ganz genau. Roman war ein Idiot, wenn er sich weigerte, das zuzugeben. Nicht dass Joy nicht reizend gewesen war, aber Mad war von ihr nie so begeistert gewesen wie vom Rest der Clique. Sie hatte so unnatürlich süß gewirkt, und irgendwie kam ihm ihr Verhalten immer aufgesetzt vor. Sara war so süß wie echter Rohrzucker. Joy war Süßstoff.

»Roman und Gus hatten vor langer Zeit eine Affäre.« Den Rest der Geschichte konnten nur die beiden erzählen. Er hatte Gus sein Schweigen über das Baby versprochen, das sie verloren hatte, aber er konnte Saras Hilfe gebrauchen, um Amor zu spielen. »Sie sind beide nicht darüber hinweggekommen.«

Sara umschloss sein Gesicht mit den Händen. »Du bist absolut nicht der, für den ich dich gehalten habe. Du bist so viel fürsorglicher und umsichtiger. Du bist liebevoll und charmant und … du bist alles, Maddox Crawford.«

Er war froh über ihre zugewandte Ansicht, führte sie aber auf den Umstand zurück, dass es ihm zu verbergen gelang, ein gieriges Arschloch zu sein. »Das bin ich erst, seit ich dich kenne.«

Sie beugte sich vor und berührte sanft seine Lippen mit ihren. »Du kennst mich, seit du zwölf bist.«

»Und das war der Tag, an dem ich zum Mann wurde.« Er legte ihr die Hand auf den Bauch.

Gott, er konnte es kaum erwarten, ihr gemeinsames Kind dort zu spüren. Sara würde so umwerfend sein, wenn sich ihr Leib rundete und von Leben erfüllt war, und er würde der beste werdende Vater aller Zeiten sein. Er würde ihr die Füße massieren und allem zustimmen, was sie sagte.

Er würde der Vater sein, den er sich immer gewünscht hatte, einer, der Frau und Kind liebt. Für den sie das Wichtigste auf der Welt waren.

Sie lachte, und seine Seele wurde von dem zauberhaften Klang erfüllt. »Ich liebe dich. Und jetzt muss ich los. Gehen wir wirklich zu dem Empfang im Met morgen Abend? Bist du dir ganz sicher?«

Und ob er sich sicher war. Das Metropolitan Museum of Arts war einer seiner Lieblingsplätze. Als Kind hatte er dort Trost gefunden, und er konnte es nicht erwarten, das mit ihr zu teilen. Aber morgen Abend würde es noch mehr als perfekt werden. Das Met eröffnete eine neue Ausstellung, die von Crawford Industries gesponsort wurde. Massenweise Promis und Klatschreporter würden da sein, weshalb es das perfekte Ereignis für ihn und Sara war, an die Öffentlichkeit zu treten und ihre Verlobung bekannt zu geben.

»Absolut. Ich hole dich um sieben ab.« Als sie sich von ihm lösen wollte, zog er sie zurück. »Hey, du musst noch nicht gehen. Du weißt, wir könnten es tun, hier und jetzt.«

Sie stöhnte, lächelte aber breit, als sie sich seinem Griff entwand. »Das geht nicht.«

»Ich beeile mich auch.« Aber das würde er nicht. Er würde sie unter sich festhalten und es wäre ihm egal, dass sie mitten auf der Park Avenue den Boden zum Zittern bringen würden.

»Ich wusste schon immer, dass du ein Teufel bist, Maddox Crawford.« Die Tür öffnete sich, und sein Fahrer half ihr aus dem Wagen. »Bis morgen.«

Er hasste es, sie gehen zu lassen. Aber ab morgen würde er es nie wieder tun müssen. Dann würde er verlobt sein und dafür sorgen, dass Sara eins verstand: Wenn sie seinen geschmackvollen Monster-Ring und seinen Nachnamen annahm, galt das auch für alles andere.

Mad hoffte, dass sie seinen vermutlich nächsten Rechtsstreit akzeptierte, denn sobald er dahinterkam, was Tavia Gordon im Schilde führte, würde er sie feuern. Irgendetwas war bei der Crawford Foundation gewaltig faul … Aber er weigerte sich, hier und jetzt darüber nachzudenken. Stattdessen beobachtete er, wie Sara das Gebäude betrat und der Türsteher die Tür hinter ihr schloss. Für heute Nacht war sie sicher. Und es war seine letzte ohne sie.

Wahnsinn, wie gut sich das anhörte.

Er drückte auf den Knopf, der ihn mit dem Fahrer verband.

»Es kann losgehen, Bill. Fahren wir nach Hause.« Schlafen würde er nicht. Wahrscheinlich würde er Gus anrufen und beten, dass sie nicht auf einem Date mit irgendeinem widerlichen, viel zu jungen Kerl mit Waschbrettbauch war, denn er wollte den morgigen Plan noch mal durchgehen. Alles musste perfekt sein.

»Es tut mir leid, Mr Crawford.« Bills Stimme aus der Sprechanlage bebte. »Ich wollte das nicht tun, aber ich, ähm … schulde ein paar Leuten was. Sie sind wirklich ein ziemlich netter Boss, und ich … tut mir leid.«

Die Sprechanlage verstummte, und die Tür wurde plötzlich aufgerissen. Was war hier los?

Dann blickte Mad in ein finsteres Augenpaar, das von Gewaltbereitschaft zeugte.

»Mr Crawford, mein Name ist Ivan Krylov.« Der riesige Kerl schob sich in die Limousine und nahm direkt ihm gegenüber Platz.

Ein eiskalter Schauer überlief Mad. Er zwang sich, sich zurückzulehnen, denn er hatte das sichere Gefühl, dass es dem Mann nicht gefallen würde, wenn er versuchte zu fliehen.

Es musste hierbei um seine Ermittlungen gehen. Er hatte eine Verbindung von Tavia, der Leiterin seiner wohltätigen Stiftung, zu der Russenmafia entdeckt. Offensichtlich sollte ein ernstes Wörtchen mit ihm darüber geredet werden, dass er die Nase in Angelegenheiten steckte, die ihn nichts angingen.

Vielleicht würde er Tavia doch nicht feuern. Vielleicht alarmierte er stattdessen lieber die Polizei.

Aber im Moment blieb ihm nichts anderes übrig, als zu schlucken und sich gelassen zu geben. »Tut mir leid, ich mache keine Geschäfte mehr, indem ich mit potenziellen Kunden feiern gehe, Mr Krylov. Wenn Sie einen Vorschlag haben, vereinbaren Sie einen Termin mit meiner Assistentin. Ich melde mich dann bei Ihnen.«

Als er es riskierte, nach der Tür zu seiner Linken zu greifen, ging diese auf. Noch ein Hüne versperrte ihm den Ausgang, stieg ein und schloss sie fest hinter sich.

Bill war so was von gefeuert. Und er selbst saß dummerweise in der Falle.

»Ich unterbreite Ihnen meinen Vorschlag gleich persönlich, Mr Crawford«, sagte Krylov mit einem starken russischen Akzent. »Denn so lange kann ich nicht warten. Ich muss zurück zu meinen Freunden nach Moskau, das verstehen Sie doch bestimmt.«

»Soll ich Sie ein Stück mitnehmen?« Er griff nach der Flasche Scotch, die er immer griffbereit in der Limo hatte, und sein Herz raste. Aber er durfte diese Männer nicht merken lassen, dass er schwitzte und sich fast ins Hemd machte. »Ich bringe Sie gern irgendwo hin. In dem Punkt bin ich immer zuvorkommend.«

Gott sei Dank war Sara in ihrer Wohnung.

»Wir sind hier, um zu … reden. Lassen Sie uns irgendwo hinfahren, wo wir Ruhe haben, dann können wir uns über eine Sache unterhalten. Ich glaube, es gibt da ein paar Missverständnisse, was eine Ihrer Mitarbeiterinnen angeht. Ich werde das jetzt in Ordnung bringen. Es sei denn, Sie halten es für besser, nach oben in die Wohnung Ihrer Freundin zu gehen. Wir können auch gern dort reden.«

Mads Herz drohte stehen zu bleiben. »Freundin? Sprechen Sie von Sara? Sie ist die Schwester meines besten Freundes. Ich habe ihrem Bruder einen Gefallen getan und ihr ein Praktikum in meiner Firma beschafft. Ich habe sie nur nach der Arbeit nach Hause gebracht.« Glücklicherweise waren er und Sara mehr als vorsichtig gewesen. Monatelang hatte sie darauf bestanden, dass er sie aus der Klatschpresse heraushielt, also hatte niemand sie zusammen gesehen. »Glauben Sie mir. Die ist nicht mein Typ. Ich hab's mehr mit One-Night-Stands. Die da ist quasi noch Jungfrau, und für so eine Frau habe ich keinerlei Verwendung. Die einzige Frau in meinem Leben ist momentan meine Haushälterin, und die ist schon nach Hause gegangen.«

»Das ist gut für die Dame«, sagte Krylov. »Aber schlecht für

Sie. Wenn bei Ihnen niemand zu Hause ist, fahren wir da hin und unterhalten uns mal ganz ausgiebig.«

Mad setzte sein unbekümmertstes Grinsen auf und erhob sein Scotch-Glas. »Wie Sie wollen, Kumpel. Ich bin immer für ein Abenteuer zu haben.«

Er zwang sich, sich nicht zu wehren, als die Limousine losfuhr, und konzentrierte sich darauf, einen Weg aus diesem Schlamassel zu finden. Denn es musste einen geben, nicht wahr? Er musste ihn nur finden.

Aber solange Sara und das Baby in Sicherheit waren, war alles andere egal.

Wirklich alles.

Drei Stunden später hielt Mad sich den Bauch, während er sich auf die Seite rollte und Blut spuckte. Jeder Muskel in seinem Körper schmerzte. Er hatte gedacht, er wüsste, was Schmerz bedeutet, aber was Krylov und sein Kumpan mit ihm gemacht hatten, war die nächste Stufe. Die Männer hatten während einer langen, quälenden »Rede«, dass Mad sich aus ihren Angelegenheiten raushalten sollte, auf ihn eingedroschen. Jedes Wort hatten sie mit einer Gewalttat unterstrichen.

Schließlich waren die Mafiosi gegangen, sicher, dass sie ihren Standpunkt überzeugend rübergebracht hatten. Mad musste zugeben, dass Krylovs Botschaft unmissverständlich war. Dass die Unregelmäßigkeiten bei der Crawford Foundation ihn nichts angingen.

Großer Gott, er wünschte, Sara wäre hier. Er wünschte sich nichts sehnlicher als sie anzurufen und sie zu bitten, herzukommen und ihn im Arm zu halten. Sie würde ihn ins Krankenhaus bringen und umsorgen. Für ein paar Stunden würde sich die Welt wieder sicher anfühlen. Nur wusste er, dass sie das nicht war. Und es vielleicht nie wieder sein würde.

Der heutige Abend hatte alles verändert.

Mad schloss die Augen und gab ein Zischen von sich, als er sich wieder auf den Rücken drehte. Der Marmor fühlte sich auf seiner feuchten Haut verdammt kalt an. Er verbrachte sonst nicht viel Zeit in seiner Küche, aber Krylov war ein umsichtiger Folterer. Bevor er ihm den ersten Schlag verpasst hatte, hatte er erklärt, dass er diesen Raum ausgewählt habe, weil sich Blut hier leichter aufwischen lasse.

Mad zuckte zusammen, als er – vergeblich – versuchte aufzustehen. Auf eine verquere Art war sein Schmerz eine gute Nachricht. Wenn er ihn spüren konnte, bedeutete das, dass er noch am Leben war.

»Die haben Sie ganz schön zugerichtet, was?«

Voll neuer Panik öffnete Mad die Augen und versuchte, von dem rothaarigen Eindringling abzurücken. »Wer sind Sie?«

Mist, hatte Krylov es sich anders überlegt und doch noch jemanden geschickt, der ihn um die Ecke bringen sollte? Vielleicht, aber dieser Kerl klang nicht russisch.

»Hey, ich bin nicht hier, um Ihnen wehzutun. Ich hatte gehofft, ich könnte mich noch ein bisschen im Untergrund halten, aber die Dinge entwickeln sich schnell, daher kann ich nicht länger warten.« Er seufzte. »Herrje, ich hätte nie gedacht, dass *Sie* derjenige von dem Haufen sein würden, mit dem ich arbeiten muss. Ich bin mir auch gar nicht sicher, ob das so eine gute Idee ist.« Der schlaksige Mann durchquerte den Raum, wobei er einen Bogen um die Blutlache machte. »Schließlich könnten Sie dabei sein.«

Mad rappelte sich auf und schaffte es, trotz des rasenden Schmerzes in seinem ganzen Körper, sich aufzusetzen. Er verzog das Gesicht, als er sich zwang, sich mit dem Rücken an die unanständig teuren, grauen Küchenschränke zu lehnen, von denen ein Designer behauptet hatte, dass Sara sie lieben würde. Er hatte sein Haus umgestaltet, damit Sara dachte, er wäre eine gute Partie.

Wenn Krylov eine Ahnung hätte, wie sehr er sie liebte, dass sie ein Kind von ihm erwartete oder wie weit er gehen würde, um die beiden in Sicherheit zu wissen, hätten die Russen wesentlich bessere Methoden an der Hand, ihn zu kontrollieren als über bloßen Schmerz.

Wenn das, was er gesagt hatte, allerdings stimmte …

»Bei was *dabei*?« Der blanke Ärger rückte rasch an die Stelle seiner Angst. Dachte heute Abend eigentlich jeder, er könnte einfach so in seinem Haus ein- und ausgehen?

Der Eindringling blickte ihn finster an. Trotz seines rostroten Haars, das wild seine Ohren und sein Gesicht umwucherte, schaffte es dieser große Mann, ein Gefühl von Gefahr zu vermitteln, insbesondere, als er die Hände in die Hüften stemmte und dabei nicht nur einen Blick auf seinen schlanken, aber starken Körper, sondern auch auf einen Holster an seiner Schulter freigab.

»Bei der Verschwörung.« Seine Hände zuckten leicht, als er auf Mad hinab starrte.

Krylov hatte das Wort nicht benutzt, aber die Mission des großen Russen war ja auch darauf ausgelegt gewesen, ihm Angst einzujagen, nicht Informationen zu geben. Trotzdem hatte Mad genug mitbekommen, um zu begreifen.

»Zack Hayes ist kein russischer Spitzel.«

Er konnte keiner sein. Mad kannte Zack schon den größten Teil seines Lebens. Zack war ein durch und durch amerikanischer Held.

»Und genau das würden Sie auch sagen, wenn Sie dabei wären.«

Die Ironie gefiel Mad überhaupt nicht. »Hör mal, du Arschloch, ich verstehe – oder glaube – nicht die Hälfte von dem, was der russische Wichser zu mir gesagt hat, und ich habe keine Ahnung, wer Sie sind, aber ich muss jetzt in ein Krankenhaus.«

Der Mann schüttelte den Kopf und ließ sich auf ein Knie nieder, um den angerichteten Schaden näher zu betrachten. »Das geht nicht, aber Sie werden schon wieder. Ich habe einen Freund, der Ihnen helfen kann.«

»Einen Freund? Ich könnte innere Blutungen haben. Was zum –«

»Dazu sind sie zu vorsichtig. Lebendig nutzen Sie denen mehr als tot, sonst wären Sie längst Hackfleisch. Außerdem will ich, dass Sie darüber nachdenken, was passiert, wenn Maddox Crawford ins Krankenhaus geht und die Presse es mitbekommt.«

»Dann kommt Sara herbeigeeilt, und alle erfahren von unserer Beziehung.« Und damit noch nicht genug. »Die Polizei wird eingeschaltet.«

»Yep, und sobald die Polizei ermittelt, kommt alles ans Licht. Das wollen sie um jeden Preis vermeiden. Aber wenn das passiert, werden sie nach einem Bauernopfer suchen … und vor Kollateralschäden nicht zurückschrecken.«

Der Fremde hatte recht. So brennend es ihn auch interessierte, er musste aufhören, herausfinden zu wollen, was bei der Crawford Foundation vor sich ging. Aber wenn er das tat, wusste Krylov, dass er einen wunden Punkt hatte, einen Knopf, der immer wieder gedrückt werden konnte, damit er machte, was das Syndikat wollte. Mad war nicht so dumm zu glauben, dass dieser Mist vorbei war, bloß weil er versprochen hatte, seine Ermittlungen einzustellen.

»Scheiße.«

»Genau. Also, so schwer das auch fällt, wenn Sie nicht den Mund halten, bleibt denen keine Wahl als sich Ihrer zu entledigen, genauso wie sie sich Constance Hayes entledigt haben.«

»Was?« Sie hatten Zacks Mutter ausgelöscht? Sicher, sie war plötzlich und unter etwas mysteriösen Umständen gestorben, aber … »Woher wissen Sie das?«

Der Fremde verdrehte die Augen. »Kommen Sie mal aus dem Party-Modus und sehen Sie sich die Spur der Leichen an. Wer hat seine Nase noch zu tief in etwas gesteckt und den ultimativen Preis dafür bezahlt? Admiral Spencer.«

Verdammte Scheiße, Dax' Vater hatten sie auch umgebracht? »Nein. Er hat Selbstmord begangen.«

»Seien Sie doch nicht naiv. Sein gesellschaftlicher Absturz war fingiert. Und als ihn das nicht mundtot machte, fingierten sie auch seinen selbst herbeigeführten Tod.«

Diese Behauptungen waren derart abgehoben, dass es Mad fast den Schädel sprengte. »Das soll wohl ein schlechter Scherz sein.«

»Diese Sache ist zu bedeutend, als dass ich darüber Witze machen würde. Wessen Tod war der schockierendste von allen?«

Nein. Es konnte einfach nicht sein. Aber der Name rutschte ihm dennoch heraus. »Joy Hayes?«

»Der Kandidat hat hundert Punkte.« Der Fremde lächelte bittersüß.

»Joy hätte doch nie irgendwelche Ermittlungen angestellt, schon gar nicht bezüglich einer russischen Infiltration.«

Der Rothaarige schüttelte den Kopf. »Sie haben recht. Sie erfüllte einen höheren Zweck. Was wäre ohne ihren Tod geschehen?«

Mads Gedanken rasten. Dieser Typ war doch ein Spinner … aber was er sagte, begann auf kranke Weise Sinn zu ergeben. »Zack wäre nicht Präsident geworden.«

»Bingo.«

Und die Russen wollten, dass Zack gewählt wurde? Warum?

Ach du Scheiße. Diese Verschwörung war ein Kaninchenbau, größer und tiefer als er es für möglich gehalten hätte. Er wusste nicht, was sein Freund und sein Präsident mit der Crawford Foundation zu tun hatten, aber bei beiden wurden von zwielichtigen Russen die Fäden gezogen.

Nein, das hier war bloß ein Albtraum. Er träumte, das musste es sein. Jeden Moment würde er aufwachen. Sara würde neben ihm im Bett liegen. Er würde aufhören, sich über Feinheiten Gedanken zu machen und ihr einfach einen Antrag machen. Dann würde er ihr von Everly erzählen, und sie würde mit ihm überlegen, wie er sich ihr gegenüber verhalten sollte. Er würde gleich aufwachen. Sie würden sich über diesen bescheuerten Traum kaputtlachen und sie … würden Pläne für ihr Familienleben schmieden.

»Die Russen haben das schon *sehr* lang im Voraus geplant. Sergeij ist nicht nur auf US-amerikanischem Boden, er ist im Weißen Haus. Ich muss herausfinden, was Zack Hayes über ihn weiß. Oder … ob Zack Hayes er ist.«

»Nein.« Mad weigerte sich zu glauben, dass einer seiner besten Freunde ein Verräter sein sollte.

»Nehmen Sie die rosa Brille ab. Es ist möglich, dass der Präsident der Vereinigten Staaten in Wahrheit ein russischer Staatsbürger ist und dass er für russische Interessen arbeitet.«

Mad lachte fassungslos auf, hauptsächlich, weil er nicht wusste, was er sonst tun sollte. Ausgerechnet ihm, der sonst immer eine schlagfertige Antwort parat hatte, verschlug es die Sprache.

Das düstere Gesicht des Mannes, der auf ihn herabblickte, wirkte nicht belustigt. »Es ist Zeit, ernst zu werden, Crawford. Ich brauche Ihre Hilfe.«

»Warum ich?« Mad schüttelte den Kopf. »Und wer zum Teufel sind Sie überhaupt?«

»Sie können mich Freddy nennen.« Der Fremde stand auf

und reichte ihm eine Hand. »Lassen Sie uns Sie sauber machen und uns dann darüber unterhalten, was als Nächstes passiert. Ich versuche selbst seit Jahren, dieses Chaos zu entwirren. Es wäre vielleicht ganz nett, einen Partner zu haben.«

Mad sah ein, dass ihm nicht viel anderes übrig blieb und er ergriff die Hand. Freddy zog ihn hoch, und sein ganzer Körper protestierte.

Ihm wurde klar, dass er nicht so bald aufwachen würde. Er würde kopfüber in den Albtraum dieser russischen Verschwörung eintauchen, weil er keine Wahl hatte. Er musste zu Verstand kommen, schnell denken und die Menschen beschützen, die er liebte … indem er sie komplett aufgab.

So sehr er es auch hasste, das war jetzt sein Leben.

Zwei Monate später

Sara saß in der Kirche St. Ignatius von Loyola und starrte auf den Sarg. Wut und Schmerz tobten in ihr. Wie war sie hierhergekommen? Um sie herum erhoben sich Menschen aus den Bänken und begannen die Gänge entlangzuschlurfen. Manche traten an den Sarg und zollten still einem Mann ihren Respekt, der selbst nicht vor vielen Dingen Respekt gehabt hatte.

Vor ihr hatte Maddox Crawford mit Sicherheit Respekt gehabt, sonst hätte er nicht ihr Herz brechen können.

Augustine stand auf und berührte bestärkend ihre Schulter. »Süße, Gabe hat gesagt, dass der Wagen gleich vorfährt.«

Sara hatte versucht, während des Gottesdienstes für sich zu bleiben, aber Gus war in letzter Minute neben sie in die Bank geschlüpft und hatte ihr während der langen, bisweilen geradezu lächerlichen Trauerfeier, die Mad offenbar selbst arrangiert hatte, die Hand gehalten.

Hatte er seinen eigenen Tod geplant? Ihre Mutter hatte sich immer gefragt, ob Mad psychisch labil war.

»Okay.« Sie rührte sich immer noch nicht. Es würde eine Weile dauern, bis sich der Wagen durch den dichten Verkehr durch Manhattan gequält hatte. Wenn sie aufstand, würden die Menschen sie vielleicht sehen und versuchen, mit ihr zu reden. Dabei war es so schon schwer genug, sich zusammenzureißen. Oder noch schlimmer, sie könnte die Frau entdecken, für die Mad sie verlassen hatte.

Trauerte Everly Parker auch um ihren Geliebten?

Gus runzelte die Stirn. »Gabe und die Jungs gehen in einem Pub in der Nähe noch was trinken und schwelgen in Erinnerungen. Ich nehme an, du willst nach Hause?«

Das Letzte, was sie wollte, war, mit ihrem Bruder und seinen Freunden abzuhängen. Sie hatte schon ihr ganzes Leben mit ihnen verbracht und es immer tunlichst vermieden, sich auf ihre Sperenzchen und Dramen einzulassen. Es waren Gabes Freunde, nicht ihre. Sicher, sie hatte ein paar von ihnen näher kennengelernt und enge Beziehungen zu einigen der Frauen in ihrem Kreis aufgebaut, aber sie war immer klug genug gewesen, nicht auf einen der Männer, die die Welt die Perfect Gentlemen nannte, hereinzufallen.

Bis es dann doch passiert war.

»Soll ich Gabe sagen, dass der Wagen auf dich warten soll?«, fragte Gus.

»Ich gehe, wenn sich die Menge etwas zerstreut hat.« Sara verfiel wieder in Schweigen, aber die Frage, die sie sich die ganze Zeit stellte, nagte weiter an ihr. »Glaubst du, sie war hier?«

Es sollte ihr egal sein. Mad hatte sie eher wie eine Hundert-Dollar-Nutte nach einer Nacht behandelt als die Frau, von der er behauptet hatte, sie zu lieben. Es half auch nichts, sich zu sagen, dass sie ohne ihn besser dran war. In ihrem Herz war immer noch ein schrecklicher, klaffender Schmerz, wo einst Mad gewesen war, und sie wusste nicht, wie sie dieses Loch stopfen sollte. Einerseits wollte sie jammern und heulen und irgendjemanden anflehen, ihr Mad zurückzuschicken. Andererseits hoffte sie, dass er in der Hölle verrottete.

Gus seufzte. »Ich weiß nicht, wie Everly Parker aussieht. Außerdem spielt es keine Rolle, ob sie hier war, denn Mad hatte keine Affäre mit ihr.«

Gus beharrte also weiter darauf. Sara war nicht so überzeugt. Sie hatte den Büroklatsch bei Crawford Industries mitbekommen. Sie war so blöd gewesen, zu glauben, dass Mad jemals sesshaft werden würde.

Aber warum hatte er ihr dann erzählt, dass er sie lieben würde?

Weil ich das eben so mache, Süße. Und ich habe dich auch absolut geliebt. Lang und heftig. Aber jetzt ist es an der Zeit, eine andere zu lieben. Ich bin einfach nicht zum Daddy geboren. Such dir irgendeinen langweiligen, soliden IT-Magnat. Davon müsste es jede Menge geben. Ich muss Schluss machen. Mein Date wartet.

Sara hatte ihre gesamte Trennung auf ihrem Handy, denn er hatte es per Textnachricht gemacht.

Sie war bereits für die Gala im Met angezogen und zurechtgemacht. Sie hatte den ganzen Tag mit Zupfen, Wachsen, Anmalen und Striegeln verbracht, um sicherzugehen, dass sie so gut aussah wie sie nur konnte. Und dann hatte sie den Abend damit verbracht, an die Wand ihres Schlafzimmers zu starren und sich den Kopf zu zerbrechen, was schiefgelaufen war und für wen er sie bloß verlassen hatte. Sie hatte Mad angerufen, ihm Textnachrichten geschickt und versucht, ihn zur Vernunft zu bringen.

Aber er hatte kein Wort mehr mit ihr geredet.

Die Schlagzeilen der Klatschpresse am nächsten Tag hatten dagegen Bände gesprochen. Nein, er war in jener Nacht nicht mit Everly ins Met gegangen, aber es hatte nicht lang gedauert, bis er anfing, im Büro sehr viele Meetings hinter verschlossenen Türen mit ihr zu haben.

»Sara, du musst mir glauben«, beharrte Gus, die sich wieder neben sie setzte.

Um sie herum tummelten sich Menschen aus Mads Leben, während sie langsam im Gänsemarsch die Kirche verließen, um den Rest ihres Tages anzugehen. Den Rest ihres Lebens. Die meisten von ihnen hatte Mad berührt, viele davon auf intime Weise, sodass es die meisten zum Erröten bringen würde.

Sie hatte gewusst, dass er ein Hurenbock war. Das hatte sie schon gewusst, bevor sie dieses Wort überhaupt kannte. Schon als sie Kinder gewesen waren, war sie sich sicher, dass es keine gute Idee war, ihr Herz an ihn zu verlieren. »Es spielt jetzt keine Rolle mehr.«

»Doch, das tut es.« Gus legte ihr eine Hand auf die Schulter. »Sara, irgendetwas stimmt hier ganz und gar nicht. Er hat dich geliebt. Er wollte dir einen Heiratsantrag machen.«

Vielleicht war es ihm das eine oder andere Mal in den Sinn gekommen. Vielleicht hatte er es sogar selbst geglaubt. Mad war impulsiv und launenhaft gewesen. In der Nacht, als er von ihrer Schwangerschaft erfahren hatte, schien er aufgeregt zu sein. Zwei Tage später hatte er sich komplett von ihr und dem Baby losgesagt. So war Mad.

»Er hat es sich anders überlegt.«

»Oder es ist etwas passiert.«

Sara konnte ihre Kraft jetzt nicht darauf verschwenden,

Mads »Logik« aufzudröseln. Sie musste an ihr Baby denken. »Ich fahre nach Hause.«

»In Ordnung. Ich muss noch die eine Sache regeln, dann komme ich bei dir vorbei. Dann können wir in die Hamptons fahren. Da kannst du dich entspannen und wir können reden«, bot Gus an. »Ich kann Liz anrufen. Wir machen einen Mädels-Ausflug. Holland würde ich ja auch kontaktieren, aber sie ist ein alter Sturkopf.«

Sara schüttelte den Kopf. »Ich will allein sein.«

Sie stand auf und strich behutsam das Etuikleid von Prada glatt, in das sie in ein oder zwei Wochen schon nicht mehr hineinpassen würde. Aber vielleicht würde sie es auch noch etwas länger tragen können. In letzter Zeit war ihr nicht nach Essen zumute. Der Arzt sagte, das Kaloriendefizit sei im Moment noch kein Problem, aber so langsam sollte sie aufhören, wütend und gramerfüllt zu sein und anfangen, sich um ihr Baby zu kümmern.

Ja, es war *ihr* Baby. Nicht seins. Er hatte ihr Kind nicht gewollt. Das hatte er mehr als deutlich gemacht. In seiner Flut aus Schlussmacher-Nachrichten hatte er ihr sogar angeboten, ihr eine Abtreibung zu bezahlen.

Dieser Scheißkerl.

Warum nur vermisste sie ihn aus tiefstem Herzen? In den letzten Wochen hatte sie ihn gehasst, als sie gezwungen war, zuzusehen, wie er mit anderen Frauen ausging und all die schlüpfrigen Gerüchte mit anzuhören, wie er und Everly es auf seinem Chefschreibtisch trieben. Aber niemals hatte sie sich eine Welt ohne ihn vorstellen können.

Irgendein idiotischer Teil von ihr hatte gehofft, Mad würde sie letztendlich vermissen und wieder bei ihr angekrochen kommen. Zumindest hatte sie gehofft, dass er seine Einstellung zu dem Baby ändern würde, sobald es auf der Welt war. Nun war jede Hoffnung, dass Mad auf irgendeine Weise in ihr Leben zurückkehren würde, für immer zerstört.

Gus starrte sie an. »Fängst du jetzt auch an, so störrisch zu werden wie Holland?«

Sara warf ihr einen vernichtenden Blick zu. »Vielleicht will ich mir ja auch nicht die ganze Woche von Mads alter Geliebten anhören, warum ich ihm vergeben sollte.« Schon in dem Moment, als die Worte heraus waren, hätte sie sie am liebsten zurückgenommen. Sie streckte die Hand nach Gus aus. »Tut mir leid. Ich meinte nicht, dass du alt bist. Seine frühere Geliebte, meinte ich. Aber du warst eigentlich auch nicht seine Geliebte. Ich wollte damit nicht sagen, dass er dich auf irgendeine patriarchalische Weise besessen hat, sondern, dass ich das alles im Moment nicht ertrage.«

Schmunzelnd legte Gus Sara die Hände auf die Schultern. »Ich verstehe schon. Und wenn ich dir verspreche, dass ich seinen Namen nicht erwähne, es sei denn, du willst über ihn reden?«

Aber Sara wollte immer über ihn reden. Sie wollte ihn anschreien, ihn fragen, warum. Gott, sie würde fast alles tun für nur noch einen Augenblick mit ihm.

Sie hatte immer gedacht, sie sei stark, aber nachdem der Hurrikan Mad über sie hinweggefegt war, fühlte sie sich nur noch wie ein weinerliches, verliebtes kleines Mädchen. Es war Zeit, erwachsen zu werden und ihre Liebe jemandem zu schenken, der sie verdiente: ihrem Baby.

»Ich muss allein sein, Gus. Tut mir leid, dass ich dich so angefahren habe.«

»Ich denke, du wirst mich noch oft anfahren, und das ist in Ordnung«, entgegnete Gus. »Du machst ein absolutes Gefühlschaos durch. Außerdem weißt du doch, dass ich ein dickes Fell habe. Ich komme schon mit dem klar, was du austeilst.

Und wenn du eine Freundin brauchst, ruf mich an. Ich stecke meine Nase in ein paar Dinge, die nicht zusammenpassen. Ich werde dich nicht damit behelligen, sondern mache das nur, um dir zu zeigen, dass alles gut wird.« Sie zog ihre Hände zurück. »Ich sage Gabe Bescheid, dass du in ein paar Minuten bereit bist. Oh, und glaub nicht, dass ich diese Sturköpfigkeit lange durchgehen lassen werde.«

Das war Sara auch klar. Gus würde vor ihrer Tür stehen, lange bevor sie bereit dafür war.

Jetzt holte sie erst mal tief Luft und starrte auf das Foto von Mad, das sie vor seinen leeren Sarg gestellt hatten. Selbst jetzt grinste Mad noch, aber sie hatte sein echtes Lächeln kennengelernt. Sie hatte gesehen, wie sich sein ganzes Gesicht erhellte wie am Weihnachtsmorgen.

»Ich kann nicht glauben, dass sie sich hier zeigt«, flüsterte eine Stimme hinter ihr. »Meinst du, der Boss hat ihr eine Kleinigkeit hinterlassen?«

»Du meinst, testamentarisch? Wenn irgendjemand seiner Geliebten ein richtig verschwenderisches Abschiedsgeschenk machen würde, dann Mad Crawford«, sagte eine andere Stimme.

»Ja«, witzelte eine andere. »Ich wette, Everly bekommt etwas. Ich habe ihr diese Unschuldsnummer nie abgekauft. Ich wohne nicht weit weg von ihr, daher weiß ich, dass er massenhaft Zeit bei ihr zu Hause verbracht hat.«

Sara sah sich nicht nach den Klatschbasen um, sondern machte kehrt und ging den Gang entlang. Sie würde keinen Blick mehr auf Mads Bild werfen. Sie würde alles versuchen, um überhaupt nicht mehr an ihn zu denken.

»Jetzt gibt es nur noch dich und mich, kleines Baby«, sagte sie leise.

Das musste reichen.

1

Washington D. C.

Schockiert starrte Zack Hayes auf den Toten, der ihm gegenüber saß.

Vor ein paar Minuten war er in die Limousine gestiegen, um die kurze Strecke zum Präsidenten-Helikopter Marine One zurückzulegen und übers Wochenende nach Camp David zu fliegen. Dem Kerl gegenüber hatte er es zu verdanken, dass er diesen Plan verworfen hatte.

»Für einen, der von uns gegangen ist, siehst du gar nicht mal so übel aus. Hast du einen Fallschirm benutzt?« Es war die falsche erste Frage, aber Zack hatte so viele, dass er gar nicht wusste, mit welcher er anfangen sollte.

Was er eigentlich tun wollte, war, den Mann zu erdrosseln, der einst zu seinen allerbesten Freunden gezählt hatte.

Maddox Crawford, tadellos gepflegt und weltmännisch wie immer, lehnte sich zurück, schlug die Beine übereinander und kippte ein Glas teuren Scotch hinunter. Auf tragische Weise in einem Flugzeug ums Leben zu kommen, hatte dem Kerl offenbar nicht sonderlich geschadet.

»Na klar. Es war gar nicht so einfach. Nachdem ich die Bombe an Bord entdeckt hatte, musste ich meinen Sprung genau timen. Ich musste an einem Ort auftreffen, wo mich keine Kameras beim Entwischen erfassen konnten. Meine Flucht hätte sich wesentlich einfacher gestaltet, wenn ich nach Westen geflogen wäre. Die Ostküste ist heutzutage schrecklich überfüllt.

Schon mal darüber nachgedacht, das Weiße Haus nach Wyoming zu verlegen?«

Der Tod hatte Mads Persönlichkeit kein bisschen verändert. Er war immer noch ein respektloser Arsch. »Dann nehme ich an, dass du damals eigentlich nicht zu mir wolltest. Das war alles Teil deines dubiosen Plans, oder?«

Jetzt, da er wusste, dass Mad am Leben war, erkannte Zack klar und deutlich, dass die letzten Monate nichts als ein sorgfältig inszeniertes Drama gewesen waren. Aber warum? Sicher, Mad hatte einst nichts lieber getan, als sich in die Schlagzeilen zu katapultieren, aber nicht einmal er würde so weit gehen, seinen eigenen Tod vorzutäuschen, um Aufmerksamkeit in den Medien zu erlangen.

»Als du nicht mit mir reden wolltest, bevor mein Flieger abhob, wusste ich, dass ich einen anderen Weg finden musste, um deine Aufmerksamkeit zu bekommen.«

Zack erinnerte sich noch sehr gut an jenen schicksalhaften Tag. Es war einer der schlimmsten in seinem Leben gewesen. Am Nachmittag hatte Mad angerufen und um ein Treffen gebeten. Zack war ihm ausgewichen. Ein paar Stunden später war Mad »tot« gewesen. Seitdem hatte Zack sich gefragt, was sein Freund hatte sagen wollen.

»Als du angerufen hast, hatte ich gerade mit Gabe telefoniert. Er hatte mich um Rat gebeten, wie er sich dir gegenüber verhalten soll. Ich war sauer. Ich hatte dir nichts Höfliches zu sagen, deshalb wollte ich nicht reden.«

»Gabe hat mir an dem Tag auch nicht zugehört. Wir haben uns zum Mittagessen im Cipriani's getroffen. Der beste Freund, den ich auf der Welt hatte, saß mir am Tisch gegenüber und war stinksauer auf mich, weil ich Sara so mies behandelt hatte, und fast hätte ich ihm alles erzählt. Dann merkte ich, dass jemand unser Gespräch filmte – und zwar nicht, weil er scharf auf Klatsch war. Die Russen hatten mir schon mal einen Besuch abgestattet, und sie folgten mir. Wahrscheinlich schon länger.«

»Die Russen?« Zack runzelte die Stirn, weil das alles keinen Sinn ergab. »Aber warum dich? Du hast dich doch nie für Politik interessiert.«

»Für Politik nicht. Aber für eine Geldspur. Lange Geschichte. Aber nach diesem verpatzten Mittagessen mit Gabe wusste ich, dass ich etwas Radikales unternehmen musste. Dank meines ersten Zusammenstoßes mit der Russenmafia begann ich mit Matthew Kemp zusammenzuarbeiten. Er war es auch, der die Bombe im Flugzeug fand, weil er routinemäßig alle meine Transportmittel überprüfte. Als er den Sprengsatz ein paar Stunden vor meinem Start an dem Tag fand, wusste ich, was ich zu tun hatte.«

»So tun, als würdest du nach D.C. fliegen, um mit mir ins Reine zu kommen, während du deinen eigenen Tod vortäuschtest? Das ist total verrückt, selbst für deine Verhältnisse, Mad.«

Er zuckte die Achseln. »Alle haben es geglaubt. Und das war entscheidend für mich.«

»Selbst deine besten Freunde, verdammt noch mal? Ist dir klar, durch was für eine Hölle du uns geschickt hast? Das niederschmetternde Schuldgefühl, unter dem ich die ganze Zeit litt, weil ich glaubte, dass du noch am Leben wärst, wenn ich bloß an jenem Tag deinen Anruf entgegengenommen hätte?«

»Du bist mein Freund – und der Präsident – kein Schauspieler. Die Trauer, die Beerdigung – das alles musste echt wirken. Es war Matts Idee, aber wir haben alle mitgespielt. Und der Plan ging auf. Er hat euch alle wie nichts anderes dazu gebracht, nachzudenken.«

Eine Zeit lang hatte es so ausgesehen, als ob Matthew Kemp, einer seiner Secret-Service-Agenten, Zack betrogen hätte. Aber der Mann war gestorben, als er Augustine Spencer und Roman Calder vor einem skrupellosen MI6-Agenten beschützt hatte, der für die Russen arbeitete.

»Wieso hast du ausgerechnet mit Kemp angefangen zu arbeiten?« Zack wollte es genau wissen. Er wollte im Moment so ziemlich alles ganz genau wissen.

Mad runzelte die Stirn und überlegte sich seine Worte offenbar gut. Das beunruhigte Zack, denn ihm war nicht klar gewesen, dass Mad über viel mehr nachdachte, als die Frage, an welcher Stelle er einer Stripperin die Fünf-Dollar-Note unter den String-Tanga steckte. »Ich weiß nicht, wie viel ich dir erzählen sollte, Zack.«

Das ließ ihn aufrechter sitzen. Mist, er wollte damit nichts zu tun haben. Jedes Mal, wenn er über die Möglichkeit nachdachte, dass seine Mutter den echten Zack Hayes als Baby aus Versehen erstickt oder fallen gelassen oder wer weiß was getan hatte – und er ein in Russland geborener Hochstapler war – machte ihn das regelrecht krank. Und seit Mads »Tod« war Zack sehr bewusst geworden, dass er im Mittelpunkt einer globalen Verschwörung stand. Er hatte sein ganzes Leben damit verbracht, auf das Präsidentenamt hinzuarbeiten. Offenbar verfolgten die Russen schon seit langer Zeit dasselbe Ziel, aus Gründen, die Zack immer noch schleierhaft waren. Aber er hatte ein paar hässliche Ahnungen.

»Du glaubst, dass ich Sergeij bin.« Er ließ den Codenamen eines russischen Agenten fallen, der im Zentrum jener gewaltigen Verschwörung stand, die sie alle aufzudecken versuchten.

Mad hob eine Augenbraue. Aber warum um den heißen Brei herumreden und das hier unnötig in die Länge ziehen? Mad war nicht ohne Grund von den Toten zurückgekehrt, und ganz offensichtlich wusste er viel mehr, als Zack es bei diesem milliardenschweren Hurenbock, der immer nur auf Party aus war, für möglich gehalten hätte. Mad hatte eindeutig ebenfalls ermittelt.

Zack war immer noch sauer … aber irgendwie auch stolz.

Und was noch wichtiger war: Die Zeit war gekommen, herauszufinden, ob er das eigentliche Problem war – der ultimative Schläfer.

Seufzend goss Mad sich noch einen Scotch ein. »Vielleicht. Wir sollten ein Treffen einberufen.«

Obwohl die Situation alles andere als lustig war, warf Zack den Kopf zurück und lachte. Von allem, was er von Mad erwartet hatte, hätte er am wenigsten damit gerechnet, dass er die Perfect Gentlemen zusammentrommeln wollte.

Seit Jahrzehnten kamen die sechs zusammen, wann immer sie sich Problemen gegenübersahen, die sich nicht mit einem Drink oder einem Faustschlag lösen ließen. Ihr erstes Treffen hatten sie in der achten Klasse einberufen, um etwas gegen den Typ zu unternehmen, der Connor im Spanischunterricht mobbte. Zwei Tage später hatte Harold Tally niemanden mehr drangsaliert, und sie hatten ein Zeichen gesetzt.

Wollte Mad wirklich seine Truppe zusammenrufen?

»Hier geht es nicht um Noten oder ein Mädchen, Mann. Wir reden hier von Hochverrat. Wenn du etwas weißt, sag es mir jetzt, damit ich das hinter mich bringen kann.«

Mad betrachtete ihn mit seinem typischen Grinsen. »Ich hätte wissen müssen, dass du den Märtyrer spielen würdest.«

Die blanke Wut packte Zack. Er beugte sich nach vorn und blickte einem seiner besten Freunde direkt in die Augen. »Das ist keins deiner Spielchen, Mad. Es ist kein Dummejungenstreich, über den wir uns später kaputtlachen. Menschen wurden verletzt. Verdammt noch mal, Menschen sind gestorben.«

Elizabeth war verletzt. Und jetzt hasste sie ihn.

Gott, hatte Elizabeth ihn auch betrogen?

Mad beugte sich vor, sein Blick unbeirrt. »Die Mutter meines ungeborenen Kindes hasst mich wie die Pest, also tu nicht so, als wüsste ich nicht, dass Menschen verletzt wurden. Ich habe alles verloren. Alles habe ich aufgegeben, um sie und meine Familie zu schützen.«

»Du hast keine verdammt Familie, Mad. Und du hast recht. Sara spricht nie wieder mit dir.«

Mad wurde bleich. Sein Blick wich aus, und er starrte aus dem Fenster der Limousine. Er nahm noch einen Schluck, wobei seine Hand deutlich zitterte. »Irgendwie dachte ich, ihr wärt meine Familie.«

Zacks Wut löste sich augenblicklich in Luft auf. Sie waren seit Jahrzehnten zusammen. Mad, Gabe, Dax, Connor und Roman waren seine Familie. Schon immer. Sie hatten ihm stets beigestanden, vom Physikunterricht bis hin zu seinem Präsidentschaftswahlkampf. Er sollte etwas mehr Vertrauen in sie haben.

Plötzlich wurde ihm mit aller Macht bewusst, dass Mad tatsächlich nicht tot war. Zack brauchte nicht mehr zu trauern. Maddox Crawford saß hier in all seiner unverfrorenen, Scotch trinkenden Pracht vor ihm. Die Gefühle überwältigten ihn, als er den Mann betrachtete, der jahrzehntelang wie ein Bruder für ihn gewesen war.

Mad sah ihn wieder an, und seine Augen waren feucht. »Tut mir leid, dass ich es euch nicht sagen konnte. Ich weiß, wie hart es für euch alle gewesen sein muss. Ich liebe euch. Ihr seid vielleicht sauer auf mich, aber ich werde euch alles erklären. Und ich werde uns aus diesem Schlamassel herausholen – sobald ich herausgefunden habe, was wirklich los ist. Deshalb bin ich hier. Es ist mir über den Kopf gewachsen, und ich brauche Hilfe.«

Zack dachte einen Moment darüber nach. In der Vergangenheit hatten sie zusammengehalten und immer wieder die

Oberhand gewonnen. Okay, es war ein großer Sprung von Mathenoten zu internationaler Spionage … aber keiner von ihnen hatte bisher geschafft, die Sache aufzulösen. Warum es nicht gemeinsam versuchen?

Mit dem Marine One konnte Zack nicht nach Camp David fliegen, weil er schlecht mit einem Toten an Bord gehen konnte. Nach allem, was passiert war, wäre Zack zwar nicht überrascht, wenn all seine aktuellen Secret-Service-Agenten, nicht bloß Thomas, in Mads Machenschaften eingeweiht wären. Aber die Presse hätte vermutlich einen kollektiven Herzinfarkt beim Anblick eines von den Toten auferstandenen Maddox Crawford.

Gut, dass Zack andere Möglichkeiten hatte, seinen Zielort zu erreichen.

»Wer war noch in deinen Plan eingeweiht? Du hast keinem von uns genug getraut, um uns zu kontaktieren, aber du hast gesagt ›wir‹. Wem *hast* du genug vertraut, um dir dabei zu helfen, uns an der Nase herumzuführen?«

»Es war keine Frage von mangelndem Vertrauen und auch kein An-der-Nase-Herumführen«, widersprach Mad. »Ich habe versucht, euch zu beschützen. Glaubst du wirklich, ich hätte aus bloßem Schabernack monatelang in Drecklöchern geschlafen, mich per Frachtflugzeug fortbewegt und von Fastfood ernährt? Falls es dir noch nicht klar ist, Zack, du steckst in Schwierigkeiten. Und nicht nur du, sondern das ganze verdammte Land, und alles fällt auf dich und deine Familie zurück.« Für einen kurzenMoment presste er die Lippen aufeinander. »Wenn du mich fragst, ich glaube nicht, dass du etwas damit zu tun hast.«

Zack drehte sich der Magen um, denn er wusste genau, worauf Mad hinauswollte. »Meinst du den Mord an meiner Mutter? Oder an meiner Frau?«

»Sowohl als auch. Es gibt eine Reihe von Toten, die sich bis nach Moskau erstreckt, Zack. Diese Verschwörung zieht weitere Kreise als du denkst.«

»Oder vielleicht weiß ich ja auch alles. *Mozhet byt', ya syn russkikh roditeley, kak ty eto dumayesh.*« Zack wusste genau, dass sein russischer Akzent so perfekt war, dass er selbst einen Linguisten hinters Licht geführt hätte.

Du musst ihre Sprache sprechen, mein Sohn. Das ist wichtig. Du musst sie glauben lassen, du wärst einer von ihnen. Das ist der Schlüssel zum Leben. Lass sie denken, du wärst einer von ihnen, bis du sie nicht mehr brauchst.

Die Stimme seines Vaters polterte oft in seinem Kopf. Heute war der Mann dement, aber er hatte ihn von der frühsten Kindheit bis ins Erwachsenenalter mit derlei Lebensweisheiten gefüttert, weil er ihn darauf getrimmt hatte, Präsident zu werden. Während anderen Kindern beigebracht wurde, dass sie ihre Spielsachen mit anderen teilen sollen, hatte Zack Russisch gelernt und die Kunst der Manipulation.

Mads Miene verfinsterte sich. »Du bist kein Sohn russischer Eltern! Das glaube ich nicht! Tut mir leid, wenn ich eben den Eindruck erweckt habe, das zu bezweifeln. Ich habe ein paar heftige Monate hinter mir.«

Zack sah seinen alten Freund blinzelnd an. »Seit wann sprichst du Russisch?«

»Seit dem Tag, an dem mich einer fast umgebracht und mein bisheriges Leben zerstört hat.« Mad lehnte sich zurück, und seine Lippen formten eine störrische Linie. »Ich will ein Treffen. Ich will diese Geschichte nicht fünfmal erzählen müssen.«

»Nun, du hast Glück. Die Jungs sind auf dem Weg zu mir nach Camp David. Wir können diese Diskussion bis dahin vertagen.« Er sagte seinem Fahrer, dass er den Kurs ändern und ihn direkt zu dem abgeschiedenen Rückzugsort bringen sollte. »In einer halben Stunde müssten wir da sein.«

Mad nickte und verfiel in Schweigen.

Zack, der untypischerweise nichts zu sagen wusste, tat es ihm gleich.

Die anderen würden etwa dreißig Minuten nach ihm und Mad in Camp David eintreffen. Dann konnten sie anfangen, dieses Desaster aufzuräumen. Der Gedanke baute ihn auf.

Aber zuerst musste er ein paar Entscheidungen treffen. Verflucht, er sollte vielleicht damit anfangen, sein komplettes Sicherheitsteam auszutauschen, da Mad sie alle infiltriert hatte.

Andere würden ihm raten, Mad verhaften und irgendwohin bringen zu lassen, wo sie ihn bis zum Gehtnichtmehr foltern und alle Antworten, die sie brauchten, aus ihm herausquetschen konnten. Aber zwischen ihnen lagen all die Jahre der Freundschaft. Mad hatte ihn vor den Fäusten von Schlägern bewahrt und ihm eine ganz andere Art gezeigt, das Leben zu betrachten. Mad hatte er zu verdanken, dass er eine Gruppe von Freunden hatte, die enger verbunden waren als eine Familie. Mad hatte sie alle zusammengebracht.

Zack weigerte sich, seinem alten Freund jetzt den Rücken zuzukehren.

Er griff nach dem Scotch. »Ich bin froh, dass du nicht tot bist.«

Mad versuchte zu lächeln, wirkte aber zu nachdenklich dafür. »Ich auch.«

»Allerdings sollte ich dich warnen, dass Gabe dich wahrscheinlich umbringen will.«

Mad zog eine Grimasse. »Ich glaube, er wird es verstehen, wenn ich es euch erkläre.«

»Keine Chance. Der wird so sauer sein. Und ich glaube, deine Schwester auch. Danke übrigens für die Info diesbezüglich. Everly kann prima mit einer Pistole umgehen, weißt du.«

»Komm schon, Zack. Die werden froh sein, dass ich lebe.

Und es ist ja nicht so, als hätte ich euch vollkommen im Stich gelassen.«

»Nein, du hast uns eine Armee von Deep Throats auf den Hals gehetzt.«

Mad schnaubte. »Ich fand das clever.«

»Du weißt, dass das einen historischen Bezug hat, oder? Keinen pornografischen.«

Ohne es zu wollen, kicherte Mad, als wären sie wieder zwölf und jemand hätte »Titten« gesagt.

»Wer waren all diese Informanten?«

»Einfach nur Schauspieler, die ihre Stichworte von mir über Kopfhörer bekamen. Ich habe jedes Mal einen anderen engagiert. Ich wollte nicht, dass einer von ihnen zu tief in die Ermittlungen verwickelt wird oder versucht, irgendetwas rauszukriegen, deshalb habe ich ihnen immer erzählt, dass ich meinen Freunden einen sehr aufwendigen Streich spielen will.«

»Die Tatsache, dass das Schicksal des amerikanischen Volkes auch nur ansatzweise in deinen Händen liegt, bringt mich dazu, noch mehr trinken zu wollen.« Zack nahm einen großen Schluck, und der Alkohol brannte sich seinen vertrauten Weg seine Kehle hinunter.

»Da sind wir schon zu zweit, Bruder. Hat mich ganz schön schockiert.«

Wieder schwiegen sie. Zack zügelte seine Neugier. Er würde sich Mads Geschichte zusammen mit dem Rest der Clique anhören. Schließlich steckten sie von Anfang an alle zusammen da mit drin. Wenn er schon als Schachfigur in dem Spiel der Russen herhalten musste, wollte er das nicht ohne seine Brüder um sich erfahren.

Aber Zack hatte eine Frage, über die er nicht länger schweigen konnte.

»Elizabeth … ist sie ein Teil von all dem?« Elizabeth Matthews, mit ihren langen blonden Haaren, intelligenten blauen Augen und dem scheinbar unschuldigen, herzförmigen Gesicht. War sie geschickt worden, um ihn zu verführen? War sie ein weiterer Faden, an dem seine Feinde nicht zögern würden zu ziehen, bis er nach ihrer Pfeife tanzte?

Mads Gesicht wurde ernst. »Ich weiß es nicht. Ich hoffe nicht, aber im Weißen Haus geht etwas vor sich. Sie haben jemanden eingeschleust. Oder zumindest sollen wir das denken.«

Mehr würde er vorerst nicht erfahren. Zack lehnte sich zurück, in Gedanken bei der Frau, die er nicht aufhören konnte zu begehren … egal, wessen sie sich schuldig gemacht haben sollte.

Auf seinem Platz am Kamin im hinteren Teil des Zimmers hörte Maddox Crawford, wie sich die Tür öffnete. Das Lärmen seiner Freunde, die einander begrüßten, drang zu ihm. Aufregung und Nervosität packten ihn und schienen ihn schier zu erdrücken.

Als Erstes hörte er Dax, denn der Marineoffizier war am lautesten, als er sich wegen der Autofahrt beschwerte und dann nach einem Bier fragte. Connor sagte kein Wort, aber undenkbar, dass Sparks nicht gekommen war.

»Ich bin reif für eine kleine Auszeit«, sagte Roman. »Gus ist gerade eingezogen, was toll ist. Allerdings muss ich mich jetzt mit Brautzilla-Gus herumschlagen. Die Arbeits-Gus war schon anstrengend, aber gegen Brautzilla-Gus wirkt sie wie ein Miezekätzchen.«

»Überrascht dich das etwa?«, entgegnete Gabe. »Ich bin so froh, dass meine Frau bei Crawford arbeitet. Wenn sie sich bei Bond um die Sicherheit kümmern würde, könnte ich mir von morgens bis abends anhören, wie lax unsere Cyber-Sicherheitsprotokolle sind.«

Ihre Stimmen kamen näher. *Mist.* Das war's dann.

Mad nahm noch einen langen Schluck, um seine Nervosität zu ertränken. Der Scotch war hervorragend. Es war so ein verdammt gutes Gefühl, wieder in der Zivilisation zu sein, in seiner vertrauten Welt. Freddy hatte den billigsten Geschmack der Welt, hauptsächlich, weil er sein ganzes Leben unter dem Radar verbrachte und auf der Flucht war vor was ihm auch immer diese Woche gerade auf den Fersen war. Innentoiletten hatte Mad schmerzlich vermisst, und im Moment wünschte er sich nichts mehr, als heiß zu duschen, sich in einem richtigen Bett zusammenzurollen und den Rest der Welt für eine Weile zu vergessen.

Es wird alles gut. Die Jungs würden froh sein, ihn zu sehen, oder? Sie waren seine besten Freunde … die er angelogen und verlassen hatte, nachdem er die Schwester von einem von ihnen geschwängert und sie dann niederträchtig und öffentlich sitzen gelassen hatte.

Wem wollte er etwas vormachen? Sie würden ihn leiden lassen.

»Gabe, warte«, sagte Zack. »Ich sollte euch etwas sagen. Euch allen. Wir haben einen Besucher. Ich muss das erklären.«

Das war die Taktik, auf die sie sich während der Fahrt nach Camp David geeinigt hatten, dem Spielplatz des Präsidenten, wie manche den ausgedehnten Landsitz in Maryland nannten, wo der Präsident sich seiner Privatsphäre stets sicher sein konnte. Einen Monat nach Zacks Amtsantritt waren er und die anderen Jungs hierhergekommen, hatten am Kamin gesessen und über Joy und alles gesprochen, was Zack auf seinem Weg zum Sieg verloren hatte.

Wie sollte er jetzt das Ganze erklären, wo sich die Verluste häuften und weit über alles hinausgingen, was sich je einer von ihnen hätte vorstellen können?

»Okay, erzähl von unserem Besucher. Aber wehe, es ist eine Stripperin. Ich bin jetzt ein verheirateter Mann. Everly würde mir ei – « Gabe kam um die Ecke, blieb dann in der Tür zu dem großen Raum stehen, während seine Gesichtszüge ihm entglitten.

»Hi.« Mad wusste nicht, was er sonst sagen sollte.

Von all seinen Freunden hatte es am meisten geschmerzt, Gabe zu verlassen. Sie hatten sich nicht auseinandergelebt, wie es so oft bei Freundschaften war, wenn College, Beziehungen und anspruchsvolle Jobs dazwischenkamen. Sie hatten das alles gemeinsam durchgestanden. Nicht, dass er nicht an jedem von ihnen hing, aber Dax verbrachte die meiste Zeit auf einem Schiff. Connors Aufenthaltsort war das ganze letzte Jahrzehnt lang streng geheim gewesen. Roman und Zack waren ständig im Wahlkampfmodus gewesen. Aber Gabe Bond war seit Jahrzehnten tagein, tagaus an seiner Seite gewesen.

Dax betrat hinter Gabe den Raum, dicht gefolgt von Connor. Sie alle erstarrten und waren sprachlos.

Mad räusperte sich. »Gabe, es tut mir leid, dass ich es dir nicht sagen konnte. Du hast keine Ahnung, wie oft ich dich in diesen letzten Monaten am liebsten angerufen hätte.«

Als Gabe nicht antwortete, schluckte Mad mühsam. Wie hatte er je glauben können, das hier würde einfach werden? Er hatte zwar damit gerechnet, dass das Wiedersehen mit Sara qualvoll und schmerzhaft werden würde, aber irgendwie hatte er sich etwas vorgemacht, was seine Wiedervereinigung mit seinen Freunden anging. Die letzten vier Monate hatte er nichts anderes getan, als von diesem Moment zu träumen. Er hatte sich als der Weiße Ritter vor sich gesehen, der angaloppiert kam, um alle zu retten, und so waren in seiner Vorstellung alle so verdammt happy, dass er nicht tot war, dass sie ihm sofort verziehen.

Aber in Gabes Blick war keine Spur von Vergebung, als er auf ihn zukam. Mist. Zack hatte recht gehabt. Sein letztes Stündlein hatte geschlagen.

Mad wollte zurückweichen. »Gabe, warte …«

Gabe hörte nicht auf ihn. Er holte bloß aus und schlug ihm mit der Faust direkt ins Gesicht. Anders als die Russen aus der Nacht, in der dieses Martyrium begonnen hatte, achtete Gabe nicht darauf, wo sein Schlag landete. Jene Profis hatten sein Gesicht unbeschädigt gelassen, sodass er öffentlich auftreten konnte, ohne dass jemand die Augenbrauen hochzog. Zwar hatte er eine Woche lang Blut gepinkelt, aber seine Visage hatte ihre tadellose Schönheit behalten.

Das würde heute nicht der Fall sein. Seine Nase schmerzte und pochte augenblicklich wie verrückt. Er hoffte, dass sie nicht gebrochen war.

»Du Arschloch«, knurrte Gabe mit gefletschten Zähnen.

»Hab ich's doch gewusst.« Connor hielt sich im Hintergrund und schüttelte den Kopf. »Ich wusste, dass er nicht wirklich tot ist.«

»Gar nichts hast du gewusst«, widersprach Dax. »Gabe, bring ihn noch nicht um. Erst will ich eine Erklärung hören.«

»Und ich hätte auch gern was von ihm ab.« Roman warf seine Jacke beiseite und schien bereit, bei der Schlägerei mitzumischen.

Dank Freddy hatte Mad ein paar neue Techniken erlernt. Er hatte seine Zeit im Untergrund nicht allein damit verbracht, Russisch zu lernen und wie man ein Plumpsklo benutzte. Jetzt duckte er sich und wich geschickt aus, obwohl er sich von zwei Seiten schützen musste. »Hört mal, ich bin ja bereit, einen Schlag einzustecken. Den von Gabe hatte ich echt verdient. Aber Roman, ich werde mich wehren.«

»Wegen dir habe ich eine Katze. Eine verdammte Katze. In

UK gibt es ein ganzes Katzenheim, das ich jetzt unterhalten muss.« Roman knurrte, als wäre ein Gefährte auf Samtpfoten das Schlimmste, was einem Mann passieren konnte.

»Du hast aber auch eine Verlobte«, erinnerte Mad ihn, die Fäuste immer noch erhoben, um sein Gesicht zu schützen. »Gern geschehen.«

Ohne sein Zutun wären Roman und Augustine Spencer nie zusammengekommen. Nicht dass Roman sie verdiente.

»Und ich habe eine Schwester, die sich jede Nacht die Augen ausheult.« Gabe ballte seitlich am Körper die Fäuste, sein Gesicht verzerrt vor Emotion.

Die Vorstellung, dass Sara wegen ihm weinte, war wie ein Schlag in die Magengrube. »Ich weiß, ihr werdet mir nicht glauben, aber ich habe das für sie getan. Und für euch. Für Everly. Verdammt, für uns alle. Ihr könnt mich später schlagen. Aber hört mir jetzt zu. Wir stecken in Schwierigkeiten. Vor allem Zack.«

Das ließ die Wut im Raum verpuffen.

»Mad und ich haben uns auf dem Weg hierher unterhalten. Er wollte ein Treffen einberufen. Offenbar hat er, während er im ›Jenseits‹ war, das eine oder andere über unsere russischen Gegner erfahren«, sagte Zack.

Connor starrte betont zu Thomas hinüber, der in der Tür stand. Der Rest von Zacks Sicherheitsteam patrouillierte auf dem Grundstück. »Sollen wir jetzt reden?«

Zack zuckte die Achseln. »Thomas ist ein Spitzel, und das schon eine Weile. Wir können ihm nichts erzählen, was er nicht schon weiß.«

»Er ist kein Spitzel von der Sorte, an die ihr jetzt denkt.« Es würde schwierig werden. »Er ist auf eurer Seite, genauso wie ich. Thomas war mit dem Typ beim Militär, der mir geholfen hat, meinen ›Tod‹ zu planen, und ist der Verschwörung schon länger auf der Spur als jeder andere. Dieser Typ hat neben Matthew Kemp und Thomas dafür gesorgt, dass die Russen niemand anderen in das Präsidententeam einschleusten. Zwei Schläferagenten, die für das Weiße Haus arbeiteten, haben wir bereits identifiziert und ihnen den Zugang verwehrt. Wir glauben, dass es noch mindestens drei gibt, die den Präsidenten und sein Personal aktiv ausspioniert haben.«

»Das ist doch nicht …« Roman unterbrach sich. »Verdammt, habe ich deswegen Janice eingebüßt? Sie ging von heute auf morgen und meinte, sie müsse ›sich selbst finden‹. Sie kam mir nicht gerade verloren vor.«

»Nein, aber sie hat beschlossen, den Weg nach Europa zu finden, nachdem wir ihr gedroht hatten, sie auffliegen zu lassen«, erklärte Mad. »Und Thomas hat sich um den Secret-Service-Agenten gekümmert, bei dem sie es geschafft haben, ihn einzuschleusen.«

Thomas stand in Habachtstellung und starrte geradeaus, ohne jemand Bestimmtes anzusehen.

Zack trat in sein Blickfeld. »Ist das wahr?«

»Ja, Sir. Wir haben im Geheimen ermittelt. Wir konnten uns nicht viel Aufhebens erlauben, und hundertprozentig wissen wir immer noch nicht, wem wir trauen können«, erwiderte Thomas mit tiefer aber durchdringender Stimme. »Ich konnte den Agenten in Ihrem Sicherheitsteam aufstöbern und die Frau, die die Hintergrundchecks durchführte, die es ihm ermöglichten, durchzukommen. Nach etwas … Überredungskunst wurde sie sehr mitteilsam, wer sie platziert hatte und wo sie und ihre Drahtzieher als Nächstes zuschlagen wollten. Aber bei Leuten, die schon eine Weile da sind, sind wir immer noch nicht sicher, insbesondere bei Ihrem Wahlkampfpersonal.«

»Mist.« Roman ließ die Schultern sinken. »Ich will jede noch so kleine Information, die ihr habt. Wenn es unser Personal betrifft, muss ich das wissen.«

Zack stand vor dem Mann, der sein Beschützer war, seit er den Amtseid geleistet hatte. »Wem gegenüber sind Sie loyal?«

»Ich bin loyal gegenüber den Vereinigten Staaten von Amerika und dem Amt des Präsidenten«, antwortete Thomas.

Aber nicht gegenüber Zack Hayes. Mad stöhnte. Er hatte gehofft, dass Thomas mit mehr Feingefühl an die Sache herangehen würde, aber er hätte wissen müssen, dass der Mann zu ehrlich war, um um die Wahrheit herumzutänzeln.

Nach kurzem Schweigen streckte Zack die Hand aus. »Das wollte ich hören. Sollte es jemals dazu kommen, dass ich, aus welchem Grund auch immer, diesem Amt schade, erwarte ich von Ihnen, dass Sie Ihren Job machen.«

»Das werde ich, Sir. Aber heute Abend mache ich ihn von draußen. Sie sechs haben zu reden«, sagte der Agent mit dem Anflug eines Lächelns. »Ich habe das Team informiert, dass das ein Kumpel-Wochenende ist. Sie werden sich dementsprechend diskret verhalten.«

Thomas trat zur Tür hinaus, und Mad war wieder allein mit seinen Freunden.

Die Zeit war gekommen, ihnen alles zu erzählen, aber er musste mit der schlechtesten Nachricht von allen anfangen, die, die sie bis ins Mark erschüttern würde. Eine Nachricht, die nur in gemischter Gesellschaft offenbart werden konnte.

»Ich weiß, ihr habt ein reines Jungs-Wochenende geplant, aber ihr solltet auch die Frauen dazu rufen. Es geht sie auch etwas an. Der Grund, warum ich jetzt wieder da bin, ist, dass eine unmittelbare und reale Gefahr für das Leben des Präsidenten besteht. Zack, jemand plant, dich zu ermorden.«

2

Es war ein verdammt langer, harter Tag für Elizabeth Matthews. Andererseits war das in letzter Zeit ja keine Seltenheit.

»Wir haben fünfzehn Anfragen für Interviews«, erklärte Vanessa, während sie den Flur entlanggingen. »Allein drei von CNN. Anscheinend kursieren Gerüchte, wonach Zack mit europäischen Stellen offene Gespräche über die Erdgas-Pipeline aufnimmt. Die BBC behauptet, ihr lägen Aufzeichnungen von dem Treffen mit dem Premierminister letzten Monat vor.«

»Die werfen nur die Angel aus.« Es wäre nicht das erste Mal, dass ein Reporter auf irgendwelche mysteriösen Dokumente oder einen Informanten anspielte und sich herausstellte, dass es nichts weiter als ein Köder war. Liz würde einen Teufel tun, anzubeißen. Himmel, sie hatte dieses Spiel quasi erfunden. Auf gar keinen Fall würde sie sich offiziell zu dieser verdammten Pipeline äußern. Das war eine Landmine, auf die sie vor Kurzem bei einem Ausflug nach London kollektiv getreten waren und die ihnen fast um die Ohren geflogen wäre. Jetzt hielten sie alle so still es ging, in der Hoffnung, die vernichtende Explosion zu verhindern. »Und wir sagen bitte ›Präsident Hayes‹.«

Vanessa verzog das Gesicht und schaffte es trotzdem irgendwie, hübsch dabei auszusehen. Allerdings war die Frau auch mit so glänzendem dunklem Haar und einem Schmollmund ausgestattet, dass sie damit das Cover jeder Zeitschrift hätte schmücken können. Und vermutlich war es im Alter von gerade mal vierundzwanzig Jahren schwer, zerknittert zu wirken.

»Seit wann so förmlich?«, fragte die Pressemitarbeiterin.

Liz fragte sich, ob Vanessa früher oder später Zacks Blicke auf sich ziehen würde. Mit ihr, Liz, war er fertig. Was hinderte ihn also daran, sich unter den reizenden, intelligenten Frauen umzuschauen, die in seinem Umfeld arbeiteten? Bisher hatte er nur Celebrities zu Dates ausgeführt, aber sie kannte Zack. Letztendlich würde er jemanden aus seinem Dunstkreis wollen.

»Seit wir in London waren und mir aufgefallen ist, dass dein Verhalten professioneller sein könnte. Wenn der Präsident nichts dagegen hat, dass du ihn unter vier Augen beim Vornamen nennst, ist das seine Sache. Ansonsten wird von ihm als Präsident Hayes oder Mr President gesprochen.«

Vanessa riss die Augen auf. Liz fragte sich, ob ihre Mitarbeiterin ihr anmerkte, wie nervös sie war.

»Okay«, antwortete die junge Frau. »Also, haben der Präsident oder das Weiße Haus einen offiziellen Standpunkt zur Gaspipeline?«

Allein der Gedanke an die Pipeline jagte Liz einen Schauer über den Rücken. Jemand sehr Mächtiges in Russland wollte ihren Bau verhindern und war bereit, dafür über Leichen zu gehen. Liz war zwar keine Insiderin und kannte nicht alle Details, wusste aber, dass der Präsident – und die, die ihm nahestanden – erpresst worden waren. Zack sollte gezwungen werden, das Projekt einzustellen, damit Russland seinen Würgegriff auf die Erdgasversorgung in Europa beibehalten konnte.

»Im Moment wägt der Präsident alle Optionen ab. Die Pipeline ist ein wichtiges Thema, deshalb tauscht er sich mit dem Energieminister und seinen Beratern über ein mögliches Vorgehen aus. Wir warten auf mehrere Berichte bezüglich der Auswirkungen auf Umwelt und Wirtschaft. Die Vereinigten

Staaten werden in dieser zentralen Angelegenheit sehr überlegt vorgehen. Mehr brauchst du nicht zu sagen. Wenn die Presse meint, sie müsste irgendwelche angeblichen Aufzeichnungen veröffentlichen, dann bitte sehr.«

Sie hatte lange über die Ereignisse in England nachgedacht. Aus professioneller Sicht war das Schlimmste die Tatsache, dass Zack – Präsident Hayes – dazu genötigt wurde, die Pipeline-Ankündigung aufzuschieben. Was ihr aber in Wirklichkeit noch mehr zu schaffen machte, war der Umstand, dass sie den Umschlag mit dem Schreiben gefunden hatte, in dem die Erpresser ausführten, auf welche Art sie jedes einzelne Mitglied aus Zacks engstem Freundeskreis zu Fall bringen konnten. Der Täter hatte ihn auf ihrem Bett liegen lassen.

Liz erinnerte sich noch sehr gut an den Moment, als sie in London das ihr zugewiesene Zimmer betreten hatte und den Umschlag dort wie ein lauerndes Raubtier hatte liegen sehen. Noch bevor sie ihn öffnete, hatte sie gewusst, dass sie etwas Böses erwartete.

Eine Frage hatte sie sich immer wieder gestellt: Warum hatte der Erpresser ihn in *ihrem* Zimmer gelassen? Warum nicht bei jemand anderem?

Das war natürlich nicht die einzige Frage, die Liz durch den Sinn geisterte. Was tat sie überhaupt noch hier? Als sie ihre Stelle aufgeben wollte, hatte Zack sich geweigert, ihre Kündigung anzunehmen – was keinen Sinn ergab. Seit dem Tag, an dem ihr klar geworden war, dass Zack jedes Interesse an ihr verloren hatte, seit die Magie jenes Nachmittags in Memphis verpufft war, seit dem Mord an Joy, fühlte sie sich, als würde sie ersticken. Und nun hatte Zack ihre Beziehung vollständig hinter sich gelassen. Warum ließ er sie nicht auch ihres Weges gehen?

»Liz?«

Sie blinzelte und merkte erst dann, dass sie mitten im Pressebüro stand und Vanessa sie mit einer besorgten Miene anstarrte, die verriet, dass Liz wohl schon eine Weile so dastand. »Entschuldigung, ich war in Gedanken. Was hast du gesagt?«

»Sie sagt, sie kümmert sich darum, und sorgt dafür, dass alles glatt verläuft«, mischte sich eine vertraute Stimme ein. Augustine Spencer stand in der Tür. Sie trug eins ihrer Power-Kostüme und dazu Mörderabsätze. Augustine zog die Augenbrauen hoch. »Schließlich gehört das zu ihrem Job.«

»Natürlich, Ms Spencer. Ich sorge dafür, dass jeder, der eine Antwort von uns benötigt, sie auch bekommt.« Vanessa straffte die Schultern und zog die Augen zu Schlitzen. Sie war jung, aber ehrgeizig. Im Grunde war sie eine Löwin, die wusste, wann sie zum Angriff ausholen musste. Sie wusste aber auch, dass sie in diesem Raum im Moment nur das Küken war. »Ich habe außerdem Gemunkel aus der Klatsch-und-Tratsch-Ecke gehört, das Sie beide interessieren könnte.«

Liz Magen rebellierte. So viele Geheimnisse! Sie und Zack waren vorsichtig gewesen, aber sie wusste, dass Gerüchte über eine Beziehung zwischen ihr und dem Präsidenten an die Oberfläche traten. Genau aus diesem Grund hätte er ihre Kündigung akzeptieren sollten. Anfangs hatte sie sich mit dem Gerede der Leute abgefunden, weil sie geglaubt hatte, dass sie eines Tages ihre Gefühle würden ausleben können. Jetzt aber befleckte derartiger Klatsch nur ihren professionellen Ruf. »Und zwar?«

»Dass Sara Bond schwanger ist«, antwortete Vanessa, und ihre Mundwinkel zogen sich nach oben. »Sie hat es für sich behalten, aber ein Fotograf, der irgendeinem lächerlichen Reality-Star auf den Fersen war, hat sie abgelichtet, als sie aus der Praxis einer Hebamme in Manhattan kam. Laut dieser Quelle hat sie eindeutig einen Babybauch.«

Das war Vanessas wahres Talent: scheinbar harmlose Informationsfetzen aufstöbern, die, wenn sie ans Licht kamen, die Welt auf den Kopf stellen würden. Wenn irgendjemand davon erfuhr, dass Maddox Crawford der Vater von Sara Bonds Baby war, wäre das ein gefundenes Fressen für die Presse. Und es war fraglich, ob Sara die Fragen und Spekulationen ertragen konnte.

»Ich will einen Namen.« Gus gelang es, jedes Wort mit arktischer Kälte zu durchdringen.

»Ich finde ihn für Sie heraus«, versprach Vanessa, offensichtlich zufrieden, dass sich jemand für ihre Neuigkeiten interessierte. »Schönes Wochenende. Ich werde hier sein, falls Sie irgendetwas brauchen. Dann kann ich endlich mal in Ruhe arbeiten.«

Sie drehte sich um und ging wieder in ihr kleines Büro.

»Ich mag sie nicht.« Gus starrte Vanessa hinterher und gab sich keine Mühe, leise zu reden.

Liz lächelte, denn Gus mochte nicht besonders viele Menschen. »Sie ist seit Jahren bei uns, und sie macht ihren Job gut. Wir sollten ihr eigentlich dankbar sein, dass sie uns auf dem Laufenden hält. So können wir uns überlegen, wie wir damit umgehen. Wir können die Presse nicht ewig davon abhalten, über Sara zu reden, aber nur diejenigen, die dem Präsidenten nahestehen, wissen von ihrer Beziehung zu Mad. Alles, was wir tun müssen, ist also, den Mund halten und uns gegebenenfalls eine Geschichte über einen Urlaubsflirt ausdenken. Dann wird es eine Eintagsfliege. Aber wenn du jetzt anfängst, gemein zu den Paparazzi zu sein, wissen sie, dass wir etwas zu verbergen haben.«

Gus schloss die Tür. »Gemein sein? Da kennst du mich schlecht. Ich hätte nicht übel Lust, ihre Leichen zu verscharren. Auf Kosten meiner Freundin Geld verdienen zu wollen, ist eine Schweinerei.«

»Dann pack schon mal die Schaufel aus, denn in dem Fall wartet Arbeit auf dich.« Liz ging auf ihr Büro zu.

Der Tag war fast zu Ende. Nachdem Zack ihre Anfrage, vom Dienst freigestellt zu werden, abgelehnt hatte, weigerte sie sich, Überstunden zu machen. Zumindest heute. Jetzt, wo sie endgültig aus dem engsten Kreis verbannt war, hatte sie es satt, herausfinden zu wollen, was los war. Natürlich war Gus eine ihrer besten Freundinnen, aber jetzt, wo sie mit Roman verlobt war, wusste sie vieles, was sie nicht preisgeben durfte. Die Perfect Gentlemen hüteten ihre Geheimnisse – und ihre besseren Hälften ebenso.

Liz wechselte das Thema. »Ist Roman gut losgekommen? Ich hoffe, der Verkehr war nicht zu heftig.«

»Der Verkehr war wunderbar!« Gus folgte ihr. »Ich sage dir, sein Schreibtisch ist vielleicht bequem. Ich werde mich nie wieder über seinen etwas traditionellen Geschmack beschweren. Und stabil ist er auch. Aber wenn du wissen willst, ob er rechtzeitig nach Camp David aufgebrochen ist, lautet die Antwort Ja. Alle Männer sind jetzt weg, also finde ich, wir Frauen sollten es uns nett machen. Lass uns doch heute Abend über einen Testlauf für meinen Junggesellinnenabschied nachdenken. Ich weiß, wir sollten alle auf der Hut sein und so, aber Everly und Holland werden uns perfekt vor den Arschlöchern beschützen, die versuchen, Zack zu manipulieren. Obwohl nicht auszuschließen ist, dass wir ihnen weiteres Erpressungsmaterial liefern.«

Mit all den glücklichen Frauen abzuhängen, die mit Sicherheit über ihre kürzlich vollzogenen oder bevorstehenden Hochzeiten sprechen würden, war momentan das Letzte, was Liz gebrauchen konnte. Es würde sie total aus der Bahn werfen. Sie freute sich zwar für ihre Freundinnen, aber jedes Wort rief ihr traurig in Erinnerung, dass Zack nur noch rein beruflich an ihr interessiert war. Es fühlte sich an, als ob sein Verlangen nach ihr seit dem Mord an Joy einen langsamen Tod starb.

»Es tut mir leid. Ich weiß, ich habe gesagt, dass ich mitkomme, aber ich kann nicht. Ich treffe mich am Montag mit dem neuen Anwalt meiner Schwester, deshalb möchte ich am Wochenende etwas über ihn recherchieren.«

Der Erpresser, der versuchte, Zack daran zu hindern, eine US-Erdgas-Pipeline zu errichten, hatte gedroht, den Aufenthalt ihrer Schwester als Teenager in einer psychiatrischen Anstalt aufzudecken. Es war etwas, wovon ihr künftiger Ex-Mann nichts wusste, und das er in ihrer bevorstehenden Scheidung und dem Streit ums Sorgerecht gegen ihre Schwester verwenden konnte. Das konnte Liz nicht zulassen.

Tatsächlich hatte der Erpresser jeden, der dem Präsidenten auch nur ansatzweise nahestand, bedroht. Er hatte angekündigt, die E-Mails öffentlich zu machen, die Roman und Joy während des Wahlkampfs ausgetauscht hatten, als sie eine nicht körperliche, sondern rein emotionale Affäre miteinander hatten. Er hatte ein Sextape aufgetrieben, das Gus mit einem früheren Liebhaber aufgenommen hatte. Sowohl Roman als auch Gus hatten angeboten, sich öffentlich zu ihren »Sünden« zu bekennen, um dem Erpresser den Wind aus den Segeln zu nehmen. Doch dieser verfügte über noch mehr schmutzige Details.

Nach Mads Tod hatte die FAA Ermittlungen über den Unfallhergang angestellt. Der Erpresser hatte behauptet, Beweise dafür zu haben, dass Zack Druck auf die US-Luftfahrtbehörde ausgeübt habe, die Ermittlungen einzustellen, damit Gabe nicht in den Tod ihres Freundes verwickelt wurde. Gabe schwor, dass er nichts mit Mads Ableben zu tun hatte, ebenso wie Zack gelobte, sich nicht in die Ermittlungen eingemischt zu haben. Aber wie würde die öffentliche Meinung darüber urteilen? Gemeinsam würden sie dem Sturm vielleicht standhalten, aber der Erpresser hatte auch Informationen über Connors Beteiligung an einer CIA-Operation, die zum Tod des Sohnes eines Kartellbosses geführt hatte. Wenn bekannt wurde, dass Connor an diesem Überfall teilgenommen hatte, würde das Kartell vor nichts haltmachen, um ihn zu vernichten. Connor mochte zwar mit fast jeder Bedrohung umzugehen wissen, aber was, wenn sie Rache an seiner sanften Frau Lara übten?

Mehr als einmal hatte Liz angeboten, ihren Posten zu verlassen, damit der Erpresser die Vergangenheit ihrer Schwester nicht mehr gegen Zack verwenden konnte, aber der hatte lediglich Annes Anwalt entlassen und durch einen hochpreisigen Pitbull ersetzt, der seiner Meinung nach besser mit dem Gemetzel würde umgehen können.

»Du musst überhaupt nichts machen«, versicherte Gus ihr. »Der neue Anwalt kümmert sich um alles. Außerdem befinden sich die Akten über den Fall in Atlanta, und da wirst du wohl kaum übers Wochenende hinfahren. Du sitzt in D. C. fest, stimmt's? So wie wir alle. Diese Arschlöcher.«

Die Männer sorgten sich, dass ihren Ehefrauen/Verlobten etwas zustoßen könnte, da Zack sich den Erpressern nicht gebeugt hatte. Liz verstand nur nicht, warum sie in den Arrest miteinbezogen wurde. Es war ja nicht so, als ob sie Zack persönlich noch etwas bedeutete. Warum also weigerte er sich, sie gehen zu lassen?

Es sei denn, Zack verdächtigte sie, ihn zu hintergehen.

Nach wochenlangem Überlegen war dies die einzige logische Erklärung für sein Beharren darauf, dass sie weiter für ihn arbeitete und sich im Weißen Haus einsperren ließ. Behalte deinen Feind im Auge und all das.

Liz seufzte. Wann waren sie zu Feinden geworden? Sie konnte den Zeitpunkt nicht festmachen. Nach jenem schicksalhaften Tag in Memphis hatte er sich zurückgezogen. Was nicht verwundern durfte, war er doch innerhalb einer Woche Witwer und Präsident geworden. Aber anstatt ihre Nähe zu suchen, als er allmählich wieder auf die Beine kam und seinen Schmerz überwand, war er nur noch mehr auf Distanz gegangen. Und dann hatte er ihr kürzlich mitgeteilt, dass sich seine Gefühle für sie geändert hatten und er sie jetzt als so etwas wie eine Schwester betrachtete. Nichts hätte sie mehr ins Herz treffen können.

Sie würde ihn nie als Bruder sehen können. Niemals. Sie konnte ihn nicht ansehen, in einem seiner maßgeschneiderten Anzüge, mit seinen breiten Schultern und diesem wie aus Granit gemeißelten Kinn, und so etwas wie eine familiäre Verbindung zu ihm verspüren – es sei denn, es zählte die Tatsache, dass sie einmal geglaubt hatte, sie werde eine Familie mit ihm gründen.

»Nein, ich werde mit ihm telefonieren«, räumte Liz ein. »Ich will nur einen aktuellen Stand, wie es läuft.«

»Zack lässt nicht zu, dass deiner Schwester irgendwas passiert.« Gus verschränkte nach Art der belehrenden großen Schwester die Arme vor der Brust. »Da ist mehr im Gange, als wir je gedacht hätten, Liz. Hab Geduld mit Zack. Er hat seine Gründe. Ich kenne sie nicht alle, aber ich glaube ganz fest daran, dass der Mann immer noch in dich verliebt ist.«

Er war nie in sie verliebt gewesen. Vielleicht hatte er das vor Jahren mal gedacht. Vielleicht war es nur Lust gewesen. Aber niemand, der eine Person liebte, konnte so kalt zu ihr sein wie Zack in letzter Zeit. Und er schien auch ständig gereizt zu sein. Sie konnte ihn nicht mehr beschwichtigen. Tatsächlich schien ihre Gegenwart ihn nur noch mehr zu beunruhigen.

Liz wollte gerade widersprechen, als es forsch an der Tür klopfte. Gus öffnete.

»Ich habe ihm gesagt, dass du gleich weg musst«, erklang Vanessas Stimme aus dem Vorzimmer.

Als der Mann sich aufdringlich durch die Tür schob, stöhnte Gus. Liz war versucht, mit einzustimmen. Dass Vizepräsident Wallace Shorn auf Zacks Wahlliste gelandet war, verdankte er nicht seinem Charme. Der ältere Mann, dessen Anzug um die Körpermitte herum zu eng saß, strahlte Ruhe und Erfahrung aus, das hatte zumindest Franklin Hayes gesagt, bevor er der Demenz erlegen war. Zusammen mit Joys Vater hatten sie Shorn, damals Senator in Florida, allein deshalb auserkoren, weil er einen Gegenpol zu Zacks intellektuell-elitärem Nordoststaaten-Flair bildete.

»Wie gehen wir mit den Gerüchten um, die seit dem Treffen mit dem Premierminister kursieren?«, wollte Wallace wissen. Er runzelte die Stirn. »Begreift der Präsident überhaupt, was er anrichtet, indem er sich weigert, über die Pipeline zu sprechen? Ich habe monatelange Arbeit in dieses Projekt gesteckt. Wohlgemerkt, ich war anfänglich dagegen. Die Pipeline wird uns in einen Krieg verwickeln, den wir nicht gewinnen können, aber ich war bereit, mich dafür einzusetzen, weil ich ein Teamplayer bin. Und dann verkündet er, dass alles abgeblasen ist, ohne mich auch nur zu Rate zu ziehen. Ich halte hier den Kopf hin. Ich habe Zusagen gemacht. Nächste Woche habe ich ein Treffen mit der Gas-Lobby und nicht die geringste Ahnung, was ich sagen soll.«

»Sie sollten mit Präsident Hayes persönlich reden«, entgegnete Gus. »Ich habe das Gefühl, die Pressesprecherin kann Ihnen Ihre Fragen auch nicht beantworten.«

Wallace warf Gus einen vernichtenden Blick zu. »Glauben Sie, ich wäre hier, wenn Hayes meine Anrufe entgegennehmen würde? Er geht mir aus dem Weg. Calder hat für nächste Woche ein Mittagessen angesetzt, aber ich brauche jetzt Antworten. Was ist los? Und was zur Hölle ist in England vorgefallen? Ich habe gehört, dass jemand aus dem Aufgebot des Premierministers verschwunden ist. Und wo wir gerade dabei sind: Wie konnten wir einen Secret-Service-Agenten verlieren? Keiner macht den Mund auf.«

Liz konnte keine der Fragen beantworten, da Zack sie nicht eingeweiht hatte. Früher hatte er ihr alles erzählt. Sie war diejenige gewesen, zu der er am Ende eines Tages kam, um mit ihr alles zu besprechen, was passiert war. Oft hatte er sie um Rat gefragt. Manchmal hatten sie mit Roman in der Privatwohnung zu Abend gegessen, alles besprochen und ihre Strategie geplant. Oft gingen diese Gespräche bis in die Morgenstunden, und sie übernachtete in einem der zahlreichen Gästezimmer des Weißen Hauses. Jedes Mal brachte Zack sie zur Tür, und sie tat so, als wären sie ganz gewöhnliche Menschen bei einem ganz normalen Date.

War es wirklich erst ein paar Monate her, dass sie ihm die Krawatte gerichtet hatte, bevor sie zu einer privaten Spendenveranstaltung gingen? Sie erinnerte sich an den Abend, als wäre es gestern gewesen. Sie waren zusammen nach New York geflogen, und sie hatte sich darum gekümmert, dass er einen passenden Anzug trug. Er hatte sich nicht gegen ihr Getue gewehrt. Wenn überhaupt, war er ihr näher gekommen und hatte ihr gesagt, wie schön sie aussah.

In jener Nacht hatte sein Blick verheißen, dass es nur noch eine Frage der Zeit war, bis die Trauer und die Umstände sie nicht mehr voneinander trennten. Seine Augen hatten versprochen, dass sie einen Weg finden würden, zusammen zu sein.

Seine Augen hatten gelogen.

»Tut mir leid, Mr Vice President. Ich weiß genauso viel wie Sie über die gegenwärtigen Pipeline-Pläne. Er hat sich dazu entschieden, seine Überlegungen in England nicht publik zu machen.« Sie würde sich nicht in diesen Streit einmischen, sondern ihren Job machen und das Pressebüro leiten. Sie würde vor der Presse stehen und pflichtbewusst jede Frage nach bestem Wissen beantworten. Sie würde nicht mehr Zacks Leben organisieren und auch nicht länger der Puffer zwischen ihm und seinen Ärgernissen sein. Darum konnte sich Roman kümmern. Der war Stabschef und außerdem ein Eingeweihter. Liz war zu einer bloßen Angestellten degradiert, und er bezahlte ihr nicht genug, um sich mit diesem Mist herumzuschlagen.

»Verkaufen Sie mich nicht für dumm. Jeder weiß, an wen man sich wenden muss, wenn man was vom Präsidenten braucht. Ich will ein Treffen mit Hayes und ein ausführliches Briefing über die Entwicklungen des Pipeline-Projekts«, beharrte Wallace und blickte sie scharf an. »Und bei der Gelegenheit heitern Sie ihn doch mal ein bisschen auf. In letzter Zeit ist er verdammt gereizt.«

Ihr sträubten sich die Nackenhaare. »Was soll das denn bitte heißen?«

Er verdrehte die Augen. »Sie beide durchschaut doch nun wirklich jeder. Um Himmels Willen, worum es auch immer bei Ihrem Streit geht, entschuldigen Sie sich und kümmern Sie sich um den Mann, damit er wieder gute Laune bekommt.«

Gus ging dazwischen. »Im Ernst jetzt, Wally …«

Liz musste einschreiten, bevor diese Auseinandersetzung hässlich wurde. Natürlich war Shorns Andeutung eine sexistische Beleidigung. Aber das Letzte, was sie gebrauchen konnte, war, dass Gus den Vizepräsidenten der Vereinigten Staaten vor dem gesamten Pressebüro niedermachte.

Liz manövrierte sich um ihre Freundin herum und hinderte auf diese Weise jeden draußen im Büro daran, ihren Gesichtsausdruck zu sehen. Sie senkte die Stimme. »Lassen Sie mich eins klarstellen: Ich bin die Pressesprecherin des Präsidenten. Ihre Andeutung, mein Wert bestünde darin, für die sexuelle Befriedigung des Präsidenten zu sorgen, ist eine Beleidigung. Ich bin hervorragend in meinem Job, der sich im Übrigen darauf beschränkt, die Mitteilungen des Präsidenten zu übermitteln und unvorteilhafte Meldungen über ihn aus der Presse herauszuhalten. Ich versichere Ihnen außerdem, dass ich nicht nur in der Lage bin, das Negative zu stoppen, sondern es ebenso gut veröffentlichen kann. Ich sehe vielleicht aus als könnte ich kein Wässerchen trüben, aber meine steile Karriere verdanke ich meinem siebten Sinn für das Aufstöbern hilfreicher Informationen. Zum Beispiel, Mr Vice President, weiß ich alles über den kleinen Zwischenfall Ihrer Frau bei Bloomingdale's letzten Monat. Es ist nicht das erste Mal, dass sie beim Ladendiebstahl erwischt wurde, oder? Ihr Verhaltensmuster legt nahe, dass sie ein Problem hat. Oh, Sie haben es sehr gut vertuscht. Aber ich bin besser, also schlage ich vor, dass Sie in Zukunft aufpassen, was Sie in meiner Gegenwart sagen.«

»Soll das etwa eine Drohung sein?«, fragte Wallace sichtlich erschüttert.

»Es ist ein Versprechen.«

Shorns Verhalten erinnerte Liz an einen Verdacht, den sie schon länger hegte. Die letzten Jahre hatten sie weich werden lassen. Sie hatte mehr Zeit damit verbracht, sich wegen Zack die Augen auszuheulen, als damit, die richtigen Fragen zu stellen. Irgendetwas spielte sich hinter den Kulissen ab, doch sie war zu sehr mit ihrem eigenen Liebeskummer beschäftigt, um das Problem zu erkennen.

Das würde nun aufhören.

»Sie sollten besser gehen.« Gus setzte ein hämisches Grinsen auf, das noch breiter wurde, als der ältere Herr die Aufforderung wutschnaubend befolgte. Sobald der Vizepräsident das Büro verlassen hatte, schloss Gus die Tür hinter ihm. »Das war die Liz, die ich kenne. Ich habe deine knallharte Seite vermisst, Süße.«

»Weißt du was? Ich auch. Ich gebe mit Vanessa noch eine letzte Pressemitteilung raus, und dann komme ich mit euch mit. Ich könnte einen Mädelsabend gebrauchen.«

»Alles klar.« Gus streckte begeistert einen Daumen in die Luft. »Wir rocken diese Stadt. Vielleicht können wir sogar einen heißen Stripper für dich auftreiben.«

Es war schon lustig, wie schnell Gus' Stimmung umschlagen konnte, wenn es die Umstände hergaben. Eben hatte sie noch Geduld gepredigt, jetzt redete sie von Strippern. »Ich denke, du hast gesagt, Zack liebt mich noch.«

»Tut er auch … aber wenn er Fotos von dir mit einem heißen exotischen Tänzer sieht, kriegt er vielleicht endlich den Arsch hoch. Außerdem würde ich zu gern sehen, wie Lara reagiert, wenn ein Typ im Tanga ihr mit seinem Gehänge im Gesicht rumwedelt. Sie wird entweder protestieren oder ihn zu einem Berufsmodell überreden, bei dem seinem Körper mehr Respekt gezollt wird. Ich persönlich finde Dollarscheine ja ein absolut probates Mittel, um dem Body eines heißen Typen Respekt zu zollen.«

Gus war unverbesserlich. Aber vielleicht war eine Nacht, in der sie ihre Clique zu wilden Unternehmungen verleitete, genau das, was Liz jetzt brauchte. Sie raffte die letzten Papiere auf ihrem Schreibtisch zusammen. »Oder sie wählt die sexbejahende Variante und lobt Stripper dafür, dass sie keine Stöcke im Arsch haben. Bin gleich wieder da.«

Sie nahm die Pressemitteilung, die sie über die bevorstehenden gesellschaftlichen Ereignisse des Weißen Hauses herausgeben musste. Um diese würde sie sich nun nicht mehr persönlich kümmern. Es war die Aufgabe der First Lady. Diese Rolle hatte sie die längste Zeit gespielt. Von jetzt an konnten Vanessa oder Gus das übernehmen.

Als sie zum Kopierer ging, hörte Liz, wie sich ein paar Praktikanten unterhielten.

»Ich weiß nicht, was ich machen soll. Ich glaube nicht, dass er in dem Zimmer sein sollte. Ich war nur oben, um ein paar Fotos für die Website zu machen«, sagte eine junge Frau.

Der braunhaarige Sohn eines Senators schüttelte den Kopf. »Wie ist er denn in dieses Büro gekommen? Was sollen wir machen, wenn der Präsident nicht da ist?«

»Hat er denn keine Pflegekraft oder so was?«

Verdammt. Ihr fiel nur eine Person ein, über die sie sprechen konnten. Aber das sollte nicht mehr ihr Problem sein. Als Zack sie ausgeschlossen hatte, hatte sie auch ihre Bereitschaft verloren, sich mit den demenzbedingten Episoden seines Vaters auseinanderzusetzen. Sie hatte also keinerlei Schuldgefühle, sich von Franklin Hayes abzuwenden. Sollte sich doch jemand anderes damit herumschlagen.

Das Problem war nur, dass Franklin schwierig sein konnte. In den letzten Jahren hatten sie vier verschiedene Pfleger eingestellt, und jeder davon hatte Hals über Kopf gekündigt. So, wie sie das einschätzte, hatte der Letzte beschlossen, dass er genug gelitten hatte, und war ohne ein Wort gegangen, und nun geisterte Frank unbeaufsichtigt im Weißen Haus herum. Normalerweise verließ er den Ostflügel nicht, aber an einem Freitagnachmittag waren sie personell dünn besetzt, vor allem, weil der Präsident seit ein paar Tagen nicht im Haus war.

Liz seufzte. So sehr sie es auch wollte, sie konnte den Mann nicht einfach sich selbst überlassen. Was, wenn er sich verletzte? Oder ihn jemand sah und an die Presse durchdrang, dass Zack sich nicht um seinen Vater kümmere. So betrachtet war es sogar ihr Job, Frank zu helfen.

»Vanessa, würdest du das am Montag rausgeben?«, sagte sie und übergab ihr die Unterlagen. »Und ruf mich an, falls der Vizepräsident irgendwelche Zicken machen sollte. Das kann ich jetzt nicht gebrauchen. Ich muss Frank einfangen.«

Vanessa stöhnte. »Ist er wieder abgehauen? Die sollten den alten Knacker an die Leine legen.«

Liz hätte die junge Frau getadelt … aber irgendwie hatte sie recht. Frank war verdammt anstrengend. Manchmal glaubte er, es wäre noch 1960 und jedes weibliche Wesen in der Nachbarschaft müsse sehen, wie er der Football-Mannschaft von Harvard den nackten Hintern zeigte.

Sie schüttelte sich. Manche Bilder würde sie einfach nie mehr aus dem Kopf bekommen.

Nachdem sie die Praktikanten gefragt hatte, wo sie Frank das letzte Mal gesehen hatten, beeilte Liz sich, ihn zu finden. Schnaufend stieg sie die Treppe in den zweiten Stock hinauf, wo sich die Privatwohnung befand. Sie konnte zumindest dankbar sein, dass Frank sich so gut wie nie nach unten begab.

Als sie auf das kleine, private Arbeitszimmer zusteuerte, das als Treaty Room bekannt war, erblickte sie einen Mann mittleren Alters in Klinikkluft, der aus dem Ostflügel angerannt kam.

»Tut mir so leid. Er hat geschlafen, als ich ins Bad ging.« Der Mann, den Liz als Franks Pfleger der Spätschicht erkannte, kam näher und wirkte durcheinander. »Wahrscheinlich spielt er mit Papieren oder so was. Er tut gern so, als ob er arbeitet.«

Liz runzelte die Stirn. »Eigentlich sollte die Tür abgeschlossen sein.«

Aber irgendjemand hatte es irgendwie geschafft, sie aufzubekommen.

»Er ist sehr gut darin, irgendwohin zu gelangen, wo er eigentlich nicht hingelangen kann«, beklagte sich der Pfleger, öffnete die Tür und trat hinein.

Und von Orten zu entkommen, die eigentlich sicher sein sollten, weshalb Frank jetzt im Weißen Haus lebte.

Zack hatte versucht, seinen Vater in einer Einrichtung für Demenzkranke unterzubringen. Aber der alte Herr war jedes Mal fuchsteufelswild geworden, wenn sie es geschafft hatten, ihn einzusperren. Und allzu oft gelang es ihm, auszureißen und dann lief er im Schlafanzug in den Straßen von D.C. herum und zog die Aufmerksamkeit der Presse auf sich, als er nach seinem Sohn suchte. PR-technisch war es ein absoluter Albtraum.

Nachdem sein letzter Ausflug die Schlagzeilen gefüllt hatte, saßen sie und Zack bis spät in die Nacht zusammen und er hatte ihr seine gemischten Gefühle anvertraut, die er seinem Vater gegenüber hegte. Franklin Hayes hatte Zack streng erzogen und hohe Erwartungen an seinen Sohn gestellt. Es war eine ziemliche Erleichterung gewesen, nicht mehr mit dem Mann unter einem Dach leben zu müssen, und er hätte in der Einrichtung eine wesentlich bessere Pflege genossen als überall sonst. Aber letztendlich hatte Zack eingesehen, dass sein in den Straßen umherirrender Vater nicht nur ein optisches Problem, sondern auch ein zu großes Sicherheitsrisiko war und es besser war, ihn in der Nähe zu haben.

Dasselbe machte Zack nun offensichtlich mit ihr. Er sah sie als Belastung. Sie durchschaute sein Verhalten, denn schließlich war sie diejenige gewesen, die ihm diese Taktik beigebracht hatte.

»Mr Hayes, Sie dürfen nicht hier drin sein. Kommen Sie, ich bringe Sie zurück ins Bett.«

Mit einem blauen Pyjama, einem dünnen, braunen Bademantel und Pantoffeln bekleidet, die aus den 1950er-Jahren stammen könnten, beäugte Frank sie misstrauisch. Für Außenstehende wirkte er absolut normal, wie jeder andere in die Jahre gekommene, bessergestellte Mann.

Er wandte sich wieder dem Schreibtisch zu und kramte in den Papieren, die jetzt auf der Oberfläche verteilt waren. »Das hier ist mein Büro. Wo sind meine Unterlagen? Wissen Sie denn nicht, dass ich in zwei Tagen ein Treffen mit dem Kreml habe? Wo ist denn Constance? Erzählen Sie mir nicht, dass sie wieder heult. Sie sollte langsam darüber wegkommen.«

Sobald er den Mund aufmachte, wurde Liz daran erinnert, dass der Schein oft trog und Franks Gedächtnis in der Vergangenheit gefangen war. Aus Erfahrung wusste sie auch, dass sie bei ihm hart durchgreifen musste. »Mr Hayes, das hier ist das Büro Ihres Sohnes, nicht Ihres. Sie arbeiten nicht mehr in der russischen Botschaft. Sie befinden sich im Weißen Haus, und Sie müssen in Ihre Räume zurück.«

Es war offensichtlich, dass er die Notizblöcke durchgesehen hatte, die Zack oft bei der Arbeit benutzte. Außerdem hatte er den Laptop eingeschaltet.

Zack zog dieses Büro dem Oval Office vor, wenn er keinen Besuch empfing. Wenn er alleine war, mochte er die Ungestörtheit des Treaty Rooms. Aber das wusste Frank nicht. Wahrscheinlich kam er hierher, weil es seinen Räumen am nächsten lag. Armer alter Mann …

»Mein Sohn ist noch ein Kind.« Frank hielt inne und blickte sich um. »Das ist nicht mein Büro. Wo bin ich?«

Liz verzog das Gesicht. Wenn Frank einen richtig schlechten Tag hatte, war die Zeitspanne, an die er sich erinnerte, extrem kurz.

Der Pfleger schritt ein und führte den Mann sanft aus dem Zimmer. »Ist schon gut, Mr Hayes. Wir bringen Sie zurück in Ihr Zimmer.«

»Wo ist mein Sohn? Ich will ihn noch mal sehen, bevor er zu Bett geht. Müsste er denn nicht hier sein?« Mit finsterer Miene schlenderte Frank den Flur entlang. »Sagen Sie nicht, dass er wieder mit diesen Flegeln aus der Schule zusammen ist. Ein schlechter Umgang, alle miteinander. Vor allem dieser Crawford-Bengel.«

Seufzend blickte Liz auf den Schreibtisch hinunter. Von Zacks gewohnter Ordnung und Organisation war nichts mehr zu sehen. Das war bei ihm schon fast zwanghaft. Sie unterdrückte den Impuls, alles wieder in Ordnung zu bringen, damit Zack sich durch das Chaos nicht gestört fühlte.

Ihre Fingerspitzen fuhren über den Notizblock, seine saubere, maskuline Handschrift. Sie vermisste ihn. Auch wenn er ein Arschloch war – sie vermisste ihn, als hätte sie ein Stück ihrer eigenen Seele verloren. So tief saß der Schmerz.

»Ms Matthews?«

Eine tiefe Stimme ließ sie mit einem kurzen Aufschrei herumfahren, wo ein Secret-Service-Agent stand und daneben Gus.

»Sorry, ich bin nur hergekommen, um zu sehen, ob ich mit Frank helfen kann. Der hat sich mal wieder selbständig gemacht«, erklärte sie und klappte den Notizblock zu. Sie sollte eigentlich auch nicht hier sein. Sie war nicht mehr willkommen. »Was gibt's?«

Gus reichte ihr die Prada-Handtasche, auf die sie so stolz gewesen war, als sie sie sich in New York gekauft hatte. Das war ihr letzter, schöner Ausflug mit Zack.

»Tut mir leid, wenn wir dich erschreckt haben, aber der hier hat darauf bestanden, dass wir dich suchen. Offenbar ist unser

Mädelsabend abgeblasen. Ich habe Mister Wichtig hier gesagt, dass er uns eine Runde Stripper schuldet.«

»Ma'am, ich habe die Anweisung, Sie zum Präsidenten zu bringen.« Der Agent starrte sie mit einem eiskalten, steinharten Blick an, der offenbar Voraussetzung war, um einen Job beim Secret Service zu bekommen.

Wollte Zack sie endlich gehen lassen und hatte sich entschlossen, ihr das persönlich mitzuteilen? Warum konnte er sie nicht per Textnachricht vor die Tür setzen? Machten das die hippen Leute heutzutage nicht alle so? Das wäre deutlich weniger demütigend.

Verwirrt runzelte Liz die Stirn. »Warum? Ist er nicht mit seinen Freunden in Camp David?«

»Exakt, aber ich werde ebenfalls eingesammelt. Und Roman geht nicht ans Telefon, um es mir zu erklären. Der kann vielleicht was erleben.«

Also wurde sie höchstwahrscheinlich nicht gefeuert. In dem Fall hatte Liz keine Ahnung, worum es bei dieser Vorladung beim Präsidenten ging und warum auch Gus mit von der Partie war. Aber sie wollte Zack nicht sehen, schon gar nicht, nachdem Wallace Shorn klargemacht hatte, was das Personal für ein Bild von ihrer Beziehung zum Präsidenten hatte. Nicht jetzt, wo sie etwas sensibel und verletzlich war.

»Und was, wenn ich nicht will?«, fragte sie.

Die Mundwinkel des Agenten zogen sich nach oben. »Dann müsste ich Sie zwingen. Und ich habe Handschellen, mit denen Sie atemberaubend aussehen würden.«

Na ja, immerhin flirtete er mit ihr. Da fühlte man sich als Frau doch gleich begehrt. Sie brauchte das, denn sie war sich ziemlich sicher, dass sie sich nach jenem Treffen mit Zack nicht im Mindesten begehrt fühlen würde. »Na schön, aber ich will eine Limousine – und wehe es gibt keinen Fusel.«

»Pech gehabt«, sagte Gus. »Wir nehmen einen Heli, und ich wurde informiert, dass sie Holland und Lara schon eingesammelt haben. Da es ihnen echt ernst zu sein scheint, uns dorthin zu karren, vermute ich, dass sie auch vorhaben, Everly und Sara dazu zu bitten. Aber ich habe eine Flasche Tequila mitgehen lassen.« Gus zauberte eine sündhaft teure Flasche Schnaps hervor.

»Ma'am, ich glaube nicht …« Als Gus ihm einen Blick zuwarf, der töten konnte, brach der Agent ab und nickte. »Wir versuchen, Ihnen den Flug so angenehm wie möglich zu machen, die Damen.«

Selbst der Secret Service fürchtete Gus, das war immerhin ein Vorteil. Aber irgendwas stimmte da nicht. Es gab nicht viele Gründe, weshalb sich die Perfect Gentlemen von den Frauen ihr Männerwochenende verderben ließen, und keiner davon war gut.

Mit einem Kloß im Hals folgte Liz dem Agenten und ihrer Freundin.

Sara Bond starrte aus dem Fenster ihres Zimmers in der Wohnung ihres Bruders in D.C. Die Lichter der Stadt flackerten in Erwartung der bevorstehenden Nacht. Die Eigentumswohnung verfügte über einen fantastischen Blick auf die Stadt, aber für Gabe musste es ja immer das Beste vom Besten sein. Das hatten seine Eltern ihm beigebracht. Geld war in ihrem Leben nie ein Problem gewesen.

Sie legte eine Hand auf ihren immer größer werdenden Bauch. Wenigstens diese Sicherheit hatte sie. Dem Baby würde es nie an Essen oder Kleidung mangeln. Wenn sie ihr Leben unter diesem Aspekt betrachtete, hatte sie keine schlechten Karten. Ihr Kind würde mit der Liebe einer Vaterfigur aufwachsen, denn ihr Bruder würde einspringen und diese Rolle für seine Nichte spielen. Sie blickte in eine gute, sichere Zukunft. Unter den alleinerziehenden Müttern hatte sie das große Los gezogen.

Warum also sollte das nicht reichen? Warum hatte sie ständig das Gefühl, dass ihr etwas Entscheidendes fehlte?

»Bist du fertig? Meine Herren, das Kleid sieht fabelhaft an dir aus.« Ihre Schwägerin kam herein und musterte sie von oben bis unten. »Diese Kugel steht dir verdammt gut. Aber … bist du sicher, dass du das riskieren willst? Es könnten Fotografen da sein. Viele interessieren sich jetzt für Gus und Roman, seit sie sich verlobt haben.«

Ihre »Kugel« wuchs und wuchs, und sie würde sie bald nicht mehr verbergen können. Bisher hatte sie sie gut verhüllt, aber seit letzter Woche blieb ihr nichts anderes mehr übrig, als Umstandskleidung zu tragen. Das Kleid, das sie heute gewählt hatte, war eindeutig dafür geschaffen, ihre anschwellende Mitte darin unterzubringen, und Sara war erstaunt, wie gut es ihr gefiel, den Beweis für das in ihr wachsende, geliebte Baby sehen zu können. Weshalb es ihr umso mehr widerstrebte, es so lange wie möglich verstecken zu müssen.

»Früher oder später wird die Presse sowieso dahinter kommen, dass ich schwanger bin. Vorerst werde ich den Bauch eben mit einem langen Pulli verhüllen und mich in der Mitte der Gruppe halten. Ich rede heute Abend mal mit Liz darüber, wie wir meine Schwangerschaft demnächst öffentlich machen können.«

Wie immer würden die Leute über den Vater des Kindes spekulieren. Mad hatte all seinen weltlichen Besitz Gabe hinterlassen, der beabsichtigte, ihr Crawford zu überschreiben, wenn das Baby auf der Welt war. Wenn sie das Ruder übernahm, würden sich die Spekulationen zu unverblümtem Klatsch auswachsen. Die Leute würden wahrscheinlich erraten, dass Maddox der Kindsvater gewesen war. Die Geschäftswelt würde mit Sicherheit reagieren, und sie würde die Klatschspalten in den Zeitungen füllen. Früher oder später würde sie zugeben müssen, dass Maddox Crawford sie geschwängert und dann sitzen gelassen hatte. Und dann … gestorben war.

Nach all den Monaten war dies das Niederschmetterndste von allem. Sie versuchte immer noch, sich damit abzufinden.

»Ich bin froh, dass Liz auch mitkommt. Ich hatte schon Angst, dass sie einen Rückzieher macht.« Everly sah schick und bereit für die Kameras aus in ihrem Etuikleid in lebhaftem Orange und den Mörder-Absätzen.

Aber komischerweise fühlte Schwarz sich für Sara richtig an, denn schließlich war sie immer noch in Trauer. Wie konnte sie einen Mann hassen und gleichzeitig von ganzem Herzen um ihn trauern?

Sara schnappte sich ihre Judith-Leiber-Clutch und zwängte ihre Füße in vernünftige Schuhe mit niedrigen Pfennigabsätzen. Sie würde heute Abend die Kleinste sein, aber damit musste sie leben. Sie konnte jetzt keine sündhaften Absätze gebrauchen, zumal ihre Füße abends oft anschwollen und sie hin und wieder Gleichgewichtsprobleme hatte. »Warum sollte Liz denn nicht kommen wollen?«

Everly wurde leicht rot, zuckte aber die Achseln. »Na ja, sie hatte echt viel zu tun, weil wir gerade erst aus London zurückgekommen sind, und als erste Brautjungfer von Gus hat sie eine Menge um die Ohren. Ich sage dir, Gus ist fest entschlossen, dass diese Hochzeit perfekt wird, also werde ich mich zurückhalten, alles tun, was Brautzilla sagt, und versuchen, zu überleben, bis sie endlich Ja gesagt hat.«

Irgendetwas an Everlys Gesichtsausdruck machte Sara misstrauisch. Zwar war sie schon eine Weile raus, weil sie sich bei ihren Eltern in den Hamptons verkrochen hatte, aber sie war einmal eine hervorragende Poker-Spielerin gewesen. Und Everly bluffte.

»Das ist nicht der Grund. Sag mir, warum Liz nicht mitkommen wollen sollte. Was ist los? Ist sie sauer, weil Gus und Roman heiraten? Ich dachte, sie und Zack würden bis nach dem Wahlkampf für seine Wiederwahl damit warten, den Bund fürs Leben zu schließen.«

»Nein, sie freut sich für Gus und Roman.« Everly seufzte. »Die Wahrheit ist, dass Liz und Zack nie wirklich zusammen waren. Nicht im eigentlichen Sinn.«

»Natürlich.« Niemand konnte die Chemie zwischen den beiden bestreiten. »Sie hat praktisch vom ersten Tag an die Rolle der First Lady gespielt. Ich weiß, dass Zack seit seiner Wahl offiziell in Trauer ist, aber er ist auch verrückt nach Liz. Das sieht man doch. Es ist nur eine Frage der Zeit, bis sie ihre Beziehung zugeben.«

Everly schüttelte den Kopf. »In den Hamptons warst du nicht ganz auf dem Laufenden. Ich wollte unsere gemeinsame Zeit nicht mit Klatsch vergeuden, aber … Zack hatte Dates.«

Das brachte Saras Welt ins Wanken. Zack war Superman. Er machte immer alles richtig. »Dates? Aber nicht mit der Frau, die seit Jahren an seiner Seite steht?«

Everly runzelte die Stirn. »Nein. Sein erstes Date hatte er mit einem Supermodel.«

Sara spürte, wie sich ein Knurren in ihrer Kehle formte. Normalerweise war sie total sanft und weiblich. Und eine gute Führungskraft. Nicht so mörderisch wie Liz oder Gus, oder so durchtrieben wie Everly und Holland. Wahrscheinlich entsprach sie am ehesten Lara. Aber Supermodel konnte sie auf den Tod nicht ausstehen. Nachdem Mad sich von ihr getrennt hatte, war er auf Supermodel-Tour gegangen. Vermutlich hätte er eine Art Michelin-Führer über die Vaginas der Supermodels schreiben können.

Everly hob die Hände, als hoffte sie, die Bestie in Schach zu halten. »Bevor du jetzt in die Luft gehst: Bei Zack steckt mehr dahinter, als dass er billigen Sex will. Nicht, dass er wirklich billig wäre. Ich bin sicher, dass diese Damen außerordentlich teuer sind.«

Sara kniff die Augen zusammen, denn sie begriff die ganze Geschichte immer noch nicht. »Was weißt du, was ich nicht weiß?«

Everly biss sich auf die Unterlippe und zuckte zusammen. »Ich kann nicht mit dir darüber reden, ehe ich nicht mit Gabe gesprochen habe. Tut mir leid, Sara. Es ist … eine Menge passiert.«

Sie winkte ab. Das kannte sie schon. Sie hatte ihr ganzes Leben lang mit den Jungs zu tun gehabt, und sie waren ein eingeschworener Kreis. Als sie bereit gewesen war, ihr Leben mit Maddox Crawford zu verbringen, hatte sie geglaubt, vielleicht ins Vertrauen gezogen zu werden, aber jetzt spielte es keine Rolle mehr. Am besten konzentrierte sie sich ganz auf ihr Baby. »Na gut, ich dränge dich nicht. Ich weiß, dass man sich lieber nicht in die Angelegenheiten der Brüder meines Bruders einmischen sollte. Vielleicht ist es auch besser, wenn ich es nicht weiß. Für einen Haufen ach so männlicher Männer musst du schon zugeben, dass sie ziemliche Drama-Queens sind.«

»Du weißt gar nicht, wie sehr«, stimmte Everly nickend zu. »Aber im Ernst, hasse Zack nicht. Du kennst nicht die ganze Geschichte.«

Etwas Gutes hatte es, außen vor zu sein. So konnte sie über die anderen urteilen. »Und das werde ich auch nie. Also, was mich betrifft, mag Zack vielleicht ein guter Präsident sein, aber er ist ein Arsch. Ich kann mich heute Abend zwar nicht mit euch betrinken, aber ich kann mich absolut an Selbstgerechtigkeit und Lästerei berauschen. Ich glaube, Liz wird heute meine beste Freundin sein.«

Tatsächlich achtete sie sehr darauf, was sie über Mad sagte, insbesondere vor den Frauen. Sie wollte nicht verbittert wirken und versuchte, ihren Gefühlen nicht allzu sehr Luft zu machen … außer gegenüber Gabe, wenn er sie hin und wieder in einem schwachen Moment erwischte. Aber heute würde es eine willkommene Abwechslung sein, eine Frau um sich zu haben, deren Mann ihr ebenfalls Leid angetan hatte. Die verstand, was es bedeutete, Zeit mit all den glücklichen Pärchen zu verbringen und sich für sie zu freuen, während man sich mit seinem eigenen Kummer und seiner Einsamkeit herumschlagen musste.

Everly trat neben sie, als sie den Flur entlang auf die Wohnungstür zugingen. »Ich bin so froh, dass du in die Stadt gekommen bist, um mit uns zusammen zu sein. Der Gedanke, dass du ganz allein da draußen hockst, gefällt mir gar nicht.«

»Allein? Schön wär's. Gus kommt alle naslang vorbei«, beklagte Sara sich mit einem gutmütigen Grinsen. »Oder du brauchst Hilfe beim Shoppen, weil angeblich keiner so stilsicher ist wie ich. Ja, genau, meine Liebe, das habe ich gemerkt. Connor und Lara haben das Haus nebenan gemietet und dann so getan, als wäre ihnen gar nicht aufgefallen, dass ich ihre Nachbarin sein würde, als sie ein langes Wochenende in den Hamptons verbrachten.«

»Wir machen uns alle Sorgen um dich, weil wir dich lieben.«

Sara hakte sich bei Everly unter. »Ich euch auch. Ist schon gut, Ev. Ich komme endlich wieder aus der Versenkung gekrochen und kann euch gar nicht genug dafür danken, dass ihr mir immer wieder gezeigt habt, dass ich nicht allein bin. Ich werde Mad vergeben. Ich will nicht sein Baby bekommen und dessen

Vater hassen. Ich habe beschlossen, mit der Vergangenheit abzuschließen und nach vorn zu blicken.«

Eine Zukunft ohne Mad. Selbst, als er sich mit anderen Frauen traf, hatte sie irgendwie noch gedacht, er würde irgendwann erwachsen werden und ihr gemeinsames Kind sehen wollen. Sie wäre niemals zu ihm zurückgekehrt. Diese Tür hatte er geschlossen, aber sie hatte sich eine Zukunft vorgestellt, in der sie einen Weg fanden, gute Eltern zu sein, vielleicht sogar Freunde.

Nun würde das niemals passieren, und sie hatte es endlich geschafft, ihren traurigen Frieden mit diesem Wissen zu machen. Stundenlang hatte sie zugesehen, wie sich die Wellen am Ufer brachen und über alles nachgedacht, was geschehen war, und schließlich damit abgeschlossen. Eines Nachts hatte sie am Strand sogar ihre ganz private Trauerfeier für Mad veranstaltet. Sie hatte Feuer gemacht und die letzten Fotos verbrannt, die es von ihnen zusammen gab, nicht im Groll, sondern, um endlich loslassen zu können. Sie hatte geweint und geschrien und den Mond über dem Ozean angeheult. Danach hatte sie so gut geschlafen wie seit Monaten nicht mehr.

Everly drückte ihren Arm. »Es wird alles gut. Du wirst sehen. In ein paar Monaten haben wir ein Baby, das wir lieben, und vermissen trotzdem …«

»Du kannst seinen Namen ruhig aussprechen.« Everly hatte auch einen großen Verlust erlitten, und am Anfang war Sara ihr alles andere als zugetan gewesen. Natürlich hatte sie nicht verstanden, warum Mad sich mit Everly abgegeben hatte. Heute wusste Sara, dass er die Nähe seiner Schwester und nicht einer neuen Geliebten gesucht hatte. Oft befürchtete sie, dass sie Everlys Trauer mit ihrer eigenen überschattet hatte.

»Dann haben wir ein Stück von Mad, das wir in Ehren halten können«, schloss Everly feierlich.

Sara nickte. Das war das Geschenk der vergangenen Monate. »Das werden wir. Gott, ich hoffe, dass sie nach mir kommt. Ich weiß nicht, ob ich mit einem weiblichen Mad klarkomme.«

Everly lachte. »Oh, das wäre ja kaum auszuhalten! Aber wie auch immer sie wird, sie wird unglaublich werden, denn dieses Baby wird das Beste von euch beiden in sich vereinen.« Sie schniefte und schüttelte die überbordenden Emotionen ab. »Ich kann es kaum erwarten, dass du Crawford leitest. Ich zähle praktisch schon die Tage.«

»Vielleicht nicht mehr, wenn unsere Aktien nach der Ankündigung in den Keller stürzen.« Das war eine von Saras großen Sorgen. Sie hatte einen Wirtschaftsabschluss von einer Ivy-League-Uni und lange bei Bond gearbeitet, aber das würde ihr erstes Mal als CEO sein, und sie hatte keine Ahnung, wie der Markt darauf reagieren würde.

»Der Vorstand wird geschlossen hinter dir stehen. Es wird großartig werden, und ich habe auch schon mit Liz und Gus darüber gesprochen, wie wir gute Presse machen. Die neue Kindertagesbetreuung auf dem Firmengelände und die elternfreundliche Arbeitsumgebung wird der Hammer. Wir werden Crawford auf ein ganz neues Niveau heben«, versprach Everly.

Es würde eine willkommene Herausforderung werden und eine gute Art, ihrer Tochter den Wert harter Arbeit beizubringen. Schließlich würde diese eines Tages die Firma erben.

Die Zukunft. Darauf würde Sara sich jetzt konzentrieren.

Sie und Everly waren an der Tür angekommen, als ein lautes Klopfen durch die Wohnung hallte.

»Das muss der Fahrservice sein. Wir treffen uns bei Gus und fahren von da aus mit der Limo.« Stirnrunzelnd warf Everly einen Blick auf ihre Armbanduhr. »Die sind aber früh dran.«

Sara öffnete die Tür. Sofort wusste sie, dass der Mann, der vor ihnen stand, nicht von einem Fahrservice war. Der breitschultrige, knallhart aussehende Mann mit seinem perfekt sitzenden, schwarzen Anzug und der Piloten-Sonnenbrille hatte garantiert noch nie einen Haufen feiernder Mädels in der Stadt herumgefahren. Das hier war ein ernsthafter Mann.

Sie suchte bei Everly Halt, denn manchmal überbrachten Männer, die so aussahen wie er, schreckliche Nachrichten. Was war Gabe zugestoßen? Sie konnte spüren, wie es ihr Herz vor Angst zusammenschnürte.

»Ich wurde vom Präsidenten geschickt, um Sie nach Camp David zu bringen.«

»Was?«, fragte Everly nach Luft schnappend. »Ist etwas passiert?«

Die steinerne Miene des Mannes regte sich nicht. »Alle sind wohlbehalten, aber die Gentlemen benötigen Ihre Anwesenheit.«

Sara ließ die Luft entweichen, die sie angehalten hatte. Gott sei Dank konnte sie wieder durchatmen. Vielleicht war das einer der Scherze der Jungs, bei denen sie immer außen vor war. Natürlich hatte sie sich auf einen Abend mit ihren Freundinnen gefreut, aber zu Hause zu bleiben und ein gutes Buch zu lesen, konnte ja auch ganz nett werden.

Sie trat zurück. »Ich komme hier schon zurecht, Ev. Ruf an, damit ich weiß, dass du gut angekommen bist, ja?«

»Ihre Anwesenheit ist ebenfalls vonnöten, Ms Bond«, erklärte der Mann in Schwarz. »Die anderen nehmen einen Hubschrauber, aber der Präsident meinte, aufgrund Ihres Zustandes wäre es bequemer, wenn wir Sie rausfahren. Wir müssen in fünf Minuten los, also packen Sie schnell das Nötigste ein. Wie mir mitgeteilt wurde, brauchen Sie sich um Toilettenartikel nicht zu kümmern, die werden bereitgestellt. Und was immer Sie an Kleidung oder sonstigen Gegenständen brauchen, wird Ihnen gebracht.«

Sie schüttelte den Kopf. »Ich bin mit keinem der Jungs verheiratet, also warum werde ich benötigt?«

Benötigt war in diesem Zusammenhang ein ausgesprochen merkwürdiges Wort ...

»Ma'am, mein Job ist es, Sie nach Camp David zu bringen.«

Und das würde er tun. In der Hoffnung auf Antworten blickte sie ihre Schwägerin an.

Everly zuckte mit den Schultern. »Keine Ahnung. Vielleicht ist es eine Überraschung für Gus? Lass uns mitspielen. Ich hole deine Schwangerschaftsvitamine. Brauchst du sonst noch was?«

»Nope. Wenn Zack mich schon entführt, kann er gefälligst für alles blechen, was ich während der Gefangenschaft brauche«, gab sie mit einem säuerlichen Lächeln zurück.

Everly ging ins Bad, während Sara sich für die Nacht ihrer Entführung bereit machte.

In Momenten wie diesen vermisste sie wirklich den Alkohol.

3

Zack lehnte sich zurück und nahm einen großen Schluck aus seinem Glas. Mad beharrte darauf: Was er getan habe, sei zu ihrer aller Schutz gewesen, bla bla bla.

Zack seufzte. Er hätte Mad eins überziehen sollen. So wie Gabe. Der hatte keine Fragen gestellt, sondern erst mal die Faust sprechen lassen. Und sogar Roman hatte Gewalt angedroht. Zack wünschte sich, die Zeit zurückdrehen zu können.

»Ich möchte jetzt von vorne bis hinten über diese Verschwörung aufgeklärt werden«, sagte Connor gerade. Er klang wesentlich ruhiger, als Zack sich fühlte.

Ihn und Dax schien Mads Rückkehr von den Toten gar nicht so sehr zu berühren. Vielleicht lernten die Jungs vom Militär und der CIA, wie man mit solchen Situationen klarkam – im Gegensatz zu den Bürohengsten der Harvard Law School.

»Wirst du, aber die Erklärung ergibt mehr Sinn, wenn der Mann dabei ist, mit dem ich zusammenarbeite«, sagte Mad.

Gabe runzelte die Stirn und beäugte Mad, als befürchte er, dieser könne sich jeden Augenblick in Luft auflösen. »Ich dachte, du arbeitest mit dem Secret Service zusammen?«

Die beiden hatten noch nicht zu ihrer alten Blutsbrüderschaft zurückgefunden, aber Gabe wirkte trotzdem sichtlich erleichtert, Mad wieder unter den Lebenden zu wissen.

»Nur mit Thomas und Matthew Kemp.« Mads Gesicht verfinsterte sich. »Es macht mir echt zu schaffen, dass es dem russischen Agenten gelungen ist, Matt kaltzumachen. Er war ein guter Kerl. Aber er war nicht die Schaltzentrale der Operation.«

Connor schnaubte. »›Die Schaltzentrale der Operation‹? Im Ernst jetzt? Das klingt aus deinem Mund komplett lächerlich.«

»Hey«, protestierte Mad, »meine Sporen als Spion habe ich mir verdient.« Seine Stimmung war binnen Sekunden von traurig zu schelmisch umgeschlagen.

Er war immer schon launenhaft gewesen, was ihm zeitweise den Spitznamen »Mad Hatter« eingebracht hatte – nach dem verrückten Hutmacher aus Alice im Wunderland.

»Mein Partner weiß, wovon er redet«, fuhr der kürzlich Auferstandene fort. »Gut, er ist komplett wahnsinnig und hat echte Probleme. Ich hoffe aber trotzdem, dass ihr einem Treffen zustimmt und ihm Zutritt gewährt.«

Dafür fehle dem Fremden die Sicherheitsfreigabe, wandte Roman ein, worauf sich ein Wortgefecht zwischen ihm und Mad entspann. Zack hielt sich zurück und beobachtete seine Freunde.

Er fühlte eigentlich gar nichts – außer einer plötzlichen Distanz zu ihnen. Auf einmal war er wieder zwölf Jahre alt und der Neue unter den coolen Kids. Am Anfang war sich Zack seines Platzes unter ihnen alles andere als sicher gewesen. Der Nerd, der ängstlich darum besorgt ist, den Erwartungen der anderen gerecht zu werden. Sein Vater hatte ihn immer spüren lassen, dass er ein Einzelkind bleiben würde – seine Geburt war schwierig gewesen, weitere Schwangerschaften kamen für seine Mutter nicht in Frage – und dass sämtliche elterlichen Hoffnungen deshalb allein von ihm, Zack, erfüllt werden mussten. Mit Mad und den anderen hatte er zum ersten Mal im Leben so etwas wie Kameradschaft empfunden, aber das Gefühl, richtig dazuzugehören, hatte sich erst Jahre später eingestellt.

Und jetzt war er wieder der Außenseiter. Ein russischer Spitzel. Eine Schachfigur auf tödlicher Mission gegen das Land, das sie alle liebten. Von der eigenen DNA zum Verräter gemacht. Mad hatte gegen ihn ermittelt! Zack beschlich das ungute Gefühl, hier, unter seinen Freunden, inzwischen fehl am Platze zu sein.

Ebenso beunruhigend war die Tatsache, dass Elizabeth Matthews in Kürze durch diese Tür treten würde. Der Hubschrauber müsste demnächst landen und die Limousine, je nach Verkehr stadtauswärts, nicht lange danach eintreffen. Jeder der Männer erwartete seine Frau. Und er, Zack, würde seine nicht in den Arm nehmen können. Weil er nicht mehr wusste, ob er ihr noch vertrauen konnte.

Warum, fragte er sich zum hundertsten Mal, hatte er darauf bestanden, dass auch Liz dabei sein sollte, als die anderen beschlossen hatten, ihre besseren Hälften an ihre Seite zu holen? Kaum hatte Mad vorgeschlagen, die Frauen kommen zu lassen, war das reinste Chaos ausgebrochen. Über eines aber waren sie sich einig gewesen: Die Frauen brauchten Schutz und mussten wissen, welche Gefahr ihnen drohte. Die jüngsten Ereignisse zwangen sie, zusammenzustehen, und Zack hatte die Vorstellung nicht ertragen, dass Elizabeth außen vor blieb.

»Mad, ich will jetzt echte Erklärungen«, verlangte Roman. »Du kannst nicht einfach auftauchen und dann erwarten, dass wir untätig herumsitzen. Hast du etwa eine Präsentation für uns vorbereitet? Ja? Du Mistkerl. Das darf ja wohl nicht wahr sein!«

Mad zuckte die Achseln. »Was kann ich dafür, wenn ich Dinge nun mal in Szene zu setzen weiß? Außerdem handelt es sich um lebenswichtige Informationen für alle Beteiligten. Euch muss ich ja wohl nicht erklären, wie ernst die Lage ist. Ich weiß, ihr seid sauer. Und ich weiß, ich bin nicht der Einzige, der seine Haut riskiert. Aber im Gegensatz zu euch war ich die ganze Zeit mutterseelenallein.«

Nein, das stimmte nicht, sinnierte Zack. Auch er fühlte sich mutterseelenallein – ohne Elizabeth. Seit er sich dazu gezwungen hatte, sich von ihr zu distanzieren, war ihm aufgegangen, wie sehr er im Alltag von ihr abhängig war. Wie oft war sie die Erste gewesen, mit der er morgens gesprochen, und die Letzte, der er eine gute Nacht gewünscht hatte? Selbst wenn er nicht bei ihr war, rief er sie an, ehe er sich schlafen legte. Unter dem Vorwand, etwas Geschäftliches durchsprechen zu wollen, klar. Es gab ja auch immer etwas, das noch geplant werden musste. Aber dann fragte er sie doch jedes Mal, wie ihr Tag gelaufen war, und sie erzählte ihm, was bei der Pressekonferenz Verrücktes passiert war oder wie Gus irgendeinem nervtötenden Lobbyisten die Meinung gegeigt hatte. Wenn er dann irgendwann auf die Uhr sah, waren Stunden vergangen.

Er vermisste sie, verdammt noch mal.

»Mutterseelenallein? Ach, komm schon«, sagte Dax. »Du hattest Matthew Kemp, du hattest Thomas, und du hattest Mister X.«

Zack hörte nur mit einem Ohr zu. Sicher, der mysteriöse Helfer interessierte ihn. Oder sollte es zumindest. Ihn beschlich jedoch die fatalistische Gewissheit, dass nichts, was jetzt gesagt oder getan wurde, noch irgendeine Bedeutung hatte. Wenn er Sergeij war, dann gründete sein ganzes Leben auf einer Lüge. Das wäre das Ende der Welt, wie er sie kannte – und insbesondere das Ende seiner Präsidentschaft. Selbst wenn er sich den Russen widersetzte und überlebte, müsste er von seinem Amt in Schande zurücktreten. Alles, wofür er sich je eingesetzt hatte, wäre dann umsonst gewesen.

Es hatte eine Zeit gegeben, als die Vorstellung, *nicht* Präsident zu werden, ihm unheimlich befreiend erschien. Hätte er die Wahl nicht gewonnen, hätte er ein Leben an Elizabeths Seite führen können … Das heißt, wenn sie nicht in Wirklichkeit für die Russen arbeitete. Vielleicht hätte er Erfüllung in seiner neuen Karriere gefunden. Vielleicht wäre es ihm gelungen, eine Familie zu gründen, die ganz anders funktionierte als alles, woran er sich aus seiner eigenen Kindheit erinnerte. Liebe statt Pflicht.

Ohne Elizabeth blieben ihm nur die Präsidentschaft und sein Erbe. Wie hohl und leer das klang!

»Mein Partner ist intelligent. Womit ich hingegen nicht gerechnet habe, als ich euch auf ihn gestoßen habe, war, dass du dich dabei in eine gewisse pazifistisch angehauchte Mieze verlieben würdest.« Mad warf Connor einen Blick zu und schnaubte. »Ich habe gebetet, dass du sie nicht umbringst. Sie war derart offensichtlich die Falsche für dich! Aber von ihrem Blog war mir klar, dass sie wertvolle Informationen besaß. Außer über Zacks Penisgröße. Das sind Dinge, von denen ich gar nichts wissen will. Aber ich war mir ziemlich sicher, dass sie und Everly sich bestens verstehen würden. Und was noch wichtiger ist: Sie kannte meinen Partner. Den ich zu der Zeit noch nicht richtig einordnen konnte. Deswegen brauchte ich euch. Ihr musstet ermitteln.«

Connor ging die Kinnlade runter. Das hatte Zack noch nie erlebt: Zum ersten Mal schienen Connor Sparks die Worte zu fehlen. Und nicht nur ihm.

»Meinst du etwa Freddy?«, fragte Zack mit finsterer Miene.

Freddy Gallagher war Lara Armstrongs Nachbar gewesen, als Connor Nachforschungen über sie anstellte. Ihre Website, Capitol Scandals, hatte Zack das Leben zur Hölle gemacht. Connor hatte herausfinden wollen, was sie über die Verschwörung rund um Mads (vermeintlichen) Tod wusste. Freddy, seines Zeichens langjähriger Verschwörungstheoretiker, hatte

Beweise dafür gefunden, dass Joys Tod keineswegs das unglückliche Resultat eines versuchten Anschlags auf Zack, sondern eiskalte Berechnung war: Jemand hatte sie umgebracht, damit Zack auf der darauffolgenden Sympathiewelle ins Weiße Haus gespült würde – und der Plan war aufgegangen.

Mad nickte. »Genau den. Freddy war zu der Zeit nicht besonders scharf darauf, sein Wissen weiterzugeben, also habe ich dafür gesorgt, dass er mit Connor in Kontakt kam. Und zwar indirekt, über Lara. Mir war klar, dass Freddy Connor als Schlipsträger von der Regierung abstempeln würde, ergo nicht vertrauenswürdig. Ich habe darauf spekuliert, dass Lara über seine Nachforschungen Bescheid weiß, und dass dann Connors Instinkt in Fahrt kommt. Ich habe so manche schlaflose Nacht verbracht, weil ich dachte, Connor verbockt es. Wer kann denn auch ahnen, dass er die vegane Prinzessin direkt mal flachlegt!«

»Das eine schließt ja das andere nicht aus.« Dax sah aus wie jemand, der genüsslich in einen Eimer Popcorn greift und das Drama genießt, das sich vor seinen Augen entfaltet.

Connor stichelte. »Hey, immerhin habe ich meiner Zukünftigen ganz traditionell den Hof gemacht. Manche Leute heiraten dazu ja erst mal jemand anderen und verschwenden Jahre ihres und unseres Lebens. Bis ich Lara im Griff hatte, sind maximal ein paar Wochen vergangen.«

»Ach ja?«, seufzte Gabe. »Redest du von derselben Lara, die vor Kurzem eine Pseudo-Enthüllungsstory darüber gebracht hat, wie sehr meine Firma doch die Umwelt verschmutzt? Von wegen ›im Griff‹.«

»Sie liebt eben unsere Mutter Erde.« Connor zuckte die Achseln. »Sie und ich haben einen Deal. Ich mische mich nicht in ihre Protestaktionen ein; sie fragt mich nicht über die CIA aus und ignoriert es, wenn ich gelegentlich mit blutverschmierten Klamotten heimkomme. Sie ist sogar besonders talentiert darin, die Flecken aus meinen Hemden rauszubekommen. Das ist enorm kostensparend.« Er wandte sich an Mad. »Wir müssen uns mal ernsthaft über Freddy unterhalten. Der Typ ist ein Irrer.«

»Und eine Bedrohung.« Zum ersten Mal während der Unterhaltung wurde Dax' Gesichtsausdruck ernst. »Um ein Haar wäre ich draufgegangen, als ich in seine Wohnung eingebrochen bin. Wusstest du das, Mad? Wusstest du, dass er im Flur eine Landmine deponiert hatte? Wie ein verdammter Hindernisparcours in einer tödlichen Version von *Die Stooges*.«

Mad sah ihn an, als sei er übergeschnappt. »Was meinst du, warum ich da nicht selbst rein bin?«

Dax erhob sich grollend.

Wenn Mad nicht aufpasste, würde er sich eine weitere Abreibung einhandeln. Zack hatte kein Bedürfnis, dem beizuwohnen. Wer Mad kannte, wusste, dass er keine wichtigen Details rausrücken würde, ohne eine große Show daraus zu machen. Das sollte eigentlich niemanden überraschen.

Mad und Dax traten sich gegenüber wie zwei Kampfhähne. Zack stand auf und ging an die Bar. Seine Gedanken fuhren Karussell.

Wie würde Elizabeth auf Mads Rückkehr von den Toten reagieren? Schockiert? Oder wusste sie es am Ende bereits? Er musste sie genau beobachten. Ja. Deshalb wollte er, dass sie herkam. Er brauchte sie in seiner Nähe, damit er jeden Gesichtsausdruck, jedes Wort, jede Geste analysieren konnte.

Das ging natürlich am besten, wenn er das Bett mit ihr teilte.

Vielleicht war er die Sache komplett falsch angegangen. Er hatte Liz zurückgewiesen, damit niemand auf die Idee kam, sie gegen ihn zu verwenden. Wenn sie allerdings über die Verschwörung Bescheid wusste, war es sinnvoller, ihre Nähe zu suchen.

Damit ich dich besser fressen kann …

Ja, in diesem Szenario war er der große böse Wolf und sie das unschuldige Rotkäppchen mit einem Korb voller Süßigkeiten. Oh Gott, wie sehr er davon naschen wollte. Er brauchte es. Lechzte danach. So lange schon.

»Ist das zu glauben?« Roman hatte den anderen ebenfalls den Rücken zugewandt und trat nun neben ihn, sein leeres Glas in der Hand.

Zack goss ihm nach. »Uns hätte klar sein müssen, dass Mads Tod eine Finte ist, als er alle seine Lieblingsnutten als Trauergäste zur Beerdigung geschickt hat. Mad bringt so schnell nichts um. Der Mann steht mit dem Teufel im Bunde.«

»Mad *ist* der Teufel«, gab Roman zurück. Er ließ den Blick über den offenen Raum schweifen, wo die anderen gerade darüber diskutierten, wer die Ehre haben würde, Mad den Kopf abzureißen. »Aber mal ehrlich, ich bin verdammt froh, dass er nicht tot ist. Irgendwie scheint wenigstens etwas auf der Welt wieder im Lot zu sein. Wobei er uns echt einfach hätte anrufen und uns alles erzählen sollen.«

»Du weißt, warum er das nicht konnte.«

Roman seufzte. »Du bist nicht Sergeij.«

Zack sah ihn scharf an. Die Indizien sprachen eine andere Sprache, das musste Roman einsehen.

»Also schön. Wir wissen nichts, und Mad hat noch nichts ausgespuckt.« Roman lehnte sich an die Bar. »Eines steht aber fest. Solltest du dieser mysteriöse Sergeij sein, wirst du zu verhindern wissen, dass die Russen dich benutzen. Ihre Pläne werden scheitern, weil du Integrität besitzt. Eher trittst du zurück, als dass du das Land an den Abgrund manövrierst.«

»Was macht dich da so sicher?« Diese Frage bescherte Zack seit einer Weile schlaflose Nächte. »Es wäre ja nicht das erste Mal, dass ich mich manipulieren lasse.«

Er hatte die Bekanntgabe einer Erdgas-Pipeline, die Europa aus dem Würgegriff Russlands befreien und die amerikanische Staatskasse füllen konnte, vertagt. Hatte den Bau auf die lange Bank geschoben. War das der erste in einer langen Reihe von Kompromissen gewesen, die zu schließen er sich gezwungen sah, um die Sicherheit derer, die er liebte, zu gewährleisten? Würde es von Mal zu Mal einfacher werden, den Forderungen der Russen nachzugeben?

»Ja, aber du weißt, wie du das geradebiegen kannst. Ich veröffentliche die Korrespondenz zwischen Joy und mir. Gus ist es egal, ob das Sexvideo von ihr veröffentlicht wird.« Roman nahm einen großen Schluck. »Das wird nur für mich hart. Aber ich wette, sie sieht fantastisch darin aus. Und die Sache mit Liz' Schwester hast du unter Kontrolle.«

»Und die anderen Drohungen? Ich bin mit meinem Latein am Ende. Connor und Lara werden in Lebensgefahr schweben. Mit der Luftfahrtbehörde werden Gabe und ich allerdings fertig, denke ich. Ich habe die Ermittlungen damals nicht abgewürgt.« Soweit sie wussten, war das jemand aus dem Pressebüro gewesen.

Nein, er musste die Sache beim Namen nennen. Liz hatte die Ermittlungen abgewürgt. Alles sprach dafür.

Liz war auch diejenige, die den Drohbrief »gefunden« hatte. Es ergab alles einen Sinn. Zacks Vater hatte Liz empfohlen. Er wusste etwas – jedenfalls vor seiner Krankheit. In seinem umnebelten Gehirn verbargen sich Informationen.

Sein Vater war der Schlüssel zu dem Geheimnis, aber Zack konnte keine zwei zusammenhängenden Sätze aus ihm herausbekommen. In den vergangenen Monaten hatte er wieder und wieder versucht, ihn zu befragen. Über die Jahre in Russland. Über den Tod seiner Mutter. Warum seine Mutter immer, wenn sie betrunken war, von einem Baby gesprochen hatte.

War dieses Baby der echte Zack Hayes?

Wann immer Zack seinem Vater diese Fragen stellte, erntete er einen gläsernen, unverständigen Blick. Oder eine Schimpftirade, bis die Pflegekraft mit einem Beruhigungsmittel kommen musste.

»Ich stelle Erkundigungen in der FAA-Sache an, aber es muss stillschweigend passieren«, sagte Roman leise. »Connor kümmert sich darum. Wir werden herausbekommen, was da gelaufen ist. Du hast nichts getan, was dich oder dein Land gefährden könnte. Ganz ehrlich, jetzt wo Mad wieder da ist, glaube ich mehr denn je, dass wir den Kampf gewinnen werden.«

»Wir wissen doch noch nicht einmal, gegen wen wir kämpfen.«

Roman sah ihn durchdringend an. Beinahe ekelhaftes Mitgefühl lag in seinen Augen. »Wir müssen die Sache mit Elizabeth klären.«

»Das versuche ich ja.«

»Indem du sie zu Mad bringst? Indem du sie in alle unsere Geheimnisse einweihst?«

»Unsere Geheimnisse kennt sie sowieso schon. Wenn sie wirklich die Spionin ist, für die du sie hältst, versichere ich dir, dass sie schon längst alles weiß, was es über mich zu wissen gibt.«

»Und wenn nicht, hast du die beste Beziehung deines Lebens ruiniert. Tu doch nicht so, als würdest du sie nicht lieben und kolossal unter der ganzen Geschichte leiden. Gus liebt Liz auch, weißt du? Und ich habe keine Ahnung mehr, was ich glauben soll. Mir steht es bis hier, den Bösen zu spielen, ich will einfach nur, dass es dir gut geht.«

Wenn es eines gab, worauf sich Zack verlassen konnte, dann, dass Roman Calder hinter ihm stand, was auch passierte. »Ich will auch nicht glauben, dass Elizabeth mit diesem Schlamassel irgendetwas zu tun hat. Aber alle Indizien sprechen dafür.«

»Vielleicht weil jemand versucht, einen Keil zwischen uns zu treiben.«

Zack klammerte sich an diesen Gedanken wie an einen Strohhalm im tosenden Meer. »Sie ist das schwächste Glied in der Kette. Und Mad hat zugegeben, dass er sich auch nicht sicher ist, welche Rolle sie spielt. Aber vielleicht weiß er trotzdem etwas. Als ich ihm gesagt habe, dass ich Elizabeth dieses Wochenende herbitte, hatte er keine Einwände.«

Roman hob die Hand. »Hör zu. Egal, was sie getan oder nicht getan hat, dir ist wohler, wenn du weißt, dass sie in Sicherheit ist. Ich finde, du solltest versuchen, eure Beziehung zu kitten.«

»Vielleicht hast du recht. Aber …«

»Es gibt zwei Möglichkeiten. Entweder Liz ist nicht in die Verschwörung verwickelt. Dann haben wir es mit einem verdammt gerissenen Gegner zu tun, dem klar ist, was sie dir bedeutet, der sie benutzt und den es nicht im Mindesten beeindruckt, dass du sie zurückgewiesen hast. Oder aber sie spielt ein falsches Spiel, und in dem Fall …«

»Ist es das Beste, sie in meiner Nähe zu haben.« Es beruhigte Zack jedes Mal aufs Neue, wenn ein politisches Superhirn zum selben Schluss kam wie er. »Und wenn sie unschuldig ist, tut das Wochenende vielleicht unserer Freundschaft gut.«

Roman verdrehte die Augen. »Was du eigentlich sagen willst, ist: Dann kriegst du sie vielleicht endlich ins Bett. *Das* ist der wahre Beziehungskitt. Aber nur zur Vorsicht sollten wir einen kleinen Test durchführen.«

»Was hast du vor?«

Roman setzte eine hinterlistige Miene auf – wobei manche behauptet hätten, das sei sein ganz normales Gesicht. Roman heckte ständig etwas aus. »Du fütterst sie mit irgendeinem pikanten Detail, das außer dir und mir niemand kennt. Irgendwas Erfundenes. Wenn es die Runde macht, wissen wir, dass sie etwas damit zu tun hat.«

Und wenn nicht, dann wäre das Lebensglück – egal wie temporär – in nicht mehr ganz so unerreichbare Ferne gerückt. Aber er musste sich all der Auswirkungen einer Beziehung mit Elizabeth klar werden. »Ich muss trotzdem Distanz zu ihr halten. Sie darf nicht zu eng mit mir verbunden sein, wenn sich herausstellt, dass ich ein russischer Spitzel bin, denn dann wäre ihr Leben ruiniert.«

»Eins nach dem anderen.« Roman klopfte ihm auf die Schulter. »Für heute Abend schlage ich vor, wir freuen uns darüber, dass unser Arschlochfreund am Leben ist und uns möglicherweise nützliche Informationen liefern kann, damit die Sache ein für alle Mal ein Ende hat.«

Zack verzog das Gesicht. »Na, ich weiß nicht.«

»Komm schon. Weg mit den Schuldgefühlen und dem Selbstmitleid. Lass uns heute einfach nur feiern, dass wir alle wieder zusammen sind. Wollen wir wetten, dass Everly und Sara wie zwei wilde Furien auf Mad losgehen werden?«

Zack lächelte. Dann holte ihn die Realität wieder ein. »Gabe muss mit Sara reden, ehe sie Mad sieht.«

Wie würde die werdende Mutter es aufnehmen, dass ihr Liebhaber von den Toten auferstanden war?

»Sie wird sich freuen – wenn auch vielleicht nicht sofort. Sie muss verstehen, dass Mad sie beschützen wollte. Diesen Teil der Geschichte glaube ich ihm«, sagte Roman. »So, und jetzt tief durchatmen und bereit machen für Aufruhr. Ich höre den Hubschrauber.«

Sämtliche Muskeln in Zacks Körper spannten sich unwillkürlich an. Elizabeth war hier. Jeden Moment würde sie mit Gus, Lara und Holland hereinspaziert kommen.

Minuten später hörte er die Tür, gefolgt vom Klackern von Gus' Stöckelschuhen. In der Hand hatte sie, wie konnte es anders sein, eine Flasche von Zacks bestem Tequila. Er hätte es wissen sollen: Wenn man Gus' Party sprengte, eröffnete sie woanders eine neue.

»Hi, Leute, wir sind da. Ich hoffe, ihr habt eine gute Erklärung für das plötzliche …«

Augustine Spencer verstummte. Wie angewurzelt stand sie da und starrte den sehr lebendigen Toten am anderen Ende des großen Raums an. Lara und Holland traten neben sie, beide mit vor Schock weit aufgerissenem Mund.

»Hey, Gus.« Mad mochte die beiden gern, aber Zack wusste, dass Gus in seinem Herzen immer einen besonderen Platz haben würde. Jahrelang war sie allein sein Bezugsrahmen gewesen. »Ich habe gedacht, du verzeihst mir vielleicht, wenn ich uneingeladen auf deiner Party auftauche.«

Roman trat neben ihn und sah seine Verlobte besorgt an.

Gus rang nach Luft und brach in Tränen aus. »Ja. Ich verzeihe dir.« Mit weit ausgebreiteten Armen trat sie auf Mad zu. »Ich wusste, du konntest nicht tot sein. Tief in mir wusste ich es. Du Scheißkerl.«

Sie warf sich in seine Arme und weinte hemmungslos.

Lara stemmte die Hände in die Hüften. »Ich freue mich, dass Sie am Leben sind, Mr Crawford, und kann Ihre Erklärung kaum erwarten. Wir werden aber ein ernstes Gespräch über die Umweltbelastung führen müssen, die Ihr vorgetäuschtes Ableben ausgelöst hat.«

Connor gelang es, seine Frau an den Schultern zu fassen, ehe sie mit ihrer Standpauke loslegen konnte. Er wusste, wie er ihre Aufmerksamkeit bekam. Er küsste sie.

Dax trat neben Holland, nahm ihre Hand, erklärte in leisen Worten, was vorgefallen war, und antwortete auf ihre Fragen.

Elizabeth stand abseits. Sie trug noch immer ihr Arbeitskostüm. Der Secret Service hatte sie offenbar abgefangen, ehe sie sich für Gus' spontane Party umziehen konnte. Aber auch so war sie die schönste Frau, die Zack je gesehen hatte.

Und – er konnte sich zwar nicht sicher sein, aber – ganz ohne Kleider musste sie umwerfend sein.

Sie wandte sich ihm zu. Ihre kristallblauen Augen fingen seine ein. *Einfangen*, das war das perfekte Wort. So fühlte er sich jedes Mal, wenn sie ihn ansah. Vor Jahren hatte sie ihn eingefangen, und jetzt weigerte sie sich, ihn gehen zu lassen.

Er konnte an keine andere Frau denken. Schon seit Ewigkeiten nicht mehr. Er war mit mehreren gefeierten Schönheiten ausgegangen, um den Schein zu wahren. Manche hatten angedeutet, dass sie mit ihm zu weit mehr bereit wären als einem freundschaftlichen Dinner. Aber Zack ertrug den Gedanken nicht, eine dieser Frauen zu berühren. Keine von ihnen hatte ihn bewegt.

Er sah zu, wie Elizabeth ihren Mut zusammennahm, die Schultern straffte, einen stählernen Blick aufsetzte und auf ihn zuging.

Sein Herz schlug schneller. Er war sich aber sicher, dass niemand das bemerkte. Er hatte früh gelernt, fast jede Gefühlsregung zu verbergen. Seinem Vater wäre es lieber gewesen, er hätte überhaupt keine Emotionen gehabt, hatte sich aber damit zufriedengegeben, dass es Zack für gewöhnlich gelang, ein ausdrucksloses Gesicht zu machen.

Elizabeth würde nicht auffallen, dass sein Schwanz sich, wie immer in ihrer Gegenwart, rührte. Zack konnte seine Gelüste mit Leichtigkeit unterdrücken – mit der einen Ausnahme: Elizabeth. Manchmal, so wie jetzt, wünschte er sich, ihr nie begegnet zu sein und nie erfahren zu haben, wie gut es sich anfühlte, sich zu verlieben.

»Mr President, ich verstehe, warum Sie mich haben rufen lassen. Heute Abend muss ich allerdings zurück nach Washington. Der Secret-Service-Agent hat mir gesagt, dass der Hubschrauber demnächst wieder zurückfliegt, und ich wäre gerne an Bord, sodass ich meine Arbeit tun kann.«

Gar nichts verstand sie. Er hasste es, wenn sie ihn »Mr President« nannte. Manchmal erging er sich in einem absurden Spiel und versuchte, sie so nervös zu machen, dass ihr versehentlich sein Vorname über die wunderschönen Lippen kam. Wenn ihm das gelang, triumphierte er innerlich.

»Ich habe ein Zimmer für dich herrichten lassen. Wenn du irgendetwas brauchst, lass es mich wissen, dann sorge ich dafür, dass du es bekommst. Wir werden ein paar Tage hier sein. Ich habe bereits eine der Praktikantinnen zu dir nach Hause geschickt, damit sie einige Dinge für dich packt.«

Roman hatte sich zu seiner Verlobten und den anderen Frauen gesellt. Sie löcherten Mad mit Fragen. Zack und Elizabeth standen abseits. Sie starrte ihn an. »Ich gehöre hier nicht hin. Ich verstehe überhaupt nicht, was los ist, aber ich werde tun, was von mir verlangt wird. Ich brauche Zeit zum Nachdenken, und ich brauche meinen Computer.«

Ja, natürlich. »Du bist nicht zum Arbeiten hier.«

»Warum dann?«

»Weil jemand vorhat, mich zu ermorden, und weil die Gefahr besteht, dass dieser jemand dich benutzen will, um an mich heranzukommen. Ich habe meine Meinung geändert. Ich will dich nicht mehr aus meinen Problemen raushalten. Das hat nicht funktioniert, also probieren wir etwas Neues. Du bleibst in unserer Nähe, in meiner Nähe. Mach es dir gemütlich. Es wird ein langes Wochenende.«

Er wandte sich ab und ging. Blieb er auch nur eine Sekunde länger, würde er ihr zeigen, wie nah er sie bei sich wünschte.

Zack warf einen Blick in sein Glas. Leer. Wenn er die nächsten Tage überleben wollte, brauchte er mehr Alkohol.

Mad zögerte. Seine Freunde verlangten nach einer Erklärung, aber damit sie schlüssig wurde, brauchte er Freddy. Freddy kannte jedes Detail, konnte jede Frage beantworten und die Geschichte bestätigen, die die anderen für irrsinnig halten würden. Freddy war aber auch paranoid und davon überzeugt, dass jemand es auf ihn abgesehen hatte. Inwiefern würde er sich einer Gruppe Fremder gegenüber äußern?

Um das Problem konnte sich Mad später kümmern. Fürs Erste musste er alle hinhalten, bis Freddy ankam. Thomas war auf der Suche nach ihm – aber Freddy hatte die Angewohnheit, einem aus den Händen zu flutschen. Mad konnte nur hoffen, dass die Suchaktion nicht zu lange dauerte. Und dass sich Freddy nicht zu sehr gegen Thomas zur Wehr setzen würde. Bis dahin mussten sie sich in Geduld üben. Es war zwar weder gut noch fair, mit der Geschichte hinter dem Berg zu halten, aber es war wichtig, dass alle verstanden, was passiert war, und an einem Strang zogen.

Bei Liz war er sich nicht sicher, auf welcher Seite sie stand.

Mad trat nach draußen und atmete tief ein. Für einen Augenblick war er allein. Mit der Kluft, die sich zwischen ihm und seinen Freunden auftat, hatte er nicht gerechnet. Er hatte wirklich geglaubt, dass er sich, sobald sie wieder vereint wären, angenommen fühlen und vielleicht sogar Frieden finden würde. Einen Anknüpfungspunkt an sein früheres Leben. Vielleicht war das naiv gewesen, aber ihre Wut traf ihn unerwartet.

Was nun als Nächstes passierte, entschied über sein Schicksal. Er musste erklären, was er herausgefunden hatte und warum er verschwunden war. Er musste sie davon überzeugen, dass es ihm allein um die Sicherheit seiner Familie gegangen war. Von ihnen allen.

Später. Als Erstes musste er sich für den Schock des Abends wappnen. Everly. Seine Schwester. Da sie inzwischen mit Gabe verheiratet war, würde sie bald eintreffen – und ihn mit einer Million Fragen bombardieren. Mad wollte sie beantworten. Er wollte ihr großer Bruder sein. Wenn sie ihn ließ.

Er wusste nicht, wann er Sara wiedersehen würde. Oh Gott, hoffentlich bald. Er vermisste sie so sehr. Er wollte sie zurückhaben. Ein neues Leben an ihrer Seite beginnen. Er wollte bei der Geburt seines Kinds dabei sein und Sara um ihre Hand bitten.

Eine Tür wurde hinter ihm zugezogen. Mad hielt die Luft an. Gabe.

»Ich muss dich etwas fragen. Nicht über dich und Freddy oder was du gemacht hast, während du weg warst. Etwas Persönliches.«

Damit hatte Mad gerechnet. Er hatte zwar gehofft, Gabe hätte das Drama zwischen ihnen beiden kurz vor seinem »Tod« wenigstens teilweise vergessen, aber Gabe besaß das Gedächtnis eines Elefanten.

Die Sonne ging gerade unter. Mad blickte starr geradeaus in die Baumwipfel, die sich sanft im Wind wiegten. Das war besser, als die Verbitterung im Gesicht seines besten Freunds sehen zu müssen. »Ich höre.«

Gabe trat neben ihn. »Warum hast du Everly über Deep Throat ausrichten lassen, dass sie mir nicht vertrauen kann?«

Das war leicht beantwortet.

Jetzt wandte sich Gabe seinem ehemals besten Freund zu. »Weil ich belauscht habe, was du an deinem ersten Tag bei Crawford über sie gesagt hast. Ich wollte meine Schwester beschützen.«

»Vor mir?« Gabe riss die Augen auf. »Wovon redest du?«

Mad hatte vor Wut gekocht, als er mitanhörte, wie nonchalant Gabe davon sprach, Everly Parker losgeworden zu sein. »Die Art, wie du in meinem Büro mit Connor über sie gesprochen hast, als wäre sie der Müll, den du raustragen musst! Schlimm genug, dass du davon ausgegangen bist, sie sei meine Geliebte, und dass du ihr kündigen wolltest. Aber dann erfahre ich, dass du sie bei der Beerdigung getroffen, sie für deinen privaten Stressabbau benutzt und dann noch fast gefeuert hast? Ja, da war ich angepisst. Du hast dich verhalten wie das größte Arschloch aller Zeiten. Du hattest sie nicht verdient.«

»Du hast das Büro verwanzt.«

Was das anging spürte Mad keinerlei Gewissensbisse. »Ich musste informiert bleiben. Und es war keine Wanze im eigentlichen Sinne. Die hätte Connor gefunden. Aber es gibt ein Hintertürchen zum Computer in meinem Büro. Von dort aus kann ich so ziemlich alles steuern, inklusive Mikrofon und Kamera. Du und meine Schwester treibt es viel zu oft auf meinem Schreibtisch.«

Okay, manches bereute er schon. Kleinigkeiten. Er hätte mit der Überwachung aufhören sollen, als ihm klar wurde, dass Gabe und seine Schwester glücklich waren. Aber er hatte weitergemacht, immer in der Hoffnung, auch nur das kleinste Detail über Sara aufzuschnappen.

»Du willst also über Schwestern sprechen, ja?« Gabes Kiefer verkrampfte sich.

Oh, für *den* Streit war Mad mehr als bereit. »Ja. Ja, will ich. Reden wir über den Tag, an dem ich dich im Cipriani's angefleht habe, mir zu glauben. Einen Teufel hast du getan. Ich dachte, dass gerade du … ich weiß auch nicht … auf meiner Seite wärst. Ich habe dir gesagt, dass ich Sara liebe.«

»Und dann hast du sie verlassen.«

»Wann habe ich vor Sara jemals gesagt, dass ich eine Frau liebe? Wann? Wann habe ich dir jemals anvertraut, dass ich mich verliebt habe? Kein einziges verdammtes Mal, Gabe. Du hättest wissen müssen, dass etwas nicht stimmt. Ich habe dir versprochen, dass ich alles für sie tun würde. Ich kann ein richtiges Arschloch sein, ich weiß, aber in all den Jahren unserer Freundschaft habe ich dir nicht ein einziges Mal etwas versprochen, was ich nicht gehalten habe.«

Gabe bohrte Mad den Zeigefinger in die Brust. »Es ist mir egal, was du gesagt hast. Es geht darum, was du *getan* hast. Du hast sie sitzen lassen. Du wusstest, dass sie schwanger ist, und hast sie auf die grausamste Art verlassen. Per Textnachricht. Und dann bist du noch am selben Abend mit irgendeinem bescheuerten Supermodel ausgegangen. Was sollte ich denn denken?«

»Und Zack? Der hat ungefähr das Gleiche getan. Hättest du nichts von der riesigen Verschwörung gegen ihn gewusst, was hättest du dann gedacht, als er Liz den Laufpass gegeben hat?«, fragte Mad.

Gabe schwieg einen Augenblick. Zu sehen, wie für einen kurzen Moment Schuldgefühle über das Gesicht seines Freundes huschten, versetzte Mad einen Tritt in die Magengrube. Aber er wusste, was Gabe sagen würde. Wusste es, noch ehe er fragte.

»Das ist nicht das Gleiche.«

»Weil Zack Captain America ist und ich nur ein überprivilegiertes Arschloch, das Frauen wie Dreck behandelt.« Mad machte einen Schritt zurück. »Schön. Mehr brauche ich nicht zu wissen.«

»Scheiße noch mal, Mad. Sie ist meine Schwester.«

»Und die Liebe meines Lebens. Ich hoffe und bete, dass sie das besser versteht als du.«

Sie würde es verstehen, oder etwa nicht? Sara kannte ihn. Wenn das ganze Chaos beseitigt war, würde er vor ihr stehen und ihr alles sagen. In ihren Augen würde er Verständnis und Vergebung lesen. Oder? Oh Gott, hoffentlich war die Sache vom Tisch, bevor das Baby auf die Welt kam.

Aber nach dem unterkühlten Empfang begann Mad sich allmählich Sorgen zu machen …

»Was genau verstehe ich deiner Meinung nach nicht?« Gabe knirschte mit den Zähnen. »Du hast ihr gesagt, du würdest für die Abtreibung zahlen. Per *Textnachricht.*«

Mad hasste jedes Wort, das er an dem Abend in sein Telefon getippt und wie er sich verhalten hatte. Er wusste aber auch, dass es nötig gewesen war, um Sara zu schützen. »Auch das hätte dich stutzig machen sollen, weil ich dir doch versprochen hatte, dass ich auf sie aufpasse. Erinnerst du dich an den Abend zwei Tage, bevor ich Sara verlassen habe? Wir waren in einer Bar in Hell's Kitchen und haben zufällig alte Freunde aus Yale getroffen. Hinterher saßen wir im Park und haben uns darüber unterhalten, wie jämmerlich uns ihr Leben vorkam.«

»Ja, ich erinnere mich«, erwiderte Gabe. Seine Stimme klang weicher. »Ich habe gewitzelt, dass du mich bitte erschießen sollst, wenn ich je anfange, stundenlang über Babywindeln zu reden.«

»Und was habe ich gesagt, Gabe?«

»Dass es Schlimmeres gibt. Und dass in Wirklichkeit wir die Jammerlappen sind. Nicht in der Lage, eine Frau zu finden, die es mit uns aushält. Du hast gesagt: ›Vielleicht ist es an der Zeit, erwachsen zu werden.‹« Gabe sah ihn fragend an. »Du wusstest also bereits, dass Sara schwanger ist?«

»Ja, seit ein paar Tagen«, gab er zu. »Als Sara es mir gesagt hat – das war der beste Abend meines Lebens. Ich musste meine ganze Willenskraft aufbieten, um es dir an dem Abend im Park nicht zu sagen, aber Sara wollte noch warten, ehe wir es bekannt geben. Sie wollte erst noch zum Arzt. Und überlegen, wie sie es dir beibringt. Ich wusste, dass ich sie heiraten will, aber mein Antrag sollte etwas ganz Besonderes werden. Ich hatte alles geplant, Mann. Der große Tag sollte die Met-Gala sein. Und dann … haben die Russen alles verkackt.«

Gabe fuhr sich mit der Hand durchs sandblonde Haar. »An unser Gespräch im Park habe ich nie gedacht. Ich habe an gar nichts gedacht, außer daran, dass du das Leben meiner Schwester zerstört hast.«

»Ich hätte mein eigenes Leben um ein Haar bei dem Versuch zerstört, sie, dich, unser Baby, uns alle zu retten. Glaub nicht, ich wüsste nicht, wie sehr sie gelitten hat.« Mad seufzte, versuchte, sich zusammenzureißen. »Ich verstehe deine Wut. Als ich dich in meinem Büro über Everly habe reden hören, da habe ich einfach nur rotgesehen. Ich bin froh, dass ihr euch berappelt habt. Meinen Glückwunsch.«

Mad wandte sich ab. Er musste irgendwie Dampf ablassen. Entspannen. Schlafen. Am besten in einem echten Bett. Zum ersten Mal seit Monaten. Vielleicht sähe am Morgen alles rosiger aus.

Gabe griff ihn am Arm. »Mad, stopp. Es tut mir leid. Ich war im Unrecht. Ich hätte bei dem Lunch mit dir reden sollen, anstatt dich anzubrüllen. Ich hätte auf deiner Seite sein sollen.« Er streckte die Hand aus. »Ich bin froh, dass du lebst. Ich bin froh, dass du zurück bist.«

Mad starrte die Hand an. Das konnte ein Trick sein. »Damit du mich umbringen kannst?«

»Weil du jetzt deinem Kind ein Vater sein kannst. Und weil ich nicht mehr mit einem Rudel Frauen allein bleiben muss.« Gabe versuchte ein Lachen, dann brach er ab. »Weil es jetzt vielleicht einen Weg gibt, wie ich wieder dein Bruder sein kann.«

Mad ergriff Gabes Hand und drückte sie. Seine Beziehungen zu reparieren würde schwerer werden als erwartet, aber er war wild entschlossen, seine Familie zurückzubekommen, insbesondere Sara. Niemand auf der ganzen Welt kannte oder liebte ihn so wie sie.

Gabe zog ihn an sich, umarmte ihn und schlug ihm leicht auf den Rücken. »Ich bin wirklich froh, dass du wieder da bist. Die Welt war scheiße ohne dich.«

Mad hatte seine Freunde auch vermisst. Es machte ihn traurig, nicht dabei gewesen zu sein, als sich einer nach dem anderen zusammengerissen und an die Liebe seines Lebens gebunden hatte. Mad hatte alles aus der Ferne beobachtet – und doch so viel verpasst. »Ich wünschte, ich wäre bei eurer Hochzeit gewesen. Bitte, sag, dass Connor und Dax einen anständigen Junggesellenabschied für dich organisiert haben.«

Gabe löste sich aus der Umarmung und lächelte breit. »Keine einzige Stripperin.«

Der blanke Horror. »Vielleicht brauchen wir so was wie eine nachträgliche Hochzeitssause.«

Gabe grinste. »Vergiss es. Ich bin glücklich verheiratet und komme sehr gut ohne Stripperinnen aus. Ich mag mein Leben.«

Ja. Ein solches Leben wollte Mad auch. Mit Sara. »Mein Traum ist es, dass sich alles nur um uns dreht. Um uns sechs, mit unseren Frauen und Kindern.«

»Dafür kann ich sorgen, wenn du es schaffst, dass meine Schwester dir vergibt. Und das wird keinesfalls einfach, nur dass du es weißt.«

Sara war der versöhnlichste Mensch, den er kannte. Wenn er ihr erklärt hatte, warum er sie verlassen musste und was er alles getan hatte, damit sie in Sicherheit war, bestand doch immerhin eine Chance, dass sie da weitermachen konnten, wo sie aufgehört hatten, oder? Vielleicht …

»Ich fahre in den nächsten Tagen zu ihr. Ich erkläre ihr alles und flehe um Gnade. Das schwöre ich.« Sobald es sicher genug war, das gelobte er, würde er vor ihrer Tür stehen, den Hut in der Hand, bereit, sie für den Rest seines Lebens zu lieben.

»Du weißt aber schon, dass *alle* Frauen kommen, oder?«

Mad erstarrte. »*Alle* Frauen?«

Aus dem Augenwinkel sah er ein Auto in die Auffahrt einbiegen, zählte aber eins und eins nicht gleich zusammen, weil er zu beschäftigt damit war, Gabes Worten ihren Sinn zu entlocken. »Aber nicht Sara. Sara ist in den Hamptons.«

Gabe schüttelte den Kopf. »Sie ist heute Morgen nach Washington gekommen. Die Frauen wollten zusammen feiern, während Zack, die anderen und ich hier abhängen. Als du auftauchtest, hat Zack den Secret Service angewiesen, die Frauen alle herzubringen. Sie kommen jeden Moment an. Ich denke, es ist besser, wenn ich zuerst mit Sara rede, damit der Schock nicht ganz so groß ausfällt.«

Aber es war zu spät. Die Tür der Limousine schwang auf und Sara stieg aus dem Wagen. Mad stockte der Atem. Gott, wie schön sie war! Im goldenen Licht der untergehenden Sonne schimmerte ihr Schopf in zahllosen Facetten. Ihr Haar hatte ihn immer schon fasziniert. Wie seidig es sich anfühlte, wenn sie sich liebten und er eine Strähne um seinen Finger wickelte. Ihre Haare waren weder brünett noch blond, sondern eine Mischung aus beidem, mit einem Hauch von funkelndem Rot.

Sie wandte sich Everly zu. Er sah die Silhouette ihres sich wölbenden Bauchs – der Beweis, dass sie sein Kind unter dem Herzen trug. Ihm stockte der Atem. Er liebte sie so sehr! Und genauso sehr würde er das Baby lieben.

Wenn sie ihn ließ.

Oh Gott. Sie war hier. Jetzt. Er hatte keine Rede vorbereitet. Er wusste überhaupt nicht, was er sagen sollte. Er wusste nur, dass er eine furchtbare Angst hatte, sie könne ihn nicht mehr lieben.

»Mad, mach, dass du ins Haus kommst, ehe sie dich sieht«, drängelte Gabe. »Sie darf es nicht auf diese Weise erfahren.«

Gabe hatte recht – aber dann fiel Everlys Blick auf Mad. Sie kniff die Augen zusammen, als habe sie eine Fata Morgana gesehen. Dann hob sie den Arm und zeigte in seine Richtung. Auf ihren Lippen formte sich sein Name.

Sara drehte sich um. Ihre Augen weiteten sich. Ihre Kinnlade klappte nach unten. Sie wurde bleich. Dann gaben ihre Knie nach.

Mad sprintete auf sie zu, um sie noch rechtzeitig zu erreichen, und hoffte inständig, dass er nicht alles verbockt hatte.

4

Sara hatte einen wunderschönen Traum. Sie war wieder in New York, toll gekleidet und zurechtgemacht für die Met Gala mit Mad. Diesmal war es ein besonderer Abend, an dem sie nicht warten musste. Er war sogar überpünktlich.

Ich konnte es nicht abwarten. Musste dich sehen. Ich mag meine Nächte nicht ohne dich verbringen.

Sie drehte sich zu ihm und lächelte. *Dann solltest du vielleicht bei mir einziehen.*

Er schürzte die Lippen, halb triumphierend, halb spitzbübisch – typisch Mad eben. *Ich werde nie wieder nach Hause gehen.* Dann hielt er inne und wurde ernst. *Du bist mein Zuhause. Du und dieser Bauchzwerg.*

Du nennst unser Kind nicht Zwerg.

Er berührte ihren Bauch. *Ich nenne es unser Kind.*

Sara schmolz dahin. Sie wollte nicht aufwachen. Dieser Traum war der schönste ihrer wiederkehrenden Träume der letzten Zeit. Sie schwankten zwischen schläfrigen Fantasien, in denen sie und Mad sich liebten, und Albträumen, in denen sie mit ihm an Bord des Flugzeugs war, als es abstürzte. Doch nach beiden Träumen musste sie der Wahrheit ins Gesicht sehen, dass er an jenem Abend nicht gekommen war. Er hatte ganz grausam per Textnachricht mit ihr Schluss gemacht. Jeden Morgen, wenn sie aufwachte, musste sie sich daran erinnern, dass er tot war, dass er nie ihr Kind kennenlernen würde und der Kleinen erst recht keine Spitznamen geben konnte, für die sie sich als Teenager schämen würde. Mad gab es nicht mehr, und Sara hatte schließlich akzeptiert, dass er sie nie geliebt hatte.

Doch auch wenn es nur Träume waren, wünschte Sara sich jedes Mal, dass sie ein paar Momente mehr mit ihm in diesem süßen nächtlichen Paradies verbringen könnte.

»Ich werde auf sie aufpassen«, sagte eine ihr vertraute Stimme, die sie nicht zuordnen konnte.

»Holland sagt, dass es ihr gut geht«, erwiderte ihr Bruder. »Sie hatte nur einen Schock, aber dank Everly ist sie nicht auf dem Boden gelandet. Ich frage mich, ob es nicht besser wäre, einen Arzt zu rufen, nur zur Sicherheit.«

»Auf jeden Fall«, sagte die Männerstimme, die ihr so bekannt vorkam. »Oder vielleicht sollten wir sie medizinisch versorgen lassen.«

Oh Gott, das passierte nicht wirklich.

Sara setzte sich auf, sie sah noch immer verschwommen und ihr war schwindelig. Sie musste das Bewusstsein verloren haben, aber jetzt erinnerte sie sich, warum.

Sie hatte einen Geist gesehen.

Als sie aus der Limousine gestiegen war, hatte ihr die Sonne ins Gesicht geschienen, und sie hätte schwören können, dass nur wenige Meter von ihr entfernt im blendenden Licht Maddox stand. Jetzt kam sie sich dumm vor. Es war eine Sache, nachts von ihm zu träumen, aber wenn das jetzt schon tagsüber anfing? Dieser Schwachsinn musste ein Ende haben. »Tut mir leid, dass es wegen mir so viel Aufhebens gab. Mir geht's gut. Ich dachte, ich hätte –«

Sie drehte sich um und sah genau hin. Dort war er. Kein Trugbild, keine Halluzination. Maddox Crawford in Fleisch und Blut.

Sara starrte ihn an, blinzelte. »Ach du meine Güte.«

Er eilte zu ihr, kniete sich neben das Bett und nahm ihre

Hände. »Liebling, geht es dir gut? Ich habe gesehen, wie du draußen zusammengebrochen bist, aber ich war nicht schnell genug bei dir. Ich habe mir solche Sorgen gemacht. Wir sollten dich ins Krankenhaus bringen. Holland kennt sich zwar in medizinischen Dingen aus, aber sie ist keine Gynäkologin.«

Sie schloss die Augen. »Scheinbar träume ich noch.«

»Tust du nicht.« Er umschloss ihre Hände. »Ich bin es wirklich.«

Er sah aus wie Mad, hatte dieselben durchdringenden grünen Augen und die dunklen Haare wie Mad. Er sprach sogar wie Mad. Jetzt erkannte sie die weiche, tiefe Stimme wieder. Wenn er mit ihr redete, wirkte es fast intim. Aber dieser Mann konnte nicht Mad sein. Seine Haare waren länger und reichten bis über seine Ohren. Seine Hände waren nicht glatt und perfekt manikürt, sondern rau und schwielig und kräftiger. In seinem Blick las sie nicht die gewohnte Nach-mir-die-Sintflut-Mentalität, sondern ein schreckliches Wissen und noch quälendere Sehnsucht.

»Sag etwas. Mir ist klar, dass das ein Schock für dich sein muss, aber ich bin echt. Ich lebe. Und ich kann alles erklären.«

Was gab es denn zu erklären? Bevor sie zusammengekommen waren, war Sara überzeugt gewesen, dass er ein verwöhnter, reicher Playboy war, der nichts ernst nahm. So hatten ihn alle eingeschätzt. Doch als er mit ihr geflirtet und sie angelächelt und berührt hatte, als er ihr Dinge ins Ohr geflüstert, sie geküsst und geliebt hatte, hatte sie einen ganz anderen Mad kennengelernt.

Nein, sie hatte nur eine Fassade gesehen. Der sanfte, liebende Maddox Crawford war ein Trugbild. Derjenige, der ihr sein gefühlloses *Sayonara* per Textnachricht geschickt hatte – das war der echte Mad.

Sie legte eine Hand auf ihren Bauch und zwang sich, sich

aufzusetzen. Offensichtlich befand sie sich in einem Schlafzimmer. In Camp David war sie noch nie gewesen, aber es war geschmackvoll eingerichtet, wie alle Orte, an denen der Präsident sich aufhielt. Das Zimmer war zudem recht groß. Das musste es auch sein, da alle Menschen, die ihr etwas bedeuteten, gerade hier waren und sie umringten. »Ich bin verwirrt.«

Holland kam mit einem sanften, verständnisvollen Blick näher. »Süße, du bist ohnmächtig geworden.«

»Ich weiß.« Hatte sie das Baby dabei verletzt?

Als die Frage zu ihr durchdrang, schnappte Sara nach Luft und hielt sich den Bauch.

Holland schien ihre Sorge zu verstehen. »Dir geht es gut. Und dem Baby auch. Du hattest bloß einen Schock. Du bist in Camp David, in der Aspen Lodge. Hier bist du sicher. Hier kann dir nichts passieren.«

Dem Präsidenten gehörte die größte der achtzehn Hütten von Camp David. Das wusste sie. Neu war ihr, dass hier Tote wiederauferstehen konnten.

Ihr Bruder sah besorgt zu ihr herab. »Sara? Geht es dir gut?«

»Also ihr Blutdruck ist super. Das Herz des Kindes schlägt kräftig und im Normbereich. Ihr geht es wirklich gut«, fasste Holland noch einmal zusammen. »Zumindest körperlich. Vom Psychischen her könnte ich euch alle umbringen, weil sie die Neuigkeit auf diese Weise erfahren hat.«

»Drama«, bemerkte Gus kopfschüttelnd. »Die Perfect Gentlemen stehen auf Drama.«

»Wir wollten nicht, dass Mad ihr über den Weg läuft«, argumentierte Roman. »Gabe sollte es ihr schonend beibringen. Und Mad hätte nicht da draußen rumstehen sollen. Hast du das vergessen, du Penner? Hier laufen überall Marines rum, um das Gelände zu sichern. Die kannst du doch nicht alle auf deiner Gehaltsliste haben wie den Secret Service.«

Mad stöhnte. »Thomas steht nicht auf der Gehaltsliste. Ich hab gar keine. Hast du denn die Plumpsklo-Geschichte vergessen?«

»Ich glaube kaum, dass die Marines hier Klatschblätter lesen«, meinte Connor skeptisch. »Von denen wird keiner Mad ohne Martini in der Hand und einer Nutte im Arm erkennen. Außerdem hat er abgenommen und sich die Haare wachsen lassen. Ich glaube, wir haben nichts zu befürchten, aber er sollte trotzdem lieber im Inneren bleiben.«

Sara hörte gar nicht mehr hin, denn dieses Geschwafel erklärte nicht, wie Mad hier hergekommen war und warum. Er war doch tot. Die FAA hatte sogar bezeugt, dass seine sterblichen Überreste im Wrack gewesen waren. Sie hatte es endlich geschafft, wieder atmen zu können, und nun …

War er wieder da. Lebendig. Echt.

Wo war er die ganze Zeit gewesen?

Sie zwang sich dazu, ruhig zu bleiben. Sie konnte nicht schon wieder in Ohnmacht fallen. Sie durfte keine Schwäche zeigen.

»Ich möchte einen Moment mit Maddox allein sein.«

Gabe nahm ihre Hand. »Es tut mir wirklich leid. Ich wollte dich abfangen, bevor du ins Haus kommst. Und es dir schonend beibringen.«

»Du hast es die ganze Zeit gewusst?«

Der Gedanke, dass Gabe in diesen wie auch immer gearteten Plan involviert gewesen war, war noch schlimmer als Mads Betrug. Gabe war ihr Fels gewesen. Er war der eine Mensch auf Erden, auf den sie sich immer verlassen konnte. Sollte er die Wahrheit vor ihr verheimlicht haben … Sara konnte das Ausmaß gar nicht erfassen. Dann wäre sie vollkommen allein.

»Hat er nicht«, redete Mad dazwischen, der immer noch neben ihrem Bett saß. »Niemand wusste es. Ich konnte es keinem von euch sagen.«

»Warum lassen wir sie nicht eine Weile unter vier Augen reden?« Zack war der Ruhepol in all dem Sturm. »Freddy wurde anscheinend gefunden. Falls Thomas Mads paranoiden Freund hinreichend beruhigen kann, sollten die beiden in zehn Minuten hier sein.«

Sara wusste nicht, wer Freddy war und warum er wichtig war. Das war ihr jetzt auch egal. »Ich möchte, dass mir jemand erklärt, was hier vor sich geht. Gabe, wärst du so nett?«

»Wie bitte? Sara, ich bin doch da. Ich kann dir alles erklären.«

Gabe drückte ihre Schulter. »Du solltest mit ihm reden. Wir lassen euch etwas Privatsphäre. Aber um deine Frage zu beantworten, Sara, ich weiß erst seit eineinhalb Stunden, dass Mad lebt, und ich muss das selbst erst einmal sacken lassen. Wenn du mich brauchst, ich bin draußen.«

Langsam verließen alle das Zimmer, bis sie mit dem Mann alleine war, der ihr das Herz gebrochen hatte.

Sara fühlte sich dermaßen verletzlich und unsicher in seiner Nähe, und das hasste sie. Sie wusste nicht, was sie sagen sollte. Wieso wollte er überhaupt mit ihr sprechen, wo er doch klipp und klar gezeigt hatte, dass er mit ihr fertig war und nichts mit dem Baby zu tun haben wollte?

Als er ihre Hand zu nehmen versuchte, rutschte sie von ihm weg und schwang die Beine über den Rand der Matratze. Mit Mad in einem Bett sein war das Allerletzte, was sie wollte. Es war ihm sowieso immer zu leicht gelungen, sie ins Bett zu bekommen.

Mad stand auf und ging mit großen, schnellen Schritten durch den Raum – ein sicheres Zeichen, dass er aufgewühlt war. Wenn er nervös war oder nicht wusste, wie er mit einer Situation umgehen sollte, lief er immer wie ein Löwe im Käfig hin und her.

Dann blieb er vor ihr stehen, die Hände zu Fäusten geballt. »Sara, ich weiß, dass du gerade durcheinander bist.«

Das war sie, und auch wenn sie aus Vernunftgründen nach vorn geschaut hatte, schwankte sie jetzt zwischen dem verräterischen Drang, ihm um den Hals zu fallen, und dem Wunsch, ihm eine zu knallen. Doch sie versuchte, gleichmäßig zu atmen, um ruhiger zu werden. »Ich würde nicht sagen, dass ich nur durcheinander bin, auch wenn ich gern eine Erklärung hätte. Bist du in solche Schwierigkeiten geraten, dass du deinen eigenen Tod vortäuschen musstest?« Zig Szenarien spielten sich in ihrem Kopf ab, keines davon gut. »Hast du mit der Frau von irgendwem geschlafen? Schuldest du jemandem Geld? Oh nein, sag nicht, dass Crawford in Schwierigkeiten steckt. Was hast du der Firma angetan?«

Er runzelte die Stirn, was seinem guten Aussehen eines gefallenen Engels keinen Abbruch tat. »Nichts. Ich habe Gabe die Firma überschrieben, weil ich wusste, dass er sie an dich weitergibt, sollte ich nicht zurückkommen. Ich habe sie dir nicht direkt überschrieben, weil du schwanger bist und jetzt keinen Stress gebrauchen kannst. Und die Presse hätte wie wild spekuliert. Ich wollte es zu deinem Besten.«

»Du hast per Textnachricht mit mir Schluss gemacht.«

Er wurde knallrot. »Es ging nicht anders. Das habe ich getan, um dich zu schützen.«

»Mich zu schützen?« Wen wollte er hier auf den Arm nehmen?

Behauptete er, dass er fies war, um nett zu sein? Diese gemeine Nachricht war seine Art gewesen, sie zu beschützen? So einen Schutz brauchte sie nicht. Sie brauchte einen Partner, und er hatte sich als ein äußerst schlechter erwiesen.

»Sara, ich habe bei Crawford etwas Verdächtiges unter die Lupe genommen. Erinnerst du dich an Tavia Gordon?«

Groß, umwerfend, jederzeit bestens gekleidet. »Sie hat die Öffentlichkeitsabteilung bei Crawford geleitet.«

»Und auch eine Organisation, die auf der ganzen Welt Frauen unterstützt und Mädchen ausbildet«, ergänzte Mad.

Sara wusste genau, wer diese Frau war, denn in der Vergangenheit hatte Mad mit ihr geschlafen. »Ja, die International Women and Girls Education Foundation. Nach ihrer Ermordung verlief sie sich im Sande.«

»Und auch weil dahinter die russische Mafia steckte.«

Ungläubig versuchte sie, Mads Behauptung zu begreifen. »Wie bitte?«

»Genau das. Ich wusste, dass etwas faul war«, sagte er schnell, als habe er Angst, sie würde nicht bleiben, um seine Erklärung zu hören. »Ein Mitarbeiter der Stiftung hat mir in einer anonymen Nachricht erklärt, dass eine auffallend hohe Zahl an Mädchen, die von der Stiftung unterstützt werden, jedes Jahr verschwindet. Als ich mir das genauer ansah, wurde mir schnell klar, dass Tavia die Mädchen verkaufte und sich außerdem finanziell an der jährlichen Gala bereicherte, die zur Unterstützung der Stiftung abgehalten wurde. Ich wollte sie rausschmeißen.«

»Das ist ja schrecklich, aber was hat das alles mit uns zu tun?«

Mad schlängelte sich neben sie und ging erneut auf ein Knie. »In der Nacht, bevor ich mit dir Schluss gemacht habe, kam der Anführer des Krylov-Syndikats zu mir.«

Ein Schauer lief ihr über den Rücken. »Was ist passiert?«

Er blickte weg. »Sagen wir mal, mein Körper war mindestens zwei Wochen lang grün und blau.«

Krylov hatte Mad zusammengeschlagen? Bei der bloßen Vorstellung drehte sich ihr der Magen um. Sie fand es unerträglich, dass irgendein Krimineller ihn körperlich und seelisch verletzt hatte. Er war ihr immer so überlebensgroß erschienen, dass sie manchmal leicht vergaß, dass er auch bloß ein Mensch war. Doch das erklärte nichts.

»Warum hast du nicht die Polizei gerufen?«

»Aus verschiedenen Gründen. Hauptsächlich weil Krylov andeutete, dass Zack in deren Verschwörung verwickelt sei. Er gab mir zu verstehen, dass ich auch Zack stürzen würde, wenn ich ihn stürzte.«

»Was?« Zack war einer der ehrenwertesten Männer, denen sie je begegnet war. Er war unerschütterlich und grundsolide. Zuverlässig. Nie im Leben war er in irgendwelche kriminellen Dinge verstrickt.

»Ja, ich weiß. Mich hat das auch umgehauen. Also tat ich, was ich tun musste.«

»Weil du Zack verdächtigst, in ein Komplott der russischen Mafia verwickelt zu sein, hast du mir den Laufpass gegeben?« Das klang so dermaßen an den Haaren herbeigezogen und unlogisch. Sara konnte nachvollziehen, dass er bestimmt Angst hatte, aber er hatte auch viele Leute um sich, die ihn liebten. Er wäre nicht allein gewesen. »Was hat Zack dazu gesagt?«

Mad lehnte sich zurück, sodass der Abstand zwischen ihnen größer wurde. »Ich konnte nicht zu ihm gehen. Sara, ich konnte zu niemandem. Zunächst musste ich herausfinden, was da gespielt wurde.«

»Du?« Ausgerechnet?

»Ja, warum denn nicht?«

»Weil du keine Ahnung von Ermittlungen hast«, stellte sie klar.

»Ich konnte niemandem vertrauen. Mir blieb keine Wahl.«

»*Mir* konntest du auch nicht vertrauen?«

Die Wahrheit sprang ihr direkt ins Gesicht. Mad hatte sich nie wirklich um sie geschert. Sie war bereit gewesen, eine Familie mit ihm zu gründen, aber er hatte sie nur belogen, ausgenutzt und große Geheimnisse vor ihr verborgen.

»Natürlich vertraue ich dir. Aber diese Leute meinten es ernst. Sie hätten mich umbringen können. Wenn sie geahnt hätten, wie sehr ich dich liebe, hätten sie dich gegen mich verwendet. Und das Baby auch. Ich konnte euch doch nicht in Gefahr bringen. Als Krylov und seine Handlanger mich verprügelten, wusste ich, ich würde *alles* tun, um euch zu schützen.«

Sie wehrte ab. »Aber du hast mich nicht geschützt. Du hast mich ahnungslos sitzen lassen.«

»Schatz, ich konnte es dir doch nicht sagen.«

Kopfschüttelnd stand sie auf. »Doch, du hättest es gekonnt. Mad, dein Mund funktioniert doch. Stattdessen bist du wochenlang mit anderen Frauen ausgegangen. Ich war allein. Bis du deinen Abgang vorgetäuscht hast.«

»Die ganzen Verabredungen waren nichts als Tarnung. Das musst du doch verstehen. Ich wollte, dass das Syndikat glaubte, ich sei genau der, für den sie mich hielten, ein Playboy ohne feste Beziehung. Ich hätte es mir nie verziehen, wenn sie auf dich gekommen wären.«

»Also hast du mir stattdessen angeboten, die Abtreibung zu bezahlen.«

»Weil ich wusste, dass du das nicht machen würdest, aber ich unsere Trennung echt und glaubwürdig aussehen lassen wollte. Ohne es zu wollen, bin ich in eine gefährliche Angelegenheit geraten, aus der ich dich um jeden Preis heraushalten musste.«

Ungläubig starrte Sara ihn an. Seine Erklärung ergab immer noch keinen Sinn. Und dass sie überhaupt mit ihm redete auch nicht. Sie hatte ihren Frieden mit seinem Tod gemacht. Die Wunde war dabei zu heilen. Und nun hatte er sie wieder aufgerissen und Salz hineingestreut.

»Dir ist nie in den Sinn gekommen, mir das alles zu erzählen? Du weißt doch, dass ich Geheimnisse für mich behalten kann.«

Er schüttelte den Kopf. »Ich konnte nicht riskieren, dass sie auf dich aufmerksam werden und versuchen würden, herauszufinden, was du weißt. Und ehrlich gesagt hatte ich geglaubt, dir würde auffallen, dass irgendwas ganz und gar nicht stimmte, und du würdest mir vertrauen, dass ich es geradebiege.«

»Dir vertrauen? Oh, Maddox, dir werde ich nie wieder vertrauen.«

Jegliches Vertrauen, das sie in ihn je gehabt hatte, war mit seiner Textnachricht verpufft.

Er stand auf und sah sie an. »Sag doch nicht so etwas. Ich habe es für *dich* getan. Damit du nie erfährst, in welcher Gefahr ich wegen Krylov war. Damit ich, nachdem das alles überstanden wäre, vor dir stehen und stolz auf mich sein könnte, dass ich dich und unser Kind so geschützt hatte, wie es sich für einen Partner und Vater gehört.«

In Mads wirrem Kopf stellte er sich als Held dieser haarsträubenden Geschichte dar.

»Und du behauptest, die Gefahr ist vorüber, und nun bist du wieder da? Aber ist Tavia Gordon nicht vor Monaten gestorben?«

»Doch, aber seit dem Flugzeugabsturz habe ich tiefer gegraben, um Antworten zu finden. Diese Verschwörung ist komplexer als ich dachte. Sara, du hast keine Ahnung, was ich herausgefunden habe. Die Stiftung war nur die Spitze des Eisbergs. Die Verschwörung reicht vierzig Jahre in die Vergangenheit.«

Sollte sie dankbar sein, dass er sie jetzt in diese Geheimnisse einweihte? Die ganze Bande war hier, alle Perfect Gentlemen mit ihren Frauen oder Verlobten. Sogar Liz war dabei, vermutlich, damit sie informiert war, auch wenn Zacks Nähe ihre unerwiderte Liebe nur noch schmerzhafter erscheinen ließ.

Oder war diese böse Verschwörung, der Mad auf der Spur war, der Grund, warum Zack sich mit anderen Frauen traf? Hatte er es Mad nachgemacht und Liz auf ähnliche Weise abserviert wie Mad sie?

»Und warum erzählst du es mir jetzt?«

Mad umfasste Saras Schultern. »Versteh doch … nichts davon wollte ich dir sagen, bevor die Gefahr nicht gänzlich vorbei ist. Ich wusste nicht, dass du in D.C. bist.«

Oder anders gesagt, er hatte nicht darum gebeten, dass sie hier war. Als Zack den Secret Service anwies, alle Frauen nach Camp David zu bringen, war sie schlichtweg zur falschen Zeit am falschen Ort gewesen. »Du willst mich gar nicht hierhaben. Das überrascht mich nicht.«

»Oh doch, Liebling. Du hast mir so sehr gefehlt. Gott …« Die Qual stand ihm ins Gesicht geschrieben. »Wenn du nur wüsstest. Aber du solltest jetzt nicht in meiner Nähe sein, sondern in Sicherheit«, betonte Mad. »Ich wollte nicht, dass dich irgendetwas davon betrifft.«

»Mich nicht betreffen? Machst du Witze? Worum auch immer *es* geht, es hat mich mehr betroffen, als ich sagen kann. Es hat mein Leben zerstört.«

»Nein, oh nein, Schatz. Das hat es nicht, das verspreche ich dir. Es hat unsere gemeinsame Zukunft nur etwas verzögert.« Er nahm ihre Wangen in die Hände, sah ihr mit diesem Blick in die Augen, bei dem sie immer schwach wurde, der sie glauben ließ, sie wäre die einzige Frau für ihn. Wenn er sie so ansah, hörte die Welt auf, sich zu drehen. Es gab keine Probleme oder Sorgen mehr, nur noch sie beide, für immer.

Doch das war nur eine weitere seiner Lügen. »Wir haben keine gemeinsame Zukunft.«

»Sag so etwas nicht. Das stimmt nicht.«

Aber es stimmte.

Sara wich zurück. »Ob du mich nun dabeihaben wolltest oder nicht, ich bin nun mal hier. Also, erzähl mir alles.«

Er schüttelte den Kopf. »Du solltest zurück in die Hamptons. Glaub mir. Ich will nicht, dass du gehst, aber ich muss an dich denken. Und an das Kind.«

Soweit sie das beurteilen konnte, hatte er gar nicht nachgedacht. »Ich gehe nirgendwohin. Ich bleibe hier und höre mir an, was auch immer du herausgefunden hast.«

»Sara, ich glaube nicht, dass das –«

»Was du glaubst, Mad, ist nicht mehr wichtig. Lass es mich klipp und klar sagen: Offensichtlich bist du davon ausgegangen, dass ich überglücklich bin, dass du lebst und vergesse, wie du mich behandelt hast, aber das kann ich nicht. Es ist nicht wichtig, warum du mich auf diese schreckliche Art abserviert hast. Es hätte Hunderte andere Möglichkeiten gegeben, aber du hast dich für die Art entschieden, die mich am meisten verletzt hat.«

»Aber nicht, um dir wehzutun. Das wollte ich nie. Bitte –«

»Du hast es doch selbst gesagt. Du musstest sichergehen, dass ich dir nicht hinterherrenne. Na, das hast du auf jeden Fall geschafft. Zwischen uns ist nichts mehr, und es wird auch nie wieder etwas sein.«

Sie wollte an ihm vorbeieilen, aber er hielt ihren Arm fest und zog sie mit stählernem Blick zurück. »Da *ist* etwas zwischen uns. Das Kind in deinem Bauch ist von mir, und auf meine Rechte an ihm und an dir werde ich nicht verzichten.«

Hier sprach ein anderer Mad, ein energischer. Früher war er ein Charmeur gewesen, ein Unruhestifter. Der Mann, der nun vor ihr stand, wirkte eher wie ein Krieger.

»Die hast du in dem Moment verwirkt, als du die Nachricht geschickt hast.« Sie konnte nicht nachgeben. Sie konnte ihm nicht zeigen, dass er sie einschüchterte. Und sie wollte nicht darüber nachdenken, dass sie den neuen Maddox sogar noch faszinierender fand als den alten.

Sara riss ihren Arm los und verließ das Zimmer. Sie musste sich um ihre Zukunft kümmern.

Allein.

Umgeben von seinen Freunden saß Zack im großen Wohnzimmer. Und doch hatte er sich ihnen nie so fern gefühlt. Es kam ihm ganz und gar surreal vor, dass Mad am anderen Ende des Zimmers an der Bar saß und sich mit dem Mann unterhielt, der vor Monaten seine ganze Welt zerstört hatte. Ja, eine Zeit lang hatte er vermutet, dass ein Verbrecher hinter ihm und seinen Freunden her war. Dann hatte Freddy Zacks schlimmste Befürchtungen bestätigt, als er ihm sein gesammeltes Filmmaterial gezeigt hatte. In dem Moment hatte Zack erst verstanden, warum Joy ermordet worden war – und er musste sich dem Gedanken stellen, dass der Feind, den er jagte, womöglich er selbst war.

Sein Blick schweifte durch den Raum. Elizabeth hatte sich so weit wie möglich von ihm entfernt hingesetzt, neben Sara. Er war sich ziemlich sicher, dass Mads Gespräch mit seiner schwangeren Ex-Freundin nicht so verlaufen war, wie sein gerade von den Toten auferstandener Kumpel es sich gewünscht hatte. Mad und Sara waren beide aus dem Schlafzimmer gekommen und sahen absolut elend aus.

Ungefähr so, wie er sich gerade fühlte.

»Freddy wurde wohl mehr oder weniger gegen seinen Willen hergebracht«, flüsterte Roman ihm zu und warf den beiden Konspiranten einen flüchtigen Blick zu.

Mad und Freddy waren ein seltsames Gespann. Zack wünschte, es gäbe ein Videotagebuch von den letzten Monaten, als Mad mit Freddy als Survivalguide in der Wildnis gelebt hatte. Für diese Reality Show würde Zack einiges springen lassen.

»Thomas hat ihn hergebracht. Wie ich das einschätze, hat Mad erwartet, dass Freddy ihm hilft, die letzten Monate zu erklären, aber er hat sich geweigert wegen der vielen Wachen.«

Der widerspenstige Mann mit den rotbraunen Haaren sah zu ihnen herüber. Misstrauen lag in seinem Blick. Dann flüsterte er Mad etwas zu. Leider war Freddys leise Stimme recht laut. »Ist das eine gute Idee, dass wir hier sind? Man könnte uns auch leicht im Wald verscharren. Ist dir aufgefallen, dass überall um uns herum Wald ist? Andererseits, wenn es heute Abend schlecht läuft, können wir uns vielleicht aus der Natur ernähren.«

Freddy war voll und ganz in seinem Element – eine Mischung aus Paranoia, Hochbegabung und akribischer Detailgenauigkeit, garniert mit einer Prise reinsten Wahnsinns. Zack hatte sich Freddys Militärakte angesehen. Seine Karriere als Geheimagent war beeindruckend … bis er vom Feind geschnappt und fast ein Jahr gefangen gehalten worden war. Während dieser Zeit war etwas in ihm zerbrochen. Kurz nachdem die vorherige Regierung seine Freilassung ausgehandelt hatte, wurde Freddy entlassen. Das Superhirn des Geheimdienstagenten war immer noch da, vergraben unter all den anderen Dingen.

»Ich werde mich nie wieder aus der Natur ernähren. Lieber sterbe ich«, war Mads Antwort.

Zack konnte sich ein Grinsen nicht verkneifen. Ja, Mads Vorstellung von Camping bestand aus Lagerfeuer am Strand und reichlich Alkohol, um sich danach mit ein oder zwei Frauen ins Strandhaus zurückzuziehen und entweder Sex zu haben oder den Rausch auszuschlafen.

Manchmal wünschte sich Zack so sehr die alten Zeiten zurück, als die sechs richtig eng miteinander gewesen waren. Als die Welt ihr Spielplatz war. Auch wenn sie alle keine große Wahl hatten. Ihre Lebenswege waren schon bei der Geburt festgelegt gewesen, außer bei Connor. Und der hatte sich seinen Weg gewählt, als er die anderen kennengelernt hatte.

»Bist du dir sicher, dass wir es ihm erzählen sollen?« Freddy sah zu ihm.

Es gab keinen Zweifel, wen er meinte. Mad nickte Freddy zu. »Der Präsident muss es erfahren. Da waren wir uns einig. Komm schon, selbst du hast Zweifel, ob er in die Sache verwickelt ist. Ich wollte davon nie etwas hören, aber in den letzten Monaten hat Zack wahrlich nicht so gehandelt, als wäre er ein russischer Agent.«

Zack versuchte zu lächeln. Zumindest arbeitete der äußere Anschein der Unschuld für ihn.

Aus dem Augenwinkel sah er Elizabeth. Ungläubig blinzelte sie Freddy an wie der Spinner, der er war. Das musste Zack ihr lassen: Wenn das alles nur gespielt war, hatte sie einen Oscar verdient.

Unvermittelt richtete sie ihre blauen Augen auf ihn. Voller Mitgefühl.

Herrje, er wollte nicht glauben, dass sie nicht ehrlich war. Er wollte, dass sie genau die süße, liebevolle, starke Frau war, die er vor so langer Zeit kennengelernt hatte, auf die er jahrelang gewartet hatte.

Und wenn nicht? Bedeutete das, dass er nicht mit ihr zusammen sein konnte? Wenn er einen Weg finden würde, mit ihr zusammen zu sein, auch wenn sie eine Verräterin war? Ihm wurde klar, dass er sie wunderbar im Auge behalten konnte, indem er sie möglichst oft in sein Bett zerrte.

Freddy verdrehte die Augen. »Natürlich nicht. Er ist ja nicht blöd.«

Mads Geduldsfaden wurde immer dünner. »Verdammt noch mal, ich weiß doch, dass du die Army gehasst hast, aber du warst ein hervorragender Geheimagent. Was sagt dir deine Ausbildung?«

Freddy presste stur die Lippen zusammen, dann seufzte er. »Dass er das Bauernopfer ist. Er spielt das Spiel nicht so, wie sie es sich vorgestellt haben, deshalb wollen sie ihn opfern und durch einen besseren Bauern ersetzen.«

Vollkommen verrückt, aber mit einem Hauch Verstand – so hatte Lara Freddy beschrieben. Auch wenn der Mann ernsthaft nach Bigfoot suchte und fest daran glaubte, dass Aliens auf der Erde lebten, war er unglaublich gut darin, den Deckmantel beiseitezuschieben und den täglichen Schwachsinn zu durchschauen, um das Fünkchen Wahrheit zu finden, das andere übersahen. Zack konnte zudem nicht abstreiten, dass Freddy Dax und Holland aus Lebensgefahr gerettet hatte. Auch wenn Zack jetzt vermutete, dass es auf Mads Geheiß gewesen war.

»Na gut. Aber wenn die mich umbringen und hinter dem Haus verbuddeln, werde ich dich als Geist heimsuchen«, gelobte Freddy. »Ich hab mir schließlich geschworen, niemals auf amerikanischem Boden beerdigt zu werden.«

Laut Lara, weil er glaubte, dass die Regierung einen Pakt geschlossen hatte mit demjenigen, der sich um das Leben nach dem Tod kümmerte, wer auch immer das sein sollte.

Connors Frau erhob sich und kam zu ihnen. »Freddy, ich verspreche dir, dass dir nichts geschehen wird.«

Freddy drehte sich um und sah sie mit sanften Augen an, die sagten, dass die Welt ein schrecklicher Ort voller schrecklicher Menschen sei … mit einer Ausnahme: Lara. »Ich weiß, dass du mich retten würdest, aber das hier ist noch verworrener, als selbst du dir vorstellen kannst.«

Mad legte eine Hand auf Freddys Schulter. »Wenn Zack

dich umbringt, muss er mich auch umbringen. Mein letzter Wille wird sein, dass du eingeäschert und deine Asche an verschiedenen sicheren Stellen rund um die Welt verstreut wird. So können sie dich unmöglich zurückbringen.«

Lara ergriff das Wort und ließ ihren Zauber auf diesen Mann wirken. »War Zack fair zu uns, als ich ihm den Beweis geliefert habe, dass eigentlich Joy das Ziel des Scharfschützen war?«

»Wie bitte?« Elizabeth starrte ihn überrascht und entsetzt zugleich an, als hoffe sie, dass das nicht wahr sei.

Er nickte ihr verbissen zu, dann erklärte Gus ruhig, was die anderen wussten. In diesem Moment war Zack Augustine dankbar. Sie wusste, wie sie Elizabeth das beibringen konnte, was sie wissen musste, ohne die Wahrheit zu verharmlosen oder zu beschönigen.

Freddy wiegte unschlüssig den Kopf. »Ja, ich hatte damals den Verdacht, dass er mich auch umbringen lassen würde. Er hätte jemanden auf mich ansetzen können.«

»Du machst mich ja schlimmer als Machiavelli«, stellte Zack fest.

Wie gern hätte er Jackett und Krawatte für den Abend abgelegt, aber bis auf Elizabeth und Gus trugen die Frauen noch ihre Cocktailkleider, weil sie keine Wechselsachen dabei hatten. Er hoffte sogar, dass die Kleidung heute Abend nicht mehr ankam. Dann bekäme Elizabeth nämlich ein sauberes weißes T-Shirt für die Nacht – seins. Diesen Anblick würde er vielleicht niemals zu Gesicht bekommen, aber er konnte es sich die ganze Nacht vorstellen.

»Nun, ich habe dafür gestimmt, dich zum Schweigen zu bringen, aber nicht wegen deiner Nachforschungen. Ich finde dich einfach nur unfassbar nervtötend«, sagte Roman. »Und für zwei Kerle, die monatelang versteckt gelebt haben, könnt ihr nicht besonders gut flüstern.«

Zack unterdrückte ein Schmunzeln. Seine Freunde konnten schon echte Fieslinge sein. Aber er fand es gut, dass sie Dinge beim Namen nannten, die er nicht sagen konnte.

Lara drehte sich um und funkelte Roman an.

Gus verdrehte bloß die Augen. »Ich will wissen, wie du auf Freddy gekommen bist. Weil er Laras Nachbar war?«

»Dazu kommen wir später«, mischte sich Connor ein. »Die bessere Frage ist doch, warum Freddy mich an Lara verpetzen wollte. Wenn er mit dir zusammengearbeitet hat, warum hat er dem Ziel meiner Ermittlungen …«, Connor deutete in Richtung seiner Frau, »…die ganze Wahrheit über ihren neuen Liebhaber verraten?«

Freddy hatte Lara einen Brief geschrieben, der von Connor abgefangen worden war. In diesem hatte er Connor als einen der Perfect Gentlemen entlarvt. Hätte Lara den Brief gelesen, wäre Connors Deckung dahin gewesen. Zack war überzeugt, dass ihnen die ganze Situation dann um die Ohren geflogen wäre.

»Das habe ich wirklich nicht gewusst«, sagte Mad. »Bei dieser Operation ist aber auch nichts so gelaufen, wie wir gedacht hatten.«

»Du warst in sie verliebt«, warf Connor sanft ein.

Freddy bestritt es nicht.

»Schon gut«, sagte Laras Mann. »Ich verstehe das. Sie ist einfach zum Verlieben.«

Lara lächelte, als Connor sich zu ihr beugte und sie auf seinen Schoß zog. Er küsste seine Frau und machte deutlich, dass dieser mürrische Mistkerl nun viel glücklicher war als zu seinen Singlezeiten. Aber Lara brachte einfach seine beste Seite zum Vorschein.

Zack wollte nicht weiter darüber nachdenken, dass alle seine Freunde mittlerweile eine Frau hatten. Sara sträubte sich zwar noch, aber sie war schwanger, und das Kind würde sie und Mad für immer aneinander binden. Witzig, dass er als Erster von allen geheiratet hatte, aber eben nicht aus Liebe, sondern aus Pflichtgefühl und politischen Gründen. Und jetzt war er allein, vielleicht zu Recht.

Freddy erwiderte Connors Blick. »Ich habe nie irgendwelche Annäherungsversuche gemacht. Ich … ich glaube nicht, dass ich jemals eine Frau oder Kinder haben werde, und das ist auch besser so. Ein Teil von mir ist zerbrochen. Aber ich mochte sie … mag sie immer noch. Und dass du mit ihr schläfst, war nie Teil des Plans. Mir war nicht klar, dass du dich in sie verliebst. Ich dachte, du benutzt sie bloß und würdest ihr das Herz brechen. Mad hatte mir versprochen, dass ihr nichts geschehen würde, also blieb ich in deiner Nähe und versuchte, sie von dir fernzuhalten. Was ja nicht geklappt hat, zum Glück. Ich weiß, dass du gut zu ihr bist.«

Connor grinste. »Weil sie dir das erzählt hat oder spionierst du mir weiterhin hinterher?«

Freddy zuckte die Achseln. »Ach, du weißt doch, alte Angewohnheit.«

»Darüber reden wir noch, aber ich verstehe, warum du so gehandelt hast. Alles gut«, beruhigte Connor ihn.

»Ich hätte nicht gedacht, dass ihr zusammenkommt«, gab Mad zu. »Oder dass Roman so ein Arsch ist.«

»Na, hey«, begann Roman, lenkte dann aber ein. »Okay, stimmt schon.«

»Zurück zum Thema. Ich habe erzählt, was an dem Abend passiert ist, als Ivan Krylov mir einen Besuch abgestattet hat«, erklärte Mad.

Holland staunte. »Der Kopf des Krylov-Syndikats?«

Zack sah demonstrativ zu Dax. »Hatten wir nicht beschlossen, dass wir den Frauen alles sagen, was wir wissen?«

Dax zuckte zusammen. »Wollte ich ja, aber ich habe mich so gefreut, meine Frau wiederzusehen. Da blieb keine Zeit zu reden. Mein Mund war anderweitig beschäftigt, wenn du verstehst.«

Holland stöhnte. »Ernsthaft?«

Das hätte Zack sich denken können. Während Mad mit Sara gesprochen hatte, hatten Zack und Roman Gus und Elizabeth erzählt, wie Mad wieder auf der Bildfläche aufgetaucht war. Gabe und Connor hatten mit ihren Frauen gesprochen, aber Dax und Holland waren verschwunden. Offensichtlich hatten sie mehr Spaß gehabt als alle anderen. Die frisch Verheirateten ... Hatten sie denn während der Flitterwochen in dem gemütlichen Bed and Breakfast auf Maui nicht genug voneinander bekommen?

»Mad war dabei gewesen, die Sache mit der Stiftung unter die Lupe zu nehmen, als der Kopf der Krylov-Bande ihm das Hirn aus dem Schädel prügelte, um ihn davon abzuhalten«, fasste Zack zusammen. »Aber ich verstehe nicht, warum sie ihn nicht einfach umgebracht haben. Und warum er seine Freunde nicht angerufen hat, nachdem sie ihn am Leben ließen. Warum wolltest du alles auf eigene Faust machen?«

Er wollte, dass Mad die ganze Wahrheit sagte. Sie schlichen um den heißen Brei herum: den wahren Grund, warum er seinen Tod fingiert hatte.

»Zack, ich wusste nicht, was ich glauben sollte. Ivan Krylov hatte mir gesagt, du hättest ihn engagiert, damit ich die Klappe halte«, verteidigte sich Mad.

Lara schnappte nach Luft und sprang vom Schoß ihres Mannes. »Das ist nicht möglich.«

»Natürlich nicht. Wir wissen das.« Everly drückte ihrer Freundin verständnisvoll die Hand und manövrierte sie wieder auf die Couch. »Keine Ahnung, warum Mad nicht auch zu diesem Schluss gekommen ist … aber fragen wir ihn und Freddy doch selbst. Ich bin mir sicher, es gibt einen Grund, warum Mad ausgerechnet jetzt zurückgekommen ist.«

»Und das kann kein guter sein«, stellte Gus fest.

»Nein.« Holland hatte ihre Verwirrung wieder unter Kontrolle und sah Mad und Freddy scharf an, eben wie eine echte Ermittlerin vom NCIS. »Das Blatt muss sich gewendet haben, sonst wäre er noch in seinem Versteck. Da fällt mir nur eine Möglichkeit ein. Irgendjemand schwebt ernsthaft in Gefahr. Haben es die Russen auf einen von uns abgesehen?«

Mad hob eine Hand und schlenderte zur anderen Seite des Raumes – dorthin, wo er sein wollte. »Lasst mich von vorn erzählen. In jener Nacht habe ich Zack nicht angerufen, weil ich in Ruhe über alles nachdenken musste … und herausfinden, ob meine Nieren noch funktionieren, nachdem mich die Russen windelweich geprügelt hatten. Und ich wollte sie nicht zu einem meiner Freunde führen. Auf gar keinen Fall sollten sie von Sara erfahren.«

Die Frauen sprangen sofort darauf an.

»Du hast sie gequält, um sie zu schützen?«, fragte Gus.

Everly schüttelte den Kopf. »Mad, das lassen wir nicht gelten. Wir hätten uns etwas einfallen lassen können, bei dem Sara und ich uns nicht an die Kehle gegangen wären.«

Lara und Holland wollten auch ihre Meinung kundtun – beide gleichzeitig. Es drohte ein heilloses Durcheinander. Mit hochgezogenen Augenbrauen sah Elizabeth zu ihm hinüber. Zack musste die Kontrolle übernehmen, sonst würde sie es tun.

»Stopp.« Er musste gar nicht laut werden. Sofort verstummten alle. »Ich möchte diese Besprechung so schnell wie möglich hinter mich bringen. Holland hat recht. Mad ist hier, weil er ein Mordkomplott gegen mich aufgedeckt hat. Er weiß nicht genau, wer hinter mir her ist, aber scheinbar haben die Russen das Weiße Haus und den Secret Service unterwandert.«

»Aber wir überprüfen doch alle Mitarbeiter«, entgegnete Elizabeth. »Wir führen bei allen Sicherheitschecks durch, und es gibt Dutzende Hintergrundprüfungen.«

Freddy winkte ab. »Die sind doch überall. Hintergrundprüfungen können gefälscht werden. Wahrscheinlicher ist, dass die Agenten Schläfer waren.«

»Freddy will damit sagen, dass die Spione wohl schon seit Jahren unter uns sind«, erklärte Mad. »Wie Tavia. Sie und ihre Familie sind seit Jahrzehnten in den USA. Sie hatte etliche Hintergrundprüfungen bestanden. Manche Agenten sind in den Staaten zur Welt gekommen und irgendwie haben es die Russen geschafft, sie zu überzeugen oder zu erpressen, ihr Land zu verraten. Vielleicht wurden sie von ihren Eltern sogar zu Spionen erzogen.«

»Wir müssen die ganzen Akten durchkämmen«, meinte Roman. »Und jeden einzelnen Mitarbeiter noch einmal persönlich überprüfen.«

»Das finden Freddy und ich auch.« Mads Blick wanderte wieder zu Sara. Er schob die Hände in die Hosentaschen, wie um zu verhindern, dass er sie berührte ... was nicht lange funktionieren würde, dachte Zack. »Das ist einer der Gründe, warum wir wieder aufgetaucht sind. Wir brauchen Zugang zu den Mitarbeiterakten.«

Roman brauste auf. »Du willst Einsicht in die Akten des Weißen Hauses? Auf gar keinen Fall. Das kann Connor machen, aber ich halte euch nicht den Rücken frei, damit ihr dort rumschnüffeln könnt.«

Zack wusste, dass er Connor womöglich für andere Dinge brauchte, also wollte er Mads Wunsch nicht gleich ablehnen. »Ich denke darüber nach. Jetzt erzähl, was ihr entdeckt habt.«

Er bereitete sich mental auf die Antwort vor. Während Mad von der Verschwörung erzählte, wollte er Elizabeth im Auge behalten und jede ihrer Regungen beobachten. Und herausfinden, auf wessen Seite sie stand.

»Gut …« Mad nickte. »Nach Krylovs Besuch traf ich Freddy und wir redeten.«

Gabe blickte finster drein. »Zu uns bist du nicht gekommen, aber einem Wildfremden hast du brühwarm erzählt, dass Krylov dich bedroht?«

»Ich habe Freddy nicht aufgesucht. Er hat mich gefunden – als ich in der Küche auf dem Boden lag, mich kaum noch rühren konnte und dachte, ich verblute gleich. Man kann schwer jemanden ignorieren, der Erste Hilfe leistet und einem damit quasi das Leben rettet.«

»Er wurde übel zusammengeschlagen«, stimmte Freddy zu. »Aber er war immer noch ein guter Zuhörer.«

Mad nickte. »Außerdem steckte Freddy doch sowieso schon bis zum Hals in der Sache mit drin. Er wusste viel mehr als ich. Nachdem wir ein paar Notizen verglichen hatten, war mir klar, dass ich die Untersuchung, die ich mit der Stiftung begonnen hatte, nicht sein lassen konnte. Ich hatte schon herausgefunden, dass mein Vater mal eine Affäre mit Tavias Mutter hatte. Nun wollte ich herausfinden, wie eng meine Familie und die Gordons miteinander verknüpft waren. Ich dachte, ich könnte auf freiem Feld suchen, solange ich vorsichtig war. Also machte ich mit Sara Schluss, damit das Syndikat sie nicht auf dem Schirm hatte, und stocherte dann in all den dunklen, geheimnisvollen Maulwurfsgängen rum. Ja, ich hätte mit euch reden sollen, Jungs. Aber das habe ich aus demselben Grund nicht getan, aus dem ich mich von Sara getrennt habe. Ich brauchte Antworten, aber bis ich sie fand, wollte ich nicht, dass ihr mit Krylov auf die gleiche Weise Bekanntschaft macht wie ich. Ich bin mir sicher, dass er mich in jener Nacht nur deshalb nicht umgebracht hat, weil ich in der Öffentlichkeit stehe.«

Connor nickte. »Das glaube ich auch. Wenn man dich tot in deiner Wohnung gefunden hätte, hätte es Ermittlungen gegeben. Die Polizei wäre eingeschaltet worden, die Presse wäre ausgeflippt – wie bei deinem Flugzeugabsturz. Ich vermute, weil sie dich wieder beim Schnüffeln erwischt haben.«

Mad nickte. »Freddy hat mir dabei geholfen, die beste Vorgehensweise auszutüfteln. Monatelang hat er an dem Mordanschlagplan gearbeitet, viel Zeit im Darknet verbracht. So ist er auf die Verbindung zwischen Krylov und Crawford gestoßen und hat entschieden, mich mal zu besuchen. Seine Theorie war, dass jemand aus Krylovs Reihen Joy umgebracht hat, nicht der Typ, den Connor geschnappt hat.«

»Ich glaube, ich habe eine starke Truppe«, sagte Freddy enthusiastisch. »CandyMan124, StoneColdLA und AliensAmongUs. Solide Typen. Aber nicht Candy Man 125. Die beiden dürft ihr nicht verwechseln. 125 handelt wirklich mit Süßigkeiten und findet es gar nicht lustig, wenn man ihm ein anschauliches Killervideo schickt und ihn nach seiner Meinung fragt. Aber 124 ist super darin, die Stränge einer Verschwörung zu finden, die nicht zusammenpassen.«

»Ich werd's mir merken«, versprach Zack. »War einer der User aus dem Darknet eine hübsche Veganerin?«

»Ach, Lara hat im Darknet nicht mitgemischt«, versicherte Freddy. »Zumindest nicht richtig. Aber ich wusste, dass sie Journalistin ist. Ich habe herausgefunden, dass sie hinter Capitol Scandals steckt.«

»Aber nur weil du ein mieser, kleiner Schnüffler bist«, meckerte Lara.

Der ehemalige Army-Offizier zuckte die Schultern. »Als du eingezogen bist, habe ich etwas nachgeforscht. Mit Unterstützung meiner Freunde. Und ganz vielleicht habe ich deinen Computer gehackt.«

Mad nickte. »Freddy hat mich auf Lara gebracht. Und als ich all die Informationen über Tavia, ihre Familie und die Verbindung zu meinem Vater hatte, brauchte ich jemanden, der mit keinem von uns in Verbindung steht und mal Licht ins Dunkel bringt. Eigentlich wollte ich Lara persönlich kontaktieren, bis ich auf die Bombe in meinem Flieger gestoßen bin. Oder vielmehr Matthew Kemp.«

»Was hatte Kemp mit der Sache zu tun?«, wollte Dax wissen.

»Matty habe ich kennengelernt, als ich für den Geheimdienst gearbeitet habe«, erklärte Freddy. »Wir kannten uns seit etwa zehn Jahren. Nachdem ich die ersten Gerüchte über den Präsidenten gehört hatte, streckte ich meine Fühler nach ihm aus, weil er für den Secret Service arbeitete. Zunächst hat er mir nicht geglaubt, aber als wir merkten, dass sich Ivan Krylov für Mad interessierte, stimmte er mir zu, dass wir uns die Sache näher anschauen sollten. Deshalb hatte ich in der Nacht, als Ivan Mad besuchte, ein Auge auf ihn.«

»Ich bin immer noch der Meinung, du hättest mich davor bewahren können«, beschwerte sich Mad.

»Nein, ich musste es geschehen lassen. Wäre ich eingeschritten, hätte er gewusst, dass jemand ihm auf den Fersen ist. Und wenn er dich umgebracht hätte, wäre das auch eine nützliche Info gewesen.«

Zack war froh, dass er nicht auf Freddy als Partner angewiesen war. »Der Mafiaboss erwähnt also, dass er mit mir zusammenarbeitet, und du kommst noch nicht mal auf die Idee, mich zu fragen, ob das stimmt?«

Die Blicke von Mad und Zack trafen sich. »Ach, komm schon, Zack. Wenn es gestimmt hätte, hättest du es doch sowieso abgestritten. Es war also sinnvoller herumzuschnüffeln. Ich hoffte, einen Beweis für deine Unschuld zu finden und etwas, dass deine Feinde und deren Motive offenbarte. Und … während Krylov mich verprügelte, sagte er, wenn ich zu dir oder einem meiner anderen Freunde ginge, wäre ich überrascht, was ich finden würde. Dann hörte ich, wie sie sagten, dass Sergeij das nicht gut finden würde. Was, weiß ich nicht. Aber sie telefonierten mit jemanden, den sie Sergeij nannten.«

Zack verzog das Gesicht. Er wünschte, er hätte diesen Namen nie gehört.

Er warf einen Blick auf Elizabeth, sie zeigte keine Regung. Die anderen schon, sie zuckten bei dem Namen zusammen. Denn seine Freunde kannten den Namen.

»Ich bin das Risiko eingegangen«, erzählte Freddy weiter. »Ich habe gewartet, bis sie verschwanden, und dann die Mülleimer um Mads Haus kontrolliert. Solche Typen nutzen immer Prepaid-Handys. Eins habe ich gefunden, sogar mit SIM-Karte. Wir fanden heraus, dass sie ein anderes Handy angerufen hatten und konnten es auf die Gegend um Foggy Bottom in Washington eingrenzen.«

Seine Kehle schnürte sich zusammen. »Du denkst, sie haben im Weißen Haus angerufen?«

»Ich war erschrocken, weil das schon ein zu großer Zufall gewesen wäre«, gestand Mad. »Ich wusste nicht, was da gespielt wurde. Dann zeigte mir Freddy, was er alles herausgefunden hatte.«

»Er hat dir das Filmmaterial von Joy bei all den Wahlkampfauftritten gezeigt?«

Allein beim Gedanken an die Aufnahme hätte Zack sich am liebsten übergeben. Wie beim ersten Mal. Freddy hatte einen Zusammenschnitt aller Wahlkampfauftritte bis zu dem in Memphis erstellt. Bis heute konnte er den Schuss förmlich hören, erinnerte sich, wie er auf seine eigene Brust sah, in der

Annahme, er würde dort Blut sehen. Es war alles so schnell gegangen, aber in seiner Erinnerung dauerte es ewig.

Bei dem Attentat hatten alle geglaubt, dass der Täter danebengeschossen und Joy versehentlich getötet hatte. Zack war voller Schuldgefühle gewesen, die all seine Entscheidungen beeinflussten, denn er hatte geglaubt, dass seine Frau statt ihm getroffen worden war.

Freddys Video hatte ihn vom Gegenteil überzeugt, denn wer auch immer Joy ermordet hatte, hatte für diesen Schuss eine Weile geübt, als hätte er schon die ganze Zeit im Sinn gehabt, sie zu opfern. Bei zahlreichen Auftritten vor dem in Memphis war ein Bruchteil einer Sekunde ein winziger roter Punkt auf Joys Brust zu sehen gewesen. Er wusste nicht, warum der Täter sich für Memphis entschieden hatte, aber fest stand, dass Zack nie das Ziel gewesen war.

Mad stimmte zu. »Ja.«

»Und du hast gedacht, ich hätte den Mord in Auftrag gegeben? Um Präsident zu werden?«

Mad blickte betreten. »Eventuell. Verdammt, ich wusste es doch auch nicht. Ich hätte dir mehr vertrauen sollen. Bis zu dem Tag des Flugzeugabsturzes war ich auf einige Dinge gestoßen, über die wir uns hätten unterhalten sollen. Deshalb wollte ich zu dir fliegen. Und dann fanden wir die Bombe. Das bestätigte mir, dass die Russen alles tun würden, um ihre Verschwörung geheim zu halten. Und ich wusste, dass meine Tage gezählt waren. Deshalb haben wir meinen Tod vorgetäuscht. Doch wir mussten euch heimlich einbeziehen, damit ihr wahrnahmt, dass die Gefahr vor eurer Nase lauerte und real war. Und um ehrlich zu sein, mussten wir auch im Untergrund agieren, damit ihr Sachen tun konntet, die wir nicht tun konnten.«

»Ihr habt uns und unsere Frauen dazu benutzt, Nachforschungen anzustellen, die für euch nützlich waren.« Gabe klang vorwurfsvoll.

»Ich tat, was ich tun musste«, erwiderte Mad mit zusammengebissenen Zähnen. »Everly war sowieso schon neugierig. Ich dachte, wenn ich sie in die richtige Richtung lenkte, könnte ich sie auch aus Schwierigkeiten heraushalten.«

»Dann hast du das aber nicht sehr gut hinbekommen«, bemerkte Roman. »Sie wäre fast gestorben und Gabe auch. Dax wurde angeschossen.«

»Das konnten wir ja nicht ahnen«, verteidigte sich Freddy. »Und in der Nacht hatten wir selbst genug Probleme. Auch wenn alle dachten, dass Mad gestorben war, ahnte die Russenmafia, dass irgendetwas faul war. Sie stellten ihre eigenen Untersuchungen an, und in jener Nacht wäre uns ein Spion fast auf die Schliche gekommen. Aus dem Feuergefecht wären wir um ein Haar nicht lebend herausgekommen. Deshalb bestand ich darauf, dass sich Mad nicht mehr in der Nähe von Washington aufhält.«

»Lara haben wir beobachtet, weil sie zu der Zeit die Sache mit Natalia Kuilikow untersuchte.«

»Genau.« Lara lehnte sich an ihren Mann. »Ich war gerade an einer Sache für Capitol Scandals dran, als Freddy mir zu Hilfe kam. Seine Info sorgte dafür, dass ich bei seiner Untersuchung mitmachte.«

»Weder Freddy noch ich glaubten, dass wir an Natalia herankommen würden.« Mad nahm in einem der großen Sessel Platz. »Aber Lara hatten sie nicht auf dem Schirm.«

»Ist Natalia Kuilikow meine leibliche Mutter?« Zack musste diese Frage einfach stellen.

Elizabeth schnappte nach Luft. »Wovon redest du? Ich weiß, dass dich jemand erpresst, aber du kannst doch nicht daran zweifeln, dass du Zack Hayes bist. Das ist lächerlich.«

War es nicht, aber diese Vorstellung war nicht das, was Zack am meisten beschäftigte. Sondern Elizabeth. Sie war nicht nur schön und intelligent, sondern konnte auch gut mit Journalisten umgehen und war schlagfertig. Er glaubte aber nicht, dass sie so eine Überraschung vorspielen konnte. Dafür braucht es enormes schauspielerisches Können.

»Die Informationen, die Tavia Gordon hatte und auf die wir gestoßen sind, führte uns direkt zu Natalia Kuilikow, die in den ersten sieben Jahren meines Lebens meine Nanny war. Bevor das alles passierte, wusste ich nicht, dass sie ein Kind etwa in meinem Alter hatte.«

Elizabeth schüttelte den Kopf. »Nein. Du siehst genau wie dein Vater aus, als er jung war. Ich kenne die Fotos.«

»Ich habe nicht gesagt, dass er nicht mein Vater ist«, stellte er klar. »Er hatte zahlreiche Affären.«

»Na gut.« Elizabeth stand auf. »Wir machen einen DNA-Test, um Gewissheit zu haben. Weiß man, was mit dem Baby passiert ist?«

»Russische Urkunden sind schwer aufzutreiben. Damals gab es noch kein Internet«, erklärte Freddy. »Was wir gefunden haben, lässt vermuten, dass die offizielle Todesursache der plötzliche Kindstod war, aber wer weiß, ob das stimmt? Beamte sind bestechlich. Wir haben mit einigen Leuten gesprochen, die für die Botschaft gearbeitet haben. Sie sagten, dass Natalia eines Tages einfach nicht mehr von ihrem Kind gesprochen hat.«

Roman sah grimmig aus. »Und wir wissen, dass Zacks Mutter davon geredet hat, dass sie ihr Kind umgebracht hat. Das hat sie dem behandelnden Arzt in der Psychiatrie gesagt. Dass sie eines Abends, als sie betrunken war, ein Baby hat weinen hören. Und als sie aufwachte, lag ein totes Kind in ihren Armen.«

Mit Tränen in den Augen schüttelte Elizabeth den Kopf. »Nein, ich kann nicht glauben, dass deine Eltern den echten

Zack Hayes durch dich ersetzt haben. So eine Bombe wäre schon viel früher geplatzt. Und selbst wenn nicht, du bist immer noch amerikanischer Staatsbürger und kannst zum Präsidenten gewählt werden.«

Wenn sie das nur spielte, war sie wirklich überragend. Vielleicht sollte er Elizabeth vertrauen und glauben, dass sie die war, die sie vorgab zu sein, und dass die Erpresser ihn subversiv mit falschen Hinweisen und Verdächtigungen dazu bringen wollten, sich von den Menschen, die er liebte, abzuwenden. Um ihn in die Enge zu treiben.

»Ich glaube nicht, dass das jeder so sieht. Es gäbe eine Verfassungskrise, wenn herauskäme, dass ich nicht der bin, für den mich alle halten. Ich glaube, die Nacht, von der meine Mutter auf den Tonbandaufnahmen, die Roman und Gus entdeckt haben, erzählt, ist die Nacht, in der sie ihren Sohn umgebracht hat.«

»Wir wissen, dass in dem Zeitraum des möglichen Todes einige hohe russische Funktionäre vor Ort waren.« Freddy beugte sich vor. »Das ist nicht überraschend. Es handelt sich schließlich um die amerikanische Botschaft in Moskau. Aber man weiß von drei Treffen zwischen deinem Vater und einem Mann, der später einer der KGB-Führer wurde. Und er war auch ein bekannter Genosse von Ivan Krylov. Wir denken, dass die Russenmafia die Frauenstiftung dazu nutzte, Natalia in der Botschaft unterzubringen. Den Rest hat die Natur selbst geregelt, denn der Botschafter war bekannt für seinen Hang zu Affären.«

»Wir glauben, dass sie eigentlich Frank ausspionieren sollte.« Mad sprach jetzt in einem Ton, den Zack bei ihm nicht kannte. »Nachdem das Syndikat Kontakt mit dem KGB aufnahm, verbündeten sie sich. Ob die Russenmafia dieser Verbindung aus Patriotismus zustimmte oder aus dem Wunsch heraus, die Polizei loszuwerden, wissen wir nicht. Sie handelten auf jeden Fall mit Informationen, und Natalia war der Schlüssel. Sie wurde schwanger, und als das Kind starb, sahen sie eine Möglichkeit, weil Frank in einer schlechten Position war. Sie hatten ihn am Haken, egal ob das tote Kind nun der echte Zack Hayes war oder Natalias Baby.«

»Das Einzige, was mein Vater immer wollte, war, dass ich Präsident der Vereinigten Staaten werde.« Sein ganzes Leben lang hatte Zack sich anhören müssen, dass er den Familiennamen zur Ehre führen müsste, indem er das höchste Amt des Landes bekleidete. Nun fragte er sich, wie viel darin tatsächlich die Ambition seines Vaters war … und was daran auf dem Pakt mit dem Teufel beruhte, oder in diesem Fall mit den mächtigen Russen. »Mein Vater hätte fast alles getan, um diesen Makel vom Familiennamen fernzuhalten.«

»Aber warum hätten die Russen so lange warten sollen?«, warf Everly ein. »Warum jetzt?«

»Sie haben Geduld«, antwortete Freddy. »Zu der Zeit war Zack noch ein kleines Kind, und sie hatten den Botschafter in der Hand. Oh, ich wette, dass sie versprachen, den Tod des anderen Kindes unter den Teppich zu kehren und zu verhindern, dass Constance ins Gefängnis wandert. Sie konnten es sich leisten, so entgegenkommend zu sein, denn sie hatten Zeit und konnten warten, bis die Falle im richtigen Moment zuschnappt. Denn dein Vater hätte nie den Makel des toten Kindes wegwischen können. Als du erwachsen warst und sie deinen Vater unter Druck setzten, stand er sicherlich vor der Frage, ob er dir das alles erzählen sollte. Ich wette, er hat den Mund gehalten aus Sorge, du könntest Gewissensbisse bekommen und nicht kandidieren.«

»Wir haben eine ähnliche Theorie. Wenn ich Beweise gehabt hätte, wäre ich ohne zu zögern zur CIA gegangen«, versicherte Zack. Da gab es keinen Zweifel. »Aber die Russen haben gewartet, bis sie mich auch in die Enge getrieben hatten. Bis sie Druck auf mich ausüben konnten.«

Wenn es bloß um seine Präsidentschaft gegangen wäre, wäre er sofort zurückgetreten. Aber sie hatten herausgefunden, wer ihm wichtig war. Nun waren Connors und Laras Leben in Gefahr. Und Gabes Zukunft stand auf dem Spiel.

»Halt, ich verstehe das nicht ganz«, unterbrach Elizabeth. »Wenn deine Mutter betrunken war, sagte sie seltsame Dinge, aber niemand hat je erwähnt, dass sie immer wieder von einem Baby erzählte.«

»Kaum jemand wusste davon. Nüchtern redete sie nie darüber. Mein Vater gab sein Bestes, sie unter Kontrolle zu halten. Aber wenn sie zu tief ins Glas geschaut hatte, musste er sie aus dem Verkehr ziehen, denn dann plapperte sie drauflos. Glaub mir, sie hat mehr als einmal über das tote Kind gesprochen. Mittlerweile wissen wir, dass Admiral Spencer in Ungnade gefallen und ermordet worden war, weil er zu sehr nach den Dingen gegraben hatte, die meine Mutter ihm gegenüber bei meiner Hochzeit ausgeplaudert hatte, als sie blau war. Wir sind auch der Meinung, dass ihr Autounfall gar kein Unfall war.«

»War er auch nicht. Wir sind uns ziemlich sicher, dass Joy ihr in jener Nacht einen Wagen beschafft und ihr geholfen hat, aus der Psychiatrie rauszukommen«, meinte Mad.

Romans Kopf schnellte herum. »Diese Mutmaßungen haben wir auch angestellt, aber es gibt keine Beweise. Der Arzt, bei dem Constance in Behandlung war, ist tot. Kaum jemand, der damals in der Klinik gearbeitet hat, ist noch dort. Wir sind auf Tonaufnahmen der Therapiesitzungen gestoßen und haben sie uns angehört, aber dort wird natürlich nicht erklärt, wer sie aus dem Krankenhaus geholt hat, denn anschließend starb sie ja.«

»Nun, ich finde fast alles im Internet«, sagte Freddy. »Sogar

Unterlagen, von denen jeder glaubt, sie wären vernichtet worden.«

Gus machte große Augen. »Du hast die Firma gehackt, die die medizinischen Unterlagen verwahrt – von denen sie behaupten, sie nicht mehr zu finden – und die Aufzeichnungen zu Constance gefunden?«

»Tja, was soll ich sagen? Ich hab's eben drauf.« Freddy grinste. »Mich hat nur verwirrt, dass in der Nacht, als Mrs Hayes starb, eine Krankenschwester notierte, dass sie von einer Familienangehörigen abgeholt worden war. Die Schwester beschrieb sie als hübsche junge Blondine. Joy war aber brünett. Aber wer soll es sonst gewesen sein?«

»Joy war es nicht.« Davon war Zack fest überzeugt. »Als wir den Anruf wegen meiner Mutter bekamen, war sie auf Shoppingtour in Paris.«

»Wirklich?«, hakte Freddy nach. »Ganz sicher?«

Zack schaute ihn finster an. »Was soll die Frage?«

Freddy zuckte mit den Achseln und gestikulierte mit den Händen. »Wenn Joy angeblich in Paris war, war sie zumindest schon mal auf dem richtigen Kontinent …«

Um bei einem Mord zu helfen? Nein, Joy hatte Constance sehr gemocht. Andererseits waren bei dieser Sache viele Dinge nicht so, wie sie schienen.

Zack schüttelte den Kopf und konnte nicht glauben, dass die liebe Joy dazu fähig gewesen sein sollte. »Meine Frau hätte nie den Tod meiner Mutter vorangetrieben.«

Aber der Verdacht des ehemaligen Geheimagenten ließ ihn nicht los. Wer hätte es sonst sein sollen?

»Da deine Mutter tot ist und die Unterlagen, die Freddy gefunden hat, nichts Konkretes dazu sagen, werden wir wohl nie erfahren, wer deine Mutter in jener Nacht aus der Klinik abgeholt hat«, fasste Mad zusammen.

Das stimmte, und Zack akzeptierte das erst einmal. Denn auch die Wahrheit würde Constance nicht wieder zum Leben erwecken. »Zurück zu der Frage, wer meine leibliche Mutter ist. Ohne eine DNA-Probe von Verwandten meiner Mutter oder von Natalia kommen wir nicht voran.«

In letzter Zeit dachte Zack nur noch daran, wie er aus dieser Sache herauskam. Und an Elizabeth. Er hatte ewig darüber nachgedacht, ob sie der gefährlichste Teil der russischen Falle war – der verlockende Köder, dem er nicht länger widerstehen könnte. Wenn sie bei diesem Durcheinander nur ein Zuschauer war, würde er ihr mit seinen Verdächtigungen unrecht tun und müsste sie schützen. Wenn nicht ... würde ihn diese Gewissheit umbringen.

»Irgendwo muss es doch Verwandte geben«, meinte Elizabeth.

»Nein. Natalias Leichnam ist verschwunden, und Constance wurde schnell eingeäschert. Mutter war die letzte Überlebende ihrer Familie. Keine Tanten, Onkel, Cousins oder Cousinen. Es gibt niemanden, mit dem ich meine DNA abgleichen kann. Ich schätze, dieses Problem haben die Russen nicht.«

»Noch haben sie diesen Trumpf nicht ausgespielt«, sagte Mad grimmig. »Nach allem, was ich inzwischen weiß, befürchte ich, dass die hohen Tiere die Sache auf die eine oder andere Weise zu Ende bringen wollen.«

»Zu Ende bringen?«, fragte Everly nach.

Mads Körper verkrampfte sich. »Unsere Kontaktmänner aus dem Darknet sind der Auffassung, dass ein Attentäter es auf den Präsidenten abgesehen hat.«

Elizabeth wurde bleich. Ihre Hände zitterten. In diesem Moment wusste Zack, dass er schnell handeln musste, bevor eine weitere Frau ohnmächtig wurde.

Als Gus aufspringen und ihrer Freundin zu Hilfe eilen wollte, ging Zack dazwischen. Für Elizabeth trug er die Verantwortung. Er hatte sie aus einem bestimmten Grund hierher gebracht und wenn er sie Gus überließ, konnte er nicht herausfinden, welche Rolle seine Pressesprecherin bei all dem spielte.

»Komm mit.« Beruhigend legte er seine Hand um ihren Arm. »Ich hole dir etwas zu trinken. Im Kühlschrank steht der gute Wodka.«

Sie protestierte nicht, als er sie aus dem Raum führte. Sie ging schweigend mit in die Küche. Er holte den Wodka und goss zwei Gläser ein.

Elizabeth trank in einem Zug aus und stellte das Glas für einen Nachschlag ab. »Das muss ein schlimmer Traum sein, Zack. Sag mir, dass es ein Traum ist.«

»Ich wünschte, es wäre so.« Er schenkte ihr nach. »Ist es aber nicht, und jetzt steckst du mit drin. Bevor du herkamst, haben Roman und ich entschieden, dass wir Laras Blog nutzen, um die intimen Mails zwischen ihm und Joy öffentlich zu machen. Mit den Konsequenzen musst du dich dann herumschlagen.«

Sie nickte. »Du willst so viel wie möglich von den Sachen, mit denen sie dich erpressen können, an die Öffentlichkeit bringen, damit sie nichts gegen dich in der Hand haben. Mit der Geschichte komme ich zurecht. Ich überlege mir was. Und werde mit Gus darüber reden. Wenn sich keiner von euch über diese Neuigkeiten aufzuregen scheint, wird das Interesse schnell verebben. Roman sollte allerdings keinen Fernsehauftritt bekommen. Damit wäre nichts gewonnen. Aber Zack, ist dir bewusst, dass sie wissen, dass du dich wehrst, wenn du diesen Schritt einmal gehst? Sie werden daraufhin vielleicht härtere Geschütze auffahren.«

Er und die anderen waren bereit. Er konnte nur hoffen, dass alle unbeschadet aus der Sache herauskommen würden. »Dann muss ich eben besonders wachsam sein.«

5

Zwei Stunden später stand Mad da und sah zu, wie seine Freunde sich unterhielten und tranken. Es war fast wie in alten Zeiten … aber nur fast. Sie hatten zusammen zu Abend gegessen, und als gäbe es eine stillschweigende Übereinkunft, redete erst einmal niemand mehr über die Verschwörung, in die sie geraten waren. Aber die gute Stimmung im Raum hatte etwas Verzweifeltes. Danach war das Gespräch auf Romans und Gus' bevorstehende Hochzeit gekommen und darauf, was bei jedem im Job so los war.

Er fühlte sich unendlich weit weg von ihnen allen.

An Freddys Seite hatte er diese Menschen beobachtet, die ihm so viel bedeuteten und für die er alles geopfert hatte, und sich gefragt, ob er sich je wieder dazugehörig fühlen oder der Mann sein würde, der er vor dieser schrecklichen Nacht gewesen war, die alles verändert hatte.

Jetzt saßen alle beisammen, hörten Musik aus den Neunzigerjahren und schwelgten in Erinnerungen, als wäre dieses Wochenende eine Art Party. Sein altes Ich hätte nicht nur applaudiert, sondern das alles angezettelt. Jetzt war er beunruhigt, dass niemand die Tatsache ansprach, dass sie sich ums Feuer versammelt hatten, weil ein Killer es auf Zack abgesehen haben könnte.

Daher stand er jetzt im hinteren Teil des Raums und überlegte, ob er heute Abend draußen bei Freddy nächtigen durfte oder die Couch zugewiesen bekam. In dem Fall konnte er sich ins Fäustchen lachen, denn diese Couch würde das Beste sein, worauf er seit Monaten geschlafen hatte. Sein Rücken würde es ihm danken.

Trotzdem deprimierte ihn der Gedanke.

Er hatte sich seine Wiedervereinigung mit Sara so oft vorgestellt. In jeder seiner Versionen hatte er die Nacht mit ihr verbracht, in ihr. Natürlich hätte sie jetzt nicht hier sein sollen. Als ihm klar geworden war, dass der Secret Service sie fälschlicherweise nach Camp David gebracht hatte, war er entsetzt gewesen. Aber jetzt, wo sie wusste, dass er nicht tot war, wäre es vermutlich sinnvoll, sie einzuweihen. Es gefiel Mad zwar nicht … aber er hatte den Verdacht, dass der Showdown kurz bevorstand, und der Gedanke, bei der Geburt seines Babys nicht da sein zu können, war ihm unerträglich.

Trotzdem war es naiv gewesen, zu glauben, dass er und Sara einfach da weitermachen konnten, wo sie aufgehört hatten. Dazu war er zu lange weg gewesen und hatte ihrer Beziehung zu großen Schaden zugefügt. Jetzt hasste sie ihn. Verachtete ihn. Würde ihm wahrscheinlich niemals verzeihen. In der Nacht, als Krylov in sein Leben getreten war, war er im Grunde genommen gestorben. Seitdem war er nichts als ein Wiedergänger.

»Was stehst du denn hier rum?« Mit einem Bier in der Hand kam Gabe näher. »Einen Mad Crawford, der nicht der Mittelpunkt der Party ist, kenne ich gar nicht.«

»Na ja, ich mache nicht mehr viel Party.« Und Sara offensichtlich auch nicht. Sie war nach dem Essen verschwunden, und wie man ihm sagte, zu Bett gegangen. Sie lag in einer der Hütten und schlief. Oder kochte vor Wut und schmiedete Pläne, wie sie ihn für immer aus ihrem Leben verbannte.

Einen Moment lang blickte Gabe sich stumm im Raum um. »Ich habe die ganze Nacht nachgedacht.«

»Schön für dich.« Mad wurde verbittert, und das war ein

beschissenes Gefühl. Er wusste, dass er Glück hatte, noch am Leben zu sein, aber was nützte ihm das, wenn er nicht nach Hause zurückkehren konnte und jeder, der ihm am Herzen lag, nicht gerade begeistert war, ihn zu sehen?

»Ich wüsste nicht, was ich an deiner Stelle anders gemacht hätte«, gab Gabe zu. »Als du geredet hast, habe ich die ganze Zeit daran gedacht, wozu ich bereit gewesen wäre, damit Everly in jener Nacht im Crawford-Gebäude nichts passiert. Ich hätte alles getan, selbst, wenn es sie verletzt hätte. Heute würde ich mich wahrscheinlich anders entscheiden, weil ich ihr vertraue und ich gesehen habe, wie stark sie ist. Aber damals war ich so voller Panik. Ich wäre zu allem bereit gewesen, was ihr das Leben gerettet hätte.«

»An meinem Abend mit Krylov war ich mir ziemlich sicher, dass ich nicht überleben würde, und um ehrlich zu sein, konnte ich an nichts anderes denken, als dass mein Tod einen Sinn gehabt hätte, wenn Sara in Sicherheit war.«

»Du liebst meine Schwester.«

»Gabe, ich habe dir das nie gesagt, weil ich nicht wusste, wie du reagieren würdest, aber ich liebe deine Schwester schon, seit sie sechzehn ist. Schon klar, ich hatte eine Frau nach der anderen, aber sie war die Einzige, die mir etwas bedeutete. Ich verliebte mich in sie in jenem Sommer, bevor wir nach Yale gingen. Ich habe sie nicht angerührt, sie noch nicht mal geküsst, bis ein paar Monate, nachdem sie angefangen hat, bei Crawford zu arbeiten, aber da hatte ich sie schon seit Jahren geliebt.«

»Und du hast es nie jemandem … Gus. Du hast es Gus erzählt.«

Er nickte. »Was uns verband, war die Sehnsucht nach Personen, die wir niemals haben konnten. Ich bin froh, dass Roman doch noch die Kurve gekriegt hat.«

Was Sara wahrscheinlich nie gelingen würde. Während er die letzten Monate seines Lebens vor den anderen ausgebreitet hatte, hatte sie ihn kaum angesehen. Sie hatte lediglich neben Liz gesessen, nicht weit von Everly und Gabe entfernt, und wortlos vor sich hin gestarrt. Er hatte beobachtet, wie sie ein paar Tränen weggewischt hatte, und er hatte seine ganze Willenskraft aufbringen müssen, sie nicht in den Arm zu nehmen.

»Geht es Sara gut? Hast du dich vergewissert, dass sie ihre Tür verschlossen hat?«

Nicht, dass er nicht hineingelangen könnte. Er hatte in letzter Zeit eine Menge fragwürdiger aber nützlicher Dinge gelernt, von denen er nie gedacht hätte, dass er sie hinbekommen würde. Schlösser knacken. Holz hacken. Nahkampf.

»Ja. Du musst das verstehen. Sara ist verwirrt und verängstigt.« Gabe kippte sein Bier hinunter, ehe er fortfuhr. »Sie ist sauer auf alle, sogar auf mich, aber sie ist zu höflich, um es zu zeigen.«

»Warum sollte sie auf dich sauer sein?«

Gabe war für Sara dagewesen. Tatsächlich hatte Mad sich darauf verlassen, dass sein bester Freund sie und Everly beschützen würde. Und zum Glück hatte Gabe, nachdem er erkannt hatte, dass Mads Interesse an Everly nicht romantischer Natur war, sich hervorragend um sie gekümmert. Unglücklicherweise hasste seine Schwester, Sara, ihn wahrscheinlich.

»Weil ich sie, als wir über die Monate hinweg mehr und mehr über diese Verschwörung herausbekommen hatten, darüber im Dunkeln gelassen habe, aus denselben Gründen wie du. Und ehrlich gesagt wünschte ich, sie wäre jetzt auch nicht involviert, weil sie schließlich schwanger ist. Ich will mir nicht ausmalen, wie es ihr ergehen würde, wenn dem Baby etwas passiert.«

»Ich habe nichts anderes getan, als mich um sie und das Baby zu sorgen, jede Sekunde, jeden Tag, seit Krylov in mein Leben trat.« Einen Moment verfiel Mad in Schweigen und beobachtete, wie seine Halbschwester über etwas lachte, das Holland gesagt hatte. »Danke, dass du dich um Everly gekümmert hast.«

»Ich liebe sie mehr, als ich es je für möglich gehalten hätte«, gestand Gabe. »Wir hatten einen holprigen Start, aber ich wollte Sara beschützen und wusste nicht, welcher Art deine Verbindung zu Everly war. Da ist mir natürlich erst mal die naheliegendste Antwort in den Sinn gekommen.«

Mad machte Würggeräusche. »Herrje. Mann, sie ist meine Schwester.«

»Diese Information hätte mein Leben so viel einfacher gemacht. Du hättest ruhig eine Nachricht hinterlassen können.«

»Ja, klar, ich hätte unbedingt eine Spur aus Zetteln streuen sollen, die das Syndikat dann gefunden hätte.«

»Punkt für dich«, räumte Gabe ein. »Du musst mit Everly reden. Du hast auch sie im Stich gelassen.«

»Ich bezweifele, dass sie mit mir reden will. Die Frauen sind angefressen. Sogar Gus. Sie hat mir nach dem Essen eine verpasst. Die kann auch ganz schön zuschlagen. Das war echt ein Fehler: Mädchen in unseren Club reinzulassen.«

Gabe kicherte. »Natürlich will Everly mit dir reden. Aber das könnte sich ändern, wenn du das Schweigen zwischen euch zu lange andauern lässt. Sie ist deine Schwester, und du hast kaum drei Worte mit ihr gewechselt.«

»Ich habe sie gefragt, wie es so läuft.«

»Ja, genau, das hat es voll gebracht, Junge. Ich weiß, dass du Angst hast, aber es ist wahrscheinlicher, dass sie es versteht und dir verzeiht, wenn du es wenigstens versuchst.«

Vor allem hatte er davor Angst, dass sie nicht begeistert war, als sie dahinterkam, dass sie verwandt waren. Und dass sie, genauso wie Sara, nichts mit ihm zu tun haben wollte. Aber Gabe hatte nicht Unrecht. »Es ist nicht so, dass ich nicht mit Everly reden will. Ich habe sie vermisst. Ich bin ihr in jenen letzten Monaten sehr nah gekommen.«

»Dazu hätte ich auch jede Menge Fragen, aber zuerst schuldest du ihr die Antworten. Sie kann mich dann später ins Bild setzen.« Gabe legte ihm die Hand auf die Schulter. »Du weißt, das bedeutet, dass wir jetzt wirklich Brüder sind.«

»Na ja, Schwager. Ist das nicht verrückt?«

Gabe kicherte. »Ein bisschen schon, aber wir werden uns daran gewöhnen. Sie ist jetzt allein. Geh hin und rede mit ihr.«

Mad beobachtete, wie Everly sich von der Gruppe entfernte und zu dem großen Erkerfenster ging, durch das man auf den wundervollen Wald von Maryland blicken konnte. Das Mondlicht fiel herein, und während sie hinausstarrte, konnte er das Spiegelbild ihres Gesichtes in der Scheibe sehen, als er näherkam. Er hatte schon seit Monaten gewusst, dass sie seine Schwester war. Dies würde nun ihr erstes Gespräch sein, seit sie diese Wahrheit ebenfalls erfahren hatte.

Er bekam Schweißhände. Er war nicht besonders gut in solchen Dingen. Wie sollte er seine Entscheidungen erklären, damit sie sie verstand? Bei Sara hatte das auch nicht gerade gut funktioniert …

»Ich habe mich schon gefragt, ob du gar nicht mehr kommst, um mit mir zu reden.« Sie blickte unbeirrt weiter in die Nacht hinaus.

Aber er kannte sie. Trotz ihres stoischen Ausdrucks war sie berührt. Mad war selten jemandem mit einem so großen Herzen begegnet. »Ich habe mich nicht getraut. Ich wusste nicht, ob du nicht einfach weggehen würdest, und ich glaube nicht, dass ich damit klarkäme, wenn die beiden wichtigsten Frauen in meinem Leben mich heute Abend zurückweisen.«

»Mad, Sara war geschockt. Ich meine, das waren wir alle. Aber ich glaube, wenn du es weiter versuchst, wird sie sich schon noch einkriegen. Sie war lange Zeit wütend auf dich. Und ich schätze, ich auch. Aber sie hat dich auch geliebt. Wenn du noch Gefühle für sie hast, gib nicht auf.« Sie drehte sich zu ihm um. »Warum hast du es mir nicht gesagt?«

Eins der Dinge, die er an seiner Schwester liebte, war ihre direkte Art. Everly redete nie um den heißen Brei herum und machte es ihm leicht, zum Kern der Sache zu kommen. »Als mir aufging, dass ich sehr wahrscheinlich eine Halbschwester oder einen Halbbruder habe, war ich drauf und dran, einfach vor deiner Tür aufzutauchen oder dir eine E-Mail zu schicken.«

Sie seufzte. »Als Sicherheitsexpertin hätte ich dir von beidem abgeraten, solange du keine Ahnung hast, wer ich bin, aber Mad, du bist mit deiner Geheimniskrämerei zu weit gegangen. Das mit dem Privatdetektiv kann ich nachvollziehen. Ich hätte sogar Verständnis dafür gehabt, wenn du ein paar meiner Freunde ausgequetscht hättest, ob ich vielleicht eine Verrückte wäre, die nichts als Chaos in dein Leben gebracht hätte. Aber du hast mich eingestellt, dich mit mir angefreundet. Du hast bei mir zu Hause herumgehangen und wir haben viel geredet. Da hättest du doch irgendwann mal sagen können, ›Hey, wusstest du eigentlich, dass wir verwandt sind?‹«

Mad hatte das Gefühl, immer wieder ins selbe Horn zu stoßen. »Ich habe versucht, dich zu beschützen.«

Sie sah ihn aus zusammengekniffenen Augen an. »Ich war deine Leiterin für Sicherheit, Mad. Genau genommen war ich es, die dich beschützen sollte.«

Er hob die Hände. »Wenn du es so drehst, klingt es nicht logisch. Aber mir ist egal, wie hartgesotten du bist. Es handelt sich um ein russisches Syndikat, und wenn sie irgendeinen

Hinweis auf unsere Verwandtschaft gehabt hätten, hätten sie dich benutzt, um an mich heranzukommen, genauso wie sie Sara benutzt hätten. In der Nacht, als dieses Syndikat mich fast umgebracht hätte, hatte ich einen Verlobungsring in meiner Nachttischschublade. Ich wollte Sara am nächsten Tag einen Heiratsantrag machen. Sobald sie Ja gesagt hätte, hatte ich vor, ihr von dir zu erzählen und ihren Rat einzuholen, wie ich dir sagen sollte, dass wir Halbgeschwister sind. Mittlerweile hatte ich herausgefunden, was für ein Mensch du bist. Mir war außerdem klar, dass die Nachricht dich vielleicht sehr aufwühlen würde, und deshalb wollte ich es dir schonend beibringen. Ich hatte also vor, Sara alles zu erzählen. Es schien mir der perfekte Plan zu sein: ihr einen riesigen Diamanten anzustecken, damit alle Welt wusste, dass sie mir gehört, und dann ihre Hilfe in Anspruch zu nehmen, um die richtigen Worte zu finden, um dir endlich von unserer Verbindung erzählen zu können. Eigentlich konnten wir alle nur gewinnen.«

»Als ich es herausfand, war ich schockiert. Selbst wenn Sara den taktvollsten Weg gefunden hätte, es mir zu sagen, wäre ich schockiert gewesen.«

»Als mir klar wurde, dass du deinen Vater liebtest, hatte ich Sorge, dass du die Wahrheit gar nicht wissen wollen würdest. Ich weiß nicht, ob es dir aufgefallen ist, aber ich bin nicht gerade gut in großen, emotionalen Gesprächen. Es erschien mir klug, dich erst kennenzulernen. Und mit der Zeit dämmerte mir, dass die Wahrheit bei dir wie eine Bombe einschlagen würde und ich dir verkünden würde, dass deine ganze Kindheit eine einzige Lüge war. Ich wollte Sara nach ihrer Meinung fragen, ob ich überhaupt das Recht hatte, dir die Wahrheit zu sagen.«

»Mad, meine Kindheit war keine Lüge. Biologie hin oder her, er war mein Dad. Die Erkenntnis, dass er nicht die Hälfte zu meiner DNA beigetragen hat, ändert nichts daran, wie sehr er mich liebte. In gewisser Weise habe ich ihn mit diesem Wissen nur noch mehr geliebt.«

Er bewunderte ihre ruhige Betrachtungsweise. Vielleicht hätte er ihr von Anfang an mehr zutrauen sollen.

»Ich kenne das Gefühl nicht, so an einem Vater zu hängen«, gab er zu. »Meine Eltern waren nicht gerade liebevoll. Sie ließen sich nie scheiden, weil ihnen klar war, dass keiner von beiden wirklich in der Lage war, für einen anderen Menschen etwas zu empfinden außer für sich selbst, und ein endgültiger Schlussstrich wäre zu kostspielig gewesen. Nachdem wir uns also begegnet waren und ich merkte, dass du und dein Dad euch richtig nah standet, hatte ich Angst, dir diesen guten Menschen wegzunehmen und ihn durch das Arschloch zu ersetzen, das mich großgezogen hat.«

»Worüber du hättest nachdenken sollen, war die Tatsache, dass du mir einen Bruder geschenkt hättest.«

Verdammt, er wurde sonst nie so emotional. Nie hatte er Tränen in den Augen – es sei denn, er hatte aus Versehen Kokain hinein bekommen. Aber das machte er ja nicht mehr. Und er liebte seine Schwester.

»Ich war ganz allein auf der Welt. Klar, ich hatte meine Freunde, aber ich war eine Waise mit den albernen Problemen der oberen Zehntausend. Ich wanderte durch dieses riesige Haus, und jeder, dem ich begegnete, war jemand, den ich bezahlte. Als ich dich gefunden hatte, dachte ich, wenigstens würde ich jetzt eine echte Verwandte haben. Wenn mich von nun an jemand nach meiner Familie fragte, würde ich über dich reden können. Die meisten Menschen denken darüber gar nicht nach. Für sie ist Familie etwas Selbstverständliches, weil jeder eine hat, nicht wahr? Aber ich nicht. Wenn ich in einem gesellschaftlichen Rahmen nach meiner Familie gefragt wurde, hatte ich nie eine Antwort. Aber als ich von dir erfuhr, dachte ich, ich würde sagen können, dass es meiner Schwester gut geht. Die Vorstellung gefiel mir.«

Sie drehte sich zu ihm. Auch sie hatte Tränen in den Augen, als sie die Hände um sein Gesicht legte. »Mad, deiner Schwester geht es gut. Sehr gut. Ich habe dich vermisst. Lass mich nie wieder im Ungewissen zurück.«

Da das Syndikat immer noch da draußen und misstrauisch war, konnte er nichts versprechen. Aber als er sie fest in die Arme schloss, breitete sich ein nie gekanntes Gefühl von Frieden in seiner Seele aus. Er hatte eine Schwester, und sie hasste ihn nicht. Endlich hatte er eine Familie.

Und das gab ihm Hoffnung.

Zack lehnte sich in seinem Chefsessel zurück und starrte die Flasche Scotch an, die er eigentlich nicht wieder anrühren sollte. Er war noch nicht ansatzweise betrunken, aber das konnte ganz schnell gehen, jetzt, wo die glücklichen Pärchen alle in ihren Hütten waren. Er war allein mit Elizabeth. Na ja, Mad und Freddy belegten die anderen beiden Schlafzimmer in der Haupthütte. Aber er hatte sich in die Bibliothek zurückgezogen, weil er wusste, dass er sowieso nicht würde schlafen können, wenn Elizabeth sich gleich am Ende des Flurs befand.

Vielleicht zog sie sich genau in diesem Moment aus. Würde sie antworten, wenn er an ihre Tür klopfte? Würde er sie vielleicht erwischen, kurz bevor sie unter die Dusche ging? Oder würde sie schon im Bett liegen? Hatte sie nur einen Blick auf das Hemd geworfen, das er ihr zum Schlafen hingelegt hatte, und es dann weggeschleudert? Oder trug sie es und spürte, wie der Stoff ihre Haut liebkoste, auf eine Weise, wie er es gern mit seinen Händen getan hätte? Er verzehrte sich danach, mit seinen Handflächen ihre Kurven entlangzustreichen und ihre sanfte Hitze in seine Fingerspitzen dringen zu lassen. Er würde keinen Zentimeter von ihr unberührt lassen, sondern ihren Körper erkunden, als wäre er ein neues Land, das er erobern konnte.

Und jetzt hatte er einen Ständer.

Diese Frau machte ihn wahnsinnig.

Er griff nach dem Scotch. Wen interessierte es, ob er sich betrank oder nicht? In seinem ganzen Leben war es immer nur um Selbstbeherrschung gegangen, und wohin hatte ihn das geführt? Natürlich, er war Präsident, angeblich der mächtigste Mann der Welt. Aber wozu war das gut? Er kannte nicht mal seinen echten Namen. Und die Frau, die er begehrte, durfte er nicht berühren.

»Geht es dir gut?«, fragte eine sanfte Stimme mit dem süßesten Südstaatenakzent. »Der Abend war ziemlich heftig.«

Zack blickte auf. Im Türrahmen stand Elizabeth, als hätte er sie mit seinen Gedanken heraufbeschworen. »Mir geht es gut. Schließlich erwecken wir nicht jeden Tag jemanden von den Toten.«

Sie trug immer noch ihr Business-Kostüm, hatte aber ihre Haare geöffnet, die zu einer klassischen Banane hochgesteckt gewesen waren, und die Jacke abgelegt. Ihr weiches blondes Haar fiel um ihre Schultern, und er hätte am liebsten seine Hände darin vergraben. Mit diesen Haaren konnte er sie kontrollieren, ihr genau zeigen, wie sie sich bewegen, wo sie ihren aufregenden Mund platzieren sollte.

»Wie kommst du nur damit klar? Ich mache mir keine Vorstellung, wie geschockt du gewesen sein musst, als du festgestellt hast, dass einer deiner besten Freunde noch am Leben ist«, sagte sie. »Und es hat mich gefreut, dass er und Everly sich wieder versöhnt haben, aber du musst doch wütend auf ihn sein. Zack, du kannst doch nicht ernsthaft glauben, dass du ein russischer Spitzel bist. Mad hätte direkt auf dich zukommen und dir von seinem Verdacht erzählen sollen.«

Elizabeth war immer loyal gewesen. Allerdings: Wenn sie sein Vertrauen gewinnen und ihm näherkommen wollte, hätte sie genau das gesagt.

Er konnte sie heute Abend nicht um sich haben. Nach all den Bomben, die heute hochgegangen waren, gepaart mit seinen Ängsten, fühlte er sich kurz davor, die Beherrschung zu verlieren. Dass Elizabeth hier war – so nah und doch so weit weg –, das war wie ein Streichholz, das über dem Kleinholz seiner Selbstkontrolle schwebte. Aber, gütiger Himmel, wie sie so leicht derangiert vor ihm stand, sah sie so sexy aus. Durch und durch Frau. Zart und verletzlich.

Und er war so hart und hungrig.

Und sie war der perfekte Köder für eine Falle.

Wenn er sonst nach einem Tag so fertig war wie heute, wenn der Druck zu hoch wurde, ging er laufen. Er joggte meilenweit, bis sein Körper nicht mehr konnte. So erschöpft konnte er dann endlich schlafen. Aber jetzt konnte er die ermüdende sportliche Betätigung, die er so nötig hätte, um die Schatten zu verjagen und Stress abzubauen, nicht ausüben. Es war nach Mitternacht. Er konnte seine Bodyguards nicht mitten in der Nacht zwingen, mit ihm zu laufen. Und er durfte den russischen Killern ohnehin kein so leichtes Ziel bieten.

Diese Flasche sah von Minute zu Minute verlockender aus.

»Ich glaube, nach diesem Wochenende brauchen wir alle eine Therapie. Es ist spät. Du solltest schlafen gehen. Morgen früh wird es eine Menge zu bereden geben.« Sein Tonfall war kurz angebunden. Hoffentlich verstand sie den Hinweis und ging. Er konnte nicht gebrauchen, dass sie in der Schusslinie seines Frusts stand. Wenn sie jetzt zu Bett ging und die Tür abschloss, war sie in Sicherheit.

Doch sie befolgte seinen Rat nicht, sondern blieb standhaft. »Ich finde, du und ich sollten uns jetzt unterhalten. Morgen werden wir das nicht unter vier Augen können.«

»Worüber denn?«

»Ich verstehe jetzt, warum du dich so verhalten hast.« Sie presste die Lippen aufeinander, was ihm verriet, dass sie es nicht guthieß.

»Was genau meinst du mit ›so‹, Elizabeth?«

Alle anderen nannten sie Liz. Ihm gefiel Elizabeth. Er liebte es, wie der Name über seine Zunge rollte. Er beobachtete sie gerne, insbesondere, wenn sie, wie jetzt, versuchte, bestimmt aufzutreten ... aber dennoch zögerte, wenn sie Gefahr witterte. Ein kluges Beutetier. Sie spürte, dass ein Raubtier zugegen war.

Er musste dieses Gespräch abwürgen, sonst verschlang er sie mit Haut und Haaren.

Sie machte noch einen mutigen, aber dummen Schritt auf ihn zu. »Wolltest du mich beschützen?«

Zack sog die Luft ein und blieb wie angewurzelt in seinem Sessel sitzen, denn es würde zu nichts Gutem führen, wenn er sich ihr näherte. Er traute sich im Moment selber nicht. Noch befand sich ein Schreibtisch zwischen ihnen, aber das konnte er leicht ändern. »Ich dachte nicht, dass du Schutz brauchtest. Sara ging es offensichtlich genauso, schließlich hat sie es Mad am Ende nicht verziehen.«

Liz legte den Kopf schief und dachte nach. »Ich glaube, bei den beiden ist es etwas komplizierter.«

»Meinst du? Er liebt sie. Er hatte Angst um sie. Er versuchte sie zu beschützen. Für mich klingt das ganz einfach.«

»Aber zwischen uns ist es nicht so einfach, richtig?«

Zack zog eine Grimasse. Sie ließ einfach nicht locker. »Nichts ist einfach, wenn es um dich geht.«

Sie spannte die Schultern an – ein sicheres Zeichen, dass sie gleich auf stur schaltete. »Oder um Sie, Mr President. Joy wurde einfach nur deswegen ermordet, weil sie deine Frau war. Ich hatte keine Ahnung. Aber du offensichtlich schon seit einer Weile. Es ergibt Sinn, dass du versucht hast, mich zu beschützen. Wenn nicht, dann wüsste ich gern, warum du mich plötzlich zurückgewiesen hast.«

Als hätte er eine andere Wahl gehabt …

Verbitterung stieg in ihm auf, und etwas sehr Hässliches keimte in ihm auf. Oder vielleicht hatte es auch schon immer unter seiner scheinbar harmlosen Oberfläche geschlummert. »Ich habe dich nicht zurückgewiesen, Elizabeth. Ich dachte einmal, dass wir zusammenkommen würden, aber in dem Moment, als Joy gestorben ist, war jede Möglichkeit einer romantischen Fortsetzung dahin.«

Sie schüttelte den Kopf, und in ihren blauen Augen flackerte Frustration auf. »Warum? Versteh mich nicht falsch. Mir ist klar, dass wir uns erst einmal hätten zurücknehmen müssen, sonst hätte es schrecklich ausgesehen.«

»Allerdings.« Zack zuckte wegwerfend mit den Achseln.

»Aber das ist Jahre her, und ich war immer auf deiner Seite. *Immer*. Doch in letzter Zeit hast du mich behandelt wie irgendetwas zwischen einer Fremden und einem Feind. Und ich habe keine Lust mehr. Vielleicht ist es diese Bedrohung, die über dir schwebt. Vielleicht habe ich keine Lust mehr, allein zu sein. So oder so: Ich werde das Offensichtliche nicht länger ignorieren. Also, die Wahrheit lautet: Du bedeutest mir noch etwas. Und ich glaube, dass du auch immer noch Interesse an mir hast, aber du willst es nicht zugeben oder danach handeln, ohne mir eine vernünftige Erklärung dafür zu liefern. Nachdem ich gehört habe, dass Mad sich von Sara getrennt hat, um sie vor der Gefahr zu beschützen, habe ich den Verdacht, dass du genau dasselbe mit mir gemacht hast.«

Nun, er hatte nie behauptet, dass sie dumm wäre. »Mag sein, aber da gibt es einen Unterschied. Sara und Mad sind ein Liebespaar. Das waren wir nie.«

Sie hatten nie stundenlang zusammen im Bett gelegen, den Körper des anderen erforscht und Trost in den Armen des anderen gefunden. Immer waren sie gezwungen gewesen, eine höfliche, professionelle Distanz zu wahren. Diese Leine, an die er sich selbst legte, nervte unheimlich. Tief in seinem Inneren begann er zu knurren und gegen diese verfluchte Kette anzukämpfen, die er schon sein Leben lang trug.

»Trotzdem …« Ihre Stimme wurde sanft. »Ich dachte, wir wären Freunde.«

Es hielt ihn keine Sekunde länger in diesem Sessel.

Zack stand auf und stützte die Hände auf dem Schreibtisch auf, damit er keine Dummheiten damit machte. »Freunde? Das hast du gedacht?«

Sie lachte ohne jede Spur von Belustigung. »Ach ja. Du siehst mich ja jetzt als deine Schwester an. Irgendwann zwischen dem Mittagessen, als du mich gefragt hast, ob wir zusammen nach Paris fliegen und vögeln, bis wir den Verstand verlieren, und letztem Monat hast du es dir anders überlegt. Wahrscheinlich sollte ich froh sein, dass wir uns nie nackt gesehen haben. Mich zu berühren, wäre für dich ja wie Inzest gewesen, und ich wäre ziemlich enttäuscht gewesen, wenn du keinen hochbekommen hättest.«

Die Worte ließen den Ärger in ihm aufsteigen. Sie fachten seine Erregung an, denn nichts hätte er lieber getan, als ihr zu zeigen, wie hoch er ihn genau für sie bekommen hätte. Ihre spitze Bemerkung raubte ihm das letzte bisschen Selbstbeherrschung.

Sie wollte ihn herausfordern? Es gab eine Million Gründe für ihn, zu dieser Tür hinauszugehen, und nur einen, zu bleiben. Weil er sie wollte. Verdammt, sein ganzes beschissenes Leben lang war er ein braver Junge gewesen, und trotzdem sah es aus, als würden seine Präsidentschaft und sein guter Ruf in Schande enden. Er würde zu einer Fußnote in der Geschichte werden, in die er entweder als Marionette oder als Verräter eingehen würde.

Also warum, verdammt noch mal, konnte er nicht dieses eine Mal etwas haben, das er wollte?

Scheiß auf alles. Er würde Elizabeth haben.

»Meine Schwester?« Es klang fast höflich, aber das war alles Fassade. Der zivilisierte Zack Hayes hatte das Gebäude verlassen.

Er hatte ihr jeden Ausweg angeboten. Hatte sie sogar gebeten zu gehen. Doch sie war geblieben. Also würde sie jetzt die Wucht von fünf Jahren angestauter Lust zu spüren bekommen.

Als er um den Schreibtisch herumging und sich ihr näherte, wich sie nicht zurück. Nein, nicht Elizabeth. Sie stand ihren Mann. Trotz dieser verdammt heißen Stöckelschuhe, die sich in seinen Träumen um seine Taille legten, während er sie hart nahm, musste sie den Kopf in den Nacken legen, um ihm in die Augen zu sehen.

»Ja.« Sie hob herausfordernd eine Augenbraue. »Das hast du gesagt, nicht ich.«

Sie war verdammt mutig für eine Frau, die er in Kürze vernaschen würde. Spürte sie nicht die Energie, die von ihm ausging? Fragte sie sich nicht, ob jener Funken das Bedürfnis nach Gewalt oder Sex war?

Sein Schwanz wusste genau, warum er pochte. »Du willst die Wahrheit? Na gut. Die Gefühle, die ich für dich habe, sind alles andere als familiärer Natur. Ich habe versucht, dich zu schützen. Zufrieden?«

In dem Augenblick, als sie ihre Antwort bekommen hatte, schien sie einzulenken. »Zack, i-ich hätte nicht nachbohren sollen. Ich – «

»Da hast du recht.« Er drängte sie rückwärts gegen den Schreibtisch und hielt sie dort fest, indem er mit beiden Händen die Tischkante ergriff. »Und du hättest gehen sollen, als ich es dir gesagt habe. Aber das hast du nicht getan, also werde ich dir zeigen, wie weit meine Gefühle für dich davon entfernt sind, brüderlich zu sein. Du wirst mich doch lassen, oder, Elizabeth? Du wirst die zweieinhalb Meter zur Tür gehen, sie abschließen, und dann wirst du hierher zurückkommen, damit ich dich lecken kann. Du wirst dich mir öffnen, und ich werde alles nehmen, was du heute Nacht zu geben hast.«

»Und wenn nicht?« Sie klang atemlos.

»Wenn du dich dazu entschließt, wie ein verängstigtes Kaninchen wegzurennen, wirst du nie erfahren, wie es sich anfühlt, wenn mein Körper auf dir liegt und ich dir huldige, wie es einer Göttin gebührt.«

Sie schluckte. Dann nickte sie und reckte sich, die Schultern gestrafft.

Zack zwang sich, zur Seite zu treten. Er musste sehen, was sie machte. Sie musste die Wahl selbst treffen. »Elizabeth, wenn du jetzt gehst, kehre ich wieder zur gewohnten Höflichkeit zurück.«

Es würde ihn umbringen, aber er würde es tun. Er würde heute Nacht diesen Scotch austrinken und am Morgen seine Rüstung anlegen.

Er würde tun, was er konnte, um sie zu vergessen.

»Und wenn ich bleibe und die Tür abschließe?«

»Dann gehörst du bis morgen früh mir. Ich nehme dich auf jede Art, die ich will, und du wirst erst ruhen, wenn ich befriedigt bin. Es wird immer nach meinem Willen gehen, also überleg es dir gut. Ich werde dich nicht mit Samthandschuhen anfassen. Dazu bin ich zu ausgehungert. Das wird also kein zärtliches Liebesspiel. Ich werde dich vögeln, bis ich mich an nichts mehr erinnern kann, außer, wie gut es sich anfühlt, in dir zu sein.«

Sie warf ihm einen letzten, undurchschaubaren Blick zu, bevor sie sich mit klackernden Absätzen durch den Raum bewegte.

Er ballte die Fäuste am Körper, während er sie beobachtete und abwartete. Es kostete ihn seine ganze Selbstbeherrschung, ihr diese Entscheidung zu überlassen. Wenn es nach ihm ging, würde er die Tür verriegeln, damit sie keinen Ausweg hatte. Dann würde er sie jagen, fangen, sie nehmen. Aber stattdessen stand er da und hielt die Luft an. Sein Magen drehte sich um, und sein ganzer Körper pulsierte und brummte vor Befürchtung und Erwartung.

Endlich erreichte Elizabeth die Tür. Sie schloss sie, verriegelte sie und drehte sich dann mit erhobenem Kinn zu ihm um.

Sie hatte ihre Wahl getroffen. Für diese Nacht gehörte sie ihm.

Er schenkte ihr ein animalisches Lächeln und pirschte sich heran. Das pure Verlangen strömte durch seine Adern, als er sich von jener mentalen Leine losriss, die ihm so lange die Luft abgeschnürt hatte, und die Hände nach ihr ausstreckte.

6

Liz' Hände zitterten, als sie die Tür verriegelte und sich allein mit Zack in der Bibliothek einschloss. Das war wahrscheinlich das Dümmste, was sie je getan hatte, aber nachdem sie sich jahrelang nach ihm gesehnt und ihn geliebt hatte, konnte sie nicht gehen, ohne zu erfahren, wie sich eine Nacht mit ihm anfühlen würde.

Sie sollte jetzt in ihrem Bett liegen und versuchen, etwas Schlaf zu bekommen. Aber sie hatte das Licht gesehen und gewusst, dass er hier war. Wie eine bescheuerte Motte, die unweigerlich vom Licht angezogen wurde, ertappte sie sich dabei, wie sie die Geborgenheit ihres Zimmers verließ und direkt auf die Flamme zuflog.

Nach diesem Abend verstand sie ihn besser. Er hatte dasselbe beknackte Spiel gespielt wie Mad und sie weggestoßen, damit sie nicht in das Zielfeuer geriet. Damit sie nicht wie Joy endete. Das erzählte Gus ihr schon seit Wochen, aber ihre Freundin konnte nicht expliziter werden, weil sie die Geheimnisse ihres Verlobten nicht ausplaudern durfte … und Liz war zu verletzt gewesen, um ihr zu glauben.

Bebend drehte sie sich nun um und sah den einzigen Mann an, den sie je wirklich geliebt hatte. Er brauchte sie heute Nacht. Sie sah es in seinem starren Blick, an der Art, wie er die Fäuste am Körper ballte. Wie viel Charakter- und Willensstärke hatte es ihn gekostet, ihr diese Entscheidung zu überlassen? Dafür dass er diese Stärke aufgebracht hatte, bewunderte sie ihn umso mehr, vor allem, weil sie schon lange vermutete, dass sich hinter seiner Fassade aus Intellektualität und perfekten Manieren ein Raubtier verbarg.

Heute Nacht würde sie herausfinden, ob sie recht gehabt hatte.

Liz machte sich keine Illusionen. Er war in der Lage, ihr das Herz zu brechen, und sie würde versuchen, das nicht zuzulassen. Aber selbst, wenn sie nur eine einzige Nacht mit diesem Mann bekam, würde sie sie nehmen, weil sie lieber mit idiotischer Reue lebte als mit sturer Ignoranz.

»Elizabeth.«

Seine Stimme dröhnte in dem stillen Raum, klang in ihren Ohren wie eine Liebkosung und brachte ihren ganzen Körper zum Vibrieren. Sie errötete vor Erregung.

Es passierte wirklich. In diesem Moment.

Sie hatte ihn gewollt, seit sie sich das erste Mal begegnet waren, aber er war verboten gewesen. Jetzt stand er vor ihr mit seinen breiten Schultern und seinen dunklen Haaren. Kein Präsident, sondern ein Mann. *Ihr* Mann – zumindest für diese Nacht.

Liz versuchte, ihren Atem zu kontrollieren, während sie durch das Zimmer auf ihn zuging. Endlich hatte sie die Erlaubnis, ihn so zu berühren, wie sie es sich immer gewünscht hatte. Natürlich hatte sie gehört, was er gesagt hatte: dass es heute Nacht nach seinem Willen gehen würde. Dass es nicht zärtlich werden würde, aber sie brauchte nur einen zärtlichen Augenblick, an den sie sich später klammern konnte, einen süßen Moment, bevor ihr Mann zum Tier wurde.

Sie blieb vor ihm stehen und hob die Hand, um mit den Fingern über die Silberfäden an seiner Schläfe zu streichen – das einzige Anzeichen, dass er älter wurde. Natürlich machte ihn das nur noch attraktiver. Er griff nach ihrer Hand und umschloss sie mit seiner Pranke. »Ganz sicher?«

Das war Zack: Immer dachte er an andere, selbst, wenn seine ganze Welt auseinanderfiel. Selbst wenn er etwas so sehr für sich selbst brauchte.

Heute Nacht würde sie auf jede erdenkliche Art für ihn da sein. Liz hoffte von ganzem Herzen, dass er das verstand.

Sie würde sich durch die bittersüßen Stunden hindurch bis zum Morgengrauen an ihn klammern und jede Berührung in ihr Gedächtnis brennen. Morgen würden sie in ihre Ecken zurückkehren, und der Tumult würde wieder losgehen. Und alles würde noch schlimmer sein, weil sie genau wissen würde, wie gut es sich anfühlte, in seinen Armen zu liegen. Aber ihre Leidenschaft konnte nur vorübergehend sein, denn er hatte recht: Jede Chance, die sie auf eine gemeinsame Zukunft hatten, war an jenem Tag mit Joy gestorben. Nach ihrem Mord und drei langen Jahren – wie konnten sie da auf mehr hoffen?

»Ganz sicher«, murmelte sie. »Ich will alles, was du mir heute Nacht zu geben hast.«

Er ließ ihre Hand los, um ihre Taille zu fassen und sie unvermittelt an seinen Körper zu ziehen. Seine freie Hand fand ihr Haar, versank darin und zog ihren Kopf nach hinten. »Darauf habe ich eine Ewigkeit gewartet.«

Sein intensives Flüstern ließ sie erbeben. »Ich auch.«

Im Stillen betrauerte Liz den Verlust ihres idyllischen Schwurs in Memphis, dass, wenn sie sich je zum ersten Mal küssten, es nur wäre, wenn sie nie wieder würden aufhören müssen. Aber sie konnte sich keine Gedanken über die Zukunft machen, wenn sie und Zack nur heute Nacht hatten.

Er neigte ihr Gesicht, sodass seines direkt über ihr war, und ihr Herz begann zu rasen. Er beugte sich hinunter, presste seine Lippen auf ihre und stöhnte in ihren Kuss hinein. Sie konnte den Moment spüren, als er seine eiserne Beherrschung verlor.

»Es wird nicht annähernd so lang dauern, wie ich es mir wünsche«, murmelte er an ihrem Mund. »Zumindest nicht bei diesem ersten Mal …«

Liz rechnete damit, dass es kurz und heftig werden würde, denn keiner von ihnen konnte sein Verlangen länger leugnen. Er brauchte sie, das konnte sie spüren. Ein weiterer Grund, warum sie nicht einfach gehen konnte. Wenn er nur Sex gesucht hätte, hätte sie womöglich die Willenskraft aufgebracht, aber selbst, wenn das hier keine zärtliche Zusammenkunft war, ging es auch um eine Verbindung. Sie verzehrten sich beide danach.

Erneut fuhr er mit den Lippen über ihre und verschlang sie. Anders ließ sich nicht beschreiben, wie er sie an jede Erhebung und Ausbuchtung seines schlanken Körpers drückte und ihren Mund gefangen nahm. Sie schlang die Arme um ihn und verlor sich in der Leidenschaft.

Er verschwendete keine Zeit. Mit seiner Zunge zwang er sie, ihren Mund zu öffnen und während sie ihn in sich aufnahm, zog er erneut heftig und fordernd an ihren Haaren. Ihr Körper spannte sich an wie ein Pfeil, der jeden Augenblick abgeschossen wurde. Während seine Zunge die ihre dominierte, erkundete sie mit kühnen Händen seinen harten Körper und wünschte sich so sehnlich, dass nichts zwischen sie treten könne. Die Kleider, die sie den ganzen Tag getragen hatte, waren ihr jetzt viel zu eng. Sie würde nicht mehr atmen können, wenn sie nicht bald seine nackte Haut auf ihrer spürte.

Zack nahm sich bereits des Problems an. Ohne viel Zeit zu verschwenden, packte er den Kragen ihrer Bluse und riss sie einfach auf. Mit einer einzigen Bewegung gaben die Knöpfe nach. Kühle Luft und sein heißer Blick trafen auf ihre Haut.

Sie hatte für morgen keine Sachen zum Wechseln zur Hand, aber ihr Protest verebbte, als Zack ihr die blütenweiße Bluse vom Oberkörper streifte und sie anstarrte.

Sein brennender Blick sorgte auf ihrem ganzen Körper für Gänsehaut.

»Zieh deinen BH aus.«

Seine raue Stimme zwang sie, vor ihm den Verschluss zu öffnen und das Kleidungsstück zwischen sie fallen zu lassen. Er sog scharf die Luft ein, während er beobachtete, wie sie ihre Brüste vor ihm entblößte. Sein Blick heizte sich auf und verfinsterte sich. Er brauchte nichts zu sagen, damit Liz sich angebetet fühlte.

»Komm her.« Er griff nach ihr.

Sie war ihm bereits so nah, dass sie seinen heißen Atem und seine elektrisierte Ungeduld spüren konnte. »Wenn ich noch näher komme, muss ich mich an dich pressen.«

Er lächelte nur, während er liebkosend ihren Arm hinauf strich und dann die Finger darum legte, um sie zu sich zu ziehen. »Jetzt, wo ich gesehen habe, wie toll du aussiehst, will ich dich spüren.«

Seine Worte schmolzen dahin, als er sie herumwirbelte und sie mit dem nackten Rücken an seine Brust zog.

»Zack?«

»Ich kann es nicht lang hinauszögern. Es ist Jahre her, seit …«

Seit er das letzte Mal Sex gehabt hatte. Er und Joy waren in ihrer Ehe nicht lange intim gewesen, und er hätte seine Frau nie betrogen. Erst, als er dachte, er würde die Wahl verlieren und Joy sagte, dass sie zu einer Scheidung bereit sei, hatte er versucht, sein eigenes Glück zu finden. Aber in den letzten Monaten war er mit all diesen atemberaubenden Frauen ausgegangen. »Du hast nicht mit Mimi geschlafen?«

Er zog mit seiner ruhelosen Hand ihren Rock hoch, während die andere ihre Brust umfasste. »Du weißt doch, warum ich mit ihr und den anderen Frauen ausgegangen bin.«

Damit Liz nicht auf dem Radar der Russen auftauchte.

Er küsste ihren Hals, während er zwischen Daumen und Zeigefinger ihre Brustwarze bearbeitete. Unwillkürlich ließ sie sich gegen ihn sinken und gab sich ihm hin. Immer näher kam die Hand auf ihrem Oberschenkel der Stelle, wo sie sich nach ihrer Berührung verzehrte.

Sie konnte kaum atmen. Als Zacks Lippen ihren Hals hinauf wanderten, fühlte sie, wie sich seine Erektion hart an ihren Po presste. »Das war bestimmt Romans Plan.«

Die bescheuerten Ideen kamen meistens von Roman. Er war total skrupellos, und sie hoffte, dass Gus seine übelsten Impulse abfederte. Es machte ihn zwar zu einem guten Stabschef, aber nicht zu einem besonders guten besten Freund ihres Liebhabers.

So durfte sie nicht denken. Zack war nichts für sie, außer ihrer verbotenen Verlockung. Was sie teilten, würde über diese Nacht nicht hinausgehen. Morgen durfte es keine Rolle mehr spielen.

Stöhnend schob er ihr Höschen beiseite, um den Weg freizumachen. »Ich bin nicht derjenige, der mit dem Secret Service herummacht.«

Sie hatte ein bisschen geflirtet – hauptsächlich, weil sie von Zacks plötzlicher Faszination von Supermodels verstört gewesen war, – und dabei die ganze Zeit nur an Zack denken können. »Es ist nichts passiert. Er war nicht du.«

Er knabberte an ihrem Ohr und gab ein tiefes, zufriedenes Knurren von sich. »Es ist nichts passiert. Sie war nicht du. Keine von ihnen.«

Die Worte wärmten und bestätigten sie. Dann hörte sie auf zu denken, denn Zacks Finger fanden ihre Pussy. Sie schnappte nach Luft und drängte mit ihrem Becken seiner Berührung entgegen. »Zack, ich will …«

»Ich will dich auch. Ich will dich die ganze Nacht.« Er drang weiter vor, bis sein Finger über ihre Klitoris glitt. »Aber zuerst ... In meinen Fantasien habe ich dich gespürt, dich gehört. Dich berührt. Komm für mich, Elizabeth. Und dann bin ich dran, und ich werde mich nicht zurückhalten.«

Das wollte sie auch nicht.

Zack war so vielschichtig. Er war klug und sanft und zugleich rücksichtslos und fokussiert. Wenn er wollte, konnte er grausam sein, aber auch wahnsinnig großzügig. Und sie wollte alles, was er anzubieten hatte.

Im Moment wollte sie vor allem die Aufmerksamkeit dieser geschickten Hand.

»Du bist ja schon ganz feucht.« Seine Stimme triumphierte.

»Ja.«

Er umfasste ihre Brust fester und strich über ihre Brustwarze. Ihre Lust überschlug sich. Dann begann er mit dem Daumen ihre Klitoris zu verwöhnen, während ein langer Finger in sie glitt. »Und du bist bereit, mich aufzunehmen, oder?«

Er hielt sie dicht an sich gepresst. Selbst wenn sie gewollt hätte, hätte sie dem wohligen Gefühl, mit dem er ihren Körper überschüttete, nicht entkommen können. »Ja.«

»Du wirst diese Wahnsinnsbeine für mich breit machen und dich von mir nehmen lassen, so lange und hart wie ich will, richtig?«

Jedes seiner Worte spürte sie direkt zwischen ihren Beinen, und in Kombination mit dem Rhythmus seiner Finger steigerten sie ihre Lust in schwindelerregende Höhen. Selbst die Erkenntnis, dass Zack ihre Befriedigung von ihr verlangte, trieb sie im Handumdrehen auf ihren Höhepunkt zu. In dem Moment, als ihr klar wurde, dass sie nun endlich den Liebhaber in Zack kennenlernen würde, hatte ihr Körper bereits die Kontrolle übernommen und fuhr sämtliche Bereiche ihres Gehirns hinunter, die wussten, dass das hier ein Fehler war. Nach so langer Abstinenz weigerte sich ihr Körper, noch länger darauf zu warten, was es hieß, Ekstase durch die Hände dieses Mannes kennenzulernen.

»Ja!« Sie erschauderte, als sich die Empfindungen aufbauten, um dann zu einem Crescendo anzuschwellen. Ihr Herz hämmerte. Sie keuchte und biss sich auf die Lippe, um einen Schrei zu unterdrücken. Dann stürzte der Orgasmus über sie herein, und es schüttelte sie, als sie in seinen starken Armen kam.

Während sie sich von der Euphorie erholte, schloss Liz die Augen und spürte seinen Atem in ihrem Nacken, seine Finger, die sich in ihr bewegten, seine Hand, die ihre Brust hielt. Spürte, dass seine Verzweiflung ebenso groß war wie ihre. Spürte … ihn. Verband sich mit ihm so, wie sie schon immer gewusst hatte, dass es sein sollte.

Ihr Körper glühte vor Lust, als sie an ihm zusammensank, aber Zack war noch nicht fertig. Mit einer kraftvollen Bewegung bückte er sich, zog sie in seine Arme und hielt sie an seine Brust. Er gab sich keine Mühe, ihren Rock zurechtzuziehen, sondern trug sie einfach quer durch den Raum zur Couch, wo sonst Weltenlenker über wichtige Verträge verhandelten. Aber heute Nacht gab es mit Sicherheit keine Verhandlungen, nur ihre Kapitulation.

Er ließ sie auf die Couch hinunter und stand einen Moment da und starrte auf sie herab. Langsam führte er die Hand an seine Lippen, leckte an seinem Finger und schmeckte die Erregung, die er verursacht hatte.

»Gott, ich habe immer gewusst, dass du himmlisch schmeckst.« Er ließ die Hände zu seinem Gürtel sinken und löste ihn mit Leichtigkeit. Seine Hände zitterten ein wenig. »Spreiz die Beine, Elizabeth. Lass mich dich nehmen.«

Zum ersten Mal seit Jahren fühlte sich die Welt perfekt an, wie ein Traum, weil Zack hier war. Er war wirklich bei ihr. Er wollte sie besitzen – und beabsichtigte, das jetzt zu tun.

Es war ihr egal, dass sie nicht den Komfort eines Schlafzimmers hatten und dass sie morgen wieder Chef und Angestellte sein würden. Alles, was zählte, war, dass sie das stillschweigende Versprechen einlösten, dass sie sich vor so langer Zeit gegeben hatten. Diese Bibliothek war zwar kaum ein Hotelzimmer in Paris mit Blick auf den Eiffelturm, aber heute Nacht war Liz einfach nur glücklich über die Wonnen, die sie zusammen finden würden.

Ohne zu blinzeln beobachtete sie, wie er seine Hose auszog. Seine rasche Effizienz erlaubte ihr lediglich einen kurzen Blick auf seinen Schwanz. Er schien groß, dick und unvorstellbar hart zu sein.

Beim Lesen von Laras augenzwinkernden Artikeln über den Präsidentenpenis hatte Liz sich gefragt, ob seine lang verflossenen Geliebten mit seiner stattlichen Größe übertrieben hatten. Mitnichten. Liz wollte ihn in die Hand nehmen und streicheln, aber Zack gab ihr keine Gelegenheit dazu. Er folgte ihr auf das Sofa und bedeckte ihren Körper mit seinem.

»Warte. Ich muss mich ausziehen«, flüsterte sie, obwohl sie seine Erektion bereits spüren konnte, wie sie versuchte, in sie zu dringen.

»Keine Zeit.« Seine sonst so perfekt sitzenden Haare waren zerzaust und sein ganzer Körper war angespannt, als er an dem zarten Stoff ihres Höschens zerrte und es riss wie Seidenpapier.

Jetzt war ihr von ihren Kleidungsstücken fast gar nichts mehr geblieben, aber sobald Liz spürte, wie er zustieß und ihre Körper miteinander vereinte, war ihr das völlig egal. Sein Schwanz drang in sie und dehnte sie mit einem süßen Brennen.

Gerade war sie noch befriedigt gewesen von dem Orgasmus, den er ihr mit seinen Fingern bereitet hatte, und jetzt schrie schon wieder jede Zelle in ihr nach der schwindelerregenden Lust, die er ihr verschaffte.

»Schling deine Beine um mich.« Mit starken Händen hielt er sie fest, als fürchte er, dass sie sich gegen ihn wehren könnte, entschlossen, sie nicht fortzulassen. Für eine Sekunde schloss er die Augen, als er sich ihr entgegendrängte, um sie ganz und gar auszufüllen.

Als er sich vollkommen in ihr versenkt hatte, seufzte er, ein tief zufriedener Laut. So verharrte er und schien ihre Vereinigung auszukosten.

Er zog sich aus ihr zurück, um erneut in sie zu stoßen. Seine Augen öffneten sich, während er sie mit jedem Zentimeter ausfüllte. Er starrte auf sie hinunter, eindringlich und besitzergreifend. Wie eine stille Warnung, als wolle er ihr mitteilen, dass gar nichts einfach werden würde.

Dann begann er einen tiefen, unnachgiebigen Rhythmus. Liz hielt sich an ihm fest, während er sie mit der ganzen Kraft seines Körpers und all der Entschlossenheit seiner Seele zu vögeln begann. Immer wieder rammte er in sie, befreite sich fast vollständig und wiederholte das Ganze. Mit jedem harten Stoß rieb er ihre Klitoris und fachte die Erregung in ihrem ganzen Körper an.

Die Couch bewegte sich auf dem Boden, und die Holzdielen stöhnten. Vor der Tür stand ein Secret-Service-Agent. Sehr wahrscheinlich konnte er sie hören, also versuchte Liz sich zu beherrschen und nicht vor Lust aufzuschreien … obwohl sie sich weit weniger Gedanken darüber machte, als sie sollte.

»Wag es ja nicht, dich bei mir zurückzuhalten.« Sein Blick fing ihren ein, während er sie streichelnd und stoßend weiter unnachgiebig in Richtung Höhepunkt trieb. »Ich weiß auch, dass er da draußen steht, aber er wird den Mund halten. Tu einfach so, als wäre er gar nicht da. Im Moment ist hier niemand außer dir und mir. Ich will noch mal hören, wie du kommst.«

Er bewegte sich weiter tief in ihr, ohne Rücksicht auf Verluste. Sie klammerte sich fest, als gehe es um Leben und Tod, denn er war eine Naturgewalt, und sie war ihm ausgeliefert wie jemand, der in einen Hurrikan oder Tornado geraten war.

Er erhöhte das Tempo. Ihr Blut raste. Ihr Herz hämmerte. Ihre Finger gruben sich in seine Haut, als sie ihr Becken anhob, um ihm entgegenzukommen. Dann erreichte sie ihren nächsten Höhepunkt, zerkratzte ihm mit den Fingernägeln den Rücken, als ihr Körper sich in der puren Ekstase ihres Orgasmus versteifte. Zack gab einen heiseren Schrei von sich, als er jegliche Kontrolle zu verlieren schien. Er drang noch tiefer ein, als er sich in sie ergoss und ihre Lust von Neuem entfachte.

Einen Moment später war es, als würde Zack von unsichtbaren Mächten geschüttelt, dann sackte er auf ihr zusammen, blieb regungslos liegen, das Gesicht in ihrer Halsbeuge verborgen.

Mit seinen Händen streichelte er ihre Brüste, offensichtlich fasziniert von deren Form und der weichen Textur ihrer Haut, während er ihren Hals küsste und ihre Wange streichelte.

Sie versank in dem süßen Augenblick zwischen ihnen, schloss die Augen und nahm alles in sich auf – sein schwerer Atem, sein an den Schläfen feuchtes Haar, sein Herz, das dicht an ihrem schlug, endlich im Gleichklang. Für diesen Moment, hier und jetzt, gehörte Zack ihr.

Liz schlang die Arme um ihn, drückte ihn an sich und betete, dass diese Nacht niemals enden würde.

Am nächsten Morgen um sieben Uhr folgte Mad dem köstlichen Duft von Kaffee in die Küche, einem Kaffee, der nicht aus Instantpulver gemacht worden war und aus einer Blechdose getrunken werden musste, die außerdem als praktisches Behältnis für miserable Dosensuppe herhalten musste.

Er würde die Wildnis nicht im Geringsten vermissen. Wenn er je wieder Camping machte, dann im Four Seasons. Seinem Kind würde er beibringen, dass primitiv leben bedeutete, sich ein Zelt aus Kissen in einer Suite zu bauen, wo es einen Vierundzwanzig-Stunden-Zimmerservice gab.

Er trat an die Kaffeekanne und hielt dann inne, weil er nicht allein war. Sara saß anmutig auf einem Barhocker an der Frühstückstheke. Sie hatte ihr Haar zu einem stylischen und zugleich praktischen Pferdeschwanz zusammengenommen und war mit einer abgetragenen Jeans und einem schlichten T-Shirt bekleidet, das ihren sich rundenden Bauch betonte. In seinen Augen sah sie geradezu schmerzhaft schön aus, und nichts auf der Welt wünschte er sich sehnlicher, als ihr nah zu sein und mit der Hand über die Stelle zu streicheln, wo ihr Kind wuchs. Stattdessen stand er da, sah sie an und wagte nicht, sich zu rühren, um sie nicht wieder zu verscheuchen. Er beobachtete, wie sie in einer Schale Joghurt und Knuspermüsli stocherte, in der Hand einen Becher, in dem vermutlich Kräutertee war.

Mad überlegte fieberhaft, was er sagen konnte, um die Distanz zwischen ihnen zu überbrücken. Etwas Kluges, emotional Intelligentes, das die Tiefe seiner Gefühle erklärte und wie sehr er ihr verbunden war.

»Hast du gut geschlafen?« Unglücklicherweise war emotionale Intelligenz nicht seine Stärke.

Sie starrte ihn einen Moment an, als müsse sie sich ins Gedächtnis rufen, dass er tatsächlich hier war. »Ja. Ich bin früh aufgestanden, weil ich eigentlich darauf bestehen wollte, dass mich jemand zum Shoppen fährt, aber anscheinend hat der Secret Service meine Tasche aus Gabes Wohnung geholt. Komisches Gefühl, dass jemand Fremdes mir meine Unterwäsche bringt. Was ist mit dir?«

Er überschlug sich fast in seiner Hast, ihr näher zu kommen. »Ich habe ein bisschen geschlafen. Nicht besonders gut, weil mein Kopf einfach nicht abschaltet, aber mein Rücken schreit mich nicht an, also verbuche ich es mal als Gewinn.«

»Ich kann mir immer noch nicht vorstellen, wie du ohne jeden Komfort gelebt hast«, gab sie zu und kräuselte die Nase. »Du bist ja nicht gerade ein Naturbursche«

»Ich mag die Natur, aber nur aus der Ferne«, witzelte er, dankbar, dass sie überhaupt mit ihm sprach. Er machte sich gern auf jede erdenkliche Art lächerlich, wenn es sie amüsierte. »Ist sonst schon jemand wach?«

Sie schüttelte den Kopf. »Ich schätze, die schlafen sich aus. Soweit es mir der Secret Service gesagt hat, waren sie noch lange auf, du bist also die erste Person, die ich heute ohne Uniform sehe.«

Er setzte sich ihr gegenüber. »Die Sicherheitsvorkehrungen sind ziemlich streng.«

»Offensichtlich nicht streng genug, wenn es dir gelungen ist, dich in Zacks Limousine zu schleichen.«

»Na ja, es hilft, wenn man mit dem Sicherheitschef des Präsidenten zusammenarbeitet.« Er wollte nicht über das reden, was sie auseinandergebracht hatte. Er wollte über sie und ihr gemeinsames Kind reden. Er hatte tausend Fragen. »Wie geht es dem Baby?«

»Es geht ihr gut.«

Für Mad schien die Welt stehen zu bleiben. Seine gesamte Aufmerksamkeit richtete sich nur auf sie und ihre Worte. Bis jetzt hatte es dieses Baby nur in seiner Vorstellung gegeben, wie etwas aus einem Traum. Aber Sara sagte ihm, dass sie ein Mädchen bekamen. Ein Mädchen war etwas anderes. Ein Mädchen war nicht einfach nur ein Baby. Ein Mädchen war eine Tochter, eine süße, weibliche Präsenz in seinem Leben, die er lieben und schützen und anbeten konnte. Eine Vision einer kleinen Elfe mit gelbbraunem Haar und Zöpfen huschte durch seinen Kopf, und der Gedanke war so süß, dass er hätte schwören können, dass sein Herz sich zusammenzog. »Es ist ein Mädchen? Können die das so früh feststellen?«

»So früh ist es gar nicht«, entgegnete Sara, als hätte sie nicht gerade seine Welt auf den Kopf gestellt. »Ich war schon vor Wochen beim Ultraschall. Sie wächst in einem guten Tempo. Es gibt keinen Grund zur Sorge. Sie wird gesund und perfekt sein.«

»Natürlich. Dafür werde ich sorgen. Wenn das hier vorbei ist, würde ich sehr gern mit zu den Arztterminen kommen. Ich finde es furchtbar, dass du bis jetzt allein dahin musstest.«

»Ich finde es furchtbar, dass ich bisher alles in dieser Schwangerschaft allein gemacht habe«, entgegnete sie in einem Tonfall, der ihm klar machte, dass er ein Minenfeld betreten hatte. »Ich finde es furchtbar, dass meine Tochter in all das verwickelt werden wird.«

Er musste jetzt sehr vorsichtig sein, sonst verlor er sie für immer. »Ich werde alles tun, was ich kann, um sie abzuschirmen. Das verspreche ich. Alles, was ich bisher getan habe, war, um euch beide zu beschützen.«

Sie seufzte und sah ihn mit jenem offenen Blick an, der bei ihm immer zog. »Ich war gestern noch lange wach und habe darüber nachgedacht. Ich verstehe, dass du dachtest, uns zu verlassen, wäre die beste Art, mit der Situation umzugehen. Du hattest Angst, und dieser paranoide Typ hat dir Sachen ins Ohr geflüstert.«

»Freddy wusste eine Menge über das Syndikat und wozu die fähig sind.« Er war sich nicht sicher, was er getan hätte, wenn Freddy in jener Nacht nicht aufgetaucht wäre. Vielleicht hätte er die Polizei gerufen und dann in einer Welt voller Schmerz gelebt, denn das Syndikat saß am längeren Hebel. »Freddy hat mich in jener Nacht gerettet.«

Sie schüttelte den Kopf, und eine Strähne fiel aus ihrem ordentlichen Pferdeschwanz und streichelte ihre Wange. Die Schwangerschaft hatte ihre Schönheit nur noch verstärkt. Ihre Haut strahlte vor Gesundheit. »Er hat deine schlechtesten Instinkte gefüttert. Du hattest andere Möglichkeiten, Mad.«

Wie konnte er ihr begreiflich machen, wie es für ihn gewesen war? Seine Welt war in jener Nacht zusammengebrochen, und es war an ihm gewesen, herauszufinden, wie er ihr wieder einen Sinn gab. »Ich musste schnell handeln. Ich durfte nichts tun, womit ich Gefahr lief, dass unsere Beziehung an die Öffentlichkeit drang und du auf der Schwarzen Liste der Russen landen würdest.«

»Das verstehe ich ja.«

Gott sei Dank. Offensichtlich hatte sie nur darüber schlafen müssen. Er griff nach ihren Händen. »Da bin ich aber froh. Liebling, ich habe die ganze Zeit nur an dich gedacht, mich um dich gesorgt. Dich unendlich vermisst.«

Sie zog die Hände weg. »Aber dir kam nie in den Sinn, einfach mit mir zu reden? Mich wie eine Partnerin zu behandeln und nicht wie eine Verpflichtung, um die zu beschützen du dich martern musstest?«

»Wovon redest du?«

Sie gab einen frustrierten Ton von sich. »Es hätte eine einfache Lösung gegeben. Du hättest mich anrufen und mir sagen können, was passiert ist. Du hättest Gabe anrufen können. Wir hätten dir geholfen.«

»Damit ihr bedroht werdet? Vielleicht sogar ermordet?«, rief Mad. »Niemals.«

»Ich bin nicht dumm. Ich wäre schon nicht zur Presse gerannt und hätte denen brühwarm alles erzählt. Ich will mein Kind genauso beschützen wie du. Wir waren bis dahin auch vorsichtig gewesen, was unsere Beziehung angeht«, argumentierte Sara. »Wenn du mir von Krylovs Drohungen erzählt hättest, wäre ich absolut vernünftig gewesen. Vielleicht hätte ich Angst gehabt, aber ich wäre nicht zerstört worden. Doch du hast lieber aus dieser einfachen Entscheidung ein Riesendrama gemacht. Du hast mich nicht wie deine Partnerin behandelt, dir ebenbürtig. Du hast mir eine Textnachricht geschickt, dass ich dir nichts mehr bedeute. Du hast verdammtes Glück, dass ich meinen Stolz habe, sonst hätte ich vielleicht in jener Nacht vor deiner Tür gestanden.«

Wie konnte sie nur so denken? »Das war nicht irgendein College-Streich. Ich stecke mitten in einer globalen Verschwörung, und die sind darauf aus, nicht nur einen meiner besten Freunde zu töten, sondern meinen Präsidenten zu ermorden. Und das können sie auch. Sie haben bereits Dax' Vater, Zacks Mutter und Joy auf dem Gewissen.«

»Sich von all deinen Freunden zu entfremden und der Frau, die dein Kind erwartet, zu sagen, dass du mit ihr fertig bist, war also der klügste Weg?« Tränen schimmerten in ihren Augen. »Ich liebe dich. Wirklich, aber mir ist klar geworden, dass du mich nicht genauso liebst. Wir haben nicht die gleiche Vorstellung von einer Beziehung. Wenn ich das Pech gehabt hätte, Krylov zu begegnen, hätte ich auch versucht, dich zu beschützen, aber dazu hätte ich dich nicht zerstört.«

Es war nicht so, dass er darüber nicht nachgedacht hätte. Er hatte darüber nachgedacht, was passieren könnte, wenn sie sich entschloss, ihm gegenüber loyal zu sein, bis zum bitteren

Ende. »Sag, dass du nicht versucht hättest, mir zu helfen. Ich weiß, wie tapfer du bist.«

»Ja, aber es gibt jetzt mehr als dich und mich selbst, worum ich mich sorgen muss. Ich muss meine Tochter beschützen. Ich wäre genauso vorsichtig gewesen, wie ich es jetzt sein werde. Ich bin froh, dass du am Leben bist, aber das mit uns ist vorbei. Ich möchte dich bitten, an deine Tochter zu denken und dich von mir fernzuhalten. Du wirst von der Presse umringt sein, wenn die Welt erfährt, dass Maddox Crawford noch lebt.« Sara legte sich die Hand auf den Bauch, als sie von dem Barhocker hinunterglitt. »Das können wir nicht gebrauchen.«

Mad stellte sich ihr in den Weg, denn das konnte er nicht so stehen lassen. »Sara, du kannst nicht einfach gehen. Du bist mit mir hier. Du steckst jetzt da mit drin. Zurück nach New York zu gehen, ist keine Option. Das ist ein weiterer Grund, warum ich einen so dramatischen Abgang gemacht habe. Damit du einfach leben konntest und dich nicht zu verstecken brauchtest.«

»Versteckt habe ich mich trotzdem. Ich habe das Leben gemieden, weil ich nicht verstand, wie du mich an einem Tag noch lieben konntest und mich schon am nächsten links liegen lässt. Jetzt ergibt es Sinn. Danke. Jetzt kann ich damit abschließen.«

»Sara, Liebling – «

»Nein. Versuch nicht, mich um den Finger zu wickeln, Mad. Die Wahrheit ist, dass du immer noch nicht erwachsen bist. Du lebst immer noch in dieser verrückten Welt, in der es logisch erscheint, aus einem Impuls heraus völlig bescheuerte Sachen zu machen. So kann ich nicht leben. Ich muss an sie denken. Ihr Stabilität bieten.« Sie streichelte ihren Bauch, während sie ihre halb leere Schale in die Spüle stellte.

»Aber ich liebe dich.« Er hatte sich verändert, verdammt noch mal. Er war nicht mehr das egoistische Arschloch, das er den Großteil seines Lebens gewesen war. Sie hatte ihn verändert. Sie zu lieben, hatte ihn zu einem besseren Menschen gemacht. »Ich liebe euch beide.«

»Ich weiß.« Sie wischte sich eine Träne ab. »Das ist das Schlimmste daran. Du meinst es auch so … auf deine Art. Aber ich brauche mehr. Ich gehe wieder in meine Hütte. Wenn alle auf sind, müssen wir uns darüber unterhalten, wo ich auf lange Sicht wohnen soll. Ich bin bereit, in Schutzhaft zu gehen, wenn es nötig ist. Wie gesagt, ich bin nicht leichtsinnig. Bis später.«

Sie drehte sich um und verließ die Küche – und ihn – und in dem Moment kam Gus. Sie blieb kurz stehen und sah zu, wie Sara so schnell sie konnte Abstand zu ihm gewann.

»Lief anscheinend nicht so gut. Alles okay?« Gus war immer für ihn da gewesen, eine wahre Freundin. Er brauchte sie jetzt. Sie würde es verstehen und ihn aufmuntern.

»Nein«, gab er zu. »Aber mach dir um mich keine Sorgen. Sara ist diejenige, die jetzt jemanden braucht. Sie denkt, ich hätte sie einfach im Stich gelassen, und …« Mad seufzte. Er hatte das Gefühl, die Welt würde um ihn zusammenstürzen. »Kannst du bitte mit ihr reden? Vielleicht bringst du ihr einen Tee und hörst dir an, was immer sie zu sagen hat? Ich würde es ja machen, aber …«

Sie wollte ihn nicht mehr.

»Ich weiß.« Gus' Blick wurde weich. »Klar mach ich das. Ich werde sogar mit ihr über dich fluchen.«

Gus griff nach dem Teekessel, um noch eine Tasse Kräutertee für Sara zu machen. Mürrisch saß Mad da und sah zu. Sein Bedürfnis nach Kaffee war verflogen. Alles, was er brauchte, schien er für immer verloren zu haben.

7

Durch einen schmalen Spalt in der Gardine drang Morgenlicht in den Raum – genug, um Liz daran zu erinnern, wo sie war.

In Zacks Zimmer. Sie hatte die Nacht in der Suite des Präsidenten verbracht, und sie war nackt. Sie wusste nicht, wie viel Uhr es war, nur, dass bald alle aufwachen würden oder bereits aufgestanden waren – und dass ihnen schnell klar werden würde, was sie und Zack die ganze Nacht getan hatten. Liz musste sich irgendwie hinausschleichen, ansonsten wäre ihr Geheimnis kein Geheimnis mehr.

Sie rollte sich auf den Bauch. Zack war nicht mehr da. Seine Seite war zerwühlt, das Kissen eingedrückt, wo sein Kopf gelegen hatte. »Seine« Seite? Er hatte keine. Zack beanspruchte den Großteil des Betts für sich. Entschuldigt hatte er sich dafür nicht – wie überhaupt für sehr wenig.

Als er gestern auf der Couch im Büro über sie hergefallen war, hatte er sich plötzlich erhoben und sie ebenfalls hochgezogen, hatte seine Kleider glatt gestrichen und ihr erlaubt, ihr Outfit – oder was davon übrig war – behelfsmäßig zu richten. Sie hatte sich im Eiltempo ihren Büstenhalter geschnappt und ihre Bluse zusammengehalten. Dann waren sie aus der Bibliothek in den Flur getreten und an dem dort postierten Agenten vorbeimarschiert, als kämen sie aus einem ganz alltäglichen Meeting.

Hallo, Mister Secret-Service-Agent, hier gibt es nichts zu sehen.

Wenn sie jetzt so schnell wie möglich aufstand, in ihre Klamotten schlüpfte und tat, als sei nichts gewesen, konnten sie und Zack ihr Intimleben vielleicht weiterhin für sich behalten. Secret-Service-Agenten waren bekanntermaßen schweigsam. Freunde hingegen nicht.

Liz musste in die Gänge kommen, aber jeder Muskel ihres Körpers weigerte sich. Was sich im Übrigen großartig anfühlte. Zack war die ganze Nacht lang unersättlich gewesen, so als versuche er, die verlorenen Jahre aufzuholen. Kaum war die Tür zu seiner Suite hinter ihm zugefallen, hatte er ihr die Kleider wieder vom Leib gerissen und achtlos zur Seite geworfen. Keine Rede davon, Liz Richtung Bett zu steuern – er hatte sie gegen die Wand gedrückt und hatte sie dort genommen.

Beim dritten Mal hatten sie es endlich bis ins Bett geschafft. Er hatte ihr, selbst zwischen zwei Runden, keinen Millimeter Raum gelassen, sondern seinen Körper an ihren gepresst und sie unaufhörlich gestreichelt.

Es war die beste Nacht ihres Lebens gewesen. Und jetzt war sie vorüber. Damit musste Liz sich abfinden – und irgendwoher die Willenskraft nehmen, um aufzustehen und so zu tun, als sei sie nicht eine Nacht lang die Geliebte des Präsidenten gewesen. Als sei sie nicht verliebter denn je.

Zack hatte es ihnen offenbar leichter machen wollen, ihr kurzes Liebesabenteuer geheim zu halten. Er war bereits aufgestanden und lenkte vermutlich gerade seine Freunde ab. Sie konnte sich also den Flur entlang in ihr eigenes Zimmer stehlen, wo hoffentlich, hoffentlich eine Tasche mit Wechselkleidung von zu Hause auf sie wartete. Sie würde duschen, dann zum Frühstück zu den anderen stoßen und vermutlich den Rest ihres Lebens versuchen zu vergessen, wie gut es sich mit Zack angefühlt hatte.

Sie setzte sich ächzend auf und ließ den Blick durch den

Raum schweifen. Der Anblick ihrer verstreuten Kleider ließ sie unwillkürlich zusammenzucken. Wo war ihr Slip? Vermutlich immer noch in der Bibliothek, wo Präsident Carter zu anderer Gelegenheit über Frieden im Mittleren Osten verhandelt hatte.

Sie musste unbedingt dort vorbeischleichen, ehe saubergemacht wurde.

Liz war gerade im Begriff, sich aus dem Bett zu schwingen, als die Badezimmertür aufflog und Zack mit nassem Haar in den Raum trat. Splitterfasernackt, nur mit einem Lächeln bekleidet. Ihr lief das Wasser im Mund zusammen. Herr, hab Erbarmen! Selbst in fünfzig Jahren würde sie sich an den Anblick von Zack in all seiner Pracht nie gewöhnen können. Sie fand ihn bereits im Anzug zum Anbeißen, aber nackt? Dafür fehlten ihr die Worte. Geschmeidig. Kraftvoll. Ein Raubtier. Perfekt.

»Was machst du da? Zurück unter die Bettdecke mit dir.« Er umrundete das Bett und baute sich vor ihr auf. Je näher er kam, umso steifer wurde sein Penis. »Es ist noch früh.«

»Nein, es ist nach neun. Es sind garantiert schon alle aufgestanden.«

»Wir aber nicht.«

Zack umfasste ihren Nacken. Sie hätten schwören können, dass es im Zimmer auf einen Schlag zwanzig Grad wärmer wurde. Er neigte sich zu ihr und presste seine Lippen auf ihre. Danach dachte sie an gar nichts mehr.

Lieber Himmel, wie er küssen konnte! Gestern hatte er nach den ersten beiden Malen endlich einen Gang runtergeschaltet und sich Zeit gelassen. Er hatte sie ins Bett geführt und sie eine Ewigkeit geküsst. Er schien wie besessen davon, mit den Händen durch ihr Haar zu streichen und seinen Mund mit ihrem zu vereinen. Die Heftigkeit, mit der er sie an sich zog und sie berührte, hatte Schauer der Erregung über ihren Körper laufen lassen.

Jetzt ließen seine Küsse sie jede praktische Vernunft vergessen. Ihr logisches Denken war wie betäubt. Ohne etwas dagegen tun zu können, lehnte sie sich zurück und überließ ihrer Lust die Kontrolle. Eine Stunde Zeit hatten sie bestimmt! Vielleicht sogar den ganzen Vormittag? Sie konnten ja sagen, sie hätten gearbeitet. Sobald die Welt erfuhr, dass Mad lebte, war sie schließlich für die Presse verantwortlich. Keiner ihrer Freunde würde in Frage stellen, dass zu diesem Zweck eine Strategie ausgearbeitet werden musste.

Er ließ seine Zunge in ihren Mund gleiten und ihre Zunge umspielen. Gleichzeitig warf er Liz zurück in die Kissen und legte sich auf sie. Liz liebte die Art, wie er sie in die Matratze drückte. Sie spreizte unwillkürlich die Schenkel.

Sie hatte ihn noch nicht im Mund gehabt – oh, wie sehr sie seinen Schwanz wollte! Herausfinden, wie er sich anfühlte, wie er schmeckte. Sie wollte ihn berühren, wollte die Gewissheit haben, dass sie ihm genauso Lust bereiten konnte wie er ihr.

Es klopfte, und keine Sekunde später ging die Tür auf. Liz rang nach Luft und versuchte eilig, alle Körperteile unter der Decke zu verstecken, die nicht unter Zack verborgen waren.

Zack rührte sich nicht. Er sah lediglich auf und sagte: »Ich bin beschäftigt, Thomas.«

Ihr Herz schlug bis zum Hals. Da stand verdammt noch mal ein Secret-Service-Agent im Raum! Ziemlich sicher war sie puterrot angelaufen.

»Verzeihung, Sir. Ich bin nicht daran gewöhnt, dass Sie, äh, beschäftigt sind. Ich lasse das Team wissen, dass wir ab sofort andere Abläufe haben.« Falls Thomas peinlich berührt war, ließ er sich nichts anmerken. »Der Vizepräsident hat bereits drei Mal angerufen.«

»Bitte sagen Sie dem Vizepräsidenten, dass ich unabkömmlich bin und ihn zurückrufe, sobald ich kann.« Zacks Tonfall war eisig.

»Ja, Sir.«

»Und Thomas, sollte noch jemand versuchen, diese Tür zu öffnen, erwarte ich, dass Sie ihn erschießen. Wir sind erst wieder ansprechbar, wenn wir fertig sind.«

»Selbstverständlich, Sir.« Thomas schloss die Tür hinter sich, aber der unerwartete Besuch hatte Liz einmal mehr daran erinnert, dass immer und überall jemand in der Nähe sein würde.

Zack beugte sich wieder über sie, als sei nicht das Geringste geschehen. Sie spürte, wie sein Penis sie anstupste und sich einen Weg in sie hinein bahnen wollte.

Sie legte ihm die Hände auf die Brust. »Zack, das können wir nicht machen.«

Er kippte das Becken, sodass sein Schwanz in sie glitt – der Beweis, dass sie sehr wohl konnten. Obwohl Liz alles wehtat, erwiderte ihr Körper die Berührung, wurde weich und bereit für mehr von der Lust, die Zack ihr so spielend leicht und so gründlich bereitete. »Wir können tun und lassen, was uns gefällt, und das hier gefällt mir nicht nur, ich liebe es.«

Er begann, in lockerem Rhythmus in sie zu stoßen, als reiche es ihm bereits, nur in sie einzudringen. Aber da vergaß er das ein oder andere.

»Zack, wenn wir nicht zum Frühstück erscheinen, zählen die anderen zwei und zwei zusammen und wissen, was los ist.«

Es schien ihn nicht zu kümmern. Er zog ihre Hände über ihren Kopf und hielt sie dort fest. »Rechnen können die alle. Besonders Roman. Zu irgendwas müssen Ivy-League-Unis schließlich gut sein. Wenn wir hier fertig sind, duschen wir. Es sei denn, du hast jetzt Hunger. Thomas kann dir was bringen. Rührei? Spiegelei? Weichgekocht?«

Rührei? Wovon redete er? Das ging doch an der Sache vorbei! Sein Schwanz allerdings ging keineswegs an ihrem G-Punkt vorbei. Liz konnte kaum mehr Luft holen. »Sie werden sich zusammenreimen, was wir hier tun.«

»Das haben sie wahrscheinlich schon«, gab er zu. Er küsste ihren Hals. »Roman und ich waren heute Morgen zum Joggen verabredet. Er hat in aller Frühe die Laufschuhe angezogen, und ich habe ihm gesagt, wenn er Sport machen will, soll er lieber seine Verlobte vögeln, denn genau das hätte ich jetzt vor. Nicht seine Verlobte, natürlich. Dich. Aber das hat er kapiert. Ich wette, Roman hat es Gus erzählt, und Gus ist ein Plappermaul. Oh Gott, fühlst du dich gut an. Ich hasse Joggen. Das hier ist … hundert Mal besser.«

Er hatte recht. Mit jeder verstreichenden Minute fühlte er sich besser in ihr an. »Ich habe gedacht, es soll niemand wissen. Wir waren uns doch einig, dass es nur für eine Nacht ist.«

Er erstarrte, hob den Kopf und sah sie durchdringend an. Er füllte sie immer noch aus, gab keinen Zentimeter ihres Körpers auf. »Ich hatte nie die Absicht, einfach nur einen One-Night-Stand mit dir zu haben, Elizabeth, das habe ich dir ganz sicher gesagt.«

Sie war sich ihrer Liebe für ihn sicher, aber die Situation war einfach viel zu kompliziert. »Gestern noch hast du mich weggestoßen. Und wir können nicht einfach ignorieren, dass du der Präsident der Vereinigten Staaten von Amerika bist. Das Auge der Welt ruht auf dir. Wir können keine Affäre haben.«

»Ich bin nicht verheiratet. Wenn ich eine Affäre haben will, kann ich eine Affäre haben. Sag mir jetzt auf der Stelle, ob du bei mir bleiben willst, denn ich ziehe es vor, meine Zeit nicht mit einer Frau zu verschwenden, die mich nicht will.«

»Natürlich will ich dich, aber es gibt so viel anderes, an das wir denken müssen, nicht nur, wie gut es sich anfühlt.«

»Ja. Aber die Entscheidung ist vielleicht bereits gefallen. Ich habe kein Kondom benutzt.«

Diese Sorge zumindest konnte sie ihm nehmen. »Ich nehme die Pille.«

Sein Gesicht verfinsterte sich. Er stieß in sie. Bis zum Anschlag, so, als könne – oder wolle – er seine Hüfte nicht kontrollieren. »Dann ist ja alles gut.«

Er wirkte beinahe enttäuscht. Liz hatte nicht vor, das Thema weiter zu vertiefen. Sie strich über die Seiten seines muskulösen Oberkörpers und genoss die athletischen Erhöhungen und Vertiefungen. Zack strotzte vor Lebenskraft. »Eben nicht. Die Leute werden sich das Maul zerreißen.«

Diese Sorge schien ihn unheimlich zu langweilen, denn er widmete all seine Aufmerksamkeit ihrem Hals und ihrem Nacken. »Die Gerüchteküche zu managen ist dein Spezialgebiet. Ich werde jedenfalls kein offizielles Statement abgeben. Genauso wenig habe ich vor, in Zukunft allein zu schlafen. Dann sollen sie doch reden! Es ist mir egal. Ich will dich, und ich werde dich haben.«

Er erhöhte das Tempo, konzentrierte sich. Hatte sie richtig gehört? Er schickte sie nicht weg? Er wollte sie bei sich haben?

Liz hatte sehr wohl eine gierige Seite – und die fand die Vorstellung himmlisch.

Es war ein Fehler, und das wusste sie auch. Wie konnte es sein, dass er sie bis vor Kurzem noch bei jeder Gelegenheit zurückgewiesen hatte, und ihre Nähe jetzt förmlich forderte? Warum? Aber alle Fragen verstummten, als er sie wieder küsste. Zack wollte sie. Zack brauchte sie.

Sie würde ihm nicht die kalte Schulter zeigen. Nicht jetzt. Er hatte ihr Einlass in den erlesenen Kreis seiner Vertrauten gewährt, und dort würde sie auch bleiben. An seiner Seite.

Sie schmiegte sich an ihn und schwor sich, dass sie gemeinsam einen Ausweg aus diesem Schlamassel finden würden. Vielleicht war es noch nicht zu spät für die gemeinsame Zukunft, die sie sich gegenseitig versprochen hatten, bevor Tragödien und Politik ihnen einen Strich durch die Rechnung machten. Vielleicht gab es für sie doch noch ein Happy End.

Zack ging den Korridor in Richtung Küche entlang. Es dämmerte bereits. Am Nachmittag hatten sich die Wochenendgäste von Camp David zusammengesetzt, um über ihre mehr als heikle Lage zu diskutieren. Als der versammelten Meute irgendwann der Magen knurrte, hatten sie sich einstimmig auf Pizza geeinigt. Lediglich Freddy war dagegen gewesen. Er behauptete, eine Essenslieferung könne viel zu leicht vergiftet oder der Bote abgefangen werden. Als Alternative bot er Dauerwurst und selbst gemachtes Studentenfutter an. Mad hatte verstohlene Handzeichen gemacht, damit der paranoide Spinner merkte, dass er damit nicht landen konnte.

Den ganzen Nachmittag über war Zack in Gedanken bei Elizabeth gewesen. Wie schön sie war, wenn sie mit aufgefächertem Haar auf seinem Bett lag. Ihre blauen Augen, in denen heißes Verlangen zu lesen war, wenn er sie verwöhnte.

Er bekam schon wieder eine Erektion. Liz saß wahrscheinlich gerade gemütlich in Laras Blockhütte und nippte an einem Glas Biowein. Ob sie wohl über ihn sprach? Es mussten schließlich alle mitbekommen haben, dass die Dinge zwischen ihr und ihm nicht mehr so standen wie zuvor. Er hatte nachtmittags zwar mit allem gebotenen Ernst die Verschwörung, die drohende Gefahr und die möglichen Folgen erörtert, aber dann, im allgemeinen Trubel vor dem Abendessen, hatte er Liz – ohne groß nachzudenken – lang und leidenschaftlich geküsst.

Das war auch sein gutes Recht. Die anderen Männer küssten ihre Frauen schließlich auch. Roman tat nicht so, als gehörte Gus nicht zu ihm. Gabe ließ nicht höflich die Finger von Everly. Lara hatte den Großteil des Gesprächs auf Connors Schoß verbracht. Dax und Holland verschwanden immer mal wieder, und wohin, war kein Geheimnis.

Trotzdem hatte Liz gewirkt, als sei ihr der Kuss unangenehm. Sie war Lara nach draußen gefolgt. Roman hatte versucht, Zack beiseite zu nehmen, aber Gus, deren siebter Sinn ihr einflüsterte, dass jetzt nicht der richtige Moment war, hatte ihren Verlobten abgelenkt.

Zack seufzte. Er schuldete seinen Freunden eine Erklärung.

In der Küche wollte er sich eine Flasche Wasser nehmen und dann den Vizepräsidenten zurückrufen. Obwohl ihm die Sache mit den Russen über den Kopf wuchs und er ganz allgemein den stressigsten Job der Welt hatte, fühlte er sich gut. Entspannt. Beinahe unbesiegbar. Offenbar war das die heilende Wirkung von jeder Menge leidenschaftlichem, gutem Sex.

Er grinste. Sein Leben lang war er der vorsichtige Typ gewesen. Im Gegensatz zum Rest der Perfect Gentlemen hatte er sich in Liebesdingen stets umsichtig verhalten. Die wenigen Freundinnen, die er gehabt hatte, waren stets Frauen gewesen, die sein Vater guthieß – sprich solche, die ihn nicht zu sehr ablenkten. Sein Vater, sofern er noch zu einem klaren Gedanken fähig war, würde Elizabeth hassen. Sie lenkte Zack andauernd ab.

Sich auf eine wie auch immer geartete Beziehung mit ihr einzulassen, war vermutlich ein Fehler. Er wusste schließlich immer noch nicht, ob sie in dem ganzen Chaos mit den Russen eine Rolle spielte, und wenn ja, welche. Aber Elizabeth war ein Fehler, den er unbedingt begehen wollte. Im Augenblick bereute er rein gar nichts.

Er hatte die Küche beinahe erreicht, als er draußen eine einsame Gestalt wahrnahm. Mad, mit einem Glas in der Hand. Er sprach dem Scotch heute offenbar schon früh zu.

Für Mad entwickelten sich die Dinge gerade nicht wie geplant oder gewünscht. Er hatte die Nacht und die Morgenstunden nicht mit seiner Frau im Bett verbracht. Sara hatte ihn den ganzen Nachmittag lang nicht eines Blickes gewürdigt.

Ach, sollte der Vizepräsident doch warten. Zack stieß die Tür zu der eleganten Veranda auf. »Kann man dir Gesellschaft leisten?«

Mad sah auf. Er sah unendlich müde aus. »Wenn du die anderen suchst, Connor ist mit Gabe in dessen Blockhütte, und die Frauen sind in seiner. Ich kann mich verziehen, wenn du willst.«

»Ich wollte dich nicht vertreiben. Auch wenn Roman vermutlich einen Anfall bekommt, wenn er uns hier draußen sieht.«

»Unter dem Verandadach und hinter den ganzen Bäumen sind wir gut verborgen. Ich bezweifele, dass dich ein Attentäter hier erspähen kann, auch wenn seine Waffe eine noch so große Reichweite hat. Und was meine Auferstehung anbelangt, schweigt Thomas wie ein Grab. Außerdem ist es ja nicht so, als sei das Gerücht nicht bereits seit Monaten in der Welt.« Mad zog die Mundwinkel nach oben. »Meine Rückkehr von den Toten kann meinem Ruf nur förderlich sein. ›Mythos Maddox Crawford – der Mann ist eine Legende.‹ Wenn alles vorbei ist, gehe ich auf Tournee.«

Typisch Mad. Er verbarg seinen Schmerz hinter Drinks und Sarkasmus. »Sara ist also nicht gerade glücklich?«

»Sara will nichts mehr mit mir zu tun haben. Das kann ich ihr kaum verübeln. Sie ist endlich auf den Trichter gekommen, dass auf mich kein Verlass ist. Hat bei ihr ja länger gedauert als bei den meisten anderen.« Mad markierte ganz offensichtlich den Starken.

Zack musste sich anstrengen, um nicht die Augen zu verdrehen. Er hatte Verständnis für Mad. Als Kind hatten seine Eltern ihm immer nur dann Aufmerksamkeit geschenkt, wenn er sich danebenbenahm. Mad gab den bösen Jungen, weil es sich für ihn sicher anfühlte. Wenn er nie zeigte, dass er verletzt war, konnte schließlich niemand wissen, dass es ihm nicht egal war.

»Ich finde, du gibst dich ziemlich schnell geschlagen. Entweder du liebst sie gar nicht wirklich, oder du bist nicht halb so entschlossen, wie ich dachte.«

Mad blickte zu Boden. »Ich hatte einen Plan, Zack. Einen verdammt guten. Sara sollte nichts erfahren, ehe die Sache nicht ausgestanden ist und ich mich wieder offen zeigen kann. Sie sollte wissen, dass ich alles wiedergutgemacht und dafür gesorgt habe, dass die Welt ein sicherer Ort für sie und das Baby ist. Aber du hast sie hierhergebracht. Alles, was mir jetzt bleibt, sind Ausreden, die sie nicht hören will.«

»Hätte sie vielleicht auf sich allein gestellt bleiben sollen?« Zack hatte dem Secret Service sehr bewusst befohlen, alle Frauen nach Camp David zu bringen. »Sara kann nicht nur gegen dich verwendet werden, weißt du? Gabe liebt seine Schwester. Sie eignet sich als Druckmittel gegen jeden einzelnen von uns. Sie darf nicht mehr allein sein.«

»Sie war nicht allein«, erwiderte Mad stirnrunzelnd. »Glaubst du echt, ich hätte sie irgendeinem Risiko ausgesetzt? Ich habe zu ihrem Schutz eine Firma beauftragt. Über Freddy natürlich. Sie war nie auf sich allein gestellt.«

»Okay, wenn du sie lieber in meilenweiter Ferne irgendeinem Bodyguard anvertraust, bitte.«

»Dazu ist es zu spät. Jetzt weiß sie alles. Es wäre viel zu unsicher.«

»Du hast recht.« Es gab aber durchaus noch andere Möglichkeiten, Sara zu versorgen – Möglichkeiten, die Mad mehr Zeit mit ihr einräumten. Das hatte ihrer Beziehung bereits früher auf die Sprünge geholfen. Ja, als sie jung waren, hatte Sara Mad auf Distanz gehalten. Aber dann waren sie erwachsen geworden, und weil sie zusammen arbeiteten, war Saras anfängliche Scheu verschwunden. Es hatte sie als Paar zusammengeschweißt. »Wir könnten über eine andere Unterbringung nachdenken.«

»Was meinst du damit?«

»Ich denke darüber nach, was wir mit dir machen.«

Mad winkte ab. »Schon okay. Ich weiß auch nicht, was ich mir hier erhofft habe. Ich hätte auch einfach anrufen können, aber … Ich wollte wohl einfach die Drama-Queen spielen, und das rächt sich jetzt. Ich reise morgen mit Freddy ab. Er hat Freunde, die uns abholen können. Oder vielleicht kannst du uns ein Auto leihen. Ich habe die Schnauze voll vom Wandern.«

Zack war zwar immer noch unterschwellig sauer auf Mad, aber seine Wut würde vermutlich schneller verrauchen als die Angst um seinen Freund, wenn dieser ohne Schutz in der Weltgeschichte herumgeisterte. Den Fehler, einen geliebten Menschen von sich wegzustoßen, wollte er kein zweites Mal begehen. Mit Liz hatte es ja auch nicht funktioniert. »Oder ich finde eine passende Bleibe für dich. Als Präsident genießt man gewisse Privilegien. Eines davon ist der Zugang zu einem unterirdischen Bunker, in dem ich bei Bedarf ein paar Hundert meiner Freunde unterbringen könnte. Das ist natürlich alles sehr geheim. Sara weiß nicht, wie viele Räume er hat. Ich denke, einen davon könnte ich für euch schon aufschließen lassen. Unter diesen besonderen Umständen.«

Mad war baff. Seine Augen weiteten sich. »Dann wäre sie

gezwungen, dazubleiben. Dann müsste sie sich mit mir auseinandersetzen.«

»Manchmal braucht man nur ein wenig Geduld, bis der Sturm vorübergezogen ist. Oder willst du lieber wohin auch immer Freddy dich mitnehmen wollte?«

Mad packte Zack bei den Schultern. In seinen Augen stand inbrünstige Dankbarkeit geschrieben. »Freddy will zu einem Typen in Colorado, der in einer Höhle lebt und jeden Tag auf Alien-Patrouille geht. Oh bitte, *bitte*, lass mich in deinen Bunker. Ich schwöre, ich helfe dir. Ich tue fast alles. Ich würde dir sogar den Scotch vermachen, wenn er nicht bei dem Feuer draufgegangen wäre. Wieso redet eigentlich niemand darüber, dass Gabe und meine Schwester eine meiner schicken Villen einfach abgefackelt haben?«

Ach, wie schön, dass er Mad immer noch überraschen konnte. Der besagte Scotch war ein Macallan von 1926, den jeder von ihnen bei Sotheby's hatte ersteigern wollen. Ein »anonymer Bieter« hatte in letzter Sekunde den Zuschlag bekommen – und der Schuft hatte das edle Tröpfchen jahrelang unter Verschluss gehalten. »Gabe hat den Scotch gerettet. Er hat ihn aus dem brennenden Haus getragen wie ein Baby.«

»Mein Scotch lebt?«, fragte Mad so hoffnungsvoll, als könne die Antwort Licht in eine finstere Welt tragen.

Auf Zacks Gesicht formte sich unwillkürlich ein gemeines Grinsen. Auf Taten folgten Konsequenzen – und das musste Mad nun am eigenen Leib spüren. »Dein Scotch ist tot. Aber er war köstlich. Du warst ja in die ewigen Jagdgründe eingegangen. Wir haben ihn zu Gabes Junggesellenabschied getrunken.«

Mad entglitten die Gesichtszüge.

»Hey«, sagte Zack, »tut mir leid. Ich wollte dich bloß necken. Getrunken haben wir ihn aber wirklich. Ich würde ja anbieten, dir einen neuen zu beschaffen, aber ich bin mir ziemlich sicher, dass es die letzte existierende Flasche war.«

Mad schüttelte den Kopf. »Dem Scotch weine ich nicht nach. Für genau so einen Anlass habe ich ihn schließlich gekauft – wenn es richtig was zu feiern gibt. Nein, ich bin traurig, weil ich Gabes Junggesellenabschied verpasst habe. Und seine Hochzeit, und Connors Hochzeit, und Dax' Hochzeit – mit der richtigen Frau. Ich habe alles verpasst. Das war nicht der Plan.«

»Manchmal nimmt das Leben eine Kehrtwende. Ich hätte mir nie und nimmer vorstellen können, dass ich mir an diesem Punkt in meinem Leben die Frage stellen muss, wer ich bin. Nicht als existenzielle Seinskrise, sondern ganz handfest. Ich kenne nicht mal meinen richtigen Namen.«

»Ist das denn wichtig?«, fragte Mad.

»Natürlich ist es wichtig.«

Mad schüttelte erneut den Kopf. »Ich will dir nicht verschweigen, dass ich am Anfang dachte, du wüsstest vielleicht etwas, oder dein Vater wäre in die Verschwörung verwickelt. Deshalb habe ich gezögert.«

Zack spürte, wie Enttäuschung in ihm aufwallte. Wenn Elizabeth doch hier wäre! Schon allein ihr Anblick würde ihn ein wenig beruhigen. Er wünschte, er wäre überhaupt nicht aus den Federn gekrochen. »Was auch immer mein Vater wusste, ist weg. Ich habe ihn ausgefragt. Über meine Mutter und alles, was passiert ist. Er kann darauf nicht antworten, und außerdem regt er sich jedes Mal furchtbar auf, wenn ich sage, dass sie tot ist.«

»Sind wir sicher, dass er die Demenz nicht nur vortäuscht?«

»Mehrere führende Ärzte sagen, er hat Alzheimer.« Zack hatte sich diese Frage auch schon gestellt – und bei allem, was seinen Vater betraf, sehr genau hingesehen. »Ich habe ihn monatelang beobachten lassen. Ab und zu büxt er aus, aber niemand hat ihn je bei etwas wirklich Verdächtigem ertappt.«

»Ich würde Freddy gerne auf ihn ansetzen. Er könnte sich zumindest Aufnahmen von den Sicherheitskameras anschauen«, sagte Mad. »Freddy hat echt ein Auge für Details, und er ist ein ausgezeichneter Hacker. Es ist zwar sicher gegen die Vorschriften, aber ich finde, er sollte sich dein System anschauen.«

»Ich arbeite selten am Laptop«, sagte Zack. »Du weißt, dass ich laut Presidential Records Act von 1978 sämtliche Korrespondenz archivieren muss? Ich führe lieber Gespräche, anstatt E-Mails zu schreiben oder Memos zu versenden. Und mein Arbeitshandy zu hacken ist angeblich nicht möglich. Es hat auch nur Verbindung zu zwölf anderen Telefonen und läuft über einen eigenen Mobilfunkmast.«

»Ich meinte die Systeme im Weißen Haus. Ich will einfach sicherstellen, dass dich niemand überwacht«, sagte Mad.

Zacks alter Freund hatte in den vergangenen Monaten offenbar viel dazugelernt. »Wir finden einen Weg. Thomas versichert mir, dass er immer wieder einen Scan laufen lässt, aber es kann nicht schaden, wenn sich jemand das Ganze mit frischem Blick ansieht. Es tut mir leid wegen Kemp. Ich glaube, er war ein guter Kerl.«

Zack fand es furchtbar, dass ein Mitarbeiter des Secret Service im Einsatz für ihn gestorben war. Matthew Kemp hatte sich vielleicht nicht gerade zwischen Zack und einen Attentäter geworfen, aber trotzdem: Er hatte im Dienst des Präsidenten gestanden.

»Das war er wirklich.« Mad seufzte. »Und ein guter Freund. Ich war derjenige, der ihn nach England geschickt hat. Ich hätte ihm Rückendeckung geben sollen.« Als Zack versuchte, seinem Freund Mut zuzusprechen, hob dieser die Hand. »Nein, es gibt Dinge, für die fühlst du dich schuldig, und andere, an denen trage ich die Schuld. Ich brauche das Schuldgefühl. Ich muss mich daran erinnern, dass es gefährlich ist, was wir tun, und dass meine Entscheidungen uns alle teuer zu stehen kommen können.«

Dieselbe Feststellung machte Zack Tag für Tag. Er versuchte, im Stillen damit klarzukommen. Seine Freunde brauchten nicht zu wissen, wie schwer sein Amt auf ihm lastete, aber offenbar hatte Mad genau diese Wahrheit auf die harte Tour erkannt. »Dann halte die Erinnerung an ihn in Ehren und lass dich dadurch anspornen. Kemp war seinem Diensteid treu bis in den Tod, und auch wir haben einen Schwur geleistet.«

»So kenne ich dich. Danke, dass du mir ein perfektes Vorbild bist.« Mad legte den Kopf schief. »Ich bin zu dem Schluss gekommen, dass ich weiß, wer du bist. Alles andere sind bloß Wortklaubereien. Du bist Zack Hayes. Du bist der beste Mann, den ich kenne, und ich wüsste niemanden, von dem ich mir lieber den Rücken freihalten ließe. Die Umstände deiner Geburt oder wer deine Eltern sind, ist mir egal. Du bist, wer du bist, und daran ändert auch kein DNA-Test etwas.«

Er hätte sich ein Glas zum Festhalten mitbringen sollen. Nicht einmal die zärtlichen Stunden mit Liz retteten Zack vor dem flauen Gefühl im Magen, wenn er an die Entscheidungen dachte, die möglicherweise bevorstanden. »Im schlimmsten Fall trete ich zurück. Lieber das, als dass sie bekommen, was sie wollen.«

»Wenn sie dich umbringen, bekommen sie womöglich auch, was sie wollen«, sagte Mad. »Wenn du dich ihrem Willen nicht beugst, wird Vizepräsident Shorn als dein Nachfolger vielleicht plötzlich sehr attraktiv.«

Zack nickte. Er saß in der Falle, es sei denn, er fand heraus, wer ihn zu erpressen versuchte. Aber selbst wenn ihm das gelang – wenn seine Gegenspieler Beweise für seine wahre Identität besaßen, warum hatten sie sie dann bisher nicht verwendet? Die Frage konnte er sich selbst beantworten. Weil in diesem Fall eine Verfassungskrise ausgelöst würde. Und wenn er dann nicht sofort zurücktrat, wenn er also kämpfte, dann konnte es Monate dauern, bis geklärt war, ob er im Amt blieb – Zeit genug, um das Pipeline-Projekt aus der Taufe zu heben.

Trotzdem war Vorsicht geboten. »Wir brauchen mehr Informationen. Wir müssen herausfinden, mit wem genau unsere Gegner über die Jahre zusammengearbeitet haben. Dazu müssen wir Nachforschungen zu sämtlichen Personen anstellen, die in engem Kontakt zu meiner Familie standen.«

Mad wurde ernst. »Du weißt, was das bedeutet. Dann müssen wir auch Joy unter die Lupe nehmen.«

Joy. Es fiel Zack immer noch schwer, ohne Schuldgefühle an sie zurückzudenken. Erst ihr Tod hatte seinen Aufstieg möglich gemacht. Hatte sie sich für ihr Land geopfert? Sie war diejenige gewesen, die während der finalen Wahlkampftage darauf bestanden hatte, die letzten Kundgebungen noch durchzuziehen. Er und Roman wollten in die Industrieregionen im Nordosten der USA fahren, wo der Wahlausgang noch auf der Kippe stand, aber Joy hatte darauf gedrängt, sich an die ursprüngliche Planung zu halten. Zack hatte ihr nachgegeben. Ihm war an diesem Punkt alles egal gewesen. Hauptsache, die Sache endete bald, sodass er mit Liz nach Paris fliegen und das erträumte neue Leben beginnen konnte. Schluss mit Jahrzehnten väterlicher Erwartungen, die ihn in Ketten hielten. Schluss mit der aus reinem Pflichtgefühl eingegangen Ehe. Wäre ihm der Wahlausgang wichtiger gewesen als Liz, dann wäre Joy noch am Leben.

»Ja, ich weiß. Vom Weißen Haus aus ist es für dich einfacher, Nachforschungen anzustellen«, sagte Zack. Im Kopf spielte er bereits die Probleme durch, die sich ergeben würden, wenn sie versuchten, Mad und Sara in die Tunnel unter dem Präsidentschaftsanwesen zu schleusen.

»Wie lautet der Plan?« Roman trat mit gerunzelter Stirn neben sie. Gabe, Dax und Connor, jeder mit einem Bier, folgten auf dem Fuß. »Mad soll ins Weiße Haus?«

Offenbar hatten sie die Party ohne ihn begonnen.

Auf Mads Gesicht zeigte sich das lässige Lächeln, das er jedes Mal aufsetzte, wenn er glaubte, dass sich die Dinge in seinem Sinne entwickelten. »Ich bin wieder im Spiel, Compadres. Der Mad Hatter macht sein legendäres Comeback.«

»Und winselt bei der Gelegenheit hoffentlich bei meiner Schwester um Gnade«, sagte Gabe und ließ sich auf einem der Verandastühle nieder.

»Das möchte ich nicht mitansehen«, seufzte Connor. »Das klingt zu sehr wie mein eigenes Leben. Hey, wenn du willst, kannst du mein Gästezimmer haben. Da wärst du in Sicherheit.«

Mad sah seinen Freund entsetzt an. »In deinem Kühlschrank ist Tofu.«

»Stimmt. Und dann wäre da noch mein sexuell hyperaktiver Hund«, sagte Connor. »Lincoln rammelt dein Knie, ganz ohne dass du ihn anwinseln müsstest. Gratis! Er ist auch in seiner sexuellen Orientierung alles andere als festgelegt. Mann, Frau, Sofa, alles, was nicht bei drei auf den Bäumen ist. Wir arbeiten daran.«

»Vergiss es«, schnaubte Mad. Dann wurde sein Blick weich. »Ich will einfach nur in Saras Nähe sein. Ich weiß, sie hasst mich, aber ich darf nichts unversucht lassen.«

»Sara ist zu Hass gar nicht in der Lage«, sagte Gabe. »Aber wenn du sie lässt, distanziert sie sich von dir.«

Dax stieß mit seiner Bierflasche an Mads Glas. »Das musste

ich auf die harte Tour herausfinden, Bruder. Lass dir nicht zu lange Zeit. Und was auch immer du tust, heirate nicht im Suff ihre beste Freundin. Das hält sie dir sonst den Rest deiner Tage vor.«

»Was sage ich? Ganz egal, was ich im Leben für Dummheiten begangen habe, Dax ist von uns allen immer noch der größte Depp«, stichelte Mad. »Ich will Sara nicht noch mehr Zeit lassen, um sich einzuigeln.«

»Dazu wird sie kaum Gelegenheit haben, wenn sie nonstop in einem Raum mit dir eingesperrt ist und ihr zusammen ermittelt.« Zack gefiel die Vorstellung, für Mad den Amor zu spielen. Mad war kein naiver Typ, aber es war töricht von ihm gewesen, nicht damit zu rechnen, dass Sara wütend sein würde.

Liz war nicht wütend geworden. Sie hatte verstanden, dass Zack sie beschützen wollte. Damals war er überzeugt gewesen, dass er seine Gefühle für sie würde hinter sich lassen müssen. Und jetzt? Er war sich nicht sicher, ob er sich erlauben konnte, sie zu lieben – oder ob er sein Herz überhaupt davon abhalten konnte.

Wie würde sie reagieren, wenn sie wüsste, dass er sie des Verrats verdächtigt hatte? Und dass er immer noch an ihrer Unschuld zweifelte? Dass er schlicht beschlossen hatte, dass es ihm egal war, für wen sie arbeitete, und zwar aus dem einfachen Grund, dass er sie zu sehr wollte?

»Ich glaube, es wird unheimlich amüsant zu beobachten, wie meine Schwester damit umgeht. Und ich werde mich besser fühlen, wenn ich weiß, dass sie in Schutzgewahrsam ist.« Gabe setzte eine ernste Miene auf. »Aber reden wir mal darüber, wie wir die Sache umsetzen wollen. Sara kann nicht ewig dort bleiben. Wir sollten uns bei den Ermittlungen aufteilen. Connor und ich haben uns das schon überlegt. Wenn jeder einen Teil übernimmt, kriegen wir es hin.«

Gabe fuhr mit seinen Erläuterungen fort, aber Roman deutete mit dem Kinn Richtung Haus – er wollte sich unter vier Augen unterhalten.

Zack war Roman und seinen Fragen ausgewichen, seit er um die Mittagszeit mit Liz in die Küche geschlendert war, wo seine Freunde gerade zu Mittag aßen. Ja, sie hatten das Frühstück verpasst. Den anderen war an der Nasenspitze anzusehen, wie gern sie die beiden mit Fragen gelöchert hätten. Zack hatte ihre Blicke ignoriert und den Sternen dafür gedankt, dass Gus gerade in Saras Blockhütte war, denn sie hätte sicherlich nicht höflich die Klappe gehalten. Bestimmt wurde Liz in eben dieser Sekunde ausgefragt.

»Wir sind gleich wieder da.« Zack erhob sich. Die Rechercheaufgaben würden seine Freunde übernehmen. Das wurmte ihn zwar, denn eigentlich wäre das sein Job gewesen, aber das Tagesgeschäft als Präsident der Vereinigten Staaten erledigte sich nun mal nicht nebenbei.

Roman folgte ihm und schloss die Tür hinter ihnen. »Bist du sicher, dass du das Richtige tust?«

»Nein. Und traurigerweise ist das die Antwort auf alle möglichen Interpretationen deiner Frage. Ist es das Richtige, dem Erpresser nachzustellen? Mad ins Weiße Haus zu bringen? Mit Elizabeth zusammen zu sein? Ich weiß es nicht.«

Roman stemmte die Fäuste in die Hüften, als bringe er sich in Angriffsstellung. »Ich rede von Elizabeth.«

Natürlich. »Das ist meine private Angelegenheit. Halte du dich da raus.«

»Ist es nicht. Du hast kein Privatleben. Und wir wissen nicht, ob sie mit den Russen im Bunde ist. Was, wenn du ihr gerade genau das lieferst, worauf sie gewartet hat?«

»Ich glaube nicht, dass sie für die Russen arbeitet.« Er hatte sie am Morgen beim Schlafen beobachtet und dabei über genau diese Frage sinniert. Liz hatte sich nachts eng an ihn geschmiegt, und als er aufwachte, war das Erste, was er sah, ihr verwuscheltes, honiggoldenes Haar. So gut wie vergangene Nacht hatte er seit Jahren nicht mehr geschlafen, und beim Anblick der Frau, die so friedlich neben ihm lag, war eine tiefe innere Ruhe über ihn gekommen. Er mochte nicht glauben, dass sie jemand anderes war, als sie zu sein vorgab. »Ich habe sie genau beobachtet, als Mad gestern alles erklärt hat. Sie war wirklich schockiert. Das war nicht gespielt. Sämtliche Infos waren neu für sie.«

»Oder sie ist einfach eine brillante Schauspielerin.«

Elizabeth ließ sich nicht so einfach in die Karten schauen, aber wahre Emotion sah man ihr an. »Nein. Bei Pressekonferenzen oder wenn jemand sie bei der Arbeit in die Ecke treibt, ist sie eiskalt, aber privat konnte sie mit ihren Gefühlen noch nie hinterm Berg halten. Das weiß du.«

Elizabeth ließ Roman oft sehr genau und unverblümt wissen, was sie dachte. Wenn es um wichtige Themen ging, waren sie oft gegensätzlicher Meinung. Die beiden waren Zacks wichtigste Ratgeber. Elizabeth war die Stimme seines Gewissens, Roman die Stimme seines Ehrgeizes.

»Das könnte aber alles vorgespielt sein, Zack. Das versuche ich dir schon die ganze Zeit zu verklickern. Wenn sie ein Schläfer ist, dann ist die gesamte Art, wie sie sich gibt, inszeniert und unecht. Wenn du sie zu nah an dich heranlässt, hat sie dich – und uns – in der Hand.« Roman warf einen schnellen Blick nach draußen, wo die anderen offenbar dabei waren, Mad kräftig in die Mangel zu nehmen. »Ich sage: Wir sollten keinem vertrauen, der nicht zur Familie gehört.«

»Das sagst du, weil deine Verlobte damit aus dem Schneider ist.« Zack gedachte keineswegs, Elizabeth fallen zu lassen, bloß damit Romans Paranoia Genüge getan war. Roman konnte jede

Nacht mit Gus ins Bett gehen – ihn kostete es nichts, von Zack Enthaltsamkeit zu verlangen.

Falls Roman die eisige Kälte in Zacks Worten wahrgenommen hatte, so ließ er es sich nicht anmerken. Er warf ihm lediglich einen frostigen Blick zu, der besagte, dass er sich als Zacks Stabschef auf einen langen Streit einrichtete. »Ich versuche lediglich, dich zu beschützen. Ich weiß, was du für sie empfindest, aber wir müssen vorsichtig sein.«

Zack liebte Liz. Er hatte es ihr nur noch nicht gesagt. Er wollte es vorerst für sich behalten. Sie brauchten mehr Zeit. In seinem Herzen aber wusste er, was Elizabeth Matthews ihm bedeutete.

Trotzdem nagten leise Zweifel an ihm und verfinsterten seine Gedanken. Liz war die Überbringerin der Erpresserbotschaft. Die Anweisung, den Status der FAA-Ermittlung zu Mads Flugzeugabsturz abzuändern, war über ihr Büro herausgegangen. Konnte das alles Zufall sein?

Zack schob diese Gedanken mit aller Gewalt beiseite. Darüber konnte er jetzt nicht nachgrübeln. Er musste ihr vertrauen. Was aber nicht hieß, sich komplett naiv zu verhalten.

»Ich erzähle ihr heute Abend von dem Meeting.«

Tags zuvor hatten er und Roman beschlossen, Elizabeth einer Art Test zu unterziehen und ihr falsche Informationen zu einem angeblichen Treffen zu füttern, bei dem Zack mit seinem Energieminister und Beratern über die Pipeline sprechen wollte. Außer ihr sollte niemand davon erfahren. Zack erhoffte sich davon, dass Roman ihn fortan in Ruhe lassen würde. Er war sich sicher, dass Elizabeth das Geheimnis für sich behalten würde. Sollte es dennoch auf irgendeine Weise die Runde machen, wäre das ein weiterer Hinweis. Dann wäre klar: Elizabeth war eine schöne Verräterin.

8

Sara ließ den Blick durch das Presidential Emergency Operations Center schweifen, die Notfallkommandozentrale des Präsidenten. Sie hoffte inständig, dass sie nicht allzu lange hier unten festsitzen würde. Das Weiße Haus mit all seinen eleganten, geschichtsträchtigen Räumen lag direkt über ihr. »Kann ich mich nicht einfach im Lincoln-Zimmer verschanzen? Ich verspreche auch, dort nicht mein Kind zur Welt zu bringen oder so.«

Sie hatte Verständnis dafür, dass sie sich verstecken sollte, während die anderen zu der globalen Verschwörung ermittelten. Es ging um internationale Spionage, und das war gefährlich. Aber das PEOC war ungemütlich, um nicht zu sagen einschüchternd. Kahle, steril wirkende Konferenzräume und Korridore voller verschlossener Türen.

»Präsident Hayes' Anweisung lautet, Sie hierherzubringen, Ma'am.« Thomas wies den Gang entlang und ließ sie vorangehen.

Auf das emotional aufreibende Wochenende folgte nun also ein überaus bescheidener Wochenanfang. Die Gruppe hatte den Samstag und Sonntag in Camp David hauptsächlich damit zugebracht, minutiös alles durchzugehen, was sie über die russischen Manipulationsversuche wusste. Die Freunde hatten aber nicht rund um die Uhr gearbeitet, sondern auch Karten gespielt und einander erzählt, was es in ihrem Leben Neues gab – Stunden, während derer Sara sich zwang, Mad nicht anzustarren, nicht dem dunklen Klang seines Lachens zu lauschen, und nicht darüber nachzudenken, wie lange es her war, seit er sie das letzte Mal im Arm gehalten hatte.

Am Montagmorgen waren sie alle zurück nach Washington gefahren. Große Abschiedsszenen hatte Sara vermieden. Mad hatte lediglich behauptet, er werde sie bald wiedersehen. Sonst nichts. Kein versuchter Kuss, kein heimliches Klopfen an ihrer Zimmertür. Höflicher Abstand, genau nach Saras Wunsch. Warum wurmte sie das? Weil Mad offenbar nicht vorhatte, besonders vehement um sie zu kämpfen.

Besser so.

»Ist doch gar nicht so übel hier unten.« Gus berührte Sara am Ellbogen und führte sie den langen Gang hinunter. »Ich kann dir Bücher und Filme bringen. Hoffentlich musst du nicht allzu lange bleiben.«

»Die anderen Frauen werden nicht in irgendeinen Bunker gesperrt«, grummelte Sara.

Als sie zugestimmt hatte, zu ihrem eigenen Schutz in ein Versteck gebracht zu werden, hatte sie sich etwas anderes vorgestellt. Etwas nicht ganz so Abgeschiedenes. Vielleicht ein Luxushotel mit ein paar Wachen an der Tür oder einen Trip auf die Malediven. Auf den Malediven passierten keine Verbrechen. Das war ein ungeschriebenes Gesetz. Hier unten aber geschahen mit Sicherheit jede Menge gruseliger Dinge, immerhin war der Bunker eine Art Krisenzentrale.

»Die anderen Frauen haben aber auch effektiver verhütet«, gab Gus auf die ihr eigene, nüchterne Art zurück. »Glaub mir, wenn Lara morgen auf ein Teststäbchen pinkelt und da fünf Minuten später ein Pluszeichen prangt, bekommst du Gesellschaft. Im Ernst. Mach dir keinen Kopf. Ich bin an den meisten Wochentagen in der Nähe. Liz auch. Du bist nicht komplett allein. Versprochen.«

Das Blöde war, dass sie es die letzten paar Monate zwar

gebraucht hatte, sich von allen zurückzuziehen, sich jetzt aber endlich so fühlte, als könne sie die Trauer hinter sich lassen und der echten Welt mit neuem Tatendrang begegnen. Das Wochenende mit ihren Freundinnen hatte ihr vor Augen geführt, dass sie wieder bereit war, mit Menschen zu interagieren. Zu lächeln. Aber jetzt steckte sie für die nächste Zukunft erst mal in einem Käfig fest.

Wo Mad in der Zeit wohl sein würde?

Sie hatte ihn mit Connor, Dax und Freddy in ein Auto steigen sehen, aber keine Ahnung, wo sie ihn absetzen wollten. Die Welt war nun aufs Neue sein Spielfeld, wo er »den Kampf der Gerechten führte« – so sah er das jedenfalls. Ja, gut, er hatte sich in den letzten Monaten verändert. Keine Spur mehr von dem Milliardär, dessen einzige Sorge früher einmal darin bestand, der Kaviar könne nicht mehr frisch genug sein. Mad war mit dem Herz eines Kriegers von den Toten zurückgekehrt. Aber trotzdem. Sara machte sich Sorgen. Sie hatten es mit gefährlichen Gegnern zu tun. Wer würde Mad beschützen?

Doch darüber durfte sie gar nicht erst nachdenken. Sie nahm sich vor, sich keine Sorgen um ihn zu machen. Sie hatte seinen Tod – seinen vorgetäuschten Tod – monatelang beweint, während er es mit Spionen und anderen finsteren Zeitgenossen aufnahm. Er hatte sie verlassen und sie angelogen – und deshalb jedes Recht darauf verwirkt, dass sie Rücksicht auf ihn nahm oder ihm ihre Zuwendung schenkte.

»Ich bezweifele, dass Liz Zeit hat, mich zu besuchen. Der Präsident scheint neuerdings alle paar Minuten ein Meeting mit ihr einzuberufen«, kommentierte Sara mit dem Anflug eines Lächelns.

Sich darauf zu konzentrieren, dass sich in ihrem Freundeskreis ein glückliches Pärchen gefunden hatte, war eine weitaus bessere Aktivität. Zack hatte offenbar aus Mads Dummheit gelernt und Liz endlich seine Gefühle gestanden.

»Du meinst ein Meeting mit ihrer Pussy.« Gus war die ungekrönte Königin des Sarkasmus. Selbst Thomas, der stoischste Mensch auf Erden, musste an sich halten, um nicht laut aufzulachen, und es vergingen ein paar Sekunden, ehe er seine knallharte Contenance wiedererlangt hatte.

»Ich freue mich für die beiden«, sagte Sara. Gus und Thomas bogen ab, und sie folgte ihnen.

»Ich auch. Aber irgendwie schrillen bei mir trotzdem die Alarmglocken. Ich könnte nämlich wetten, dass Roman was im Schilde führt«, sagte Gus. »Es gefällt mir nicht, wie er die beiden ansieht. Er hat Angst, und wenn er Angst hat, bekommt er Hummeln im Hintern, und dann ist er zu den miesesten Dingen imstande.«

»Warum sollte er Angst vor Liz haben?« Zacks Pressesprecherin war zwar, im Gegensatz zu Sara und Gus, keine Kindheitsfreundin der Jungs, aber sie gehörte mittlerweile schon wirklich lange zu ihrer Entourage.

»Mein Mann macht sich Sorgen wegen allem und jedem. Inzwischen grenzt es schon an Paranoia. Ich muss aufpassen wie ein Schießhund, sonst begeht er demnächst irgendwelche Dummheiten. Ich spiele hier nicht seit Jahren die Kupplerin, nur damit jetzt Roman hereingepoltert kommt und alle meine Mühen zunichte macht.«

»Die Kupplerin?«

Gus wedelte großtuerisch mit der Hand. »Logo. Ich ziehe seit einer Weile schon die Strippen, damit das Traumpaar Liz und Zack endlich glücklich vereint wird. Dax und Holland rechne ich mir ebenfalls als Verdienst an. Ich habe sie zwar nicht direkt verkuppelt, aber dass sie als Paar überlebt haben, ist einem Geschenk von mir zu verdanken. Bodyguard Gemma hat das für mich gedeichselt. Das verbuche ich also auf mein Konto. Außerdem rede ich Lara alle naslang die wildesten Aktionen aus, die dafür sorgen würden, dass Connor komplett den Verstand verliert. Gut, neulich hat sie sich trotzdem an einen Baum auf ihrem Grundstück gekettet, weil er ihn fällen wollte. Sie hat behauptet, dort würde ein Eichhörnchen wohnen. Was vermutlich genau der Grund war, warum Connor ihn abholzen wollte.«

»Sie hat sich an den Baum gekettet?«

»Yep. Also musste Connor kreativ werden. Dazu kann ich nur sagen: Zum Glück sind die Aufnahmen der Grundstückskameras nie an die Öffentlichkeit gelangt.« Gus hielt vor der Tür am hintersten Ende des Gangs an. Diese sah – wie alles andere hier unten auch – groß, zweckmäßig und wenig einladend aus. »Und für Mini-Sara bin ich definitiv auch verantwortlich.«

Gus legte ihr die Hand auf den Bauch. Das machte Sara nichts aus – Gus durfte das. Die Berührung fühlte sich gut an. Als wäre sie, Sara, nicht die Einzige, der es wichtig war, dass es ihrer Tochter gut ging. »Wie, du bist verantwortlich? Hast du Mad mit vorperforierten Kondomen versorgt oder was?«

Gus grinste. »Das nicht, aber ich habe definitiv die anderen Bewerberinnen für deine Stelle vergrault und Gabe gut zugeredet, damit er nicht austickt, wenn du den Job bei Crawford annimmst. Ich habe ihn sogar davon überzeugt, dass Mad viel zu viel an ihrer Bruderschaft liegt, als dass er jemals mit dir ins Bett gehen würde. Es war eine herzergreifende Rede. Ich konnte förmlich die Geigen im Hintergrund hören.«

Sara schüttelte den Kopf. Gus war einfach unverbesserlich. »Ich bin mir nicht sicher, ob ich dir dafür danken sollte.« Das Baby unter ihrem Herzen aber strampelte, als hätte es dazu seine eigene Meinung. »Ich kann dir nicht böse sein, Gus. Etwas Gutes ist ja daraus entstanden. Ich weiß, du musst los. Danke, dass du extra mit mir hier heruntergekommen bist. Thomas blickt immer so grimmig drein.«

»Das ist in meinem Job Pflicht«, wandte dieser beinahe entschuldigend ein. Er zog seine Schlüsselkarte durch das Lesegerät. Das grüne Licht leuchtete auf, und die Tür wurde entriegelt. »Das ist das einzige verfügbare Wohnquartier. Ihr Zimmergenosse kann Ihnen alles zeigen.«

»Mein Zimmergenosse?«

Sie betrat den Raum. Dann gefror ihr das Blut in den Adern. Ihre Handtasche fiel zu Boden.

Auf einem bequem wirkenden Sofa saß Mad, das weiße Hemd gerade weit genug aufgeknöpft, sodass sein frisch sonnengebräunter Teint zur Geltung kam und seine – wie sie wusste – spektakulär muskulöse Brust zu erahnen war.

»Hey, Baby. Schicke Bude«, kommentierte er mit einem Grinsen, bei dem ihr Herz aussetzte. »Findest du nicht?«

Nein. Oh nein. Völlig ausgeschlossen.

Von wegen Schutzgewahrsam!

Sie wandte sich Gus zu, damit die sie von hier wegbrachte. Hier würde sie unter gar keinen Umständen bleiben.

Aber ihre Freundin winkte ihr lediglich zu und wandte sich zum Gehen. »Ich habe nicht das Geringste damit zu tun. Ciao! Amüsiert euch. Tut nichts, was ich nicht auch tun würde.«

In Schockstarre sah Sara mit an, wie sich die Tür hinter Gus schloss. Sie hörte den Schließmechanismus einrasten.

War das ein Witz? Das konnte nur ein Witz sein. Sie blinzelte. Wartete darauf, dass Gus die Tür wieder öffnen und einen Spruch ablassen würde.

Nichts geschah.

Verdammt. Es war kein Witz. Sie saß hier allen Ernstes mit Mad fest.

Sie drehte sich langsam um und sah ihn an, die Augen zu

schmalen Schlitzen zusammengekniffen. »Das war dein Plan. Jetzt weiß ich, wieso du das Wochenende über so passiv warst. Du wusstest, dass du nur ein bisschen Geduld haben musstest, und dann würde ich festsitzen.«

Er versuchte nicht einmal, unschuldig auszusehen. »Ich konnte nicht riskieren, dass du wegrennst, bevor die Falle zuschnappt. Wir sind zu unserem eigenen Schutz hier. Wenigstens für ein paar Tage. Oder Wochen.«

»Nein. Das hier« – sie gestikulierte – »kommt absolut nicht infrage. Ich bleibe nicht mit dir hier unten.«

Er sah sie berechnend an. »Du lässt dich also von deinen Emotionen überwältigen? Dadurch setzt du dich und unsere Tochter großer Gefahr aus. Mein Plan sieht vor, dass du in Sicherheit bist. Beim letzten Mal warst du sauer, weil ich dich im Stich gelassen und dich nicht über die dunklen, gefährlichen Details aufgeklärt habe. Das kannst du dieses Mal nicht behaupten.«

»Das sind zwei völlig unterschiedliche Situationen, du Arschloch.« Sie hätte ahnen müssen, dass er sich etwas in dieser Art ausdenken würde. Es war typisch für ihn. Mad Crawford würde nie erwachsen werden. »Mein Bruder schickt mich liebend gerne an einen anderen sicheren Ort, vorzugsweise auf einem anderen Kontinent. Was auch immer du sagen wolltest, sag es jetzt, Mad, denn morgen früh bin ich weg.«

»Gabe weiß Bescheid«, erwiderte dieser. Er tätschelte das Sofa neben sich. »Dein Bruder findet meinen Plan super, weil er sich auf diese Weise keine Sorgen um dich machen muss, während er und Everly in Russland ermitteln.«

Ihr Herz schlug plötzlich noch schneller. »Er will nach Russland?«

»Ja. Er will sich mit Leuten treffen, die uns bestimmte Unterlagen beschaffen können. Außerdem befindet er sich derzeit sowieso in Gesprächen mit einer Firma, die uns Privatjets verkaufen möchte. Der perfekte Deckmantel.«

»Mein Bruder kennt sich im Spionagegeschäft überhaupt nicht aus.« Die Vorstellung, dass Gabe mitten in die Höhle des Löwen marschierte, erfüllte Sara mit Angst und Schrecken.

»Das tut keiner von uns, außer Connor. Aber wir können zu diesem Zeitpunkt keine Außenseiter in die Sache hineinbringen. Ich habe ja bisher auch überlebt, und ich hatte keine persönliche Sicherheitsberaterin, die zufälligerweise auch noch meine Frau ist, an meiner Seite. Gabe ist intelligent. Er wird uns die benötigten Informationen beschaffen. Everly wird ihm helfen. Sie ist richtig gut. Das Einzige, was Gabe zu Fall bringen könnte, ist die Sorge um seine Schwester.«

Sara verschränkte die Hände vor der Brust. Mad kämpfte mit schmutzigen Tricks, das war klar. »Ich lasse mich von dir nicht emotional erpressen.«

Mad zuckte die Achseln. »Keiner hat je behauptet, dass ich fair spiele. Das weißt du am allerbesten. So. Hier unten gibt es keinen Fernseher. Womit sollen wir uns die Zeit vertreiben?«

Sara machte ein finsteres Gesicht. Das war jetzt nicht sein Ernst, oder? Aber so war Mad. »Ich schlafe auf keinen Fall mit dir.«

»Warum nicht? Dass ich dich befriedige, ist doch kein Geheimnis. Und weitere Konsequenzen hast du ja nicht zu befürchten. Noch schwangerer kannst du schließlich nicht werden. Sieh mich einfach als deinen Lustsklaven. Benutz mich.«

Sie verbannte die unanständigen Gedanken, die sich ungebeten einschleichen wollten. Die ersten drei Monate ihrer Schwangerschaft hatte sie mit Übelkeit und Erschöpfung zu kämpfen gehabt, aber seitdem fühlte sie sich permanent liebeshungrig und vermisste schmerzlich jemanden, an dem sie all ihre aufgestaute Lust austoben konnte. Die Vorstellung, Maddox' starken, muskulösen Körper als lebenden Vibrator zu benutzen, übte einen widersinnigen Reiz auf sie aus. Dann aber erinnerte sie sich an die Person, die an Mads irrsinnig talentiertem Schwanz dranhing. »Keine weiteren Konsequenzen? Dass ich nicht lache! Am Ende hole ich mir von dir eine Geschlechtskrankheit. Nein, danke.«

Er runzelte die Stirn, als habe er damit nicht gerechnet. »Sara, ich bin sauber. Das weißt du. Du hast darauf bestanden, dass ich mich testen lasse, ehe du mit mir schläfst. Nicht gerade die allerromantischste Art, eine Beziehung anzufangen.«

Hielt er sie für bescheuert? »Wir haben uns seit Monaten nicht gesehen, und du warst auf Dates mit den billigsten, abgewracktesten schmuddeligsten Models, die du auftreiben konntest.«

Mit billig und abgewrackt meinte sie wunderschön und sexy und ohne ausladenden Wanst, wo früher mal Bauchmuskeln gewesen waren. Sie kannte Mad. Er kam nicht ohne Sex aus. Es war sein Allheilmittel, seine Droge. Und da er seine Dosis nicht von ihr bekommen hatte, waren definitiv andere Frauen im Spiel.

Mad erhob sich, kam auf sie zu und blieb dicht vor ihr stehen, aber ohne Körperkontakt herzustellen. Er machte eine Bewegung, als wolle er sie berühren, zwang sich aber, die Hände sinken zu lassen. »Sara, seit dem Tag, an dem ich erkannt habe, dass du und ich eine Zukunft zusammen haben könnten, bin ich keiner anderen Frau mehr nahegekommen. Du bist die Einzige, die ich je geliebt habe, und ich habe dich nicht hintergangen. Das würde ich nie tun.«

Es klang ehrlich, und Sara wollte ihm glauben. Trotz seines Rufs war Mad kein Lügner, und schon gar kein guter. Das war einer der Gründe, warum sie seinen furchtbaren Textnachrichten geglaubt hatte. Verdammt noch mal. *Deshalb* hatte er ihr geschrieben, anstatt sich in Person von ihr zu trennen.

»Du bist ein Feigling. Du wusstest: Wenn du an dem Tag zu mir nach Hause kommst, bist du nicht imstande, mir die ganzen furchtbaren Dinge um die Ohren zu hauen. Du hattest nicht die Eier, dich von mir zu trennen. Also hast du mir den Scheiß per Textnachricht geschickt.«

Er zuckte die Achseln. »Wäre ich in deiner Nähe gewesen, hätte ich nicht anders gekonnt, als dir alles anzuvertrauen. Du hast keine Ahnung, wie sehr ich dich an jenem Abend gebraucht hätte. Ich weiß, es klingt nicht besonders männlich, aber ich hatte Angst, und ich habe mich so sehr nach dir gesehnt.« Er hielt inne, suchte die richtigen Worte. »Ich verstehe, dass du glaubst, ich hätte einen großen Fehler begangen. Aber das war alles nur, weil ich dich so sehr liebe. Wir können hier fürs Erste nicht weg, und ja, ich habe dafür gesorgt, dass du hier mit mir festsitzt. Aber wir müssen reden. Was eine Sache angeht, hattest du nämlich recht. Unsere Tochter hat ab sofort allerhöchste Priorität. Sie ist unser ein und alles. Wir müssen einen Weg aus dem Schlamassel finden, den ich uns eingebrockt habe. Für sie.«

Er starrte auf ihren Babybauch. In sein Gesicht stand pure Liebe geschrieben.

Konnte sie wirklich dieses Kind zur Welt bringen und es seinem Vater vorenthalten? Nein. Das würde sie niemals fertigbringen. Es war nicht fair, weder ihrer Tochter noch Mad gegenüber. Tatsächlich war Sara bereit, so einiges hinzunehmen, damit die beiden eine Beziehung aufbauen konnten.

Sie seufzte. Mad und sie mussten reden, das stimmte. Aber eines wollte sie ihm hier und jetzt begreiflich machen.

»Wenn diese ganze Aktion dazu dienen soll, mich zurückzugewinnen, bist du auf dem Holzweg. Ich werde mich um unserer Tochter willen zivilisiert verhalten, aber ich werde dich nie wieder lieben.« Das war eine komplette Lüge. Sie konnte Mad nicht nicht lieben. Die traurige Wahrheit war, dass sie ihm schlicht und ergreifend nicht mehr vertraute. Aus der Traum vom gemeinsamen Leben. Sie würden nicht zusammen alt werden.

»Dann wird wohl all meine harte Arbeit umsonst sein, denn wir müssen uns zwar in der Tat zivilisiert verhalten, aber davon ganz abgesehen liebe ich dich und weigere mich, uns einfach so abzuschreiben.« Er atmete hörbar aus. »So. Wir haben hier eine schöne Küche, und ich habe dir Cookies gebacken. Freu dich nicht zu früh, es war eine Fertigmischung. Aber dafür ist es deine Lieblingssorte: Erdnussbutter. Außerdem habe ich frischen Kräutertee aufgebrüht, weil ich weiß, dass du den magst. Lass uns eine Kleinigkeit essen. Ich massiere deine Füße und erzähle dir von dem aufregenden Job, der uns erwartet. Wir müssen Joys sämtliche alte Notizbücher und eine gefühlte Tonne von Zeitungsartikeln durchgehen, um herauszufinden, ob sie in die Verschwörung verwickelt war. Habe ich erwähnt, dass Terminkalender aus zehn Jahren auf dich warten? Wir werden riesigen Spaß haben.« Er zwinkerte ihr zu.

Mad konnte so verdammt charmant sein, wenn er es wollte! Und er kannte ihre Schwächen genau. Erdnussbuttercookies. Für Erdnussbutter ging sie über Leichen, selbst wenn sie nicht gerade schwanger war. Und woher wusste Mad, dass ihre Füße wehtaten? Eigentlich schuldete er ihr mindestens eine mehrstündige Fußmassage, schließlich war er schuld an ihren Extrakilos und sowieso an allem, was sie in der letzten Zeit durchgestanden hatte.

»Schön. Die Fußmassage nehme ich. Schultern vielleicht auch. Aber alles andere ist tabu, insbesondere deine Lieblingsstellen. Und jetzt bitte die Cookies.«

Das Leuchten kehrte in seine Augen zurück … und Saras Herz drohte zu schmelzen. »Alles an dir sind meine Lieblingsstellen. Wenn du wüsstest, was ich mit deinen Zehen alles anstellen kann! Ich bin superkreativ. Aber ich werde mich zurückhalten. Meine Finger sind absolut respektvoll … solange du es willst.«

Er durchquerte ihr gemeinsames Gefängnis in Richtung Küche, und Sara betete, dass sie nicht lange hier eingesperrt bleiben mussten, denn sonst würde die Nähe zu Mad über kurz oder lang ihren Widerstand brechen – und dann womöglich auch ihr Herz.

Drei Tage später sah Zack Elizabeth dabei zu, wie sie im Oval Office auf und ab ging und dabei auf ihr Telefon starrte. Sie trug ein scharlachrotes Kostüm. Der Rock hörte ein gutes Stück über dem Knie auf und setzte elegant ihre wohlgeformten Beine in Szene – die so verdammt gut aussahen, wenn sie sie gegen seine Schultern stützte, während er in sie eindrang.

Sechs Tage waren sie jetzt zusammen, und während dieser sechs Tage hatte er sein Bestes getan, um die verlorene Zeit nachzuholen. Nach der Rückkehr von Camp David ins Weiße Haus hatten sie sich kurz darüber gezofft, wie die Wohnsituation von nun an aussehen sollte. Elizabeth hatte allen Ernstes geglaubt, sie würde Abend für Abend in ihre eigene Wohnung zurückkehren. Albernes Mädchen! Natürlich musste sie ihre Wohnung behalten, um den Schein zu wahren, aber wenn sie glaubte, dass er sie irgendwo anders schlafen lassen würde als an seiner Seite, täuschte sie sich gründlich. Zack hatte den Streit beendet, indem er ihr vorführte, wie weich und absolut sextauglich das Bett in der Präsidentensuite war.

Ihm gefiel seine neue morgendliche Routine. Fünf Uhr dreißig: aufwachen, Elizabeth vögeln. Viertel nach sechs: duschen mit Elizabeth, dann vermutlich noch mehr Sex. Sieben: Frühstück mit Elizabeth, oft auch mit Gus und Roman. Halb acht bis zwölf: Arbeit. Punkt zwölf: Schäferstündchen mit Elizabeth. Oh, und vielleicht eine Kleinigkeit zu essen. Wenn Zeit war. Lunch musste gelegentlich flexibel gehandhabt werden, wenn er den Gastgeber für irgendeinen Schwätzer aus dem Kongress oder einen ausländischen Würdenträger spielen und sich deshalb wie ein Chorknabe verhalten musste. In diesen Fällen musste es ein Quickie in Elizabeths Büro tun, wobei er sie mit dem Mund verwöhnte oder sie ihn mit ihrer talentierten Zunge zum Höhepunkt brachte. Am schlimmsten waren die Nachmittage, denn da schien Elizabeth zu glauben, sie müsse arbeiten, und verlangte von ihm das Gleiche. Aber wenn um sechs Uhr dreißig der Feierabend eingeläutet wurde, verzogen sie sich ins Bett und fielen übereinander her, schoben sich vielleicht zwischendurch noch einen Bissen in den Mund, aber liebten sich hauptsächlich, bis sie irgendwann erschöpft einschliefen.

Solange keine globalen Krisen oder Naturkatastrophen über sie hereinbrachen, war das eine wunderbare Zeiteinteilung.

»Zack? Hörst du mir überhaupt zu?«

Nein, aber er konnte sich denken, worum es ging. Seit der Anti-Verschwörungsplan lief, redete Liz über nichts anderes mehr. »Die Presse ist auf die Geschichte über Joy und Roman in Capitol Scandals aufmerksam geworden, und du machst dir Sorgen«, riet er.

Die Pipeline nur aufzuschieben war ein Signal für die Russen gewesen: Vom Präsidenten der Vereinigten Staaten waren keine übereilten Entscheidungen zu erwarten. Das weitere Vorgehen bestand nun darin, sozusagen die Luft aus ihrem Ballon zu lassen.

Als Erstes hatten sie dafür gesorgt, dass das größte ihrer Probleme aus dem Weg geräumt wurde.

»Ja«, sagte Liz. Der Schreibtisch des Oval Office stand zwischen ihr und ihm. »Bisher schlägt die Story keine großen Wellen. Das liegt offenbar daran, dass gerade jemand den Boss eines südamerikanischen Drogenkartells und alle seine Handlanger umgebracht hat. Seltsamerweise handelt es sich dabei um denselben Typen, der auch in dem Erpresserbrief vorkommt. Der gedroht hat, Connor und Lara umzubringen.«

»Na, das kann er jetzt nicht mehr. Problem gelöst.« Zack rechnete nicht mit weiteren Schwierigkeiten. Connor hatte schnell und sauber gearbeitet und befand sich bereits wieder auf dem Rückweg in die USA. Sobald er eintraf, konnte Phase zwei beginnen. »Außerdem hat Connor Biopatronen verwendet, sodass nicht mal Lara sauer auf ihn sein kann.«

»Ich habe keine Ahnung, was du damit sagen willst.«

»Ich auch nicht. Das habe ich mir ausgedacht. Zeig mir deine Brüste.« Er griff nach dem Telefon und wählte seine neue Lieblingsnummer. »Freddy, ich bräuchte bitte einen Netzausfall im Oval Office.«

»Kommt sofort, Mr President«, erklang Freddys Stimme aus dem Hörer. »Übrigens gefällt es mir im Bunker ausgezeichnet. Ich weiß gar nicht, warum Sara sich beschwert. Ich find's toll hier. So, Sie sind nicht mehr auffindbar.«

Zack hegte die leise Befürchtung, dass Freddy, seit er ihm gestattet hatte, sich im Bunker häuslich einzurichten, so etwas wie das Phantom des Weißen Hauses werden könne, aber er hatte nicht vor, den Mann rauszuschmeißen. Freddy hatte in null Komma nichts kapiert, wie man die Überwachungskameras ausschaltete, die Zacks Sicherheit garantieren sollten. Die letzten paar Tage war deshalb so manches Sexvideo erst gar nicht zustande gekommen. »In zwanzig Minuten kannst du wieder anschalten. Und ich sorge für Trinkpäckchennachschub.«

Freddys Diät bestand aus Trockenfleisch und Apfelsaft.

Zack wollte lieber nicht in den Schuhen von Freddys Hausarzt stecken, aber sich die Kameras ausschalten zu lassen, damit er Elizabeth verführen konnte, das fand er enorm praktisch.

Er legte auf, aber Elizabeths herrliche Brüste steckten noch immer gut verpackt in ihrer Bluse.

»Zack, das kannst du doch nicht auf die leichte Schulter nehmen! Es war nie die Rede davon, dass du Leute ermorden lässt.«

»Der Mann war ein Drogenboss und außerdem dafür bekannt, Sklaven zu halten, die das Zeug für ihn ernten mussten. Ich habe der Welt einen Gefallen getan.« Das durfte er eigentlich nicht sagen. »Oder vielmehr: jemand. Wir können nicht wissen, wer es war. Komm auf meinen Schoß.«

Sie unterdrückte ein frustriertes Stöhnen. »Verheimlichst du mir sonst noch was? Ich weiß, dass du der Presse die Mails zwischen Roman und Joy zugespielt hast, und ich weiß auch, dass Gabe und Everly in Moskau sind. Kann ich mich sonst noch auf irgendwelche dicken Überraschungen gefasst machen?«

»Nur, wenn du vor mir auf die Knie gehst, Baby.« Sein Schwanz in ihrem Mund wäre der perfekte Start in den Nachmittag. Er hatte ein Meeting mit Vertretern des Repräsentantenhauses, das garantiert in Vorhaltungen enden würde. Infrastruktur hier, Weltgeschehen da. Dröger ging es nicht. Aber mit der Erinnerung an Elizabeths Mund, der sich um seinen Schwanz schloss, könnte er sogar das aushalten.

»Du bist unverbesserlich.« Sie schüttelte den Kopf, aber ein süßes Lächeln umspielte ihre Lippen. »Fühlt es sich so also an, zu den engsten Vertrauten der Perfect Gentlemen zu gehören? Muss ich mich ab sofort tagtäglich fragen, was ihr als Nächstes ausheckt?«

»Komm her und ich zeige es dir.« Er drehte den Stuhl in ihre Richtung.

Seufzend ging sie um den Schreibtisch herum und ließ sich

auf seinen Schoß gleiten. Sie legte die Hände an seine Wangen. »Ich kann dir nicht widerstehen, auch wenn ich weiß, dass ich es sollte.«

Nein, sie sollte ihm überhaupt nie widerstehen. Er ertrug den Gedanken nicht. Jetzt, wo sie nachts in seinem Bett schlief und er sie fast rund um die Uhr um sich hatte, verstand er, was eine echte Partnerschaft ausmachte.

Bloß – es gab Dinge, die er ihr nicht erzählte. Dinge, die er ihr verheimlichte.

»Es gibt keinen Grund, mir zu widerstehen. Ich bin der Präsident.« Er zog sie an sich und küsste sie. Er genoss den Moment, in dem sich ihre Lippen berührten. Eigentlich war er kein großer Küsser, aber das lag, wie ihm inzwischen klar war, daran, dass er seine Liebesbeziehungen immer als Teil der Arbeit begriffen hatte. Mit Joy war der Sex eine Pflichtübung gewesen: Wenn er politisch gut aussehen wollte, brauchte er zwei Komma fünf Kinder. Nicht, dass er diesen Nachwuchs nicht gebührend geliebt hätte. Aber Joy war nicht schwanger geworden, und als beiden klar wurde, dass sie ohne Weiteres keine Nachkommen zeugen würden, hatten sie aufgehört, miteinander zu schlafen. Zack hatte es nicht großartig vermisst. Er hatte Joy nie auf dieselbe Weise begehrt wie Elizabeth. Elizabeth konnte er stundenlang küssen und streicheln.

»Es gibt viele gute Gründe, dir zu widerstehen«, sagte sie lachend, als er ihren Hals liebkoste. »Die Belegschaft zerreißt sich schon das Maul.«

»Ach, das tun die schon seit Jahren.« Es war ihm vollkommen egal. Es gab schlimmere Gerüchte über ihn. Sollten die Leute doch herumtratschen, dass er mit der schönsten Frau der Welt schlief! Es war ihm recht.

»Ja, aber sie lagen auch jahrelang falsch«, erwiderte Liz. »Ich muss mir überlegen, wie wir damit umgehen, wenn jetzt die

Wahrheit ans Licht kommt, damit wir einen Schritt voraus sind und die Story kontrollieren können. Der Klatsch über die Beziehungsdramen in deiner Amtsperiode werden sich in Kürze verbreiten wie ein Lauffeuer, und ich möchte gerne den Feuerlöscher zur Hand haben.«

Liz schien unbedingt arbeiten zu wollen, und Zack konnte die Kameras nicht ewig ausschalten. Jetzt war Multitasking gefragt.

Er platzierte eine Hand auf ihrem Knie und ließ sie strategisch stückchenweise nach oben rutschen. »Du bist die Presseexpertin. Wie würdest du unsere Beziehung darstellen, wenn es nicht deine wäre?«

»Da wäre ich erst mal ziemlich angefressen«, gab sie zu.

Liz brachte ihn zum Lachen. Kaum jemand schaffte es, ihn seine Verantwortung vergessen zu lassen, sodass er einfach den Moment erleben konnte, aber mit Liz war es das Normalste der Welt. »Dann tu einfach so, als ginge es um komplett andere Leute. Nicht um mich. Du sollst mich nie wieder mit einer anderen Frau sehen. Nicht mal in deinem Kopf. Also. Ich bin ein pummeliger Politiker, dem es irgendwie gelungen ist, sich das heißeste Mädel seines Mitarbeiterstabs zu angeln. Ich bin Single und verwitwet. Wie gehst du mit der Presse um?«

»Pummelig?« Sie schüttelte den Kopf, aber darin arbeitete es. Gut so. Das Nachdenken lenkte sie bestimmt davon ab, dass seine Finger das Ziel fast erreicht hatten. Sobald seine Hand im göttlichen Nirvana angekommen war, würde sie sich ihm hingeben. Wenn er sie verwöhnte, reagierte sie jedes Mal leidenschaftlich.

»Ich bin nicht eitel. Fahr fort.«

Sie lehnte sich ein wenig nach vorn und erlaubte ihm, ihren Rock ein Stück hochzuschieben. »Ich würde dem Paar raten, auf zurückhaltende Weise ein paar Mal miteinander auszugehen, damit sich die Allgemeinheit daran gewöhnen kann. Der fragliche Politiker ist eine beliebte und respektierte Figur des öffentlichen Lebens, aber es ist lange her, seit er eine Beziehung geführt hat, von ein paar kurzlebigen Liebeleien mal abgesehen. Solange seine Partnerin das Zeug zur First Lady hat, sehe ich kein Problem.«

Sie dachte voraus. Das gefiel ihm. »Das Zeug zur First Lady?«

Seinen ursprünglichen Plan hatte sie durchkreuzt: sie schwängern, sodass keiner von beiden der Frage einer Heirat mehr ausweichen konnte. Für Mad hätte das um ein Haar funktioniert. Aber wenn er Elizabeth heiraten musste, einfach, damit die Presse positiv über ihn berichtete, dann sollte es eben so sein.

Er spürte, wie sie sich in seinen Armen verkrampfte. »So habe ich das nicht gemeint. Ich wollte damit nur sagen: Wenn die Frau seriös und unbescholten ist, dürfte das Paar kaum Gegenreaktionen zu erwarten haben.«

Er drehte ihr Kinn zu sich, sodass sie gezwungen war, ihm in die Augen zu sehen. »Du bist mehr als unbescholten. Dass wir eine Beziehung führen, wird für viele gar keine so große Überraschung sein. Ich glaube, mein Verhalten die letzten paar Wochen hat meinem Ruf sehr viel mehr geschadet als alles, was du und ich gerade tun. Die Boulevardpresse nennt mich offenbar neuerdings ›Ladykiller Hayes‹, weil alle glauben, ich hätte dein Herz gebrochen. Die Leute lieben dich, Elizabeth. Lass dir nichts anderes einreden.«

Die Zeitungen fuhren in der Tat auf sie ab. Sie war schlagfertig, geistreich, eine gute Gesprächspartnerin. Pressekonferenzen mit ihr waren peppig, und sie log die Presse niemals an. Journalisten mochten sie sehr viel lieber als ihn.

»Ich will nur nicht, dass du glaubst, ich wäre auf einen Ehering aus.«

»Das denke ich keineswegs.« Aber er hatte fest vor, ihr einen Heiratsantrag zu machen. Darüber dachte er bereits nach. Elizabeth machte ihn glücklich. Sie war nicht imstande, ihn zu betrügen. Das lag einfach nicht in ihrer Natur. »Also, wie wär's? Darf ich dich demnächst auf einen Kaffee einladen?«

Er freute sich auf das Ende der Heimlichtuerei. Darauf, ganz offiziell ihre Hand halten zu dürfen, ohne sich überlegen zu müssen, wie das wohl wirkte.

»Soll das etwa eine romantische Verabredung werden, Mr President?« Ihr entsetzter Gesichtsausdruck war einem seligen Lächeln gewichen. Das Glück, das aus ihren Augen sprach, wärmte ihm das Herz und bestärkte ihn.

Oh Mann, er war echt Hals über Kopf verliebt. »Ja, Ms Matthews. Aber als Erstes schlage ich vor, dass wir die zehn Minuten ausnutzen, ehe die Kameras wieder angehen.«

Sie lachte, wurde aber unterbrochen – von Roman, der in diesem Augenblick die Tür einen Spaltbreit öffnete und dann sogleich wieder zuzog. Das war die gute Nachricht. Die schlechte war, dass Roman danach auf der falschen Seite der Tür stand.

»Bitte sagt mir, dass ihr den offiziellen Oval-Office-Schreibtisch nicht als Sexunterlage zweckentfremdet«, schimpfte Zacks bester Freund und Stabschef. »Euch ist schon klar, dass hier drinnen Kameras laufen, oder? Soll deine Präsidentenbibliothek eine Ab-18-Rubrik bekommen?«

Zack versuchte, Elizabeth festzuhalten, aber diese rappelte sich bereits wieder auf.

»Sorry.« Sie zog ihren Rock gerade.

Zack wandte sich Roman zu. Zum Glück befand sich der Schreibtisch zwischen ihnen, sonst hätte sein Freund seine Erregung deutlich gesehen. »Tu doch nicht so. Du und Gus treibt es andauernd auf deinem Schreibtisch.«

»Der ist aber auch kein Geschenk von Queen Victoria an

Rutherford B. Hayes.« Roman stolzierte in den Raum. Er nickte Elizabeth zu. »Gab es irgendwelche Anrufe wegen des Artikels, den Lara heute online gestellt hat?«

»Ein paar, ja. Noch nichts von den großen Zeitungen, aber ein paar Internetseiten haben sich erkundigt.« Abgesehen von Liz' leicht geröteten Wangen hätte niemand vermutet, dass sie drauf und dran gewesen war, sich vom Präsidenten der Vereinigten Staaten mitten auf Queen Victorias Schreibtisch hart und heftig nehmen zu lassen.

Zacks Schwanz beharrte darauf, dass genau das in naher Zukunft zu passieren hatte – würde sich aber gedulden müssen. »Elizabeth war gerade dabei, mir zu erklären, dass du ein Interview geben musst.«

»Du und Gus«, korrigierte sie ihn. »Gus war eine von Joys besten Freundinnen. Wenn Gus und der Präsident sich nicht bestürzt oder verärgert zeigen, wird sich die Öffentlichkeit auch nicht groß aufregen. Ihr müsst weiterhin gemeinsam auftreten. Auch du und der Präsident.«

Der Plan gefiel Zack. »Elizabeth und ich sind zum Kaffee verabredet. Ihr beide könntet euch anschließen.«

Roman zog die Augenbrauen hoch. »Zum Kaffee? Kaffee gibt es hier. Gus hat eben erst welchen getrunken. Soll ich euch zwei Tassen raufschicken lassen?«

So intelligent Roman auch war, manchmal war er begriffsstutzig. »Wir gehen zu viert aus, damit sich die Öffentlichkeit daran gewöhnt, mich und Elizabeth zusammen zu sehen. Sie sagt, es wäre besser, wenn sich alle langsam daran gewöhnen. Daher das Doppeldate, anstatt gleich mit einer Orgie anzufangen. Die heben wir uns für später auf.«

Roman grinste. »Das würde ich niemals zulassen. Meine Verlobte hat bereits zu viele von euch Arschlöchern nackt gesehen. Ihr braucht ihr nicht noch mehr Vergleichsmaterial zu liefern. Gut, also, wir begleiten euch. Wir tun alles, damit die Story publik wird und dann so schnell wie möglich in Vergessenheit gerät.«

»Genau das ist der Plan«, sagte Elizabeth. »Okay, ich gehe dann zurück in mein Büro und arbeite eine offizielle Stellungnahme aus.«

»Elizabeth?« Sie hatte etwas vergessen, das Zack absolut nicht auf sich beruhen lassen konnte. Sein ganzes Leben drehte sich um Vorschriften und Benimmregeln, und diese hier hatte er höchstpersönlich eingeführt. »Roman ist nicht die Öffentlichkeit.«

Sie errötete erneut, kam aber um den Schreibtisch herum und trat vor ihn. »Bis heute Abend.«

Sie küsste ihn. Er sah ihr hinterher. Ihre Hüften schwangen. Die Tür öffnete und schloss sich, und aus seiner Welt wich alles Licht.

»Verdammt noch mal, Zack. Diese Frau hat dich um den Finger gewickelt. Du hängst viel zu tief drin.«

Zack baute sich drohend vor seinem besten Freund auf. »Sie heißt Elizabeth, und wenn ich dich noch ein Mal ›diese Frau‹ sagen höre, bist du gefeuert. Ist das klar?«

»Genau das meine ich, Mr President.« Die förmliche Anrede zeigte, wie verärgert Roman war. »Okay, folgende Neuigkeiten also. Ich habe mit Shorn geredet und ihn beschwichtigt.«

»Mein Vize ist angefressen, weil ich ihn bei der Pipeline nicht auf dem Laufenden halte«, erklärte Zack. Er durchquerte sein Büro in Richtung der Sofas. Eines davon eignete sich, wie er herausgefunden hatte, bestens zum Knutschen. Das erwähnte er Roman gegenüber allerdings nicht. »Er war in letzter Zeit auf diversen Treffen. Meine Sorge ist, dass er Versprechungen macht, die er nicht halten kann.«

»Er nörgelt, weil wir uns Zeit lassen, aber seit unserem Gespräch wirkt er wieder recht gemäßigt und vernunftgesteuert.« Roman nahm auf der Couch Platz – auf genau dem Platz, wo Liz dem Präsidenten gestern einen fantastischen Blowjob gegeben hatte.

Zack setzte sich Roman gegenüber. »Haben Dax und Holland schon etwas herausgefunden?«

Die beiden stellten Nachforschungen zu Vizepräsident Wallace Shorn an. Dieser war gegen die Pipeline, allerdings aus Umweltgründen. Ein solches Riesenprojekt war aus ökologischer Sicht nicht ganz unbedenklich, keine Frage. Dass Wally sich für die Umwelt einsetzte, war mit ein Grund dafür gewesen, warum Zack ihn überhaupt zum Vize erkoren hatte: um Balance zu schaffen. Zack schätzte Meinungen, die sich von seiner unterschieden. Ja, mochte sein, dass Shorn den Russen mit seiner Anti-Pipeline-Politik in die Hände spielte, aber das hieß noch lange nicht, dass er mit ihnen unter einer Decke steckte. Roman war manchmal einfach paranoid.

»Bisher nicht, aber sie müssen es vorsichtig angehen. Für die Presse wäre es ein gefundenes Fressen, wenn herauskommt, dass wir unseren eigenen Vizepräsidenten bespitzeln«, sagte Roman. »Dax und Holland ermitteln, ob er Connections hat, die uns bisher nicht bekannt sind. Dein Vater war für Shorn, richtig?«

»Ja. Shorn machte sich gut auf der Wahlliste.« Zack musste daran denken, dass Elizabeth seine Nominierung ebenfalls abgesegnet hatte. Sie war sogar die Erste gewesen, die seinen Namen ins Spiel brachte.

»Holland will ihn ein paar Tage lang beschatten. Ich wollte dir aber auch erzählen, was es bei Mad und Sara Neues gibt.«

»Ich hoffe, die beiden raufen sich zusammen.« Er wollte dem Bunker einen Besuch abstatten, war aber furchtbar beschäftigt gewesen … mit Elizabeth. Er hoffte, dass Mad einer ähnlichen Beschäftigung nachging.

Roman runzelte die Stirn. »Nur so viel: Mad wurde fürs Erste auf die Couch verbannt. Ich war unten bei ihm. Nein, aber eigentlich wollte ich gar nicht über ihre Beziehung sprechen. Mad und Sara waren nämlich fleißig und sind auf ein paar Informationen gestoßen, die dich interessieren dürften.«

Das gefiel Zack ganz und gar nicht, schließlich ging es dabei um Joys Aufzeichnungen. Ursprünglich wollte Gus die Notizbücher durchgehen, aber sie und Holland standen Joy zu nahe. Sie kannten sich aus der Studentinnenverbindung und waren eng befreundet gewesen. Für Gus wäre es eine niederschmetternde Nachricht, falls sich herausstellen sollte, dass Joy die Rolle der perfekten Präsidentengattin vielleicht doch nur gespielt hatte. Sara und Joy hingegen verband keine innige Freundschaft, und Joy hatte Mad nicht ausstehen können. Mit anderen Worten: Die beiden waren die perfekten Kandidaten, um die Dokumente mit neutralem Blick zu sichten.

»Was haben sie herausgefunden?« Zack war sich nicht sicher, ob er es überhaupt wissen wollte.

»Sie gehen sämtliche Belege durch, die wir in England gesammelt haben, und vergleichen sie mit Joys Terminkalender. Bisher hat sich daraus nichts Neues ergeben. Sollte Joy deine Mutter besucht haben, dann heimlich und ohne, dass du davon wusstest.«

»Wie hätte sie das denn bitte anstellen sollen?« Joy konnte ja nicht einfach so ins Auto steigen und mal schnell nach England düsen.

»Während einer ihrer offiziellen Reisen nach London zum Beispiel. Meinst du nicht, sie hätte sich mal für einen halben Tag wegschleichen und zu der Einrichtung fahren können, wo deine Mutter behandelt wurde?«

»Erstens mal ist das Wort falsch. Constance wurde nicht behandelt, sondern mein Vater hat sie weggesperrt, damit sie ihren Mund nicht aufmachen und meine politische Karriere ruinieren konnte. Und die ›Einrichtung‹ war ein goldener Käfig.« Zack hatte mittlerweile Schwierigkeiten, von Constance als seiner Mutter zu sprechen. Zum einen hatte sie ihn nie wirklich wie einen Sohn behandelt, und zum anderen war sie möglicherweise überhaupt nicht seine leibliche Mutter. Trotzdem erfüllte ihn die Art, wie sein Vater sie in ihren späteren Jahren ausrangiert hatte, mit Zorn.

Roman nickte. »Ich hab's verstanden.«

»Außerdem ist das doch alles reine Spekulation. Wir wissen nicht, ob Joys Kalendereinträge stimmen. Und die Aufzeichnungen aus dem Sanatorium könnten gefälscht sein.«

Wenn Romans Hypothese allerdings stimmte, dann hätte die platonische Ehe es Joy tatsächlich enorm erleichtert, Zack anzulügen. Er gab für ihn keinen Grund, anzunehmen, dass seine Frau sich nicht dort befand, wo sie zu sein vorgab. Sie hatten sich kaum je ohne spezifischen Anlass angerufen. Aber trotzdem – warum sollte Joy das Sanatorium heimlich besuchen? War sie am Ende doch das mysteriöse »Familienmitglied«, das Constance am Abend ihres Todes mitgenommen hatte? Zack konnte es sich einfach nicht vorstellen.

»Was genau hat sich Joy deinem Verdacht nach zu Schulden kommen lassen?«

Roman sah Zack nicht in die Augen – es gab einen Teil seiner Vergangenheit, für den er sich schämte. »Ich weiß es nicht. Meinst du, es macht mir Spaß, sie zu verdächtigen? Ich habe sie geliebt.« Er hob die Hand, um Zack, der dazu ansetzte, diesen Umstand zu leugnen, am Weiterreden zu hindern. »Heute weiß ich, dass Gus und ich füreinander bestimmt sind. Aber damals habe ich Joy geliebt.«

»Hast du schon mal überlegt, dass du mir das ganze Leben lang den Rücken gestärkt hast?«

»Was meinst du damit?«

»Dass ich mich frage, ob du damals tief in deinem Inneren erkannt hast, wie sehr ich Elizabeth begehre und wie todunglücklich ich in meiner Ehe mit Joy bin. Ich frage mich manchmal, ob das, was du getan hast, deine Art war, mir einen Ausweg anzubieten.« Darüber hatte Zack lange und immer wieder nachgegrübelt, nachdem die Wahrheit über Joys Tod ans Licht gekommen war. Roman war skrupellos, aber unendlich loyal. Zack wusste nicht, wie er ohne seinen Freund überlebt hätte.

»Es fühlte sich damals richtig an.« Romans Stimme klang weicher als sonst. »Auch wenn ich für Gus heute etwas ganz anderes empfinde. Wenn ich damals an ein Leben mit Joy dachte, hat mich das mit Zufriedenheit erfüllt.«

»Und mit Gus?«

»Mit Gus bin ich lebendig.«

Genau dieses Gefühl hatte Zack mit Elizabeth. Feuer, Leidenschaft, Leben. Seine Zuständigkeiten waren auf einmal keine Last mehr. Sie war keine Zuständigkeit. Sie war eine Notwendigkeit. Sie war die Luft in seiner Lunge, das Blut in seinen Adern. »Das ist gut. Du hast es verdient. Und jetzt sag mir, was ihr noch herausgefunden habt, denn ich sehe dir an der Nasenspitze an, dass die Hiobsbotschaft erst noch kommt.«

»Du bist der einzige Mensch auf der Welt, der mir ansieht, was ich denke«, gab Roman zu. »Du und Gus. Aber sie interpretiert mein Gesicht mit Vorliebe auf die schlimmstmögliche Art.«

»Spuck's aus.«

Roman seufzte. »Sara und Mad sind in Joys Notizbüchern darauf gestoßen, dass sie sehr wohl schon entschieden hatte, für welche Belange sie sich als First Lady einsetzen wollte. Sie hatte bereits eine gemeinnützige Organisation ausgewählt.«

Verdammt. »Ich glaube, ich weiß, was du mir damit sagen willst. Sie und ich haben nie darüber gesprochen, welche Projekte sie unterstützen will. Sie meinte, das wäre voreilig und würde Unglück bringen.«

»Sie hatte sich aber bereits entschieden. Zugang zu Bildung für Mädchen und Frauen in Amerika und auf der ganzen Welt.«

Wo sie auch gruben: Jeder Stein, den sie umdrehten, förderte ein weiteres beschissenes kleines Geheimnis zu Tage. »Willst du damit sagen, dass sie eine Partnerschaft mit Tavia Gordon eingehen wollte? Mit der Organisation, die als Deckmantel für das russische Syndikat operiert?«

»Genau das. Laut ihren Terminkalendern gab es mehrere Treffen mit Tavia. Und … bei denen war nicht nur Joy dabei.«

Ein weiterer Sargnagel. »Wer noch?«

»Liz. Mindestens ein Mal. Ziemlich am Anfang.«

Zack wollte es nicht wahrhaben. »Elizabeth war mit Joy bei allen möglichen Meetings. Sie war verdammt noch mal die Pressesprecherin für die Wahlkampagne. Wenn sie der Meinung war, dass Joy Unterstützung braucht, dann wird sie sie begleitet haben, fertig.«

»Das hat sie uns gegenüber aber nicht erwähnt.«

»Kannst du dich an jede einzelne Person erinnern, die du innerhalb der letzten fünf Jahre kennengelernt hast?«

»Ja.«

Roman war ein Mistkerl. »Schön für dich. Aber das Treffen beweist meiner Meinung nach nur, dass Elizabeth ihre Arbeit macht.«

»Hör auf, mir Vorwürfe zu machen«, sagte Roman mit zusammengebissenen Zähnen. »Ich bin nicht der verdammte Sensenmann, für den mich alle halten, und ich verabscheue es, der Überbringer dieser Nachrichten zu sein, aber ich kann nicht einfach einen auf Suzie Sunshine machen. Du brauchst jemanden, der die harten Fakten auf den Tisch legt. Im Übrigen war das noch nicht alles. Wusstest du, dass wir Liz, als wir sie nach Camp David bringen sollten, allein im Treaty Room vorgefunden haben?«

Der Treaty Room war Zacks privater Rückzugsraum. Unkende Stimmen nannten ihn seine Männerhöhle. Hier erledigte er den Großteil seiner Arbeit, vor allem, wenn spätabends oder am Wochenende Überstunden anstanden. Was hatte Elizabeth dort zu suchen? Aber das Problem ließ sich leicht klären: Er würde sie einfach fragen.

Doch als Zack sich erhob, stand Roman ebenfalls auf und stellte sich ihm in den Weg. »Du wirst einen Teufel tun und mit ihr darüber sprechen, Zack. Tut mir leid, aber du genießt einfach nicht dieselben Freiheiten wie der amerikanische Durchschnittsbürger. Diese Entscheidung triffst du nicht als Zack Hayes. Du hast als Präsident der Vereinigten Staaten einen Eid abgelegt. Dein Volk hat an erster Stelle zu stehen. Genau deshalb hielt ich es für keine gute Idee, dass du dich mit Liz einlässt. Wir müssen die Wahrheit herausfinden, und dabei kannst du sie nicht behandeln wie deine Freundin.«

Zack hasste es. Alles. Aber Romans Fragen ließen ihn nicht los. Was hatte Elizabeth am helllichten Tag in seinem inoffiziellen Büro zu suchen gehabt?

»Wo war mein Vater um diese Uhrzeit?«

Roman seufzte. »Gus meint, sie hätte ihn gehört, wie er den Treaty Room betreten habe. Gesehen hat sie ihn allerdings nicht.«

Zack lächelte. »Gut. Dann gibt es ja doch jemanden, den ich fragen kann.«

9

»Mein Telefon steht nicht mehr still wegen dieses Artikels bei Capitol Scandals.« Vanessa sah fix und fertig aus, als Liz das Pressbüro betrat. Sie drehte Liz ihren Monitor hin. »Hast du das gesehen? Das ist doch lächerlich. Sag mir, dass wir den geheimnisvollen Betreiber dieses Schundblatts bis aufs letzte Hemd verklagen.«

Also machte die Geschichte bereits die Runde. Liz hatte gewusst, dass das nicht lange auf sich warten lassen würde.

Sie steuerte auf ihr Büro zu. »Wir verklagen überhaupt niemanden. In einer Stunde etwa gebe ich eine Presseerklärung ab.«

»Weißt du, was die behaupten?« Vanessa schaffte es irgendwie, zu dem schockierten Gesicht noch einen Schmollmund zu machen.

»Ich habe den Artikel gelesen.« Dass sie Lara dabei geholfen hatte, ihn zu schreiben, erwähnte sie nicht.

»Sie beschuldigen die First Lady, eine Affäre gehabt zu haben.«

»Sie war nie die First Lady.« Warum klang ihre Stimme so defensiv?

Vanessa wich zurück. Sie war nicht die Einzige, die überrascht wirkte. Das komplette Büro spitzte die Ohren, um den Schlagabtausch mitzubekommen. »Sie wäre es geworden. Und sie wäre eine wundervolle First Lady gewesen. Dieser Artikel zieht sie durch den Dreck.«

»Ich werde mich mit dem Stabschef darüber unterhalten,

und wir gehen die Sache von dort aus an.« Sie blickte sich im Raum um, um alle in das Gespräch einzubeziehen. »Falls jemand fragen sollte: Vorerst äußern wir uns nicht zur Berichterstattung in der Klatschpresse. Ich weiß, dass wir uns damit auseinandersetzen werden müssen, wenn die Mainstream-Medien Wind von der Sache bekommen, aber bis dahin ist das unsere Vorgehensweise. Ich will keine Informationslecks, Leute.«

Sie wandte sich wieder ihrem eigenen Büro zu. Vanessa folgte ihr.

»Und was ist mit der anderen Story?«, fragte Vanessa. »Die wird auch früher oder später herauskommen.«

Es gab Tausende von Storys, über die Liz sich Gedanken machen musste. »Welche?«

»Große Schlagzeile: Der Präsident der Vereinigten Staaten schläft mit seiner Pressesekretärin.« Die Brünette stemmte eine Hand in die Hüfte und starrte sie anklagend an. »Dachtest du etwa, du könntest das lange geheim halten?«

So oft wie Zack sie zum Schäferstündchen einbestellte? Nein. »Sollte dieses Gerücht an die Öffentlichkeit gelangen, entscheiden der Präsident und ich, wie wir damit umgehen.«

»Weißt du, ich bin ehrlich geschockt. Ich wusste ja, dass du ihm nahestehst, aber ich hätte nicht gedacht, dass du dich derart unprofessionell verhältst. Du warst mit seiner Frau befreundet.«

»Joy Hayes ist seit drei Jahren tot. Der Präsident ist Single, und wie du weißt, war er in letzter Zeit auf mehreren romantischen Abendessen mit prominenten Frauen. Ich kann deine Spekulationen über meine Beziehung mit ihm nicht gutheißen. Offen gestanden ist es unprofessionell von dir, im Büro die Klatschbase zu spielen, und dann auch noch mir gegenüber. Ich will kein Wort mehr darüber hören. Wenn das für dich ein Problem ist, Vanessa, da ist die Tür.«

Die jüngere Frau riss die Augen auf. »S-so habe ich es doch nicht gemeint. Ich wollte nur … Ich habe die Gerüchte gehört. Du bist für mich ein Vorbild, und ich dachte einfach, du willst bestimmt informiert werden.«

»Was ich auch immer für eine Beziehung zum Präsidenten habe, ist privat und steht nicht zur Diskussion, weder für dich noch für irgendjemand anders im Büro, haben wir uns verstanden?«

»Ja.« Vanessa war rot angelaufen. Sie deutete auf Liz' Büro. »Du hast Besuch. Er hat einen richtigen Aufruhr veranstaltet, daher wollte ich ihn nicht hier draußen warten lassen, wo er alle stört. Er ist in deinem Büro.«

Liz zog eine Augenbraue hoch. »Du hast jemanden ohne meine Erlaubnis in mein privates Büro gelassen?«

Diese Frage schien sie zu verwirren. »I-ich dachte … Na ja, wir sollen doch Gerüchte im Keim ersticken und sie nicht noch nähren, und dieser Mann könnte für allen möglichen Tratsch sorgen. Du wirst gleich sehen, was ich meine. Falls du mich brauchst, ich bin hier draußen.«

Als Vanessa ging, kämpfte Liz gegen den Drang an, ihr hinterherzueilen und sie augenblicklich zu feuern, aber stattdessen biss sie die Zähne aufeinander, entschlossen, durch diesen Tag zu kommen, ohne voreilige Entscheidungen aus der Wut heraus zu treffen. Außerdem hatte Vanessa Joy bewundert, die sich als eine Art Mentorin für die junge Frau gesehen hatte.

Überhaupt wusste Liz, dass sie, wenn sie und Zack ihre Beziehung öffentlich machten, daran denken musste, dass das amerikanische Volk allen Umfragen zufolge eine sehr hohe Meinung von Joy hatte. Die Leute waren von ihrem Tod aufrichtig schockiert gewesen und hatten um sie getrauert. Auch durfte sie nicht vergessen, dass Zack nicht nur unglaublich attraktiv, sondern auch beliebt war. Egal, was passierte, die

Presse würde immer von ihm fasziniert sein. Wenn sie also an die Öffentlichkeit gingen, würden einige Frauen ihr vorwerfen, sie sei ein karrieregeiler Emporkömmling – oder noch Schlimmeres. Sie würde den Anschuldigungen und Beschimpfungen mit Würde und Souveränität begegnen müssen.

Liz machte die Tür auf und wappnete sich dafür, sich mit irgendeinem nervtötenden, axtschwingenden Journalisten herumschlagen zu müssen. Dann aber stutzte sie. Der Mann in ihrem Büro war alles andere als ein Reporter.

Joys Vater, Paul Harding, stand neben ihrem Schreibtisch, die Hände tief in die Taschen seiner Hose gesteckt, mit wütendem Blick. Er war Ende sechzig, aber durch jahrelanges Training immer noch fit. Sein ordentlich geschnittenes Haar hatte einen starken Silberton angenommen, und seine blassen Augen erinnerten Liz so sehr an die seiner Tochter.

Er kam den alten Frank regelmäßig besuchen. Joys Vater und Zacks Vater waren schon immer Freunde gewesen, einer der Gründe, weshalb ihre Kinder geheiratet hatten. Aber heute ärgerte sich Liz darüber, dass man Paul im Prinzip freien Zugang zum Weißen Haus erteilt hatte, denn sie wusste genau, welche Geschichte ihn hierherführte.

»Hallo Paul.«

»Was zum Teufel ist hier los, Liz? Ich habe einen Anruf von einem Reporter bekommen, der wissen wollte, ob meine Tochter ihren Ehemann betrogen hat. Wo bleibt die offizielle Stellungnahme? Was unternimmt Zack, um diese Lüge zu entkräften?«

Liz ging um ihren Schreibtisch herum und ließ sich seufzend nieder. »Warum setzen Sie sich nicht, Paul?«

»Ich will mich nicht setzen. Ich will wissen, warum irgendein Schundblatt Lügen über meine Tochter verbreitet und ihr nicht das Geringste dagegen unternehmt. Joy war ein gutes

Mädchen. Sie wäre nie fremdgegangen, schon gar nicht mit einem wie Roman Calder.«

»Niemand behauptet, dass Joy tatsächlich fremdgegangen ist. Ich glaube, worauf der Artikel hinauswill, ist, dass Joy und Roman sich emotional nahestanden.«

Pauls Mund bildete eine schmale, wütende Linie. »Diese schmutzige Klatschseite im Internet behauptet, sie hätte vorgehabt, Zack zu verlassen, wenn er die Wahlen verliert.«

»Sie waren doch einzig und allein wegen der Wahl miteinander verheiratet.« Es wurde Zeit, mit dem Mann Tacheles zu reden. Er wollte offensichtlich den Unwissenden spielen, aber sie kannte die Wahrheit. Und sie wettete, er auch. »Das war keine Liebesehe, Paul. Sie, Frank und die anderen Berater haben alles sorgfältig geplant.«

Paul Harding durchmaß ihr Büro. »Bloß weil Joy klug geheiratet hat, heißt das nicht, dass Zack ihr nichts bedeutete. Sie war eine gute Ehefrau.«

»Keiner behauptet das Gegenteil.« Obwohl man auf den Trichter noch kommen würde. Sobald die Story die sozialen Medien erreichte, würde wahrscheinlich auch Joys Ruf einen Knacks bekommen, aber Liz wusste, dass dies auch auf sie selbst wartete.

Er stützte sich auf dem Stuhl vor ihrem Schreibtisch ab. »Ich will mit Zack sprechen.«

»Ich rufe ihn an und sehe, ob ich ein Treffen arrangieren kann.«

»Warum sind Sie nicht da draußen und kämpfen, Liz?« Pauls Ärger verdampfte und machte Platz für echte Verwirrung. »Warum verfolgt ihr diesen Schmierfink nicht? Stünde Zacks Ruf auf dem Spiel, würden Sie keine Sekunde zögern.«

Sie konnte dem Mann nicht die Wahrheit sagen, dass sie geholfen hatte, das Gerücht in die Welt zu setzen, um den Drohungen eines russischen Erpressers den Wind aus den Segeln zu nehmen. Dennoch musste sie Paul gegenüber so direkt wie möglich sein, denn die Wogen würden sich nicht so schnell wieder glätten. Wenn alles lief, wie geplant, würde es wahrscheinlich sogar noch schlimmer werden. »Ich verfolge ihn nicht, weil die Geschichte stimmt. Wir haben vor Kurzem Beweise gefunden, dass Joy und Roman nach der Scheidung von Zack eine Beziehung anfangen wollten. Sie und Zack hatten darüber gesprochen und sich geeinigt, dass sie, wenn er die Wahl verlor, getrennte Wege gehen würden.«

»Nein. Davon habe ich noch nie gehört. Selbst wenn es stimmt, ist es mir egal. Ich hätte das nie zugelassen. Sie hat bloß den Druck des Wahlkampfes nicht ausgehalten. Sie müssen diese Beschuldigungen in einer Presseerklärung abstreiten.«

»Paul, dieser Klatschseite liegen Kopien der elektronischen Nachrichten vor, die Joy und Roman einander geschickt haben. Sie hatte eine platonische Beziehung mit ihm. Ich denke, wir können mit dieser delikaten Situation so umgehen, dass jeder es versteht und verzeiht.« In gewisser Weise könnte es Zack, Joy und insbesondere Roman, den die Presse nicht besonders liebte, menschlicher aussehen lassen. »Ich werde die Sache mit Samthandschuhen anfassen, versprochen. Niemand will Joy als die Böse hinstellen.«

Er kniff die Augen zusammen. »Aber Sie hätten kein Problem damit, sie als Monster darzustellen, wenn es Zack hilft. Sie würden meine Tochter einfach skrupellos den Haien zum Fraß vorwerfen.«

»Das ist keineswegs meine Absicht. Joy wurde von vielen sehr geliebt.«

»Vielleicht sollten wir uns lieber mal darüber unterhalten, mit wem Zack eine Affäre hatte. Denn ich glaube nicht eine Sekunde, dass Joy so etwas gemacht hätte, wenn sie von ihrem

Mann die Aufmerksamkeit bekommen hätte, die sie brauchte und verdient hatte. Also muss ich mich fragen, ob Zack nicht eine – wie haben Sie es genannt? – platonische Beziehung mit einer anderen Frau hatte, womöglich einer aus seinem näheren Umfeld. Eine, die er jeden Tag sah. Wer könnte das wohl sein?« Er strich sich übers Kinn, als denke er angestrengt nach. »Warum diskutieren die Medien nicht darüber?«

Liz wusste genau, worauf Paul anspielte, aber zwischen ihr und Zack war immer alles moralisch einwandfrei geblieben. Zugegeben, sie hatten eine gegenseitige Anziehung gespürt, aber die war komplett unausgesprochen geblieben bis zu jenem Mittagessen in Memphis, kurz bevor die Tragödie passiert war. Ganz sicher hatten sie sich nie E-Mails oder Briefe geschickt, wie Joy und Roman es heimlich getan hatten.

»Weil es nichts zu berichten gibt. Jede weitere Unterhaltung, die Sie über dieses Thema führen möchten, sollte vielleicht zwischen Ihnen und Zack stattfinden.« Wenn es um Familienangelegenheiten ging, konnte sie nicht für Zack sprechen. Paul war sein früherer Schwiegervater, daher war es das Beste, wenn Zack sich selbst mit dem Mann und der heiklen Situation auseinandersetzte. »Ich weiß, dass sein Terminkalender heute Nachmittag voll ist. Ich kann aber nachsehen, ob er nächste Woche irgendwann Zeit hat.«

»Bis dahin wird es zu spät sein, nicht wahr?« Kopfschüttelnd bewegte er sich rückwärts. »Jetzt verstehe ich, was hier vor sich geht. Er hat vor, wieder zu heiraten, und er weiß, wie beliebt Joy war. Wenn er sie schlecht dastehen lassen kann, gewinnt er die Sympathie der Leute, und sie werden seine neue Frau akzeptieren. Ich habe meine eigenen Theorien darüber, wer sie sein könnte. Glauben Sie ja nicht, dass ich da mitspiele.«

»Das klingt ja wie eine Drohung. Sie sollten nicht vergessen, über wen Sie da reden.«

»Und Sie sollten nicht vergessen, warum er überhaupt Präsident ist. Wir wissen alle, dass er ohne meine Tochter nie gewählt worden wäre. Wenn Sie glauben, ich lasse zu, dass er sie im Tod genauso benutzt wie zu Lebzeiten, haben Sie sich gewaltig getäuscht. Wissen Sie, was? Ich glaube, ich brauche überhaupt nicht mit Zack reden. Für Sie hatte er schon immer ein … offenes Ohr. Sagen Sie ihm, wenn er diese Geschichte nicht öffentlich abstreitet, werde ich meine eigene Version der Dinge veröffentlichen, und die wird ihm nicht gefallen.«

Paul drehte sich um und stürmte aus ihrem Büro.

Liz sprang von ihrem Stuhl auf und eilte geradewegs zum Oval Office. So ungern sie es tat, sie musste Zack von Pauls Besuch in Kenntnis setzen.

Die großen, wütenden Schritte des Mannes vor ihr trugen ihn aber nicht zum Ausgang, sondern in eine völlig andere Richtung. Sie folgte ihm, und all ihre Instinkte schlugen Alarm, als er auf den Flügel mit der Privatwohnung zusteuerte.

Er blieb stehen, um mit einem Mann von der Security zu sprechen, der seine Daten überprüfte. Dann kam ein Mann in der Kleidung eines Pflegers die Treppe herunter und schüttelte Paul die Hand. Zusammen ging sie wieder nach oben.

Liz schlüpfte in den Flur. »Hallo Jim. Besucht Paul Harding Botschafter Hayes?«

»Ja. Er ist ganz pünktlich«, sagte der Wachmann und deutete auf den Terminplan auf seinem Laptop. »Es ist toll, dass er ihn besucht, denn laut den Pflegern ist er außer dem Präsidenten der Einzige, der es ab und zu schafft, den Botschafter eine längere Zeit zum Reden zu bringen. Sie führen nette Unterhaltungen.«

Dass Paul Frank Hayes besuchte, war eine relativ junge Entwicklung. Er war im Wahlkampf aktiv gewesen, aber nach Joys Tod hatte er sich für ein paar Jahre in sein Haus in Kalifornien zurückgezogen. Vor nicht allzu langer Zeit war er wieder in die Washingtoner Gegend gezogen, weil er sagte, es fühle sich für ihn mehr nach Heimat an.

»Es freut mich, das zu hören.« Sie zwang sich zu einem Lächeln. »Es ist schön, dass jemand ihn beruhigen kann. Ich muss kurz nach oben und ein paar Sachen holen, die ich dort vergessen habe. Wird nicht lange dauern.«

Jims Grinsen verriet ihr, dass ihm sehr wohl bewusst war, wo sie in letzter Zeit die Nächte verbrachte. »Natürlich, Ms Matthews.«

»Sagen Sie ruhig Liz zu mir.« Sie mochte die Förmlichkeit nicht, an der so viele langjährige Mitarbeiter immer noch festhielten.

»Ich glaube nicht, dass es lange bei Liz bleiben würde.« Er beugte sich vor und senkte die Stimme zu einem verschwörerischen Flüstern. »Wissen Sie, die First Lady dürfen wir nicht beim Vornamen nennen.«

»Dazu wird es nicht so bald kommen.« Sie versuchte gar nicht erst, es abzustreiten. Sie konnte die Tatsache kaum verbergen, dass sie praktisch schon eingezogen war. Dann fiel ihr ein, welche Tradition es im Weißen Haus außerdem noch gab. Schockiert sagte sie: »Sagen Sie nicht, dass das Personal schon Wetten abschließt.«

Sein Lachen ließ durchblicken, dass es so war. »Ich habe auf unter sechs Wochen gesetzt, denn ich kenne Präsident Hayes, und wenn der beschließt, dass er etwas will, arbeitet er darauf hin und bekommt es im Handumdrehen. Beeilen Sie sich, First Lady in spe. Meine Tochter geht nämlich demnächst aufs College, und ich brauche Kohle.«

»Sie sind schrecklich, alle miteinander«, rügte sie lächelnd. Seine kleinen Neckereien waren Balsam nach dem Stich, den ihr das Zusammentreffen mit Vanessa versetzt hatte.

Zumindest schien die Mehrheit der Mitarbeiter im Weißen Haus kein Problem mit dem Gedanken zu haben, dass sie eine Beziehung mit ihrem obersten Befehlshaber hatte. Sie zwinkerte Jim zu und ging die Treppe hinauf.

Wie nah konnte sie Franks Zimmer kommen, ohne dass jemand es merkte? Herrje, warum machte sie sich überhaupt Gedanken darüber? Paul war einfach nur angefressen und hatte jemanden gesucht, an dem er seinem Frust auslassen konnte. Da war sie gerade recht gekommen. Wenn er nicht soeben dabei war, Frank auszufragen, mit wem der Präsident zur Zeit so schlief – zum Glück erinnerte Frank sich an kaum etwas, das über seinen eigenen Namen hinausging –, wüsste sie nicht, inwiefern Pauls Besuch irgendetwas anderes als ihr regelmäßiges Treffen hätte sein sollen.

Andererseits traute sie Paul in dieser Stimmung nicht und konnte es nicht gebrauchen, dass er die Situation zusätzlich anheizte. Deshalb wollte sie sich lieber vergewissern, dass er den kränkelnden Mann nicht unnötig aufregte.

Liz bog in den Gang ab, der zu Franks Räumen führte. Wenn jemand fragte, würde sie sagen, sie wolle nach ihm sehen. Das tat sie von Zeit zu Zeit, weil es für Zack schwer war, sich loszueisen und nach dem Rechten zu sehen … und weil Zack und sein Vater eine schwierige Beziehung hatten. Dennoch fühlten sich beide besser, wenn sie wussten, dass gut für ihn gesorgt wurde.

Sie bog erneut ab und erhaschte gerade noch einen Blick auf den Pfleger, der mit einem Soft-Getränk in der Hand durch den Flur auf das Zimmer zuging, der ihm als Pausenraum diente. Er summte vor sich hin, als er die Tür öffnete und hineinging.

Die Pflegekräfte ließen Paul also mit Frank allein. Das war interessant. Leise bewegte sie sich weiter durch den Flur.

Frank hatte eine Suite, zu der ein Schlafzimmer, ein Wohnzimmer, ein kleiner Essbereich und ein Badezimmer gehörten, das umgebaut worden war, um ihm das Duschen zu erleichtern. Wenn sich die alten Herren in seinem Schlafzimmer befanden, musste sie sich in einen der anderen Räume schleichen, um sie hören zu können.

Liz machte zwei Schritte in die Richtung, dann bemerkte sie, dass der Pfleger die Tür zum Pausenraum nicht geschlossen hatte. Sie blieb gerade noch stehen, bevor der Pfleger sie, wenn er einen Blick in den Gang warf, hätte entdecken können. Dann runzelte sie die Stirn und kam sich blöd vor.

Was in aller Welt machte sie hier? Sie hatte keinen Grund, durchs Haus zu schleichen. Und sie war definitiv keine Spionin. Wenn Paul sie erwischte, was für eine Ausrede würde ihr da einfallen? Wahrscheinlich keine gute, und bei seiner Laune hielt sie es nicht für klug, ihn noch mehr auf die Palme zu bringen.

Liz schüttelte den Kopf. Sie konnte das nicht machen. Paul steckte voller Kummer und Verbitterung – wer konnte es ihm verübeln? Ja, vielleicht würde er es Zack in der Presse heimzahlen? Aber damit käme sie schon klar. Sie hatte kein Recht und keinen Grund, diese Unterhaltung zu belauschen.

Sie machte auf dem Absatz kehrt, um zurückzugehen – und lief geradewegs in eine Mauer aus Muskeln.

»Elizabeth?« Zack fasste sie an den Armen, damit sie nicht das Gleichgewicht verlor und stürzte.

Warum fühlte sie sich, als hätte er sie bei etwas Verbotenem ertappt? »Entschuldigung, ich war … das klingt jetzt verrückt, aber Paul Harding ist bei mir im Büro aufgetaucht. Er war sehr verärgert über die Capitol-Scandals-Geschichte. Er hat wüste Drohungen ausgesprochen und ist dann hinausgestürmt, deshalb bin ich ihm gefolgt.«

»Er ist hier, um meinen Vater zu besuchen?« Zack sah zu Franks Tür. Als sie nickte, runzelte er die Stirn. »Und du wolltest sie belauschen, um herauszufinden, worüber sie sprechen?«

Sie zuckte zusammen. »Vielleicht klingt das verrückt, aber ich wollte sichergehen, dass Paul keinen Ärger macht, indem er entweder deinem Dad Flausen in den Kopf setzt oder versucht, Frank nach schmutzigen Details über unsere Beziehung auszufragen. Aber der Pfleger hat die Tür zum Pausenraum nicht geschlossen und hätte mich vorbeigehen sehen. Mir ist keine gute Ausrede eingefallen, weshalb ich hier bin, also wollte ich gerade wieder gehen. Ich wäre ihm gar nicht erst gefolgt … wenn er nicht ein paar Sachen gesagt hätte, die mir Sorge bereiten.«

»Das heißt, er war sauer wegen der Story über Joy und Roman und hat gedroht, das mit dir und mir zu enthüllen, richtig? Darüber reden wir heute Abend.« Zack fasste sie am Ellbogen.

Liz nickte und ließ sich von ihm den Gang zurückführen. »Paul war wirklich aufgebracht, dass wir zulassen, dass Joys guter Ruf in den Dreck gezogen wird. So ungern ich das auch frage … ich wüsste zu gern, ob Freddy herausfinden kann, ob es in der Suite deines Vaters irgendwelche Überwachungsgeräte gibt. Nur für den Fall. Wenn Paul sich dazu entschließt, Gerüchte über uns zu verbreiten, wäre ich lieber darauf vorbereitet.«

Er küsste sie und versprach, sich zu erkundigen, bevor er sie die Treppe hinunterschickte, die ins Erdgeschoss führte.

Erst als sie gegangen war, fiel ihr auf, dass sie ihn gar nicht gefragt hatte, was er selbst überhaupt dort gewollt hatte.

Mad starrte Reihe um Reihe der Fotos an, die auf dem Computerbildschirm vor ihm angezeigt wurden. Er wusste nicht genau, warum Sara sich die Bilder ansah, die sie auf Joys Laptop gefunden hatte. Das heißt, er sah schon einen Sinn darin. Vielleicht hatte Joy irgendetwas aufgenommen – bewusst oder unbewusst –, das ihnen helfen konnte, den erpresserischen Drohungen des russischen Syndikats ein Ende zu bereiten. Aber er glaubte nicht, dass das im Moment Saras Ziel war. Sie betrachtete nämlich reihenweise Fotos von Zacks und Joys Hochzeit.

Ein Bild nach dem anderen von Zack im Smoking. Er sah jung aus, bereit, die Welt zu erobern, und doch merkwürdig abwesend. Er und Joy lächelten tapfer für den Fotografen in die Kamera, aber Mad erkannte die fehlende Verbindung zwischen ihnen, als wären sie Marionetten, deren Schnüre von anderen gezogen wurden.

Oder vielleicht dachte er das auch nur, weil er wusste, dass es stimmte.

»Ich erinnere mich noch gut an diesen Tag«, murmelte er.

Sara fuhr herum und kniff die Augen zusammen. »Schleich dich nicht so an mich heran.«

Er stellte ihr die Tasse Tee hin, die er gemacht hatte. »Habe ich nicht. Erst habe ich dich gefragt, ob du Zucker willst. Dann habe ich geflucht, weil ich über das Verlängerungskabel gestolpert bin und fast die Tasse fallen gelassen hätte. Als Nächstes habe ich gegen den Couchtisch getreten, weil ich frustriert war, dass er mir im Weg stand. Glaub mir, Liebling, ein Elefant, der durch einen Porzellanladen stürmt, wäre leiser gewesen.«

Sie sah ihn betreten an und griff nach der Tasse. »Oh. Ich war wohl in Gedanken. Ich bin auf diese Fotos gestoßen, und jetzt will mir nicht aus dem Kopf, wie es mir an dem Tag ging.«

Er zog einen Stuhl heran, nahm neben ihr Platz und blickte auf das Bild auf dem großen Monitor, eins von ihm und Gabe. Sie hatten beide ein Champagnerglas in der Hand und starrten das glückliche Paar an. »Ich habe diesen Smoking gehasst. Unbequem wie sonst was.«

»Du sahst aber toll aus darin.«

Mad drehte sich mit hochgezogenen Augenbrauen zu ihr. »Ach ja?«

»Ihr saht alle toll aus«, beeilte sie sich hinzuzufügen. »Was gefiel dir denn nicht?«

»Es war nicht nur der Pinguin-Anzug. Zacks Hochzeit war ein Riesenevent, das richtig gut hätte sein können … außer, dass mir weder Braut noch Bräutigam besonders glücklich vorkamen. Es war eher eine Show als das Fest von zwei Liebenden, die beschließen, ihr Leben miteinander zu verbringen. Und dann machte Roman uns auch noch das bisschen Spaß kaputt, das wir geplant hatten. Du hast ja keine Ahnung, was er uns angedroht hat, falls wir, sagen wir, fünfundzwanzig Neon-Dildos in XXL hinten an die Hochzeitslimousine binden.«

Sara wandte sich ihm mit einem schelmischen Grinsen zu. »Ach, da kamen die alle her? Später irgendwann hat meine Mom mich mal gebeten, in Gabes altes Zimmer zu gehen und einen Mantel oder irgendwas aus seinem Schrank zu holen, und als ich ihn aufmachte, kamen sie mir alle entgegen.«

Oh Mann, Mad wünschte sich, er hätte das mit angesehen. »Na ja, irgendwo mussten wir die ja verstauen, und mir traute Gabe irgendwie nicht. Keine Ahnung, warum.«

Er sah wieder auf den Bildschirm, übernahm das Kommando über die Maus und scrollte nach oben zu den Aufnahmen, die er gern als die »Vorher«-Fotos bezeichnete. Fotografen waren sowohl im Zimmer des Bräutigams als auch der Braut gewesen und hatten Schnappschüsse von ihnen gemacht, während sie sich fertig machten und sich mit Freunden und Familienmitgliedern unterhielten. Er zeigte auf ein Bild im Zimmer des Bräutigams, auf dem alle mit einem Scotch in der Hand um ihn herumsaßen. Frank Hayes blickte sie finster an, als wären sie allesamt missratene, noch nicht stubenreine Promenadenmischungen, die sein Sohn mit nach Hause geschleppt hatte.

»Auf den Bildern sieht man es nicht, aber Zack ging es beschissen an dem Tag. Nicht wegen Joy, sondern weil ihre Eltern die ganze Hochzeit fest in der Hand hatten. Er hatte buchstäblich nichts zu melden. Sie haben die Torte, Joys Kleid und diese schrecklich unbequemen Smokings ausgesucht. Die Hochzeitsplanerin war irgendeine entfernte Verwandte, die viel herumbrüllte und ständig darauf herumritt, wie wichtig die Sitzordnung sei. Das war vielleicht eine verbitterte Schrapnelle! Aber einige ihrer Assistentinnen waren … ähm, nette junge Frauen.«

Sie verdrehte die Augen. »Und mit wie vielen von denen hast du geschlafen?«

Sein loses Mundwerk brachte ihn immer wieder in Schwierigkeiten. »Das weiß ich nicht mehr so genau. Aber du warst auch nicht gerade ein Engel. Wenn ich mich recht entsinne, bist du mit diesem Arschloch bei der Hochzeit aufgetaucht, der dachte, er wär's, weil er in dieser Soap mitgespielt hat.«

Ihr Lächeln wurde merklich verschämt. »Er kam zu Bond Aeronautics, weil er für einen Film, bei dem er mitspielte, fliegen lernen musste. Aber ich habe ihm in jenem Sommer noch viel mehr beigebracht.«

Ihr herausforderndes Gesicht verriet ihm, dass sie gespannt war, ob sie jetzt gleich seine Doppelmoral entlarven würde. Zu Mads Leidwesen konnte er tatsächlich ziemlich besitzergreifend werden, zumindest, wenn es um Sara ging.

»Soweit ich gehört habe, dreht er jetzt Werbespots für Möbelhäuser im Mittleren Westen. Schade eigentlich.«

Sie machte ein abschätziges Geräusch mit der Zunge und richtete ihre Aufmerksamkeit wieder auf den Bildschirm.

»Hey, ich kann nichts dafür, dass ich eifersüchtig bin. Ich hasse so ziemlich jeden Mann, der dich je angefasst hat.«

»Wenn ich dieselbe Einstellung hätte, müsste ich die Hälfte der Frauen auf diesem Planeten hassen, einschließlich einer meiner besten Freundinnen.«

Verflixt, er wollte sich nicht streiten oder eine Vergangenheit breittreten, die sie nicht ändern konnten. »Ich sage ja auch nicht, dass das richtig ist. Die Wahrheit ist, dass ich es keinem einzelnen deiner früheren Liebhaber verübeln kann, dich gewollt zu haben. Gott weiß, dass ich verstehe, wie sie sich gefühlt haben müssen, dass sie mit dir zusammen sein durften. Ich wünschte nur …« Er zuckte die Achseln. »Ich wünschte, ich könnte auf mein Leben zurückblicken und hätte nur dich gekannt.«

»Das ist lächerlich, Mad. Ab wann hattest du Sex? Dreizehn?«

»Ehrlich gesagt war ich gerade siebzehn geworden.«

»Unmöglich.«

»Doch, ernsthaft. Gabe war schon seit über einem Jahr der Hengst von Creighton. Dein Bruder hatte sie alle – Schülerinnen, Lehrerinnen … Wahrscheinlich sogar ein paar von unseren Moms.«

Ungläubig runzelte sie die Stirn. »Das ist nicht wahr.«

Mad wechselte lieber das Thema. Es gab keinen Grund, sie noch weiter zu desillusionieren. »Jedenfalls weißt du vielleicht, dass mein erstes Mal mit Gus war. Das war schön. Aber danach? Die Erste, in die ich wirklich verknallt war, das war ein hübsches Mädchen von unserer Schwesterschule. Ich kriegte sie rum, und nachdem wir es getan hatten – und *es* war wesentlich schneller vorbei, als ich zugeben möchte –, fragte sie mich, wann sie Zack treffen könne.«

Sara schnappte nach Luft. »Ist das dein Ernst?«

»Schon damals wussten alle, wie wichtig Zack werden würde. Ich habe es mehr als einmal erlebt, dass mich eine Frau benutzt, um an ihn heranzukommen. Aber darum geht es nicht. Ich versuche dir zu erklären, dass ich wünschte, ich hätte auf dich gewartet. Und wenn ich von diesen anderen Typen höre, hasse ich es, dass sie Zeit mit dir verbracht haben und nicht ich.«

Ein Anflug von Zärtlichkeit huschte über ihr Gesicht, aber sie presste die Lippen aufeinander und sagte kein Wort.

Er versuchte, nicht den Mut zu verlieren, und wandte sich wieder den Bildern zu. Sein Blick fiel auf eines von Joy in ihrem weißen Kleid mit einem Strauß blasser Rosen in der Hand, wie sie sich von den Assistentinnen ihren langen Spitzenschleier anstecken ließ. Es waren drei junge Frauen nötig gewesen, um ihn richtig zu befestigen.

Irgendetwas stimmte an dem Foto nicht. Mad kam nicht darauf, aber irgendetwas störte ihn.

»Du warst ziemlich beschäftigt, mit all diesen anderen Frauen.«

Ihr entging ein wichtiges Detail. »Ich hätte mich mit den allermeisten dieser Frauen nie abgegeben, wenn du beim ersten Mal, als ich dich um ein Date gebeten habe, Ja gesagt hättest. Das ist der Unterschied.«

»Ich war sechzehn.«

Er zuckte mit den Achseln. »Ich hätte sie alle liebend gern links liegen lassen, bloß um deine Hand zu halten.«

Sie drehte sich wieder zum Bildschirm, aber er konnte noch sehen, dass ihr Gesicht nachdenklich wurde.

Mad hoffte, dass das etwas Gutes bedeutete. In den letzten paar Tagen hatte sie sich als unglaublich störrisch erwiesen. Und hatte sich bisher nicht wesentlich erweichen lassen. Es war absolut in Ordnung für sie, dass er an ihrer Seite arbeitete und mit ihr über alles redete – außer über ihre Beziehung.

Wenn er davon anfing, hörte sie zuverlässig mit dem auf, was auch immer sie tat, flüchtete sich in ihr Zimmer und ließ ihn draußen stehen. Er konnte froh sein, dass sie diesmal geblieben war, aber er wollte nicht zu weit gehen. Er hatte vorerst gesagt, was er sagen musste.

Schrittchenweise. So lautete sein neuer Plan. Bis seine Tochter laufen konnte, würde ihre Mutter ihn vielleicht wieder anlächeln.

Oder sie würde bis dahin jemand anderen ohne seinen miesen Ruf finden, der nicht bis zum Hals in einer internationalen Spionagesache steckte. Jemand, der sich irgendeinen schlauen Weg hätte einfallen lassen, statt sich geradewegs ins Chaos zu stürzen.

In letzter Zeit fragte er sich, ob sie recht hatte, was seine Entscheidungen betraf.

Er schüttelte die Selbstkritik ab und betrachtete wieder die Bilder. Sein Blick wanderte erneut zu dem Foto von Joy, deren Schleier gerichtet wurde. Ihr Vater stand an der Seite, mit Frank.

Was stimmte an diesem Schnappschuss nicht?

»Gabes Hochzeit war viel zurückhaltender, und ich glaube, er fand es gut so«, sagte sie und griff wieder nach dem Tee, den er ihr gebracht hatte. »Ihm hat Zacks Hochzeit auch nicht gefallen. Er hatte das Gefühl, es ging mehr um die Presse als um ihre Zuneigung.«

»Wie war denn die Hochzeit von Gabe und Everly?«

Ihre Mundwinkel bogen sich nach oben, aber das Lächeln wirkte bittersüß. »Wunderschön. Im kleinen Kreis. Nur ein paar von uns waren da, nur enge Freunde und Familie. Ich gehe lieber nicht ins Detail. Das würde dich nur langweilen.«

»Nein. Ich will alles hören. Was hatte sie an?«

Sara drehte sich zu ihm um. »Ernsthaft?«

»Sie ist meine Schwester, und er ist … war mein bester Freund. Es wurmt mich, dass ich sie verpasst habe. Ich hätte sein Trauzeuge sein sollen. Wir haben nie darüber gesprochen oder so, weil wir Kerle sind, und Kerle planen nicht im Kopf ihre Hochzeiten, aber wir wussten beide, wie es sein würde. Roman und Zack. Dax und Connor. Ich und Gabe. Und ich habe es verpasst. Dieser Moment lässt sich nicht wiederbringen. Diese Jungs … sie sind die einzige Familie, die ich je hatte.«

Sie stand auf und nahm ihre Tasse hoch. »Na gut. Ich erzähle dir die ganze Geschichte. Dann komm aber mit in die Küche. Ich habe Heißhunger auf Suppe, und ich glaube, in der Speisekammer ist noch Hühnereintopf. Aber erst mal: Ihr hattet also vor, all diese neonfarbenen Dildos an Zacks Limousine zu binden, richtig?«

Sara redete nicht nur, sie machte sogar Scherze mit ihm. Humor und etwas noch Wärmeres brachten ihre Augen wieder zum Leuchten. Das gab ihm mehr Hoffnung als alles andere in letzter Zeit. »Nach Romans Drohung traute ich mich nicht mehr. Aber ich hatte diese großartige Idee, beim Empfang das Konfetti auszutauschen. Weißt du noch, wie all diese kleinen, glitzernden Herzen bei ihrem ersten Tanz auf Zack und Joy niederregneten und alle sagten, wie romantisch das sei? Ich wollte die Herzen durch Glitter in Penisform ersetzen.« Als Sara nicht begeistert aussah, seufzte er. »Wie ich sehe, findest du das nicht lustig, aber manchmal ist eben Subtilität gefragt. Stell dir doch mal vor, wie alle lächeln, weil der Empfang so schön ist und das Paar unter dem Konfetti so glücklich aussieht, bevor die Leute merken, dass sie mit unzähligen Penissen bedeckt sind.«

Ihr Lachen sandte eine Welle der Freude durch seinen Körper.

»Weißt du, irgendwann werde ich Gabe und Ev zum Hochzeitstag eine wundervolle Party schmeißen, weil ich das zu gern sehen würde«, versprach sie. »So, fangen wir mit dem Kleid an. Everly in ein vernünftiges Hochzeitskleid zu bekommen, war nicht so einfach. Sie war nicht im Entferntesten an einem Designerkleid interessiert. Bei dem Mädel zählt nur Bequemlichkeit.«

Sie redete weiter, während sie sich mit ihrer Suppenschale wieder vor dem Monitor niederließ. Mad folgte ihrem Blick, und wieder landete er auf jenem Foto, das ihn nicht losließ.

Er würde schon noch darauf kommen. Im Moment wollte er nur Saras Geschichte hören.

Von der Tür aus starrte Zack auf den alten Mann in seinem komfortablen Zimmer. Es war wesentlich später, als er gehofft hatte, aber er war aufgehalten worden von Briefings zu Auseinandersetzungen befeindeter Gruppen im Nahen Osten. So viel Krieg mit so vielen, weitreichenden Folgen.

Ein Schmetterling schlägt mit den Flügeln … und die Ölpreise schießen in den Himmel.

Manchmal wünschte er sich, sein Vater hätte gewollt, dass er Versicherungsvertreter oder irgendwas Normales geworden wäre. Irgendetwas, bei dem nicht das Schicksal der ganzen Welt auf seinen Schultern lastete.

»Er hatte einen guten Tag«, sagte der Pfleger. »Nach Mr Hardings Besuchen wirkt er immer glücklicher und ausgeglichener. Dieser Tage scheint er sich an seinen Freund besser zu erinnern als an jeden anderen.«

Das mochte kaum überraschen, denn die beiden Männer waren seit Jahrzehnten befreundet. Sie hatten definitiv viel Golf miteinander gespielt, und nach der Hochzeit bis zu Joys

Tod steckten sie bei jeder Familienfeier die Köpfe zusammen. »Da bin ich ja froh. Können Sie mir etwas sagen? Ist er in letzter Zeit viel herumgewandert?«

»Nicht so viel wie sonst«, sagte er. »Ehrlich gesagt wirkte er in letzter Zeit müde. Er hat mehr Medikamente gebraucht als noch vor ein paar Wochen. Machen Sie sich Sorgen um ihn?«

Nein, er versuchte, eine vernünftige Erklärung dafür zu finden, warum Elizabeth im Treaty Room gewesen war, bevor sie nach Camp David gekommen waren. Gus hatte zwar bekräftigt, dass Elizabeth gesagt habe, sein Vater sei oben herumgewandert, aber Gus hatte Frank nicht selbst in dem Zimmer gesehen. Roman gab keine Ruhe mit seinem Verdacht, dass Elizabeth mit den Russen unter einer Decke stecken könnte, aber Zack weigerte sich zu glauben, dass sie ohne Grund seine Unterlagen durchwühlen würde.

Zugegebenermaßen schien sie sich jedoch in letzter Zeit auffällig oft in diesem Teil des Hauses aufzuhalten.

Er schüttelte sein Misstrauen ab. Er weigerte sich, ohne Beweise das Schlimmste von ihr zu denken. Elizabeth war keine Spionin, und sie hatte das heute bewiesen, als sie nicht mal die beiden alten Herren belauscht hatte.

Und wenn sie gar nicht lauschen wollte?, hatte Roman gefragt, als er seinem Freund die Geschichte erzählte. *Was, wenn du sie beim Verlassen eines Treffens erwischt hast? Woher willst du wissen, dass sie unschuldig ist?*

Er wusste es eben einfach. Sein Bauchgefühl wusste es. Sein Herz wusste es. Er würde sich sein Glück nicht durch Romans Paranoia verderben lassen.

Aber warum konnte er diese leise Stimme nicht zum Schweigen bringen, die ihm keine Ruhe ließ?

»Ich wollte ihm gerade seine Medikamente für die Nacht geben«, sagte der Pfleger. »Die lassen ihn ziemlich schnell einschlafen. Soll ich damit noch warten? Ich weiß ja, dass Sie nie viel Zeit mit ihm haben.«

Er hörte einen leichten Vorwurf heraus, aber Zack rechtfertigte sich nicht mit einer der logischen Ausreden, die er gehabt hätte. Er erklärte dem Mann auch nicht, dass sein Vater überhaupt nur dann Zeit mit seinem Sohn verbracht hatte, wenn es darum ging, ihn auf Perfektion zu trimmen. Zack sollte alles Unrecht umkehren, das die Welt seinem Vater angetan hatte, indem sie ihm die politische Macht verweigerte. Er konnte sagen, dass sein Vater nicht einen einzigen Baseball mit ihm geworfen, und ihn stattdessen als Zweitklässler zusammengestaucht hatte, weil er im Lesen nicht der Beste war. Tatsächlich hatte sein Vater ihn mit Hauslehrern eingeschlossen und ihm Spielkameraden verweigert, weil er erwartete, dass sein Sohn mit Abstand der Klassenbeste war.

Heute wollte das keiner hören. Heute sahen die Leute in seinem Vater nicht den Tyrannen oder das gefühlslose Arschloch, wegen dem seine Mutter immer wieder zu tief ins Glas geschaut hatte. Nein, sie sahen einen kranken alten Mann und seinen privilegierten Sohn, der ihn ignorierte.

»Ja, bitte. Ich wäre gern ein paar Minuten mit ihm allein.«

Der Pfleger zog sich zurück. »Natürlich, Mr President. Ich bin gleich über den Flur. Sagen Sie Bescheid, wenn Sie fertig sind. Oder rufen Sie mich, falls Sie etwas brauchen.«

Denn der gute alte Dad konnte schwer zu bändigen sein. Früher war er lediglich verbal ausfällig gewesen, aber die Krankheit, die sein Gehirn infiziert hatte, machte ihn von Zeit zu Zeit gewalttätig. »Mach ich.«

Ohne sich umzusehen, betrat er die Räume seines Vaters und erinnerte sich ohne es zu wollen daran, was es als Kind für ein Gefühl war, in das Büro seines Vaters zu gehen. Er konnte sich nicht erinnern, jemals im Schlafzimmer seines Vaters gewesen zu sein. In dem seiner Mutter gelegentlich, aber nicht oft. Meist war er Nannys überlassen worden, die sich um seine persönlichen Bedürfnisse kümmerten. Wenn er zu seinem Vater gerufen wurde, dann immer in dessen unverhohlen maskulines Büro. Er wusste noch genau, wie klein er sich immer gefühlt hatte, wenn er in dieses Büro gegangen war, selbst dann noch, als er seinem Vater schon über den Kopf gewachsen war.

Jetzt betrat er einen Raum voller medizinischer Gerätschaften, zwischen denen ein in sich zusammengesunkener Mann lag. Dennoch hatte Zack ein merkwürdig ungutes Gefühl, als er dessen Herrschaftsgebiet betrat.

»Hallo Vater.«

Der alte Mann blickte auf, und seine Augen verrieten keinerlei Erkennen. »Wer sind Sie?«

Er ließ sich auf die Couch gegenüber der Liege seines Vaters sinken. Frank trug einen königsblauen Pyjama, der aussah, als stamme er noch aus den Fünfzigern. »Ich bin Zack. Ich bin dein Sohn.«

Was würde sein Vater sagen, wenn er etwas anderes geantwortet hätte? Wenn er gesagt hätte, er sei Sergeij? Hätte da bei ihm irgendwas geläutet?

Zack beobachtete seinen Vater genau und suchte nach irgendwelchen Anzeichen dafür, dass er bloß schauspielerte. Konnte er eine solche Meisterleistung vollbringen, bei allen den Medikamenten, mit denen er vollgepumpt wurde? Zack hatte ihn schon mal dabei beobachtet, wie er die Tabletten geschluckt hatte. Auf jeden Fall bezahlte er jeden Monat dafür, genauso wie für die Pflegekräfte und Ärzte, die sich um seinen Vater kümmerten.

Sein Vater schüttelte den Kopf. »Zachary ist vierzehn Jahre alt. Sie können nicht er sein. Hat einer von seinen bescheuerten

Freunden Sie hergeschickt? Wenn ich gewusst hätte, dass er sich auf diese Bande einlassen würde, hätte ich ihn nie nach Creighton geschickt.«

Tja, der gute alte Dad hatte seine Freunde noch nie gemocht. In allen anderen Belangen seines Lebens hatte Zack seinem Vater gegenüber früher oder später eingelenkt, aber nie, was seine Freunde betraf. »Ich weiß noch, wie du sie alle verflucht und mir verboten hast, wieder dorthin hinzugehen.«

Der Kopf seines Vaters schnellte nach oben. »Ich habe dich in einer besseren Schule angemeldet, aber du hast einen Aufstand gemacht. Du hast gesagt, wenn ich dich von Creighton nehme, würdest du die Schule schleifen lassen.«

»Ich habe gesagt, wenn du mich in einer neuen Schule einschreibst, verhaue ich jedes einzelne Fach, sodass ich in Yale niemals genommen werde. Du hast mich am Anfang der Sommerferien in meinem Zimmer eingeschlossen und dich geweigert, mich rauszulassen. Nach einer Woche hast du mir meine Bücher und meinen Computer weggenommen, aber ich bin stur geblieben. Die Woche darauf hast du die Laken von meinem Bett abgezogen, aber ich bin stur geblieben. Ab da hast du mir zweimal am Tag Sandwiches und Wasser gegeben, und auch das hat dir nichts gebracht.«

Es waren lange drei Monate gewesen, aber am Ende war er wieder nach Creighton gegangen, und seine Freunde waren nie wieder Thema gewesen. Er hatte eine Grenze gezogen und zum ersten Mal gemerkt, dass auch er Macht hatte.

Dasselbe tat er jetzt bei Elizabeth.

»Sturer Junge. Wolltest einfach nicht einsehen, was das Beste für dich war.«

»Ich hatte auch das Recht auf ein Privatleben. Sie waren meine ersten echten Freunde. Als wir in Russland lebten, durfte ich ja keine Spielkameraden haben.« Er musste seinen Vater in die Vergangenheit lenken, sonst gerieten seine Erinnerungen total durcheinander.

Der Anflug eines Lächelns huschte über das Gesicht seines Vaters. »Moskau. Ich wollte nicht dort hin, aber dort war die Macht. Ich wollte hierbleiben und noch mal für das Amt kandidieren, aber mein Vater befahl mir, nach Russland zu gehen.« Plötzlich runzelte er die Stirn, als hätte er den Faden verloren. »Ich war der Botschafter.«

»Ja, das warst du. Wir lebten viele Jahre lang in Russland.« Zack beugte sich vor. »Erinnerst du dich noch an Nata?«

Er benutzte den Spitznamen, den die Haushälterin für seine Nanny, Natalia Kuilikow, benutzt hatte. Wenn er die Augen schloss, konnte er die junge Frau vor sich sehen. Sie hatte sich um ihn gekümmert, bis er wieder in die Staaten zur Schule geschickt worden war. So erinnerte er sich lieber an sie, jung und voller Leben, nicht als die Leiche, die er vor Monaten gesehen hatte. Irgendwann war sie selbst nach Amerika gekommen und ganz in der Nähe gewesen, obwohl er es nie erfahren hatte.

»Wo bin ich?« Sein Vater sah sich blinzelnd um und versuchte sich zu orientieren.

Zack seufzte. Das war vermutlich ein hoffnungsloses Unterfangen, aber er fühlte sich dennoch verpflichtet, es wenigstens zu versuchen. Er hatte gewusst, dass das nicht leicht werden würde. »Du bist im Weißen Haus. Da, wo du immer hin wolltest.«

Vor Freude bekam er Runzeln im ganzen Gesicht. »Ich habe als Präsident kandidiert.«

Das hatte er tatsächlich. Sein Vater war in jüngeren Tagen Kongressabgeordneter gewesen und hatte nach ein paar Legislaturperioden das Weiße Haus ins Visier genommen. Kurz nach der Vorwahl in Iowa waren ihm die Mittel ausgegangen, aber er hatte seinen Botschafterposten bekommen, indem er für den Mann, der letzten Endes gesiegt hatte, die Werbetrommel rührte. Auf diesem Posten hatte er es sich bequem gemacht, dabei aber immer geschworen, dass seinem Sohn nicht derselbe Fehler unterlaufen würde.

Stattdessen hatte Zack lauter neue gemacht.

»Das hast du, aber am Ende bist du stattdessen nach Russland gegangen.«

»Warum hätte ich denn nach Russland gehen sollen? Da kenne ich doch gar keinen.« Mit gerunzelter Stirn betrachtete er seine Hände.

»Du bist nach Russland gegangen, weil du der Botschafter warst«, versuchte Zack ihm auf die Sprünge zu helfen.

»Mein Vater wollte, dass ich nach Russland gehe. Connie wollte nach England. Aber der alte Bastard hat gedroht, mir das Geld zu streichen, wenn ich nicht mache, was er sagt. Er bestand darauf, dass es mein Schicksal war. Ich will nicht nach Moskau. Ich glaube, dort passieren keine guten Dinge. Wir sollten hierbleiben. Connie und ich sollten in den Staaten bleiben, damit ich wieder kandidieren kann. Ich bilde ein Komitee und beschaffe Geld. Ich zeige es meinem Vater. Aber wir sollten nicht nach Russland gehen.«

Langsam kamen sie der Sache auf die Spur. »Warum wollte Großvater, dass du nach Russland gehst? Der englische Posten wäre doch viel angesehener gewesen.«

»Der sture Bock wollte, dass ich nach Russland gehe, dass ich mir dort einen Namen mache. In Moskau ist es kalt. Kälter als hier. Ich hasste die Kälte, aber er sagte, das sei das Beste für mich, dass es mich abhärten würde. Dann gab der Idiot, der gewonnen hatte, den englischen Posten diesem anderen Depp, und mir blieb keine Wahl.«

»Und wann bist du Nata begegnet?«

Sein Vater schüttelte den Kopf. »Warum schreit sie? Hör jetzt auf zu schreien! Du weckst noch das ganze Haus auf.«

»Wer hat geschrien?« Sein Herz schlug schneller. Sein Vater hatte nie über ihre Zeit in Moskau geredet. Nicht ein einziges Mal. Selbst als er noch völlig klar im Kopf gewesen war, war sein einziger Kommentar zu seiner Zeit dort, dass sie produktiv gewesen sei.

Sein Vater stand auf und zeigte auf etwas, das Zack nicht sehen konnte. »Du. Du Schlampe. Was hast du getan? Du hast alles kaputtgemacht.«

Die letzten Worte schrie er irgendeinem unsichtbaren Wesen ins Gesicht. Sein Vater spuckte Gift und Galle. Seine Beine zitterten, und er sah aus, als kippe er gleich vornüber.

Zack stand auf, um ihn zu stützen. »Wie hat sie alles kaputtgemacht? Mit wem sprichst du?«

Die Hände seines Vaters zitterten, und seine Augen weiteten sich, als er Zack ansah. »Warum hat sie das getan? So eine dumme Frau. *Sie* war das Problem. Ich hätte sie nie heiraten dürfen. Ich hätte jemand Klügeres, weniger Emotionales finden sollen. Sie ist der Grund, warum wir hier sind. Gott, da war noch nicht mal Blut. Es sah aus wie eine verdammte, leblose Puppe.«

»Was hat Mutter getan?« In Zacks Kehle stieg die Galle hoch, aber er zwang sie hinunter. Er wusste genau, was seine Mutter geglaubt hatte – dass sie aus Versehen ein Baby getötet hatte.

Sie dachte, sie hätte ihn getötet.

»Wer sind Sie?«

Die Spannung, die eben noch mit Händen greifbar schien, war augenblicklich verpufft. Zack spürte, wie ihm der Mut sank.

Seine Mutter hatte ein Baby erstickt. Sehr wahrscheinlich ihr eigenes Baby. Den echten Zack Hayes.

Der Pfleger kam hereingestürmt mit sorgenvoller Miene. »Mr Hayes, Sie wissen doch, dass Sie nicht aufstehen sollten. Sie können nicht länger als ein paar Minuten gehen oder stehen. Worüber haben Sie sich denn so aufgeregt?«

»Könnten Sie meinen Sohn rufen, junger Mann? Ich muss mit ihm über diese Jungs reden. Die werden ihm nichts als Ärger einhandeln. Das kann ich nicht zulassen.« Sein Vater straffte die Schultern, aber seine Beine gaben unter ihm nach und beinahe wäre er zusammengeklappt.

Der Pfleger half ihm zurück auf den Stuhl. »Mr President, er braucht jetzt Ruhe und seine Medikamente. Es war ein langer Tag.«

Dem konnte Zack nur zustimmen. Es war ein sehr langer Tag gewesen.

Kurz darauf trat er wieder in den Flur hinaus. Sein ständiger Schatten, Thomas, wartete auf ihn.

Ohne ein Wort entfernte er sich von seinem Vater. Die Sünden seiner Eltern lasteten auf ihm bei jedem Schritt. Er bog in den Flur, der in seine Privatwohnung führte, obwohl nichts in seinem Leben wirklich privat war.

Hatte Natalia Kuilikow ihren Sohn hergegeben, damit niemand merkte, dass Zachary Hayes als Baby gestorben war? War sie deshalb so freundlich zu ihm gewesen, als er klein war? Warum hatte sie ihn im Arm gehalten und in den Schlaf gewiegt, immer mit einem Lächeln? Weil sie seine leibliche Mutter war? Hatte Constance Hayes deswegen so wenig Interesse an ihm gezeigt? Verdammt, sie war ja kaum je in der Lage gewesen, ihm auch nur in die Augen zu sehen.

Was zum Teufel machte er jetzt?

Die Wahnvorstellungen seines Vaters brachten nichts Konkretes hervor. Das würde Roman sicherlich genauso sehen.

Aber wenn die Russen es auf ihn abgesehen hatte, mussten

sie irgendwelche Beweise haben. Er sollte Roman und Connor anrufen und ihnen alles sagen, was er wusste. Sie mussten einen Weg finden, um einen DNA-Test durchzuführen. Es musste irgendeinen entfernten Verwandten geben, den sie exhumieren konnten. Irgendetwas.

»Gute Nacht, Mr President«, sagte Thomas. »Ich denke, Sie werden Ms Matthews antreffen, die sich ebenfalls für den Abend zurückgezogen hat.«

Elizabeth.

Heute Abend würde er weder Roman noch sonst jemanden anrufen. Das konnte warten. Alles, was er brauchte, war hinter dieser Tür.

Er ging hinein, lockerte seine Krawatte, warf sie beiseite, und sein Jackett gleich hinterher. All seine innere Unruhe und all der aufgestaute Stress würden verpuffen, sobald er in ihr war. Er würde sie aufs Bett werfen und bis zum Morgen nicht mehr von ihr ablassen. Dann konnte er morgen mit klarem Kopf wieder von vorn loslegen.

Zack pirschte durch die Wohnung, ein hungriger Löwe, der seine Beute wittert, aber als er das Schlafzimmer erreichte, erstarrte er.

Elizabeth saß an das Kopfende gelehnt im Bett und las ein Buch. Ihr blondes Haar hatte sie auf dem Kopf aufgetürmt. Sie wirkte sanft und süß, genau da, wo sie hingehörte.

Das Bedürfnis, sich ihr einzubrennen, verflüchtigte sich, als ein anderer Wunsch an dessen Stelle trat.

Sie sah zu ihm, und ihre Augen leuchteten auf. »Hey. Ich hatte schon Angst, dass du die Nacht durcharbeitest. Ist alles in Ordnung? Na ja, so in Ordnung es sein kann, immerhin sprechen wir vom Nahen Osten.«

»Alles der ganz normale Wahnsinn«, witzelte er, als er den Rand ihrer Matratze erreichte.

Sie rappelte sich hoch und setzte sich auf die Knie, die Hände an seinen Schultern, und sah ihm prüfend ins Gesicht. »Was ist los?«

Er presste seine Stirn an ihre, suchte mit den Händen Halt an ihrer Taille und atmete ihren Duft ein. Das war es, was er jetzt brauchte, hier mit ihr allein sein. »Was würdest du sagen, wenn ich nicht Zack Hayes wäre?«

Sie schnappte nach Luft und wich gerade so weit zurück, dass sie sein Gesicht mit den Händen umschließen und in seine Augen starren konnte, als wolle sie ihn beschwören, ihr zu glauben. »Ich würde sagen, ich liebe dich.«

»Ich liebe dich, Elizabeth.«

Sie lächelte. »Ich liebe dich, egal, wer du bist. Egal, was als Nächstes kommt.«

»Und wenn ich zurücktrete?« Es war vielleicht der einfachste Weg, um zu umgehen, was auch immer die Russen planten, obwohl es zu leicht zu sein schien und womöglich genau das war, was das Syndikat wollte.

»Dann können wir nach Paris fliegen«, flüsterte sie. »Wie wir es vorhatten.«

Er küsste sie sanft. Das hier hatte nichts mit Stress und Wut abreagieren zu tun. Sondern es ging darum, etwas Neues aufzubauen. Aus dem Schatten der Vergangenheit zu treten und eine Zukunft zu schmieden.

Zack beugte sich zum Bett hinunter und begann mit dem besten Teil seines Tages.

10

Am nächsten Tag sah Sara auf die Uhr. Zwei Uhr nachmittags. Nicht dass sie andere Möglichkeiten gehabt hätte, die Uhrzeit festzustellen. Sie konnte schlecht aus dem Fenster schauen und die Position der Sonne bestimmen, denn der Bunker hatte keine Fenster. Wie viele Tage waren vergangen, seit sie das letzte Mal die Sonne gesehen hatte? Frische Luft geatmet? Allmählich nervte es sie. Sie bekam einen Bunker-Koller.

Außerdem war sie die ganze Zeit dem heißesten Mann der Welt entschieden zu nah und hatte zudem einen Ständig-seinen-Berührungen-widerstehen-müssen-Koller. Ja, auch das machte sie allmählich echt fertig.

Ein flatterndes Gefühl erregte ihre Aufmerksamkeit, und sie legte sich eine Hand auf den Bauch. Bald würde sie größere Klamotten brauchen, denn ihre Tochter wuchs zusehends. Keine Chance mehr, sich hinter großen Handtaschen oder schwarzer Kleidung zu verstecken. Die Leute würden anfangen zu reden, und sie würde Fragen beantworten müssen.

Wer ist der Vater?

Tja, Großtante Tilda, der Vater ist ein notorischer Playboy, der gestorben, aber auf magische Weise wieder von den Toten auferstanden ist, und ich habe keine Ahnung, was ich machen soll, denn ich liebe ihn … aber ich kann ihm nicht trauen.

Das würde überhaupt keine weiteren Fragen aufwerfen …

Das eigentliche Problem war, dass Mad sich nicht unauffällig im Hintergrund halten würde, selbst wenn sie ihn darum bat.

Seufzend stand sie auf und streckte den Rücken durch. Das stundenlange Brüten über historischen Aufzeichnungen, die das Leben von Zacks Familie über Generationen hinweg dokumentierten – und die vergeblichen Versuche, die Hingezogenheit zu Mad zu ignorieren –, forderten ihren Tribut.

»Soll ich dir den Rücken massieren?« Mad sah vom Küchentisch aus zu ihr herüber, wo er sich seinen eigenen Arbeitsplatz eingerichtet hatte.

Die ersten paar Tage hatte sie sich von ihm die Füße massieren lassen, aber dann hatte sie geträumt, wie er zuerst ihre Fußgewölbe massierte, wie seine großen Hände dann zu ihrer Wade und über ihre Knie wanderten. Nicht lange, und er bearbeitete ihre Oberschenkel, nur um dann weiterzugleiten zu ihrer … Jedenfalls war sie mit einem unstillbaren Verlangen aufgewacht und hatte ernsthaft darüber nachgedacht, Mad auf seiner Couch aufzusuchen und ihn wieder in ihr Bett einzuladen.

Ihn wieder in ihre Nähe zu lassen, wäre ein furchtbarer Fehler, deshalb hatte sie nach diesem Traum aufgehört, Ja zu sagen, wenn er ihr Berührungen anbot, selbst wenn er ihr nur mit einer Massage etwas Gutes tun wollte.

Wie lang würden sie hier zusammen festsitzen? Wie lang konnte sie sich am Riemen reißen? »Nein, alles gut. Ich brauche nur ein Nickerchen.«

Er starrte sie an, bevor sein Blick zu ihrem Bauch abdriftete. »Geht es dir gut? Geht es *ihr* gut?«

Seine Hände waren nicht das Einzige, das drohte, ihrer ganzen schönen Vernunftentscheidung einen Strich durch die Rechnung zu machen. In den Tagen, seit sie hier zusammen in diesem Bunker steckten, hatte er sich auf eine Weise um sie gekümmert, die sie ihm gar nicht zugetraut hätte. Er war zwar schon immer gut darin gewesen, sich bei romantischen Treffen um ihr Glück und Wohlergehen zu sorgen, aber das war vor allem damit verbunden gewesen, mit Geld um sich zu werfen. Im Bunker hingegen kümmerte er sich um alles selbst. Er half ihr beim Kochen und spülte hinterher das Geschirr ab. Er hatte sich angewöhnt, Wäsche zu waschen und aufzuräumen.

Der domestizierte Mad war für ihr Herz wesentlich gefährlicher als der Bad Boy, in den sie sich verliebt hatte. Mit diesem neuen Mad konnte sie sich vorstellen, ihr Leben zu verbringen.

»Es geht mir gut, aber den ganzen Tag diese Aufzeichnungen auszuwerten, macht mich müde. Und sie bewegt sich viel. Ich muss nur mal eine Weile die Füße hochlegen.« Sie strich sich mit der Hand über die Wölbung ihres Bauchs. »Du tobst da drin rum, nicht? Schlägst Purzelbäume, weil du meine kleine Turnerin bist.«

»Sie bewegt sich?« Mad sprang auf. Ein flehentlicher Ausdruck überzog sein Gesicht.

»Sie hat sich schon immer bewegt, aber jetzt ist sie groß genug, dass ich sie wirklich spüren kann.« Es hatte vor ein paar Wochen begonnen, ein ulkiges Flattern in ihrem Unterleib, das in den letzten Wochen stärker geworden war. Vor Kurzem hatte Sara sogar den einen oder anderen Tritt gespürt. »Nachher lese ich noch ein bisschen weiter und mache dann Abendessen.«

Sie ging in das kleine Schlafzimmer und setzte sich auf den Rand der Matratze.

Was in aller Welt würde sie machen, wenn sie und Mad endlich hier raus konnten? Irgendetwas würde bald passieren. Entweder würde Mad wieder zur Flucht gezwungen sein, oder sie würden alle frei sein. So oder so würden sie und Mad getrennt – und dann würde sie ihn von Neuem betrauern müssen.

»Ich vermisse unsere Strandspaziergänge«, sagte sie zu ihrer Tochter.

»Du sprichst mit ihr?« Mad stand in der Tür, und man sah ihm seine Neugierde an.

Er war lässig mit einer abgetragenen Jeans und einem T-Shirt bekleidet. Sara war es nicht gewohnt, ihn so leger gekleidet zu sehen. Sonst trug er immer einen Anzug, egal ob zum Arbeiten oder zum Feiern. Manchmal, wenn sie in New York waren, hatte er in einer Khaki-Hose und einem Hemd herumgegammelt. Aber in einem T-Shirt hatte sie ihn bis jetzt nur gesehen, wenn er ins Fitness-Studio ging.

Und wenn er nichts trug als eine sportliche Shorts ... Dann neckte er sie mit seinen perfekten Brust- und Bauchmuskeln. Selbst hier im Bunker versäumte er nicht, jeden Tag zu trainieren. Und weil sie auf so beengtem Raum lebten, kam sie nicht wirklich umhin, ihn zu beobachten. Oft fragte sie sich, ob ihre Augen hervortraten, wenn er die Gewichte stemmte, die Roman runtergeschickt hatte, oder Klimmzüge an der Stange im Türrahmen des Schlafzimmers machte. Es war hypnotisierend, zuzusehen, wie er sein eigenes Gewicht hochzog und langsam wieder abließ. Und erregend.

Wer hätte gedacht, dass schwanger sein sie so sexhungrig machen würde?

»Ich war lange allein, nachdem du ...« Er war ja nicht gestorben, also konnte sie es so nicht mehr nennen. »Nachdem du mir das Herz herausgerissen und deinen Tod vorgetäuscht hast, also habe ich angefangen, mit ihr zu reden. Wir haben lange Spaziergänge am Strand gemacht, und ich habe ihr von der Welt erzählt, von ihrer Familie. Jeder in den Hamptons dachte vermutlich, ich hätte den Verstand verloren.«

»Ich will auch mit ihr reden.«

»Was?«

Er zuckte mit einer Schulter. »Du kannst die ganze Zeit mit ihr sprechen. Ich will auch etwas Zeit mit ihr. Du scheinst ja fest entschlossen, dass wir kein Paar mehr werden. Sie sollte sich also daran gewöhnen, dass jeder von uns ein Teilsorgerecht hat.«

Bei der Erwähnung des Sorgerechts wurde Sara schlecht. Sie hatte an diese Realität kaum einen Gedanken verschwendet, weil Mad so lange Zeit »tot« gewesen war. Oh Gott … würden sie vor Gericht landen? Würde ihr Kind zu einem Streitgegenstand werden?

Mad ließ sich vor ihr auf die Knie sinken, und vor lauter Emotion wurde sein Blick weich. »Hey, keine Sorge. Wir regeln das schon alles, und ich verspreche dir, wir werden dazu keinen Anwalt brauchen. Ich werde niemals deswegen gegen dich kämpfen, und ich vertraue darauf, dass du mir meine Tochter nicht vorenthalten wirst.«

»Das würde ich nie tun.« Sie konnte ihn nicht aus dem Leben ihrer Tochter heraushalten, wenn er daran teilhaben wollte. Dieses Kind verdiente zwei liebende Eltern, und wenn er das sein konnte, würde sie nie zulassen, dass ihre eigenen Probleme mit ihm seiner Beziehung zu seiner Tochter im Weg standen.

Er nickte. »Ich weiß. Also mach dir keine Sorgen. Egal, was passiert, wir werden sie lieben und einander respektieren. Wir haben sie zusammen gemacht. Genauso werden wir auch zusammen für sie da sein, ob wir nun ein Paar sind oder nicht.«

Sara nickte und versuchte, ihre Emotionen niederzukämpfen. Alles, was Mad sagte, war logisch, sogar vernünftig. Natürlich würden sie das Beste aus dieser Situation machen. Aber sie würde lügen, wenn sie behauptete, dass der Gedanke, dass sie beide ihre Tochter getrennt voneinander großzogen, sie nicht traurig machte.

»Also finde ich, wir sollten gleich den Weg einschlagen, den wir gehen wollen. Ich will die gleiche Zeit mit ihr, ab jetzt.«

Was wollte er ihr damit sagen? »Du willst auch mit unserer Tochter sprechen?«

»Yep. Und ich möchte spüren, wie sie sich bewegt. Aber ich werde dich selbst dafür nicht berühren, wenn du das nicht willst.«

Sie wünschte, er würde irgendetwas sagen, was sie auf die Palme brachte, oder es irgendwie verbocken, damit sie einen guten Grund hatte, die Geduld mit ihm zu verlieren. Denn so sorgsam und charmant wie Mad gerade war, konnte sie ihm nichts abschlagen. Irgendwie war er dahintergekommen, was er tun und sagen musste, damit ihr Ärger verpuffte. »Ist schon gut. Ich lege mich hin. Sie bewegt sich viel, wenn ich stillhalte. Immer wenn ich anfange, mich zu entspannen oder wegzudösen, beschließt sie, es ist Zeit zum Spielen.«

Seine Augen leuchteten auf, und er reichte ihr die Hand, um ihr beim Hinlegen behilflich zu sein. Als sie es sich bequem gemacht hatte, stieg er neben ihr auf die Matratze, streckte die Hand aus und schien zu zögern, sie auf ihre Babykugel zu legen.

»Du wirst ihr nicht wehtun. Und ich bin auch nicht zerbrechlich.« Sie nahm seine Hand und legte sie sich auf den Bauch. »Du musst vielleicht ein bisschen warten. Genau wie ihre Mutter macht sie nichts auf Knopfdruck.«

»Ich kann mich an eine Zeit erinnern, da hast du sehr wohl auf Knopfdruck reagiert«, sagte er, und seine Stimme wurde samtweich, was sie wieder daran erinnerte, wie sexy er sein konnte. »Als wir damals bei dieser Konferenz in Toronto waren …«

»Nein.« Sie warnte ihn mit einem scharfen Blick, dass sie nicht vorhatte, in alten Erinnerungen zu schwelgen. »Ich dachte, du wolltest mit unserer Tochter sprechen, Mad, nicht mich verführen.«

Sein Ausdruck wurde ernst, und er streichelte ihren Bauch, als er es sich neben ihr gemütlich machte. »Haben wir uns schon für einen Namen entschieden, oder nenne ich sie einfach kleine Maus?«

»Wir?«

Er zuckte zusammen. »Mit *wir* meine ich dich, denn ich habe jedes Recht, dem Baby einen Namen zu geben, verwirkt, als ich … wie hast du es formuliert? Dir das Herz herausgerissen und meinen Tod vorgetäuscht habe.«

Er war definitiv lernfähig. »Sehr gut. Nein. Wir haben uns noch nicht entschieden. Darf ich fragen, welchen Namen du ausgesucht hättest, wenn du diesen ganzen Quatsch nicht gemacht hättest?«

»Hortense. Das war der Name meiner Großmutter, und ich musste ihr versprechen, ihn an meine Tochter weiterzugeben, wenn ich je eine haben sollte. Sie sagte, es gäbe weniger Probleme auf der Welt, wenn Frauen die richtigen Namen bekämen. Als würde der Name Hortense meine Tochter davon abhalten, an *Wet-T-Shirt*-Wettbewerben teilzunehmen und auf Theken zu tanzen.«

»Auf keinen Fall nennst du sie Hortense.«

»Tja, daraus wird ja nun nichts, weil ich diesen ganzen Quatsch gemacht habe. So gesehen habe ich sie damit vor einer Kindheit voller Hänseleien und Elend bewahrt.«

Sara schüttelte den Kopf über seine Argumentation. »Keine Chance. Jetzt rede mit deiner kleinen Maus.«

Für einen Moment verfiel er in Schweigen. Sie schloss die Augen, um seinem Blick zu entgehen, und versuchte, seine Nähe und seine Hand auf ihrem Bauch, dort, wo ihr gemeinsames Kind wuchs, nicht allzu sehr zu genießen.

»Hey, kleine Maus. Ich bin dein Dad. Ich weiß. Die meiste Zeit war ich weg, während du da drin ausgebrütet wurdest, und ich habe eine Menge verpasst. Aber ich habe in der Zeit jede Sekunde an jedem Tag an dich gedacht. An dich und deine Mom.« Er liebkoste ihren Bauch, und Sara versuchte, nicht gerührt zu sein. »Ich will ehrlich zu dir sein. Ich weiß nicht, wie viel ich dir bieten kann. Mein Vater war nicht gerade der beste Dad, und meine Mom hat sich mehr oder weniger durch meine Kindheit geshoppt. Deshalb habe ich die väterliche Weisheit nicht gerade mit Löffeln gefressen, aber ich werde es versuchen. Im Internet gibt es bestimmt ein Tutorial oder eine App darüber. Irgendetwas. Ich verspreche dir, ich finde es heraus.«

Sie schlug die Augen auf. »Ernsthaft?«

Er sah sie böse an. »Bitte, das ist ein persönliches Gespräch zwischen mir und meiner Tochter.«

Sie verdrehte die Augen und schloss sie dann wieder, weil es ihm ernst zu sein schien.

»Ich habe auch keine Riesenfamilie. Meine Eltern sind beide tot, und ich bin ohne Geschwister aufgewachsen. Ich hatte ein paar Freunde, die waren meine Familie. Ich kann dir Geschichten über deinen Onkel Gabe erzählen.«

Sie warf ihm einen finsteren Blick zu, denn ein paar dieser Geschichten kannte sie auch.

Mad zuckte mit Unschuldsmiene die Achseln. »Nur die jugendfreien, versteht sich.« Er wandte sich wieder ihrem Bauch zu. »Sag es nicht deiner Mom. Sie macht sich Sorgen, dass ich dich verderbe, aber durch deine Adern fließt jetzt bereits mein Blut. Ich mache mir jetzt schon Gedanken, was du als Teenager alles anstellen wirst. Es sei denn, du kommst nach deiner Mom. Dann mache ich mir bloß Gedanken, weil deine Mutter die schönste Frau der Welt ist. Sie ist umwerfend und sanft. Und sie ist so klug, ich musste mich jahrelang abrackern, damit sie mich überhaupt endlich eines Blickes würdigte.«

Das stimmte nicht. Sara hatte ihn immer wahrgenommen.

Als sie jünger war, hatte sie, wenn Gabe sagte, dass er einen Freund mit nach Hause brachte, immer gehofft, es sei Mad. Schon mit zehn Jahren war sie heftig in ihn verknallt gewesen. Er war dreizehn und bereits damals witzig und geduldig ihr gegenüber gewesen. Jedes Mal, wenn er ihr unter die Augen kam, hatte sie einen tiefen Seufzer ausgestoßen.

Als sie sechzehn wurde, begann er, sie als Frau wahrzunehmen. Natürlich hatte sich sein Ruf zu der Zeit schon gefestigt. Und sie war klug genug gewesen, um zu wissen, dass er ihr das Herz brechen konnte.

Und so war es auch gekommen.

»Sie ist die einzige Frau, die ich je geliebt habe, die einzige, zu der ich je *Ich liebe dich* gesagt habe. Aber das wird sich jetzt ändern, denn ich liebe dich, kleine Maus. Ihr seid die einzigen beiden Frauen, zu denen ich diese drei Worte jemals sagen werde. Ich liebe euch, und ich werde alles für euch tun, was ich kann. Versprochen.«

Ihre Tochter machte eine flatternde Bewegung, und Mads Augen weiteten sich vor Überraschung.

Sara musste lächeln. »Das ist sie. Sie hört dich.«

Er antwortete, indem er ihren Bauch streichelte. »Ich höre dich auch, kleine Maus.«

Dann lächelte Mad, als sei er rundum glücklich. Obwohl er als der berüchtigtste Playboy der Welt bekannt war, schien er vollkommen zufrieden, einfach hier zu liegen und mit seinem ungeborenen Kind zu reden.

Als der Klang seiner Stimme sie langsam in den Schlaf lullte, merkte Sara, dass sie auch glücklich war.

Zack schüttelte dem Reporter und dem Fotografen die Hände, erleichtert, dass er die Sache ohne zu großes Aufhebens über die Bühne gebracht hatte.

»Danke, dass Sie so flexibel sind, Mr President. Und dass Sie sich die Zeit genommen haben.« Der Fotograf hängte sich seine Tasche über die Schulter.

»Kein Problem«, antwortete Zack, während Elizabeth, die ganz in der Nähe stand, dem Reporter ein anmutiges Lächeln schenkte und ihm die Hand gab.

Der China Room war von beinahe goldenem Sonnenlicht durchflutet. Es verlieh Elizabeth geradezu einen Heiligenschein. Sie sah ausgesprochen hübsch aus, wie sie da stand. Hätte diese Publicity-Veranstaltung ein paar Monate später stattgefunden, wäre sie mit ihm fotografiert worden und hätte das elegante Porzellan-Dessin, das neu ausgesucht worden war, selbst in die Kamera gehalten. Natürlich hatte sie es ausgewählt, aber sie war nicht die First Lady, also war er gezwungen, allein neben dem Gedeck zu stehen, während die Presse es für die Nachwelt dokumentierte und Elizabeth sich im Hintergrund hielt, alles sorgfältig arrangierte und dafür sorgte, dass diese Pflicht für ihn so reibungslos wie möglich verlief, so wie sie es schon seit Jahren tat.

Als der Reporter und der Fotograf mit ihrem Gefolge abzogen, dachte er an den Berg Arbeit, der im Oval Office auf ihn wartete. Elizabeth hatte vermutlich ihren eigenen Mount Everest an Papierkram und E-Mails auf ihrem Schreibtisch im Pressebüro. Aber er wollte verdammt noch mal den Nachmittag nicht getrennt von ihr verbringen.

Mad hatte so ein Glück. Ja, natürlich machte Sara es ihm nicht gerade leicht, aber zumindest konnte er jede Minute mit der Frau verbringen, die er liebte. Niemand zwang ihn, unzählige Stunden getrennt von ihr auszuharren, um sich die Beschwerden von Kongressabgeordneten und das Gebell von Senatoren anzuhören. Mad brauchte nicht bis nach Einbruch der Dunkelheit zu warten, um sie in seinen Armen zu halten.

Und er selbst sollte das auch nicht müssen.

Zack trat zu Elizabeth und lächelte, jetzt, da sie allein waren. »Was hast du so vor den Rest des Tages?«

»Ich muss mich auf das Briefing morgen vorbereiten. Ich habe eine Woche lang keins mehr gemacht, und der Pressepool des Weißen Hauses fängt bereits an zu kreisen wie hungrige Haie.« Sie sah sich um und vergewisserte sich, dass sie, abgesehen von Thomas, allein waren. »Ich habe auch ein bisschen die Fühler ausgestreckt, um einzugrenzen, wem wir das Interview mit Roman und Gus anvertrauen können. Die *Times* hat die Story heute aufgegriffen. Morgen wird sie überall im Frühstücksfernsehen sein.«

»Ich weiß. Aber wir sind vorbereitet.«

»Ich fürchte nicht. Ich mache mir Sorgen, dass Paul Harding mit seiner eigenen Version an die Presse geht.«

Sie hatte Pauls Drohungen erwähnt, aber Zack machte sich deswegen keine großen Sorgen. Ihm fiel nichts ein, was Paul sagen konnte, worüber nicht bereits spekuliert worden war, und für den Notfall hatten sie außerdem ein paar hervorragende Ablenkungsmanöver. Dass er und Elizabeth zusammen waren, würde sämtliche Schlagzeilen beherrschen, wenn sie sich dazu entschlossen, aus dem Schatten zu treten.

Und zu gegebener Zeit würde die Auferstehung von Maddox Crawford für einen solchen Wirbel sorgen, dass die Medien für eine lange Zeit von nichts anderem bestimmt sein würden. Sie hatten Zeit und Ressourcen, mit Paul klarzukommen.

Er nahm Elizabeths Hand und zog sie Richtung Flur. »Lass uns heute in der Wohnung essen.«

Weil er sie auf den Tisch legen und vernaschen wollte.

»Zack, du nimmst das nicht ernst genug.« Ihre Absätze klapperten über den Fußboden, während sie versuchte, mit ihm Schritt zu halten. »Er war richtig verärgert. Ich glaube, er meinte alle seine Drohungen ernst. Er war eine Weile aus dem Spiel, aber er hat immer noch Verbindungen. Und die wird er gegen uns verwenden, wenn wir die Sache verkehrt angehen.«

Na schön. Sie wollte reden? Kein Problem. Er blieb mitten im China Room stehen, riss sie an sich und genoss, wie sich ihre Brüste an seinen Brustkorb drückten. »Wir halten uns an deinen Plan.«

Sie war etwas außer Atem, als sie zu ihm aufsah. »Und ich finde, es ist immer noch ein guter Plan, aber ich hätte nicht damit gerechnet, dass Joys Vater uns dermaßen einen Strich durch die Rechnung macht. Ich mache mir Sorgen, was er vorhat.«

Er strich ihr das Haar zurück und beugte sich vor, um sie auf die Stirn zu küssen. »Hör auf, dir Sorgen zu machen. Wir halten uns an deinen Plan, und alles wird gut. Wir sind so gut wie kugelsicher. Noch ein paar Schritte, und sie können uns nichts mehr anhaben.«

Elizabeth schüttelte den Kopf. »Sei nicht so anmaßend. Sie können dich immer noch angreifen, weil du den FAA-Bericht eingestellt hast. Und Gabe auch.«

»Ach, aber wenn, dann haben wir doch das beste Beweisstück überhaupt. Gabe kann Mad nicht umgebracht haben und ich kann ihn nicht gedeckt haben, weil Mad nicht tot ist. Siehst du, bald werden sie absolut keine Geheimnisse mehr haben, mit denen sie mich erpressen können.« Nichts … außer seiner Identität.

Aber darüber konnte er jetzt nicht nachdenken.

»Mr President, gleich kommt hier eine private Führung durch«, kündigte Thomas an und deutete Richtung Flur.

Verdammt. Eigentlich war das Weiße Haus heute für Besichtigungen geschlossen, aber offenbar hatte irgendjemand, wahrscheinlich ein hohes Tier, eine private Tour angesetzt. Das kam so selten vor, dass es reines Pech war, dass ausgerechnet jetzt eine vorbeikam.

Aber wenn Zack Elizabeth daraufhin gehen ließ, würde er sie vor dem Abend nicht mehr zu Gesicht bekommen. Und das passte ihm überhaupt nicht.

Er sah sich im Raum um und fand, was er gesucht hatte – eine Tür. »Danke für den Hinweis, Thomas. Wir brauchen nur ein paar Minuten.«

»Zack?« Elizabeth klang verdutzt, als er sie in den Wandschrank zerrte. Es war perfekt. Dunkel und ruhig und jede Menge Platz. »Was machst du da?«

»Ich war den ganzen Tag ein braver Junge und habe alles gemacht, worum du mich gebeten hast. Küss mich.« Er tastete an der Wand nach dem Lichtschalter und knipste ihn an. Er wollte sie sehen.

Sie hatte die Augen weit aufgerissen. »Du willst, dass ich dich küsse? Hier?«

»Ich bin der Präsident der Vereinigten Staaten, und das hier ist mein Haus. Ich sollte es viel öfter und gründlicher erkunden. Das hier ist ein sehr hübscher Wandschrank, findest du nicht? Jetzt küss mich.«

»Du weißt, wo das normalerweise hinführt.«

Gott, er hoffte es.

Zack schenkte ihr ein gewinnendes Lächeln. Elizabeth verdrehte die Augen, aber er erkannte genau den Zeitpunkt, als sie beschloss, zu kapitulieren. In einem Moment war sie noch steif, und im nächsten ging sie auf die Zehenspitzen und berührte leicht seine Lippen mit ihren.

Sein ganzer Körper wurde hart und glühte. Jeder seiner Sinne konzentrierte sich einzig und allein auf sie. Der Rest der Welt wurde ausgeblendet, und zurück blieb nur noch der beste Teil davon.

Er tauchte mit den Händen in die Seidigkeit ihres Haars ein und ließ sich von ihr küssen, wie er es sich immer erträumt hatte. Er verschlang sie geradezu. Egal, wie oft er Elizabeth besaß, er wollte immer noch mehr. Dieses Begehren war das, was seine Freunde jedes Mal innehalten ließ, egal, was sie gerade machten, wenn ihre Frauen den Raum betraten. Das war wahre Leidenschaft. Er fühlte sich jung, vital und lebendig, vielleicht zum ersten Mal in seinem Leben.

Er glitt mit den Händen Elizabeths Kurven entlang und verfluchte den Stoff dazwischen, musste sich aber damit abfinden.

»Zack, wenn wir das tun wollen, sollten wir in dein Zimmer gehen«, flüsterte sie.

»Keine Zeit.« Er wollte sie zu sehr, um noch aufhören zu können.

»Aber hier kommt gleich eine Führung durch.«

»Dann musst du eben ganz leise sein. Ich weiß, wie schwer es dir fällt, beim Orgasmus nicht meinen Namen zu schreien, aber du wirst wohl einen Weg finden müssen, still zu bleiben, wenn ich dich zum Kommen bringe.«

»Zack …«

Er erstickte jeglichen Protest mit einem langen, innigen Kuss. Er ließ ihre Zungen miteinander spielen. Sie erwiderte seinen Kuss, und ihre Hände spreizten sich auf seinem Rücken. Hätte er keine Anzugsjacke getragen, hätte er ihre Fingernägel in seiner Haut gespürt.

Wenn Elizabeth in Fahrt kam, hielt sie sich nicht mehr zurück. An dem Morgen, nachdem sie sich zum ersten Mal geliebt hatten, war sie entsetzt gewesen, dass sie Spuren an ihm hinterlassen hatte, aber er hatte es genossen, den ganzen Tag die leichten Kratzer zu spüren, die ihre Nägel ihm zugefügt hatten. Jeder kleine Schmerz erinnerte ihn daran, dass er der

Mann war, der sie dazu getrieben hatte, ihre übliche Vernunft und Schicklichkeit in den Wind zu schlagen. Er und niemand anderes.

Der Wandschrank, in dem sie sich in diesem Moment befanden, war tatsächlich eher ein kleiner Arbeitsraum. Wahrscheinlich lagerte hier das Porzellan, das gerade nicht ausgestellt wurde. Es stand ein hübscher, massiver Tisch darin, der die perfekte Höhe besaß. Er hob sie hoch und zog ihren Körper an seinen. Mit zwei Schritten setzte er sie genau da ab, wo er sie haben wollte, denn er wusste, wie er sie auf schnellstem Wege so richtig heiß machen konnte.

»Was soll – «

»Wir haben jetzt einen ganz besonderen Teil des Weißen Hauses erreicht«, sagte eine Frauenstimme, die bewies, dass diese Tür zu der Kammer alles andere als schalldicht war.

Elizabeth schnappte nach Luft, als er ihr mit einem schelmischen Grinsen den Rock hochschob.

»Leise«, flüsterte er an ihren Lippen. »Du darfst keinen Mucks von dir geben – kein Keuchen, kein Wimmern, kein Stöhnen –, sonst werden sie sich fragen, was hier drin los ist. Oder willst du diesen Leuten etwa eine echte Backstage-Tour vom Weißen Haus bieten?«

»Nein.« Sie atmete aus, und im matten Licht sah er ihre Augen hitzig aufflackern.

Zack hakte die Finger unter den Rand ihres Spitzenslips. »Heb den Po für mich.«

Sie tat wie ihr befohlen, damit er ihr das Höschen herunterziehen konnte. Er streichelte die seidig glatte Haut ihrer langen, wohlgeformten Beine. Er liebte es, jeden Quadratzentimeter davon zu küssen, während er sich zu seinem Lieblingsteil ihres Körpers hocharbeitete.

Die Tourführerin redete gerade über Lincolns Porzellanmuster, aber Zack war es vollkommen egal, was außerhalb dieses kleinen Raums geschah.

»Ich könnte denen verraten, was das wahre, geheime Juwel dieses Raums ist.« Er ließ sich auf die Knie nieder und spreizte ihre Beine. Der Duft ihrer Erregung war bereits deutlich, und er wurde so hart, dass es schmerzte. »Es gibt eine Sache, für die der Präsident alles tun würde. Das sollten wir uns mal näher ansehen. Habe ich schon erwähnt, wie sehr mir diese Schuhe gefallen?«

Sie trug heute lila Stilettos, die ihre Beine länger wirken ließen. Irgendwie fand er die spitzen Zehen total erregend, ohne dass er hätte erklären können, warum.

»Ich bin froh, dass Sie mich akzeptabel finden, Mr President.«

Er konnte sie kaum hören, aber ihre Worte jagten ihm einen Schauer über den Rücken. »Das Spiel willst du also spielen, hm? Na gut. Du bist mehr als akzeptabel. Du bist umwerfend. Hast du überhaupt eine Ahnung, was diese verdammten Schuhe bei mir auslösen? Weißt du, wie gern ich sie ohne alles sehen würde?«

»Ich trage sie nicht für dich, sondern für mich. Damit fühle ich mich stark.«

Er musste mal was klarstellen. Na ja, zuerst musste er ihre Knie küssen und sich mit seinen Lippen ihre Oberschenkel hinaufarbeiten, denn der würzige Duft ihrer Erregung lockte ihn genau dorthin. »Du brauchst kein Paar Schuhe, um stark zu sein. Du bist unglaublich klug, du hast einen stählernen Willen, und du bist genauso atemberaubend, wie ich es mir immer erträumt hatte. Hast du eine Ahnung, wie viele Nächte ich wach gelegen und an dich gedacht habe, so wie du jetzt gerade bist? Die Nächte sind geschenkt. Sogar die Tage habe ich auf diese Weise verbracht. Es kann einen ganz schön ablenken, wenn man sich gerade bei einem Treffen mit dem britischen Premierminister befindet und du in den Raum kommst. Ich will das nicht länger nur in meiner Fantasie. Ich will dich haben, wann immer ich will. Wenn ich dich mitten in einem Meeting haben will, sollte ich aufstehen und den nächstbesten Raum suchen. Ich würde dich vor mir ausstrecken und dich erst wieder weglassen, wenn ich befriedigt bin. Dann wäre ich vielleicht wieder für eine Weile in der Lage, klar zu denken. Du machst meine ganze Konzentration kaputt.«

Weil sie so verdammt weich und perfekt war, und alles andere auf der Welt nicht ansatzweise dieselben Gefühle in ihm wecken konnte. Mit Elizabeth brauchte er sich nicht die ganze Zeit unter Kontrolle zu haben. Er brauchte kein neutrales Gesicht aufzusetzen und Kompromisse einzugehen. Sie war der einzige Ort, wo er einfach nur Zack Hayes sein konnte.

Würde er sie am Ende mit zu Fall bringen?

»Bitte, Zack.« Ihre leise Bitte riss ihn aus diesem düsteren Gedanken, und er schob ihn zugunsten der anstehenden Aufgaben beiseite. Er hatte richtig gelegen: Der Tisch hatte die perfekte Höhe. Er brauchte sich bloß vorzulehnen, um genau dort zu landen, wo er hin wollte. Er atmete heiß auf ihre Pussy.

»Oh mein Gott«, stöhnte sie.

»Ist alles in Ordnung?« Die Fremdenführerin blickte sich vermutlich gerade verwirrt unter der Besuchergruppe um. Dann war ihr Lachen zu hören. »Ich weiß, das ist alles sehr aufregend, aber halten Sie sich bitte ein bisschen zurück, damit mich alle hören können. Wenn Sie nach links schauen, sehen Sie das reizende Dessin, das für die Hayes-Administration bestellt wurde. Wie Sie sehen, hat der Präsident einen ausgezeichneten Geschmack.«

»Das stimmt.« Er raunte die Worte dicht an ihren Schamlippen, kurz bevor er mit der Zunge über ihre Klitoris fuhr.

Das war die wahre Perle seines Weißen Hauses. Das, was ihn jeden Morgen aufstehen ließ. Elizabeth war der Grund, warum er nun glücklich aufwachte und bereit war, sich dem stressigsten Job auf dem Planeten zu widmen. Sie erdete ihn. Ihm ging es längst nicht mehr um das Streben nach Macht. Er wollte der Mann sein, zu dem sie aufblickte, den sie brauchte und dem sie vertraute.

Er leckte sie und liebte es, wie sie schmeckte, wie bereitwillig sie darauf ansprang. Sie war bereits feucht gewesen, bevor er sie überhaupt berührt hatte, als könnte sie sein Verlangen in seiner Stimme hören und reagierte darauf, indem sie sich für seine Lust bereit machte.

Er wich leicht zurück, neckte sie aber mit seinem Daumen, indem er sanfte Kreise um ihren Kitzler beschrieb. »Willst du mehr, Elizabeth?«

»Das weißt du genau. Ich will alles.« Sie lehnte sich zurück, stützte sich mit den Händen auf dem Tisch auf und gewährte ihm den vollen Zugang zu ihrem Körper.

Elizabeth war das perfekte erotische Bild zügelloser Begierde.

Zack sprang auf, denn auch er wollte alles. Jetzt. Er hielt es nicht länger als ein paar Stunden ohne sie aus. Er hatte sich immer als stark betrachtet, aber sein Begehren nach ihr machte ihn verdammt schwach …

Seine Finger zitterten, als er seine Gürtelschnalle öffnete und dann kurzen Prozess mit seinem Reißverschluss machte. Neuerdings hatte er Übung darin. Ohne viel Zeit zu verschwenden, schob er Hose und Boxershorts hinunter und zuckte nicht mal zusammen, als die Schnalle auf den Boden knallte. Es war ihm egal, ob alle draußen es gehört hatten, solange sie keiner störte.

Elizabeth hatte den Kopf gehoben, und ihre Augen glänzten

im dämmerigen Licht, als sie sich von dem Tisch löste und in eine andere Position brachte. »Noch nicht. Erst wollen wir mal sehen, wie leise du sein kannst.«

Ihr herausfordernder Blick zwang ihn, ein Stöhnen zu unterdrücken, als sie sich auf die Knie niederließ, den Rock noch bis über die Hüften hochgeschoben.

Er liebte es, wenn sie ihre Damenhaftigkeit verlor, wenn sie heiß wurde. Im Bett war Elizabeth nie höflich. Sie forderte ihr Vergnügen ein und gab es ihm zehnfach zurück.

Als sie ihre schlanken Finger um seinen Schwanz legte und ihr Griff enger wurde, schloss er die Augen und erstickte ein Stöhnen.

»Gar nicht so einfach, was?«, flüsterte sie, bevor ihre talentierte Zunge über seine Schwanzspitze glitt.

»Nein.« Überhaupt nicht einfach, denn er wollte am liebsten aufschreien. Vor Erregung wurde ihm ganz schwindelig, und eine Hitze brannte auf seiner Haut, als er hinunterstarrte, wo seine Erektion zwischen ihren Lippen verschwand. Ihre Hand bearbeitete den Schaft, während sie mit der Zunge über seine Eichel fuhr und er fast den Verstand verlor.

Sein ganzer Körper war angespannt, kurz davor, zu explodieren, aber er hielt an seiner Willenskraft fest, weil er wollte, dass das hier so lange dauerte, wie er es schaffte. Es würden Stunden vergehen, bis er sie wieder im Arm halten konnte. Trotzdem konnte er es nicht lassen, die Hände in ihrem Haar zu versenken und sie zu zwingen, ihn noch etwas tiefer zu nehmen.

Verdammt, sie war eine betörende Sirene.

»Ich kann leise sein, Baby«, versprach er. »Aber die Wahrheit ist: Es ist mir egal, wer alles weiß, was wir hier machen. Ich habe diese wunderbare, intelligente Frau, die immer hinter mir steht, wenn ich einen Fehler mache, und alles wieder in Ordnung bringt. Was meinst du, wie würde sie es wieder geradebiegen, wenn man mich mitten an einem Arbeitstag im Porzellanschrank antreffen würde? Ich denke, jeder, der dich sieht, würde es verstehen.«

In ihren Augen blitzte es auf, aber er versank noch tiefer in ihrem Mund und ließ den Kopf in den Nacken fallen, als ihn die Ekstase übermannte.

Das war eine hervorragende Möglichkeit, jeden Widerspruch im Keim zu ersticken.

Er schloss die Augen und ergab sich ganz dem Augenblick. In der Vergangenheit hatte er sich manchmal Sorgen gemacht, dass er etwas versäumte. Er hatte sich nicht wie Mad und Gabe durch die Hälfte der weiblichen Bevölkerung gevögelt. Und nicht mit derselben Freiheit die Welt gesehen wie Dax und Connor. Er hatte immer diszipliniert sein und all seine Wünsche im Zaum halten müssen. Manchmal hatte er seine Freunde dafür gehasst, dass sie die persönliche Freiheit besaßen, die ihm verwehrt blieb, aber letztendlich war es jedes einzelne Opfer wert gewesen, denn nichts auf der Welt würde sich je so gut anfühlen wie die Tatsache, dass diese Frau sich ihm nun ganz und gar hingab.

Gerade als er dachte, dass es keine Steigerung dieses Wohlgefühls mehr geben konnte, griff Elizabeth nach seinen Eiern und wog sie in der Wärme ihrer kleinen Hand.

Großer Gott, er hielt es keine Sekunde mehr aus. Wenn sie noch einmal heftig saugte, würde er nicht mehr an sich halten können, und er wollte nicht in ihrem Mund kommen. Er wollte tief in ihr sein. Eins mit ihr.

Er zog leicht an ihrem Haar, während er die Führerin etwas über das Privileg sagen hörte, dass heute der Secret Service zugegen sei.

»Für gewöhnlich sichern die Agenten den China Room nicht

ab«, sagte sie. »Normalerweise bleiben sie dicht beim Präsidenten, das ist also ein besonderes Privileg für Sie.«

Elizabeth biss sich auf die Lippe, um nicht loszulachen, während er sie hochzog, wieder auf dem Tisch platzierte und sich zwischen ihre Beine schob. Sollte die Besuchergruppe ruhig ihren Spaß haben. Das würden sie jetzt auch.

»Ich habe auch ein besonderes Privileg für dich.« Er packte ihre knackigen Pobacken und begann, in sie einzudringen. Es spielte keine Rolle, wie oft er mit Elizabeth schlief, es war jedes Mal eine Offenbarung. Sie war immer eng, heiß und geradezu perfekt.

Und es fühlte sich immer an, als käme er nach Hause.

Elizabeth sah zur Tür, plötzlich wieder zögernd und ängstlich.

Das ließ er nicht zu. »Du lässt deine Aufmerksamkeit bei mir. Nichts ist wichtig, nur wir.«

Ihre Augen wurden weicher und nahmen jenen Blick an, bei dem er sich jedes Mal fühlte, als wäre er drei Meter groß. »Wir.«

Er stieß in sie und hielt sie fest, während er seinen Mund auf ihren presste. Er wollte keinen Millimeter zwischen sich und ihr. Stattdessen bewegte sich nicht nur sein Schwanz, sondern auch seine Zunge immer wieder hinein und hinaus.

Elizabeth schlang die Arme um ihn. Schon spürte er wieder ihre Nägel, während sich ihre Erregung ins Unermessliche steigerte. Ihr Atemrhythmus beschleunigte sich, ein süßer Klang, der ihn sein Leben lang verfolgen würde.

Er drückte sie an sich, als sie sich anspannte, ehe sie ihn mit ihrem ganzen Körper umklammerte. Ihre Finger bohrten sich in sein Fleisch, und sie entlud sich ihrer Lust.

Dann war er an der Reihe. Er konzentrierte sich nur auf sie. So war es mit Elizabeth jedes Mal. Sein Herz raste, sein Blut pumpte zischend durch seine Adern, während seine Erregung anstieg … Dann spürte er, wie der Orgasmus ihn überrollte und seinen Körper mit Energie und Ekstase durchflutete. Aber am Ende ging es nur um sie. In diesem einen Moment war er mit ihr so verbunden, wie es nur irgend möglich war. Als er sich in ihren Körper ergoss, wusste Zack: Er war nicht allein. So lange er sie hatte, würde er niemals allein sein.

Während er in sie stieß, war ihm sehr bewusst, dass der Tisch unter der Wucht seiner Stöße wackelte. Ein gehauchtes Stöhnen entwich ihren Lippen, aber sie war schon zu weit, als dass es ihr etwas ausgemacht hätte. Sie bewegte die Hüften, als versuche sie verzweifelt, die letzten Sekunden ihrer Verbindung mit ihm auszukosten.

Kurz darauf sackte er heftig atmend gegen sie, blieb einen langen, beruhigenden Moment an sie gelehnt und lauschte, wie ihre Atmung und ihr Herzschlag sich allmählich wieder normalisierten.

»Ich weiß auch nicht. Vielleicht wird da in dem Raum irgendwas Schweres bewegt. Wenn Sie mir nun bitte hier entlang folgen möchten, dann zeige ich Ihnen die Bibliothek. Dort gibt es ein paar sehr interessante Gegenstände zu besprechen.« Die Stimme der Führerin wurde leiser.

»Das war knapp«, murmelte Liz und strich mit den Händen sein Haar zurück.

Er küsste sie wieder. »Nein. Thomas hätte sie nie reingelassen. Versprochen.«

Sie zuckte zusammen, als er sich aus ihr zurückzog und einen Schritt nach hinten machte. »Ich kann mich immer noch nicht daran gewöhnen, dass Thomas vor der Tür steht.«

»Er steht aber immer draußen vor der Tür, Schatz.« Er zog sich schnell die Hose an, bevor sie ihn erneut verführen konnte. »Jetzt geh wieder an die Arbeit. Oder haben Sie etwa keine Verpflichtungen, Ms Matthews?«

Sie kniff die Augen zusammen, als sie vom Tisch sprang und ihren Rock wieder herunterzog. »Sie meinen, außer zu duschen und einen neuen Slip zu organisieren?«

Sie war so reizend, wenn sie sich aufregte.

Er beugte sich vor und küsste sie auf den Nasenrücken. »Tu das. Hey, vielleicht sollte ich mitkommen.«

Sie legte ihm die Hand auf die Brust und schob ihn lachend weg. »Du hast einen Termin mit Roman. Wir sehen uns heute Abend.«

Sie öffnete die Tür und steckte den Kopf raus.

»Die Luft ist rein, Ms Matthews. Na ja, fast«, sagte Thomas.

»Was in drei Teufels Namen?« Roman. Sein Stabschef war ihn suchen gekommen.

Nicht, dass er Roman nicht auch schon in kompromittierenden Situationen angetroffen hatte.

»Sorry. Zack und ich, ähm … mussten etwas unter vier Augen besprechen«, stammelte sie. »Ich bin in meinem Büro, falls mich jemand braucht.«

Zack sah ihr hinterher, als sie förmlich die Flucht ergriff.

»Ernsthaft, Zack? Im China Room?« Roman stemmte die Hände in die Hüften und starrte Zack böse an. »Ist dir denn gar nichts heilig?«

»Es ist mein Haus.«

»Es ist das Haus des Volkes.«

Zack zuckte die Achseln. »Aber ich lebe darin, und das bedeutet, dass ich hier auch meinen Spaß haben darf. Ich versichere dir, dass schon vorher Präsidenten Sex im Weißen Haus hatten. Sehr viel Sex. Wesentlich mehr als ich.«

»Schön, aber jetzt bringst du das erst mal in Ordnung. Sie hat nämlich eine Kleinigkeit vergessen. Vielleicht nimmst du das besser mit, sonst wird sich das Personal wundern, wer hier war.« Roman deutete auf etwas hinter ihm.

Ein kleiner Streifen Spitze lag auf dem Boden. Zack bückte sich und steckte ihren Slip in die Hosentasche. Er grinste, denn er fühlte sich jetzt leichter als zuvor. Voller Tatendrang, den restlichen Arbeitstag anzugehen.

»Danke fürs Retten.« Er sah seinen Stabschef an, der immer noch finster dreinblickte. »Also, was sitzt bei dir heute Nachmittag quer, und warum hat Gus sich noch nicht darum gekümmert?«

Roman funkelte ihn böse an. »Ich weiß nicht, ob ich den neuen Zack mag.«

Er zuckte mit den Schultern. Es war auch gut zu wissen, dass er seinen ältesten Freund noch von Zeit zu Zeit schockieren konnte. »Gewöhn dich dran. Kommst du mit?«

Zack ging los, und Roman passte sich seinem Schritt an. »Ich muss mit dir reden.«

»Du musst dauernd mit mir reden. Wir arbeiten zusammen.«

»Zack, ich meine es ernst. Ich war im Bunker und habe mit Mad gesprochen. Er und Sara haben Verbindungen aufgetan, die dein Großvater zu ein paar interessanten Leuten hatte.«

Und in null Komma nichts war seine gute Laune verflogen. »Zum Syndikat?«

Roman presste die Lippen zusammen. »Du weißt, dass dein Großvater im Senat eines Bundesstaats angefangen hat.«

Natürlich. »Am Anfang hat er sich in Little Odessa aufstellen lassen.« Die kleine Gemeinde war auch als Brighton Beach bekannt. Es lebten dort vor allem Arbeiter. Die Familie seines Großvaters hatte darauf gesetzt, dass es auf diesem Weg am einfachsten war, in die Staatspolitik vorzudringen, denn immerhin hatten sie russische Vorfahren. »Das ist ja nichts Neues.«

»Nein, aber Mad hat Aufzeichnungen zu Wahlkampfspenden gefunden.«

»Gott, sag, dass es nicht jemand von Krylovs Vorgängern war.«

»Ich wünschte, das könnte ich«, erwiderte Roman. »Im Moment ist es nur ein Verdacht. Aber es könnte bedeuten, dass das Syndikat schon lange Zeit Druck auf deine Familie ausübt. Das würde auch erklären, warum dein Großvater wollte, dass dein Vater den Posten in Moskau annimmt statt den in Großbritannien.«

Er hatte Roman alles von der Unterhaltung mit seinem Vater erzählt. Sie hatten sich akribisch jedes Detail notiert. Wenn auch nicht akribisch genug für seinen Stabschef, der sich aufgeregt hatte, dass Zack nicht zuerst zu ihm gekommen war. Roman würde sich noch viel mehr aufregen, wenn er wüsste, dass er Elizabeth bereits von dem Gespräch erzählt hatte. Nachdem sie miteinander geschlafen hatten, hatte er sie im Arm gehalten und sich alles von der Seele geredet, was zwischen ihm und seinem Vater vorgefallen war. Er gestand ihr, wie besorgt er war. Sie hatte ihren Kopf auf seine Brust gelegt und ihm versprochen, dass sie bei ihm war, was auch immer passierte.

Er hatte in jener Nacht sogar geschlafen. Er war richtig überrascht gewesen, als er die Augen aufschlug, weil der Wecker klingelte, und er sich ausgeruht fühlte.

»Zack, es hat sich nichts geändert, verstehst du?«, sagte Roman leise. »Ich spiele nur ungern den Bösen, aber wir haben immer noch keine Ahnung, ob Liz nicht etwas mit der Sache zu tun hat. Sie hat gestern Abend mit Gus darüber gesprochen, unser Interview abzublasen und die Geschichte zu leugnen.«

»Weil sie sich Sorgen macht wegen der Drohungen von Paul Harding.«

»Oder sie hat neue Befehle erhalten.«

»Warum sollte sie sich so einen perfekten Plan ausgedacht haben, wie wir mit den Drohungen gegen mich umgehen, wenn sie mit dem Feind zusammenarbeitet?« Er hatte langsam die Nase voll von Romans ständigen Verdächtigungen. »Du hast dem Plan doch zugestimmt. Du fandest ihn brillant.«

»Ja«, bestätigte Roman. »Er war brillant, und außerdem eine hervorragende Methode, jeglichen Verdacht auszuräumen, dass sie gegen uns arbeiten könnte. Wie lang war sie mit Paul allein?«

Ging das schon wieder los! »Keine Ahnung. Ich weiß nur, dass das, was er gesagt hat, sie sehr aufgebracht hat.«

»Hat noch irgendjemand diese Unterhaltung gesehen oder mitangehört?«

»Natürlich nicht. Paul ist zu gerissen, um mich vor versammelter Mannschaft zu bedrohen. Außerdem war er bereits in ihrem Büro, als sie kam.«

»Er war so ungezwungen, dass er einfach in ihr Büro spaziert ist? Schließt sie es denn nicht ab? Das ist ja interessant. Sie hat eine Menge sensibles Material da drin.« Romans Stimme wand sich durch Zacks Kopf wie eine Klapperschlange.

Es mussten auch den ganzen Tag jede Menge Leute in ihrem Büro ein- und ausgehen können, weil sie Sachen daraus brauchten. Sie war doch nicht dumm. Sie würde sensibles Material nicht einfach offen herumliegen lassen und ihren Laptop sperren. »Ich würde aber auch nicht wollen, dass Paul herumsteht und sich mit dem Personal des Pressebüros unterhält. Ich finde es in Ordnung, dass er in ihrem Büro auf sie gewartet hat. Ja, ich habe dich gehört. Du traust ihr nicht und wünschtest, ich würde mich auf meinen Job konzentrieren. Das hast du ja nun überdeutlich gemacht, Roman. Langsam wird es langweilig.«

»Denkst du, es macht mir Spaß, dich runterzuziehen? Ich hab dir doch gesagt, ich spiele nicht gern den Bösen, aber verdammt, du bist nicht irgendein Kaufmann, der vielleicht ein paar Mäuse verliert, wenn deine Freundin versucht, dir deine

Kundenkontakte abspenstig zu machen. Du bist der Präsident, und das ganze Land verliert, wenn du nicht wachsam bist.«

Er drehte sich zu seinem Freund. »Glaubst du, ich weiß das nicht?«

»Ich befürchte, dass du abgelenkt bist, Mr President.«

Ärger machte sich in ihm breit, eine Wut, die er kaum in Schach halten konnte. Sein ganzes Leben lang hatte er auf ein kleines bisschen verdammtes Glück gewartet. Und jetzt, wo er es endlich gefunden hatte, musste Roman sich in den Kopf setzen, es ihm madig zu machen. Aber Zack hielt sich zurück. Gerade so. Stattdessen holte er tief Luft und strich sich den Anzug glatt, weil ihm sehr wohl bewusst war, dass der Flur nicht der passende Ort war, um diesen Streit auszutragen.

Im Moment gab es sowieso keinen guten Ort dafür. Er brauchte Raum für sich. »Dann mache ich mich mal wieder an die Arbeit.«

Roman seufzte. »Können wir reden? Lass uns das beim Lunch besprechen.«

Damit sein bester Freund Elizabeth noch ein bisschen durch den Dreck ziehen konnte? »Ich passe. Außerdem wurde ich kürzlich darauf hingewiesen, dass ich nicht genug arbeite. Wir sehen uns heute Abend, wenn wir uns mit den anderen treffen.«

Roman rief seinen Namen, aber Zack drehte sich nicht um.

Er ging einfach weiter zu seinem Büro, ohne zurückzuschauen.

11

Liz stand vor der Tür zum Red Room und sann darüber nach, was wohl Jackie Kennedys Meinung zur heutigen Konnotation von »rotes Zimmer« gewesen wäre. Es handelte sich um einen Raum im Weißen Haus, der unter Präsident Polk in tiefen Rottönen ausstaffiert worden war. Inneneinrichtungsgenies wie Louis Comfort Tiffany hatten ihm über die Jahre hinweg immer wieder einen neuen Schliff verpasst. Der Raum war perfekt dekoriert, ganz in Scharlach und Gold gehalten, und mit klassischen Möbeln und Stoffen im Empire-Stil eingerichtet.

Dort trafen sich an diesem Abend die Frauen der Perfect Gentlemen. Liz zögerte. Sie fühlte sich, als gehörte sie nicht so ganz dazu.

»Stimmt etwas nicht?«, erklang eine sanfte Stimme hinter ihr. »Bitte sag mir, dass wir nicht rausgeschmissen werden. Ich sitze seit einer Woche im Bunker fest und bin kurz vorm Durchdrehen. Ich will da noch nicht wieder runter.«

Liz wirbelte herum. Hinter ihr im Flur stand Sara Bond. Obwohl sie kaum Make-up trug, sah sie elegant aus in ihrem schlichten, kurzen Kleid und mit den hochgesteckten Haaren. Ihr Babybauch war inzwischen nicht mehr zu leugnen.

Wie mochte es sich anfühlen, schwanger zu sein? Wie es wohl wäre, Zacks Kind unter dem Herzen zu tragen? Würde sie sich ihm dadurch näher fühlen? Oder sich noch mehr Sorgen um die Zukunft ihrer Beziehung machen?

Liz trat einen Schritt zurück. »Nein, nein, alles in Ordnung. Ich denke nur gerade: Eigentlich sollte ich die Party auslassen und mich zurück an den Schreibtisch verziehen. Aber geh du ruhig rein! Ihr habt euch bestimmt eine Menge zu erzählen.«

»Wenn du damit meinst, dass mich alle mit der Frage löchern werden, ob ich Mad vergeben habe oder nicht, hast du recht.« Sara strich sich eine Strähne aus der Stirn, die ihrem Haarknoten entwischt war. »Komm, setz dich zu uns. Falls du das Gefühl hast, dass du nicht richtig dazugehörst, weil deine Beziehung zu Zack noch so neu ist: Das brauchst du nicht. In gewisser Weise seid ihr seit Jahren ein Paar. Uns allen war klar, dass ihr zusammenkommen würdet. Es war nur eine Frage der Zeit. Wenn hier jemand fehl am Platze ist, dann ich. Aber ich musste unbedingt diesem tristen Bunker entfliehen, besonders seit die Jungs da vorhin wie ein Rudel gut gekleideter Wölfe eingefallen sind. Everly hat mich hochgebracht, weil hier schon Feierabend ist und ich nicht diejenige bin, die so tun muss, als weile sie im Reich der Toten.«

Die Männer saßen also im Bunker beisammen, damit die Mitarbeiter des Weißen Hauses Mad nicht zu Gesicht bekamen. Wenn Sara hingegen gesehen wurde, war es – wie sie eben selbst bemerkt hatte – kein Problem. Liz verstand nicht so ganz, warum sie den Keller bisher nicht hatte verlassen dürfen. »Hast du gefragt, warum sie dich da unten eingesperrt haben?«

Sara machte eine ungeduldige Handbewegung. »Das ist auf Zacks Mist gewachsen, um Mad einen Gefallen zu tun.«

Natürlich. »Ich besorge dir ein Zimmer hier oben.«

Sara machte ein nachdenkliches Gesicht. »Weißt du was? Lass gut sein. Die gemeinsame Zeit hat Mad und mir gutgetan. Wir reden wieder miteinander. Das ist wichtig für unsere Tochter.«

»Das freut mich zu hören.« Mit einer Flasche Wodka in der Hand kam Gus den Gang entlanggeschlendert. »Geht rein,

Mädels! Wir haben nicht viel Zeit, und ich will unbedingt alle nötigen Infos an die Frau bringen, ehe die Herren der Schöpfung merken, dass sie uns besser nicht aus ihrer Diskussion ausgeschlossen hätten. Geheimhaltung ist angesagt, deshalb müssen wir auf einen Bartender verzichten, aber Lara mixt erstaunlich gute Drinks.«

Sara seufzte. »Schön für Lara. Ich mache mir dann mal ein Wasser auf.«

Gus grinste. »Ich habe uns aber Häppchen bringen lassen. Leckere Appetizer und außerdem eine ganze Platte Macarons.«

»Du rettest mir wieder mal das Leben«, seufzte Sara selig und drängelte sich an ihr vorbei durch die Tür.

Gus' Grinsen verschwand, als ihr Blick auf Liz fiel. »Hey, bitte sag mir, dass du weißt, dass wir dich dabeihaben wollen. Wir sind Freundinnen, okay? Und zwar nicht erst seit gestern. Everly und Lara kennen dich zwar noch nicht so gut, aber …«

»Na ja, ich bin weder verheiratet noch verlobt, und schwanger bin ich auch nicht.« Wenn Liz ehrlich war, wusste sie nicht, worauf die Sache mit Zack hinauslief. Wenn sie miteinander schliefen, fühlte sie sich ihm nahe. Sie spürte aber auch sein Zögern. Er war mit ihr zusammen, das schon, und er konnte kaum die Finger von ihr lassen. Aber irgendetwas trennte sie dennoch. Irgendein Hindernis. Sie konnte es nur nicht benennen.

»*Noch* nicht«, sagte Gus und klopfte ihr aufmunternd auf den Rücken. »Und so oft, wie ihr beide im stillen Kämmerlein verschwindet, wird es bestimmt nicht lange dauern, bis ihm ein kleines Versehen passiert und sich bei dir Nachwuchs ankündigt. Komm. Bist du nicht neugierig, wie die Ermittlungen laufen? Die Männer sitzen in dieser Sekunde unten im Bunker, gehen die gesammelten Informationen durch und beglückwünschen sich gegenseitig, uns zart besaitete Kreaturen aus allem herausgehalten zu haben. Ich bin natürlich trotzdem schon dabei, Pläne zu schmieden, seit Everly wieder amerikanischen Boden unter den Füßen hat.«

Typisch Gus. Immer eine Nasenlänge voraus.

Liz folgte ihr in den Raum, denn ihr brannten tatsächlich einige Fragen unter den Nägeln. »Warum denkst du, dass die Männer uns außen vorlassen? Gabe hat Everly immerhin mit nach Moskau genommen, oder?«

Im Kamin prasselte ein gemütliches Feuer. Gus hatte nicht zu viel versprochen: Ein üppiges Buffet erwartete die Freundinnen. Liz, die das Abendessen ausgelassen hatte, war dankbar, dass Gus genug für alle bestellt hatte.

Bei der Erwähnung ihres Namens blickt Everly von ihrem Teller auf. Sie saß neben Holland auf einem Sofa, das vermutlich seinerzeit ein Geschenk irgendeines Staatsoberhaupts gewesen war. »Ja, ja, mitgenommen hat er mich schon. Aber sobald es auch nur im Mindesten gefährlich wurde, fiel ihm jedes Mal ein, ich solle doch lieber im Hotelzimmer bleiben und ›recherchieren‹. Den Streit habe ich übrigens gewonnen.«

»Unsere Kerle sitzen im Keller und tun, was sie immer tun«, erklärte Holland mit einer wegwerfenden Handbewegung. »Ihre Geschichten miteinander abstimmen. Das ist eine alte Gewohnheit von ihnen.«

»Früher haben sie das gemacht, damit sie keinen Ärger kriegen.« Sara stand mit einem Teller am Buffet. »Heute wollen sie Ärger von euch fernhalten. Ihre Worte, nicht meine.«

Lara nahm Gus den Wodka ab und goss einen großzügigen Schluck in einen Shaker. »Ich habe aufgehört, mich darüber aufzuregen. Connor erzählt mir das meiste, und ich habe irgendwann beschlossen, dass mir die ganze Profikillersache egal ist. Man muss an seinem Partner die Licht- *und* die Schattenseiten lieben. Deshalb sage ich mir: Connor hat eben einfach ein Talent dafür, Leute umzubringen. Er hat mir hoch und heilig versprochen, dass er nur wirklich böse Menschen umbringt und dabei sehr humane Methoden verwendet. Wer will einen Martini?«

Das war jetzt genau das Richtige, fand Liz. »Oh ja, bitte. Aber kann mir eine von euch erklären, wieso es Ärger von uns fernhalten sollte, nicht mit uns zu reden?«

Holland schüttelte den Kopf. »Tut es nicht. Sie glauben es aber. Dax setzt als gegeben voraus, dass ich in dieser Sekunde mit einem Schmöker auf unserer Couch sitze. Wenn er später heimkommt, kriege ich die Version der Wahrheit präsentiert, auf die sich die Herren untereinander geeinigt haben. Je nachdem, ob sich die kühleren Gemüter oder die Hitzköpfe durchgesetzt haben, ist da dann mehr oder weniger dran.«

»Connor ist normalerweise dafür, die Fakten auf den Tisch zu legen«, sagte Everly. »Dax schlägt sich meist auf seine Seite. Und die anderen? Da weiß man es nie so genau.«

Lara lächelte milde. »Ich verlasse mich darauf, dass Connor mich auf dem Laufenden hält. Er kümmert sich auf anpackende Weise um die bösen Buben, und ich mit Köpfchen.«

Gus goss sich einen Scotch ein. »Lara und Connor haben einen Deal, an den sie sich eisern hält. Er ist zum Beispiel vor Kurzem nach Südamerika gereist, und sie ist brav hiergeblieben. Das wäre ja nun nicht jeder von uns gelungen.«

Sara nahm auf dem Sofa Platz und stellte ihren Teller auf dem Tischchen neben sich ab. »Klar ist sie hiergeblieben. Hätte sie ihm hinterherreisen sollen? Der Mann ist ein ausgebildeter Geheimagent, und es kann mir keiner erzählen, dass er seine Tage in Langley hinter irgendeinem Schreibtisch verbracht hat. Uns war doch allen klar, dass er ein Spion ist.«

»Mir nicht«, sagte Lara. »Mir musste es erst jemand auf die Nase binden. Ich war blind vor Liebe.«

»Ich würde Dax auf jeden Fall hinterherreisen«, sagte Holland. »Wenn er versuchen würde, ohne mich irgendwo hinzufahren, wo es gefährlich ist, würde ich mich ihm schnurstracks an die Fersen heften. Der Mann weiß, wie man große Schiffe steuert, aber doch nicht, wie man Jagd auf Verbrecher und Terroristen macht! Abgesehen davon hat er im Laufe seines Lebens so viele Kugeln abbekommen, dass sein Können ernsthaft in Frage zu stellen ist. Wenn jemand in unserer Beziehung dem schwachen Geschlecht angehört, dann er.«

Everly beugte sich vor. »Das Gleiche könnte ich über Gabe sagen. Wann, bitte sehr, hat mein Mann das letzte Mal einen Industriespion überwältigt? Von echten Spionen ganz zu schweigen. Ich hingegen habe das vor ein paar Monaten erst gemacht. Gut, ehrlich gesagt bin ich eher über ihn gestolpert, da er es mit der Koordination nicht so hatte. Aber wie dem auch sei, unsere Männer haben erkannt, dass die Lage ernst ist, und jetzt brauchen sie ihren Stuhlkreis, wo sie über ihre Männergefühle reden und entscheiden, wie viel sie uns erzählen wollen.«

»Wir können nicht auf eigene Faust ermitteln«, hielt Sara dagegen. »Wegen genau solcher Aktionen hat sich Mad von mir getrennt und seinen Tod vorgetäuscht, sagt er. Es ist komplett lächerlich.«

»Es ist auf jeden Fall ziemlich extrem, das stimmt.« Gus nahm Sara gegenüber Platz. »Ich kann seine Denkweise aber verstehen. Er hat Panik geschoben, weil er es vorher noch nie mit üblen Drohungen oder echter Gewalt zu tun hatte. Das war bestimmt schwer für ihn. Ich weiß noch genau, wie es war, als ich dachte, ich verliere Roman. Ich hätte alles gesagt oder getan, um das zu verhindern.«

»Das kannst du nicht vergleichen«, sagte Sara. Dann verstummte sie und lehnte sich zurück.

»Vielleicht nicht, okay. Ich weiß nur, wie es sich für mich angefühlt hat.« Gus wandte sich Everly zu. »Und was haben du und Gabe in Moskau herausgefunden?«

»Dass Russen zugeknöpfte Zeitgenossen sind«, erwiderte diese. »Niemand wollte sich offiziell äußern. Wir haben aber entdeckt, dass es mehrere Syndikate gibt, die in engem Kontakt zum Kreml stehen. Und ja, darunter auch die Krylovs. Wir hatten ein Treffen mit einem hohen Tier eines mit ihnen verfeindeten Syndikats. Connor hat den Kontakt hergestellt.«

Sara fiel die Kinnlade herunter. »Gabe hat dir erlaubt, die Russenmafia zu treffen?«

Everly zuckte die Achseln. »Er hatte keine Wahl. Und Dusan war überraschend charmant. Er hat mich kein einziges Mal mit einer Waffe bedroht. Seine Sorge ist es, Krylov könnte zu mächtig werden. Seine Leute interessieren sich offenbar eher für Erdöl, nicht für Erdgas. Als Diebesgut, versteht sich.«

»Was hat er sonst noch gesagt?« Liz nahm von Lara einen Martini entgegen und hielt sich an dem kühlen Glas fest, als sei es ein Rettungsanker.

Was gar nicht so falsch war. Zacks ausdrucksloses Gesicht, als er vergangene Nacht zu ihr gekommen war, spukte noch immer durch ihre Gedanken und ließ sie nicht los.

Was würdest du sagen, wenn ich nicht Zack Hayes wäre?

Natürlich war er Zack Hayes. Etwas anderes war überhaupt nicht denkbar. Ganz egal, was das komplizierte Verwirrspiel aus politischer Erpressung und Spionage letzten Endes ergeben würde: Sie kannte Zack. Er war derselbe, der er schon immer gewesen war.

»Dusan hat mir und Gabe gesagt, er hätte sich bei ein paar der älteren Männer umgehört, aber keiner von ihnen hätte Natalia persönlich gekannt. Er meinte, es sei aber kein Geheimnis, dass der Kreml ausländischen Würdenträgern oft eine

Frau – oder auch einen Mann – als Assistent oder Haushaltshilfe zuweist. Oft vermitteln die Syndikate diese Personen. Wir wissen bereits, dass es eine Verbindung zwischen den Krylovs und Tavia Gordon gibt. Das heißt, damals hat Tavia Gordons Mutter die Organisation geleitet«, erklärte Everly. »Die angeblichen Haushaltshilfen waren in Wirklichkeit Gefangene und Sexsklaven. Sie mussten einerseits für die Ausländer arbeiten, sie gleichzeitig aber auch ausspionieren und belastendes Material über sie sammeln. Dusan war kein bisschen überrascht, dass wir glauben, Frank könnte eine Affäre mit Natalia gehabt haben. Er meint, es war wahrscheinlich sogar ihr Auftrag, ihn zu verführen.«

»Aber hat sie ein Baby von ihm bekommen?«, fragte Lara.

Das war die große Frage, auf die sie alle verzweifelt eine Antwort suchten.

Everly brachte ein schmales Lächeln zustande. Was sie zu sagen hatte, würde die anderen enttäuschen. »In den wenigen Dokumenten, die wir auftreiben konnten, wird Natalias Mann als Kindsvater geführt. Ob das stimmt? Wer weiß. Wir haben versucht, jemanden aufzuspüren, der unsere Vermutung bestätigen kann, aber stellt euch vor: Es ist niemand mehr am Leben, der Natalia gekannt hat. Sie sind alle unter mysteriösen Umständen ums Leben gekommen.«

Liz verzog schmerzlich das Gesicht. Wieder eine Sackgasse. Darunter würde Zack unsäglich leiden.

»Es tut mir leid.« Everly drückte ihre Hand. »Ich weiß, es ist zum Mäusemelken, aber Dusan sagt, dass er sich weiter umhört.«

Großartig. Die Zukunft Amerikas lag in den Händen eines russischen Gangsters.

»Es hat sich übrigens noch ein potenzielles Problem aufgetan.« Liz hoffte, in dieser Runde auf ein offenes Ohr zu stoßen, nachdem Zack ihren Bedenken wenig Beachtung geschenkt, sie eigentlich sogar komplett von sich gewiesen hatte. »Ich überlege, ob es besser wäre, das Interview mit Gus und Roman für dieses Wochenende abzusagen. Gestern ist nämlich Joys Vater im Pressebüro aufgetaucht. Er war alles andere als glücklich und meinte, Laras Story würde seine Tochter schlecht dastehen lassen. Er hat gedroht, sich öffentlich zur Wehr zu setzen.«

»Reden wir kurz über Joy, ehe wir uns ihrem Vater widmen.« Gus schloss für einen Moment die Augen. Als sie sie wieder öffnete, stand darin wahrer Schmerz geschrieben. »So furchtbar ich es auch finde, aber ich glaube, wir müssen alle Personen aus unserem Umfeld objektiv durchleuchten – auch Joy. Wir haben keine Beweise, dass sie in irgendetwas verwickelt war, aber welches andere junge weibliche Familienmitglied hätte Constance sonst aus dem Sanatorium mitnehmen sollen, ohne dass jemand Frank Hayes Bescheid gegeben hat?«

»Die Frau war aber doch angeblich blond«, wandte Holland ein.

»Das kann auch eine Perücke gewesen sein.« Gus seufzte. »Ich kapiere es aber trotzdem nicht. Warum sollte Joy ein Auto für Constance mieten, sie zum Alkohol verführen und dann darauf warten, dass ihre Trinksucht das Übrige dazutut? Welchen Grund gab es für Joy, Constance umzubringen? Das ergibt für mich keinen Sinn.«

Everly zuckte die Schultern. »Vielleicht hat jemand der Krankenschwester Geld geboten, damit sie aussagt, es sei ein Familienmitglied gewesen?«

»Kann sein.« Gus nahm einen Schluck aus ihrem Glas. »Wir werden es wohl nie erfahren. Und dann wäre da noch die Tatsache, dass Joy für den Fall, dass sie First Lady wird, geplant hatte, sich in Tavias Organisation zu engagieren.«

»Daran ist doch nichts auszusetzen. Alle dachten, die Stiftung wäre eine gute Sache. Die finsteren Machenschaften wurden erst später entlarvt«, wandte Sara ein.

»Da hast du recht. Vielleicht bin ich inzwischen einfach paranoid«, gestand Gus ein. »Liz, hat sie zu dir je was gesagt, was du verdächtig fandest?«

Liz war die damaligen Gespräche eine Million Mal im Kopf durchgegangen. »Nein. Ehrlich gesagt habe ich Joy aber auch nur zu einer Handvoll der Treffen mit Tavia begleitet, und das auch nur, weil ich sicherstellen wollte, dass niemand sie unter Druck setzt. Sie wirkte immer so zerbrechlich. Ich erinnere mich aber, dass sie mir erzählt hat, dass sie sich für mehr Chancen für Frauen und Mädchen einsetzen will, wenn sie First Lady wird.«

»Meint ihr, sie wusste, was das wahre Ziel der Stiftung war? ›Chancen für junge Frauen schaffen‹ – im Menschenhandel?«, sinnierte Gus. »Mich lässt die Frage nicht los, ob Joy irgendwie in dieses dunkle Netz verstrickt war, und wenn ja, was ihre Beweggründe waren. Warum sollte sie so etwas tun?«

Holland setzte sich neben Gus und nahm ihre Hand. Die beiden waren Joys engste Vertraute gewesen. Sie kannten sich aus College-Zeiten, aus der Studentinnenverbindung, und waren in Kontakt geblieben, auch als jede ihren eigenen Karriereweg einschlug. »Ich weiß es auch nicht. Ich wüsste nicht, wie. Ich dachte, ich kenne sie. Aber wenn – *wenn* – Joy eine Schläferagentin war, dann hatte sie auch die nötige Ausbildung, um uns an der Nase herumzuführen. Wir haben sie so jung kennengelernt! Wörter wie Landesverrat gehörten damals definitiv nicht zu unserem Vokabular. Falls wir etwas übersehen haben, dürfen wir uns deswegen keine Vorwürfe machen.«

»Beziehungen sind nicht schwarz oder weiß. Es kann gut sein, dass ihr Joy trotz allem wirklich wichtig wart«, sagte Liz.

»Wenn sie Agentin war, hat sie uns angelogen«, erwiderte Gus. »Und zwar über Jahre hinweg.«

»Aber vielleicht nicht bei allem.« Lara hielt Liz' Gedankengang für plausibel. »Vielleicht ist das auch völlig irrelevant. Wir haben Indizien, aber keine Beweise. Was, wenn wir uns über Zufälle den Kopf zerbrechen? Joy ist in den USA geboren. Sie wurde nicht aus Russland zu uns geschmuggelt. Warum sollte sie für die Russen gearbeitet haben?«

»Gute Frage«, sagte Gus. »Geld brauchte sie keines. Erpressbar hat sie sich auch nie gemacht. Ich glaube, sie war sogar Jungfrau, als sie und Zack geheiratet haben. Wenn sie eine Agentin war, dann haben ihre Eltern sie indoktriniert.«

»Paul Harding ist gewieft und ehrgeizig. Ein weiterer Grund, uns vor ihm in Acht zu nehmen. Wusstet ihr, dass er Frank regelmäßig Besuche abstattet?«, warf Liz ein.

»Ob er Zacks Vater in irgendwelche finsteren Vorhaben mit reinziehen will? Oder meint ihr, die beiden hecken vielleicht sogar gemeinsam etwas aus?« Gus sah angesichts dieser schockierenden Möglichkeit so verstört aus, wie Liz sich fühlte. »Frank weiß doch noch nicht einmal, welches Jahr wir haben – oder?«

»Was, wenn er nur schauspielert?«, folgerte Liz. »Ich habe ihn neulich im Treaty Room ertappt. Von dort aus arbeitet Zack gern, wenn er nicht im Oval Office sitzt. Was, wenn sein Vater ihn ausspioniert? Möglicherweise seit Jahren!«

»Dasselbe befürchtet Roman auch.« Gus sprang auf und ging im Red Room auf und ab. »Er will mir aber nichts Näheres erzählen. Das macht mir Angst. Okay. Wir müssen es schlau angehen. Wir brauchen Klarheit darüber, ob Franks Demenz echt ist. Und wir müssen wissen, was zum Henker Paul plant.«

»Ich überwache Joys Vater«, sagte Holland. »Wo auch immer er die nächste Woche hingeht – ich hefte mich an seine Fersen.«

»Ausgezeichnet«, sagte Liz. Genau das brauchten sie jetzt. Einen Plan. »Ich beschatte Frank. Gus und ich sind sowieso den ganzen Tag hier.«

Gus zwinkerte ihr verschwörerisch zu. »Wir beobachten ihn *und* seinen Krankenpfleger. Der gute Frank hat nämlich Zeter und Mordio geschrien, bis sämtliches Personal gekündigt hat. Nur dieser eine Pfleger scheint ein magisches Händchen zu haben. Wie kann das sein?«

Die Frage hatte sich Liz auch schon gestellt. Wenn Frank, der nicht mehr sehr mobil war, tatsächlich seinem Sohn hinterherspionierte, brauchte er jemanden, der Augen und Ohren für ihn offen hielt. Jemanden, der niemandem auffallen würde.

»Connor und ich überprüfen derzeit die Secret-Service-Agenten.« Lara schlug damenhaft die Beine übereinander. »Freddy und ich verfolgen außerdem ein paar Leute im Deep Web. Ich gebe euch Bescheid, sobald es was Neues gibt. Oh, und wir haben herausgefunden, dass es in der Vergangenheit des Vizepräsidenten sehr wohl ein paar Fehltritte gibt, die ihn erpressbar machen. Erinnert ihr euch an das Gerücht, sein Bruder hätte ein uneheliches Kind mit seiner Geliebten?«

»Das kam auch in der Oppositionsforschung schon raus.« Kein schöner, aber ein notwendiger Bestandteil des politischen Lebens. Gegnerische Politiker wurden unter die Lupe genommen, in der Hoffnung, brisantes Material über sie aufzustöbern, das dann im Wahlkampf gegen sie verwendet werden konnte. Liz hatte damals sämtliche Männer und Frauen, die für Zacks Wahlliste infrage kamen, einer ähnlichen Überprüfung unterzogen. Zu Wallace Shorn hatte sie nichts Belastendes gefunden, zu seinem Bruder hingegen schon. Ernest Shorn hatte eine zweite Familie – mit einer anderen Frau. »Aber der Vizepräsident steht seinem Bruder nicht nahe. Sie haben seit

Jahren kaum Kontakt. Wir fanden damals, die Sache könne Shorn nichts anhaben.«

»Jetzt, wo wir tiefer graben, kommen aber noch mal andere Dinge ans Licht. Wally hat dem Bruder, mit dem er angeblich so zerstritten ist, kurz vor dem Wahlkampf eine halbe Million Dollar überwiesen. Wusstet ihr das?«, fragte Lara. So lieb und sanft sie auch wirkte – wenn es darum ging, schmutzige Geheimnisse aufzudecken, war sie ganz vorne mit dabei. »Weitere Nachforschungen ergeben, dass Ernests Geliebte mit dem zweiten Kind hätte schwanger werden müssen, als dieser sich in Wirklichkeit auf einer ausgedehnten Europareise befand. Der Kleine wog bei der Geburt nur dreieinhalb Kilo, eine elfmonatige Schwangerschaft oder ähnlicher Humbug scheidet also aus. Sprich: Aller Wahrscheinlichkeit lügt Ernest.«

Liz spürte, wie ihr heiß wurde. Was für ein hinterlistiger Mistkerl! »Wallace dann wohl auch.«

Lara nickte. »Es sieht ganz danach aus, als hätte er Ernest dafür bezahlt, die Verantwortung auf sich zu nehmen. Woher sonst sollte die zweite Zahlung von weiteren anderthalb Millionen Dollar an einen Bruder kommen, dem er nicht einmal nahesteht? Und jetzt kommt's: Ernest lebt neuerdings sogar mit der Geliebten zusammen. Seine Ehefrau und sein altes Leben hat er hinter sich gelassen. Ihm und der Neuen scheint es finanziell sehr gut zu gehen.«

Was vermutlich dem Geld des Vizepräsidenten zu verdanken war, dessen Vergehen sie vertuschten. Plötzlich ergaben die zwanghaften Ladendiebstähle seiner Frau einen Sinn – Wallace' geringstes Problem. »Wow.«

Sara ließ sich neben ihr auf das Sofa sinken und hielt ihr einen Chicken Wing hin. »Willst du auch einen? Mit Essen wird alles besser.«

Liz nahm dankend an und wünschte sich, ein würziges Stück

Hühnerfleisch könnte auf magische Art all ihre Probleme lösen.

»Esst schneller, Ladys«, sagte Gus, die ihre Nachdenklichkeit offenbar abgeschüttelt hatte. »Die Männer werden demnächst hier einfallen und unser Buffet plündern. Keiner von denen war intelligent genug, für Essen im Bunker zu sorgen. Sara, reden wir über Mad.«

Die Schwangere schwieg erschrocken.

Gus meinte es gut, aber Liz hatte trotzdem Mitleid mit Sara. »Ich bringe dir Nachtisch.«

»Danke.«

Sie erhob sich, schnappte sich einen Teller und wählte verschiedenfarbige Macarons aus. Sara hatte ihr heute Abend das Gefühl gegeben dazuzugehören. Nicht nur Sara, sie alle. Trotz aller Probleme musste Liz unwillkürlich lächeln.

Mad lehnte sich zurück. In der kleinen Bunkerwohnung fühlte er sich inzwischen mehr zu Hause als in seinem eleganten Wohnsitz in Manhattan. Gut, den gab es nicht mehr – er war abgebrannt. Aber trotzdem hatte er sich dort nie so wohlgefühlt wie hier.

Und das lag an Sara.

Es wurde eng im Bunker. Mads Freunde plus Freddy drängten sich in dem kleinen Raum zusammen. Sie waren sich einig gewesen, dass Mad es nicht riskieren konnte, im Weißen Haus herumzulaufen und womöglich gesehen zu werden. Die anderen dachten natürlich alle, dass ihre Frauen gemütlich und in Sicherheit zu Hause oder im Hotelzimmer saßen – und nicht ein paar Stockwerke weiter oben ihre eigenen Pläne schmiedeten.

Wieso war er eigentlich der Einzige, der die Frauen verstand?

Mad erwog zu erwähnen, dass Sara keinesfalls spazieren gegangen war oder im Schlafzimmer saß. Aber er wollte nicht petzen.

»Traust du diesem russischen Gangster über den Weg? Diesem Dusan?«, fragte Zack. Er war für seine Verhältnisse leger gekleidet: Anzugshemd und -hose, aber keine Krawatte, kein Jackett.

»Kein Stück. Aber Dusan hat gute Gründe, uns zu helfen. Er will verhindern, dass Krylov noch mehr Macht bekommt.« Gabe ließ sich gegen die Rückenlehne sinken. Auf der Couch links und rechts von ihm saßen Connor und Dax.

Anlass für das Treffen war Gabes kürzlicher Trip nach Moskau.

Kaum zu glauben, dass sie früher einfach als Freunde miteinander abgehangen hatten. In letzter Zeit redeten sie nicht mehr über Sport, Arbeit, Frauen. Die Tage waren vorbei. Nein, inzwischen drehten sich die Gespräche darum, wer sie umbringen wollte.

Alles in allem hätte Mad sich lieber über Basketball unterhalten. Dabei mochte er Ballsport noch nicht einmal.

»Dann hoffen wir, dass er uns etwas Nützliches liefert.« Roman tigerte auf und ab, seit er eine halbe Stunde zuvor den Raum betreten hatte. »Ich hoffe, du hast ihm keine Versprechen gemacht, die wir nicht halten können.«

»Von euch war überhaupt keine Rede«, erwiderte Gabe. »Ich habe ihm einen großzügigen Rabatt auf einen Privatjet versprochen. Dass Zack ihm nicht das Geringste schulden wird, habe ich mehr als deutlich gemacht. Wie gesagt. Er hat seine Gründe.«

Zack nickte flüchtig, dann wandte er sich Connor zu. »Und du bist hundert Prozent sicher, dass unser südamerikanisches Problem gelöst ist?«

»Wäre ich Chirurg, würde ich dir versichern, dass ich jede einzelne Zelle des Krebsgeschwürs entfernt habe«, erwiderte Connor. »Es ist niemand mehr übrig, der mir und meiner Frau nach dem Leben trachtet. Von meiner Seite aus hast du Entwarnung. Sobald Roman seinen Skandal überlebt hat, bleiben also nur noch du und Gabe.«

Dax nahm einen Schluck Bier. Er hatte ein Sixpack mit in den Bunker gebracht, aber mehr Alkohol gab es nicht. Mad hatte sie gebeten, es nicht zu übertreiben, weil Sara nichts trinken konnte. »Was ist mit Gus? Zack hat Liz' Schwester einen Anwalt besorgt, um das Vorhaben des Erpressers zu vereiteln, aber von meiner Schwester ist nie die Rede. Das Video von ihr könnte immer noch veröffentlicht werden.«

Mad machte eine wegwerfende Geste. »Es existieren ungefähr zehn solcher Videos von Gus. Sie hatte da mal so eine Phase.« Er zuckte zurück, als Roman ein böses Brummen ertönen ließ. »Sorry. Ich bin auf keinem davon zu sehen. Ich war damals bloß ein Freund.«

Roman wandte sich mit finsterer Miene an Dax. »Gus ist das Video egal. Wenn dieses Arschloch meint, es veröffentlichen zu müssen, ist sie bereit dafür. Sie sagt, ihr wären mit der Zeit ein paar von den Dingern abhandengekommen, sie hätte sie gerne wieder, und der Erpresser täte ihr damit einen Gefallen.«

Die gute alte Gus. »Dann müssen wir uns ja nur noch um Zack und Gabe Sorgen machen. Und die Tatsache, dass ich unter den Lebenden weile, nimmt den Drohungen gegen sie den Wind aus den Segeln. Bitte, gern geschehen.«

»Gabe ist dadurch aus dem Schneider, das stimmt. Aber es sieht trotzdem weiterhin so aus, als hätte Zack die staatliche Ermittlungsarbeit unterbunden, um deine Faxen zu decken«, gab Roman zu bedenken.

»Das waren keine Faxen, Mr Calder.« Wenigstens Freddy

war auf seiner Seite. »Hätte Mad nicht gehandelt, wäre er jetzt tot. Die Russen haben herausgefunden, dass ich Nachforschungen über Tavia und ihre Stiftung anstelle. Die Abreibung war nur eine Warnung, und als Mad trotzdem weitergegraben hat, wollten sie ihn mit der Bombe umbringen.«

Bei der Erwähnung der makabren Begebenheit wurde die Gruppe still. Jeder sah angespannt vor sich hin.

»Deshalb fiel die Wahl auf den Flugzeugabsturz. Das heißt, eigentlich hatten wir gar keine Wahl. Wir waren gezwungen zu handeln«, erklärte Mad.

»Du hast versucht, es mir zu sagen.« Gabe wurde bleich. »An dem Tag, im Restaurant. Und mir ist nichts Besseres eingefallen, als dich anzubrüllen, weil du Sara wie ein Stück Dreck behandelt hast. Ich habe dich überhaupt nicht zu Wort kommen lassen.«

»Ich wollte es dir sagen, Gabe. Aber ich konnte nicht. Ich … Ich wollte mich verabschieden. Ich wusste nicht, was kommt. Ob ich wiederkehren würde. Es fühlte sich falsch an, abzuhauen, ohne dich wenigstens ein letztes Mal zu sehen.« Mad erinnerte sich noch gut an den Restaurantbesuch auf der Upper East Side. Ihre Väter waren dort Stammgäste gewesen. Das erste Mal, dass Gabe und er allein dort hingingen, war er sich wahnsinnig erwachsen vorgekommen.

»Deshalb hast du alle Brücken abgebrochen«, fasste Zack mit ernster Miene zusammen. »Du hast mich damals angerufen … Aber mehr konntest du nicht tun, um mich zu warnen.«

Die Zeit war so knapp gewesen. Wie genau Mad seinen Tod vortäuschen könnte, stand zwar bereits seit Wochen fest – den Plan hatte Freddy und Matty für den Fall der Fälle bis ins Detail mit ihm ausgearbeitet –, aber dennoch fühlte sich die Fahrt zum Flughafen vollkommen surreal an. Zu wissen, dass eine

Bombe an Bord war. Zu warten, bis der richtige Moment gekommen war. Aus dem Flugzeug zu springen. Sich die ganze Zeit zu fragen, ob er je in sein Leben und zu seinen Freunden würde zurückkehren können …

All das war umso härter gewesen, weil er niemanden direkt hatte warnen können. Seine Freunde hätten dadurch viel früher in viel größerer Gefahr geschwebt.

»Nein«, sagte Mad schließlich, »mehr konnte ich nicht tun.«

»Weil du nicht wusstest, ob ich ein Teil der Verschwörung bin.« Zack hob die Hand, um Mad von weiteren Erklärungen abzuhalten. »Stopp. Darüber ist alles gesagt. Ich an deiner Stelle hätte mir wahrscheinlich dieselben Fragen gestellt. Zwischen uns ist alles gut, Bruder.«

Mad machte sich trotzdem Vorwürfe, an seinem langjährigen Freund gezweifelt zu haben. Der Verdacht hatte sich wie ein Keil zwischen ihn und Zack getrieben.

»Na, jetzt bin ich ja wieder hier. Sobald der ganze Shit hinter uns liegt, brauchen wir eine Party. Eine richtig fette Party. Mit allem Drum und Dran. Denn diese trübe Veranstaltung hier« – er wedelte mit der Hand – »ist einfach nur erbärmlich.«

Die anderen lachten. Nur Gabe war offensichtlich immer noch geknickt.

»Alles ist gut«, versicherte Mad seinem Freund mit einem Klaps auf die Schulter. »Mir geht's gut.«

»Das hast du aber nicht mir zu verdanken«, murrte Gabe.

»Das stimmt nicht. Du hast deine Eifersucht nämlich sehr wohl abgeschüttelt und dich um die zwei Frauen gekümmert, die mir so viel bedeuten wie nichts anderes im Leben. Du hast es mir leicht gemacht, das zu tun, was ich tun musste. So, und jetzt trinkt aus, damit wir unseren holden Damen Gesellschaft leisten können.«

»Mad hat recht«, sagte Dax. »Ich will so schnell es geht zurück zu Holland. Ich werde die nächsten Tage nonstop damit beschäftigt sein, Paul Harding zu beschatten, und wenn ich das irgendwie verschleiern will, muss ich jetzt ein bisschen Zeit mit ihr verbringen.«

Er glaubte offenbar wirklich, dass Holland brav daheim geblieben war. Netter Gedanke, Dax! Mad fraß den sprichwörtlichen Besen, wenn Holland nicht schon längst ihre eigene Überwachungsaktion plante.

»Haben alle Laras Bericht zu Shorns Doppelleben gelesen?«, fragte Connor.

Roman verzog angewidert den Mund. Vermutlich derselbe Gesichtsausdruck, als hätte er soeben seine Großmutter beim Sex überrascht, dachte Mad. »Wie hat dieses Arschloch es geschafft, dass gleich zwei Frauen mit ihm in die Kiste steigen? Das kapiere ich nicht.«

»Er hat Geld«, sinnierte Zack. »Das hilft normalerweise. Aber es ist auch egal. Wenn Wallace Shorn gelogen hat und irgendwo eine zweite Familie unterhält, macht ihn das ungeheuer erpressbar. Damit hätten die Russen den Trumpf in der Hand und könnten die Pipeline verhindern, selbst wenn ich zurücktrete. Damit wäre meine Exitstrategie Nummer eins schon mal hinfällig. Freddy, konnten Sie Laras übrige Informationen verifizieren?«

Freddy nickte. »Ja, Mr President. Ich kann alles bestätigen. Inklusive der Angaben unseres russischen Freundes. Was die Verbindungen Ihrer Familie anbelangt, geht es langsam aber sicher ans Eingemachte.«

»Joys Verwandtschaftsverhältnisse müssen ebenfalls überprüft werden«, verlangte Mad. »Ich weiß nicht, ob sie mit drinsteckte, aber nach allem, was ich die letzten Tage über ihr Leben herausgefunden habe, will ich es nicht ausschließen. Ich bezweifele allerdings, dass sie freie Entscheidungen getroffen hat. Irgendjemand anderes hat die Strippen im Hintergrund gezogen.«

»*Wenn* sie in die Sache verwickelt war, dann ja, definitiv. Joy war im Grunde ihres Herzens keine Politikerin. Trotzdem hat sie gegen Ende des Wahlkampfes darauf bestanden, dass wir den Mittleren Westen noch abklappern. Warum, weiß ich nicht. Ich werde es wohl nie erfahren.« Romans Gesicht hatte sich wieder verfinstert. »Ich kann mir aber nicht vorstellen, dass sie ihren eigenen Tod in Kauf genommen hat.«

»Da hast du noch keine echten Fanatiker kennengelernt«, erwiderte Connor leise. »Manchmal ist die Gehirnwäsche so tiefgreifend, dass einem Agenten bis auf seine Mission alles andere egal ist.«

»Oder sie hat nicht wirklich verstanden, was eigentlich auf dem Spiel steht«, warf Dax ein. »Vielleicht dachte sie, sie überlebt den Schuss und ein versuchtes Attentat wäre genug, um die Wähler umzustimmen.«

»Möglich«, räumte Mad ein. Während der stundenlangen Recherchearbeiten war ihm aber noch ein anderer Gedanke gekommen. »Oder es war alles ein abgekartetes Spiel, und wir haben gesehen, was wir sehen sollten. Sind wir sicher, dass Joy tot ist?«

Der Gedanke, Joy könne noch am Leben sein und irgendwo ausharren, um dann im ungünstigsten Moment aufzutauchen, ließ ihm keine Ruhe mehr. Er wusste ja, wie leicht es war, seinen eigenen Tod vorzutäuschen.

Stille senkte sich über den Raum. Mad wünschte, er hätte die Frage nie gestellt.

»Sie ist tot«, sagte Zack. »Das kann ich dir versichern.«

»Keiner von uns hat ihre Leiche anschließend noch gesehen«, spann Connor den Faden fort. »Zack hat sein Zimmer bis zum Tag der Beerdigung nicht mehr verlassen.«

Weil er fassungslos und bestürzt gewesen war. Erschüttert. Er war der Party am Wahlabend ferngeblieben. Hatte keine traditionelle Antrittsrede gehalten. Zack hatte sein Leben lang auf diesen einen Moment hingearbeitet, und ihn dann nicht gefeiert, weil er um Joy trauerte.

»Ich habe sie gesehen.« Roman hörte endlich auf, im Raum auf und ab zu tigern. »In der Nacht vor der Beerdigung. Der Bestatter hatte sie vorbereitet. Ich saß bei ihr und habe Totenwache gehalten. Es war seltsam, ich hatte das Gefühl, ich darf nicht von ihrer Seite weichen. Vielleicht hat sie bei dem russischen Griff nach der Macht eine Rolle gespielt – aber dann hatte sie jetzt ausgedient. Das Syndikat war fertig mit ihr. Die E-Mails, die wir uns geschrieben hatten, all ihre Gefühle über die Zukunft und das Leben … Also, falls sie von den Plänen der Russen wusste, dann hat sie es verdammt gut versteckt. Oder sie hat versucht, aus ihrem Leben auszubrechen.«

»Das brauchte sie nicht«, warf Zack ein. »Wir hätten ohnehin nicht gewonnen. Das hat sich erst durch ihren Tod geändert. Hätten wir die Wahl verloren, wären meine Ehe und meine politische Karriere vorbei gewesen. Das wusste sie. Wir werden vielleicht nie erfahren, ob sie involviert war oder was ihr in ihren letzten Tagen und Stunden durch den Kopf ging. Vielleicht sehen wir Gespenster, weil wir nicht wissen, wen wir sonst beschuldigen sollen. Mad, du bist Joys private Korrespondenz durchgegangen. Was hast du für einen Eindruck?«

»Jeder einzelne Satz klingt wohlüberlegt und sorgfältig formuliert. Sie bleibt immer höflich. Auf mich wirkt sie zu gut, um wahr zu sein. Aber das ist bloß ein Bauchgefühl«, gab er zu. »Im Gegensatz zu deiner aktuellen Freundin. Mannomann, wenn die ihre Krallen ausfährt! Apropos Liz, gibt es einen Grund, warum Freddy ihre E-Mails überwacht?«

Zack schien sich zu verkrampfen, Roman hingegen wirkte

völlig ungerührt. »Weil sie Zack nahesteht und es meine Aufgabe ist, ihn zu beschützen. Die Anweisung, die FAA-Ermittlung einzustellen, kam von einem PC in ihrem Büro.«

»Das sie nie abschließt, weil zu viele ihrer Mitarbeiter Zugang dazu brauchen«, warf Zack ein.

»Und selbst wenn, das sind Schlösser, die ich zum Beispiel mit Leichtigkeit knacken könnte«, fügte Connor hinzu.

Roman wirkte nachdenklich. »Liz kennt sich mit Computern nicht aus. Sie wüsste gar nicht, wie man eine E-Mail umleitet, sodass es aussieht, als käme sie von Zack.«

»Ich glaube nicht, dass sie es war«, sagte Zack. »Jemand will, dass es so aussieht.«

»Ein paar ihrer Logins sind merkwürdig«, berichtete Freddy. »Ich gehe der Sache derzeit nach, bin aber bisher weder vom einen noch vom anderen überzeugt.«

Freddy war nie von irgendwas überzeugt, wenn es nicht völlig offensichtlich war – mal abgesehen von wahnwitzigen Verschwörungstheorien.

Mad beugte sich zu Zack hinüber. »Du hast recht. Es scheint, dass da jemand einen Keil zwischen euch treiben will.«

»Wie soll das denn gehen?«, frotzelte Roman. »Ich glaube kaum, dass zwischen euch zwei Turteltauben noch irgendwas dazwischenpasst.«

Ein Anflug eines Lächelns huschte über Zacks Gesicht. »So macht sie wenigstens keine Dummheiten. Okay, wissen alle, was sie zu tun haben? Ich sollte mich jetzt nämlich an die Arbeit machen. Und ich kann Elizabeth nicht so lange allein lassen.«

Waren sie wirklich alle so dumm? »Ihr wisst aber schon, dass die Damen irgendwo oben im Weißen Haus sitzen und ihre eigenen Pläne schmieden, oder? Everly hat Sara vorhin abgeholt und in einen der Räume mitgenommen.«

Roman erstarrte. »Ich hätte mir denken sollen, dass Gus heute nicht wirklich lange arbeiten muss.«

Dax erhob sich seufzend. »Oh, arbeiten tut sie. Und wenn meine Schwester dazu einen ganzen Raum gebucht hat, dann hat sie garantiert auch Essen kommen lassen.«

Connor warf einen Blick auf sein Telefon. »Meine Frau sagt, es gibt ein ganzes Buffet und weit mehr als ein kümmerliches Sixpack.« Die anderen starrten ihn mit offenen Mündern an. Er zuckte die Achseln. »Was? Ich kann auch nichts dafür, dass ich moderner bin als ihr. Lara und ich erzählen uns alles. Wenn ich ihr etwas verheimliche, tut sie das Gleiche, und glaubt mir, dann verstrickt sie sich erst so richtig in allem möglichen Ärger. Genau aus diesem Grund wollte ich, dass wir die Frauen zu diesem Treffen einladen. Wenn sie sich zum Pläneschmieden verabreden, gibt es immer Häppchen und Drinks.«

»Meine Herren, sehen wir den Tatsachen ins Auge. Wir haben es vergeigt«, sagte Gabe. »Ein müdes Sixpack Bier bringt es einfach nicht.«

»Also, ich fand es geschmacklich hervorragend«, wandte Freddy ein.

»Sagt der Typ, der in einer Hütte mit Plumpsklo haust.« Dax warf ihm einen schrägen Seitenblick zu.

Die anderen lachten.

»Auf zu den Frauen.« Zack schüttelte Freddy die Hand. »Vielen Dank.« Er wandte sich Mad zu. »Dir auch vielen Dank. Ich gebe Sara einen Teller für dich mit. Es tut mir leid, aber du musst leider …«

»Hierbleiben, damit im Weißen Haus niemand denkt, er sieht Gespenster. Ich weiß. Schon okay.«

»Hey, ich bleibe mit dir hier.« Gabe setzte sich wieder hin. »Bitte richtet meiner liebenswerten Gattin aus, sie soll Sara nach unten begleiten. Was auch immer Gus zu Essen bestellt hat, sie sollen zwei Teller davon mit runterbringen. Und eine Flasche Scotch. Ich weiß, dass Gus einen Vorrat hat.«

Mad schüttelte den Kopf. »Gabe, das musst du nicht.«

»Doch. Du bist mein bester Freund.« Gabe machte es sich auf dem Sofa gemütlich. »Und wenn du in einem Bunker festsitzt, leiste ich dir Gesellschaft, bis Sara zurückkommt.«

Lächelnd reichte Mad seinem besten Freund das letzte Bier. Er war froh, dass er nicht mehr allein war.

12

Liz eilte zum Aufzug des Gebäudes, in dem sie seit Zacks Wahlsieg lebte. Das war eine bewegte Zeit gewesen, einschließlich Joys Beerdigung und dem Übergang zur Hayes-Administration. Eine Bleibe zu finden, hatte ganz unten auf ihrer Liste gestanden. Als daher eine ihrer Assistentinnen diese Mietwohnung aufgetan hatte, war sie ihr gut genug erschienen … vor allem, weil sie keine Zeit hatte, lange weiterzusuchen. Jetzt wünschte sie sich, sie hätte sich nicht so schnell zufrieden gegeben. Die Wohnung und das Gebäude waren zwar zweckdienlich, aber es fehlte an einigen Annehmlichkeiten, die sie aus der Vergangenheit gewohnt gewesen war. Immerhin lag der Komplex in der Nähe des Weißen Hauses und war bezahlbar.

Unterschwellig fragte sie sich, wie lange sie diese Wohnung überhaupt noch brauchen würde. Wenn sie nicht kündigte, würde ihr Mietvertrag bald um ein weiteres Jahr verlängert werden …

Sie wollte eigentlich gar nicht darüber nachdenken, was die Zukunft für sie und Zack bereithielt. Als sie den Aufzug rief, vibrierte ihr Telefon. Lächelnd fuhr sie mit dem Finger über das Display. »Hey, Gus.«

»Ich bin in deinem Büro, und du bist nicht da. Zufällig weiß ich, dass Zack in einem Meeting mit Roman steckt, dich also ausnahmsweise gerade nicht bespringt. Wie bist du ihm entkommen, und kann ich zu dir stoßen? Die Mädels machen mich noch wahnsinnig, vor allem Vanessa. Können wir sie bitte feuern?«

Dazu kümmerte Vanessa sich bei Weitem um zu viele Dinge. Sie konnte zwar manchmal empfindlich sein, und sie hatten in letzter Zeit die eine oder andere Meinungsverschiedenheit gehabt, aber sie war zuverlässig und eine der erfahrensten Assistentinnen des Pressebüros. Vanessa war an Bord, seit Zack sie gegen Ende des Wahlkampfes eingestellt hatte, damit Liz nicht in Arbeit ertrank. Sie war nach wie vor unverzichtbar, um Liz Reporter vom Hals zu halten. »Wir können nicht jeden rausschmeißen, der dich nervt. Dann wäre bald niemand mehr übrig.«

»Stimmt.« Gus machte eine Pause, die Liz verriet, dass Gus nicht nur angerufen hatte, um zu plaudern. »Also … ich habe mit Roman gesprochen, nachdem sich die Party gestern aufgelöst hat.«

Gus hatte sich Liz' Sorgen bezüglich Paul Harding und der Probleme, die er Zack bereiten konnte, angehört und dann versprochen, sich mit ihrem Verlobten zu unterhalten und gemeinsam mit ihm zu entscheiden, ob man die Sache mit dem Interview an diesem Wochenende weiter anging oder nicht.

»Und?«

»Roman bleibt hartnäckig. Er will das Interview nicht canceln, und Zack ist seiner Meinung. Um ehrlich zu sein, glaube ich auch, dass es schon zu spät ist, einen Rückzieher zu machen. Ich weiß, dass du dir Sorgen machst, aber wir haben das im Griff.«

»Und wenn Paul sich eigenständig an die Presse wendet? Du weißt, was er alles über Zack sagen könnte.«

»Natürlich. Ich bin mit einem Mann verlobt, für den das Glas nicht nur immer halb leer ist, sondern es auch jeden Augenblick explodieren könnte«, erwiderte Gus. »Vertrau mir. Roman ist die schrecklichsten Szenarien durchgegangen, die Paul ersinnen könnte. Keins davon ändert etwas daran, dass wir weitermachen müssen. Sollte Paul öffentlich andeuten, dass Zack Joy betrogen hat, werden wir damit fertig. Oder befürchtest du, dass deine Beziehung mit Zack diesem prüfenden Blick der Öffentlichkeit nicht standhält?«

Das war lediglich eine ihrer Sorgen. »Nein. Meine eigentliche Angst ist, dass Paul die Idee ins Spiel bringen könnte, dass Zack seine Frau umgebracht hat. Denk doch mal nach. Meinst du, Freddy ist der Einzige, der die Filmaufzeichnungen von diesen ganzen Wahlveranstaltungen zusammengeschnitten hat?«

Liz hatte Freddys Montage von den Zielübungen des Attentäters nicht gesehen – und wollte es auch nicht. Sie war dabei gewesen, als Joy starb. Zacks Beschreibungen der Videoaufnahmen hatten sie trotzdem Tag und Nacht verfolgt.

»Sollte Paul diesen Müll an die Presse weitertragen, kommen wir auch damit klar«, entgegnete Gus. »Er hat keinerlei Beweise, schlicht, weil es nicht wahr ist. Am Ende wird er dastehen wie ein Verrückter. Die öffentliche Meinung wird ihm nie Recht geben. Und wenn es hart auf hart kommt, schnappen wir uns Paul, befragen ihn und lassen an die Presse durchsickern, dass er starke Verbindungen zu Russland hat. Ich bezweifele, dass er will, dass das auffliegt, vor allem, wenn er etwas mit dem Syndikat zu tun hat. Die Wahrheit ist, dass wir Schach spielen, Liz, und das hier ist nichts als ein weiterer Zug. Wie Paul reagiert, verrät uns vielleicht, ob er ein Bauer, ein Läufer oder ein König ist.«

»Na gut.« Gegen alle drei hatte sie keine Chance. Sie musste sich einfach auf das Schlimmste gefasst machen. »Dann überlege ich mir mal eine Strategie, wie wir das Team am besten vorbereiten, ohne zu viel zu verraten.«

»Das Interview ist erst in ein paar Tagen. Die Presse rückt mir jetzt schon auf die Pelle, aber ich komme damit zurecht.

Roman macht sich verrückt, aber ich kann dir sagen, der zusätzliche Stress macht den Sex auch ganz schön heiß. Das verbuche ich als Gewinn.«

Gus war eine ewige Optimistin, glaubte aber eben auch fest daran, dass sie die Welt ihrem Willen beugen konnte. Liz war eher Realistin. »Dann bin ich ja froh, dass bei diesem Mist wenigstens etwas Gutes herauskommt. Ich bin gerade auf dem Weg in meine Wohnung, um mir frische Klamotten zu holen. Vielleicht sollte ich eine Weile hierbleiben.«

Denn wenn sie genauer nachdachte, war das wahrscheinlichste Szenario, dass Paul Zack des Ehebruchs beschuldigen würde. Liz wusste, dass die Presse davon ausgehen würde, dass sie seine Geliebte gewesen war. Dann war der Skandal vorprogrammiert, der sich sowohl auf Zacks Umfragewerte als auch auf seine Kandidatur zur Wiederwahl negativ auswirken würde. Wenn sie sich jetzt etwas zurückzog, konnten sie die öffentliche Wahrnehmung vielleicht ein bisschen ändern oder zumindest den Schaden eindämmen.

»Ich glaube nicht, dass Zack das zulassen wird. Hol deine Sachen, und dann komm wieder her. Wir machen es uns nett«, drängte Gus. »Du und ich. Wir bestellen uns Pizza nur mit Gemüse, damit die Männer sie nicht anrühren. Und wenn sie reinkommen, fange ich an, über meine Periode zu reden. Gemüse und Menstruationsbeschwerden – die perfekte Kombination, um die Kerle ganz schnell wieder in ihren Höhlen verschwinden zu lassen.«

Liz wollte etwas einwenden. Sie hätte eigentlich wirklich etwas Zeit für sich gebraucht, um sich zu entspannen, aber wenn sie nicht umgehend ins Weiße Haus zurückkehrte, würde Gus hier auf ihrer Türschwelle auftauchen. Und nicht nur das, auch Zack würde Fragen stellen.

Als die Jungs am Abend zuvor aus dem Bunker gekommen

waren, um auf ihrer Party einzufallen, hatte sie Distanz gewahrt, denn Zack war noch nie ein Fan von öffentlichen Zuneigungsbekundungen gewesen, nicht mal vor seinen Freunden. Umso mehr hatte es sie überrascht, als er ihre Hand nahm und sie auf seinen Schoß zog.

Wollte sie dieses Interview unbewusst deswegen abblasen, weil sie sich Sorgen um ihre Beziehung machte? Dachte sie, Zack könne in eine Situation geraten, wo er sich zwischen ihr und dem Weißen Haus entscheiden musste? Es wäre jedenfalls nicht das erste Mal, dass er sich wegen ihr unter Druck fühlte.

»Ich bin in einer Stunde wieder da«, versprach sie Gus. »Dann können wir taktieren.«

»Ich werde da sein.« Aus Gus' Mund klang das beinahe wie eine Drohung.

Liz beendete das Gespräch und stieg dann in den Aufzug, in Gedanken bereits mit der Lösung der anstehenden Probleme beschäftigt. Auch wenn sie sich nicht sicher war, ob es überhaupt eine gute Lösung gab. Das war genau der Grund, warum man Arbeit und Privates nicht vermischte. Sie konnte nicht logisch denken, wenn es um Zack ging. Sie liebte ihn und hatte viel zu lange etwas anderes vorheucheln müssen. Ihn jetzt aufzugeben, wäre ein Ding der Unmöglichkeit.

Sie würde ja ihren Rücktritt anbieten, aber was sollte das nützen? Es gab keinen adäquaten Nachfolger für ihren Posten. Nicht einmal Vanessa, bei all ihrem Talent, war so weit, das Pressebüro alleine zu leiten. Chaos war das Letzte, was die Administration gebrauchen konnte, gerade jetzt. Ganz im Gegenteil würde die Presse wahrscheinlich erst recht anfangen, laut zu spekulieren, wenn sie überraschend zurücktrat. Es würde wirken, als hätte sie sich etwas zuschulden kommen lassen.

Der Aufzug hielt auf ihrem Stockwerk, und die Tür öffnete

sich. Liz ging auf ihre Wohnungstür zu, fest entschlossen, positiv zu denken. Schließlich war sie von einigen der klügsten Leute der Welt umgeben. Gemeinsam würden sie einen Ausweg aus dieser Sache finden. Sie brauchten nur etwas mehr Zeit. Wenn sie sich erst aus dem Würgegriff der Erpresser befreit hatten, würden sie wieder freier atmen und entscheiden können, wie sie weiter vorgingen. Vielleicht bestand die Chance, diesem Schlamassel ein für alle Mal ein Ende zu bereiten, wenn Zack seinen Entschluss bekannt gab, nicht für eine zweite Amtszeit kandidieren zu wollen.

Aber Zack wollte nicht zurücktreten.

Während sie den Schlüssel in das Schloss steckte und zum ersten Mal seit einer Woche ihre Wohnung betrat, Handtasche, Handy und Schlüssel auf die Theke legte, ging sie im Kopf bereits die Liste der Dinge durch, die sie einpacken wollte. Kleidung. Ihre Haarpflegemittel, denn von Spülung hatte Zack offenbar noch nie etwas gehört. Besaß sie noch irgendwelche sexy Unterwäsche oder hatte sie alles längst aussortiert? Sie sah sich kurz in dem kleinen Flur um, der in den Wohnbereich und die Küche führte, in der sie im Übrigen noch kein einziges Mal gekocht hatte.

Es war eine langweilige, möblierte Wohnung. Bei Vertragsabschluss hatte sie das als Pluspunkt gewertet. Und jetzt? Nichts hier fühlte sich wie ein Zuhause an. Dabei hatte sie sich eigentlich riesig darauf gefreut, sich endlich fest niederzulassen und häuslich einzurichten, nachdem sie fast ein ganzes Jahrzehnt auf Wahlkampf-Touren oder anderweitig auf Achse gewesen war.

Eine Vision eines Zuhauses mit Zack huschte durch ihren Kopf. New York war und blieb seine Wahlheimat, also würden sie in Connecticut nach einem großzügig geschnittenen Haus suchen, wo ihnen nicht ständig die Presse auf den Leib rückte und sie morgens zusammensitzen, ihren Kaffee und den Sonnenaufgang genießen konnten.

Einen Ort, an dem sie Kinder großziehen konnten.

Doch es war viel zu früh, um darüber nachzudenken, also schob sie die Bilder beiseite und steuerte auf ihr Schlafzimmer zu.

»Guten Abend, Ms Matthews.«

Sie erstarrte, schnappte nach Luft und wirbelte herum.

Oh Gott, sie war nicht allein.

Ein Mann saß auf ihrem Sofa, bequem zurückgelehnt, als hätte er lediglich auf einen Freund gewartet. Aber sein starker russischer Akzent strafte seine scheinbar entspannte Haltung Lügen und verriet ihr, dass es sich nicht um einen Feld-Wald-und-Wiesen-Einbrecher oder -Vergewaltiger handelte.

Liz blieb das Herz stehen. Jetzt würde sie also doch in den Nachrichten auftauchen – allerdings weil sie in einem Leichensack abtransportiert wurde.

»Wer sind Sie?« Sie schaffte es, die Frage in einem ruhigen Ton zu stellen, was gut war, denn sie starb fast vor Angst.

Wie war dieser Mann in ihre Wohnung gekommen? Wie lange wartete er hier schon auf sie?

»Wer ich bin?« Der große, muskulöse Mann hob eine Augenbraue, als erwäge er eine philosophische Frage. Seine dunklen Haare mochten an den Schläfen bereits grau werden, aber das ließ ihn nicht weniger bedrohlich aussehen. Tatsächlich sprach die Narbe, die seine Wange zierte, Bände über sein Leben voller Gewalt. »Das ist eine sehr gute Frage. Sagen wir, ich bin ein Geschäftsmann. Sie haben das Päckchen erhalten, das ich Ihnen in London hinterlassen habe?«

Liz versuchte, sich ihre Panik nicht anmerken zu lassen. Wie viele Schritte waren es bis zur Tür? Vielleicht konnte sie rennen, sich ihr Telefon schnappen und aus voller Kehle um Hilfe rufen. Wenn sie Glück hatte, hörte sie jemand und rief die Polizei. Nur dass dieses Gebäude tagsüber leider im Normalfall wie ausgestorben war. Die gesamte Mieterschaft bestand aus Washingtoner Insidern, die enorm viel arbeiteten und kaum je zu Hause waren.

»Wenn ich Sie wäre, würde ich nicht wegrennen«, sagte der Mann mit einem Seufzen. »Man weiß nie, wer heutzutage so herumlungert. Für eine Frau wie Sie kann es sehr gefährlich werden. Außerdem bin ich nur hier, um zu reden. Ich dachte mir, es ist allerhöchste Zeit, mal mit einer der engsten … Freundinnen des Präsidenten in Kontakt zu treten. Der letzte Freund, mit dem ich gesprochen habe, war nicht so reizend wie Sie. Ich verspreche, Sie besser zu behandeln als ihn.«

Oh, mein Gott. Sie befand sich in einem Raum mit dem Mann, der Mad halb tot geprügelt hatte.

»Sie sind Ivan Krylov.«

Er blickte sie finster und todernst an, ein Raubtier, das seine Beute taxiert. Ihre Vermutung tat er mit einer Handbewegung ab. »Namen haben sich in meiner Branche als ziemlich nutzlos herausgestellt. Wenn ich weg bin, wird ein anderer meine Stelle einnehmen. Institutionen dagegen sind für die Ewigkeit. Also glauben Sie nicht, dass Sie das Problem beseitigen können, indem Sie *mich* aus dem Weg räumen, Ms Matthews. Die Sache ist schon wesentlich länger im Gange, als Sie auf der Welt sind, und jetzt, da wir endlich erreicht haben, was wir wollten, werden wir Zachary Hayes nicht einfach gehen lassen, bloß weil er sich nicht in sein Schicksal fügen will.«

Sie spürte, wie sich ihre Hände am Körper zu Fäusten ballten. Wie verdammt verwundbar man sich fühlte, wenn man körperlich nichts gegen jemanden ausrichten konnte! »Es spielt keine Rolle, was Sie gegen Zack in der Hand haben. Er wird nicht nach Ihrer Pfeife tanzen.«

Er musterte sie lange. »Ein Jammer. Ich dachte mir schon, dass er so denkt. Deswegen bin ich hier, um mich mit seiner vernünftigeren Hälfte zu unterhalten. Lassen Sie mich Ihnen eine kleine Nachhilfestunde in Geschichte geben. Vor langer, langer Zeit gab es Menschen – kluge Menschen – beim KGB, die erkannten, dass die amerikanische Demokratie nichts weiter ist als eine Illusion. Sie ist ein schönes Märchen, das die Armen glauben lässt, sie hätten in ihrem Leben irgendetwas zu melden, während die wahren Machthaber die Welt zu ihrem eigenen Vorteil manipulieren. Natürlich arbeiten sie ziemlich hart daran, das Fantasiegebäude am Leben zu erhalten und allen zu erzählen, wie wichtig Wahlen sind, dass Amerika allen Bürgern gehört und dass sich deshalb auch alle darum kümmern sollen. Man zerstört nichts, was einem gehört, nicht wahr? Es ist der perfekte Schwindel, finde ich. Wenn uns das früher eingefallen wäre, hätten wir uns vielleicht die Revolution ersparen können. Aber jene Männer in Russland haben erkannt, wie fest der Griff eurer Regierung tatsächlich ist – und dass wir lediglich einen Fuß in der Tür brauchen.«

»Zack ist nicht Ihr Fuß in der Tür.«

»Oh, doch«, widersprach Krylov. »Wir dachten, dass sein Vater uns vielleicht den erwünschten Zugang gewähren würde. Sein Großvater war ein loyaler Mann, dessen Wurzeln in Moskau über Generationen zurückreichten. Sie haben ihre Sache gut gemacht, sich hier zu integrieren und einträgliche Geschäfte aufzubauen, aber er hat nie vergessen, dass er im Herzen Russe war. Sein Großvater wusste, dass diese Dinge manchmal Zeit und Geduld brauchen. Er hat ein Imperium aufgebaut, aber sein Sohn war zu ungeduldig und schwach, um uns das Eine zu liefern, was wir wirklich wollten.«

Die Präsidentschaft. »Frank Hayes hat mit Ihnen zusammengearbeitet.«

Seine dunklen Augen starrten durch sie hindurch. »Mag sein. Oder vielleicht ziehen wir es auch vor, unsere Zielpersonen ein ganz gewöhnliches Leben führen zu lassen, bis wir sie benötigen und die Zeit gekommen ist, ein bisschen an der Leine zu ziehen. Bis vor Kurzem wusste Zachary noch nicht mal, dass er eine Leine um den Hals hatte, habe ich recht? Und jetzt wehrt er sich dagegen.«

»Er wird nicht nachgeben«, schwor Liz.

Krylov gab ein zuversichtliches Kichern von sich. »Deswegen bin ich hier, um mich mit jemandem zu unterhalten, der praktisch denkt. Jemand, der in der Lage ist, Hayes' Meinung zu ändern. Maddox Crawford hat sich als widerstandsfähiger herausgestellt als angenommen. Ich habe den Verdacht, dass er trotz seines verfrühten und ziemlich öffentlichen Todes immer noch unter uns weilt und mir Ärger bereitet. Aber Sie werden mir doch keine Schwierigkeiten machen, oder, meine Hübsche?«

»Sie unterschätzen mich.« Allmählich wurde ihre Angst von schierer Wut verdrängt. Was glaubte er, wer er war, einfach hier in ihre Wohnung zu spazieren und sie zu bedrohen?

»Ich unterschätze nicht, wie sehr Sie ihn lieben. Sie wollen doch nicht, dass er aus seinem Amt entfernt wird.«

»Mir ist egal, ob er Präsident ist oder nicht. Wenn er morgen zurücktritt, wäre ich immer noch an seiner Seite.« Aber sie wusste auch, dass Zack hartnäckig an seinem Amt festhalten würde, wenn er der Meinung war, dem Syndikat damit nicht das zu geben, was sie wollten. Trotzdem hatte sie kein Problem damit, ihn zum Rücktritt zu ermutigen, wenn das bedeutete, ihm den Stress und die Sorge zu ersparen, als Marionette der Russen missbraucht zu werden.

»Zurücktreten? Sie missverstehen mich. Das ist nicht der einzige Weg, sich eines Problems zu entledigen.« Der Russe stand auf. »Fragen Sie Joy Hayes.«

Liz gefror das Blut in den Adern, und sie machte unwillkürlich einen Schritt zurück. »Sie haben sie umgebracht.«

»Das habe ich nicht gesagt. Trotzdem mache ich mir Sorgen. Auf dieser Familie scheint ein Fluch zu lasten. Der Tod scheint an jeder Ecke zu lauern. Schon traurig … Bitte lassen Sie Ihren Präsidenten wissen, dass ich für seine Gesundheit beten werde und dass wir nächstes Mal vielleicht angenehmere Dinge zu besprechen haben werden. Wenn der nette Brief, den ich ihm in London habe zukommen lassen, nicht deutlich genug ist und er es lieber als To-do-Liste haben möchte statt als freundliches Angebot, sehe ich mich gezwungen, meine Strategie zu überdenken. Und vielleicht sogar dieses Experiment zu beenden.«

»Sie wollen ihn töten?« Die Frage rutschte ihr über ihre vor Schock tauben Lippen.

»Alles, was er heute ist, verdankt er mir. Ich kann es ihm auch wieder wegnehmen. So läuft es in der Welt. Ich habe Bosse, die Ergebnisse sehen wollen. Wenn ich sie nicht liefere, bin ich derjenige mit ungewisser Zukunft. Also muss ich mich zwischen mir und Präsident Hayes entscheiden. Da muss ich nicht lange nachdenken. Aber bevor Entscheidungen fallen, versuche ich noch ein letztes Mal meinen Standpunkt klarzumachen. Der Präsident steht seinen Freunden doch nah, oder nicht? Ich vermute, dass er der Grund ist, warum Mr Crawford uns so lang entwischt ist. Die anderen hat er hingegen nicht so gut versteckt. Sagen Sie ihm, beim nächsten Mal sind es keine kaputten Bremsen im Auto. Sondern gleich eine Bombe.«

»Was meinen Sie damit?«

»Ihr Freund wird es schon wissen. Wenn er ein nächstes Mal erzwingt, nun, dann werde ich tun, was ich tun muss. Er soll die Pipeline abblasen. Danach sollten wir uns unterhalten, wie wir die Beziehungen zwischen unseren Ländern stärken können. All die Sanktionen – die brauchen wir doch gar nicht, oder?«

Liz wurde blass. »Das wird er niemals tun.«

Sie wusste bereits, dass Zack stur bleiben würde.

»Dann werde ich mich der Situation annehmen müssen. Die gute Nachricht ist: Ich habe Leute vor Ort, die meinen Wunsch erfüllen. Ich hoffe, der Präsident kann von sich dasselbe behaupten. Sagen Sie ihm, dass wir bereit sind, für unsere Sache zu sterben … oder zu töten. Machen Sie es gut, Ms Matthews. Es war mir eine Freude, Sie kennenzulernen. Ich denke, Sie werden eine ausgezeichnete First Lady abgeben. Falls der Präsident sich dazu entschließen sollte, am Leben zu bleiben.«

Sie wich zurück, weil sie nicht die kleinste Berührung mit dem Mann riskieren wollte, als er aus ihrer Wohnung schlenderte und sich die Tür mit einem leisen, aber unheilvollen Geräusch hinter ihm schloss.

Liz sah ihm hinterher. Ihre Hände zitterten. Das Syndikat war bereit, alles zu tun, womit Krylov gedroht hatte. Sie würden Zack töten.

Plötzlich fühlte sie sich zurückversetzt in jenen Moment, als sie die Schüsse gehört hatte und um sie herum Chaos ausgebrochen war. Als ihr klar geworden war, wie verwundbar sie alle waren.

Liz zwang sich, die Tür hinter ihm abzuschließen und zu prüfen, ob sie auch tatsächlich fest zu war, obwohl das Schloss offenkundig bestenfalls ein fadenscheiniger Schutz war.

Ihr Telefon klingelte, ein trällernder Ton, den sie ausgesucht hatte, weil er etwas Beruhigendes hatte. Aber jetzt fuhr sie vor Schreck zusammen und schaffte es kaum, das Gerät in die Hand zu nehmen und über das Display zu wischen. »Hallo?«

»Hey«, sagte Gus und klang atemlos, als wäre sie gerade unterwegs. »Wir müssen den Wohlfühlabend verschieben. Holland hatte eine Autopanne. Ihre Bremsen haben plötzlich nicht mehr funktioniert. Es geht ihr gut, aber es war wohl ziemlich knapp.«

Wenn sie noch einen Beweis gebraucht hatte, dass ihr ungebetener Gast es ernst meinte: Hier war er.

Liz sank auf die Knie und fing an zu weinen.

Zack streifte seine Krawatte ab und sah auf die Uhr. Warum brauchte Elizabeth nur so lang?

Roman öffnete die Tür zum Treaty Room und kam herein. »Dax hat angerufen. Holland geht es gut. Sie ist nur sauer auf ihre Werkstatt. Sie schwört, dass sie mit dem Wagen vor einem Monat bei der Inspektion war, und da haben sie nichts von einem Problem mit den Bremsen gesagt.«

Nachdem sie und Dax nach D. C. gezogen waren, hatte Holland einen Oldtimer von Mustang gekauft. Seither gab es Streit wegen des Autos. Er wollte, dass sie einen Wagen mit den neuesten Sicherheitsstandards fuhr, aber sie beharrte darauf, dass ein Mustang ihr Traumauto war. »Streiten sie sich jetzt wieder deswegen?«

»Dax bekam es ganz schön mit der Angst zu tun, aber ich wette, am Ende gewinnt sie.« Mit einem Seufzer, der von schlechten Nachrichten zeugte, lehnte Roman sich gegen den Schreibtisch. »Wir müssen aber noch über was anderes reden.«

Zack wollte sich jetzt in diesem Augenblick über gar nichts unterhalten. Er wollte Elizabeth hier bei sich, wollte den Abend lang so tun, als seien sie ein ganz normales Pärchen, das nach einem langen Tag ein bisschen ausspannte. Aber er kam wohl nicht drumherum. »Was denn?«

»Shorn hat mich vor ein paar Minuten abgefangen.« Roman schnitt eine Grimasse. »Er wollte wissen, warum er nicht zu dem Treffen mit dem Energieminister wegen der Pipeline eingeladen wurde.«

Zack drehte sich der Magen um. Jenes Treffen, das gar nicht stattgefunden hatte, war die Bewährungsprobe gewesen, die Roman sich für Elizabeth ausgedacht hatte. Zack hatte ihr im Vertrauen davon erzählt und keinen Moment daran gezweifelt, dass sie das »Geheimnis« für sich behalten würde. Wie in aller Welt hatte Shorn davon erfahren?

Roman starrte ihn mit ernstem Blick an. »Tut mir leid. In dieser Sache behalte ich ungern recht.«

»Es könnte eine andere Erklärung dafür geben.«

»Zum Beispiel? Du hast Liz gebeten, niemandem davon zu erzählen. Vielleicht hätte ich es noch verstanden, wenn Gus mich auf das Treffen angesprochen hätte, aber Wally Shorn? Liz kann den Mann noch nicht mal leiden, warum also sollte er von einer angeblichen heimlichen Zusammenkunft wissen, bei der es um die Pipeline ging? Was die Frage aufwirft, wer sonst noch alles davon weiß.«

Es musste noch andere Möglichkeiten geben, als die, die Roman als offensichtlich ansah. Vielleicht hatte Liz das Treffen Gus gegenüber in dem Glauben erwähnt, dass sie bereits davon wusste … Nur dass für Gus alles geheim war. Sie konnte zwar eine große Klappe haben, aber auch extrem verschwiegen sein. Sie würde garantiert nicht dem Vizepräsidenten irgendetwas erzählen, das Roman nicht gebilligt hatte. Natürlich hatte Zack dasselbe auch von Elizabeth angenommen.

Nein. Zack weigerte sich zu akzeptieren, dass Elizabeth mit den Russen zusammenarbeitete. Das war unmöglich. Es gab einen anderen Grund, dass Shorn davon wusste. Vielleicht war ihr in ihrem Büro irgendwas rausgerutscht. Vielleicht spekulierte Shorn nur. Es musste irgendeine Erklärung geben.

»Zack …«, setzte Roman an.

Aber was auch immer er sagen wollte, wurde von der auffliegenden Tür unterbrochen. Kreidebleich und bis ins Mark erschüttert kam Elizabeth in den Raum gestürzt.

Zack stand auf, von Sorge gepackt. Sie sah nicht aus wie eine Frau, die gerade einen kleinen Ausflug in ihre alte Wohnung gemacht hatte. Sie sah aus, als hätte sie ein Gespenst gesehen. »Was ist passiert?«

Gus, die ihr gefolgt war, reichte Elizabeth die Hand, um sie zu stützen. Neben ihm legte Roman die Stirn in Falten.

»E-er hat auf mich gewartet«, brachte Elizabeth schließlich hervor. »In meiner Wohnung.«

Zack blieb fast das Herz stehen. Er hätte Elizabeth nie erlauben dürfen, ohne Begleitschutz die Sicherheitszone des Weißen Hauses zu verlassen. Er hätte jemanden schicken sollen, um ihre Sachen zu holen. »Wer?«

»Ivan Krylov. D-das glaube ich zumindest. Er saß auf meiner Couch. Ich weiß nicht, wie er reingekommen ist. Die Tür war abgeschlossen. Ich habe mit dem Schlüssel aufgesperrt. Ich …« Ihre Worte sprudelten ebenso hervor wie ihre Tränen.

»Hat er dich angerührt? Hat er dir was getan?«

»Nein. Aber was er alles gesagt hat …« Sie presste sich eine Hand auf die Brust. »Womit er gedroht hat … Er hat zu mir gesagt, dass er an einem von uns ein Exempel statuieren will. Dieses Mal, hat er gesagt, seien es nur die Bremsen gewesen, aber nächstes Mal wäre es eine Bombe. Geht es Holland gut? Gus hat gesagt, dass ihre Bremsen plötzlich versagt haben?«

»Ihre Bremsen haben den Geist aufgegeben, weil das Auto alt ist«, sagte Roman und griff, trotz dieser vehementen Bekräftigungen, nach seiner Verlobten. »Das hat Dax gesagt.«

Elizabeth schüttelte den Kopf und streckte die Hände nach Zack aus. »Es war Krylov. Er hat gesagt, das sei eine Nachricht für dich.«

Zack schluckte seine eigene Panik hinunter. Er musste sie beruhigen, sonst drehte er auch noch durch.

Er zog sie an sich, dankbar, als sich ihre Arme um seinen Hals schlangen und sie anfing, sich zu entspannen.

»Ich hol uns mal Wein«, sagte Gus, die die Hand ihres Verlobten hielt. »Hilfst du mir?«

Romans Miene verfinsterte sich. »Wenn es irgendetwas gibt, wobei du keine Hilfe brauchst, dann dabei, den Flaschenvorrat zu finden. Ich muss hierbleiben und hören, was passiert ist.«

Gus stöhnte. »Du hast Glück, dass du so hübsch bist. Liz hat mir schon alles erzählt, und ich spanne dich ein, damit die beiden mal einen Augenblick für sich haben.«

»Das würde ich begrüßen.« Zack drückte Elizabeth noch fester an sich und spürte, wie ein leichtes Zittern durch ihren ganzen Körper lief.

Roman ließ sich von Gus hinausführen.

Zack hob Elizabeths Kopf an und strich ihr das Haar zurück. »Erzähl mir alles, was geschehen ist.«

Sie nickte und schien sich zu beruhigen. »Ich wollte in meine Wohnung gehen, wie ich es dir gesagt habe.«

»Wie du mir per Textnachricht mitgeteilt hast«, korrigierte er. Wenn sie ihm von Angesicht zu Angesicht gesagt hätte, dass sie vorhatte, allein zu sich nach Hause zu gehen, hätte er ihr das niemals erlaubt. Und er befürchtete, dass ihr das mehr als bewusst war. Er hätte einen Secret-Service-Agenten mit ihr hingeschickt, einen von den Männern, denen Thomas vertraute. War das der Grund, warum sie ihm nur eine Nachricht geschickt hatte?

Doch sie überhörte seine Bemerkung und fuhr fort: »Ich habe mit dem Schlüssel aufgeschlossen, und er saß in meiner Wohnung auf der Couch.«

»Ivan Krylov, der Kopf des Krylov-Syndikats, saß einfach so da rum?«

»Ich glaube zumindest, dass er es war. Er hat mir seinen Namen nicht genannt. Ich habe ihn geraten, und er hat es weder bestätigt noch abgestritten.«

Es spielte keine Rolle. Sie konnte ihn anhand eines Fotos identifizieren. Sie hatten eine dicke Akte über den Anführer des Syndikats.

Gott, sie hatte einen vermeintlich sicheren Ort betreten und plötzlich allein einem Killer gegenübergestanden. »Hat er dir irgendwas getan?«

Sie schüttelte den Kopf. »Nein. Er hat nur mit mir geredet. Zack, er hat eine Menge hässliche Dinge gesagt, aber vor allem, dass er dich ermordet, wenn du die Pipeline nicht stoppst, genau wie Freddy und Mad vermutet haben.«

Sie klammerte sich an ihn und begann, ihm alles zu erzählen.

Und Zack hielt sie fest und versuchte, nicht an die Tatsache zu denken, dass sie nun schon zum zweiten Mal die Überbringerin einer Nachricht des Syndikats war.

13

Als sich drei Stunden später alle Männer mit Ausnahme von Dax und Mad in den Treaty Room drängten, drehte sich in Zacks Kopf immer noch alles. Gus hatte sich die Frauen geschnappt und war mit ihnen Holland besuchen gegangen, obwohl Dax' Frau beteuerte, dass es ihr ausgezeichnet ging. Captain Awesome – ein Spitzname, der Zack immer noch ein Grinsen entlockte – hatte Holland Bettruhe verordnet und wachte über sie mit Argusaugen.

»Gibt's schon was Neues von der Werkstatt?« Roman ging im Raum auf und ab wie ein frustrierter Tiger.

»Ja.« Connor saß am Schreibtisch und machte sich Notizen. Er hatte die ganze Zeit entweder telefoniert oder stundenlang auf seinen Laptop gestarrt. »Jemand hat ihre Bremsen manipuliert. Der Typ hat technische Fachbegriffe benutzt, mit denen ich euch jetzt nicht langweilen will, aber es war definitiv kein Unfall.«

Zack kam die Galle hoch. Sie hätten Holland verlieren können. Die Gefahr war schon länger real, aber es erschütterte ihn erneut bis ins Mark, dass jemand wahrhaftig versuchte, ihn zu verwunden – und bereit war, seine Freunde dazu zu benutzen.

Würde wegen ihm noch jemand sterben?

Roman fluchte. »Morgen befragen wir Holland, wo ihr Auto stand und wer Zugang dazu gehabt haben kann.«

»Ich weiß nicht, ob das eine Rolle spielt. Laut Elizabeth benutzt Krylov beim nächsten Mal eine Bombe.« Zack schob seine düsteren Gedanken beiseite und versuchte sich auf die

Überlegungen zu konzentrieren. »Wissen wir irgendetwas Hilfreiches über ihn oder seinen Aufenthaltsort?«

»Krylov befindet sich definitiv in den Staaten«, bestätigte Connor. »Ich habe einen Kontakt angerufen, den ich noch bei der CIA habe, und er sagt, dass er seit zwei Wochen in den USA ist. Angeblich nimmt er an Besprechungen in New York teil.«

Das hieß gar nichts. Es war ein Leichtes, von New York nach Washington zu gelangen.

»Woher wusste er, wann Liz zu Hause sein würde? Immerhin war sie eine ganze Weile nicht dort«, fragte Gabe. »Kann er hellsehen? Oder saß er schon seit Tagen in ihrem Wohnzimmer?«

Oder hatte Elizabeth ihn einfach angerufen?

»Er kann nicht lange dort gewartet haben.« Connor drehte seinen Bildschirm in ihre Richtung. Überwachungsbilder waren darauf zu sehen. »Er wurde gestern in Manhattan gesichtet. Das FBI hatte ein paar Agenten auf ihn angesetzt, aber wenn er in D.C. ist, haben sie ihn wohl zwischenzeitlich aus den Augen verloren. Laut den Agenten war er den ganzen Tag in seinem Hotelzimmer, was sie zugegebenermaßen merkwürdig fanden. Nach ihren Angaben ist er sehr gesellig, wenn er in der Stadt ist.«

»Oder er ist immer noch in New York, und Liz lügt uns an.« Roman musste immer des Teufels Anwalt spielen. Das war nun einmal seine Berufung.

»Warum sollte sie lügen?« Gabe war eher der Naive. Er mischte zwar seit Jahren bei Konzerngeschäften mit, aber da ging es nie um derart große Hausnummern wie die Weltherrschaft.

»Weil sie mit Krylov zusammenarbeitet«, sagte Connor. »Zumindest geistert diese Idee Roman durch den Kopf. Was bedeutet, dass er früher oder später Zack damit anstecken wird, wenn nicht schon geschehen.«

Anstecken war vielleicht nicht das richtige Wort, aber Zack war sicherlich gezwungen, die Möglichkeit in Erwägung zu ziehen, dass seine geliebte Elizabeth eine Verräterin war. »Was hast du über die Sicherheitsanlage in ihrem Wohnhaus herausgefunden?«

»Die Überwachungskamera deckt nur die Außeneingänge vorn und hinten ab«, erklärte Gabe. »Der Hausmeister hat mich die Aufnahmen von heute ansehen lassen. Kein Krylov oder irgendjemand, der wie er aussieht. Aber wir wissen ja, dass der Typ gerissen ist. Schließlich führt er die Behörden und deren Überwachung seit Jahrzehnten an der Nase herum. Für ihn ist es doch kein Problem, ein paar lächerliche Gebäudekameras zu umgehen.«

Gabe war offensichtlich im Team Elizabeth.

Zack runzelte die Stirn. »Hast du dem Hausmeister Krylovs Foto gezeigt?«

Gabes angespannter Kiefer verriet ihm die Antwort, noch ehe er den Mund aufmachte. »Er sagte, er hätte den Mann noch nie gesehen. Aber auch das heißt noch lange nicht, dass Krylov nicht einen anderen Weg ins Gebäude gefunden haben kann. Und dass der Hausmeister sich richtig erinnert und die Wahrheit sagt.«

»Warum sollte Krylov in ganz Manhattan seine Visage zeigen, aber um die Kameras in D.C. einen Bogen machen?«, fragte Roman. »Warum sollte er einen Besuch in Liz' Gebäude anders handhaben als jedes andere Treffen?«

»Weil er uns spalten will«, vermutete Connor. »Das würde ich versuchen, wenn ich diese Operation leiten würde. Wenn es ihm gelingt, zwischen Zack und seine engsten Verbündeten einen Keil zu treiben, bleibt der Präsident – seine Zielperson –

verwundbar zurück. An Krylovs Stelle hätte ich Zacks engsten Kreis gründlich studiert, gut genug, um zu wissen, dass Roman alles hinterfragt. Mein Ziel wäre es daher, Roman glauben zu lassen, die Frau, die Zack am meisten bedeutet, treibe ein Doppelspiel. So ist die Wahrscheinlichkeit am größten, zwischen euch beiden Zwietracht zu säen.«

»Es ist mein verdammter Job, alles zu hinterfragen.« Roman funkelte Connor wütend an. »Auf die Art habe ich uns alle schon immer beschützt. Meint ihr, ich finde es toll, der ewige Schwarzseher der Gruppe zu sein? Mad und Gabe waren immer die Partylöwen. Dax und Connor hatten nur Sport im Kopf, und Zack seine Zukunft. Ich musste immer derjenige sein, der uns in solchen Situationen den Rücken freihält.«

»Ich will damit ja nur sagen, wenn ich Krylov wäre, würde ich mir genau diesen Umstand zunutze machen«, entgegnete Connor.

»Fassen wir also zusammen.« Zack nahm das Ruder in die Hand, damit sich das Treffen nicht ewig in die Länge zog. »Elizabeth sagt, dass Krylov heute Abend in ihrer Wohnung war, aber es gibt keinerlei Beweise. Wenn er nicht zum Vorder- oder Hintereingang hereinspaziert ist, wie ist er dann ins Gebäude gelangt? Und gibt es irgendwelche Hinweise darauf, dass er sich gewaltsam Zugang zu Elizabeths Wohnung verschafft hat?«

»Nichts deutet darauf hin, dass er das Schloss mit einem Dietrich geöffnet hat«, räumte Connor ein. »Normalerweise hinterlässt so etwas Spuren. Aber es wäre auch kein Kunststück, einen Schlüssel zu klauen. Der Hausmeister hat bestimmt einen Generalschlüssel. Den hätte ich versucht in die Finger zu bekommen.«

»Das ändert nichts an der Tatsache, dass kein Mensch ihn gesehen hat«, beharrte Roman.

»Könnte es vielleicht sein, dass Freddy Verbindungen zu irgendwelchen dubiosen Gestalten im Dark Web hat, die uns weitere Informationen liefern können?« Zack hatte das Gefühl, sich an Strohhalme zu klammern.

Connor schüttelte den Kopf. »Er ist mir wirklich eine große Hilfe dabei, das ganze Personal des Weißen Hauses und die Secret-Service-Agenten zu überprüfen. Und bei allem Respekt: Das ist jetzt auch wichtiger, als die Geschichte deiner Freundin zu überprüfen. Dass Liz Dreck am Stecken hat … ist nur eine Theorie.«

»Es ist ein wohlüberlegter Verdacht«, verbesserte Roman. »Findet ihr es nicht auch interessant, dass das Syndikat uns zwei Mal direkt eine Nachricht hat zukommen lassen, und jedes Mal Liz Matthews dafür benutzt wurde?«

Diese Tatsache bereitete Zack schon seit Stunden Kopfzerbrechen. »Laut Elizabeth steckt hinter dem Syndikat nichts weiter als eine russische Splitterpartei. Heute wird das Ganze vom Geheimdienst SWR geleitet, aber das Komplott wurde noch zu Zeiten meines Großvaters von ein paar KGB-Leuten ausgeheckt. Sie haben abgewartet, bis sie einen Hayes ins Weiße Haus gebracht hatten.«

Roman seufzte. »Und warum sollte Krylov ihr das erzählt haben? Warum Liz seinen ganzen Plan offenlegen? Und nicht einem von uns?«

Zack kannte die Antwort auf diese Frage. »Weil ich jedem von euch sagen würde, sich nicht so anzustellen. Das geht bei ihr nicht, weil sie um mein Leben bangt. Dieser Mann hat sie in Angst und Schrecken versetzt.«

»Oder sie ist unwahrscheinlich schlau und benutzt eure Beziehung, um dich zu manipulieren, damit du genau das tust, was sie wollen«, beharrte Roman.

»Und was soll das sein?«, fragte Gabe.

»Sie will, dass ich das Interview absage, das Roman und Gus wegen Romans ›Beziehung‹ zu Joy geben sollen.« Und seit Krylovs Besuch beharrte Elizabeth noch vehementer darauf. »Sie will sogar, dass ich die Geschichte komplett abstreite. Und sie hat mich gebeten, jede Entscheidung bezüglich der Pipeline aufzuschieben, wenn ich schon nicht bereit bin, den Plan überhaupt fallen zu lassen.«

Unter Tränen hatte sie ihn bekniet und geschworen, dass das Syndikat Zack genauso umbringen würde wie Joy, wenn er nicht machte, was Krylov wollte. Sie war völlig verängstigt gewesen, und er hatte sie im Arm halten müssen, bis sie sich endlich wieder beruhigt hatte.

Im Raum war es still geworden, jeder schien in Gedanken versunken.

War es möglich, dass Elizabeth eine russische Agentin war? Gott, er war so ein Idiot. Es war nicht nur möglich, es war die einzig nachvollziehbare Erklärung. Sein ganzes Leben lang war ihm beigebracht worden, logisch zu denken, mit Situationen rational umzugehen und zur vernünftigsten Schlussfolgerung zu gelangen. Er musste aufhören, wie ein verliebter Mann zu denken und stattdessen wie ein Präsident an die Sache herangehen und die harten Fakten betrachten.

Erstens hatte Elizabeth eng mit Joy zusammengearbeitet. Joy und ihr Vater hatten sich sogar dafür ausgesprochen, Elizabeth einzustellen.

Zweitens war der Befehl, die FAA-Untersuchung abzubrechen, vom Pressebüro ausgegangen, das Elizabeth leitete.

Drittens war der ursprüngliche Erpresserbrief in London in Elizabeths Zimmer geliefert worden.

Viertens hatte er ihr – und zwar einzig und allein ihr – Informationen über das vermeintliche »geheime« Treffen gegeben, über das irgendjemand nicht dicht gehalten hatte.

Fünftens: Jetzt, da sie einen Weg gefunden hatten, um die Bedrohung durch die Erpressung zu minimieren, hatte Krylov einen nicht verifizierbaren Plausch mit Elizabeth – und sonst niemandem – gehalten und auf magische Weise genau die richtigen Worte gesagt, um sie dazu zu bringen, Zack anzuflehen, sich und seine Präsidentschaft ins Aus zu katapultieren.

Verdammt, wenn er die Geschichte über Joy und Roman abstritt, die er lanciert hatte, würde er nicht nur wie ein Vollidiot dastehen, wenn die Russen die Beweise öffentlich machten, sondern sich auch erneut verwundbar machen. Sie würden ihn weiter zu manipulieren versuchen, um ihre Sache voranzubringen. Konnten sie durch ihre Manöver dafür sorgen, dass Mad nicht aus der Versenkung auftauchen konnte, wodurch Zack und Gabe ins Fadenkreuz gerieten?

Zack zweifelte nicht, dass sie einen todsicheren Plan hatten. Er hatte es satt, im Dunkeln zu tappen, immer zwei Schritte hinterherzuhinken.

Natürlich hatte er gedacht, sie hätten selbst eine gute Strategie. Aber kaum machte er einen Zug, pflanzten sie die Dame direkt vor seine Nase. *Seine* Dame. Problemlos zwangen sie ihn in eine unhaltbare Position, aus der er nicht entkommen konnte, ohne sie zu verletzen oder jemanden sterben zu sehen, den er liebte.

Sie spielten dieses Spiel schon seit Jahrzehnten so clever. Sie hatten Joy an seiner Seite platziert. Aber als sie nicht in der Lage war, ihn wie gewünscht zu manipulieren, weil er für sie nie wahre Leidenschaft verspürt hatte – warum es nicht noch mal versuchen, mit einem anderen Typ Frau? Nachdem Joy ihre Schuldigkeit getan und ihn ins Weiße Haus gebracht hatte, wartete dort eine weitere Frau auf ihn, prädestiniert dafür, den Präsidenten der Vereinigten Staaten zu manipulieren.

In Elizabeth hatten sie vielleicht die perfekte Mata Hari gefunden.

Oder die Russen hatten einen anderen Agenten eingeschleust und ließen es nur so aussehen, als ob sie eine bedeutende Spielfigur war und nicht nur irgendein unschuldiges Bauernopfer.

Zacks Herz glaubte fest an Letzteres, aber seine Logik beharrte auf der wahrscheinlicheren Möglichkeit.

»Was soll ich machen?« Romans Stimme durchschnitt die Stille.

»Wir sollten uns Elizabeths Hintergrund näher ansehen.« Noch ehe er es aussprach, wurde ihm schlecht, aber er zwang sich dazu.

Connors Blick verhärtete sich. »Wenn es sein muss.«

Er musste jetzt als Präsident handeln, wenn er nicht wollte, dass seine Freunde ihr Leben, ihre Frauen, ihre Zukunft verloren. Er konnte schlecht zu Elizabeth gehen, sie um ihre Liebe anflehen und sie bitten, ihm die Wahrheit zu sagen und keine Verräterin zu sein. Ein Stück weit musste er in das schmutzige Spiel der Russen einsteigen.

»Es muss. Und Connor, ich erwarte, dass du gründlich arbeitest. Und kein Wort darüber zu Lara.«

»Oh, keine Angst, meine Frau erfährt kein Sterbenswörtchen, weil sie mir sonst nämlich die Hölle heiß machen würde.« Connor klappte seinen Laptop zu. »Ich gehe kurz bei Dax vorbei, mal sehen, wie es ihm und Holland geht. Dann mache ich mich daran, herauszufinden, ob Liz irgendeine russische Spionin ist.« Er klang skeptisch.

»Ich meine es ernst, Connor«, insistierte Zack. Die Sache war zu wichtig, um einfach darüber hinwegzugehen.

»Ich werde meinen Job machen, Mr President«, gelobte Connor in eisigem Ton.

»Ich komme mit dir.« Gabe ging durch den Raum zu Connor, seine Schlüssel in der Hand. »Ich fahre. Ich muss meine Frau abholen.« Er wandte sich an Zack. »Soll ich Liz auch mitnehmen oder schickst du sie wieder in ihre Wohnung?«

»Warum sollte ich das tun?« Er zog eine Augenbraue hoch.

Zack hatte nicht die Absicht, Elizabeth aus den Augen zu lassen. Sie tat immer irgendwelchen Ärger auf, wenn man sie allein ließ. Er durfte nicht zulassen, dass sie noch mehr Probleme bereitete. Und wenn er sich irrte, was sie anging …

Mehr als ein Mal hatte Zack sich gefragt, was er tun sollte, wenn sie sich als Abtrünnige herausstellen sollte. Er wusste keine Antwort darauf. Er war sich nicht sicher, ob er sie jemals ausliefern und zulassen konnte, dass sie in einem Hochsicherheitsgefängnis weggeschlossen wurde, wo er sie nie wiedersehen würde. Erstens wäre der Skandal zu groß. Zweitens … wollte er nicht ohne sie leben. Nein, besser auf seine Art mit ihr verfahren, und das konnte er nicht, wenn er jetzt auf Abstand zu ihr ging.

»Erde an Zack?«, rief Gabe.

Zack warf seinem Freund einen scharfen Blick zu. »Elizabeth wird hierbleiben, wo sie hingehört. Daran ändert sich nichts. Falls wir beobachtet werden, dürfen wir nicht den Eindruck machen, dass irgendetwas nicht stimmt. Das Beste ist, sie glauben zu lassen, dass ihr Plan funktioniert.«

»Und du hast nicht mal vor, Liz nach ihrer Version zu fragen? Das halte ich für einen Fehler«, sagte Gabe.

»Hast du schon mal daran gedacht, dass jemand stirbt, wenn ich falschliege?«, fragte Zack. »Ich weiß, ihr seht mich und Roman als Monster, weil wir eine Frau, die wir immer als Freundin angesehen haben, überhaupt infrage stellen. Verflucht, für mich ist sie viel mehr als das, und das wisst ihr auch. Im Gegensatz zu euch kann ich die Frauen, mit denen ich geschlafen habe, an einer Hand abzählen. Als ich jung war, habe ich kein rücksichtsloses, wildes Leben geführt. Ich musste immer vorsichtig sein. Und ich werde mich nicht ausgerechnet zu einem Zeitpunkt ändern, wo meine Fehler die Menschen, die ich liebe, das Leben kosten könnten, sie eingeschlossen. Also verurteilt mich, wenn ihr wollt, geht hier raus und sagt euch, dass ich ein eiskaltes Arschloch bin, aber ich werde so viele Informationen sammeln, wie ich kann, bevor ich entscheide, wie ich vorgehe.«

Connor streckte eine Hand aus. »Tut mir leid, Zack. Ich besorge dir alles, was du brauchst. Uns allen bedeutet sie etwas, aber du weißt, dass wir hinter dir stehen.«

»Das tun wir«, stimmte Gabe Connor zu. »Wir unterstützen dich, egal, was du ausheckst. Ich sorge dafür, dass Liz und Gus nach Hause eskortiert werden.«

Sie gingen, und Zack atmete auf. Zumindest hassten seine Freunde ihn nicht.

»Es wird alles gut«, versicherte Roman ihm. »Setz dich ein bisschen. Ich warte auf die Frauen.«

Roman wusste immer, wenn er Zeit und Raum brauchte, um auszuspannen. »Danke.«

Er ging aus dem Zimmer, und sofort heftete sich ein Secret-Service-Agent an seine Fersen – ein Mitarbeiter, dem Thomas vertraute. Zack eilte in die Privatwohnung, weil er Ruhe brauchte. Damit er denken … und sich Sorgen machen konnte.

Liz nickte dem Secret-Service-Agenten zu, der vor der Tür zur Privatwohnung des Präsidenten stand, und merkte, wie froh sie über seine Gegenwart war. Nach dem heutigen Tag erschien ihr ein bewaffneter Wachmann nicht mehr als unangenehm oder als Erinnerung daran, dass Privatsphäre eine Illusion war, sondern als Versicherung, dass keine russischen Arschlöcher auf sie warteten.

»Guten Abend, Ms Matthews«, sagte er und öffnete ihr die Tür. »Der Präsident wartet auf Sie. Ich hoffe, Sie hatten einen angenehmen Abend.«

»Danke.« Ihren schrecklichen und nutzlosen Abend kommentierte sie mit keiner Silbe. Sie konnte schlecht alles auf ihm abladen.

Nach der Flucht Hals über Kopf aus ihrer Wohnung war ihr aufgefallen, dass sie ihre Kleidung gar nicht geholt hatte. Sie hatte lediglich ihre persönlichen Dinge, die sie beim Reinkommen auf die Theke gelegt hatte, zusammengerafft, einen Wagen gerufen und war in ein belebtes Café um die Ecke gegangen, wo sie warten und sich zumindest einreden konnte, dass sie unter den vielen Menschen in Sicherheit war. Auf dem Weg ins Weiße Haus hatte sie Gus angerufen und ihr von ihrer Begegnung erzählt. Völlig perplex hatte Gus ihr zugehört. Dann hatte sie vorgeschlagen, ein paar Praktikanten in Liz' Wohnung zu schicken, um ihre Sachen zu holen. Aber das schien aus diversen Gründen keine gute Idee.

Und Liz wollte diese Wohnung definitiv nie mehr betreten.

Sie seufzte, als sie die Tür hinter sich schloss und die Handtasche auf den leeren Tisch neben Zacks Brieftasche stellte. Eigentlich brauchte er solche Ausstattungsstücke gar nicht bei sich zu haben, aber er machte es trotzdem. Die Macht der Gewohnheit. Er redete oft davon, dass er die ganz normalen Dinge vermisste, wie einen Schlüsselbund in der Tasche zu haben. Er fuhr nicht mehr selbst. Aber eines Tages würden sie solche alltäglichen Dinge, die für alle anderen ganz selbstverständlich waren, auch wieder tun. Es würde ein tolles Gefühl sein.

Doch im Moment konnte Liz nicht über Autos nachdenken,

nicht nach dem, was Holland heute passiert war. Ihre Freundin war etwas mitgenommen, aber es ging ihr zum Glück gut, obwohl sie sich beklagte, dass Dax übervorsichtig sei. Sie machte sich mehr Sorgen um ihr Auto als darum, dass es noch viel schlimmer hätte ausgehen können.

Holland hätte sterben können.

Das nächste Mal würden die Russen eine Bombe platzieren.

Das nächste Mal würde vielleicht Zack das Ziel sein.

Bei dem Gedanken begann Liz zu zittern, aber sie war fest entschlossen, heute Abend nicht zusammenzubrechen. Das hatte sie heute Nachmittag schon zur Genüge getan.

Sie durchquerte das Wohnzimmer und ging zu ihrem gemeinsamen Schlafzimmer. Zack war nicht mit Roman aufgeblieben, also wusste sie, dass er sich hierher zurückgezogen hatte. Es war der einzige Ort, an dem er für sich sein konnte, auch wenn das Alleinsein größtenteils eine Illusion war. Roman hatte gesagt, Zack habe das Bedürfnis nach Ruhe geäußert, aber Liz wusste, was er wirklich brauchte – jemanden, der sich um ihn kümmerte, der ihn daran erinnerte, dass nicht alles um ihn herum der blanke Horror war.

Er brauchte sie. Und sie ihn weiß Gott auch.

Liz fand das Schlafzimmer leer vor, aber sie sah, dass seine Anzugjacke über einer Stuhllehne hing. Sie nahm sie und hängte sie in den Schrank, und das Gefühl von Intimität war so süß, dass es ihr die Tränen in die Augen trieb. Das war es, was sie seit Jahren gewollt hatte – ihm nah sein, ein Leben mit ihm teilen. Das durften sie jetzt nicht verlieren, nicht, wenn sie so kurz davor standen, alles zu bekommen, was sie sich erträumt hatten.

Wasserrauschen drang aus dem Bad zu ihr, und sie roch Zacks Seife. Sie liebte den Duft nach Sandelholz, der an ihm haftete.

Bisher hatten sie den Abend damit verbracht, sich Gedanken um die Zukunft zu machen, aber jetzt kam sie in der Gegenwart an.

Liz zog sich aus. Wenigstens würde dieser harte Tag gut enden, denn sie waren zusammen. Wenn Zack sie wild und ungestüm nahm, sich tief in sie grub, sich mit ihr vereinte und sie dann Arm in Arm einschliefen, würde das sie beide daran erinnern, wofür sie kämpften.

Morgen früh würden sie aufstehen und weiter gegen die Bedrohung ankämpfen, die dann immer noch auf sie warten würde – aber für die paar Stunden bis zum Sonnenaufgang konnten sie den Rest der Welt komplett ausblenden.

Sie ging ins Badezimmer, und der Dampf aus der Dusche streichelte ihre Haut. Heute Abend mit ihm zu schlafen sollte ein Akt der Intimität, aber auch des Widerstands werden. Als sie vorhin in Dax' und Hollands Wohnzimmer saß, hatte sie darüber nachgedacht, wie sie an diesem Nachmittag mit allem umgegangen war – ohne in blanke Panik zu verfallen. Sie war immer noch der Meinung, dass sie bei der Story über Joy und Roman einen Rückzieher machen sollten, und ebenso bei der Pipeline, bis sie gemeinsam einen besseren Plan ersinnen konnten. Aber dass sie die Nerven verloren hatte, gefiel ihr gar nicht. Zack brauchte eine starke Frau, die ihm beistand. Stattdessen hatte sie ihn seiner Kraft beraubt.

Sie machte einen Schritt auf die Dusche aus Naturstein zu, und für einen erhabenen Moment beobachtete sie Zack einfach nur. Er war der schönste Mann, den sie je gesehen hatte. Egal, wie oft sie ihn nackt sah, er raubte ihr immer noch den Atem. Aber dieses Mal schmerzte es sie auch, ihn zu sehen, denn er hatte den Kopf gesenkt und stützte sich mit einem starken Arm an der Duschwand ab, als könne er sich sonst nicht aufrecht halten. So viel Gewicht lastete auf seinen Schultern, und er konnte die Last an niemand anderen abgeben. Er musste alles allein tragen, und offensichtlich spürte er heute jedes Gramm davon.

Sie würde alles tun, um ihn auch nur für eine Sekunde von seinen Problemen abzulenken.

»Hey. Willst du Gesellschaft?« Sie sprach mit sanfter, leiser Stimme, um ihn nicht zu erschrecken.

Er blickte über die Schulter, und seine Augen fixierten sie. Einen Moment lang starrte er sie an, und jener hungrige, raubtierhafte Teil von ihm, den er immer zu verstecken versuchte, war in seinen Augen mehr als sichtbar. Sie fühlte sich dadurch wie eine Beute – aber eine Beute der besten, der geliebten Art. Ihr Körper heizte sich vor Erwartung auf, und sie konnte bereits spüren, wie unter seinem Blick ihre Brustwarzen hart wurden.

Der Sex würde kurz und heftig werden. Er würde sie packen, und ihr würde keine Sekunde mehr zum Nachdenken bleiben. Sein Mund würde sich auf ihren legen, während er sie gegen die Duschwand presste. Er würde kein Wort sagen, sondern seinen Schwanz sprechen lassen und ihr geben, was sie brauchte. Sie war bereit. Eigentlich war sie immer bereit für ihn.

Dann blinzelte er, sein Gesichtsausdruck verschwand, und an seine Stelle trat ein höflicher, neutraler, den sie schon oft bei Meetings gesehen hatte, wenn er etwa Politikern zuhörte, die sich über irgendwas beklagten. Er richtete sich auf und trat aus der Dusche, die er laufen ließ, während er nach einem Handtuch griff.

»Ich bin fertig. Du hast sie für dich allein.« Er wickelte sich das Frotteetuch um die Hüfte und trat an den Badschrank.

Liz starrte ihm hinterher und spürte, wie sich Verlegenheit in ihr breitmachte. »Zack, was ist los?«

Ohne aufzublicken, trocknete er mit kurzen, ruppigen Bewegungen seinen Körper ab. »Die Liste ist lang und abwechslungsreich.«

Noch vor einer Sekunde hatte sie sich in nichts als ihrer Haut absolut wohlgefühlt. Jetzt griff sie nach einem Bademantel, weil sie sich so rasch wie möglich bedecken wollte. Sie würde sich jetzt nicht allein unter die Dusche stellen, als sei nichts gewesen. Vielleicht hatte sie ihn falsch eingeschätzt, und es war nicht Sex, was er heute Abend brauchte. »Willst du darüber reden?«

Er ließ das Handtuch fallen und ging dann, ohne sich umzusehen, ins Schlafzimmer. »Ich will schlafen, Elizabeth. Ich muss mich ausruhen. Ich weiß nicht, ob du dich daran erinnerst, aber ich habe einen Job, und der kann ziemlich stressig sein.«

Wow. Sie war überrascht, wie sehr sein eiskalter Sarkasmus wehtun konnte. Sie war keine Mimose, aber Zack sollte eigentlich ihr Zufluchtsort sein.

Vorhin hatte er sie getröstet und ihre Tränen getrocknet. Was war seither passiert?

Gab er ihr die Schuld? War das ein typischer Fall, in dem man den Überbringer einer schlechten Nachricht am liebsten erschießen würde?

Sie stellte die Dusche ab und folgte ihm. Ohne sich mit einem Pyjama aufzuhalten, marschierte er durch das Schlafzimmer und stellte jeden Zentimeter seines Körpers zur Schau. Er zog die Decke zurück und stieg ins Bett, streckte die Hand nach der Lampe aus und knipste sie aus, ohne Liz anzusehen.

Silbriges Mondlicht erhellte den Raum und verlieh der ganzen Welt einen geisterhaften Schimmer. Vielleicht wäre es besser gewesen, in völliger Dunkelheit zu versinken, als sehen zu können, wie abweisend Zack ihr den Rücken zukehrte.

Die Stille zwischen ihnen war überwältigend.

»Gehst du schlafen oder bleibst du noch auf?« Zack drehte sich nicht zu ihr um. »Wenn du noch arbeiten musst, mach die Tür hinter dir zu. Ich habe morgen früh ein Meeting, für das ich gern ausgeruht wäre.«

Sie wollte reden, ihn fragen, was hier verkehrt gelaufen war, aber sie kannte Zack schon lange genug, um zu wissen, was der ausdruckslose Tonfall bedeutete. Er war fertig mit der Welt, und nichts würde ihn umstimmen. Er würde reden, wenn er so weit war, und alles, was sie jetzt noch erreichen könnte, wäre ein Streit.

Vielleicht brauchten sie beide etwas Raum.

»Dann verbringe ich die Nacht bei mir zu Hause.« Doch noch während sie es aussprach, wusste sie, dass sie das nicht konnte.

Er setzte sich auf, und selbst im schwachen Licht sah sie, wie sich seine Augen zu Schlitzen formten. »Wo dich der Typ von der Russenmafia besucht hat? Du willst an einem Ort schlafen, von dem du weißt, dass er nicht sicher ist?«

»Du hast recht. Ich gehe in ein Hotel oder zu Gus. Ich will dich nicht stören. Wahrscheinlich werfe ich mich die ganze Zeit hin und her, und wie du schon sagst, brauchst du deinen Schlaf.«

»Wenn du gehst, nimmst du eine Eskorte«, beharrte er. »Soll ich einen der Secret-Service-Agenten wecken und ihm sagen, dass er vor deiner Tür wacht, wo auch immer du schläfst?«

»Nein. Ich suche mir hier eins der Schlafzimmer. Ich brauche keinen Agenten, der vor meiner Tür steht, wenn ich in der Nähe bleibe.« Sie würde nicht mit einem Mann in einem Bett schlafen, der sie offensichtlich nicht hier haben wollte.

»Was willst du eigentlich?«, fragte er mit einem genervten Seufzer, der ihr verriet, dass er mit dem Verlauf des Gesprächs nicht zufrieden war.

»Ich bin nicht blöd, Zack. Ich kann deine Körpersprache lesen, und ich kenne diesen Tonfall nur zu gut. Ich versuche, deine Wünsche zu respektieren, weil ich weiß, dass du einen harten Tag hattest, aber ich bin kein Fußabtreter. Du hast deutlich gemacht, dass du schlafen willst und keine Gesellschaft wünschst. Also gehe ich.«

»Ich habe nie gesagt, dass ich dich aus unserem Schlafzimmer werfen will.«

»Es ist nicht *unser* Schlafzimmer«, erinnerte sie ihn. »Es ist deins, und du hast das Recht zu bestimmen, wen du hier haben willst und wen nicht.«

Er fluchte leise. »Ich wollte einfach nur keinen Sex unter der Dusche. Das ist alles. Ich habe den Kopf voll.«

Sie versuchte gegen das niederschmetternde Gefühl anzukämpfen, dass da noch mehr war. »Dann hättest du mir das sagen können, anstatt mir die kalte Schulter zu zeigen.«

»Bitte komm ins Bett, Elizabeth.«

Einen Augenblick stand sie still, unsicher, was sie tun sollte. Das Letzte, was sie heute Nacht gebrauchen konnte, war ein Streit.

»Tut mir leid, dass ich verärgert war«, fuhr er fort. »Kommst du bitte ins Bett? Ohne dich kann ich nicht gut schlafen.«

Die Worte klangen süß, aber ihr gefiel immer noch nicht, wie er sie sagte. Es klang nicht grob oder abfällig. Aber auch nicht warm oder einladend. Es war, als zwinge er sich dazu, etwas zu sagen, von dem er wusste, dass sie es hören wollte.

Trotzdem. Es war ein furchtbarer Tag gewesen, und sich ein anderes Zimmer zum Schlafen zu suchen, wäre auch keine Lösung, sondern würde den Riss, der so unerwartet zwischen ihnen entstanden war, nur zu einem unüberwindlichen Graben werden lassen.

»Na gut. Ich mache mich fertig.«

Sie ging zurück ins Bad und zwang sich, mechanisch die Schritte zu durchlaufen, um sich bettfertig zu machen. Ihre Gedanken fuhren Karussell und ersannen tausend verschiedene Erklärungen für sein Verhalten. Zack war normalerweise sehr besonnen. Das kühle Arschloch, das eben auch in ihm steckte, bekam sie in der Regel nicht zu spüren, aber es war wohl unvermeidlich, dass er irgendwann mal schlechte Laune hatte und sie es abbekam. Vielleicht sollte sie versuchen, es nicht persönlich zu nehmen.

So war das nun mal, wenn man mit jemandem wirklich intim war. Sie würde sich mit seinen Stimmungsschwankungen abfinden so wie er mit ihren. Dieser Wutanfall war zwar zu einem denkbar ungünstigen Zeitpunkt gekommen, aber immerhin hatte er sich entschuldigt. Das musste sie akzeptieren. Wenn sie jetzt ins Schlafzimmer zurückkehrte und anfing, sich mit ihm zu streiten, würde sie nur zusätzliche Probleme schaffen.

Außerdem würden sie heute Nacht nur schlafen. So viel war klar. Ganz offensichtlich war er nicht in Stimmung. Und sie, dank ihm, jetzt auch nicht mehr.

Leise betrat Liz wieder das Schlafzimmer, doch er saß aufrecht im Bett, den Blick fest auf sie gerichtet. Er zog die Decke für sie weg. Dankbar, dass sie einen Pyjama angezogen hatte, streifte sie ihren Morgenmantel ab und schlüpfte neben ihm ins Bett.

Trotz seiner miesen Laune würde sie neben ihm besser schlafen.

Aber warum fühlten sich seine Arme, als er sie um sie schlang, plötzlich wie ein Käfig an?

14

Sara sah auf die Uhr neben dem Bett. Schon fast Mitternacht. Und so bald würde sie nicht einschlafen. Ihr Kopf konnte einfach nicht abschalten. Sie konnte nicht aufhören, sich Sorgen über alles zu machen, was in den letzten Tagen geschehen war.

Und sie konnte nicht aufhören, über Mad nachzudenken.

Seufzend legte sie ihr Buch auf den Nachttisch, denn die letzte Stunde hatte sie damit verbracht, auf die Seite zu starren, unfähig, die Worte aufzunehmen.

Es war an der Zeit, ein paar harten Fakten ins Gesicht zu blicken: Ivan Krylov war real und er war gefährlich. Sara war immer noch geschockt, dass er nur wenige Stunden zuvor in Liz' Wohnung gewesen war und sie zu Tode erschreckt hatte. Derselbe Ivan Krylov, der in der Nacht, bevor Mad sich von ihr getrennt hatte, in dessen Haus gewesen war. Nach einem kurzen Gespräch mit dem russischen Mafioso war Liz bereit gewesen, ihre Pläne über Bord zu werfen.

Nicht, dass sie Mad nicht geglaubt hätte. Sie hatte sehr wohl gewusst, dass irgendein russischer Bösewicht Zack benutzen wollte und bereit war, all seinen Freunden etwas anzutun. Aber sie hatte gesehen, wie Liz gezittert hatte und wie bleich sie gewesen war angesichts der Tatsache, dass dieser Killer in ihre Wohnung eingebrochen war und mit hässlichen Drohungen um sich geworfen hatte. Selbst die sonst so gelassene Holland wirkte nach ihrer Berührung mit dem Tod erschütterter, als sie zeigen wollte.

Wie war die brutale Begegnung mit Krylov für Mad gewesen?

Der Lichtschein, der unter der Tür ihres Schlafzimmers hindurchdrang, verriet ihr, dass sie nicht die Einzige war, die nicht schlafen konnte.

Wie lange wollte sie noch damit warten, den Mann, den sie einmal behauptet hatte zu lieben, wirklich anzuhören? Sie hatte ihm das Wort abgeschnitten, als er ihr seine Geschichte erzählen wollte. Natürlich hatte sie sich das Wesentliche angehört, in der Annahme, mehr brauche sie nicht zu wissen, um den Vorfall soweit zu verstehen, um logisch und in Ruhe zu urteilen und zu entscheiden, dass er dazu auch hätte in der Lage sein müssen.

Aber sie hatte sich verhalten, als spiele die tief sitzende Wahrheit keine Rolle, als habe Mad aufgrund ihrer Liebe zu ihm irgendwie weniger Recht auf ihr Verständnis, und nicht mehr.

Sie machten Schreckliches durch. Mit dem heutigen Tag schien die Gefahr so viel realer geworden zu sein. Sara begriff jetzt erst so richtig, dass jemand Zack Hayes von Geburt an im Visier gehabt, dafür gesorgt hatte, dass er in diese Position kam und nun seine Freunde benutzte, um ihn seinem Willen zu unterwerfen. Mad war nur eine dieser Schachfiguren gewesen.

Wie hatte es sich für Mad angefühlt, von Krylov geschlagen zu werden. Klar, es hatte wehgetan. Aber wie war es für Mad gewesen, der immer überlebensgroß gewesen war, sich plötzlich so hilflos zu fühlen?

Sie musste es wissen.

Sara stand auf und zog ihren Bademantel über. Ein kurzer Blick in den Spiegel ließ sie zusammenzucken. Vielleicht sollte sie bis morgen warten, um ihm gegenüberzutreten, dann würde sie nicht so müde aussehen. Aber die Notwendigkeit siegte über die Eitelkeit. Es spielte keine Rolle, ob Mad sie ohne Make-up sah. Das wäre nicht das erste Mal. Außerdem sollten sie dieses Gespräch buchstäblich völlig ungeschminkt führen.

Sie öffnete die Tür, und ihr Blick fiel auf die Couch, doch dort war er nicht. Decke und Laken, die er jeden Morgen sorgfältig zusammenlegte, waren noch nicht für die Nacht über die Polster ausgebreitet worden, sondern lagen auf einem ordentlichen Stapel. Mad saß am Küchentisch und starrte mit finsterer Miene auf seinen Laptop.

»Arbeitest du immer noch?«, murmelte sie leise.

Er sah zu ihr herüber und stand auf, als könne er nicht sitzen bleiben, wenn sie im Zimmer war. »Hey, ja. Ich wollte noch ein paar Sachen durchgehen, falls ich irgendetwas übersehen habe. Aber ich habe alles über Franks Zeit in der Botschaft zehnmal durchgekaut. Connor hat jedes Dokument aufgetrieben, das der Mann je unterzeichnet hat, bis hin zu den Bestellungen von Toilettenpapier. Etwas Langweiligeres habe ich mein Lebtag nicht gelesen. Ich finde definitiv keine einschlägigen Beweise.« Er schnaubte. »Warum bist du wach? Hast du Hunger? Ich könnte dir ein Sandwich machen. Oder einen Tee.«

Das schien Mads neuer Lebensinhalt zu sein: sich um sie zu kümmern. Seit sie hier unten festsaßen, hatte er nichts getan, als sie von vorn bis hinten zu bedienen.

Als sie ankamen, war sie überzeugt gewesen, dass er sie nerven würde. Stattdessen war sie schon bald davon abhängig geworden, ihn in ihrer Nähe zu haben. Er war auf eine merkwürdig friedliche Weise anwesend. Immer mal wieder trat der alte Mad mit seiner hektischen Energie und seinem dreisten Humor zutage. Aber er wirkte jetzt besonnener, als würde der Teil von Mad, der immer aktiv gewesen war, jetzt ruhen. Sie hatte sich in den alten Mad verliebt … aber der neue gefiel ihr noch viel besser. »Ich hätte lieber, dass du mit mir redest.«

Seine Gesichtszüge entglitten ihm. »Sara, gib uns bitte mehr Zeit. Ich weiß, dass –«

»Erzähl mir, was in der Nacht passiert ist, als Ivan Krylov dich aufgesucht hat.«

Seine Stirn legte sich in Falten, als er ins Wohnzimmer ging. »Ich habe dir doch erzählt, was passiert ist. Mehr gibt es dazu nicht zu sagen.«

Sie setzte sich hin und musterte Mad. Er wirkte müde, und sie fragte sich, was es ihn gekostet hatte, auf dieser Couch zu schlafen. »Hilf mir, wirklich zu verstehen, wie das in jener Nacht für dich war. Geh mit mir jedes Detail durch, damit ich verstehe, warum du diese drastischen Maßnahmen ergriffen hast.«

Er ließ sich auf das andere Ende der Couch sinken, und die Anspannung seines Körpers verriet ihr, wie diese Unterhaltung ihn schlauchte. »Ich habe es doch schon erklärt.«

Dachte er, sie würde seine Worte dazu verwenden, die Mauer zwischen ihnen noch höher zu ziehen? Was hatte sie ihm in den letzten Tagen angetan? Sie waren umgänglich gewesen, aber sie wusste, dass sie ihm nicht gerade voller Wärme und Verständnis begegnet war, obwohl er alles getan hatte, damit sie sich wohlfühlte.

»Du hast mir die Fakten erzählt, nicht, wie du dich dabei gefühlt hast.«

Sein Kiefer verkrampfte sich. »Ich habe mich gefühlt, als würde ich sterben.«

Vielleicht musste sie den ersten Schritt tun. Schließlich hatte sie es ihm bisher nicht leicht gemacht. Sie hatte es vermieden, über Persönliches zu reden, ein aussichtsloser Versuch, ihre eigenen Gefühle im Zaum zu halten. Und ihre Unnahbarkeit hatte ihn nicht gerade dazu verleitet, sich ihr zu öffnen.

»Als ich deine Textnachricht bekam, stand ich gerade in meinem Schlafzimmer vor dem Spiegel, um mich zu vergewissern, dass niemand mir meine Schwangerschaft ansah.« Sie biss sich auf die Lippe. »Ich dachte, du würdest mir in jener Nacht einen Antrag machen. Zumindest hatte ich das gehofft.«

Er zögerte und fixierte mit seinem steinernen Blick die Wand. »Wollte ich auch. Ich hatte den Ring und einen Plan.«

Ihr Herz tat einen Sprung. »Ich wollte nicht, dass du mich fragst, weil du glaubst, dass du es musst.«

Andererseits: Was wäre passiert, wenn er sie schon früher gefragt hätte? Wenn sie den Ring bereits am Finger gehabt und all ihre Freunde und die Presse Bescheid gewusst hätten, was wäre passiert, wenn Krylov bei ihr vorbeigeschaut hätte?

Mad lachte, aber es klang alles andere als amüsiert. »Ich wollte dich schon viel früher fragen, aber bevor du schwanger warst, habe ich ehrlich gesagt nicht daran geglaubt, dass du Ja sagst. An dem Tag, als du mir gesagt hast, dass der Test positiv war, hatte ich quasi das Gefühl, den Jackpot geknackt zu haben.«

Wie hatte er das denken können? Nachdem sie zusammengekommen waren, hatte sich ihre Welt nur noch um ihn gedreht. »Aber wir waren doch zusammen. Es gab nur dich und mich.«

Er wandte sich ihr mit einem zynischen Blick zu. »Wir haben gevögelt, Sara. Ich erkenne, wenn eine Frau mich nur für Sex benutzt, und am Anfang war es so.«

Wirklich? »Ich stand schon immer auf dich. Von dem Tag an, als bei mir die Pubertät einsetzte, warst du für mich der Inbegriff eines Mannes. Ich bin mit Kerlen ausgegangen, die aussahen wie du. Meine Mutter machte Witze darüber, dass ich auf einen bestimmten Typ Mann stand, aber der Maßstab warst in Wirklichkeit immer du. Und als ich dann den Job bei Crawford angenommen habe, beschloss ich, dass ich mit dir schlafen würde, wenn sich die Gelegenheit ergab. Eigentlich in der Absicht, mir zu beweisen, dass du nicht so gut sein konntest, wie ich dich mir erträumte. Und in der Hoffnung, dann endlich eine Beziehung mit einem realen Mann führen zu können.«

»Aber ich habe mich als verdammt gut erwiesen, was? Zu dem Zeitpunkt hatte ich schon jede Menge Erfahrung. Du hättest dich gleich an mich ranmachen sollen. Da wäre es noch leicht gewesen, mich wieder zu verlassen.«

Das war der Mad, den sie kannte, der zutiefst menschliche, selbstironische Mad, hinter dessen attraktiver Maske sich ein lockerer Humor verbarg. »Irgendwie bezweifele ich das, aber ja, du hast dich als spektakulär herausgestellt. Die erste Nacht mit dir war eine Offenbarung. Endlich wusste ich, was ich immer vermisst hatte. Eigentlich wollte ich dir am nächsten Morgen sagen, dass wir es nicht wieder tun durften. Ich fürchtete um meine Karriere. Oder wohl eher, dass du mir das Herz brichst.«

»Ich weiß. Aber ich war schlauer und habe dich geküsst, bevor du ein Wort sagen konntest.« In seinen Augen funkelte eine warme Intimität auf, als er sich erinnerte. »Ich ahnte, was dir durch den Kopf ging, und wusste, wenn ich dich erneut unter mich bekomme, würdest du mich nicht so ohne Weiteres abservieren können.«

»Jenes Wochenende wurde etwas ganz Besonderes.« Sie waren auf einer Konferenz gewesen und waren in der letzten Nacht, bevor es zurück nach New York gehen sollte, im Bett gelandet. Sie hatte sich für so schlau gehalten, dass sie sich ihn aus dem Kopf vögeln, dann nach Hause fliegen und mit ihrem Leben weitermachen konnte. Mads Beharrlichkeit und einem

Monstersturm war es zu verdanken, dass sie weitere zwei Tage im Bett blieben und die Heimreise zugunsten der gegenseitigen intimen Erkundung verschoben.

»Für mich bedeutete es die Welt.«

Sie glaubte ihm. »Ich hätte jene Textnachrichten nie für bare Münze nehmen dürfen. Ich hätte zu dir nach Hause marschieren und verlangen müssen zu erfahren, was wirklich los war. Aber ich hatte Angst. Ich war schwach.«

»Nein, Baby. Du warst nicht schwach. Ich wusste genau, was ich sagen musste, um dich auf Abstand zu halten und beschützen zu können. Alles, was ich dir geschrieben habe, zielte darauf ab, den größtmöglichen Schaden anzurichten. Ich habe es gehasst, so grausam und gemein zu sein, aber ich hatte … Panik. Ich konnte dich nicht in meiner Nähe gebrauchen.«

Langsam drangen sie zum Kern des Problems vor. »Du hattest Angst. Mad, sag mir, warum. Wovor genau?«

Für einen Augenblick war er still, und sie hätte ihre Worte fast zurückgenommen. Musste sie wirklich wieder aufwärmen, was für ihn das schlimmste Erlebnis seines Lebens gewesen sein musste?

»Am Anfang dachte ich, Krylov und sein Kumpan würden einfach nur mit mir reden, mir drohen.« Er schien ihr nicht in die Augen blicken zu können, als die Worte aus ihm herausströmten. »Ich dachte, ich könnte mit ihnen verhandeln. Schließlich mache ich das ja stets und ständig: Geschäfte.«

»Warum bist du nicht geflohen?«

»Wohin denn? Sie haben mich auf dem Rücksitz meines Wagens überrascht und brachten mich dann in mein Haus. Sie hatten ihre Hausaufgaben gemacht und wussten, dass die Chancen gut standen, dass ich allein sein würde. Trotzdem dachte ich immer noch, ich könnte ihnen entkommen, was auch immer sie vorhatten … bis sie mir Handschellen anlegten. Da wusste ich, dass es kein Entrinnen gab. Und was sie mir dann antaten, hätte ich mir nie träumen lassen.«

Sie schluckte und konnte seine Angst förmlich spüren. »Mad, du musst nicht weitererzählen.«

»Doch, du solltest es wissen, aber ich muss dich warnen. Ich komme bei dieser Geschichte nicht besonders gut weg.« Er faltete die Hände vor sich und konzentrierte sich darauf. »Krylov redete eine Menge. Ich wünschte, ich könnte mich auch nur an die Hälfte von dem erinnern, was er von sich gegeben hat. Einiges davon wäre sicherlich hilfreich gewesen, aber während er sprach, wurde ich die ganze Zeit von seinem ›Freund‹ bearbeitet. Der Typ war ein Vollprofi: Er hat mein Gesicht nicht angerührt. Krylov sagte mir, dass ich in der Lage sein müsse, rauszugehen und gesehen zu werden und so zu tun, als wäre nichts gewesen. Aber der Rest von mir war freigegeben.«

»Oh mein Gott.«

Er schluckte. »Man denkt, man weiß, was Schmerz bedeutet, aber das kannst du nicht wirklich, bis es auf der Welt nichts anderes mehr gibt. In dem Moment wird dir klar, wie verwundbar du bist, wie zerbrechlich dein Leben ist. Es ist bestürzend, wenn von einer Sekunde auf die nächste jedes Gefühl von Sicherheit dahin ist, und du der Tatsache nicht entkommen kannst, dass du hilflos ausgeliefert bist und nichts tun kannst, als abzuwarten und zu sehen, ob du überlebst.«

Sie schloss die Lücke zwischen ihnen und legte ihre Hand auf seine. »Mad, es tut mir unendlich leid. Es ist so furchtbar, dass dir das passiert ist.«

»Sie prügelten gefühlt stundenlang auf mich ein. Krylov redete davon, was er meinen Freunden antun würde, wenn ich nicht aufhörte, wegen der Stiftung zu ermitteln. Er sprach in lebhaften Details von deinem Bruder, und falls du jemals

Nichten und Neffen bekommst, kannst du dich bei mir bedanken.« Mad machte einen zittrigen Atemzug. »Ich konnte dich unmöglich einer solchen Brutalität aussetzen. Aber ich hasse mich dafür, dass ich eingeknickt bin.«

»Du bist nicht eingeknickt.« Sie drückte seine Hand. »Das darfst du nicht denken. Du hast überlebt.«

»Oh, Baby, du hast ja keine Ahnung … ich bin total zusammengebrochen. Ich habe sie angefleht, aufzuhören, ihnen alles angeboten, was ich habe. Ganz ehrlich, ich hätte es ihnen gegeben, aber sie waren nicht auf meinen Reichtum aus. Als sie immer weiter auf mich einschlugen, hoffte ich irgendwann nur noch, dass ich sterben würde. Und das wäre ich vielleicht auch, wenn Freddy nicht aufgetaucht wäre.« Er atmete reuevoll ein. »Du hast mich gefragt, warum ich mich entschieden hatte, auf die Art und Weise mit dir Schluss zu machen, warum ich mir nicht etwas Freundlicheres und Nachvollziehbareres ausgedacht habe. Der Grund ist, nachdem die mir vor Augen geführt hatten, was für ein beschissener Feigling ich war, hasste ich mich. Du verdienst einen besseren Mann, und ich beschloss, dass dein Leben ohne mich nur besser werden konnte.«

Diese harte Selbsteinschätzung traf sie wie ein Messer ins Herz. »Du warst kein Feigling, Mad. Du hast weitergekämpft. Du hast nicht mal die Ermittlungen eingestellt.«

»Es dauerte Tage, bis ich es wieder schaffte, herumzuschnüffeln«, gab Mad zu. »Ich kann dir versichern, in jener ersten Woche hatte ich nichts anderes im Sinn, als meine Wunden zu lecken und mein trauriges Leben ohne dich an meiner Seite fortzusetzen. Mir wurde klar, dass ich deine Liebe nicht verdient hatte, also fiel ich in meine alten Muster zurück, weil sie sicher waren. Aber dann bin ich wütend geworden. Das war es, was mich am Anfang angetrieben hat. Langsam führte

Freddy mich in seine Gruppe ein, und alles, was ich wollte, war Krylov in die Pfanne zu hauen. Je tiefer ich in die Verschwörung hineinrutschte, umso mehr erkannte ich, dass das uns alle betreffen konnte. Und dann … fand ich eine Motivation, die wesentlich stärker war als Wut.«

»Liebe.« Sie wusste nun, dass Mad sich nicht irgendeinem Durst nach Abenteuer oder jugendlichem Leichtsinn hingegeben hatte. Man hatte ihm gezeigt, wie klein er sein konnte, und er hatte versucht, sie auf die einzig mögliche Art zu beschützen – indem er sich von ihr distanzierte, sie gehen ließ.

Er nickte. »Ich musste alles mir Mögliche tun, um meine Familie zu beschützen. Ich hätte es auch getan, wenn es bedeutet hätte, dich für immer zu verlieren. Ich würde es wieder tun, wenn es dich und unser Baby retten würde. Ich würde mich umdrehen und weggehen, wenn es bedeutete, dass du letztendlich am Leben bleibst. Lieber würde ich mein Glück mit einer anderen versuchen, als dich und mich in den Tod zu reißen. Das ist mir klar geworden. Ich liebe dich so sehr, dass du immer an erster Stelle stehen wirst.«

Sara verstand ihn jetzt. Verstand es wirklich, aber er musste wissen, dass er dieselbe Entscheidung nicht noch einmal treffen konnte. »Liebst du mich genug, um das Risiko mit mir zusammen einzugehen? Ich kann das nicht – das mit uns –, wenn du mich womöglich wieder verlässt. Ich will, dass du unsere Familie an erste Stelle stellst, und das bedeutet, zusammenzubleiben. Ich verspreche dir, dass ich vorsichtig sein werde, aber das alles kann nicht funktionieren, wenn wir nicht zusammen sind.«

So etwas wie Hoffnung leuchtete in seinen Augen auf. »Was willst du damit sagen?«

»Ich sage, dass ich dich liebe und es satt habe, nicht mit dir zusammen zu sein.« Das Geständnis verschaffte ihr ein gutes

Gefühl, als wenn ihr eine Last von den Schultern genommen würde. »Ich liebe dich, seit meiner Jugend. Ich werde dich niemals aus meinem Herzen verbannen können, und ich will es auch nicht mehr. Weißt du, für welchen Namen ich mich für unsere Tochter entschieden habe?«

»Doch nicht Hortense?«

Er schaffte es immer wieder, sie zum Lachen zu bringen.

»Nein, ganz sicher nicht Hortense. Selbst als ich sauer auf dich war, als ich dachte, du wärst tot, wusste ich, ich will, dass du ein Teil ihres Lebens wirst.« Sara drückte seine Hand. »Ich nenne sie Madeline.«

»Madeline.« Seine Lippen formten sich zu einem dankbaren, ehrfürchtigen Lächeln, und er legte ihr die Hand auf den Bauch. »Das ist perfekt. Ich liebe dich Madeline.«

Sie legte ihre Hand auf seine und verschränkte ihre Finger. »Bringst du mich ins Bett? Seit dem Tag, als du mich verlassen hast, habe ich nicht gut geschlafen.«

»Ich werde dich nie mehr verlassen.« Er drehte ihr Gesicht zu sich und umschloss es mit seinen Händen. »Das verspreche ich. Was auch immer jetzt passiert, du wirst an erster Stelle stehen, noch vor meinen Freunden. Du und Maddie seid jetzt meine ganze Welt, und nichts will ich mehr, als dich ins Bett bringen.«

Dann stand er auf und half ihr hoch. Sekunden später fand sie sich auf seinem Arm wieder.

Nirgendwo auf der Welt wollte sie lieber sein.

Ohne große Anstrengung trug Mad Sara in das kleine Schlafzimmer. Selbst schwanger kam sie ihm unglaublich leicht und zart vor.

Wieder mit ihr zusammen zu sein, diese zweite Chance zu erhalten, erschien ihm mehr, als er verdiente, aber er würde sie an sich ziehen und mit beiden Händen festhalten, solange sie ihn ließ.

»Ich hoffe, du bist dir sicher, Liebling«, flüsterte er, als er sie auf das Bett gleiten ließ. »Denn ich weiß nicht, was ich tun werde, wenn du es dir anders überlegst.«

Das war gelogen. Er wusste genau, was er tun würde: sie stündlich anrufen, vor ihrer Tür schlafen, sagen, was immer nötig war, damit sie ihm noch eine Chance gab. Er würde ihr zeigen, dass er ein unerbittlicher Arsch sein konnte, wenn es darum ging, sie zurückzugewinnen.

»Ich werde es mir nicht anders überlegten. Manchmal habe ich das Gefühl, ich hätte dich schon geliebt, als ich auf die Welt kam.«

»Ich weiß, dass ich geboren bin, um dich zu lieben.« Es fühlte sich an, als hätte sein Leben erst in dem Moment begonnen, als sie ihm ihr Herz geöffnet hatte. Er hatte jeden materiellen Komfort, den ein Mensch nur haben konnte, aber Sara und ihr Kind waren das Wertvollste, das ihm je geschenkt worden war.

Sanft schaute Mad auf sie herunter, und sein Körper schien vor Erregung unter Strom zu stehen. Monatelang hatte er sich innerlich tot gefühlt, aber jetzt pochte sein Blut, und seine Haut schien zu prickeln – und das nur, weil sie endlich hier bei ihm war, nicht nur mit ihrem Körper, sondern auch mit ihrem Geist und ihrem Herz.

So fühlte es sich also an, nach Hause zu kommen.

Während er sich das T-Shirt über den Kopf zog, weil er nichts zwischen ihr und sich haben wollte, beobachtete sie ihn. Wie immer verfehlten ihre großen Augen ihre Wirkung auf ihn nicht. Er war jedes Mal erstaunt, dass darin Vertrauen und Bewunderung schimmerten.

»Hast du eine Ahnung, wie schön du für mich bist?« Er streichelte ihr seidiges Haar und ließ seine Finger durch die weichen Strähnen gleiten. Er hatte sie so sehr vermisst, mehr als alles andere in seinem ganzen Leben. Als sie getrennt gewesen waren, hatte er das Gefühl gehabt, als fehlte ihm ein wichtiger Teil seiner selbst.

Ihre Hände zitterten, als sie sie nach ihm ausstreckte und mit den Handflächen über seine Rippen streifte. Er musste sich beherrschen, nicht anzufangen, wie ein verdammter Kater zu schnurren. Er hatte gar nicht mehr gewusst, wie gut es sich anfühlte, wenn sie ihn berührte.

Zustimmend glitt ihr Blick über seinen Körper. »Wow. Du warst ja schon immer umwerfend, aber jetzt siehst du sogar noch besser aus.«

»Während ich mit Freddy abhing, gab es nicht viel zu tun, außer Russen auszuspionieren und Sport zu treiben. Er hat nicht mal einen Fernseher. Ich habe meine Lektion gelernt. Von jetzt an lebe ich völlig netzabhängig.« Er grinste. »Aber meinen Fitnessplan behalte ich bei, das gefällt mir. Außerdem will ich für meine Frau immer gut aussehen.«

Ihr ganzer Körper verkrampfte sich, als fühle sie sich plötzlich unwohl. »Mad, ich sehe nicht mehr so aus, wie du mich in Erinnerung hast. Ich habe monatelang nur rumgesessen und auf den Strand gestarrt – und versucht, meine Gefühle mit Essen zu unterdrücken. Und auch das Baby hat meine Figur verändert. Ich habe mich deutlich verändert. Vielleicht findest du mich gar nicht mehr –«

»Wehe, du sprichst diesen Satz zu Ende, Sara Bond. Ich will jetzt nicht sauer auf dich sein müssen. Ich brauche deinen Körper gar nicht zu sehen, um zu wissen, wie schön du bist. Das ist mein Baby, das in dir wächst. Ich wünschte, ich wäre bei jedem kleinen Entwicklungsschritt dagewesen. Lass mich dich berühren, dich küssen, dich lieben. Ich zeige dir, was genau ich für deinen Körper empfinde.«

Er half ihr auf die Beine, streifte ihr dann den Morgenmantel ab, den sie trug, und zog ihr das Nachthemd über den Kopf. Wie konnte sie auch nur für eine Sekunde glauben, dass er sie nicht wollte? All die Zeit, die sie getrennt verbracht hatten, hatte er an nichts anderes gedacht als an sie. Daran, wieder zu ihr zurückzufinden.

Sie stand vor ihm und erwartete schweigend sein Urteil.

»Oh ja, du hast dich verändert, Baby. Du bist jetzt noch atemberaubender.« Er legte ihr die Hände auf die Schultern und streichelte über ihre Arme, während er auf ihre Brüste starrte und auf die hübsche Wölbung, die bewies, dass sein Kind in ihr wuchs. »Wenn du immer noch wissen willst, wie sehr ich dich begehre, musst du nur hinuntersehen.«

Sie tat es. Und als sie wieder seinem Blick begegnete, sah er etwas Schelmisches in ihren Augen aufblitzen. »Du scheinst dich zu freuen, mich zu sehen, Maddox Crawford.«

»In meinem ganzen Leben war ich nicht so glücklich, jemanden zu sehen.« Er beugte sich vor und berührte sanft mit den Lippen ihre Stirn. »Ich habe dich vermisst, Sara. So wahnsinnig vermisst.«

Tränen traten ihr in die Augen. »Du darfst mich nie wieder einfach so verlassen. Ich dachte, ich sehe dich nie wieder. Ich dachte, ich hätte dich für immer verloren.«

Ihr schmerzverzerrtes Gesicht traf ihn bis ins Mark. Wie hätte er sich gefühlt, wenn er sie für tot gehalten hätte? Bei dem Gedanken blieb ihm fast das Herz stehen.

»Bitte, Liebling, vergib mir. Ich dachte wohl … dass ich dir egal war, nachdem ich dir so wehgetan hatte.«

»Dass mir egal wäre, dass du tot warst? Wie konntest du das denken?«

Er hatte sich eingeredet, dass er der Einzige sein würde, der litt. »Weil ich mir egal war. Ich hasste mich und konnte mir nicht vorstellen, dass du auch nur noch einen Funken Liebe für mich in dir hattest. Ich betete, dass ich irgendwann zurückkehren und alles wiedergutmachen konnte. Ich hoffte, dass du es letztendlich verstehen würdest. Aber nie hätte ich gedacht, dass du wirklich um mich trauerst.«

»Ich konnte dich nicht hassen, Mad. Das heißt, ich habe es versucht. So sehr. Aber ich konnte es nicht.« Ihre Hand wanderte zu der sanften Schwellung ihres Bauches. »Schließlich hatte ich sie.«

Ihrer beider Kind. Madeline hatte die Verbindung zwischen ihm und Sara aufrechterhalten, auf eine Art, die er sich nicht hätte vorstellen können. Das Baby war ein Band gewesen, das nicht reißen konnte.

Sie würde eins von diesen verwöhnten Kindern werden. Sie war noch nicht mal auf der Welt und hatte ihren Vater schon um den Finger gewickelt. Würde sie je wissen, wie wichtig sie war? Dass sie ihre Eltern vielleicht gerettet hatte?

»Ich werde dich nie wieder enttäuschen. Das verspreche ich dir, Sara.«

Sie schüttelte den Kopf. »Es geht nicht um Enttäuschungen, denn Fehler machen wir alle. Ich habe auch einen gemacht, indem ich dir nicht zugehört und nicht früher verziehen habe. Es geht darum, alles gemeinsam zu machen. Ob wir gewinnen oder verlieren, Mad, wir müssen zusammenstehen. Immer.«

»Versprochen.«

Endlich tat Mad, wonach er sich schon seit Monaten sehnte, seit dem Moment, als er es zum letzten Mal getan hatte. Er küsste Sara. Er wollte sie ununterbrochen küssen, musste seine Lippen auf ihren spüren, seinen Körper an ihrem. Diese Frau war sein wahres Zuhause.

Er ließ das Reden und tat, was in Saras Gegenwart von ganz

allein geschah. Er umschlang sie mit seinem Körper und atmete sie ein, und seine Haut schien überall aufzuleuchten, wo ihre Körper sich berührten. Stöhnend zog er sie an sich und spürte, wie ihre Brustwarzen an seiner Brust hart wurden. Sie waren etwas größer, ebenso wie ihre Brüste, aber das war es nicht, was sie so schön machte. Sie strahlte vor Leben, Gesundheit und Liebe. Das war alles, was er wollte: Sara in Sicherheit und an seiner Seite.

Während er sie küsste, berührte er sie und lernte ihren Körper neu kennen. Langsam und ehrfürchtig ließ er seine Hände ihren Rücken hinabwandern, verfolgte die zarte Linie ihrer Wirbelsäule und die Kurven, die zu ihrem perfekt geformten Po führten. Sein Herzschlag beschleunigte sich, als er mit beiden Händen zupackte und seine Erektion gegen sie drückte. Er konnte es nicht erwarten, in ihr zu sein, aber das war heute Nacht nicht das Wichtigste zwischen ihnen. Die bloße Tatsache, dass sie in seinen Armen war, fühlte sich schon wie ein Sieg an. Ihr zu sagen, dass er sie immer noch liebte, würde ihm alles bedeuten.

»Mad, ich will dich so sehr. Ich kann dir gar nicht sagen, wie sehr ich dich vermisst habe.«

Nicht halb so sehr, wie er sie. Jeder Tag ohne Sara hatte sich wie eine Ewigkeit angefühlt. »Weißt du, dass ich sogar die Gespräche deines Bruders im Büro belauscht habe, nur um vielleicht zu hören, wie er deinen Namen sagt?«

Ihre Hände wanderten gierig auf seinem Rücken umher, als suche sie ruhelos nach mehr, versuche, jeden Zentimeter seiner Haut zu berühren. »Wirklich?«

Er küsste sich von ihren Lippen zu ihrem zarten Hals. »Yep. Ich vermute, er wird mir das noch heimzahlen, und ich werde ihn lassen. Ehrlich gesagt werde ich mir von denen wahrscheinlich jeden Streich spielen lassen, den sie wollen, solange wir noch Freunde sind. Wir müssen zusammenhalten, weißt du? Unser Kiddie wird Spielkameraden brauchen.«

»Gabe wird dir vergeben«, sagte sie. »Und ich glaube nicht, dass Maddie lang allein bleibt. Gabe und Everly reden schon davon, eine Familie zu gründen, und ich weiß, dass Connor und Lara bereits daran arbeiten. Allerdings fürchte ich mich vor einer Welt, in der Gus und Roman sich fortpflanzen.«

Denn dieses Kind würde eine Naturgewalt werden, und er konnte es kaum erwarten, bis sie alle eine Kindergang bildeten, die ihre Eltern tyrannisierte. Wenn sie die bevorstehende Prüfung bloß überlebten, könnten sie vielleicht die Familie haben, die sie immer wollten – eine große Gruppe von Brüdern und Schwestern, die mit dem Leben der anderen eng verstrickt waren und alles teilten, auf das sie auf ihrem Weg stießen. »Wir werden andere Eltern werden. Wir werden nicht nur zusammenbleiben, wir werden zusammen *sein*. Ich werde Maddie nicht auf irgendein Internat schicken.«

»Natürlich nicht.« Sie beugte sich vor und küsste ihn auf die Wange, seine Lippen, seine Schulter, dann seine Brust. »Berühr mich, Mad. Es ist so lang her, dass ich irgendetwas anderes gespürt habe als Schmerz.«

Er ließ sich mit ihr zurück aufs Bett sinken. Heute Nacht würde er nicht auf der Couch schlafen, und sein Rücken würde es ihm danken. Aber im Moment erfüllte nichts als Freude sein Herz, und Verlangen versengte seine Adern, denn wenn es nach ihm ging, würde er nie wieder eine Nacht ohne Sara an seiner Seite verbringen müssen.

»Kein Schmerz mehr«, gelobte er. »Ich will, dass du dich vergöttert und angebetet fühlst. Geliebt.«

Er küsste sie wieder, wobei er bei ihrem Mund begann und sich allmählich nach unten arbeitete. Er streifte mit seinen Lippen an ihrem Kinn entlang und ihren Hals hinunter, über die

Kurve ihrer Schulter und näherte sich dann ihren Brüsten. Er konnte nicht aufhören, sie anzustarren. »Sind sie jetzt empfindlicher? Ich will dir nicht wehtun. Ich habe gelesen, dass in dieser Phase der Schwangerschaft für manche Frauen schon eine Berührung schmerzhaft sein kann.«

»Du hast dich über Schwangerschaft informiert?« Die Ungläubigkeit in ihrer Stimme war unüberhörbar.

Sie verstand nicht, wie sehr er auf jede ihm mögliche Art mit ihr in Verbindung bleiben wollte. »Ich habe mir so einen Schwangerschaftsratgeber gekauft. Ich wollte bei dir sein, wissen, was du durchmachst. Es war die einzige Möglichkeit, diese Erfahrung mit dir zu teilen.«

Sie dachte kurz nach, dann sagte sie mit sanfter Stimme. »Sie sind empfindlich, aber nicht so wie du denkst. Hast du eine Ahnung, wie hart es war, jeden Abend ins Bett zu gehen und zu wissen, dass du nur ein paar Schritte entfernt warst? Seit ich im dritten Trimenon bin, verzehre ich mich. Ich brauche dich, Mad.«

»In dem Buch stand, dass das normal ist, aber ich helfe gerne aus, Baby.« Er legte ihr die Hand auf die Brust und spürte, wie prall sie sich anfühlte. Er musste sie zuerst befriedigen, denn er war sich absolut nicht sicher, ob er länger als ein paar Sekunden durchhalten würde, wenn er erst in ihr war.

Er senkte den Kopf, leckte an ihrer Brustwarze und nahm mit Freude zur Kenntnis, dass sie nach Luft schnappte und sich ihr ganzer Körper aufbäumte, als seine Zunge sie berührte. Wenn es das war, was sie brauchte, war er ihr Mann. Er würde ihr alles zu essen besorgen, was sie begehrte, ihr die Füße massieren und ihr so viel Tee servieren, wie sie nur trinken konnte. Und sie lieben – so lang und so oft sie wollte.

»Du bist so unglaublich weich. So glatt wie Seide.« Er fuhr mit einem Daumen über ihren Nippel.

»Ja? Du bist überhaupt nicht weich. Nirgendwo«, murmelte sie.

Da hatte sie allerdings recht. Sein Schwanz war knüppelhart und wollte sie so sehr, dass es schmerzte. Monatelang hatte er Sara in seinen Fantasien wieder berührt, aber die Realität war so viel besser.

Mad saugte ihre Brustwarze in seinen Mund, während er die andere Brust mit der Hand bedeckte. Ein langes Stöhnen drang aus ihrer Kehle. Er überschüttete ihre Brüste mit Liebkosungen und rutschte dann allmählich weiter nach unten, denn sie waren nicht das Einzige, das er kosten musste.

Er küsste sich ihren Körper hinab, stupste mit der Nase ihren Bauchnabel und huldigte ihrem Leib mit seiner Berührung, bis er zwischen ihren Beinen landete. Er atmete den Duft ihrer Erregung ein.

Sein Herzschlag war wie ein Gong in seinen Ohren. Sara so nah zu sein, nachdem er so lange so weit weg von ihr gewesen war, erregte und wärmte ihn wie nichts je zuvor. Nichts war mehr wichtig, außer ihr zu huldigen, damit sie sich wertgeschätzt fühlte. Begehrenswert. Sexy. Lebensnotwendig für seine geistige Gesundheit und sein Seelenheil.

Mehr als alles andere wollte er sich mit ihr verbinden. Mit ihr zusammen sein. Den Frieden finden, den nur sie ihm geben konnte.

»Ich habe die ganze Zeit, als ich weg war, von dir geträumt. Du hast keine Ahnung, wie oft ich gebetet habe, nicht aufzuwachen, weil du dich in meinen Träumen so echt angefühlt hast, dass ich hätte schwören können, dass du hier direkt neben mir warst.« Mit seinen Daumen spreizte er ihre Schamlippen und umkreiste dann die kleine Perle ihrer Klitoris, worauf Sara sich stöhnend wand. »Sag mir, dass du mir gehörst. Ich kann immer noch nicht glauben, dass du wirklich hier bei mir bist.«

»Ich gehöre dir«, versprach sie keuchend und blickte an ihrem Körper hinab. Ihre Blicke begegneten sich und verschmolzen miteinander. »Und du gehörst mir. Vergiss das nicht, Maddox Crawford.«

»Das ist mein Mädchen. Es macht mich total an, wenn du fordernd wirst. Du bist immer so eine Lady, und doch so stark. Du weißt, was du willst, und forderst es auf die reizendste Art ein«, schnurrte er dicht an ihr. »Ich liebe es, wenn du in einen Sitzungssaal spazierst und all diese Arschlöcher eines Besseren belehrst, die dich unterschätzt haben, weil sie dich für nichts weiter als eine hübsche Prinzessin gehalten haben. Und, ja, verdammt, ich gehöre dir. Ganz allein dir. Schon immer. Ich will ein Leben mit dir, Baby. Du, ich, Maddie … Ich will, dass wir Crawford zusammen leiten und unserer Tochter beibringen, hart zu arbeiten, hart zu lieben und ihr Königreich zu führen.«

»Oder du könntest mit Maddie zu Hause bleiben und mir die Leitung von Crawford überlassen«, sagte sie mit einem Zucken um die Mundwinkel. »Ich bin besser darin, ein Geschäft zu leiten als du.«

Er lachte. Er würde auch den Hausmann und Vater spielen, wenn es sein musste. »Du machst den Vorstand … und ich den CEO? Vielleicht. Mal sehen …«

Jetzt würde er erst mal sein Bestes geben, ihr zu zeigen, wie er sich ihr gemeinsames Leben vorstellte.

Mad senkte den Kopf zwischen ihre Beine und küsste sie auf eine Weise, wie er es so lange schon hatte tun wollen – lang und leidenschaftlich wollte er ihr so viel Lust bereiten, wie sie nur aushalten konnte. Er machte es sich bequem, war einstweilen damit zufrieden, seinen schmerzenden Schwanz zu ignorieren, denn Sara zu lieben bedeutete weit mehr als nur in sie zu gelangen. Sie verdiente seine volle Aufmerksamkeit. Sie verdiente es, die höchste Ekstase zu verspüren, wenn er sie berührte, jedes Mal, wenn er sie berührte.

Er überschüttete sie mit seiner Zuneigung, seine Zunge bearbeitete ihre empfindlichsten Stellen, während sie sich unter ihm wand. Er schob seine Finger in sie und dann sanft vor und zurück, wobei er sie genau dort krümmte, wo sie seine Berührung brauchte. Sie würde sich so heiß und eng um seinen Schwanz schließen. Er würde jeden Zentimeter von ihr spüren, ganz mit ihr verbunden sein. Sie zum Schreien bringen.

Eins mit ihr sein.

Sara hatte schon immer stark auf ihn angesprochen, aber diesmal ging es noch schneller, bis ihr Atem unruhig wurde und ihren Lippen ein leises Flehen entfuhr.

Aber nicht mit ihm.

»Halt dich ja nicht zurück. Ich weiß, wie du klingst, wenn du richtig heiß bist. Baby, diese Wände sind schalldicht. Mach so viel Lärm, wie du willst.« Er neckte ihre vor Lust geschwollene Klitoris, indem er hauchzart erst mit dem Daumen und anschließend genüsslich mit der Zunge darüber strich.

Ihr Körper spannte sich an. Ihre Hände krallten sich in die Laken und zogen daran. Sie war der Inbegriff von Erregung. »Ich schreie, wenn du mir nicht gibst, was ich brauche.«

»Was denn genau? Es ist so lang her … vielleicht habe ich es vergessen«, neckte er sie, weil er sie es sagen hören wollte. Ihr Verlangen war unverkennbar, aber er hatte so viele lange Tage und Nächte getrennt von ihr verbracht, und sich die ganze Zeit gefragt, ob er je wieder die Gelegenheit haben würde, sie zu berühren, dass er es einfach von ihr hören musste.

»Lass mich kommen.«

Die sinnlichen Worte aus ihrem Mund ließen seinen Schwanz so prall werden, dass er zu pochen begann. »Dich kommen lassen, hast du gesagt?«

»Ja.« Ihr Tonfall hatte nichts Bittendes. Sie forderte. Sie kannte ihre Rechte und würde sich nicht mit weniger von ihm zufrieden geben. Es war einer der Gründe, warum er ihr niemals würde widerstehen können. »Lass mich kommen, Maddox. Jetzt.«

»Mit Vergnügen.« Er presste seine Fingerspitzen in ihr genau an die Stelle, wo es sie am meisten danach verlangte, und rieb sie dort mit quälenden Bewegungen, während er seine Lippen über ihre Klitoris stülpte und daran saugte.

Sekunden später schrie sie aus voller Kehle seinen Namen, während ihr Körper sich wölbte und ihm entgegenbog, sich seinem Mund darbot und alles von ihm einforderte, was er zu geben hatte. Als sie kam, packte sie seine Arme und hielt ihn, als wolle sie ihn nie wieder loslassen.

Ein paar süße Momente später entspannte sie sich mit einem zufriedenen Seufzer. Mad konnte keine Sekunde länger warten, sich mit Sara zu vereinigen.

Er löste sich von ihr und erhob sich auf die Knie, zog sich die Jogginghose herunter, um seinen Schwanz zu befreien.

Dann starrte er sie wieder an, wie sie ausgestreckt vor ihm lag, mit geröteten Wangen und weiblichen Kurven, ihr Körper offen und einladend. Sie raubte ihm den Atem.

Er konnte kaum erwarten, sie Tag für Tag zu beobachten, während ihr Baby in ihr wuchs. Er würde alles in sich aufnehmen, über jeden kleinen Unterschied Buch führen und dafür sorgen, dass sie verstand, wie umwerfend sie war. Er würde ihr jeden einzelnen Tag auf jede ihm mögliche Weise zeigen, wie viel Freude und Wärme sie in sein Leben brachte.

»Ich liebe dich.« Er brachte sich zwischen ihren Schenkeln in Position über ihrem sanft gerundeten Bauch. Dann drang er in sie ein. Hitze durchflutete ihn, als er tiefer in sie sank. Ein Stöhnen löste sich aus seiner Brust. Irgendwie schaffte er es, die Kontrolle zu behalten. Was er im Sinn hatte, war viel zu wichtig, um länger damit zu warten, und sie war zu kostbar für irgendwelche Zweifel. »Ich will dich heiraten, noch bevor das Baby kommt. Ich habe deinen Ring noch.«

Sie umfasste seine Arme und zog ihn zu sich, während sie ihre Beine um ihn schlang. »Ja.«

Es war nicht der Antrag, den er geplant hatte, aber sie waren nicht mehr die naiven jungen Leute wie noch vor wenigen Monaten. Es war wahrscheinlich bescheuert, dass er sich damals noch als jung betrachtet hatte. Er war fast vierzig, verdammt. Aber der Mann, der er früher gewesen war, war reichlich naiv gewesen. Er hatte einen dramatischen, legendären Antrag geplant, der es garantiert in sämtliche sozialen Medien geschafft und von dem man noch jahrelang gesprochen hätte.

Damals hatte er das gebraucht. Jetzt war Sara alles, was er brauchte.

Mad fand in einen Rhythmus, nach dem er sich seit Monaten gesehnt hatte. Die Verbindung ging weit über Sex, über bloße Lust hinaus.

Er blickte ihr in die Augen, stieß tiefer in sie, wollte sich in ihr verlieren und für immer in diesem Augenblick verharren. Aber ihr Verlangen erwies sich bald als ebenso groß wie seines. Als sie sich anspannte, ihre Nägel in seine Haut grub und ihn weitertrieb, indem sie mit dem Körper bei seinen Bewegungen mitging, konnte Mad sich keine Sekunde mehr zurückhalten.

Der Orgasmus übermannte ihn, schoss durch seinen ganzen Körper, bis er implodierte und als neuer Mann wiedergeboren wurde. Bis er schwor, nichts mehr sehen zu können außer ihr. Bis er alles vergaß außer Sara und diesen Moment, mit dem der Rest ihres gemeinsamen Lebens begann.

Sein ganzer Körper schwer vor Dankbarkeit, rollte er auf die Seite und zog sie an sich. Sara lag atemlos in seinen Armen und schmiegte den Kopf an seine Brust. Das hatten sie damals in ihrer ersten Nacht herausgefunden, und es hatte ihn noch mehr überrascht als der Wahnsinnssex. Sie passten auf eine Art zusammen, die er sich nie hätte träumen lassen und ohne die er nicht mehr leben konnte.

»Ich will, dass du mich noch diese Woche heiratest«, sagte er. »Wir können es später noch groß feiern, aber ich will unter der Haube sein, wenn unser Kind kommt, selbst wenn es nur in unseren Herzen und vor unseren Freunden ist. Wir werden die Wahrheit kennen.«

»Ja.« Sie lächelte, als sei sie mehr als einverstanden und genau da, wo sie sein wollte.

Und Mad wusste, dass er endlich, ein für alle Mal zu Hause angekommen war.

15

»Ist wirklich alles in Ordnung?«, fragte Gus, als sie den Flur in Richtung Pressebüro entlanggingen.

Nach den Vorfällen am gestrigen Abend wusste Liz überhaupt nicht mehr, was sie denken sollte. Der merkwürdige Streit mit Zack hatte darin geendet, dass sie sich neben ihn ins Bett gelegt hatte. Sie hatte unruhig geschlafen und war in der Nacht immer wieder aufgewacht. Am darauffolgenden Morgen war die düstere Stimmung scheinbar verflogen: Zack war seidenglatt wie immer und verführte sie, als sei nichts gewesen. Und dennoch. In seinen Augen las sie etwas, das ihr nicht gefiel, eine Distanz, die ihr völlig unbekannt war. So hatte er sie selbst dann nicht angesehen, als sie noch kein Paar waren. Sie redete sich ein, er sei vielleicht schlecht drauf, oder sie bilde sich das Ganze nur ein … aber es gelang ihr nicht, ihre sorgenvollen Gedanken abzustreifen.

»Ja, ja, es ist alles gut. Das heißt, den Umständen entsprechend.« Liz blieb stehen. Wollten sie das Gespräch unter vier Augen und Ohren fortsetzen, mussten sie ein wenig Abstand zu Vanessa halten, die ein paar Schritte weiter mit einer Wasserflasche und ihren Notizen in der Hand auf das wöchentliche Pressebriefing wartete.

»Ich meinte zwischen dir und Zack. Er und Roman planen irgendetwas. Ich habe gestern Abend ewig versucht, meinem Verlobten die Würmer aus der Nase zu ziehen, aber keine Chance. Der Schweinehund spielt *Chinese Wall*.«

Chinese Wall, Stillschweigerecht zur Vermeidung von Interessenskonflikten. Solche Begriffe konnten auch nur zwei Juristen romantisch finden. Gus bezog ihn auf die ethisch notwendige Trennlinie zwischen Beruf und Privatleben. Kurz gesagt weigerte Roman sich, seiner Zukünftigen mitzuteilen, was zwischen ihm und Zack diskutiert wurde. Das trieb Gus mit Sicherheit in den Wahnsinn.

»Er hat recht, weißt du? Er kann dir nicht brühwarm weitererzählen, was er mit Zack bespricht, sonst könnte der nicht mehr offen und ehrlich zu ihm sein.«

Gus verdrehte die Augen. »Berufsethos ist doch Krampf. Die beiden hecken etwas aus. Ich weiß es einfach.«

Liz kam nicht darauf, was Roman aushecken könnte. Er machte seinen Job, und dazu gehörte eben, dass er Zack zuhörte und ihn beriet. »Macht er sich Sorgen, weil Krylov in der Stadt ist?«

Gus schüttelte den Kopf. »Nein. Connor kennt aus CIA-Tagen jemanden aus einer Security-Firma. Den haben sie auf Krylov angesetzt und auf diese Weise herausgefunden, dass er schon wieder in New York ist. Beziehungsweise: Sie wissen, dass er sich in New York aufhält, aber nicht, wie er von hier weggekommen ist. Es gibt wohl weder Videoaufnahmen von ihm, wie er sein Hotel verlässt, noch von seiner Ankunft in Washington.«

»Der Mann ist Mafioso. Logisch, dass er weiß, wie man Kameras und Geheimdienstagenten ausweicht.«

Genau hier lag die Krux. Zack hatte den ganzen Morgen lang keine Silbe über Krylov verloren. Er hatte mit ihr geschlafen, sich dann seine Jogginghose und Laufschuhe übergestreift und »Bis später« gesagt. Es wirkte beinahe, als habe Zack den Vorfall einfach aus seinem Gedächtnis gelöscht. Dazu passte aber nicht, dass er ihr das Versprechen abgenommen hatte, das Weiße Haus nicht mehr ohne Begleitschutz zu verlassen.

»Ich weiß nur, dass die Männer ihre megamachomäßige Alphatier-Beschützernummer abziehen. Und zwar gesammelt. Als ich Roman eröffnet habe, dass ich bei dir zu Hause ein paar Kleider für dich holen gehe, ist er komplett durchgedreht. Hast du schon mal gesehen, wie ein eins neunzig großer Herkules an die Decke geht? Das muss man gesehen haben.« Gus seufzte. »Offenbar wird jetzt Connor aussuchen, was du nächste Woche anziehst. Ich wollte dir das gerne ersparen, wurde aber unmissverständlich darüber in Kenntnis gesetzt, dass Connor ja wohl in der Lage sei, ein paar Klamotten in einen Koffer zu werfen. Jetzt wird er die völlig falschen Schuhe aussuchen und vermutlich die Höschen vergessen. Für sein mangelndes modisches Gespür entschuldige ich mich jetzt schon.«

Liz erschauderte bei dem Gedanken, wie Connor ihre Unterwäscheschublade durchforstete, aber die Begründung erschien ihr sinnvoll. »Schon in Ordnung. Sie machen sich Sorgen. Mir war auch mulmig bei dem Gedanken, dass du in meine Wohnung gehst, und mittlerweile finde ich, du solltest es nicht riskieren.«

»Hmm«, machte Gus. Dann deutete sie mit dem Kopf in Richtung des Konferenzraums. »Wie ich hörte, gleicht das Heer der Journalisten heute eher einem Haifischbecken? Lass dir nichts anmerken. Setz dein fröhlichstes Gesicht auf und tu so, als würde nicht gerade die Welt untergehen. Zeig, was du draufhast. Sobald die Sache gelaufen ist, haben wir eine Hochzeit zu planen – und zwar schnell und in aller Heimlichkeit.«

Ein breites Lächeln überzog Liz' Gesicht. Eine gute Sache war gestern immerhin geschehen. Als Liz sich morgens früh zum Kaffee zu Sara in den Bunker begab, hatte sie dort ein kuschelndes Pärchen vorgefunden, das mehr als bereit wirkte, sich das Ja-Wort zu geben. »Ich freue mich so sehr für die beiden. Aber haben wir bedacht, dass Mad offiziell für tot erklärt wurde? Inklusive Sterbeurkunde und allem. Wie sollen wir jetzt dafür sorgen, dass er legal heiraten kann?«

Gus schob die Bedenken beiseite. »Gar nicht. Jedenfalls nicht fürs Erste. Die Zeremonie ist erst mal nur für die beiden gedacht. Ich glaube, Mad möchte Sara unbedingt den Ehering anstecken, falls irgendetwas schiefgeht. Wir holen den Papierkram nach, sobald es geht. Aber die Trauung gibt uns einen Grund zum Feiern, und den brauchen wir gerade dringend.«

»Wenn wir ein paar Tage Zeit haben, können wir bestimmt eine anständige Zeremonie auf die Beine stellen. Mad und Sara heiraten in einem Bunker – also an einem Ort, wo so mancher Krieg begonnen hat. Die Atmosphäre dürfte … interessant werden. Wollt ihr die Location für eure eigene Trauung nicht vielleicht auch in Erwägung ziehen?«

Gus lachte. Ihre Stimme hallte durch den stillen Flur. »Passen würde es. Roman und ich belauern uns permanent gegenseitig, um herauszufinden, was der jeweils andere plant. Das hält uns auf Trab. Komm, es ist Zeit. Ich versuche, mich unauffällig im Hintergrund zu halten und mich hinauszuschleichen, ehe sie mich in die Mangel nehmen. Sei auf der Hut – irgendwer wird dich garantiert nach der Capitol-Scandals-Story fragen. Jetzt wo unser Interview abgesagt wurde, dürfte es Kommentare hageln.«

Liz horchte auf. »Ich dachte, die Männer bestehen darauf, dass ihr das Interview macht.«

Gus strich ihr freundschaftlich über die Schulter. »Ich habe zu Roman gesagt, dass er allein vor die Kamera treten kann, solange du nicht dein Einverständnis gibst. Er weiß ganz genau, dass er es ohne mich auch bleiben lassen kann. Er beschützt Zack, also brauchst du jemanden, der dir genauso den Rücken freihält. Wenn ich irgendetwas tun kann, sag es einfach.«

Oh Gott, wie sehr sie Gus liebte. Was täte sie nur ohne sie? »Danke.«

Die beiden Frauen schritten den letzten Teil des Flurs hinab auf Vanessa zu. Diese sah auf ihre Armbanduhr. »Sie kommen heute wirklich auf den letzten Drücker. Hier ist das Briefing. Ich habe es aus Ihren Notizen zusammengestellt.«

»Danke.« Liz nahm Vanessa die Papiere und die Wasserflasche ab.

»Sie hatten heute Morgen einen Anruf von Paul Harding«, fuhr Vanessa fort und folgte Liz in Richtung der Tür.

Für Paul hatte sie im Augenblick keine Nerven. »Darum soll der Präsident sich kümmern.«

Schließlich war er derjenige, der ihre Warnung, wie gefährlich Joys Vater seinem Ruf werden konnte, in den Wind geschlagen hatte. Wenn Zack persönlich mit seinem Ex-Schwiegervater sprach, würde er die Schwere von Pauls Drohungen vielleicht eher begreifen.

Vanessa zog eine Augenbraue hoch und blickte Liz mit anklagender Miene an. »Gut, dann lasse ich Mr Harding wissen, dass Sie kein Interesse an einem Austausch haben.«

Liz starrte herausfordernd zurück. »Wollen Sie mir irgendetwas sagen?«

Die jüngere Frau zuckte die Achseln. »Harding hat seine Tochter verloren. Öffentlich und gewaltsam. Sie waren angeblich mit ihr befreundet. Da wirkt es auf mich sehr unwirsch, ihn einfach zu ignorieren.«

»Es geht hier um eine Familienangelegenheit, die, wie der Name bereits sagt, am besten innerhalb der Familie besprochen wird. Zu der ich nicht gehöre. Solange Sie also nicht alle Fakten kennen, würde ich Sie bitten, sich mit Ihrer Meinung zurückzuhalten.« Liz holte tief Luft. Dann ermahnte sie sich, den Mund zu halten. Was Vanessa dachte, spielte keine Rolle.

Sie kannte eben nicht die ganze Geschichte. »Ich rufe Mr Harding zurück, sobald ich hier fertig bin, und sorge dafür, dass er ein Gespräch mit dem Präsidenten bekommt. Danke für die Info.«

Ohne Vanessas Antwort abzuwarten, öffnete sie schwungvoll die Tür und zwang sich, mit einem aufgesetzten Lächeln hinter das Rednerpodest zu treten und sich der Presse zuzuwenden. Und dann brach das Chaos los.

Die Pressekonferenz lief seit rund zwanzig Minuten, als Liz der Reporterin in der ersten Reihe zunickte. »Ja, Candace?«

Die Frau im professionell wirkenden roten Kostüm erhob sich. »Wie steht der Präsident zu dem Bericht auf der Capitol-Scandals-Webseite, wonach sein Stabschef eine Affäre mit seiner verstorbenen Frau gehabt haben soll?«

Liz suchte kurzen Blickkontakt zu Gus, die an der Rückseite des Pressekonferenzsaals stand. *Du wusstest, dass das kommen würde*, schien ihr kaum merkliches Achselzucken zu besagen.

»Der Präsident gibt keine Stellungnahmen zu Berichten in der Boulevardpresse ab.« Das war die einfachste mögliche Antwort. Und sie stimmte.

»In der *New York Times* erscheint aber morgen ein Artikel, der viele der Details aus dem Capitol-Scandals-Bericht erhärtet«, beharrte Candace.

»Ich werde den Präsidenten fragen, ob er sich dazu äußern möchte, nachdem er den Artikel gelesen hat. Bob?«

Bob Hewitt, der Vertreter eines der größten Nachrichtensender des Landes, erhob sich. »Eine Frage zu der geplanten Erdgas-Pipeline. Die ursprüngliche Deadline für eine offizielle Ankündigung ist verstrichen, ohne dass das Weiße Haus sich geäußert hätte. Gibt es neue Entwicklungen?«

Die ursprüngliche Planung hatte vorgesehen, das Konzept

bereits vor ein paar Wochen in London bekannt zu geben. Die Pipeline hatte eines der Vorzeigeprojekte für Zacks zweite Amtszeit werden sollen. Aber der Erpressungsversuch von Seiten der Russen hatte ihnen einen Strich durch die Rechnung gemacht. »Der Bau einer transatlantischen Erdgaspipeline stellt, wie Ihnen sicher bewusst ist, ein technologisch äußerst anspruchsvolles Unterfangen dar. Unzählige Faktoren und mögliche Schwierigkeiten müssen im Vorhinein bedacht werden. Wir müssen nicht nur abwägen, ob das Projekt machbar ist, sondern auch, welche Konsequenzen es für die Umwelt und die Menschen haben wird, die mit dem Bau und der Wartung beauftragt werden sollen. Aus diesen Gründen möchte der Präsident bei den nächsten Schritten äußerste Vorsicht walten lassen. Er wird Sie aber alle unterrichten, sobald es Neuigkeiten zum Status der Pipeline gibt.«

Auf einmal ging ein Raunen durch den Saal, und die Anwesenden erhoben sich. Es dauerte nur einen kurzen Moment, bis Liz klar wurde, dass sie nicht mehr im Zentrum der Aufmerksamkeit stand.

Sie warf einen schnellen Blick über die Schulter und sah, dass Zack den Presseraum soeben durch denselben privaten Eingang betreten hatte, durch den auch sie gekommen war. Er ging schnurstracks auf das Rednerpodium zu, dicht gefolgt von Roman, der in seinem maßgeschneiderten Anzug groß und grimmig aussah, wie ein modebewusster Sensenmann.

Plötzlich schnürte Angst Liz die Kehle zu. Wurde sie gerade Zeugin jener Intrige, die Zack und Roman Gus zufolge schmiedeten? Liz blickte ans andere Ende des Raums, und tatsächlich starrte Gus ihren Verlobten ungläubig an. Dieser blickte geradewegs zurück. Ein stummes Kräftemessen.

»Ms Matthews, wenn ich bitte das Wort ergreifen dürfte.« Zacks Stimme war beflissen, sein Gesicht höflich und leer.

Das war nicht ihr Liebhaber, sondern ein undurchschaubarer Fremder.

»Was ist los?« Die Frage entfuhr ihr unwillkürlich.

»Wenn Sie bitte beiseitetreten würden, dann erfahren Sie es.«

Seine Worte ergossen sich über sie wie eine kalte Dusche. Er hatte sie vollständig aus dem Entscheidungsprozess ausgeklammert. Wozu auch immer er sich durchgerungen hatte – sie würde es gleichzeitig mit den Pressevertretern erfahren. Noch ehe er einen einzigen Satz an das Publikum richtete, wusste Liz, dass das, was jetzt folgte, ihre Beziehung verändern würde.

Sie trat vom Podium weg. »Ich würde es nicht im Traum wagen, dem Präsidenten im Weg zu stehen.«

In seinen Augen war keinerlei Emotion zu lesen. Mit dem einstudierten, unechten Lächeln eines Politikers trat Zack ans Rednerpult.

Liz stellte sich neben Roman. »Was ist hier los?«

»Zack hat das Warten satt, und ich bin ganz seiner Meinung«, erwiderte dieser geheimnisvoll.

»Warten worauf?«, flüsterte sie.

»Darf ich um Ruhe bitten.« Zack hob die Hand, ließ gekonnt seinen Charme spielen und ignorierte die Fragen, die ihm die Journalisten zuwarfen. Das Publikum schien sich zu beruhigen. »Ich möchte einige Dinge zu der geplanten Pipeline bekannt geben. Es handelt sich um ein Projekt, in das mein Vorgänger bereits viel investiert hat. Ich glaube an diese Pipeline. Die Konzeption ist weitgehend abgeschlossen. Wir kennen, sofern irgend möglich, die positiven und negativen Auswirkungen, die der Bau mit sich bringen wird. Ich freue mich sehr, Ihnen hiermit ankündigen zu können, dass wir in die nächste Phase eintreten. Eine Zusammenkunft weltweit führender

Ingenieure steht kurz bevor. Sie werden den Bau einer transatlantischen Pipeline in Gang setzen, die den Rest der Welt mit amerikanischer Energie versorgt. Für unsere Nachbarn bedeutet die Pipeline günstigere Preise, weil sie einen bisher konkurrenzlosen Markt beliefern wird. Für uns bedeutet sie Arbeitsplätze. Heute Nachmittag können Sie mit einer formellen Ankündigung und Dokumentierung rechnen, die meine Pressesprecherin Ihnen dann sehr gerne aushändigen wird.«

Liz starrte ihn an. Ihr war eiskalt geworden. Er hatte sich soeben eine riesige Zielscheibe auf die Stirn gepappt – und ihr gegenüber mit keiner Silbe erwähnt, dass er das überhaupt in Erwägung zog.

»Wie kann er das nur tun?«, flüsterte sie Roman zu. »Nach dem, was Holland zugestoßen ist …«

»Was Holland zugestoßen ist, ist genau der Grund. Jetzt sind sie unter Zugzwang, und die Sache kann endlich ein Ende finden«, sagte Roman mit stählernem Blick. »Jetzt wissen sie, dass wir uns nicht einschüchtern lassen, und sie sich einen anderen Dummen suchen können. Keine Sorge, Liz. Er ist fest entschlossen, dich zu schützen.«

»Aber er schützt sich selbst nicht!«, sprudelte es aus ihr heraus.

»Wenn du dich nicht zusammenreißen kannst, solltest du den Raum verlassen. Du wirst beobachtet.«

Das stimmte. Die meisten Reporter hatten die Augen auf den Präsidenten gerichtet, aber einige hefteten ihren rasiermesserscharfen Blick bereits auf Liz – wie Raubtiere, die Beute wittern.

Sie nötigte sich zu einem passiven Lächeln, damit nicht der Eindruck aufkäme, der Regierungsapparat stünde nicht einhundertprozentig hinter dem Präsidenten. Kein internes Gerangel. Das war von Anfang ihre Devise gewesen. Aber natürlich hatten sie sich damals auch versprochen, sich gegenseitig zu vertrauen. Zack hatte ihr noch nie eine amtsrelevante Entscheidung vorenthalten, weshalb sie den Pressekonferenzraum stets voller Selbstvertrauen betreten hatte und die versammelten Journalisten, die mit der Berichterstattung über die Entwicklungen im Weißen Haus beauftragt waren, ihr vollstes Vertrauen entgegenbrachten.

Bis heute.

Sie zwang sich, eine gleichmütige Pose einzunehmen und Zack heiter anzublicken, als verliefe alles nach Plan und als sei sie vollkommen eingeweiht und einverstanden.

Ihr Herz fühlte sich an, als wollte es zerspringen. Mit einer Handbewegung beendete Zack das Briefing. Er wandte sich ab, ignorierte die Reporter, die sofort aufsprangen und ihn mit Fragen bombardierten, und verließ schnellen Schrittes den Saal. Liz folgte ihm auf dem Fuß, ebenso wie Roman.

Kaum hatten sie den Konferenzraum sicher verlassen und den Flur betreten, richtete Zack das Wort an sie. »Die Dokumente bekommst du in ein paar Stunden. Die Journalisten sollen nicht vor fünf damit rechnen. Sag mir Bescheid, falls du noch Fragen hast.«

Oh, sie hatte jede Menge Fragen. »Wie kannst du mich nur derart überrumpeln?«

Er fasste sie am Ellbogen und schob sie ein Stück weg von den anderen. Ihr war überhaupt nicht aufgefallen, dass Vanessa noch im Flur herumtrödelte und lange Ohren machte, aber Zack hatte es natürlich bemerkt. »Ich habe dich nicht überrumpelt. Der Plan hat sich sehr kurzfristig geändert, und davon wollte ich die Presse persönlich informieren.«

»Du hättest es mir wenigstens sagen können.«

»Nein. Wir operieren in diesem Fall nach Need-to-know-Prinzip. Kenntnis nur bei Bedarf. Und bisher bestand für dich kein Bedarf«, erwiderte Zack ohne einen Funken Emotion. »Du bist meine Pressesprecherin, keine Beraterin. Und du weißt, dass es Dinge gibt, über die ich nicht mit dir kommunizieren kann. Das war dir von Anfang an klar.«

»Das erklärt noch lange nicht, warum du die Pressekonferenz an dich reißt und eine solche Bombe platzen lässt, ohne mir auch nur die geringste Vorlaufzeit zu gewähren.«

Dass Zack ärgerlich wurde, erkannte Liz an der Art, wie er die Zähne zusammenbiss und die Schultern verkrampfte. »Wie bitte? Wir sind uns doch wohl einig, dass ich ein Projekt vorantreibe, von dem wir alle wissen, wie wichtig es ist. Mehr gibt es dazu nicht zu sagen.«

Sie versuchte, leise zu sprechen, konnte aber die Panik in ihrer Stimme nicht ganz unterdrücken. »Du tust, als wäre die Ankündigung keine große Sache, aber wir wissen beide, dass du damit dein Leben aufs Spiel setzt.«

»Ich habe lange darüber nachgedacht«, seufzte er. »Es stehen für mich in den kommenden Tagen keine öffentlichen Auftritte an. Ein potenzieller Attentäter müsste also meine Termine kennen. Roman und ich haben bereits abgestimmt, wie wir meine Zeitplanung jeden Tag spontan durcheinanderwerfen können. Mich aufzuspüren, wird nicht einfach. Außerdem ist Thomas in Alarmbereitschaft. Connor wird sich ebenfalls ein paar Wochen lang in meiner unmittelbaren Nähe aufhalten.«

»Unmittelbar genug, um zu verhindern, dass dich ein Sniper abschießt? Denn darum geht es doch.«

Er fasste sie an den Schultern und zwang sie, zu ihm aufzusehen. »Elizabeth, ich kann mich nicht erpressen lassen. Ich muss in die Zukunft blicken. Es gibt zwei Möglichkeiten. Entweder ich ziehe die Sache mit der Pipeline durch und kümmere mich dann um die wie auch immer gearteten Konsequenzen, oder ich trete zurück und erlaube unseren Feinden, sich an meinem Vizepräsidenten auszutoben, von dem wir ganz genau wissen, dass er enorm erpressbar ist. Für welche dieser Optionen soll ich mich deiner Meinung nach entscheiden?«

Liz verstand seine Denkweise. Zack war jemand, der nicht damit umgehen konnte, wenn er nicht zu hundert Prozent die Kontrolle über das Geschehen besaß. Aber die Russen würden ernst machen. Sie hatten bereits mehrere Menschenleben auf dem Gewissen, und würden ohne Skrupel ein weiteres Mal töten. »Für die Option, bei der du nicht in Gefahr bist.«

»Dann hast du dir den falschen Mann ausgesucht, und wir sollten schleunigst ein ausführliches Gespräch über unsere Beziehung führen.«

Enttäuschung stieg in ihr hoch. »Zack, ich mache mir Sorgen um dich. Wenn wir nur etwas mehr Zeit hätten, um die Sache zu durchdenken und uns einen Plan zurechtzulegen, könnten wir …«

»Haben wir aber nicht. Manchmal muss man einen Kampf in aller Öffentlichkeit austragen, um ihn zu gewinnen. Ich weiß, was ich tue. Die Frage ist: Bleibst du an meiner Seite oder steigst du aus?« Er baute sich vor ihr auf. »Wenn du um deine Sicherheit besorgt bist, bin ich der Ansicht, dass du Gus das Pressebüro übertragen solltest. Dann sorge ich dafür, dass du in Schutzgewahrsam genommen wirst. Ich weiß, du findest das nicht fair, aber wenn du nicht vollständig hinter mir stehst, muss ich darauf beharren, dass du in einen geheimen Unterschlupf gebracht wirst, bis Gras über die Sache gewachsen ist.«

Sie spürte, wie das Blut aus ihrem Gesicht wich. »Willst du, dass ich gehe?«

Er schüttelte den Kopf. »Ich erkläre dir lediglich, welche Optionen du hast. Vielleicht willst du es nicht riskieren, bei mir zu bleiben, da du mit meinen Plänen nicht einverstanden bist und sie für nicht sicher hältst.«

»Bis vor zwei Minuten wusste ich überhaupt nichts von deinen Plänen«, hielt sie dagegen und schüttelte energisch den Kopf. »Du hast es schließlich nicht für nötig gehalten, mich in deine Entscheidungen einzubeziehen. Du hast einfach herausposaunt, wie es weitergeht, ohne dass ich mich dazu äußern konnte. Ich dachte, wir wären ein Team.«

»Das sind wir auch, aber dir war von Anfang an klar, wer ich bin, und dass du keine Entscheidungen für mich treffen kannst.« Zacks Stimme klang rau – das erste Anzeichen überhaupt, dass ihn das Gespräch nicht kaltließ.

»Du kannst mich also nicht einbeziehen, selbst wenn die Entscheidung mich genauso betrifft? Selbst wenn unsere Freunde durch deine Taten zur Zielscheibe eines Killers werden könnten?«

»Elizabeth, in meinen Entscheidungen muss ich mehr bedenken als nur unsere Freunde. Ich dachte, dass gerade du das verstehst. Ich bin der Präsident der Vereinigten Staaten von Amerika. Es steht mir nicht zu, selbstsüchtig zu handeln. Ich stehe im Dienst meines Landes und muss tun, was für Amerika das Beste ist, und wenn ich das nicht kann, dann habe ich verdammt noch mal das Feld zu räumen, damit es jemand anderes tut«, fluchte Zack. »Wenn ich jetzt zurücktrete, übernimmt Wallace Shorn mein Amt. Dann steht den Russen nichts und niemand mehr im Weg. Was soll ich also bitte schön machen? Wenn ich nachgebe, kommt die nächste Forderung. Soll ich als Nächstes unsere Atomwaffencodes herausgeben, damit du keine Angst haben musst?«

»Das habe ich mit keiner Silbe gesagt. Das ist unfair von dir.«

»Nichts ist fair. Aber dass du mit mir streitest, macht die Sache für mich nur schlimmer«, zischte er mit zusammengebissenen Zähnen. »Ich versuche so sehr, nicht zu scheitern und das Richtige zu tun, und alles, was dir dazu einfällt, ist, gegen mich zu argumentieren.«

»Wie kannst du das nur sagen! Ich will einfach nur, dass du vorsichtiger bist.«

»Und das ist unmöglich.« Er trat einen Schritt zurück. »Hör auf zu streiten. Ich kann das jetzt nicht. In zehn Minuten muss ich im Meeting sein. Danach habe ich eine Telefonkonferenz mit dem französischen Präsidenten.«

Liz atmete tief ein und aus, um sich zu sammeln. »Ich habe das Gefühl, dass du dich von mir zurückziehst, und ich weiß nicht, was ich tun soll. Möchtest du, dass ich zurücktrete und Gus ab sofort übernimmt?«

»Dann musst du in ein Geheimversteck.«

»Zack, meine Frage ist, was du willst. Ich verstehe nicht, was gerade zwischen uns passiert, also sag es mir bitte geradeheraus. Möchtest du, dass ich gehe? Von mir aus auch in ein Geheimversteck, wenn dir das die Sache erleichtert. Ich kann bis heute Nachmittag gepackt haben, und dann musst du mich nie wiedersehen.«

Er starrte sie mit ausdrucksloser Miene an. »Wie ungemein märtyrerhaft von dir.«

»Ich bin keine Märtyrerin. Ich habe nur einfach kein Interesse daran, bei einem Mann zu bleiben, der mich nicht mehr will. Für dich bestand der spannende Teil offenbar darin, mich zu erobern, aber der Alltag mit mir scheint deinen Erwartungen nicht gerecht zu werden.«

»Elizabeth, ich versuche verzweifelt, mein Land nicht zu verraten.«

Liz sah ihn durchdringend an und tat ihr Menschenmögliches, die Situation aus seiner Warte zu betrachten. Was er hier gerade tat – was kostete es ihn? Er verhielt sich ihr gegenüber wie das größtmögliche Arschloch, aber er hatte insofern recht, als das Schicksal der freien Welt tatsächlich in seinen Händen lag. Wie auch immer Liz es drehte und wendete: Entweder sie verhielt sich selbstsüchtig, weil sie Zack liebte, oder sie spielte möglicherweise seinen Fußabtreter und stand am Ende als die Verliererin da. »Ich will mich nicht zwischen dich und deine Pflichten stellen, Zack. Ich verstehe nicht, warum sich zwischen uns auf einmal ein solcher Graben aufgetan hat, und ich möchte nicht in einer Beziehung bleiben, in der ich nicht mehr erwünscht bin. Sag mir, was du von mir willst.«

Einen langen Augenblick schwieg er. Liz stand die entsetzliche Angst aus, er könne sich ohne ein Wort abwenden und gehen, vielleicht für immer. Dann senkte er den Kopf, fast, als sei er eine zu große Last neben all der Verantwortung, die er bereits auf seinen Schultern trug. »Ich will, dass du nach der Arbeit auf mich wartest. Dass wir ganz normal miteinander umgehen. Ich will imstande sein, meine ganze Energie darauf zu lenken, die Frau zu lieben, der ich jahrelang hinterhergelaufen bin. Ohne dass dieser ganze Bullshit wie ein Damoklesschwert über unseren Köpfen schwebt.«

Seine Worte erweichten Liz' Herz augenblicklich. Sie griff nach seiner Hand. »Es tut mir leid. Ich halte mich zurück. Sobald ich deine Pipeline-Dokumente rausgeschickt habe, warte ich heute Abend auf dich. Wir machen die Tür hinter uns zu und reden nur über schöne Dinge. Zum Beispiel darüber, wie wir innerhalb von einem Tag eine Hochzeit für einen Milliardär planen, ohne auch nur einen Cent von seinem Geld auszugeben.«

Liz lächelte tapfer. Sie wäre in dieser Sekunde bereit gewesen, fast alles zu sagen, nur damit der leere, stumpfe Ausdruck aus seinen Augen wich und die Wärme wieder Einzug hielt, die zwischen ihnen herrschte, ehe Krylov in ihre Wohnung eingebrochen war und ihre Welt auf den Kopf gestellt hatte. War Zack deswegen immer noch verunsichert? Er hielt sich immer sehr bedeckt, aber sie wusste, dass er im Grunde ein zutiefst emotionaler Mensch war.

Der Hauch eines Lächelns erschien auf seinen Lippen. »Streng genommen ist Mad pleite, denn schließlich ist er offiziell tot. Soll Gabe für die Hochzeit bezahlen. Er hat laut Mads Testament alles geerbt. Außerdem ist die Braut seine Schwester, also müsste traditionellerweise sowieso ihre Familie das Fest ausrichten.«

»Das werde ich ihm mitteilen.« Sie lächelte Zack vorsichtig an.

Wie sehr belasteten ihn die russische Verschwörung und die damit einhergehenden Strapazen?

Liz wandte sich zum Gehen, aber da umfasste er mit seinen langen, schmalen Fingern ihren Arm und zog sie sanft zu sich. »Ich versuche wirklich mein Bestes. Ich werde nicht zulassen, dass dir etwas geschieht. Was auch passiert. Das verspreche ich dir. Selbst wenn etwas schiefgeht. Ich sorge dafür, dass dir nichts Schlimmes widerfährt.«

Sie hatte das Gefühl, dass er ihr irgendetwas sagen wollte, verstand aber die versteckte Botschaft nicht. Oder vielleicht interpretierte sie auch zu viel hinein. »Ich weiß. Und ich werde auch mein Bestes geben, um dich zu beschützen.«

Er stutzte und starrte ihr in die Augen. Versuchte er einzuschätzen, wie ernst sie es meinte? Dann blinzelte er, und der Gesichtsausdruck verschwand so schnell, wie er gekommen war. Noch ehe sie ihn dazu befragen konnte, zog er sie an sich und küsste sie rasch. »Bis heute Abend.«

Er drehte sich um und ging auf Roman zu, der auf ihn wartete. Gemeinsam entfernten die beiden sich, wobei Roman noch einen letzten Blick über die Schulter warf.

Sie hätte schwören können, dass in den Augen von Zacks Stabschef tiefes Misstrauen zu lesen stand.

Was in aller Welt …?

»Habe ich es doch gewusst, dass die beiden etwas aushecken«, beschwerte sich Gus, die sogleich neben Liz trat. »Verdammt noch mal. Also los, lass uns zurück ins Büro gehen. Auf uns wartet offenbar eine Menge Arbeit. Die beiden Schlauberger hätten uns wirklich vorwarnen können. Und ich wette mit dir, dass sie uns ab sofort nicht mehr aus dem Haus lassen.«

Dem konnte Liz nicht widersprechen. Zack und seine rechte Hand planten etwas, so viel stand fest. Aber warum beschlich sie auf einmal das Gefühl, dass die beiden eine Verschwörung gegen sie, Liz, ausheckten?

Ihr Gesichtsausdruck ging Zack nicht mehr aus dem Kopf.

Ich dachte, wir wären ein Team.

Er hatte in ihren Augen keine Spur von Verrat entdecken können. Damit hätte er vielleicht noch umgehen können. Stattdessen las er Schmerz und Kummer in ihrem Gesicht. Er hatte dafür gesorgt, dass sie und ihre Gefühle klein und unbedeutend wirkten. Sobald ihm das bewusst wurde, hatte er all seine Willenskraft aufbieten müssen, um sie nicht in seine Arme zu ziehen und sie um Vergebung anzuflehen. Das durfte er nicht. Es gehörte nicht zu ihrem Plan.

»Das lief doch erstaunlich gut.« Connor hatte im Oval Office auf ihn und Roman gewartet. Er war auch bei der Beratung am frühen Morgen dabei gewesen, als es darum ging, die Strategieänderung in Bezug auf den Umgang mit dem Erpresser auszuarbeiten. Gabe und Dax wussten ebenfalls Bescheid. Es war vorgesehen, Holland und Every ins Weiße Haus umziehen zu lassen. Vorübergehend, hoffte Zack.

Wie sie gestern gemeinsam erörtert hatten, galt es nun, im

globalen Kräftemessen möglichst abgebrüht rüberzukommen, wenn sie eine Chance auf einen Sieg haben wollten.

»Findest du? Ich weiß nicht.« Der versammelten Presse gegenüber war Zack cool und besonnen aufgetreten, aber innerlich kochte er so sehr vor Wut, dass er kaum einen klaren Gedanken fassen konnte. Er war wütend auf die Russen und seine eigenen Vorfahren, die ihn in diesen ganzen Mist hineingezogen hatten. Wütend auf Elizabeth, weil sie ihn offenbar hinters Licht führte. Wütend – verdammt wütend – auf sich selbst, weil er ihr glauben wollte … und es doch nicht schaffte. Die einzigen Menschen, die ihn sein Leben lang noch nie betrogen hatten, waren seine engen Freunde.

»Das war hart für dich, ich weiß, aber es ging nicht anders.« Romans Stimme riss ihn aus seinen Gedanken.

»Wirklich nicht? Hätte ich nicht vorher mit ihr reden können? Oder sie wenigstens fünf Minuten vor der Konferenz vorwarnen, dass wir die bisherigen Pläne komplett über den Haufen geschmissen haben? Oder hätte ich sie nicht schlicht und ergreifend mit den Beweisen gegen sie konfrontieren und eine Erklärung verlangen können?«

Roman ließ sich seufzend in einen Sessel sinken. »Du weißt genau, warum das keine gute Idee ist.«

Weil Zacks Überraschungsmoment, wenn Liz tatsächlich mit den Russen unter einer Decke steckte, damit hinfällig gewesen wäre.

»Ich gebe es ungern zu, aber in diesem Fall hat Roman recht.« Connor ging im Oval Office auf und ab.

»Danke.« Roman machte eine joviale Handbewegung. Er sah erleichtert aus, dass ihm wenigstens einer den Rücken stärkte.

Connor blieb stehen und schoss Roman einen eisigen Blick zu. »Nicht, weil ich glaube, dass Liz eine Spionin ist. Außerdem:

Wenn sie auch nur den Hauch einer Ahnung davon bekommt, dass Zack sie verdächtigt, mit dem Feind zusammenzuarbeiten, begeht sie am Ende eine Dummheit. Rennt zum Beispiel weg, sei es, um sich die Wunden zu lecken oder um auf eigene Faust ihre Unschuld zu beweisen.«

»Und wenn sie tatsächlich für die Russen arbeitet, dann stehen womöglich noch viel schlimmere Dinge bevor, als dass sie ihnen alle unsere Geheimnisse erzählt«, gab Roman zurück. »Oder hältst du mich für ein derartiges Arschloch, dass ich mir um ihr Wohlergehen keine Gedanken gemacht habe? Ich weiß nicht, warum sie tut, was sie tut, oder warum sie sich auf diese Weise manipulieren lässt, aber habt ihr schon mal darüber nachgedacht, was passiert, wenn sie den Russen auf einmal nicht mehr nützlich ist? Nein, lasst mich ausreden. Sie haben Joy umgebracht. Das wissen wir mit Sicherheit. Warum? Vermutlich, weil sie ihnen tot nützlicher war als lebendig. Ihnen muss klar geworden sein, dass Joy Zack nicht so manipulieren konnte, wie sie es von einer Ehefrau erwartet hätten. Also haben sie auf den Augenblick gewartet, in dem ihr Opfertod die maximale Wirkung entfalten würde, und sie abgeknallt. Meiner Meinung nach wussten sie nach ein paar Ehejahren, dass Joy keine Macht über Zack besaß. Also trat Plan B in Kraft, und Liz wurde in die entsprechende Position befördert.«

»Das ist reine Spekulation.« Zack konnte es nicht ausstehen, wie sicher Roman jedes Mal klang, wenn er darüber dozierte, dass Elizabeth für den Feind arbeitete. Er wusste, dass Roman stets aus Überzeugung handelte, und all die Jahre waren sie damit gut gefahren. Romans Gewissheit über Liz allerdings machte Zack schwer zu schaffen.

»Was auf jeden Fall feststeht, ist, dass diese Männer sie ohne Skrupel zum Abschuss freigeben werden, wenn sie aus irgendeinem Grunde der Meinung sind, dass Liz ihnen nicht mehr nützlich ist. Ganz egal, ob ihr je bewusst war, dass sie benutzt wird.« Roman milderte seine Worte ab. Er war gut darin, Zacks Mimik zu deuten und sich entsprechend zu verhalten. Das war einer der Gründe, warum die Zusammenarbeit zwischen ihnen so gut funktionierte. »Unser Plan ist die beste Vorgehensweise. Er beschützt auch Elizabeth.«

Connor hob die Schultern. »Jedenfalls werden wir jetzt bald wissen, wie die Reaktion ausfällt, wenn wir ihr Spiel nicht länger mitspielen. Wir müssen auf alles gefasst sein. Ich ziehe noch heute Nachmittag hier ein. Lara hat schon ein Zimmer ausgesucht.«

Es war der Entschluss gefallen, bis auf Weiteres gesammelt ins Weiße Haus umzuziehen. Sollte irgendjemand Fragen stellen, würden sie sagen, dass sie gemeinsam Vorbereitungen für Romans und Gus' Hochzeit trafen. Zack hatte schließlich öfter Gäste. Er war Junggeselle, also waren seine Mitarbeiter daran gewöhnt, dass ab und zu seine Freunde bei ihm einfielen. Nur dass die Freunde inzwischen eben ihre Frauen beziehungsweise Verlobten mitbrachten.

Würde Elizabeth in einem Jahr noch zu ihrer Gruppe gehören? Oder in einem halben? Was er zu ihr gesagt hatte, war ernst gemeint gewesen. Was auch passierte, er würde sie beschützen. Er würde niemals zulassen, dass ihr jemand etwas antat oder dass man sie festnahm.

Es konnte aber durchaus sein, dass er sie würde verhören müssen. Geheimdienst und Überwachungsdienst berichteten unabhängig voneinander, dass Krylov sein Hotel gestern überhaupt nicht verlassen hatte. Heute Morgen war er durch New York spaziert, als sei nicht das Geringste passiert. Das FBI hatte ihn zu einer Befragung mitgenommen, wo er ebenfalls angab, den vorigen Tag in seinem Hotelzimmer verbracht zu haben. Er habe sich am Abend zuvor an nicht mehr ganz frischem

Sushi den Magen verdorben. Man hatte ihn wieder freilassen müssen – fürs Erste.

Wenn Krylovs Aussage stimmte und Elizabeth nicht für die Russen arbeitete, warum sollte sie dann lügen?

Zack fiel keine einzige mögliche Begründung dafür ein.

Unvermittelt klopfte Roman ihm auf die Schulter. »Verlier jetzt nicht den Mut. Das muss vorhin auf dem Gang ein ziemlich gefühlsintensives Gespräch zwischen dir und Liz gewesen sein. Wenn sie unschuldig ist, wird sie es wegstecken können.«

Roman hatte leicht reden. Er musste schließlich nicht neben ihr schlafen.

»Wie hat sie die plötzliche Kehrtwende aufgenommen?«, wollte Connor wissen.

»Kehrtwende? Es war ja nie der Plan, die Pipeline vollständig abzusägen. Es ist ein gutes Projekt.« Zack hasste es, zum Warten gezwungen zu sein. Abwarten zu müssen, was die gegnerische Seite tat und wann das Unvermeidliche eintreten würde. »Sie war bestürzt, dass ich sie nicht ins Vertrauen gezogen habe. Und sie war sicherlich nicht gerade glücklich darüber, dass ich die Pressekonferenz an mich gerissen und auf diese Weise dafür gesorgt habe, dass sie wie eine Außenseiterin dasteht. Da ist sie übrigens nicht die Einzige. Wenn Blicke töten könnten, hätte Gus mich ebenfalls ins Jenseits befördert. Ich konnte ihren bohrenden Blick von der anderen Seite des Saals förmlich spüren.«

Roman verzog schmerzhaft das Gesicht. »Ich kann nicht behaupten, dass ich mich darauf freue, ihr heute Abend unter die Augen zu treten. Manchmal habe ich Angst, dass sie lernt, Laserstrahlen zu verschießen, um mich auf diese Weise zu kastrieren. Zum Glück will sie Kinder. Das mag meine einzige Rettung sein.«

»Ich kann mit beiden reden«, bot Connor an. »Ich erkläre ihnen unser Vorgehen aus Geheimdienstperspektive. Nach dem gestrigen Ereignis mussten wir mit einem starken Gegenzug kontern, sonst hätten wir schwach ausgesehen.«

Zack warf Connor, der in Spionageangelegenheiten jahrelange Erfahrung mitbrachte, einen vorsichtigen Blick zu. »Glaubst du, dass sie mit Krylov zusammenarbeitet? Ich weiß, wir haben uns darüber bereits unterhalten, aber jetzt wo uns weiteres Beweismaterial vorliegt, würde ich gerne noch einmal deine Meinung hören.«

Connor fuhr sich durch das kurze Haar. Die Geste wirkte vollkommen entmutigt. »Alle Indizien sprechen dafür. Sollte Elizabeth unschuldig sein, ist es zumindest ein äußerst merkwürdiger Zufall, dass beide Male durch sie kommuniziert wurde.«

Connor glaubte nicht an Zufälle. Und als Politiker wäre er untauglich gewesen.

»Durch Mad haben sie auch kommuniziert.« Zack suchte verbissen nach einem Hintertürchen, um Connors Logik zu entfliehen.

»Nein. Mad haben sie windelweich geprügelt. Liz hingegen haben sie auf wundersame Weise beide Male kein Haar gekrümmt«, gab Roman zu bedenken. »Alles läuft über Liz. Ich wüsste zu gern, was sie im Treaty Room zu suchen hatte, als wir nach Camp David aufgebrochen sind. Außerdem verbringt sie öfter Zeit mit deinem Vater, vergiss das nicht.«

»Sie schaut ab und zu bei ihm vorbei, weil sie weiß, dass ich es nicht ertrage, mich im selben Zimmer aufzuhalten wie mein alter Herr.« Zack wusste, dass er sich seinem Vater gegenüber nicht fürsorglich genug verhielt. Der Mann war krank. Dennoch schaffte Zack es nicht, den gebrechlichen Demenzpatienten in ihm zu sehen. Immer nur den Tyrannen, der ihn jahrelang getriezt und immer weiter getriezt hatte.

»Oder sie hat ein ganz anderes Motiv dafür, sich mit ihm zu unterhalten, und Frank hat mental gar nicht so weit abgebaut, wie wir denken«, argumentierte Roman.

»Ich stelle Nachforschungen über seine Ärzte an.« Connor begann erneut, im Zimmer auf und ab zu gehen. »Wer hat die Spezialisten denn ausgewählt?«

»Am Anfang Joy. Und dann, als wir irgendwann mitten im Wahlkampf steckten, hat Elizabeth die Arztbesuche übernommen.« Er war bereits seit Langem auf Elizabeths Unterstützung angewiesen. Er und Joy hatten sich auf sie verlassen.

Zack hatte Joys Rat in Wahrheit sehr oft befolgt. Sie war eine Freundin für ihn gewesen, eine Partnerin, jemand, der ihm auf dieselbe Weise nahestand wie Roman. Nein, sie waren nicht ineinander verliebt gewesen, aber sie hatten gemeinsame Ziele gehabt, und Joy war klug, kompetent und auf stille Weise ehrgeizig. Sie stand an seiner Seite, als er direkt beim ersten Versuch den Senatorenposten gewann. Ihr kühler Kopf hatte den Überblick über die Teilbereiche seines Wahlkampfs behalten, die ihm keinen Spaß machten oder die er nicht verstand.

Ein lautes Klopfen an der Tür riss Zack aus seinen Gedanken. Es war Thomas.

»Mr President, der Vizepräsident möchte Sie sprechen.« Thomas' stets stoisches Gesicht ließ auch heute keine Regung erkennen. »Er besteht darauf.«

Zack unterdrückte ein Stöhnen. Es war klar gewesen, dass Shorn irgendwann auftauchen würde. »Ich kann ihn wohl kaum abwimmeln.«

Thomas zuckte mit einer – sehr breiten – Schulter. »Ich kann ihm die Situation in schillernden Tönen schildern, wenn Sie es wünschen, Sir.«

Das könnte spaßig werden – würde aber mittelfristig nur für Ärger sorgen.

Zack schüttelte den Kopf. »Lassen Sie ihn rein. Bringen wir's hinter uns.«

Er erhob sich und nahm hinter dem Schreibtisch des Oval Office Platz, dem Resolute Desk. Ein passender Ort, um einen Mann niederzustarren, der ihn nie gemocht hatte.

Schon stürmte Shorn in den Raum. Der Vizepräsident hatte nur deshalb eingewilligt, für diesen Posten zu kandidieren, weil er wusste, dass nirgendwo sonst Platz für ihn war. Der vergangene Wahlkampf war mit Sicherheit das letzte Mal gewesen, dass er sich aufstellen lassen konnte, ohne seine Glaubwürdigkeit zu verlieren. Er und Zack waren zu argwöhnischen Partnern geworden.

»Was kann ich für Sie tun, Wallace?«

»Mir sagen, was zum Henker hier vorgeht.« Er funkelte Zack wütend an, sah sich dann stirnrunzelnd im Raum um, bemerkte die Anwesenheit der zwei Männer und deutete mit dem Finger auf Connor. »Bitte gehen Sie. Ich muss allein mit dem Präsidenten sprechen.«

Connor blieb auf dem Sofa sitzen, schlug lässig die Beine übereinander und tat auch sonst nichts, um seine Raubtiernatur zu verbergen. »Hier ist es aber so gemütlich.«

»Glauben Sie vielleicht, ich weiß nicht, wer Sie sind?«, blaffte Shorn. »Mit Calders penetranter Anwesenheit muss ich mich wohl oder übel begnügen, aber Sie gehören überhaupt nicht zur derzeitigen Regierung.«

»Ich versichere Ihnen, dass Mr Sparks sehr wohl eine tragende Rolle in meiner Regierung spielt, dass ich ihm vollstes Vertrauen entgegenbringe und dass er über sämtliche Sicherheitsfreigaben verfügt, sodass Sie in seiner Gegenwart alles äußern können, was Sie mir zu sagen haben.«

»Ich höre wohl nicht recht. Sparks ist nichts weiter als Ihr Saufkumpan aus Jugendzeiten«, schnaubte Shorn verächtlich.

»Oh, der Präsident und ich haben durchaus nicht nur dem Scotch zugesprochen«, erwiderte Connor. »Wir haben gemeinsam Probleme gelöst. Das ist de facto sogar meine Aufgabe.«

Shorn warf die Stirn in Falten. »Nein, das ist Calders Aufgabe.«

»Roman kümmert sich um Rechtsfragen. Ich hingegen sorge dafür, dass Probleme … aus der Welt geräumt werden.« Connor schenkte Shorn ein wölfisches Grinsen.

»Wollen Sie mir drohen?«

Zack seufzte. »Wallace, würden Sie mir nun bitte verraten, was zum Henker Sie herführt, oder ansonsten mein Büro verlassen?«

Shorn wandte sich Zack zu und schürzte die Lippen. »Ich möchte wissen, was hier vor sich geht. Erst heißt es, die Pipeline kommt. Dann rudern wir zurück. Jetzt plötzlich ist sie wieder auf dem Tapet. Ich hole mir noch einen steifen Nacken, wenn ich weiter diesem Ping-Pong zuschauen muss, das Sie mit einem der wichtigsten Projekte unserer gemeinsamen Amtsperiode veranstalten. Ich habe mich mit meinen eigenen Experten besprochen, und die sind sich alles andere als sicher, ob die Schlüsse der Umweltbehörde tatsächlich hieb- und stichfest sind. Ist Ihnen klar, dass Sie eine regelrechte Klagewelle riskieren? Trotzdem halten Sie es nicht für nötig, irgendwen über Ihre Pläne in Kenntnis zu setzen. Ich habe das Pressebriefing verfolgt.« Er schnaubte. »Nicht einmal Ihre Freundin wusste Bescheid. Sie haben dafür gesorgt, dass sie dastand wie die letzte Idiotin. Na, wenigstens hat sie jetzt einen Geschmack davon bekommen, wie Präsident Zack Hayes mit Menschen umspringt.«

»Das reicht jetzt«, bellte Roman.

»Nein, bitte, lass ihn ausreden. Er soll mir erzählen, was für ein Arschloch ich bin.« Zack lehnte sich zurück.

Shorn ging in die direkte Konfrontation über, die Augen zu schmalen Schlitzen zusammengezogen. »Sie halten sich für wahnsinnig intelligent. Aber ich habe Sie durchschaut. Irgendetwas stinkt hier ganz gewaltig.«

»Und zwar?«

Shorn ließ den Blick durch den Raum wandern, ehe er Zack wieder ins Visier nahm. »In England ist etwas vorgefallen. Ursprünglich sah der Plan vor, dass Sie dort die Pipeline ankündigen. Sie hätten vor Ort das ideale Podium dafür gehabt. Die Bekanntgabe hätte in der ganzen Welt für Schlagzeilen gesorgt. Aber aus unerfindlichen Gründen haben Sie auf einmal die Notbremse gezogen und sich geweigert, jegliche Fragen zu beantworten. Und jetzt poltern Sie in eine völlig alltägliche Pressekonferenz hinein und platzen heraus, dass die Pipeline kommt, als kündigen Sie einfach nur ein x-beliebiges Gipfeltreffen an. Die Pipeline wird die Parameter der Weltwirtschaft von Grund auf verändern, aber Sie verhalten sich, als ginge es um ein Schulprojekt. Warum?«

Keiner hatte je behauptet, dass Shorn dumm sei.

»Ich halte es für gerechtfertigt, dass ich der Nation meine Pläne mitteile, jetzt wo ich die Untersuchungsergebnisse der Umweltbehörde eingehend studiert habe. Ich bin zu einer Entscheidung gekommen und will sie der Öffentlichkeit nicht vorenthalten.«

»Es geht hier um *das* Vorzeigeprojekt Ihrer Amtszeit. Erfolg oder Misserfolg werden darüber bestimmen, wie man Sie als Präsident in Erinnerung behalten wird. Ich kenne Sie als verdammt umsichtig und risikoavers, und dennoch haben Sie nicht einmal Elizabeth Matthews von Ihrer bevorstehenden Ankündigung in Kenntnis gesetzt. Augustine Spencer schien ebenfalls aus allen Wolken zu fallen. Und genau deshalb beschleicht mich der Verdacht, dass Sie und Calder etwas aushecken. Oh, und Sparks steckt ebenfalls mit Ihnen unter einer Decke. Ich weiß, was über ihn geredet wird. Ich weiß, was er tut.« Shorn wich zurück. »Glauben Sie nicht, dass Sie mich verarschen können. Ich weiß, dass jemand in meinem Privatleben herumschnüffelt. Was soll das? Glauben Sie, dass Sie mich mit irgendwelchen dreckigen Tricks bei der Wiederwahl abservieren können? Dass Sie meinen Wählerstamm erst dazu benutzen konnten, Präsident zu werden, nur um mich dann loszuwerden, sobald das Pipelineprojekt aus der Taufe gehoben ist?«

»Wer schnüffelt in Ihrem Privatleben herum?« Zack war bewusst, dass Roman und Calder vor plötzlicher Anspannung stocksteif dasaßen.

Shorn verdrehte die Augen. »Als wüssten Sie nicht, dass jemand bei meinem Bruder war und versucht hat, ihn auszuquetschen.«

»Bei Ihrem Bruder?«, fragte Zack eindringlich. Wenn Connor nichts damit zu hatte, war das ein wirklicher Grund zur Sorge.

»Das sagte ich doch gerade«, gab Shorn genervt zurück. »Mein Bruder hat ein Verhältnis. Das ist Ihnen sicherlich nicht neu. Ich finde es nur höchst suspekt, dass wir dem Ende Ihrer ersten Amtszeit entgegengehen und jetzt auf einmal diese unfreundlichen Gestalten aus ihren Löchern kriechen und unangenehme Frage stellen. Ich werde nicht zurücktreten, Hayes. Das können Sie sich abschminken. Ich lasse mich von Ihnen nicht schikanieren, und bevor Sie jetzt weitere Schritte unternehmen, möchte ich Sie daran erinnern, dass auch ich weiß, welche Leichen Sie so im Keller haben.«

Er machte auf dem Absatz seiner überteuerten Halbschuhe kehrt und rauschte aus dem Zimmer.

Zack blicke Connor an und wusste sofort, dass er gar nicht erst nachfragen musste.

Connor hob die Hände. »Das war keiner von meinen Jungs. Uns ist doch eh schon bekannt, dass die Kinder, die da rumlaufen, Wallace Shorn zum Papa haben.«

»Wer außer den Russen sollte bei Shorn herumschnüffeln?«, fragte Zack.

Roman zuckte mit den Achseln. »Sind wir sicher, dass es die Russen sind? Dein Vize ist immerhin für den Bau der Pipeline.«

»Du kannst aber Gift darauf nehmen, dass er seine Meinung in null Komma nichts ändern wird, sobald er hinter meinem Schreibtisch sitzt und man ihm androht, ihn abzusägen.« Zack war sich seiner Sache sicher. »Deshalb hatten sie kein Problem damit, als ich Shorn nominiert habe. Weil sie wussten, dass sie ihn in der Hand haben.«

»Ich sorge dafür, dass jemand herausfindet, was sie vorhaben.« Connor hatte sein Telefon bereits in der Hand. »Wobei wir es im Grunde schon wissen. Mach dir keine Sorgen, Zack. Wir bleiben bei unserer Strategie. Es ist der richtige Weg.«

»Das hoffen wir jedenfalls«, murmelte Roman fast unhörbar.

»Jetzt warte doch erst mal ab, Roman. Ich mache meine Hausaufgaben und informiere euch, sobald ich was weiß.« Connor erhob sich und ließ Zack mit seinem besten Freund allein.

Die Schlinge zog sich zu. Zack konnte es förmlich spüren.

»Bist du sicher, dass wir jetzt in diesem Augenblick Zeit und Energie in die Trauung von Sara und Mad investieren sollten?«, fragte Roman. »Ich könnte mit Mad reden. Er hat bestimmt Verständnis dafür, dass wir gerade keine Ablenkung gebrauchen können. Ich habe auch ganz im Ernst schon darüber nachgedacht, ob ich Gus bitte, unsere eigene Hochzeit noch mal zu verschieben, obwohl sie erst in ein paar Monaten stattfindet.«

»Lass gut sein, Roman. Und eure Feier verschiebst du auf eigene Gefahr. Ich glaube nicht, dass Gus so dringend Kinder will, dass sie in diesem Fall deine Eier verschonen würde.« Zack trat ans Fenster. Es war ein herrlicher Tag. Er wünschte sich, Elizabeth bei der Hand zu nehmen, mit ihr durch den Rosengarten am Weißen Haus zu schlendern und einfach nur den Sonnenschein zu genießen.

Das würde aber so bald nicht passieren. Zack würde sich verstecken müssen. Sich schützen. Emotionale Distanz zu ihr wahren, bis er sicher war, ob sie zu den Guten gehörte oder eine Uschanka trug.

»Bist du sicher?«, fragte Roman.

Zack wollte nicht, dass seine Freunde unglücklich waren, nur weil seine eigene Lage unsicher und gefährlich war. »Ja. Ganz sicher. Sie sollen ihr Glück genießen.«

Denn dass es ein Morgen geben würde, war nicht garantiert. Niemandem, und schon gar nicht ihm.

16

»Habe ich dir schon gesagt, wie wunderschön du heute aussiehst? Dein Idiot von einem Freund hat dich gar nicht verdient.« Gabe betrat den Raum im Bunker, aus dem die Frauen eine prächtige Hochzeitssuite gezaubert hatten, wie auch immer ihnen das gelungen war. Sara strahlte ihren Bruder an und genoss das friedliche Gefühl, das sich in ihr ausbreitete, weil sie nun endlich den richtigen Mann zur richtigen Zeit heiraten würde. Aber sie war auch froh, als Gabe ihr sagte, dass für die Mitternachtszeremonie alles vorbereitet war.

»Du hättest ja auch mal früher erwähnen können, dass Mad mich nicht verdient hat, anstatt so oft von ihm als deinem besten Freund zu sprechen. Aber gut zu hören, dass ich an meinem Hochzeitstag wunderschön aussehe.« Vor allem, da sie nicht bloß schwanger aussehen wollte. Sie wollte sich wie eine Braut fühlen.

»Dreh dich mal.« Mit dem Finger machte Gabe eine kreisende Bewegung.

Lachend wirbelte sie um die eigene Achse, damit ihr Bruder das atemberaubende, mit Perlen verzierte Kleid von Zuhair Murad würdigen konnte. Gus und Holland hatten das Kleid nicht nur aufgetrieben, sondern es auch noch in weniger als zwölf Stunden umändern lassen. Sara traute sich nicht, ihre Brautjungfern zu fragen, was das gekostet hatte oder wie vielen Leuten sie jetzt einen Gefallen schuldeten. Sie hatten ihr gesagt, es sei ihr Geschenk für Sara. Für diese war es sowohl perfekt als auch unbezahlbar.

Gabe nahm ihre Hand. »Umwerfend. Du bist eine bezaubernde Braut, und ich wünschte, wir wären in New York und jeder könnte dich so sehen. Und ich wünschte, Mom und Dad könnten das noch miterleben.«

Ihre Familiendynamik war seltsam. Ihr Vater hatte immerzu gearbeitet, und ihre Mutter war mehr mit sozialen Kontakten und ehrenamtlichen Engagement beschäftigt gewesen als mit ihren Kindern. Trotzdem konnte man nicht sagen, dass sie eine schwere Kindheit gehabt hätten. Sie waren in dem Bewusstsein aufgewachsen, dass ihre Eltern sie liebten. Sie hatten schlichtweg aneinander vorbeigelebt.

»Ich auch, aber Mad und ich haben nicht vor, Maddie so aufzuziehen, wie wir groß geworden sind.«

»Ach, Maddie? Du weißt schon, dass der Name für Gerede sorgen wird.« Erst grinste er, dann wurde er wieder ernst. »Everly und ich haben über das Thema auch schon gesprochen. Bei uns wird es keine Nannies geben.«

»Ach, und kündigt ihr dann in einem Aufwasch auch der Hausangestellten?« Sara neckte ihren Bruder gern, und es war ein tolles Gefühl, wieder zu Späßen aufgelegt zu sein. So unglaublich glücklich zu sein.

»Auf gar keinen Fall. Everly würde eher auf mich verzichten als auf Gwen.« Er schlotterte gespielt. »Ich werde das mit dem Putzen nie hinbekommen, erst recht nicht zu Everlys Zufriedenheit, also versuche ich es gar nicht erst.«

»Besser ist das. Wir behalten unsere Hausangestellte auch, und wenn Mad nicht mehr als Rührei zustande bekommt, stellen wir eventuell auch noch einen Koch ein. Aber um das Kind kümmern wir uns selbst, bis sie flügge wird. Und sie braucht Cousins und Cousinen, also haltet euch mal ran.«

Ihr Bruder grinste. »Wir sind dabei.« Er sah sich in dem sonst ganz gewöhnlichen Zimmer um, und Sara war erneut begeistert, wie die Frauen es mit üppigen Möbeln und Teppichen aufgewertet hatten. Auf einem Tisch standen ein Teeservice und Snacks. Ihre Freundinnen hatten sich kräftig ins Zeug gelegt und den ganzen Raum für Saras großen Tag geschmückt und herausgeputzt. »Die Brautjungfern können wirklich zaubern. Tut mir leid, dass wir das erst jetzt und im Geheimen machen. Du hättest es verdient, am schönsten Frühlingstag durch den Rosengarten zu schreiten. Oder ihr hättet in St. Ignatius von Loyola heiraten sollen.«

Bei dem Gedanken, ihrem Verlobten in dieser Kirche das Ja-Wort zu geben, zog sie die Stirn kraus. »Wo Mads Beerdigung stattfand? Nein danke. Ich freue mich auf die Zeremonie draußen im Mondschein.«

»Bist du dir sicher, dass du nicht doch warten möchtest?«, fragte Gabe.

Sara war sich in ihrem Leben noch nie einer Sache so sicher gewesen. »Ich möchte den Mann heiraten, den ich liebe, und ich kann nicht warten, bis er offiziell von den Toten auferstanden ist. Ja, ihr glaubt, dass ihr kurz davor seid, die Verschwörung aufzuklären, also kommt euch das vielleicht überstürzt vor. Aber in Wirklichkeit ist die Hochzeit eines der wenigen Dinge, über die wir tatsächlich Kontrolle haben. Ich möchte Mad die Zusicherung geben, dass ich seine Frau bin. Ich brauche die Zusicherung, dass er mein Mann ist. Und wir haben uns versprochen, dass wir alles, was nach heute Nacht geschieht, als Mann und Frau zusammen durchstehen. Und jetzt führe mich nach oben. Ich bin so was von bereit für sexy Flitterwochen.«

Gabe schüttelte sich. »Das wollte ich gar nicht so genau wissen.«

Sie zuckte mit den Schultern und nahm den hübschen Brautstrauß, den Lara ihr besorgt hatte. »Na ja, über deine Flitterwochen wollte ich auch nichts wissen, aber rate mal, wer seine erste Woche als Mann und Frau in den Hamptons verbracht hat. Im Zimmer neben mir. Genau, du und Ev. Sei froh, dass du oben schlafen darfst, weit weg von Mad und mir. Denn heute Nacht wird's laut.«

Ihr überaus eleganter Bruder hüstelte, bevor er ihr die Hand reichte. »Sie haben Mad schon verkleidet und ins Hauptgebäude geschmuggelt. Die Damen sind an ihrem Platz. Jetzt fehlst nur noch du.«

Es war kurz vor Mitternacht. Diese Zeit hatten sie gewählt, um Mitarbeiter und Reporter zu umgehen. Connor und Dax hatten dafür gesorgt, dass sie ungesehen zum Hauptgebäude gelangen konnten. Freddy hatte sogar einen kurzen Ausfall der Überwachungskameras arrangiert. Sobald sie das Gebäude erreichten, wären sie bei der Hochzeitsfeier unter sich. Damit dies auch so bliebe, würde Thomas die Tür im Auge behalten.

Sara freute sich riesig, dass ihre ganze Familie bei ihrem und Mads großem Tag dabei sein würde.

Als sie und ihr Bruder die Treppe hinaufgingen, klackten die hochhackigen Schuhe, die Gus ihr besorgt hatte, auf dem Marmor. Sie war froh um Gabes starke Hand, denn in den letzten Monaten hatte sie nur flache Schuhe getragen.

Als sie am Hauptgebäude ankamen, stürzten die Frauen auf sie zu, schwirrten um sie herum und sorgten dafür, dass Frisur, Make-up, Kleid und Schleier perfekt saßen.

»Ich hole noch den kabellosen Lautsprecher«, sagte Holland und eilte los. »Wir sind gleich fertig. Bleib du hier im Wohnzimmer. Mad soll dich erst sehen, wenn wir soweit sind.«

»Die Jungs sind auf dem Balkon, und ich kann euch sagen, dass sie alle ihre besten Sachen tragen«, erzählte Lara, während sie mit den kleineren Blumensträußen für die Brautjungfern nach draußen ging.

»Warte«, rief Gabe Connors Frau zu. »Ich muss erst nachsehen, ob Mad soweit ist. Und, Sara, wenn er sich danebenbenimmt, schmeiße ich ihn vom Balkon.« Zwinkernd ging er hinaus.

»Roman habe ich in einen Smoking gesteckt.« Gus sah in ihrem eleganten Etuikleid groß und schön aus. »Er kann schon mal üben, hat er doch ernsthaft geglaubt, er kommt mit etwas Legerem durch, nur weil wir in Hawaii heiraten. Aber nicht mit mir. Wir machen alles schön nach Protokoll. Ich habe doch nicht so lange auf meine Hochzeit gewartet, nur um ihn dann in Shorts und T-Shirts vor mir zu haben.«

Angesichts der Tatsache, dass Sara vor weniger als zwei Wochen noch geglaubt hatte, Mad für immer verloren zu haben, würde sie ihn auch in Badehose und mit rosa Perücke heiraten. »Danke, dass du heute Abend alles so wunderbar für uns vorbereitet hast.«

»Wir haben getan, was in der kurzen Zeit und unter diesen Umständen möglich war«, versicherte Liz.

Sara nahm ihre Hände. »Es ist perfekt. Keine Sorge, ich denke ganz bestimmt nicht, dass so eine heimliche Quickie-Hochzeit irgendwie nicht genug für mich wäre. Ich bin überglücklich. Aber, Gus, ich warne dich: In den letzten Monaten waren die Männer brav und vorsichtig. Irgendwann kommt der Moment, wo sie ausflippen. Nur so als Hinweis.«

Gus machte große Augen, als sie die Anspielung verstand. »Wir hatten drei Hochzeiten von Perfect Gentlemen, alle ohne verrückte Streiche, weil die Verschwörung alles überschattet hat. Sobald alles wieder in geregelten Bahnen abläuft, kehren sie zu ihrer alten Form zurück und werden sich auf meine Hochzeit konzentrieren. Mist!«

»Und von höchster Ebene weiß ich, dass es neonfarbene Dildos geben wird«, erklärte Sara feixend. »Viele. Ich will mir noch nicht mal vorstellen, was für Streiche Mad zu deiner Hochzeitstorte einfallen.«

Im Raum brach Gelächter aus. Everly, die bereits halb zur Tür draußen war, lachte am schallendsten. »Ich bin schon so gespannt auf deine Hochzeit, Gus. Die wird fantastisch. Und, wie Sara schon sagte, wahrscheinlich ausgefallen.«

»Ich bringe sie alle um«, drohte Gus und ging zielstrebig zum Balkon. »Wir sehen uns gleich draußen. Ich muss diesen Männern ein paar Grundregeln nahelegen.«

Everly winkte ab und folgte ihr. »Warum? Die Jungs werden allem zustimmen … und trotzdem wird es bei der Hochzeit Dildos geben. Ich kann es kaum erwarten! Bislang war ich noch bei keiner ausgelassenen Party der Perfect Gentlemen dabei. Und es gibt nur noch zwei Hochzeiten, bei denen sie richtig auf den Putz hauen können.«

Sara war nun plötzlich allein mit Liz. »Du solltest eigentlich auch nervös sein. Die Jungs machen nichts lieber, als Zack aufzuziehen. Bei seiner ersten Hochzeit gab es eine Ersatzlimousine, weil alle Angst davor hatten, was Mad und die anderen damit vorhaben mochten.«

Liz lächelte, aber ihre Augen sprachen eine andere Sprache. »Ich kenne diese Geschichte.«

»Ist alles in Ordnung mit dir? Du warst den ganzen Nachmittag so still.«

»Alles bestens«, erwiderte sie. »Nur was Berufliches.«

»Berufliches und Privates sind bei dir eins. Das muss ganz schön anstrengend sein. Ich kann mir gar nicht ausmalen, was Zack gerade durchmacht. Er muss unter Hochanspannung stehen.«

»Kann man wohl sagen.« Liz sah liebreizend aus in ihrem lavendelfarbenen Kleid. Ihre blonden Haare waren kunstvoll hochgesteckt und mit weißen Blumen geschmückt.

»Ihr zwei habt euch einen schlechten Zeitpunkt für einen Beziehungsanfang ausgesucht.«

»Beziehung? Ich wüsste nicht, dass wir eine haben. Ich glaube vielmehr, dass es ihm nur um unverbindlichen Sex geht«, offenbarte Liz kopfschüttelnd. »Tut mir leid. Ich will dir deine Hochzeit nicht mit meinem Gejammere verderben.«

»Tust du nicht. Wie gesagt, es ist für uns alle eine schwierige Zeit, besonders aber für dich und Zack. Ich glaube, ihr solltet keine Entscheidungen treffen, bevor die Sache nicht ausgestanden ist.«

»Diese Wahl habe ich vielleicht nicht.« Liz atmete lang und tief ein, um sich zu beruhigen. »Weißt du, ich habe immer gedacht, nach seiner ersten Amtszeit hätten wir Zeit. Aber jetzt …«

»Liz, ich kenne Zack. Ich stehe ihm zwar nicht so nah wie mein Bruder, aber ich habe ihn jahrelang beobachtet. Schon als Kind hat er diesen Ernst ausgestrahlt, als wüsste er, welch große Verantwortung auf ihn zukommen würde. Wir wussten alle, worauf die Ehe mit Joy beruhte, und ich hätte nicht gedacht, dass das klappt, auch wenn jeder sie bewunderte. Sie war nicht die richtige Frau für ihn.«

»Aber in anderer Hinsicht war sie die Richtige«, argumentierte Liz. »Sie war die perfekte Politikergattin. Sie hat ihn Karriere machen lassen und ihr Leben so gestaltet, dass sie seine Ambitionen unterstützen konnte. Daran ist er gewöhnt. Aber ich bin anders.«

»Ja, aber du passt so viel besser zu ihm. Du pushst ihn.«

»Ich glaube nicht, dass er das will, erst recht nicht jetzt. Das ist ja unser Problem. Ich kann ihm nicht die Frau sein, die er braucht. Wenn ich versuche, ihm seinen Freiraum zu lassen, besteht er darauf, dass ich bei ihm bin. Und wenn ich dann bei ihm bin, wirkt es so, als wolle er mich überhaupt nicht.«

»Er ist nicht gern von dir getrennt, aber er hat einfach den Kopf voll«, erklärte Sara beschwichtigend. »Liz, er ist in einer schlechten Position. Es gibt Dinge, die er dir nicht erzählen kann, Dinge, die auf ihm lasten.«

»Das war schon immer so, und nie habe ich ihn gebeten, mir Genaueres zu erzählen. Ich kann es nicht erklären, aber das, was gerade abläuft, ist etwas völlig anderes. Er lässt mich bei Gesprächen und Entscheidungen außen vor. Das hat er noch nie gemacht, und ich verstehe einfach nicht, warum jetzt.«

»Ich weiß es auch nicht. Ich verstehe, dass es dir wehtut, aber bitte, gib ihm etwas Zeit. Er würde dich nicht ausnutzen. Zack Hayes ist einer der ehrenwertesten Männer, die ich je kennengelernt habe. Wenn er sich wie ein Idiot benimmt, muss das einen Grund haben.«

Liz schniefte, und Sara schloss sie in diesem Moment noch mehr in ihr Herz. »Ich übe mich in Geduld und Gelassenheit.«

»Das hoffe ich, und auch wenn Zack Joy geheiratet hat – ich habe ihn erst lächeln gesehen, als er dich kennenlernte. Als du ins Team kamst, waren Gus und ich beunruhigt, denn er strahlte unübersehbar, sobald du den Raum betratst – und dabei ging es nicht nur um sexuelle Anziehungskraft. Ihr zwei habt so harmoniert und so gut zusammengearbeitet, das war wie Hexerei. Das meint Gus auch. Ich glaube, es liegt daran, dass du in Zack mehr als nur den Politiker herauskitzelst. Du hast in ihm das Verlangen nach mehr entfacht. Jahrelang habe ich mich gefragt, was Zack nach seiner Amtszeit wohl tun wird. Was macht jemand, nachdem er das große Ziel erreicht hat, auf das er sein Leben lang hingearbeitet hat? Und dann habe ich euch zusammen gesehen, und mir wurde klar, dass Zack einen neuen Lebenstraum hatte. Vielleicht stellt er sich zur Wiederwahl, weil es das Richtige ist und uns alle schützt, aber ich kann dir versichern, er kann es kaum erwarten, bis er endlich ein normales

Leben führen kann. Diesen Antrieb hat er dir zu verdanken. Er will es, weil er es mit dir führen will.«

Auf Liz' Gesicht spiegelte sich starker Schmerz. »Das ist mir neu.«

»Mir aber nicht. Er war noch nie verliebt. Stell dir vor, wie es ist, der mächtigste Mann der Welt zu sein und während der schwersten Krise deines Lebens zu erkennen, wie es ist, jemanden wirklich zu lieben.«

»Eins zu null für dich.« Liz nickte nachdenklich. »Und gleichzeitig ist da seine eigene Verletzlichkeit.«

»Es ist nicht leicht. Womöglich ist ihm gar nicht bewusst, wie viele schwierige Dinge zugleich auf ihm lasten. Sie sind alle in seinem Gehirn miteinander verwoben«, sagte Sara. »So verletzlich war er noch nie – weder auf beruflicher noch auf privater Ebene. Noch nie musste er über seine Beziehungen nachdenken, denn bislang hat keine sein Herz berührt. Er ist dir verfallen, und da gerät er ins Schlingern. Ich kenne das.«

»Weil Mad am Anfang auch so war?«

»Nein, weil ich wie Zack war. Ich hatte furchtbare Angst, dass Mad mir das Herz bricht und mich wie eine Idiotin dastehen lässt. Ja, das ist nicht genau dasselbe, aber die Gefühle sind identisch. Jahrelang habe ich Abstand zu Mad gehalten. Manchmal frage ich mich, was passiert wäre, wenn Mad damals weiterhin versucht hätte, meine Mauer zu durchbrechen. Aber dann hätte er mich quasi stalken müssen. Ich glaube, alles passiert zu seiner Zeit. Zack braucht dich.«

»Du hast Mad tatsächlich die ganze Zeit geliebt?«

Sara seufzte schwer. »Das habe ich. Und ich hatte zu viel Angst, um es überhaupt mit ihm zu versuchen. Zack tut alles, damit du ihn jetzt haben kannst. Er braucht einfach Zeit, um sich zu öffnen und zu erkennen, wie er sich verhalten muss.

Nur weil er einen hohen IQ hat, ist er ja nicht in allen Bereichen schlau.«

Holland kam mit dem kabellosen Lautsprecher ins Zimmer geschlendert. »Wir sind soweit.«

Gabe kam herein, danach folgten ihre anderen bezaubernden Brautjungfern, jene Frauen, die diese Hochzeit wahr werden ließen.

Bessere Freundinnen hätte sie sich nicht wünschen können.

Dax' Frau drückte auf den Knopf, und im ganzen Gebäude erklang Pachelbels *Kanon in D-Dur*. Ihr Bruder reichte ihr den Arm. »Bereit?«

»Ich weiß zwar immer noch nicht, wie das funktionieren soll«, murmelte Sara. »Wir haben noch nicht mal geprobt. Und außerdem bist du auch Mads Trauzeuge.«

»Zuallererst bin ich dein Bruder«, konterte Gabe. »Und ich bin so stolz auf dich. Und jetzt wollen wir dich mal unter die Haube bringen, damit wir unsere Familienbande noch enger knüpfen.«

Sara nickte, atmete tief durch und schritt ihrer Zukunft entgegen.

Durch den vollen Raum hindurch sah Mad seiner Frau entgegen. Tiefe Zufriedenheit durchströmte seinen Körper. Nun gehörte Sara zu ihm. Sie hatte Ja gesagt. Gut, den Lügendetektortest, den Freddy als tolle Ergänzung zu ihren Ehegelübden vorgeschlagen hatte, hatte sie verweigert, aber davon abgesehen war alles reibungslos verlaufen.

Sie standen auf dem Truman-Balkon, der von funkelnden Lichtern erhellt wurde, für die Liz und Lara Stunden gebraucht hatten. Dort versprachen sie sich, einander zu lieben, zu achten und zu ehren, bis dass der Tod sie scheide. Ach was, er würde sie auch über den Tod hinaus lieben.

Nun stand Sara Crawford in ihrem atemberaubenden Kleid vor ihm und sah wie ein sexy, schöner Engel aus, mit dem er gleich herrliche, hemmungslose Liebe machen würde.

Mit einem vielsagenden Lächeln sah sie in seine Richtung, und er wusste, dass sie dasselbe im Sinn hatte.

Roman unterbrach seine nicht jugendfreien Gedanken, indem er ihm freundschaftlich auf die Schulter klopfte. »Na, wie geht's dir so als Ehemann?«

Auch Dax kam zu ihnen, mit einem Bier in der Hand. »Wer hätte gedacht, dass Maddox Crawford diesen Schritt je wagen würde?«

Mad sah zum Balkon, auf dem Zack mit dem Rücken zum Zimmer stand. »Zack, komischerweise. Ich glaube, nur er hat bemerkt, wie verrückt ich nach Sara war.«

»Ach, das ist uns schon auch aufgefallen«, beeilte sich Roman zu sagen. »Allen außer Gabe, der es nicht wahrhaben wollte.«

»Aus eigener Erfahrung weiß ich, dass es seltsam ist, wenn es um die eigene Schwester geht.« Dax sah die beiden skeptisch an. Er wusste, wovon er sprach, schließlich hatten seine Freunde alle beide mit Gus geschlafen. Auch wenn es in Mads Fall nur aus jugendlicher Leidenschaft gewesen war. Eine gewisse Nähe entwickelte sich erst ein paar Jahre später. Seitdem war Gus sein emotionaler Resonanzboden und eine sehr gute Freundin.

»Ich nicht.« Mad zuckte die Schultern. »Mich stört es nicht, dass Gabe meine Schwester geheiratet hat. Sie sind glücklich.«

»Aber du kanntest Everly auch nicht als Kind.« Dax sah zu den Frauen, die nun Wein tranken und um die kleine Hochzeitstorte herum standen. Sara hatte ihre Wasserflasche in der Hand und strahlte vor Glück.

Als Dax zu Gus sah, wurde sein Gesichtsausdruck weicher. »Du bist nicht im Schatten deiner Schwester aufgewachsen.

Als ich ein Kind war, war sie mein Idol. Sie war für mich irgendwie … rein.«

Mad hätte beinahe sein Bier ausgespuckt.

Roman lachte.

Dax rollte mit den Augen. »Gut, das habe ich gedacht, als ich zehn war. Ich habe auch geglaubt, meine Eltern würden sich ein Zimmer teilen, um Geld zu sparen.«

Roman lachte, aber nur, bis sein Blick auf Zack fiel. Mad beobachtete, wie Roman sich umsah, als suche er nach jemandem. Als er Liz entdeckte, die abseits der anderen Frauen stand, wusste Mad, dass das nichts Gutes bedeutete.

»Alles okay mit ihm?« Mad deutete mit dem Kopf zum Balkon. »Mir ist aufgefallen, dass er und Liz heute Nacht nicht in Kuschelstimmung waren. Sie sieht nicht viel glücklicher aus als er.«

Dax und Roman warfen sich einen vielsagenden Blick zu.

Sie wussten etwas, das er nicht wusste, und sie hatten nicht vor, ihn einzuweihen. Zum Glück konnte er Blicke und Mimik der Perfect Gentlemen deuten. Diese Geheimsprache hatten sie in den Jahrzehnten ihrer Freundschaft perfektioniert. Man musste nur auf die kleinen Zeichen achten.

Er und Gabe hatten oft ohne Worte kommuniziert, um zu entscheiden, ob einer der anderen so viel Schnaps intus hatte, dass man ihn davor retten musste, den Held in einer Neuauflage von *Hangover* zu spielen. Dax und Connor konnten per Gesichtsausdruck abstimmen, ob irgendwer eine Gefahr darstellte. Und bei Roman und Zack ging es immer um Politik, zumindest bis heute Nacht.

Dax kniff leicht die Augen zusammen. *Na ja, es ist nun mal der durchgeknallte Mad. Ja, er war tot, aber er ist immer noch einer von uns. Soll er eingeweiht werden oder nicht?*

Roman verdrehte die Augen, aber nur leicht, nicht vollkommen genervt. *Er muss nicht alles wissen, denn immerhin bin in unserer Gruppe ich der Oberdepp, und ich behalte gern tausendundein Geheimnis für mich.*

Gut, das war sehr frei übersetzt.

Dax antwortete leicht verärgert. *Vielleicht kann er uns helfen.*

Roman betrachtete Mad genau und schüttelte dann den Kopf. *Hast du Gedächtnisschwund? Wir reden hier von Mad. Wenn ich in der Kirche sitze und mir während der Sonntagspredigt zum Thema »Die Sünde der Tugendlosigkeit« einfällt, dass ich hier und jetzt Koks brauche, ist Mad mein Mann. Aber sonst …*

Dax kniff die Augen zusammen. *Wegen dir haben wir das Problem ja überhaupt erst.*

Mit einem Nicken schloss Mad sich diesem nonverbalen Gespräch an. Roman konnte ein echter Arsch sein, und seine Starrköpfigkeit hatte auf Zack abgefärbt. Immer schon.

Dann legte er die Stirn in Falten. Natürlich waren Dax und Roman ab und zu unterschiedlicher Meinung. Die Frage war nur, worum es dieses Mal eigentlich ging. Offensichtlich hatte es mit Liz zu tun.

»Zack hat ganz schön viel um die Ohren«, sagte Roman schließlich. Ein schwacher Versuch, vom Thema abzulenken.

Doch nicht nur Zack sah angespannt aus. Liz ebenso.

Das wunderte Mad nicht, wenn man bedachte, was sie durchgemacht hatten. Was ihn wunderte, war, dass sie nicht mehr *gemeinsam* angespannt waren. Sie standen nicht so nah beieinander, dass sie sich gegenseitig hätten unterstützen können. Der Abstand zwischen ihnen verriet Mad, dass sie die Spannung nicht mehr ab- und die Bindung zueinander weiter aufbauten, indem sie sich um den Verstand vögelten. Nein, Zack wahrte Distanz und hatte es die ganze Nacht über getan.

Verdammt!

Er beugte sich vor, sodass nur Roman und Dax ihn hören konnten. »Du glaubst wirklich, dass Liz irgendein russischer Laufbursche ist, und teilst diese Vermutung auch noch Zack mit, der zum ersten Mal seit Jahren einfach nur etwas Sex genießen will. Junge, er sollte sich unbedingt mal entspannen. Seine Eier sind schon seit mindestens einem Jahrzehnt chronisch blau. Und jetzt gibt es eine Frau, die er anhimmelt und die sich vielleicht um seine vernachlässigten Kronjuwelen kümmern würde. Das würde ihm guttun. Warum lässt du ihm denn nicht seinen Spaß?«

Jetzt verdrehte Roman vollends die Augen. »Weil ich der Spielverderber bin, Mad. Ich bin der Arsch, der sich zwischen den perfekten Engel Zack und seine auserwählte Liebesgöttin stellt, die ihm aber vielleicht auch Landesverrat in die Schuhe schieben will. Ja, *du* kannst auf dein Bauchgefühl hören, das dir übrigens gesagt hat, du sollst deinen eigenen Tod fingieren, mit dem durchgeknallten Freddy zusammenleben und monatelang aufs Plumpsklo gehen. Aber ich muss Hinweisen nachgehen und logische Schlüsse ziehen. Ihr anderen könnt ruhig machen, was ihr wollt, aber Zack und ich nicht.«

Mad wurde wohl langsam reifer, denn manches von dem, was Roman sagte, ergab durchaus Sinn. In der Gruppe waren immer Roman und Zack der Ruhepol, wohingegen er und Gabe die jungen, verrückten, reichen Idioten mimten, die stets nur ihrem Trieb folgten, weil sie wussten, dass Roman und Zack sich schon kümmern würden, wenn sie selbst über das Ziel hinausschossen.

Aber das war früher, als ihre größte Sorge noch war, von der Schule zu fliegen. Nun lastete das Gewicht des Erwachsenseins auf ihren Schultern. »Ich hab's kapiert, und du bist kein Arsch. Zumindest nicht immer und in diesem Punkt gar nicht, aber an diesem Fall arbeite ich schon länger als du, und ich glaube, die Russen wissen ganz genau, was sie tun.«

»Du denkst, sie manipulieren Liz, ohne dass sie es weiß?«, fragte Roman. »Der Gedanke kam mir auch, aber du musst zugeben, dass sie schlau ist. Ich kann mir nicht vorstellen, dass sie es nicht merkt, wenn jemand sie benutzt.«

»Schlau ist sie, aber … sie ist auch bis über beide Ohren verliebt.« Mad kannte es, wenn man so verliebt war, dass man nicht geradeaus denken konnte. »Ich weiß, was du denkst, und ich ahne, warum du das denkst, aber wenn du die einzige Frau, die er je geliebt hat, aufs Spiel setzt, weiß ich nicht, wie eure Freundschaft das überstehen soll. Und wie er das überstehen soll.«

»Genau darüber mache ich mir Sorgen«, pflichtete Dax bei.

Roman seufzte schwer und Mad klopfte ihm freundschaftlich auf den Rücken. »Ich hab's verstanden. Wie wäre es damit: Du bist die Stimme der Vernunft und des logischen Denkens, ich bin für gute Stimmung und fantastischen Sex zuständig – also für alles, was ihm hilft, nicht den Verstand zu verlieren. Zack muss beide Seiten kennen.«

»Ich habe nur Angst, dass er alle Vorsicht in den Wind schlägt und etwas Dummes tut.« Als Mad gerade widersprechen wollte, hob Roman beschwichtigend die Hände. »Aber mit dem Thema Ausgeglichenheit hast du recht. Trotzdem muss ich ihm sagen, was ich denke.«

»Ach ja? Bist du hier offiziell als Advocatus Diaboli angestellt?«

Roman schenkte ihm ein säuerliches Grinsen. »Also, ich mag Liz durchaus. Ich will gar nicht, dass meine Theorie stimmt, und ich gebe zu, ich bin unsicher, was passiert, wenn ich falschliege.« Roman könnte Zack als Freund verlieren. Oder Zack sein Leben.

Mad war klar, dass sein Präsident seinen Rat nicht wirklich nötig hatte, sein Freund aber schon. Und mitunter hatte auch der Grobian in der Gruppe mal den Durchblick.

Er zwinkerte Sara zu und trat auf den Balkon. Aus der Ferne strahlte das Washington Monument wie ein Juwel in der samtigen Nacht. Es war ein eindrucksvoller Ausblick, aber wer es täglich sah, wurde es schnell überdrüssig.

»Hey, sollen wir aus deinem Schlafzimmer verschwinden? Du hast morgen früh wahrscheinlich irgendeine Party, oder? So was machst du doch beruflich.«

Zack drehte sich um und lehnte sich gegen das schmiedeeiserne Balkongeländer, den Hauch eines Lächelns auf den Lippen. »Schön wär's. Partys bei mir sind eher diplomatische Zusammenkünfte. Was gäbe ich für eine ordentliche Bierparty!«

Auf dem College hatten sie einige besonders gute veranstaltet. Das war vor einer gefühlten Ewigkeit. Manchmal fühlte es sich so an, als sei ihre Jugend erst einen Wimpernschlag her. Und dann wieder, als wäre es in einem anderen Leben gewesen. »Wenn alles ausgestanden ist, schmeißen wir eine richtige Party. Ich hoffe, bis zur Hochzeit von Roman und Gus ist alles in trockenen Tüchern, weil ich noch etliche Glitzerdildos habe, die ich unbedingt loswerden will.«

Zack lachte schallend. »Darauf kann man sich auf jeden Fall freuen, ganz egal, wie Gus das findet.«

Mad warf einen Blick nach drinnen. Liz beobachtete Zack ganz sicher, denn ihr Blick wirkte leer und gehetzt. »Warum bist du eigentlich nicht bei deiner Süßen? Du weißt doch, dass ich auch für eure Hochzeit etwas geplant habe, nachdem ich bei der letzten nicht alles richtig gemacht habe. Beim nächsten Mal bin ich besser vorbereitet.«

Zacks Lächeln gefror sofort. »Das wird so schnell nicht passieren.«

»Warum denn nicht? Du liebst sie doch, oder? Wenn du dir nicht sicher bist, kann ich eine Umfrage starten.«

»Blödmann«, platzte es in herzlichem Ton aus Zack heraus. »Natürlich liebe ich sie, aber es gibt besondere Umstände.«

So leicht ließ Mad ihn nicht davonkommen. »Ich würde ja nachbohren, aber Roman hat mir schon gesagt, ohne wirklich was gesagt zu haben, dass du jeden Schritt von Liz argwöhnisch beäugst. Ich verstehe ja, dass du wegen deiner Stellung vorsichtig sein musst.«

»So ist es. Und ich habe mich gefragt, ob sie die erste Frau ist, die mich hinters Licht führt«, gestand Zack mit kratziger Stimme. »Oder hat schon Joy gegen mich gearbeitet? Und vielleicht reagiere ich jetzt auch über, weil die letzten paar Stationen auf der Wahlkampfreise die waren, auf denen sie bestanden hat. Oder weil sie in Europa war, als ein ›Familienmitglied‹ meine Mutter aus dem Sanatorium geholt und für ihren Tod gesorgt hat.«

»Und vergiss nicht, dass Joy darüber nachdachte, mit Tavia zusammenzuarbeiten, falls sie First Lady wird«, ergänzte Mad. »Und sie hatte irgendwie was mit deinem besten Freund.«

»Das auch noch«, bestätigte Zack mit einem Nicken. »Aber das alles beweist nicht, dass sie eine russische Agentin war. Man sieht so leicht Gespenster, wenn man danach sucht …«

»Das stimmt.« Auch wenn Mad vermutete, dass Joy tatsächlich eine Art Spionin gewesen war. Liz … allerdings eher nicht. »Aber ich weiß, dass Joy dich nie so geliebt hat wie Liz. Junge, das ist was Besonderes! Wirf es nicht einfach so unüberlegt weg. Dann ist es vielleicht für immer zu spät.«

Zack lief umher. »Was ist eigentlich in dich gefahren? Bist du jetzt der Frauenexperte, weil du seit zehn Minuten verheiratet bist?«

»Nein, aber wenn man monatelang denkt, dass man jeden

Moment stirbt, eröffnet einem das ganz neue Perspektiven. Ja, ich war immer der Partyboy von uns, aber ich habe euch auch beobachtet. Du warst oft ein Schlumpf, aber nur während meiner LSD-Zeit. Und immerhin Schlaubi-Schlumpf.«

Zack warf ihm jenem tadelnden Blick zu, den er immer dann weiter perfektioniert hatte, wenn Mad sich wie ein Trottel aufführte. Heutzutage nutzte er diesen Blick wahrscheinlich eher bei anderen Weltpolitikern, um sie zum Einlenken zu bewegen. »Willst du eigentlich auf irgendetwas hinaus?«

Die Antwort – und das war die gute Nachricht – lautete Ja. Er wollte auf etwas hinaus, und zwar nicht auf: Wann machen wir das nächste Saufgelage? »Wenn du nicht mal versuchst, Liz Glauben zu schenken, vermasselst du alles bei ihr, vielleicht für immer.«

»Glaub mir, ich habe es versucht.« Zack klang entnervt.

»Ich weiß, was du denkst.«

»Ach? Wie denn das?«

»Nachdem mich Krylov zusammengeschlagen hatte, habe ich monatelang darüber nachgedacht, ob einer meiner besten Freunde vielleicht eine russische Zecke ist. Ich habe mich von ihrem Mist und dem Gift, das sie verspritzen, beeinflussen lassen. Habe gemacht, was sie wollten. Wir wissen ja, dass sie schon lange versuchen, einen Keil zwischen dich und deine Freunde zu treiben. Sie haben wohl bemerkt, dass das leichter gesagt ist als getan.«

»Vielleicht hast du recht. Wäre nicht das erste Mal, dass jemand diese Lektion lernen muss. Mein Vater hat versucht, dich damals in Creighton aus meinem Leben zu drängen. Ich habe dagegengehalten. Der einzige Willenskrieg, den ich gegen ihn gewonnen habe.«

»Stimmt. Den Russen ist aufgefallen, wie wichtig die Jungs und ich dir sind. Sie haben bestimmt gedacht, ich laufe nach

Krylovs Besuch gleich zu den anderen und erzähle ihnen, was der Mistkerl gesagt hat.«

»Dass ich ein dankbares Mitglied seiner Russia-First-Kampagne bin?«

»Genau.«

»Und warum hast du's nicht getan? Warum bist du nicht zu Gabe gegangen?«, wollte Zack wissen.

Darüber hatte Mad nachgedacht. In den ersten langen Tagen hatte er jede einzelne Möglichkeit in Betracht gezogen. Und sich für die einzige entschieden, mit der er leben konnte. »Obwohl ich Angst hatte und völlig durch den Wind war, gab es nichts, was ich dir hätte vorwerfen können. Ich wollte dich nicht mal fragen. Oder meine fiesen Unterstellungen ohne jeglichen Beweis in den Raum stellen. Im Laufe meiner Nachforschungen sah ich wieder klarer, wusste, dass ich dir vertrauen kann, Beweise hin oder her. Und ich wollte nicht in einer Welt leben, in der Zack Hayes sein Land verrät.«

»Ziemlich naiv von dir.«

»Findest du? Wolltest du jemals etwas so sehr, dass du kein Nein akzeptiert hast? So ging es mir nämlich. Alles andere war mir scheißegal! Ich wollte bestimmen, an welche Wahrheit ich glaube und was meine Realität ist. Und rate mal, was passiert ist. Ich habe recht behalten. Und da ich weder zu Gabe noch zu den anderen gerannt bin, um sie gegen dich aufzubringen, haben die Russen wohl angenommen, dass wir ganz dicke sind, weshalb sie sich das schwächste Glied in der Kette vorgenommen haben. Nämlich Liz.«

Zack verzog das Gesicht. »Alle Beweise sprechen gegen sie.«

»Und sie nutzen es aus, dass Roman sowohl dein Freund ist als auch für die Regierung arbeitet«, entgegnete Mad. »Denk mal darüber nach. Alle ›Beweise‹, die Roman zusammengetragen hat, deuten in ein und dieselbe Richtung. Das ist ein abgekartetes Spiel. Beweise liegen immer im Auge des Betrachters, habe ich gelernt. Freddy ist zwar total durchgeknallt, aber er hat mir beigebracht, genau hinzusehen und die Dinge zu hinterfragen. Ich glaube, du siehst nur das, was du sehen sollst.«

»Ich weiß gar nichts mehr«, gab Zack zu. »Mein ganzes Leben lang habe ich immer genau gewusst, was ich tun soll. Jetzt … weiß ich es überhaupt nicht mehr.«

»Hör nicht auf, dir Gedanken zu machen. Du findest die Lösung. Ich bin mir sicher. Heute musst du gar nichts entscheiden, aber wenn du Liz von dir stößt, macht es das für dich weder besser noch einfacher.«

Zack seufzte. »Selbst wenn sich herausstellt, dass sie eine Verräterin ist, glaube ich nicht, dass ich sie loslassen kann.«

Das war ein gutes Zeichen. »Dann tu es auch nicht. Rede mit ihr. Sag ihr, worüber du dir Sorgen machst. Die ganze Sache lässt sich vielleicht mit einem einzigen Gespräch klären.«

»Oder ich präsentiere ihr dabei auf dem Tablett, was die Russen tun müssen, um mich unschädlich zu machen. Mad, würde es hier nur um Liz und mich gehen, hätten wir dieses Gespräch schon längst geführt, aber es ging nie bloß um uns beide. Ich kann nicht den romantischen Helden spielen, der sich Hals über Kopf in die Liebe stürzt, denn wenn ich dabei auch nur einen Fehler mache, könnte das für die komplette Welt böse enden. Wenn ich es vermassele und die Russen dadurch Macht gewinnen, können sie unvorstellbare Schäden anrichten. Nicht wiedergutzumachende Schäden.«

Doch etwas hatte Zack vergessen. Das wusste Mad. »Manchmal muss man auf sein Bauchgefühl hören. Du kannst dich nicht immer zurücklehnen und es aussitzen. Deshalb hast du bei der Pressekonferenz überraschend angekündigt, dass es mit der Pipeline vorangeht. Du spekulierst, dass es sie in Zugzwang bringt.«

»Exakt«, bekräftigte Zack.

»Ach, das Risiko bist du also eingegangen. Dann kannst du es auch bei Liz tun. Immerhin war sie so lange an deiner Seite und hat hart dafür gearbeitet, dass dein Traum von unserem Amerika wahr wird. Du bist hier, weil dir eine Menge Leute in diesem Land vertrauen. Du glaubst, du müsstest dein eigenes Glück opfern, aber dem ist nicht so. Wage den Sprung ins kalte Wasser, dann wirst du merken, dass eine Menge Leute dir nur zu gern folgen.«

Zack hielt kurz inne und streckte dann die Hand aus. »Ich werde darüber nachdenken.«

Mad schüttelte sie. »Gut. Und jetzt schneide ich mal die Torte an, damit ich mich danach um meine Braut kümmern kann.«

»Wenn das hier überstanden ist, musst du aber eine richtig große Party schmeißen.« Zack folgte ihm nach drinnen. »Ein riesiger Empfang … bei dem wir uns eventuell danebenbenehmen.«

Das war schon eher nach seinem Geschmack. »Kann's kaum erwarten.«

Mad ging lächelnd zu seiner Frau, Zack gesellte sich zu Liz und legte ihr seine Hand auf den Rücken. Bei seiner Berührung schien sie sich zu entspannen und lächelte ihn schwach an.

Mad gab Sara einen Kuss auf die Schläfe. »Vielleicht sollte ich meine Berufswahl noch mal überdenken, denn als Amor bin ich wirklich gut.«

Seine Frau reichte ihm lachend das Messer. »Bereit, die Torte anzuschneiden, mein Engel?«

Mad sah zum Dessert, das die Frauen für diese Gelegenheit organisiert hatten. Die Hochzeitstorte war schlicht, aber überaus elegant. »Selbstverständlich.«

»Ach, hatten wir gar nicht gesagt, dass es auch einen speziellen Nachtisch für den Bräutigam gibt?« Gabe nahm den silbernen Deckel von einem Tablett.

Der Gesichtsausdruck seines besten Freundes brachte alle zum Lachen, denn darunter kam ein großer, violettfarbener Penis mit tonnenweise Glitzer zum Vorschein.

Manche Dinge zumindest änderten sich nie.

17

Als Zack am nächsten Morgen den Flur entlangging, war er vorsichtig optimistisch. Vier ganze Tage waren vergangen, seit er seine Absicht verkündet hatte, die Pipeline weiter zu verfolgen, und es war erstaunlich ruhig geblieben. Den größten Teil dieser Zeit hatte er bei Treffen mit europäischen Staatsoberhäuptern Fragen beantwortet, wie sie daran teilhaben konnten, oder sich ihre Warnungen angehört, dass sie nie zulassen würden, dass sie ihre Küsten berührte. Nur ein Land hatte kein Wort darüber verloren: Russland. Der russische Präsident hatte in einer kurzen Stellungnahme angekündigt, die rechtlichen Seiten des Projekts zu klären, aber mit keiner Silbe hatte er den US-Präsidenten angeklagt, ein Betrüger zu sein.

Natürlich bezweifelte Zack, dass dies das Ende russischer Einmischung in seine Administration war. Sie hatten dieses Spiel nicht vierzig Jahre lang gespielt, um jetzt einfach so aufzugeben, aber vielleicht hatte er endlich einen Weg gefunden, sie für eine Weile ins Abseits zu stellen. Alles in allem sah es doch gut aus.

Er blieb vor dem Pressebüro stehen und warf einen Blick zurück zu Thomas, der sich irgendwie immer unwohl zu fühlen schien, wenn er nicht seinen perfekt gebügelten Anzug trug. Heute war der Agent für einen Morgenlauf gekleidet, mit einer grauen Jogginghose und einem schwarzen T-Shirt.

Zack hatte beschlossen, ein kalkuliertes Risiko einzugehen und – Achtung! – draußen joggen zu gehen. Es war ein wundervoller Tag, und er hatte es satt, drinnen eingepfercht zu sein. Die Risiken waren ihm natürlich bewusst, aber er wusste auch, dass der Secret Service ihn umringen und ihn und Roman bewachen würde.

Was waren das noch für Zeiten gewesen, als sie durch den Central Park joggen konnten und sich keiner darum geschert hatte.

»Hallo Mr President. Sie sehen aus, als wollten Sie sich körperlich verausgaben.« Eine attraktive, junge Brünette, die ihm schon früher aufgefallen war, musterte ihn eingehend von oben bis unten. Vanessa. Sie war seit dem Wahlkampf im Team. Er hatte Elizabeth nie erzählt, dass die Frau ihm schon mehr als einmal angeboten hatte, sich um seine persönlichen Bedürfnisse zu kümmern, aber vielleicht sollte er es mal tun.

Er überhörte ihre Anspielung. »Guten Morgen. Ist Ms Matthews da?«

»Sie ist irgendwo im Haus unterwegs«, gab Vanessa mit einer wegwerfenden Handbewegung Auskunft. »Aber sie ist nicht die Einzige, die Ihnen weiterhelfen kann. Ich weiß, was hier los ist, also kann ich mich auch um Sie kümmern.«

»Ich würde lieber auf Ms Matthews warten. Da sie die erfahrenste Mitarbeiterin hier ist, weiß ich, dass sie mir assistieren kann.« Er hielt die Befehlskette ein. Außerdem wollte er mit seiner Freundin reden.

»Ich bin schon fast genauso lang da wie sie. Ist Ihnen schon mal der Gedanken gekommen, dass auch andere langjährige Mitarbeiter gern mal die Gelegenheit bekommen würden, etwas für Sie zu tun, Sir?« Vanessa lächelte mit der eindeutigen Absicht zu flirten. »Vielleicht lernen Sie ganz neue Positionen kennen … was das eine oder andere Thema angeht.«

Thomas räusperte sich, um Zack daran zu erinnern, dass er zierliche Probleme, die vor Haarspray und Keckheit strotzten, ebenso effizient aus dem Weg schaffen konnte wie einen Attentäter. Glücklicherweise brauchte er den Befehl dazu nicht zu geben, denn im nächsten Moment trat Elizabeth aus ihrem Büro.

Wie jedes Mal verschlug es ihm den Atem, als er sie erblickte. Heute trug sie eine weiße Bluse und eine Hose, die jede ihrer Kurven umschmeichelte, und ihr offenes, blondes Haar fiel ihr bis über die Schultern. Sie war schon vor ihm aufgestanden und hatte sich für ein garantiert langes Presse-Briefing vorbereitet, bei dem er versprochen hatte, nicht aufzutauchen.

Zack konnte nicht bestreiten, dass er ihr ihren Job in letzter Zeit nicht gerade leicht gemacht hatte. Sie würde der Presse beweisen müssen, dass sie immer noch das Vertrauen des Präsidenten besaß, und er hatte keine Ahnung, wie er ihr das erleichtern sollte. Einfach in die Pressekonferenz zu spazieren und das Wort an sich zu reißen, hatte seinen Gegenschlag gegen die russische Bedrohung eingeleitet, aber er hatte nicht bedacht, wie sich das auf ihre Glaubwürdigkeit auswirken würde. Und er hatte noch andere Wege gefunden, ihr ihren Job zu erschweren.

Sie hatte so früh aufstehen müssen, weil er sie am Abend zuvor von ihrer Arbeit abgehalten hatte. Er hatte mit ihr geschlafen – er konnte sich einfach nicht zurückhalten –, aber dann hatte er mit ihr geredet. Wirklich mit ihr geredet. Nicht über Romans Verdächtigungen oder seine daraus resultierenden Sorgen. Diese Unterhaltung konnte er noch nicht mit ihr führen. Wenn er erst mehr Fakten hatte, vielleicht mit Paul Harding gesprochen und ihm hoffentlich ein paar Infos aus der Nase gezogen hatte, dann würde er sich mit Elizabeth hinsetzen und ihr erklären, warum einige ihrer Aktionen bei ihm die Alarmglocken hatten angehen lassen. Es würde ein Verhör werden, aber ein harmloses.

Ganz im Gegensatz zu dem, das er heute Nachmittag mit Paul Harding führen würde.

Zack wollte auf keinen Fall das Gedenken an Joy beflecken, aber es gab zu viele Ungereimtheiten, was ihr Verhalten anging. Wenn er mit seinem Ex-Schwiegervater gesprochen und ihm versichert haben würde, dass er nicht vorhatte, Joys Namen in der Presse durch den Dreck zu ziehen, würde Paul vielleicht mit den Gründen rausrücken, warum seine Tochter auf die letzten Auftritte im Mittleren Westen bestanden hatte. Und warum sie eine Partnerschaft mit Tavias Organisation in Betracht gezogen hatte. Schließlich hatte Joy wenig ohne die Anweisung ihres Vaters gemacht, nicht einmal, sich einen Ehemann auszusuchen. Und wenn Paul dann auch noch bereit war, über seine Besuche bei Zacks Vater sowie Franks geistige Klarheit oder deren Fehlen zu reden, umso besser.

»Hey.« Elizabeth kam ihm entgegen und ließ den Blick über ihn schweifen. »Auf dem Weg ins Fitnessstudio?«

»Nein, zum Joggen«, korrigierte er. »Ich brauche frische Luft.«

Sie riss die Augen auf und senkte die Stimme. »*Draußen?* Das ist keine gute Idee.«

Er hatte gewusst, dass sie nicht einverstanden sein würde. Sie schien zurzeit einen regelrechten Horror davor zu haben, dass er das Weiße Haus verließ, aber er konnte nicht den Rest seiner Amtszeit in diesen vier Wänden fristen und weigerte sich, in Angst zu leben.

Zack zog sie in eine ruhigere Ecke des wuseligen Pressebüros. »Roman kommt mit, und wir gehen nur auf den Südrasen. Ich werde von Secret-Service-Agenten umringt sein. In letzter Zeit war es ruhig. Connor hat im Dark Web kein Sterbenswörtchen gehört.«

Seit der Ankündigung wegen der Pipeline hatte der frühere

CIA-Agent die dunkelsten Ecken des Netzes daraufhin überwacht, ob irgendwie die Rede davon war, dass ein hohes Tier ausgeschaltet werden sollte.

Sie war blass geworden. »Ich weiß, dass es ruhig ist, aber das muss nichts heißen. Es ist erst ein paar Tage her. Werde jetzt nicht leichtsinnig.«

Er lächelte, weil er keinen Stoff für Büroklatsch liefern wollte und nicht vorhatte, sich mit ihr darüber zu streiten. »Mach dir nicht so viele Sorgen. Es wird alles gut. Wir sehen uns um sechs. Dann müssen wir reden, denn das Personal zerreißt sich schon das Maul über uns. Es ist nur eine Frage der Zeit, bis jemand der Presse einen Tipp gibt und die die Story bringen. Wir müssen ein Datum festlegen und an die Öffentlichkeit gehen, dann haben wir in der Hand, was erzählt wird.«

Sie nickte, aber er sah die Sorge in ihren Augen. »Sei vorsichtig.«

»Bist du bereit, oder lassen wir uns jetzt gehen, wo wir in die Jahre gekommen sind?«, witzelte Roman von der Tür aus, der Laufshorts, ein Yale-T-Shirt und Turnschuhe statt seiner üblichen Lederschuhe trug. »Du machst vielleicht schlapp, aber ich heirate bald. Ich muss in den Smoking passen, den Gus für mich ausgesucht hat, sonst überlegt sie es sich vielleicht noch anders.«

Zack warf Liz einen letzten Blick zu. Er wünschte, er könnte sie küssen. Verdammt, er wünschte, sie wären nicht ständig unter Beobachtung. Erst musste er ihr diese wenigen heiklen Fragen stellen, um dann hoffentlich jeglichen Verdacht ad acta legen zu können, bevor er an die Öffentlichkeit drang. Jetzt gab er sich damit zufrieden, ihr zuzunicken, dann drehte er sich um und ging. Wenn heute Abend alles gut lief, würde er sie in allernächster Zukunft so viel küssen können, wie er wollte.

»Hast du gesehen, mit was für Rehaugen diese Brünette

dich angehimmelt hat?«, fragte Roman, als sie den Flur entlang auf den Südrasen und die strahlende Morgensonne zugingen.

»Du meinst Vanessa?« Manchmal hatte Zack das Gefühl, dass sein bester Freund ohne jedes Gen für Höflichkeit geboren worden war. Roman war beschissen darin, sich an Leute zu erinnern, von denen er beschlossen hatte, dass sie keine Rolle spielten. »Sie arbeitet seit über drei Jahren mit Elizabeth zusammen und du kennst nicht mal ihren Namen?«

»Ich kenne ihren Namen. Mir gefällt nur nicht, wie sie dich ansieht«, stellte Roman richtig. »Weiß Liz, dass diese Frau dir schöne Augen macht wie ein Fangirl?«

»Was zum Teufel soll das denn bitte sein?«

Sie erreichten den Ausgang, und Roman drängte nach draußen. »Du bist sprachlich wohl nicht ganz up-to-date, was? Thomas, Sie haben zwei Kids. Sie kennen sich bestimmt aus mit dem neuen, hippen Zeug.«

»Das Prinzip Fangirl ist jedenfalls weder neu noch hip.« Thomas verzog keine Miene, als er sich eine Pilotenbrille über die Augen schob. »Aber was Mr Calder Ihnen vermutlich sagen will, ist: Fangirl ist in Sie verknallt, Sir. Ich glaube allerdings auch, dass Fangirl Ihnen Ärger machen will.«

Zack zeigte mit dem Finger auf den Agenten mit der guten Beobachtungsgabe. »Genau. Die Schnecke hat mich schon ein paarmal abgecheckt, selbst als ich verheiratet war. Das macht sie auch zu einem Mean Girl. Seht ihr, ich bin doch up-to-date.«

»Ganz, wie Sie meinen, Sir.« Thomas hielt mit ihnen Schritt, während er ununterbrochen ihre Umgebung scannte.

Na ja. Wenn seine Amtszeit vorbei war, würde er vielleicht ein bisschen Slang lernen. Oder seine altmodische Art beibehalten und sich von seinen Kindern auslachen lassen.

Seine Kinder. Bei dem Gedanken wäre er um ein Haar abrupt stehen geblieben.

Als sich abzeichnete, dass Joy keine Kinder bekommen konnte, hatte er diesen Wunsch in den Wind geschrieben. Aber in letzter Zeit hatte er wieder darüber nachgedacht, Nachwuchs zu zeugen. Er hatte zwar keine biologische Uhr, das änderte aber nichts daran, dass er einen gewissen Druck verspürte. Mad würde bald ein Kind bekommen, und der Rest seiner Freunde würde früher oder später nachziehen. Wenn er einen Spieler in dieser verrückten Mannschaft haben wollte, mussten er und Elizabeth sich ranhalten.

»Bist du bereit für heute Nachmittag?«, fragte Roman und bog auf die Joggingstrecke.

War irgendjemand je dafür bereit, seinen Schwiegervater mit einem zutiefst unangenehmen Thema zu konfrontieren? »Bereiter werde ich nicht mehr.«

»Connor ist unten in der Notfallkommandozentrale und macht einen Raum fertig«, informierte Roman ihn, als sie anfingen zu laufen.

»Vermittelt das Paul nicht die falsche Botschaft? Es soll schließlich ein netter Plausch werden.«

»Wir stellen es als einen Ort mit der größtmöglichen Privatsphäre dar. Damit er seinem Ärger so laut, wie er will, Luft machen kann.« Roman verdrehte die Augen. »Und keiner von euch muss sich mit neugierigen Blicken und losen Zungen herumärgern. Das klappt schon.«

»Wenn du das sagst.«

Sein Stabschef nickte. »Thomas wird alles unnötige Personal entfernen, und Freddy beobachtet euch hinter einem Spionspiegel. Er will ja unbedingt, dass wir den Lügendetektor einsetzen, den er umgebaut hat, aber ich war dagegen. Ich werde auch da sein und darauf achten, dass alles legal bleibt und Freddy nicht aus dem Ruder läuft. Aber du solltest wissen: Wenn Paul irgendetwas Belastendes sagt, können wir ihn nicht festhalten, ohne das Justizministerium einzuschalten.«

»Himmel, du vermutest wohl bei jedem irgendwie Dreck am Stecken. Ich bin erstaunt, dass du mich nicht verdächtigst.«

»Sollte ich?«, entgegnete Roman ohne eine Spur von Humor.

»Ich werde Paul bloß ein paar Fragen stellen und sehen, wie er darauf reagiert.« Zack war sich bewusst, dass er das schon viel zu lange vor sich herschob. Jetzt brauchte er alle Antworten, die er kriegen konnte.

»Wusstest du, dass Liz mit ihm gesprochen hat?«, fragte Roman.

Zack konzentrierte sich auf den grünen Rasen vor sich, als sich sein Herzschlag beschleunigte. »Sie hat versucht, ihn zu beschwichtigen, was die Gerüchte über deine Beziehung zu Joy angeht, damit ich mich nicht mit ihm auseinanderzusetzen brauche. Er denkt, dass wir posthum ihren Namen durch den Dreck ziehen. Wenn nicht jemand mit ihm gesprochen hätte, wäre er zur Presse gegangen. Das können wir jetzt nicht gebrauchen.«

Zwei Secret-Service-Agenten joggten vor ihnen her und gaben ihm und Roman sowohl Raum als auch Schutz. Zwei weitere befanden sich in einem gewissen Abstand hinter ihnen, während Thomas und Mike, ein weiterer langjähriger Agent, die Flanken bildeten. Er war nie allein – außer nachts, wenn er endlich Elizabeth mit seinem Körper umschlingen konnte.

Zack wurde schneller, und Roman passte sich an. Zack wünschte sich, er könnte einen schönen, langen Sprint hinlegen, ohne umdrehen zu müssen, aber hier auf diesen Rasen war er beschränkt, zumindest bis die russische Bedrohung zu Ende war.

»Wenn er uns nichts liefert, dem wir nachgehen können,

müssen wir ihn gehen lassen«, sagte Roman. »Dann wird er mit Liz reden, befürchte ich. Ich würde sie aus diesen Diskussionen lieber raushalten, bis wir was Handfestes haben.«

Mit anderen Worten: Er wollte Liz nicht ins Spiel bringen, bevor er nicht alles beweisen konnte, was er ihr vorwarf.

»Roman, ich erzähle ihr heute Abend alles. Ich weiß, was du sagen willst, weil ich es schon gehört habe. Aber das Gespräch ist hiermit zu Ende.« Es war Zeit, das Thema zu wechseln. »Hast du heute schon was von Connor gehört? Er hat mir gesagt, dass es was Neues gibt, über das er mich zeitnah in Kenntnis setzen will.«

Der Vorteil daran, Stellung zu beziehen, während sie Sport trieben, war, dass Roman ihn so nicht mit seinem stählernen, missbilligenden Blick fixieren konnte. »Er meint, sein russischer Kontakt hätte etwas herausgefunden, was uns interessieren könnte. Er klang nicht, als wäre es etwas Schlechtes.«

Mehr konnten sie in Gegenwart der anderen nicht sagen. Connor suchte nach Patientendaten – Fingerabdrücke, Blutgruppe, Testergebnisse – irgendetwas, das ihnen verraten konnte, ob Zack das Baby war, das Natalia geboren hatte.

»Ich weiß, du willst das nicht hören, aber du musst langsamer machen mit Liz.« Roman schien nicht zu finden, dass sein Privatleben denselben Protokollen unterlag wie der Fall.

»Ich habe es nicht beschleunigt.« Sie waren immer noch an demselben Punkt wie bei ihrer ersten Berührung in Camp David. Er war argwöhnisch und sie verwirrt. Wenn sie schauspielerte, war sie verdammt gut. Immer öfter hatte er den Verdacht, dass er den größeren Zusammenhang nicht sah, der genau vor seiner Nase war.

»Du redest davon, zu einem Date rauszugehen und der Presse eure Beziehung zu enthüllen. Ich halte das im Augenblick für keine gute Idee.«

»Tja, und es ist sogar noch schlimmer.« Die Idee geisterte in letzter Zeit verstärkt in Zacks Kopf herum. »Ich gedenke, sie in der nächsten Woche oder so zu heiraten und alle vor vollendete Tatsachen zu stellen. Dann kann keiner mehr viel dagegen tun.«

Und er konnte nicht gezwungen werden, gegen seine Frau auszusagen, wenn es so weit kommen würde.

Nicht dass Zack es je zulassen würde, dass ein Verfahren gegen sie so weit ging.

»Willst du mich verarschen?« Roman blieb mitten auf dem Rasen stehen. »Das kannst du nicht machen.«

Seufzend blieb Zack ebenfalls stehen und zwang alle Agenten, den Kurs zu ändern. »Doch. Ich habe sehr gute Gründe, einschließlich der Tatsache, dass es deinen prüfenden Blick mal ein bisschen ablenken würde.«

»Ich komme mit der Story über Joy auch klar, ohne dass du so drastische Maßnahmen ergreifst.«

Zack ließ ihn stehen und fing wieder an zu laufen. Sie würden das nicht hier und jetzt austragen. Wenn Roman unbedingt diskutieren wollte, würden sie das unter sich tun, wenn sie wieder im Weißen Haus waren. Aber sein Stabschef würde feststellen, dass er bei diesem Thema ein unverrückbarer Fels war. Er hatte es satt, Elizabeth auf Abstand zu halten, bloß aufgrund von Indizien, Anspielungen und Romans Verdächtigungen.

Fest entschlossen, sich nicht von Roman reinreden zu lassen, lenkte Zack seine Gedanken darauf, was Connors Kontakt wohl rausgefunden hatte. Gott, er hoffte, es würde helfen, all der Qual wegen seiner wahren Identität ein Ende zu bereiten. Die Ungewissheit war unerträglich. Vielleicht hatten sie auch handfeste Beweise über die Namen und Aufenthaltsorte der Verschwörer gefunden. Dann könnte er erleichtert aufatmen und alles ans Justizministerium übergeben.

Wenn er diesem trauen könnte …

Die Paranoia war heimtückisch. Sie drohte ihn zu ersticken. Wenn er überleben wollte, musste er sich davon befreien. Wenn er Elizabeth heute Abend endlich in seinen Armen hielt, würde er ihr alles erzählen. Er würde sie um Erklärungen bitten und versuchen, ihr zu vertrauen.

»Ich meine es ernst, tu das nicht. Das ist kein Problem, mit dem du allein klarkommen musst«, sagte Roman, der ihn eingeholt hatte. »Ich bin hier.«

»Du bist nicht derjenige, der ein Vertrauensproblem mit der Frau hat, die er liebt.«

Zack fragte sich, ob er bei all dem die falsche Perspektive hatte. Vielleicht war es wirklich so leicht, wie Mad es vorlebte. Vielleicht musste er einfach beschließen, dass alles nach seinen Wünschen lief, und nicht aufgeben, bis er bekam, was er wollte.

»Runter, sofort!«

Zack hörte Thomas' Schrei kurz bevor ihn jemand von hinten umrannte. Er kam hart auf dem Boden auf, mit hämmerndem Herz, Für einen Moment bekam er keine Luft. Dann hörte er ein Krachen, das über den Rasen hallte, und Chaos brach aus.

»Ich habe eine Liste mit Fragen, die die Reporterin stellen darf.« Liz legte einen Stapel Blätter auf den Schreibtisch, das Ergebnis stundenlanger Verhandlungen mit dem Sender, dem Roman und Gus ihr exklusives Interview zugesagt hatten. »Wenn sie von der Liste abweicht, verweigert ihr jeden Kommentar. Aber ich denke, dass sie sich daran halten wird. Sie ist zwar ehrgeizig, aber fair.«

Zack hatte ebenfalls vor, mit ihr zu reden, kurz seine Beziehung zu seiner Frau zu erklären und öffentlich zu schwören, dass es zwischen ihm und seinem Stabschef kein böses Blut gab. Liz hatte ihm von dem Schritt abgeraten, aber er hatte darauf bestanden.

Dieser Blödmann. Er war bei diesem Interview genauso leichtsinnig wie bei seinem Morgenlauf. Sich um ihn zu sorgen wurde allmählich zu ihrem zweiten Job. Es gefiel ihr nicht, dass er sich in Gefahr begab. Der Secret Service konnte schließlich nicht jeden Baum und jedes Gebäude der Umgebung überprüfen.

Andererseits verstand sie auch, dass er nicht Tag für Tag, für den Rest seiner Präsidentschaft im Weißen Haus bleiben konnte.

»Alles in Ordnung?« Gus ignorierte den Papierstapel und stand auf. »Du siehst etwas blass aus. Hast du heute Morgen gefrühstückt?«

In den letzten Tagen hatte sie außer dem Abendessen nichts zu sich genommen, und das auch nur, weil Zack ihr keine Ruhe gelassen hatte. Irgendwas musste passieren, und zwar bald. Die Anspannung brachte sie noch um. Sie konnte nicht schlafen, denn jedes Mal, wenn sie die Augen schloss, war sie wieder mit Krylov allein in ihrer Wohnung. Zack kam herein, und der Russe zog eine Waffe und erschoss ihn. »Ich hab Kaffee getrunken.«

In den letzten Tagen hatte sie von Koffein und ihrer Willenskraft gelebt.

»Ist Zack immer noch so ein Arschloch?«

»Nein. Seit der Hochzeit ist er wunderbar. Ich glaube, was immer Mad an dem Abend zu ihm gesagt hat, hat geholfen, aber der Lagerkoller macht uns allen zu schaffen. Wenn Everly erfährt, dass Zack und Roman draußen joggen sind und ihr noch nicht mal ein kleiner Ausflug zu Neiman gestattet wird, flippt sie aus.«

Gus wischte ihre Sorge mit einer Handbewegung weg.

»Also, wenn Everly auf dem Gelände joggen gehen will, organisiere ich einen Einsatztrupp, der mitkommt. Wir alle können das machen, solange wir einen Bodyguard dabeihaben.«

»Wie kannst du so entspannt damit umgehen?« Sonst war Gus immer die erste, die sich gegen Regeln auflehnte.

»Ich bin mit einer Mama aus dem Süden, einem Navy-Admiral als Vater und einem Alphamann als Bruder aufgewachsen. Und von Roman wollen wir gar nicht erst reden. Ich bin Typen mit übertriebenem Beschützerinstinkt gewöhnt. Außerdem macht es mir nichts aus, drinnen zu bleiben. Vielleicht werde ich alt, aber ich lese inzwischen lieber ein Buch statt in eine Bar zu gehen.«

Das war Liz schon immer so gegangen, aber ihre Abende zu Hause waren in letzter Zeit nicht gerade entspannend gewesen. Na ja, außer in den Stunden, wenn Zack sie mit seinen magischen Berührungen ablenkte. Wenn er mit ihr schlief, vergaß sie alles andere. »Ich freue mich jedenfalls auf die Überseereise nächsten Monat. Ich hätte nie gedacht, dass ich einen Ausflug zum G7-Gipfel mal als Urlaub ansehen würde.«

»Ich denke, alles ist besser, als herumzusitzen und darauf zu warten, dass eine Bombe hochgeht.« Gus starrte auf den Vertrag hinab. »Das sieht gut aus, aber Roman wird bestimmt noch mal haarklein alles durchgehen wollen. Ich bin sicher, dass er noch jede Menge Änderungen verlangen wird, nur um uns zu ärgern.« Sie hob den Blick und musterte Liz eingehend. »Ich mache mir Sorgen, dass mein Verlobter sich in den Kopf gesetzt hat, jemand, der Zack nahesteht, könnte mit dem Feind zusammenarbeiten.«

Liz starrte zurück und vergewisserte sich, dass die Tür geschlossen war, ehe sie sich auf ihren Stuhl sinken ließ. »Haben sie beim Durchgehen der Personalakten irgendetwas gefunden?«

Es nervte Liz, nicht an den Ermittlungen teilhaben zu können. Aber sie und Zack konnten nicht die Staatsgeschäfte ruhen lassen und sich auf ihre geheime Untersuchung beschränken. Das würde zu viele Fragen aufwerfen. Also waren sie auf den Rest der Gruppe angewiesen, um Antworten zu finden.

Gus zögerte. »Sie haben ein paar Wackelkandidaten identifiziert.«

Liz hatte lang genug mit Gus zusammengearbeitet, um zwischen den Zeilen zu lesen. »Was verheimlichst du mir?«

Gus rang die Hände, als versuche sie, einen nervösen Tick zu unterbinden. »Fällt dir ein Grund ein, warum mein bescheuerter, unglaublich misstrauischer Verlobter dich ausspioniert?«

»Mich? Roman spioniert mich aus?«

»Einer der Privatdetektive, mit denen er oft arbeitet, hat ihm gestern einen Bericht geschickt. Ich konnte einen Blick darauf werfen, und es war mehr oder weniger eine Zusammenfassung deines ganzen Lebens. Geburtsurkunde. College-Zeugnisse. Überprüfung deines Lebenslaufs. Ich glaube, er hat sich mit ein paar deiner Freunde aus der Kindheit und vom College unterhalten. Warum sollte Roman so was tun?«

Liz spürte, wie sich ihr der Magen umdrehte. »Keine Ahnung. Vielleicht überprüft er uns alle? Oder jeden, der nicht seit eurer Kindheit dazugehört? Ich meine, es ergibt ja durchaus Sinn, die Freundin des Präsidenten einer Prüfung zu unterziehen, obwohl ich das ja alles schon bei meiner Einstellung durchgemacht habe. Ich arbeite seit Jahren unermüdlich für Zack.«

»Ja, damals haben sie eine komplette Hintergrundprüfung gemacht. Selbst ich habe den Prozess durchlaufen, als ich an Bord kam.« Gus trommelte mit den Fingernägeln auf dem Schreibtisch herum, ein sicheres Zeichen, dass ihre Gedanken Karussell fuhren.

»Dann … verstehe ich es nicht.«

»Langsam glaube ich, dass die Jungs dir nicht trauen, und das bereitet mir Kopfzerbrechen. Liz, arbeitest du für die Gegenseite?«

»Soll das ein Witz sein? Natürlich nicht. Das ist doch lächerlich! Roman kann was erleben!«

»Gute Idee.« Offensichtlich erleichtert lächelte Gus. »Der steckt viel zu tief in seiner eigenen Paranoia. Lass uns heute Abend alle gemeinsam essen und diesen Quatsch auf den Tisch bringen. Dann können wir uns auf die gute, altmodische Art anschreien und den ganzen Mist aus der Welt räumen.«

Wenigstens dachte Zack nicht auch so, obwohl sie sich gut vorstellen konnte, wie Romans misstrauische Art ihn beeinflussen konnte.

Moment mal. Was, wenn hinter der Spannung, die sie neuerdings bei ihm spürte, mehr steckte als ihr aktuelles Problem? Was, wenn er befürchtete, dass an Romans Verdächtigungen etwas dran war?

»Hey, mach nicht so ein Gesicht. Und mach dir keine Sorgen. So ist Roman nun mal, alles andere als ein Optimist. Wo andere Leute Sonnenschein sehen, sieht er Melanome.« Gus beugte sich zu ihr. »Manchmal ist das ja ganz süß, aber manchmal könnte ich ihn erwürgen.«

Liz wollte gerade etwas erwidern, als jemand an die Tür klopfte und sie gleich darauf aufstieß.

Gus seufzte, als sie die Frau in der Tür erblickte. »Ja, Vanessa. Kommen Sie doch rein.«

»Irgendwas geht da vor.« Sie warf einen Blick hinter sich. »Schalten Sie die Nachrichten ein.«

Liz folgte Vanessas Blick, und tatsächlich war das ganze Büro in Aufruhr. Voller Sorge stand sie auf. »Was?«

Gus griff nach der Fernbedienung auf ihrem Schreibtisch und schaltete den Fernseher an der gegenüberliegenden Wand ein. Das Gesicht eines bekannten Nachrichtensprechers füllte den Bildschirm aus.

»Ich glaube, es geht um den Präsidenten.« Vanessa griff nach ihrem Telefon. »Was sollen wir machen? Wir bekommen bereits Anrufe.«

»Oh mein Gott«, Gus schnappte nach Luft und wurde blass.

Liz blieb das Herz stehen, als sie hörte, was der Sprecher sagte.

»Uns liegen noch keine Details vor, aber mehreren Berichten zu Folge gab es einen Mordanschlag auf Präsident Zachary Hayes.«

Liz versuchte, ihre Panik so gut es ging zu unterdrücken, als sie aus ihrem Büro in die Pressezentrale des Weißen Hauses eilte, wo alle ihr Fragen entgegenschleuderten. Sie hörte keine davon wirklich, denn sie hatte nur noch eine einzige Sache im Kopf – so schnell wie möglich zu Zack zu gelangen. Für ihre Arbeit hatte sie im Moment überhaupt keinen Gedanken übrig. Sie war keine Pressesprecherin, sondern eine liebende Frau, die unbedingt wissen musste, was mit ihrem Geliebten war.

»Ich komme mit.« Gus nahm ihre Hand. »Roman war bei ihm, richtig? Wo wollten sie hin?«

Alles um sie herum schien langsamer abzulaufen, obwohl ihre Gedanken rasten. Liz zwang sich, sich auf Gus zu konzentrieren, weil sie sonst den Verstand verlieren würde. Wo war Zack jetzt? War er überhaupt noch am Leben?

Plötzlich fühlte sie sich zurückversetzt an jenen schrecklichen Abend in Memphis. Sie stand im Zuschauerraum und hörte den Schuss. Dann das Gefühl, als würde ihr der Boden unter den Füßen weggezogen, während die Menschenmenge auf die Ausgänge zurannte. Und all das Blut. So viel Blut …

»Sie waren auf dem Südrasen«, brachte Liz schließlich mühsam hervor. »Joggen. Er und Roman wollten mal raus.«

»Ich werde den Mann höchstpersönlich umbringen.« In dem Moment, als die Worte über die Lippen waren, wurde sie blass. »Tut mir leid, Liz. Ich habe es nicht so gemeint.«

»Schon gut.« Alles, was zählte, war Zack.

Sie drückte Gus' Hand, und dann stürmte sie durch den kleinen Menschenauflauf, der sich im Pressebüro gebildet hatte und auf die Bildschirme starrte. Die Geschichte lief auf jedem einzelnen Sender.

Liz weigerte sich darauf zu warten, bis die Nachrichten ihr sagten, was passiert war. Sie würde selbst nach Zack sehen.

Aus der Ferne hörte sie Sirenen. Vor Angst drehte sich ihr der Magen um, und sie schickte ein stummes Gebet zum Himmel, dass es Zack gut ging. Sie durfte ihn einfach nicht verlieren. Nicht jetzt, wo sie endlich zueinander gefunden hatten und dem Leben, von dem sie beide geträumt hatten, der Familie, die sie wollten, so nah waren.

Sie war schon fast an der Tür, als diese aufflog und zwei Männer in dunklen Anzügen eintraten. Der Secret Service.

»Was ist los?«, verlangte Gus sofort von demjenigen zu erfahren, der aussah, als hätte er das Sagen. »Wo sind sie jetzt?«

Es war keine Frage, wer mit »sie« gemeint war. Wenn Zack getroffen worden war, würde Roman bei ihm bleiben, ihn ins Krankenhaus begleiten.

Der Agent ignorierte ihre Frage völlig und berührte stattdessen ein Bluetooth-Headset und antwortete irgendjemandem, der in seinem Ohr redete. »Ja, Sir. Ich habe ein Team geschickt, um den Vizepräsidenten in Sicherheit zu bringen. Ich bringe Ms Matthews runter. Ja, Sir. Ich sage es ihr.«

Der Agent mit dem eiskalten Blick packte sie am Arm.

»Was geht hier vor?« Liz konnte ihre Panik kaum verbergen.

»Ich bin hier, um Sie nach unten zu begleiten, Ms Matthews«, antwortete er. »Ich habe Befehle, Sie an einen sicheren Ort zu bringen. Ms Spencer, Mr Calder wünscht, dass Sie in Ihrem Büro bleiben und auf seinen Anruf warten. Er ist unverletzt.«

»Ich gehe mit Liz«, widersprach Gus.

Der zweite Agent trat vor sie und stellte sich zwischen die beiden Frauen. »Tut mir leid, Ms Spencer. Wir haben unsere Befehle.«

Voller Schrecken blickte Liz sich um. Warum sollten sie Gus zurücklassen … es sei denn, Zack war etwas passiert? Die Tränen traten ihr in die Augen, und sie rannte fast, um den Agenten zur Eile anzutreiben und so schnell wie möglich zu Zack zu gelangen. Hinter ihr brach das Chaos aus, als der andere Agent alle anderen in den Presseraum trieb.

»In welchem Krankenhaus ist der Präsident?«, fragte sie mit zitternder Stimme.

»Kommen Sie mit, Ma'am.« Er öffnete die Tür, die in den Flur führte, und fand sich im nächsten Moment in einem Fahrstuhl wieder.

Bitte lass ihn nicht tot sein. Bitte. Mach, dass er lebt. Sie würden alles schaffen, wenn er all das bloß überlebte.

Die Fahrstuhltür ging zu. Liz schloss die Augen und versuchte, ihre innere Kraft zu sammeln. Die Welt schien plötzlich so still zu sein, als halte sie den Atem an. Irgendwie musste sie ruhig bleiben. Sie durfte jetzt nicht durchdrehen, wenn Zack sie brauchte.

Was würde sie tun, wenn er tot war? Wenn es jemandem gelungen war, sein Leben auszulöschen? Daran konnte sie nicht mal denken. Er war am Leben. Sie würde schon bald an seiner Seite sein und seine Hand halten, wenn er aufwachte. Sie würde sich nie wieder über irgendwas beklagen, wenn das Universum ihr nur den Mann, den sie liebte, zurückgab.

Endlich ging die Fahrstuhltür auf, und sie blinzelte. Sie hatten sie nicht in die Tiefgarage gebracht, wie sie gedacht hatte. Sie waren nicht mal in der Nähe.

Sie waren in der Notfallkommandozentrale.

Waren sie hier, um sich mit Mad und Sara zu treffen? Aber das ergab keinen Sinn …

Zögernd verließ sie den Fahrstuhl und sah nach rechts. Ihr Herz tat einen Sprung und erwachte wieder zum Leben, denn dort stand Zack, flankiert von Thomas und Roman. Sein T-Shirt war zerrissen und sein Haar zerzaust, aber er war am Leben. Gott sei Dank!

»Oh, Zack.« Sie ließ ihren Tränen jetzt freien Lauf und wollte auf ihn zustürzen.

Der Secret-Service-Agent packte sie unsanft am Ellbogen und hielt sie zurück. Sie sah ihn ungläubig an und streckte die Hand nach Zack aus.

Der eisige Blick in seinen Augen ließ sie erstarren. Noch nie hatte er sie so kalt angesehen, als sei sie nichts als ein Schmutzfleck auf seinem Schuh. Als könne er durch sie hindurchsehen, ohne das Geringste zu empfinden.

»Zack?«, flüsterte sie, und sein Name auf ihren Lippen war zugleich Frage und Gebet.

Er ignorierte sie und zeigte auf einen Flur zu seiner Rechten. »Bitte bringen Sie sie in den zweiten Verhörraum. Danke.«

»Verhör?«, rief sie schrill. »Zack, was ist hier los?«

Der Agent begann sie von Zack wegzuziehen.

Schockiert starrte sie den Mann an, dem sie ihr Herz und ihr Leben geschenkt hatte. Was zur Hölle ging hier vor? Sein Gesicht war völlig leer.

Dann rutschte sie mit ihrem Schuh auf den glatten Fliesen aus und verlor das Gleichgewicht. Starke Arme umfassten sie, ehe sie auf dem Boden aufkam, und sie wurde hochgehoben. Zack. Er hatte sie aufgefangen, aber er sah alles andere als glücklich aus über diesen Verlauf. Sein Kiefer wirkte angespannt, als er sie sicher an die Brust drückte. Sie konnte sehen, wo er eine kleinere Schürfwunde erlitten hatte, und wollte nach ihm greifen und ihn trösten, aber alles an seiner Haltung warnte sie davor.

»Was geht hier vor?«, brachte sie atemlos hervor.

»Jemand hat versucht, mich zu ermorden, Liebling«, sagte er und begann, den Flur entlangzugehen.

»Ich weiß. Ich habe es in den Nachrichten gehört. Ich habe mir solche Sorgen gemacht, und –«

»Und du warst die Einzige, die wusste, wo Roman und ich unseren Morgenlauf machen wollten. Tut mir leid, aber dein Spiel ist aus.«

Wie konnte er mit ihr in diesem eisigen Ton reden? Er glaubte doch nicht ernsthaft, dass sie irgendwas mit diesem Anschlag zu tun hatte? »Mein *Spiel*? Zack, ich habe es niemandem gesagt. Das würde ich *nie* tun. Ich wollte ja gar nicht, dass du raus gehst.«

Ohne ein Wort ging er weiter, bis Thomas eine Tür öffnete. Zack trug sie in den Raum. Er war spartanisch eingerichtet, lediglich mit einem Metalltisch und ein paar Stühlen.

Er setzte sie ab und wich zurück, als wäre sie eine Schlange, die ihn jeden Moment angreifen könnte. »Wir haben ein paar Fragen. Es wird wohl das Beste sein, wenn Roman das übernimmt. Dass ich in deiner Gegenwart nicht klar denken kann, wissen wir ja jetzt.«

Das konnte nicht wirklich passieren. Es musste ein Albtraum sein. »Zack, tu das nicht. Ich würde dir nie wehtun. Ich liebe dich doch.«

»Ich erwarte nicht, dass du es mir gegenüber zugibst. Schließlich hast du mich die ganze Zeit an der Nase herumgeführt, warum solltest du jetzt aufhören, mich anzulügen?«

»Was? Wieso lügen?« Sie starrte ihn mit offenem Mund an.

»Überleg dir gut, was du sagst.« Er ging zur Tür. »Sag Roman die Wahrheit. Sag ihm alles, was du getan hast und was deine ›Freunde‹ noch planen. Dann unterhalten wir beide uns. Aber wenn du Roman nicht jede Einzelheit erzählst, die du weißt, muss ich jemand anderen ins Spiel bringen, und diesen Jemand wirst du nicht mögen. Mach es dir selbst einfach, Elizabeth.«

Er traute ihr zu, dass sie in der Lage war, ihm wehzutun? Ja. Er dachte, sie würde mit den Russen zusammenarbeiten, also hielt er sie auch des Verrats fähig.

Es lief ihr eiskalt den Rücken herunter. »Du kannst nicht ernsthaft glauben, dass ich so etwas wie eine Spionin bin. Zack, ich weiß, dass jemand einen Anschlag auf dein Leben verübt hat und ich die letzte Person war, mit der du geredet hast, aber was Roman auch immer über meine Loyalität denkt, er liegt falsch.«

»Es ist nicht nur Roman. Ich traue dir auch schon eine ganze Weile nicht mehr. Der heutige Vorfall hat deine Schuld für mich nur bestätigt.« Er wendete sich ab.

Der wachsame Secret-Service-Agent stand gleich neben der Tür und sorgte dafür, dass sie keine Chance hatte, noch weiter mit dem Präsidenten zu sprechen. Oder vielmehr, ihm etwas anzutun.

Das war mehr als surreal.

»Du hast mit mir geschlafen, obwohl du den Verdacht hattest, dass ich gegen dich arbeite?«

Er hatte mit ihr geschlafen, als würde er nicht genug von ihr kriegen. Er hatte sie im Arm gehalten, als würde er sie lieben. Zwei Wochen lang hatten sie das Bett und schon viel länger ihr Leben miteinander geteilt. Sie war quasi wie eine Ehefrau für ihn gewesen, und er hatte ihr keinen Vertrauensbonus eingeräumt. Nicht einmal die Höflichkeit besessen, ihr zu sagen, warum er sie verdächtigte. Stattdessen hatte er sie an einen geheimen Ort gebracht, um sie verhören zu lassen. Er schloss sie in einem Raum ein und ließ sie nicht heraus, bis sie so was wie ein Geständnis ablegte.

»Du weißt doch, was man sagt«, begann Zack. »Halte deine Freunde nah bei dir, aber deine Feinde noch näher. Noch näher wäre ich beim besten Willen nicht an den Feind herangekommen.«

In diesem Moment zerfielen all die sorgsam aufbewahrten Erinnerungen der beiden zu Asche.

Er liebte sie nicht. Hatte es nie getan.

Ihre Tränen liefen hemmungslos, als er die Tür zwischen ihnen zuknallte und der Riegel vorgeschoben wurde.

18

Zack stand vor dem Verhörzimmer und versuchte, mit aller Willenskraft das Bedürfnis zu unterdrücken, irgendetwas kurz und klein zu schlagen.

Sein Blick blieb an den Monitoren hängen, auf denen zu sehen war, was sich in den zwei kleinen Räumen abspielte. In einem ging Elizabeth auf und ab. Oh Gott. Er hatte schreckliche Dinge zu ihr gesagt, ihr dann Roman auf den Hals gehetzt und sie eingesperrt.

»Zack, wir haben den mutmaßlichen Scharfschützen in Gewahrsam genommen.« Connor trat neben ihn. »Ich brauche deine Erlaubnis, um ihn zu verhören. Er ist russischer Staatsbürger und hat meinen Quellen zufolge Verbindungen zum Syndikat. Wenn wir ihn zum Reden bringen, haben wir Krylov vielleicht endlich an den Eiern, aber es muss schnell gehen. Noch ist Krylov in den USA, aber wenn ihm klar wird, dass das Attentat fehlgeschlagen ist und wir ihn möglicherweise enttarnen können, wird er sich nach Moskau absetzen. Dann kommen wir nicht mehr an ihn ran.«

»Was für ein arrogantes Arschloch«, murmelte Roman. Er hatte wieder zu Anzug und Krawatte gewechselt und sah absolut mustergültig aus – nicht wie jemand, der vor weniger als einer Stunde aus nächster Nähe Zeuge eines Mordanschlags geworden war. »Glaubt er vielleicht, dass er damit durchkommt? Das werden wir zu verhindern wissen.«

»Natürlich glaubt er das. Es funktioniert ja auch seit Jahren. Für ihn und das gesamte russische Räderwerk«, sagte Connor.

»Er wird wohl davon ausgehen, dass wir zu beschäftigt damit sind, Zack zu beschützen, um ihm und seinen Genossen nachzustellen.«

»Die Sache hat jetzt ein für alle Mal ein Ende.« Zu dieser Entscheidung war Zack in der Sekunde gelangt, als er die Tür hinter Liz abgesperrt und sich zum Gehen gewandt hatte. Schluss damit. Keinen Tag länger sollte seine Familie mehr durch die Hölle gehen müssen. Die Angelegenheit durfte nicht mehr sein Handeln diktieren. »Sollte es uns nicht gelingen, Krylov und den gesamten Ring hochzunehmen, spreche ich morgen früh mit dem Justizminister. Wenn es sein muss, trete ich zurück. Ich gehe sogar ins Gefängnis, scheiß drauf. Aber Krylov darf nicht gewinnen.«

»Das halte ich für keine gute Idee«, fiel ihm Roman ins Wort.

Connor hob ebenfalls bremsend die Hand. »Ehe du irgendetwas unternimmst, lass mich mit dem Attentäter sprechen. Selbst wenn er kein Geständnis ablegt, besteht doch eine Chance, dass wir seine Verbindung zum Syndikat nachweisen können. Das ist zwar kein eindeutiger Beweis, wird aber unsere Geschichte untermauern, falls das Justizministerium und die Presse sich einschalten.«

»Okay.« Zack nickte. »Und wo du schon dabei bist, schick deine Jungs auch zu Krylov in New York. Sie sollen ihn festnehmen und befragen.«

»Mache ich. Jetzt, wo sie tatsächlich versucht haben, ihre Drohungen ernst zu machen und dich umzubringen, wird Krylov wahrscheinlich in aller Eile zum Flughafen aufbrechen.«

»Obwohl er noch gar nicht wissen kann, ob ich tot oder lebendig bin?« Zack wandte sich Roman zu. »Wir haben Gus noch keine Anweisungen für ein Pressestatement gegeben, oder?«

Sein Stabschef schüttelte den Kopf. »Ich habe sie angerufen und ihr gesagt, sie soll fürs Erste alle Fragen mit ›kein Kommentar‹ beantworten, bis wir uns entschieden haben, wie wir es angehen. Connor, sorg dafür, dass dieses Arschloch auspackt. Woher wusste er zum Beispiel, auf welcher Strecke Zack und ich joggen gehen würden?« Roman starrte auf die Verhörraummonitore. Auf einem war Elizabeth zu sehen, auf dem anderen Paul Harding.

Joys Vater hatten sie vor einer halben Stunde hergebracht. Da saß er nun und starrte vollkommen reglos die Tür an. Es war beinahe unheimlich. Er hatte keine Fragen gestellt und sich von den Agenten wortlos abführen lassen.

Elizabeth hingegen saß keine Sekunde still. Tränen strömten immer noch über ihre Wangen. Ihr Weinen wirkte aber inzwischen nicht mehr traurig, sondern wütend. Wütend auf Zack.

Tja, er war auch wütend auf sie. Was aber nicht hieß, dass er nicht bis zum Äußersten gehen würde, um sie zu beschützen. Und das würde er vermutlich auch müssen. Liz hatte ihn ans Messer geliefert, dessen war er sich jetzt sicher. Das war die einzig logische Erklärung. Niemand außer ihr hatte gewusst, wo er und Roman am Morgen joggen gehen wollten. Wäre ihnen jemand aus dem Weißen Haus gefolgt, hätte der Secret Service die Person abgefangen. Es war also kein niederträchtiger Mitarbeiter oder falscher Agent. Elizabeth hingegen hatte jede Menge Zeit gehabt, um ihren russischen Kontaktmann anzurufen und Zacks Aufenthaltsort durchzugeben, woraufhin sich der Attentäter, der sich vermutlich bereits in der Nähe des Weißen Hauses aufhielt, in Position bringen konnte.

»Die Polizei hat den Schützen nur deshalb erwischt, weil er einen Unfall hatte. Er hat von einem Baum aus geschossen, muss aber danach recht dämlich abgestürzt sein. Er hat sich den Kopf an der Bordsteinkante aufgeschlagen und wurde Minuten später bewusstlos aufgefunden.« Connor grinste. »Eben ist er wieder zu sich gekommen. Mögen die Spiele beginnen.«

»Werd bloß nicht übermütig. Erinnerst du dich daran, als Joy erschossen wurde? Da dachten wir auch, wir hätten den Richtigen.« Zack erinnerte sich noch genau an das Gefühl, das die Nachricht vom Tod des Attentäters in ihm ausgelöst hatte. Erst später stellte sich dann heraus, dass der Mann lediglich als Sündenbock gedient hatte.

»Dieses Mal habe ich aber ein gutes Gefühl.«

Thomas, der etwas abseits der Gruppe in sein Telefon gesprochen hatte, stellte sich jetzt zu ihnen. »Ich habe eben von dem CSI-Team die Bestätigung zum Kaliber der Geschosssplitter erhalten, die aus einem Baum sichergestellt wurden. Es handelt sich um eine .308-Patrone. Sie passt zur Waffe des Attentäters.«

»Bingo.« Connor sah zufrieden aus. »Dann lassen wir jetzt die Jungs von der Ballistik ran, um sicherzugehen, dass die Patrone auch wirklich aus seiner Waffe abgefeuert wurde, aber ich denke, es sieht vielversprechend aus. Außerdem hat die Polizei einen Rucksack und jede Menge nettes Sniper-Spielzeug sichergestellt, was wiederum vermuten lässt, dass der Typ bereits seit geraumer Zeit um das Weiße Haus herumschleicht.«

Wo er nur darauf gewartet hatte, dass der entscheidende Anruf kam.

»Ja, das ist sehr wahrscheinlich«, sagte Thomas. »Es grenzt an ein Wunder, dass Mike seinen Arm nicht verlieren wird. Die Kugel hat eine saubere Austrittswunde hinterlassen.«

Zack hörte nur mit einem Ohr hin. Das ganze Gerede über Waffen und Gewalt und Mordabsichten! Er konnte trotzdem an nichts anderes denken als an Elizabeth. Daran, wie er ihr vergeben wollte. Sie hatte ihm aller Wahrscheinlichkeit nach einen Attentäter auf den Hals gehetzt, hatte seinen Tod geplant und gewollt, und doch strickte sein Gehirn Pläne, wie er sie halten konnte. Er war ein Masochist.

»Hatte der Schütze ein Telefon?«, fragte Zack. Als Connor nickte, fuhr er fort: »Ich will wissen, mit wem er zuletzt telefoniert hat. Besorgt mir die Nummer.«

»Das war garantiert ein Wegwerfhandy. Der Anrufer wird ebenfalls eines benutzt haben. Dass der Kerl aus dem Baum gefallen ist, war ein absoluter Glückstreffer für uns. Die Typen schlampen normalerweise nicht. Allerdings können wir die ungefähre Position herausfinden, von der aus der Anruf getätigt wurde. Habe ich also die Erlaubnis, das Verhör zu übernehmen?« Connors Körpersprache war so angespannt, als sei er schon mitten bei der Arbeit.

Zack nickte. Der Attentäter tat ihm beinahe leid. »Tu das. Und melde dich, wenn du irgendetwas herausfindest. Ich will wissen, wer ihm den Tipp gegeben hat.«

Connor nickte, gab ihm einen Klaps auf die Schulter und machte sich auf den Weg, um ein weiteres Mal die Drecksarbeit für sein Land zu erledigen.

»Gus bringt mich um.« Roman starrte die Monitore an und machte eine finstere Miene. »Dax und Gabe durchsuchen gerade Elizabeths Büro. Vielleicht finden sie dort belastendes Material. Danach werden sie sich ihre Wohnung vornehmen. Wartest du auf Connor oder machst du direkt mit der Befragung weiter?«

»Wir können nicht warten«, sagte Zack mit finster entschlossener Miene. »Rede du mit Elizabeth. Finde heraus, ob sie jemanden geschützt hat. Oder ob sie erpresst wurde.« Alles andere ergab keinen Sinn. Liz liebte ihn, daran hielt Zack fest. Das wollte er glauben. Wobei … Vielleicht hatte er sich auch kolossal zum Narren halten lassen.

War es ein Fehler, Liz' Loyalität infrage zu stellen? Aber er musste sie kritisch durchleuchten, anders ging es nicht. Oder?

Zacks Entschlossenheit wuchs mit jeder Minute. Er hatte ein Recht darauf, ihren Taten auf den Grund zu gehen. Zu wissen, ob sie ihm die Treue gebrochen hatte. An ihre Unschuld glaubte er nicht mehr, dafür waren es einfach zu viele Zufälle.

»Ich übernehme Liz«, versprach Roman. »Sei du bei Paul auf der Hut. Wir wissen nicht, wozu er fähig ist.«

War das wieder Romans Paranoia oder hatte sein bester Freund recht?

»Ähm, Freddy und ich würden Mr Harding gerne auch ein paar Fragen stellen.« Im Türrahmen stand Mad. »Wenn es euch nichts ausmacht.«

»Du bist tot«, rief Roman ihm in Erinnerung.

»Nach dem, was heute passiert ist, werde ich mich nicht länger verstecken, während da draußen Leute frei herumlaufen, die meine Freunde abknallen.«

Zack schüttelte den Kopf. »Dass du lebst, ist ein Überraschungsmoment, das uns später vielleicht noch nützlich werden kann.« Allerdings kannte niemand den Fall so genau wie Freddy. »Dein durchgeknallter Freund soll mit mir ins Verhörzimmer kommen.«

Mad zuckte die Achseln. »Wie du meinst.« Dann warf er einen Blick auf die Monitore und verzog schmerzhaft das Gesicht, als er Liz sah. »Scheiße noch mal, Zack. Im Ernst?«

Roman fuhr ihm ins Wort. »Sie war die Einzige, die wusste, wohin wir heute Morgen joggen gehen.«

»Hallo? Der Secret Service wusste es genauso«, stellte Mad richtig. »Wir hatten es in der Vergangenheit bereits zwei Mal mit Agenten zu tun, die für die andere Seite gearbeitet haben. Wer sagt uns, dass es nicht noch mehr sind? Connor und

Freddy sind zwar dabei, sie alle auf Herz und Nieren zu überprüfen, aber sie sind noch nicht fertig damit.«

»Allein schon aus purer Vorsicht müssen wir sämtliche verdächtigen Personen durchleuchten und verhören. Und dazu gehört auch Liz. Es führt kein Weg daran vorbei.« Roman seufzte, als freue er sich nicht gerade darauf. »Ich hole mir jetzt einen starken Kaffee, und dann geht es los. Sei vorsichtig, Zack.«

Mad sah Zack kopfschüttelnd an. »Wenn du sie hinter Gitter bringst, ist es aus zwischen euch.«

»Sie ist nicht hinter Gittern.« Aber gehen durfte sie natürlich auch nicht. Wie würde sie wohl reagieren, wenn er die Tür aufsperrte? Er musste alle Indizien sorgfältig abwägen und dann eine Gewissensentscheidung treffen. Was, wenn sie einen guten Grund dafür gehabt hatte, ihm einen Mörder nachzuschicken?

Was zur Hölle wäre ein guter Grund?

Trauer überkam ihn. Er war nicht einmal mehr wütend. In den ersten Augenblicken der Erkenntnis, als für ihn feststand, dass Liz schuldig war, hatte ihn die blanke Wut ergriffen. Er wollte in ihr Büro stürmen und sie zur Rede stellen. Was er ihr dann angetan hätte, wusste er nicht.

Aber dieser erste Reflex war verebbt, sobald die Secret-Service-Agenten ihn gepackt und in Sicherheit gezerrt hatten, ohne ihm die geringste Bewegungsfreiheit zu lassen. In jenem Moment war er nicht mehr Zack Hayes, ein amerikanischer Bürger mit amerikanischen Bürgerrechten, sondern der Präsident der USA und Eigentum des Volks. Er mochte sich noch so sehr dagegen wehren: Er hatte kein Recht darauf, einfach nur ein Mann zu sein, der eine Frau liebte. Er wollte zu Liz. Wollte sie zwingen, sich zu erklären. Aber er durfte nicht.

Da hatte sich seine Wut in Trauer verwandelt. Liz hatte einen Mörder auf ihn angesetzt, und er war unsterblich in sie verliebt. Wie jämmerlich.

»Zack, geh zu ihr und rede mit ihr. Du wärst um ein Haar gestorben; es ist logisch, dass du argwöhnisch bist. Aber hör dir zuerst ihre Seite der Geschichte an.« Wer hätte gedacht, dass ausgerechnet Maddox Crawford das Engelchen spielen würde, das gegen Roman, das Teufelchen, argumentierte? Mad, der Verfechter wahrer Liebe. »Liz wird dich verstehen. Sie ist eine kluge Frau. Erklär ihr, unter wie viel Druck du stehst.«

»Ich muss mit Paul sprechen.« Zack traute sich selbst nicht über den Weg. Er wollte nicht allein mit Liz in einem Raum sein, nicht einmal vor laufenden Kameras. Seiner Einschätzung nach konnte nur eines von zwei Dingen passieren: Entweder er verletzte sie noch mehr, oder er ging ihr wieder auf den Leim. Er wandte sich Roman zu. »Du übernimmst das Verhör mit Liz. Finde heraus, warum sie es getan hat.«

»Eigentlich will Zack erst mal herausfinden, *ob* sie es getan hat«, mahnte Mad. »Sie ist unsere Freundin, also behandelt sie auch so. Oder, noch besser, lasst mich mit ihr reden.«

An Mads Worten war möglicherweise etwas dran. »Dann geh du mit Roman mit und sprecht gemeinsam mit ihr.«

Hoffentlich würde das für ein gewisses Gleichgewicht sorgen.

»Geht klar.« Mad grinste.

Roman seufzte einfach nur.

»Und ich nehme Freddy mit rein zu Paul. Wissen wir, wo er sich verkrochen hat?«

»Ich bin hier«, sagte eine körperlose Stimme, die ein paar Meter über ihnen zu schweben schien.

Sofort warf sich Thomas auf Zack, und alle drei Secret-Service-Agenten richteten ihre Waffe auf die Decke.

»Nicht schießen.« Das Phantom des Weißen Hauses war wieder einmal an der Arbeit. Zack nahm sich fest vor, einen neuen Budgetposten im Haushalt einzuplanen, um die Lüftungsanlage komplett neu anlegen zu lassen – und zwar so, dass in Zukunft keine übergeschnappten Verschwörungstheoretiker mehr darin herumkriechen konnten. »Er gehört zu uns.«

Thomas erlaubte ihm, wieder aufzustehen. Er hatte keine Miene verzogen. Einer der Agenten ließ die Waffe auf den Luftschacht gerichtet. Freddy klappte die Abdeckung auf und schlängelte sich in den Monitorraum.

»Bei Bedarf wüsste ich jemanden, der die Lüftungsanlage komplett absichern könnte, Mr President.« Freddy hob die Arme, um zu zeigen, dass er unbewaffnet war.

Die Agenten tasteten ihn trotzdem ab.

»Darf ich fragen, warum Sie sich nicht in dem sehr komfortablen Zimmer aufhalten, das ich Ihnen zugewiesen habe?«, fragte Roman.

Freddy reagierte mit einem Achselzucken. »Der reinste Käfig. Davon habe ich genug. Herzlichen Dank. Außerdem schaut der Security-Mann hier unten jeden Abend fern, und zurzeit gibt er sich sämtliche Episoden von *Raumschiff Enterprise – Das nächste Jahrhundert*. Das kann ich auf keinen Fall verpassen. Wenn Sie ihn allerdings mal bitten könnten, die Lautstärke etwas hochzudrehen? Das wäre hilfreich.«

Zack machte sich im Geiste eine Notiz, den Wachposten davon unterrichten zu lassen, dass er bespitzelt wurde. Dem Mann war es offensichtlich nicht bewusst. Dann wandte er sich Freddy zu. »Was wissen Sie über Paul Harding?«

Ein animalisches Grinsen überzog Freddys Gesicht. »Genug, um zu ahnen, dass er bereits seit seiner Kindheit für die Russen arbeitet. Ich habe mich die letzten Tage intensiv in seinen Lebenslauf vertieft und bin mir beinahe sicher. Darf ich echt einen Verdächtigen verhören?«

»Ich leite das Gespräch.« Das musste klar sein.

Freddy salutierte keck. »Dann spiele ich den coolen Sidekick.«

Wohl eher den übergeschnappten Sidekick. Zack richtete das Wort an Mad und Roman. »Ich will Antworten von Liz.«

Dann zwang er sich dazu, sich abzuwenden und auf die bevorstehende Aufgabe zu konzentrieren. Sein Schwiegervater wusste etwas. Er würde ihn dazu bringen, es auszuspucken.

Zack betrat den zweckmäßig-nüchternen Raum. Ein blasses Augenpaar richtete sich auf ihn. Paul Harding saß seit nunmehr einer Stunde hier. Es war das erste Mal, dass er seither eine Regung zeigte.

»Hallo Zachary. Darf ich fragen, warum ich an einem so schönen Tag wie heute hierhergebracht werde?« Aus seiner Stimme sprach keine Entrüstung, lediglich Neugier.

Zack setzte sich ihm gegenüber auf einen Stuhl und ließ Freddy dabei genug Platz, um, wie es offenbar seiner Neigung entsprach, im Raum auf und ab zu gehen. Thomas stand wie immer diskret an der Wand.

»Ich möchte dir ein paar Fragen stellen.«

»Das würde ich auch gerne, Zachary.« Paul legte die Hände auf den Tisch und beugte sich vor. Eine Hand war mit Handschellen an eine Schiene an der Tischkante gefesselt. *»Kak, po-tvoemy, mozhno izbezhat' svoyu sud'bu?«* Sein russischer Tonfall war genauso astrein wie sein farbloser amerikanischer Akzent.

Glaubst du, du kannst deinem Schicksal entkommen?

Zack drehte sich der Magen um. Er schluckte schockiert. »Du streitest deine Schuld also nicht einmal ab?«

»Weil er weiß, dass wir ihn durchschaut haben«, sagte Freddy. Seine Stimme hatte einen tiefernsten Ton angenommen. Der militärische Geheimdienstoffizier steckte ihm offenbar tief in den Knochen – und kam jetzt zum Vorschein. »Seine Reaktion überrascht mich nicht. Die Operation geht in die nächste Phase über, weil Sie, Mr Hayes, die Pipeline angekündigt haben. Mr Harding agiert jetzt als primärer Kontaktmann zwischen den Russen und der amerikanischen Regierung. Habe ich recht?«

»Präsident Hayes' mangelnde Kooperationsbereitschaft hat in der Tat den direkten Kontakt notwendig gemacht«, erwiderte Harding. »Ich habe aber ganz offensichtlich keinen nennenswerten Einfluss mehr auf ihn, weshalb ich nun anderweitig zum Einsatz kommen werde. Ich werde in Zukunft nicht als sein Kontaktmann auftreten. Betrachten Sie mich lediglich als eine Art Botschafter.«

Oh Gott, dachte Zack. Es war also alles wahr. Alle Indizien, alle Verdachtsmomente. Die Männer im Schatten, die ihn kontrollieren oder umbringen wollten. Alles. Seit Jahren war er umgeben von Wölfen. »Deine Leute wollten mich umbringen.«

Harding zuckte unbefangen mit der Schulter. »Was sich ebenfalls als ineffektiv erwiesen hat. Ich persönlich hielt es für die bessere Idee, dich zu vergiften und es jemandem aus deinem engen Umfeld in die Schuhe zu schieben. Mein Auftraggeber hielt Gift aber für umständlicher als eine Kugel, und schwieriger abzuwälzen. Unglücklicherweise ist mein Kontakt zu dir nicht mehr eng genug, um deine Lebensmittel manipulieren zu können.«

Da saß also sein ehemals so freundlicher Schwiegervater und erklärte in aller Seelenruhe, wie man ihn am besten umbringen könnte. Zack empfand die Worte als Schlag in die Magengrube. Er war mit Paul zusammen oft angeln gewesen, hatte ihm Persönliches anvertraut, zum Beispiel, dass er und Joy versuchten, schwanger zu werden. Nicht ein einziges Mal hatte er dabei einen Blick auf das Raubtier erhascht, das hinter Pauls scheinbar so sanftmütiger Fassade schlummerte.

»Wann wurden Sie vom SWR rekrutiert?« Freddy hatte intuitiv verstanden, dass Zack einen Augenblick brauchte, um sich zu fangen, und übernahm die Befragung.

Noch nie hatte Zack diesen Ausdruck im Gesicht seines Schwiegervaters gesehen. Die Maske war abgefallen. Der wahre Paul Harding trat zum Vorschein. Grausam. Arrogant. Selbstsicher. »Ich bitte Sie. Der SWR ist nichts weiter als ein Deckmantel für den KGB. Ergeben Sie sich nicht der Illusion, es bestünde ein Unterschied. Niemand ändert den KGB.«

»Ihre Eltern waren Spione im Auftrag des KGB«, sagte Freddy. »Ich habe Nachforschungen angestellt. Ihre Eltern sind aus Kanada eingewandert, aber ich wette, geboren wurden sie in der UdSSR.«

Paul zog eine Augenbraue hoch, ein stummes *Chapeau!* an Freddy. »Sie sind der Erste, der das durchschaut. Meine Eltern waren schlau.«

»Mr President, sagen Ihnen ›Die Illegalen‹ etwas?«, fragte Freddy.

Paul verdrehte die Augen. »Mit diesen Idioten hatten wir nichts zu tun.«

Zack schüttelte verständnislos den Kopf und wartete darauf, dass Freddy ihn aufklärte.

»Das US-Justizministerium hat vor Jahren damit begonnen, eine Gruppe von Schläfern zu verfolgen. Zehn russische Spione konnten festgenommen werden. Die Mehrzahl lebte bereits seit Jahrzehnten in Amerika. Viele von ihnen hatten hier geborene Kinder. Mr Harding gehörte einem Vorläuferprogramm dieser Gruppe an. Sein Vater und seine Mutter sind mit gefälschten kanadischen Papieren in die USA eingewandert. 1957 war das noch relativ leicht. Paul war fünfzehn. Sein Vater war Atomtechniker, verfügte also über Wissen, das den USA nützlich erschien. Es war ein Leichtes für ihn, ein Arbeitsvisum zu bekommen und einen Job zu finden, nicht zuletzt deshalb, weil er ein Familienmensch war.«

»Ich wurde von und mit meinen Eltern ausgebildet«, sagte Paul. »Schon als kleines Kind wusste ich, wie korrupt euer gesamtes System ist. Amerika ist wie ein weinerliches Kleinkind. Wir waren eine überschaubare, aber gut ausgebildete Gruppe. Unsere Aufgabe bestand darin, in Amerika ein Leben aufzubauen. Mein Vater hat über Jahre hinweg Informationen über eure Regierungsprogramme in die Heimat geschleust. Dasselbe tat ich beim Militär. Nachdem ich als Klassenbester die Schule abgeschlossen hatte, war es ein Kinderspiel, in die Marineakademie aufgenommen zu werden. Die anderen auszustechen war ebenfalls nicht schwer. Ich hatte Disziplin. Ich arbeitete auf etwas Großes hin, etwas Monumentales, wohingegen sich die anderen Kadetten nur dafür interessierten, sich in Rekordtempo zu besaufen und zum Affen zu machen. Ich habe in Vietnam gekämpft und bin als Kriegsheld nach Amerika zurückgekehrt.« Er schnaubte verächtlich. »In Südostasien habe ich die ganze Zeit über meinen Genossen auf der anderen Seite geholfen, und niemand hat mich je verdächtigt.«

Zacks Gedanken rasten. Großer Gott. Wie viele Pauls gab es da draußen? »Das ist Landesverrat. Was dir jetzt bevorsteht, hast du von vorne bis hinten verdient. Glaub bloß nicht, dass unser ehemaliges Verwandtschaftsverhältnis dich retten wird. Ich werde nicht den Mund halten. Du hast in Kriegszeiten aktiv dem Feind geholfen.«

»Ich *war* der Feind, mein Junge. Ich war schon immer der Feind.«

Ja. Und die Konsequenzen waren schwindelerregend.

Freddy betrachtete Harding nachdenklich. »Ihre Eltern sind nie nach Russland zurückgekehrt. Sie haben bis zu ihrem Tod hier in den Staaten gelebt.«

»Meine Eltern waren wahre Patrioten. Sie haben mich gelehrt, meinem Land und meinem Volk loyal zu sein, ganz egal, wo ich lebe. Ich muss nicht in Russland sein, um Russland zu lieben. Genau das ist es, was keiner von euch versteht. Als meine Karriere bei der Marine richtig Fahrt aufnahm, wurde uns klar, dass sich uns eine wundervolle Gelegenheit bot. Ich konnte meine Fähigkeiten und meine Kontakte für größere Ziele einsetzen, als ich mir je hätte träumen lassen.«

Um Zack als russische Marionette ins Präsidentenamt zu hieven. Er konnte es kaum fassen.

»Wie viel wusste Joy von all dem?«

»Das meiste.« Harding lächelte. Zack schnappte nach Luft. Ihm wurde übel. »Meine Tochter war eine wahre russische Spionin. Wir haben sie dazu erzogen, stets dem Land ihres Herzens zu dienen«, sagte Paul und klang dabei wie jemand, der aus tiefster Seele davon überzeugt ist. »Und das hat sie auch getan. In bewunderungswürdigster Weise. Sie kannte ihre Pflicht und hat sie bereitwillig ausgeführt.«

»Hat sie ihren eigenen Tod in Kauf genommen?«

Für den Bruchteil einer Sekunde sah Paul niedergeschlagen aus. »Nein. Als klar wurde, dass du die Wahl anders nicht gewinnen würdest, habe ich sie meinem Volk zum Geschenk gemacht. Ich habe meine Tochter dem Wohl meines Landes geopfert.« Paul lehnte sich zurück. »Es gibt keinen Sieg ohne Opfer. Ich habe das meine mit Stolz erbracht. Das müssen wir alle. Ihr Amerikaner in eurem konstanten Anspruchsdenken versteht das nicht. Ihr glaubt, ihr könnt alles haben, ohne einen Preis dafür zu zahlen. Ohne euch die Hände schmutzig zu machen. Ohne Blut zu vergießen. Aber Blut dient uns als Erinnerung daran, was auf dem Spiel steht.«

Zack musste sich setzen und seinen aufkeimenden Zorn hinunterschlucken. Schock war für das, was er empfand, ein viel zu schwaches Wort.

Hatte Joy Befehle von ihren Führungsoffizieren entgegengenommen und gedacht, sie müsse nur noch die letzten Wahlkampftage durchstehen, dann wäre sie frei? Ohne je zu durchschauen, dass ihre eigenen Eltern sie als Opferlamm zur Schlachtbank der – in ihren Augen – gerechten Sache führten? War ihr in den letzten Sekunden ihres Lebens, als die Kugel ihren Brustkorb durchbohrte, aufgegangen, dass Mutter und Vater sie verraten hatten?

»Sie hatten also zu Beginn nicht direkt mit den Hayes' zu tun?« Gott sei Dank war Freddy imstande, das Verhör als intellektuelle Übung zu betrachten. »War Ihnen bekannt, dass Zack Hayes' Großvater für die Russen arbeitete?«

Paul schüttelte den Kopf. »Mit ihm wurde anders umgegangen, weil sein Auftrag schon seit jeher feststand. Ich selbst habe meine Aufgabe erst später erhalten.«

Basierend auf dem, was Zack wusste, ergab das Sinn. »Was wissen Sie über Natalia Kuilikow?«

»Ach, die war nichts weiter als eine willenlose Marionette. Ineffektiv war sie obendrein. Sie war schwach. Hatte zu viel Liebe. Wie ein Maultier, das niemand richtig zugeritten hat.«

»Sie hat *mich* geliebt.« Zack erinnerte sich daran, wie gütig und sanft Nata immer gewesen war.

»Das dumme Ding hätte dich anständig erziehen und dir beibringen sollen, auf welcher Seite du stehst. Natalia Kuilikow war … schwierig. Deshalb wurdest du aufs Internat geschickt. Deine Ausbildung musste gründlich und sauber wirken. Du musstest die richtigen Kontakte knüpfen«, erklärte Paul.

»Dann hatten meine Eltern mit der ganzen Intrige also nichts zu tun? Sie haben mich definitiv nicht so erzogen wie du es mit Joy getan hast.«

Zum ersten Mal seit Beginn des Gesprächs wich Paul einer direkten Antwort aus. »Die CIA ist nicht auf den Kopf gefallen. Immer wieder gelingt es findigen Agenten, unsere Kontaktpersonen zu entlarven. Wir mussten sichergehen, dass dein Vater keinen blassen Dunst hatte, für wen sein eigener Vater in Wirklichkeit arbeitete. Leider hat er sich für uns letzten Endes … als untauglich erwiesen.«

Dann hatten die Russen also versucht, seinen Vater zu manipulieren und ihm zum Präsidentenamt zu verhelfen, nur um ihn anschließend für ihre eigenen Zwecke missbrauchen zu können. Als Frank Hayes aber bereits bei den Vorwahlen aus dem Rennen flog, war Plan B in Kraft getreten. Ein Plan für die Zukunft. Zack Hayes.

»Mit anderen Worten: Sie waren auf jemanden aus, der nach Ihrer Pfeife tanzen, gleichzeitig aber jeder politischen Überprüfung und jedem Lügendetektortest standhalten würde«, sinnierte Freddy. »Oder jedem anderen Test, denn ein guter Agent weiß die Wahrheit auch auf anderem Wege ans Licht zu bringen. Das wussten Sie, also haben Sie ein solches Szenario vermieden. Wem erst dann bewusst wird, dass er ein Pfeil im Köcher des Feinds ist, wenn es zu spät ist, der kann sich auch nicht verraten.«

»Frank Hayes war schwach. Es wurde beschlossen, dass er von seiner Rolle erst erfahren sollte, wenn es für ihn keinen Ausweg mehr gab«, bestätigte Paul. »Aus demselben Grund wäre es uns lieber gewesen, wenn Zachary nie herausgefunden hätte, dass er manipuliert wird. Wäre er stark genug gewesen, um die Wahl aus eigener Kraft zu gewinnen, hätte meine Joy dafür gesorgt, dass er stets die richtigen Berater an seiner Seite hat.«

Die richtigen Berater? Gehörte dazu auch Liz? Vielleicht. Aber vielleicht auch nicht. Zacks Vater hatte sie angestellt. Auf Pauls Betreiben hin? Weil ein hohes Tier im KGB es angeordnet hatte? Oder einfach nur, weil ihr Vorgänger nicht imstande gewesen war, für positives Presseecho zu sorgen, Liz hingegen verdammt gute Arbeit leistete? Zack kannte die Antwort nicht. Joy war diejenige gewesen, die ihn während des stressigen Wahlkampfs bei der Suche nach fähigen Mitarbeitern entlastet hatte.

Natürlich. So lautete ihr Befehl. Und von den Leuten, die Joy damals angestellt hatte, mochte der ein oder andere heute noch immer denselben Posten bekleiden.

Diese Erkenntnis schockierte Zack. Die Wölfe konnten überall lauern.

»Thomas, bitte unterrichten Sie Mr Calder davon, dass meine verstorbene Frau für den Feind gearbeitet hat.«

»Sir – «

»Ich weiß, Sie sollen nicht von meiner Seite weichen, aber Mr Harding ist ein alter Mann, und er ist mit Handschellen an einen Tisch gefesselt. Ich habe heute Morgen bereits ein Attentat überlebt. Ich bezweifele, dass Sie an einem einzigen Tag noch mehr für mich tun können.« Als der Agent noch immer zögerte, schaltete Zack auf stur. »Das ist ein Befehl. Außerdem kann Freddy mich hier unterstützen.«

Thomas seufzte. Ihm missfiel die Sache, aber er gehorchte. »Ich bin gleich zurück.«

Als er gegangen war, lehnte sich Zack zurück und versuchte, etwas Klarheit in die Aussagen zu bringen, die Paul ihm in den letzten Minuten an den Kopf geschleudert hatte.

Joy war eine Verräterin gewesen. Die Frau, die er zur First Lady gemacht hätte, war eine russische Spionin. Unfassbar. Aber obwohl sich einige Puzzleteile allmählich ineinanderfügten, kamen Zack sofort Tausende weiterer Fragen. Warum dann die enge Freundschaft zu Roman? Wie nutzte das den Russen? Ging es darum, Zacks besten Freund in der Hand zu haben? Roman war der einzige Mensch, bei dem er Joy je leidenschaftlich erlebt hatte. Konnte es sein, dass sie dieses eine Mal ihrem Herzen gefolgt war? Hatte sie ihren Standpunkt geändert und ihre Gefolgschaftstreue zu Russland aufgegeben? Ohne zu ahnen, dass ihr Ende kurz bevorstand?

Inwiefern war ihr Leben ab dem Zeitpunkt ihrer Geburt vorherbestimmt und von anderen diktiert gewesen? War sie erleichtert, als sich ein Ausweg auftat? Zack erinnerte sich an den Ausdruck inneren Friedens, den ihr Gesicht angenommen hatte, als ihnen klar wurde, dass er die Wahl nicht gewinnen würde. Damals hatte er gedacht, sie zeige sich ihm gegenüber in dieser Situation als treusorgende Ehefrau. Jetzt fragte er sich, ob die verlorene Wahl für sie ein Hintertürchen symbolisiert hatte, eine Chance zur Flucht aus einem Leben, das sie so nicht mehr führen wollte.

Wie mochte es sich anfühlen, ein Leben lang in den Diensten jener zu stehen, die einen nur benutzten?

»In deinen Augen habe ich wohl nie ›die richtigen Kontakte‹ geknüpft. Mein Vater hat mich nach Creighton geschickt, weil ihr dachtet, eine derart strenge Schule würde mich für euch formbarer machen. Womit ihr nicht gerechnet habt, ist, dass ich dort Freunde finden würde, habe ich recht?« In Creighton war Zack am Anfang verdammt einsam gewesen. Die erste Hälfte des ersten Halbjahrs hatte er mit niemandem ein Wort gewechselt. Bis der großmäulige Klassenrowdy sich neben ihn gesetzt und zu labern angefangen hatte. Maddox. Er war derjenige, der sie alle um sich geschart hatte. Sein Bedürfnis nach einer Ersatzfamilie hatte ihrer aller Leben von Grund auf verändert. »Euer Plan hätte funktionieren können, wenn ich dort nicht meine Freunde kennengelernt hätte.«

»Wir sind davon ausgegangen, dass ihr euch im Laufe der Jahre aus den Augen verliert. Das tun die meisten. Wir haben abgewartet, bis euer Leben und eure Karriere euch mit Beschlag belegen, bis ihr andere Interessen und andere Leute findet. Bei Mr Calder wussten wir, dass er so schnell nicht von der Bildfläche verschwinden würde, hielten ihn aber für manipulierbar. Insbesondere als klar wurde, dass Joy imstande war, auf ihn einen viel größeren Einfluss auszuüben als auf dich. Eine Liebesaffäre zwischen den beiden hätte Calder verwundbar gemacht.«

Aber diese Grenze hatte Roman nie überschritten.

Jetzt verstand Zack den Plan. Die Russen hatten dafür gesorgt, dass er Präsident wurde, und dann abgewartet, bis sich die Gelegenheit bot, ihn zu benutzen. Er sollte ihr Frosch im Kessel werden. Hätten sie ihn in kochendes Wasser geworfen, hätte er sich verbrüht, wäre aber direkt wieder aus dem Kessel herausgesprungen. Indem sie aber das Wasser schrittweise erwärmten, wollten sie ihn an immer höhere Temperaturen gewöhnen, bis es zu spät war und es kein Entkommen mehr gab.

»Wir haben uns aber nicht aus den Augen verloren«, sagte Zack.

Einer von ihnen hatte sie zusammengeschweißt. Indem er stets im ungelegensten Moment aufgetaucht war und sie mit List und Tücke zum Feiern gebracht hatte. Zack verstand: Das war Mads Art gewesen, seine Familie zusammenzuhalten. Wäre Mad Crawford nicht gewesen, hätte er womöglich genau das getan, was die Russen von ihm erwarteten. Selbst Mads Tod und die Trauer um ihn hatten den Zusammenhalt zwischen den Brüdern weiter gestärkt. Sie alle, selbst er, hatten Mad immer schon unterschätzt.

»In der Tat. Das hielt ich allerdings nicht für ein Problem.

Ich war mir sicher, dass deine Freunde dich außerordentlich erpressbar machen.«

»Deshalb der Drohbrief. Wer hat ihn in London in Ms Matthews Suite deponiert?«

Paul hob die Achseln. »Zu derart banalen Details kann ich keine Auskunft geben. Ich weiß nur, dass die Ausführung mangelhaft war.«

Eine Sackgasse. Verdammt. Zack raufte sich die Haare. Kein Hinweis darauf, ob und wie sehr Elizabeth in die Sache verwickelt war.

Mit einem finsteren Nicken betrat Thomas wieder den Raum. Auftrag erledigt. Jetzt wusste Roman also, dass die Frau, von der er geglaubt hatte, sie zu lieben, eine Verräterin war. Es versetzte Zack einen Stich ins Herz, dass sein bester Freund auf diese Weise davon erfahren musste, aber vielleicht half ihm dieses Wissen in irgendeiner Form bei Elizabeths Verhör.

Freddy schaltete sich ein, die Augen zu schmalen Schlitzen zusammengezogen. »Warum haben Sie ausgerechnet Maddox Crawford ins Visier genommen? Mir ist bekannt, dass er kurz davorstand, aufzudecken, dass Tavia Gordons Organisation Tarnung für einen Menschenhandelsring war. Aber wenn Sie bereit waren, selbst ihre eigene Tochter zu opfern, warum dann nicht Tavia?«

»Es lag nicht in meiner Hand. Einige unter uns – darunter auch ich – vertraten die Ansicht, dass es sich anbieten würde, ihn umzubringen. Ich war davon überzeugt, dass Mr Crawford uns gefährlich werden konnte, und sei es nur, weil ich wusste, dass Zachary seiner Meinung Gehör schenkte. Meine Partner waren allerdings anderer Ansicht. Sie glaubten, mit ein wenig Überzeugungsarbeit könnten wir ihn auf unsere Seite ziehen.«

»Ich habe damit gerechnet, eine Leiche vorzufinden, als ich an jenem Abend Mads Wohnung betrat«, gab Freddy zu.

Gott sei Dank war es anders gekommen. »Ich versichere Ihnen, dass Maddox Crawford nie im Leben zu den Russen übergelaufen wäre.«

»Genau deshalb wollte ich seinen Tod. Meine Partner hätten darauf gesetzt, ihn bezwingen und brechen zu können – schließlich war er im Grunde nichts weiter als ein verwöhnter Playboy. Ich war der Ansicht, dass sein Tod euch vor Augen führen würde, dass unsere Wünsche nicht zu ignorieren sind. Die Entscheidung lag aber letzten Endes nicht bei mir. Es wurde ein sanfterer Weg gewählt, obwohl mir klar war, dass bei dir nur die Holzhammermethode hilft. Aber keine Sorge, du wirst es bald genug am eigenen Leib erfahren«, sagte Paul.

»Wer ist Sergeij?« Jetzt war die Gelegenheit, um die Frage zu stellen, die Zack seit Monaten auf der Seele brannte. Sergeij musste der Holzhammer sein, von dem Paul sprach.

Ein gemeines Lächeln überzog Pauls Gesicht. »Du befürchtest, du könntest es sein, habe ich recht? Vielleicht bist du es in der Tat. Was, wenn du nicht der bist, der du zu sein glaubst? Schade, dass Kinder so viel vergessen, nicht wahr? Du bist der, zu dem dich dein Vater gemacht hat. Du kannst es nicht ändern. Dein Vater hat gesündigt, und du wirst dafür bezahlen.«

»Das mag sein, aber ich werde nicht für die Verfehlungen meines Vaters geradestehen. Ich bin Zack Hayes. Es ist mir scheißegal, wer meine leibliche Mutter war. Abstammung ist bedeutungslos. Vielleicht bin ich Natalia Kuilikows Sohn. Es ändert nichts.«

Endlich sah er klar. Der Mann, der ihm in Handschellen gegenübersaß, übte keinerlei Macht auf ihn aus, es sei denn, Zack ließ es zu. Er hatte so viel Zeit und so viel Panik auf den Versuch verschwendet, seine Freunde und seinen Ruf zu schützen und gleichzeitig dafür zu sorgen, dass den Russen die Optionen ausgingen, dass er diese simple Wahrheit aus den Augen verloren hatte.

»Oh, für den Wahlbürger ändert diese kleine Tatsache erstaunlich viel.«

»Dann trete ich eben zurück. Aber glaub mir, in dem Fall richte ich noch den letzten von euch miesen Verrätern mit mir zugrunde.« Vielleicht hätte er von Anfang an so auf den Erpresserbrief reagieren sollen. Er hatte wegen Elizabeth gezögert. Hatte niemanden sonst in die Ermittlungen hineinziehen wollen, für den Fall, dass sie in der Sache mit drinsteckte. Hatte sie beschützen wollen. Gleiches galt für Gabe, der nach der FAA-Ermittlung zu Mads Tod ebenfalls schuldig aussah.

Paul lachte höhnisch auf. »Du wirst deiner Vergangenheit und deinem Schicksal nicht entkommen. Du kannst dir an mir die Zähne ausbeißen, es wird dir nichts bringen. Wir sind viele, und wir sind überall. Auch im Weißen Haus. Wir liegen auf der Lauer. Du wirst unseren Befehlen Folge leisten, denn sonst werden wir alles, was du dir aufgebaut hast, und alle, die du liebst, zerstören. Brauchst du Beweise für unsere Macht über dich? Warte es ab, du wirst es bald mit eigenen Augen sehen. Der Preis für deine bisherige Rebellion fällt höher aus, als du dir vorstellen kannst. Du wirst uns nicht los. Niemals.«

Zacks Herz setzte ein paar Takte aus. »Der Preis?«

Paul verzog den Mund, bis sein Grinsen dem einer selbstzufriedenen Viper glich.

»Was für ein Preis?«, knurrte Zack.

»Wie durchschaubar du doch bist, Zachary. Du glaubst, deine Freunde wären deine Stärke, dabei ist jeder einzelne von ihnen bloß ein weiteres schwaches Glied in der Kette. Ich bin hier, um dafür zu sorgen, dass du das begreifst. Das habe ich hiermit getan. Nenn es meinetwegen den finalen Paukenschlag eines Patrioten. Annullier die Pipeline, oder du wirst in Kürze noch mehr deiner Freunde zu betrauern haben.«

Auf einmal wich alle Farbe aus Pauls Gesicht, und seine Hände begannen zu zittern.

»Du bist einem gewaltigen Irrtum aufgesessen«, gab Zack zurück. Er sah dem Mann, der sich unerwartet als sein großer Widersacher entpuppt hatte, scharf ins Gesicht. Aber was war los mit Paul? Er schien auf einmal Schmerzen zu haben. Spielte er das nur? So wie alles andere auch? Wichtig war, dass Connor und die Justizbeamten ihn, nachdem er solche Aussagen gemacht hatte, weiterhin festhalten und verhören konnten. Aber das reichte Zack noch nicht. Paul sollte nicht glauben, dass er mit seinem Verhalten irgendetwas erreicht hatte. »Mad lebt«, platzte es aus ihm heraus. »Das Einzige, was ich betrauere, ist meine eigene Dummheit. Ich hätte dir niemals vertrauen sollen.«

Paul wankte. Er war bleich geworden wie ein Leichentuch. Dann zuckte er, bäumte sich auf, sank gegen die Rückenlehne seines Stuhls zurück. Aus seinem Mundwinkel rann Blut. »Ach, Zachary«, brachte er mit schwacher Stimme hervor. »Ich rede überhaupt nicht von Maddox. Dass er den angeblichen Absturz überlebt hat, war mir fast klar. Es gab einen Grund dafür, warum die FAA-Ermittlung eingestellt wurde. Nein, mein Lieber, du hast noch weitere Freunde. Die freundlichen Secret-Service-Männer, die mich hergebracht haben, waren so liebenswürdig, einem alten Mann seine Tasse Kaffee zu bringen, verstehst du? Neuere russische Forschungen haben einige exzellente Giftstoffe hervorgebracht. Solche, die nach Ablauf einiger Stunden ihre Wirkung entfalten. Meine Zeit ist beinahe um. Was wirst du nun tun? Ich kann dir versichern, dass niemand diese Substanz bisher kennt – ganz zu schweigen von einem Gegenmittel. Es ist zu spät. Uns wird niemand mehr retten.«

»Uns?« Zack wagte kaum zu atmen. »Uns?«

Thomas stellte sich vor ihn. »Kommen Sie ihm nicht zu nah, Sir. Wir wissen nicht, womit wir es zu tun haben.«

Paul spuckte Blut. Sein Gesicht war aschfahl. »Eine weitere geniale Erfindung meiner Landsleute. Geruchlos. Geschmacklos. Schnell wirkend, aber nicht zu schnell. Ich hoffe, deine kleine Schlampe hat ihren Kaffee heute Morgen genossen. Wenn du nicht mitspielst, werden weitere Opfer folgen. Das ist meine finale Botschaft an dich.«

Pauls Kopf sank auf die Brust. Sein ganzer Körper wurde schlaff. In dieser Sekunde begriff Zack, was wahre Angst war.

Elizabeth.

Wie hatte er nur so bescheuert sein können? Sie liebte ihn. Und er hatte sie in eine Zelle gesperrt und nicht bemerkt, dass die Wölfe sie umringten, kaum dass er ihr die kalte Schulter zeigte.

Für seine Dummheit bezahlte sie jetzt womöglich mit dem Leben.

Ohne sich noch einmal umzusehen, hetzte er aus der Tür, dicht gefolgt von Thomas. Er sandte ein Stoßgebet zum Himmel, dass er sie irgendwie noch retten konnte.

Liz versuchte minutenlang, sich zu fangen, als plötzlich die Tür aufflog und Roman in den Raum stolzierte. Eleganter Anzug, furchtbar grimmige Miene, unter dem Arm ein dicker Aktenordner.

Ihr blieb der Mund offen stehen. Zack schickte seinen Kampfhund, anstatt ihr selbst gegenüberzutreten? Um ein Haar wäre er gestorben, und trotzdem verspürte er nicht das Bedürfnis, sie zu sehen, sie im Arm zu halten? Nein. Aus irgendeinem Grunde glaubte er, sie sei für den Mordanschlag verantwortlich. Also hetzte er Roman auf sie.

Hinter ihm betrat Mad den Raum, noch in Schlafanzugshose und zerknittertem T-Shirt, als hätte er sich eigens für das Verhör aus dem Bett gewälzt.

Roman runzelte die Stirn. »Liz.«

»Ich will jetzt klipp und klar wissen, was mir vorgeworfen wird, du blödes Arschloch. Im Übrigen werde ich dir diese Aktion nie verzeihen, das ist dir hoffentlich klar. Hast du über deine lächerlichen Anschuldigungen überhaupt mal für zwei Cent nachgedacht? Wie lange kennst du mich jetzt?«

Eine Sekunde lang schien Liz' plötzlicher Ausbruch ihn betroffen zu machen. Dann aber setzte er ein neutrales Gesicht auf, legte den Aktenordner auf den Tisch und blickte ihr geradewegs in die Augen. »Lang. Genau wie Joy. Und doch war Joy, wie sich herausstellt, eine Spionin im Auftrag der Russen. Das hat ihr Vater Zack gegenüber gerade eben zugegeben. Es ist also völlig irrelevant, wie gut ich glaube, dich zu kennen.«

Liz Augen weiteten sich. Im Ernst?

Jetzt, wo Roman diese Wahrheit in den Raum stellte, fiel es ihr wie Schuppen von den Augen. Sie war so sehr mit anderen Dingen beschäftigt gewesen, dass sie die wahre Bedrohung – die Bedrohung aus ihrer Mitte – nicht wahrgenommen hatte. Joy. Joy, die so viele Aspekte des Wahlkampfs und ganz allgemein in Zacks Privatleben gemanagt hatte. Joy, das Gespenst, das jahrelang zwischen ihr und Zack gestanden hatte. Joy, die Lüge, die nun für immer einen Keil zwischen sie treiben konnte. Liz musste das Kreuzverhör mit Bravour bestehen – sonst stand sie in der Gefahr, alles zu verlieren.

»Das ist ja wohl dein Problem, Roman«, schaltete Mad sich ein. »Hey Liz. Hast du Hunger? Sara hat Sandwiches gemacht. Sie kann dir welche runterbringen. Oder was Alkoholisches.« Er sah Roman an. »Wir könnten vermutlich alle einen Drink gebrauchen.«

Roman starrte fassungslos zurück. »Ich habe nicht um deine Anwesenheit gebeten. Du bist hier, weil Zack mir aufgetragen hat, dich mitzunehmen. Ich kann dich genauso gut hochkant wieder rauswerfen.«

Falls diese Drohung Mad einschüchterte, so zeigte er es nicht. »Ich bin hier, damit Zack wenigstens eine Chance auf eine intakte Familie hat, sobald die Sache ausgestanden ist. Du hast doch eh nur vor, Liz eine Latte von Fragen zu stellen, deren Antworten du ihr nicht glaubst, weil sie keine Beweise hat. Aber früher oder später wird sich herausstellen, dass sie die Wahrheit sagt, und dann musst du damit klarkommen, dass du Zack die Liebe seines Lebens gekostet hast, weil es dir unmöglich ist, irgendjemandem zu vertrauen. Es ist furchtbar, dass Joy uns alle hintergangen hat, und ich verstehe, dass du es persönlich nimmst. Aber das kannst du nicht an Liz auslassen. Hör auf damit.«

Okay, Mad durfte bleiben.

Liz versuchte, sich zu beruhigen, indem sie tief durchatmete. »Ich bin nicht Joy, Roman.«

»Als Zack heute Morgen mit Roman joggen gegangen ist, hat jemand auf ihn geschossen«, erklärte Mad. »Thomas konnte ihm Deckung geben, aber einer der anderen Secret-Service-Leute hat eine Schussverletzung am Arm davongetragen. Der mutmaßliche Attentäter wurde festgenommen. Ein Russe. Connor verhört ihn auf der Polizeiwache.«

»Willst du ihr jetzt alles brühwarm weitererzählen?«, schnaubte Roman.

Liz sah ihn feindselig an. »Was denn jetzt?«, blaffte sie. »Dir zufolge weiß ich doch eh schon alles, oder? Du glaubst doch, ich hätte Zack in den Tod geschickt.«

Deshalb war sie hier. Die Männer glaubten, sie hätte Zack verraten. Und als sie sich auf die vergangenen Wochen zurückbesann, dämmerte ihr, dass sie sie wahrscheinlich bereits seit einer geraumen Weile verdächtigten.

Ihr Herz wurde schwer. Zack hatte die Vermutung gehegt, dass sie gemeinsame Sache mit den Russen machte – und dennoch wieder und wieder mit ihr geschlafen. Wie hatte er es noch gleich ausgedrückt? Er wählte seine Freunde mit Sorgfalt aus und seine Feinde erst recht. Sie musste irgendwann von ersterer in letztere Kategorie übergegangen sein – und erst dann hatte er sie sich zur Bettgefährtin auserkoren. Er liebte sie nicht. Er hatte sie lediglich einlullen wollen und sie benutzt.

Sie zwang sich, den Stuhl heranzuziehen und sich zu setzen. Das waren schwere Anschuldigungen. Zack hatte sie im Stich gelassen. Liz liebte ihre Freundin Gus wie eine Schwester, aber wenn es hart auf hart kam, würde diese zu ihrem Verlobten halten. Mad wollte helfen, aber die Perfect Gentlemen würden ab sofort trotzdem eng zusammenrücken, Zack von ihr abschirmen und sie im Regen stehen lassen. Es war an der Zeit, dass sie sich selbst schützte.

»Ich will mit einem Anwalt sprechen.«

»Du brauchst keinen Anwalt.« Mad schnappte sich ebenfalls einen Stuhl. »Was du brauchst, ist ein wenig Geduld. Die Sache wird sich klären, und Roman wird früher oder später einsehen, was für ein Arschgesicht er gerade ist.«

»Ach, ist das der Fachausdruck?« Roman schleuderte Mad einen bösen Blick zu.

»Yep.« Mad versuchte zu grinsen. Dann beugte er sich vor und senkte die Stimme zu einem verschwörerischen Flüstern. »So nennen wir ihn, wenn mal wieder offensichtlich wird, was für einen gewaltigen Stock er im Hintern hat. So ist er schon, seit er klein war. Roman gießt Öl ins Feuer von Zacks Neurosen. Er kann nichts anders, das musst du verstehen.«

»Können wir jetzt mit der Psychoanalyse aufhören und zur Sache kommen?« Roman wandte sich wieder Liz zu. »Du bist nicht festgenommen. Ich habe einfach nur ein paar Fragen. Wenn du kooperierst, wird der Präsident mit dir zusammenarbeiten.«

»Was Roman damit eigentlich sagen möchte, ist, dass die ganze Geschichte Zack das Herz bricht und er nicht weiß, was er tun soll. Er liebt dich, aber er hat Joy bereits seit einer Weile im Verdacht. Jetzt hat er die Bestätigung bekommen, dass sie von der Verschwörung wusste, und das macht die Lage natürlich alles andere als einfach«, erläuterte Mad.

Oh, Zack war ein schlauer Fuchs. Mad zu ihr zu schicken war ein eleganter Schachzug. »Ich bin aber nicht Joy.«

»Das weiß ich«, beruhigte Mad sie. »Und tief in seinem Innersten weiß Zack es auch. Er muss nur seinen Schock überwinden. Und Roman musst du gerade einfach ignorieren. Seine DNA besteht zu neunundneunzig Prozent aus Zynikergenen. Daran ist nicht zu rütteln, so wurde er geboren. Sobald er aber Beweise für deine Unschuld vorliegen hat, verwandelt er sich wieder in den liebenswerten Griesgram, den du kennst.«

Sie versuchte, in Romans Gesicht zu lesen. Er war in der Tat einer der größten Zyniker, die sie kannte. Sie wollte sein Spiel nicht mitspielen – aber blieb ihr eine Wahl? »Frag, was du fragen wolltest, Roman.«

»Wie hast du Joy kennengelernt?« Roman sah erleichtert aus, dass es endlich ans Eingemachte ging.

Liz' Herz fühlte sich dumpf und leer an, als sie eine Antwort formulierte. »Du weißt, dass ich sie und Zack über Frank Hayes kennengelernt habe. Ich hatte bereits Berufserfahrung bei anderen Senatorenwahlkämpfen gesammelt. Wenn ich es richtig verstanden habe, war Joy unzufrieden mit Zacks vorigem Medienberater, und du kamst auch nicht gerade gut mit ihm klar.«

»Er war vom alten Schlag«, gab Roman zu. »Von Social Media hatte er keine Ahnung. Sein Ansatz hat sicherlich früher mal funktioniert, aber ich war der Ansicht, dass wir frischen Wind brauchen, besonders für die bevorstehenden Präsidentschaftswahlen. Ich mache mich vor der Kamera nicht besonders gut, im Gegensatz zu dir. Außerdem gefiel mir der Gedanke, eine Frau ins Team zu holen. Allein schon für die Quote.«

Das Statement nahm Liz ihm nicht übel. Roman war ein Mann fürs Grobe, keiner, der mit Taktgefühl punktete. Sie selbst formulierte subtiler. Genau deshalb hatte Zack sie beide für seine Kampagne gebraucht. »Das erste Gespräch hatte ich mit Frank. Ich habe ihn auf Anhieb nicht gemocht und dachte, wenn er mir den Job anbietet, schlage ich ihn aus. Aber dann lernte ich Zack kennen und habe sehr schnell meine Meinung geändert. Sogar mit Joy bin ich gut klargekommen. Ich hatte aber vorher weder sie noch irgendjemand sonst aus dem Wahlkampfteam kennengelernt. Wann genau das Vorstellungsgespräch stattfand, weiß ich nicht mehr. Ich glaube, es war ein Freitag. Meine Terminkalender habe ich allerdings aufbewahrt – ich könnte also nachsehen, wenn ihr es genauer wissen wollt.«

»Was wusstest du über die Women and Girls Education Foundation?«, fragte Roman.

»Von dem Frauenhandel hatte ich keine Ahnung«, erwiderte sie. »Ich habe Joy zu einigen Treffen begleitet. Sie hat darüber nachgedacht, sich für die Stiftung zu engagieren, falls sie First Lady wird. Es ist möglich, dass ich Tavia Gordon im Zuge dieser Meetings getroffen habe, aber ich kann mich nicht explizit an sie erinnern.«

»Ist dir bewusst, dass die E-Mail, aufgrund derer die FAA die Ermittlungen zu dem Flugzeugabsturz und zu Mads Tod eingestellt hat, aus deinem Büro abgeschickt wurde?«

Liz stockte der Atem. »Nein. Bist du sicher? Ich war das nicht. Roman, wie hätte ich das denn tun sollen? Ich habe doch gar keine Befugnis, der FAA Anweisungen zu erteilen.«

»Irgendjemand aus deinem Team ist computererfahren und findig genug, um das Netzwerk auszutricksen und es so aussehen zu lassen, als sei die Anweisung direkt aus dem Oval Office gekommen. Wir konnten die Nachricht zurückverfolgen. Sie kam in Wirklichkeit aus deinem Büro.«

»Und das habt ihr mir nicht gesagt?« Jemand hatte ihren PC benutzt, ihr die Schuld für die FAA-Sache in die Schuhe geschoben und Gott weiß was noch alles angestellt, und keiner hielt es für nötig, sie darüber zu informieren?

»Normalerweise erzählt man einem Verdächtigen nicht, dass man ihm auf den Fersen ist«, erwiderte Roman. »Das tut den Ermittlungen im seltensten Fall gut. Ich sage es, wie es ist, Liz. Mir wäre es lieber gewesen, wir hätten dich isoliert, bis zweifelsfrei erwiesen ist, wo du stehst. Schuld und Unschuld hin oder her, dein bisheriges Verhalten hat Zack eine Menge Probleme bereitet.«

»Wow.« Mad lehnte sich in seinem Stuhl zurück. »Dir ist echt nicht zu helfen, Junge.«

Liz erhob sich und starrte Roman wütend an. »Soll das ein Witz sein? ›Mein Verhalten‹? Was ist mit *deinem* Verhalten, Calder? Du hast mir lebenswichtige Informationen vorenthalten.«

»Wir wussten nicht, ob wir dir vertrauen können.«

Und daran hatte sich auch nichts geändert. »Dann feuert mich doch. Ich habe während der gesamten Prozedur bestimmt zehn Mal angeboten zurückzutreten. Das habe ich ernst gemeint. Ich war und bin bereit, den Job an den Nagel zu hängen.«

»Ich hätte deine Kündigung nur allzu gern entgegengenommen. Um ehrlich zu sein, hielt ich das sogar für eine ausgezeichnete Idee.«

»Oh, ach so. Dann wollte Zack mich wohl quälen? Fand er, es wäre lustiger, mich noch mal richtig bluten zu sehen, bevor er mich ausrangiert? Sag mir eins, Calder: Waren wir je Freunde, du und ich? Seit Jahren arbeiten wir zusammen. Seit Jahren gebe ich alles für die amtierende Regierung. Ich habe die Aufgaben der First Lady übernommen, ohne von euch auch nur ein Dankeschön zu erwarten. Und jetzt erfahre ich, dass du es nicht mal für nötig gehalten hast, zu mir zu kommen und mir ein paar einfache Fragen zu stellen oder mir auch nur einen winzigen Vertrauensbonus zu geben?«

»Meine Gründe habe ich dir genannt.«

»Hier ist noch eine Frage – und denk gut nach, bevor du antwortest. Wenn dir damals auch nur der Hauch eines Verdachts gekommen wäre, dass Joy Dreck am Stecken hat, hättest du ihr dann das Gleiche angetan wie mir? Hättest du stillschweigend zugesehen, wie dein bester Freund sie sexuell benutzt, sie erniedrigt und ihre Gefühle mit Füßen tritt? Nur damit du abwarten kannst, ob sie sich verrät, ohne dass du auch nur das geringste Risiko eingehen musst? Oder wärst du nicht vielmehr zu ihr gegangen und hättest sie in Gottes Namen einfach gefragt? Weil sie so lieb und süß und nett ist, und du dir nicht vorstellen kannst, dass sie ohne guten Grund etwas Böses tun würde?«

Alle Farbe war aus Romans Gesicht gewichen. »Zack hat dich nicht benutzt.«

»Ach nein? Ich fühle mich aber verdammt benutzt. Beantworte gefälligst meine Frage.«

»Ich …« Er schüttelte den Kopf und seufzte. »Verdammt noch mal. Ja, ich wäre zu ihr gegangen.«

Natürlich. Und ihr hatte er diesen Gefallen nicht getan. »Weil Joy niedlich und gefügig war und dich nie infrage gestellt hat. So hat sie dich um den Finger gewickelt. Sie hat die Jungfrau in Nöten gemimt, und du bist jedes Mal herbeigaloppiert, um sie zu retten. Ich habe dir nie etwas vorgemacht, sondern mich immer ehrlich für das eingesetzt, was ich für das Beste hielt. Ich habe dich und Zack nach Kräften unterstützt. Glaub mir, Calder, ich weiß genau, wie ich dich manipulieren könnte, und doch habe ich es nie getan. Du kannst mich mal. Hättest du auch nur einen Funken Respekt für mich gezeigt, hätte ich euer ganzes Dilemma schon lange auflösen können. Es gibt außer mir nur zwei Personen, die wirklich Zugang zu meinem Büro haben. Deine zukünftige Ehefrau und Vanessa Jones. Mit Gus muss ich nicht einmal reden, um von ihrer Unschuld überzeugt zu sein. Bei Vanessa sieht die Sache schon anders aus. Siehst du? Ich brauche keine Minute, und schon löst sich dein Scheißmysterium in Wohlgefallen auf. So. Und sofern du mich jetzt nicht verhaftest, kündige ich hiermit.«

Mad murmelte vor sich hin, als versuche er, eine neue Information zu verarbeiten, die ihm Kopfzerbrechen bereitete. »Vanessa Jones? Den Namen kenne ich. Aber woher?«

»Liz, bitte setz dich wieder. Wir sind noch nicht fertig«, kommandierte Roman, klang aber weitaus weniger selbstsicher als zuvor.

Sie blickte ihn mit ausdrucksloser Miene an. »Oh doch, das sind wir. Ich habe alles für diesen Mann getan, und das bekomme ich als Dank? Du nimmst mich jetzt fest oder lässt mich gehen, aber bei deinen Spielchen spiele ich nicht mehr mit.«

Roman schlug mit der Faust auf den Tisch, dass die Platte wackelte. »Die Sache ist ernst. Zack hätte heute sterben können. Ich hätte sterben können. Eine Kugel hat den Agenten getroffen, der sich vor mich geworfen hat, und ich konnte den Einschlag spüren. Ich musste mich umziehen, weil meine Klamotten voller Blut waren. Das ist kein Spiel.«

Bei seinen Worten drehte sich ihr Magen um, aber sie konnte jetzt nicht nachgeben. »Ich verstehe, dass du Angst hast. Mir geht es ja nicht anders. Ich verstehe auch, dass ihr glaubt, ich wäre die Einzige, die wusste, wo ihr joggen wolltet, aber als Zack es mir erzählt hat, stand Vanessa keine zwei Schritte entfernt. Es wäre ein Leichtes für sie gewesen, die Ohren zu spitzen. Oder der Sniper lag einfach schon seit Tagen an derselben Stelle auf der Lauer. Du und Zack habt seit Ewigkeiten dieselben Laufgewohnheiten. Es war doch wirklich nur eine Frage der Zeit, bis ihr sie wieder aufnehmt.«

»Seit wann arbeitet Vanessa schon für euch? Wie alt ist sie?« Mads Frage zerriss die Anspannung im Raum.

Roman legte die Stirn in Falten. »Sie war beim Wahlkampf als Ehrenamtliche dabei, wenn ich mich richtig entsinne. Sie ist noch ziemlich jung.«

»So Mitte zwanzig.« Die neuen Erkenntnisse trafen Liz mit voller Wucht. Sie holte tief Luft und versuchte, die Wut zu verbannen, die in ihr aufloderte und sie zu verzehren drohte. Sie musste sich jetzt zusammenreißen. Es galt, eine Verschwörung aufzudecken, die sie alle das Leben kosten konnte. »Ich bin wütend auf Zack. Stinkwütend. Aber ich will doch nicht, dass er stirbt.«

Dabei wäre genau das heute beinahe passiert. Jemand hatte auf ihn geschossen und ihn nur um Haaresbreite verfehlt.

Ihr kamen die Tränen.

»Bist du okay?« Romans Blick war verschleiert.

»Nein. Aber das ist jetzt egal.« Sie war zornig, tief betrübt, und übel war ihr obendrein. Roman Calder hatte ihr gesamtes Universum in Schutt und Asche gelegt. Dennoch spürte sie den Drang, sich ihm zu erklären, damit er verstand. Sie wandte sich erneut Mad zu und beantwortete seine Frage. »Wie Roman bereits sagte. Vanessa ist während des Wahlkampfs zu uns gestoßen. Sie ist technische Redakteurin und hatte gerade ihr Studium an der Brown University abgeschlossen. Inzwischen ist sie dafür verantwortlich, alles Korrektur zu lesen, was das Pressebüro verlässt, und ja, das bedeutet, dass sie hin und wieder meinen PC benutzt. Ich weiß nicht, wie klar euch das ist, aber bei uns geht es manchmal ganz schön hektisch zu. Ich habe nicht immer Zeit, ein Statement aufzusetzen und dann zu warten, bis es jemand gegengelesen und mir zurückgemailt hat.«

An besonders stressigen Tagen blieb ihr gefühlt nicht einmal Zeit, um tief durchzuatmen.

»Wer hat sie eingestellt?«, fragte Mad. »Und hast du zufällig ein Bild von ihr? Sie hat doch bestimmt einen Social-Media-Account, oder?«

»Ich habe sie eingestellt, aber hauptsächlich auf ihre guten Referenzen hin«, sagte Liz. Dann seufzte sie, als sich die genaue Erinnerung wieder einstellte. »Ja, klar. Joy hat sich für sie verbürgt.«

Roman hielt Mad sein Handy hin. »Das ist Vanessa.«

Mad warf einen Blick auf das Display und schnappte nach Luft. »Das Gesicht kenne ich. Wo habe ich sie bloß schon mal gesehen? Moment.«

»Das ist die, die Zack dauernd angräbt.«

»Wie bitte?« Liz fühlte erneut den Zorn in sich hochkochen.

Roman zog die Lippen leicht nach oben. »Wenn du gerade nicht da bist.«

»Sie ist diejenige, die ihr verhören solltet. Vanessa ist außer Gus und mir die Einzige, die meinen Computer benutzt haben könnte, ohne dass es groß auffiel. Ich wette mit euch, dass sie eine der Personen ist, die für die Russen arbeiten.«

Mad nickte energisch. »Jetzt fällt mir wieder ein, wo ich sie schon mal gesehen habe. Sie war bei Zacks und Joys Hochzeit.«

»Quatsch«, sagte Roman. »Das wüsste ich.«

»Mir ist sie dort auch nicht aufgefallen. Wir waren ja ziemlich beschäftigt … Aber sie war da, ganz bestimmt. Sie hat im

Gästebuch unterschrieben. Mir ist vor Kurzem ein Foto von der Feier in die Hände gekommen. Irgendetwas daran hat mich gestört. Ich habe das Bild ewig angestarrt, aber bin nicht darauf gekommen. Lass mich mal kurz dein Telefon benutzen.«

Roman grunzte missmutig, gab aber seine Pin ein, um das Gerät zu entsperren. Sekunden später hatte Mad Sara am Apparat. »Hey, Schatz, kannst du Roman mal das Bild zuschicken, das uns neulich so fasziniert hat? Ja, genau, das mit den drei Mädels, die Joys Brautschleier halten. Danke dir. Hab dich lieb.« Dann legte er auf und schaute Roman triumphierend an. *Hab ich's dir doch gesagt*, schien sein Blick zu besagen. »Dauert nur eine Minute.«

»Wenn Vanessa tatsächlich für die Russen arbeitet, ist sie womöglich nicht die Einzige. Joy hat eine ganze Reihe von Mitarbeitern eingestellt«, sagte Liz. »Warum nehmt ihr die nicht unter die Lupe?«

»Jetzt machst du es dir zu einfach, Liz. Wir haben noch weitere Indizien gegen dich«, sagte Roman leise. »Erinnerst du dich an das geheime Treffen, das am Freitag nach Camp David zwischen Zack und dem Energieminister stattfinden sollte? Das war ein Fake. Wir wollten deine Loyalität überprüfen, und du hast den Test nicht bestanden. Kurz darauf kam Shorn ins Oval Office gestürmt und verlangte eine Erklärung, warum er nicht informiert und eingeladen worden sei.«

Ihr blieb der Mund offen stehen. »Ich habe niemandem davon erzählt. Keiner Menschenseele. Aber ich habe mir auf meinem Handy eine Kalendernotiz gemacht, weil ich daran denken wollte, Zack nach dem Meeting zu fragen, wie es gelaufen ist. Wenn Vanessa patent genug ist, eine E-Mail aus meinem Büro so umzuleiten, dass es aussieht, als sei sie aus dem Oval Office gekommen, dann kann sie auch den Kalender in meinem Telefon dupliziert haben.«

»Aber Beweise hast du dafür keine, habe ich recht?«

»Kannst du beweisen, dass es nicht so war?«

Roman presste die Lippen zusammen. »Verrate mir mal, wie es sein kann, dass Krylov angeblich in deiner Wohnung war, es aber keinerlei Belege dafür gibt, dass er das Haus je betreten hat. Wie soll er in das Gebäude gekommen sein, ohne sich beim Concierge anzumelden? Es sei denn, du hast ihm deinen Code gegeben.«

»Meinte Gabe nicht, es gäbe einen Hintereingang, wo keine Überwachungskameras hängen?« Mad starrte noch immer das Telefon an, weil er auf Saras Nachricht wartete, spielte aber gleichzeitig weiter Liz' Verteidiger. »Mit ein wenig Hilfe hätte Krylov sich durchaus rein- und wieder rausschleichen können.«

»Das stimmt. Vanessa hätte ihm den Code geben können. Sie wohnt im selben Gebäude, genau wie noch drei weitere Mitarbeiter des Pressebüros. Das hätte ich euch auch sagen können, wenn ihr mich wie eine Freundin behandelt hättet und nicht wie eine feindliche Kombattantin.«

»Wenn Vanessa auf Zacks und Joys Hochzeit war«, beharrte Mad noch einmal, »dann ist sie schon viel länger im Spiel, als wir bisher dachten. Liz, Roman wollte das Richtige tun. In Wirklichkeit bist du ihm nicht gleichgültig. Er zermartert sich seit Wochen das Hirn, um einen Ausweg aus der Zwickmühle zu finden. Das Problem ist, dass seine Kreativität gegen Null geht, und er immer den schlimmstmöglichen Ausgang erwartet. Und was Zack angeht … Zack war einfach noch nie in seinem Leben verliebt und hat daher keinen blassen Dunst, was er zu tun hat. Es ist nicht fair, von dir zu verlangen, in dieser Situation die Klügere und Weisere zu sein, aber die Wahrheit ist: Die beiden Herren sind darauf angewiesen. Bitte geh nicht.«

»Wie auch? Ich darf ja den Raum nicht verlassen.« Trotzig nahm sie wieder Platz. Mads Worte hallten durch ihren Kopf. Irgendwie war an seiner Aussage ja was dran, aber wie um alles in der Welt sollte sie Zack je wieder vertrauen? Zumal er ihr so offensichtlich misstraut hatte! Sollte er demnächst seine Meinung ändern und befinden, dass ihm doch genügend Beweise für ihre Unschuld vorlagen und er sich mal wieder dazu herablassen könnte, mit ihr zu schlafen, dann nur aus Bequemlichkeit. Liz war wild entschlossen, sich nicht weiterhin von ihm benutzen zu lassen.

»Ich glaube, es wäre eine gute Idee, wenn du selbst mit Zack sprichst.« Roman erhob sich. »Es tut mir leid, dass du wütend auf mich bist. In meiner Lage hättest du bestimmt ebenso gehandelt wie ich. Es steht einfach so viel auf dem Spiel. Ich muss die Situation ernst nehmen, weil es sonst keiner tut. Bleib du hier. Ich rede mit Zack und schicke jemanden los, um Vanessa Jones herzubringen.«

Im selben Augenblick kündigte ein Signalton an, dass auf Romans Telefon eine Nachricht eingegangen war. Mad strahlte. »Seht ihr?«

Liz und Roman beugten sich beide vor, um das Bild zu betrachten. Ja, das war tatsächlich Vanessa als Teenager. Sie stand neben Joy, richtete deren Schleier und sah sie dabei fast anbetungsvoll an.

Heilige Scheiße.

Auf einmal flog die Tür auf, und Zack stürmte in den Raum. Er wirkte völlig außer sich. Liz hatte ihn selten wirklich emotional werden sehen, aber jetzt schien er wie vom Teufel geritten. Sein gehetzter Blick hastete von einem zum anderen und landete dann auf Liz. Er streckte die zitternden Hände nach ihr aus. Ehe sie sich entziehen konnte, zog er sie in seine Arme und presste sie an sich, dass sie kaum noch Luft bekam.

»Elizabeth.« Seine Stimme war ein raues Flüstern. Er bebte am ganzen Körper. »Ich dachte, du bist tot. Oh mein Gott. Roman, wir brauchen einen Arzt. Jetzt sofort. Mad, hol mir ein Gefäß, irgendetwas. Sie muss sich erbrechen.«

»Was?« Sie befreite sich aus seiner Umarmung. »Bis vor einer Minute war mir tatsächlich zum Kotzen zumute, aber jetzt bin ich einfach nur noch sauer.«

Zack ließ nicht zu, dass sie sich mehr als ein paar Zentimeter von ihm entfernte. Er packte sie bei den Armen. Seine Anspannung war spürbar; er schlotterte buchstäblich. In seinen Augen standen Tränen. Echte Tränen. Bei diesem Anblick glaubte Liz, den Boden unter den Füßen wegsacken zu fühlen. Nie hätte sie gedacht, dass Zack einmal Tränen für sie vergießen würde.

»Es ist mir egal, wie sauer du auf mich bist. Ich lasse nicht zu, dass du stirbst. Das darfst du nicht, Elizabeth. Du bist mein ein und alles. Verdammt noch mal, ich kann nicht leben ohne dich.«

»Zack, was zum Henker geht hier vor?«, wollte Roman wissen.

»Sie wurde vergiftet. Die Russen haben mehrere Agenten bei uns eingeschleust. Harding hat ausgesagt, dass einer von ihnen ein Toxin in ihren Kaffee gemischt hat«, erklärte Freddy, der nun ebenfalls den Raum betreten hatte.

Thomas kam auf Liz zu. Noch nie hatte sie den Secret-Service-Agenten in derartigem Aufruhr erlebt.

Er schleuderte seine Sonnenbrille beiseite, die er oft auch in geschlossenen Räumen trug. »Ich halte sie fest, Mr President. Auf die Rettungssanitäter können wir nicht warten. Sie müssen ihr den Finger tief genug in den Hals stecken, um den Brechreflex auszulösen.«

Liz schob Zack von sich weg. »Mir geht es gut.«

»Weil das Gift noch keine Wirkung zeigt.« Zack zog sie zu dem Mülleimer, den Mad aufgetrieben hatte. »Paul meinte, es dauert eine Weile. Wann hast du heute Morgen den Kaffee getrunken? Wer hat ihn dir gebracht?«

Wenn sie jetzt nicht vehement protestierte, würde sie ohne guten Grund ein paar äußerst unangenehme Minuten verleben müssen. »Meinst du den Latte macchiato, den eine der Praktikantinnen mir gebracht hat? Den habe ich überhaupt nicht angerührt. Zack, der Becher steht immer noch randvoll und inzwischen eiskalt auf meinem Schreibtisch. Ich habe mir heute Morgen selbst Kaffee gekocht, ihn in meine Thermostasse gefüllt und sonst nichts getrunken.«

Thomas trat einen Schritt zurück. »Ehe Sie jetzt wild losstürmen: Ich habe tatsächlich eine Thermostasse auf ihrem Schreibtisch gesehen, Sir.«

»Und das Zeug von der Praktikantin hast du nicht angerührt?«, fragte Zack und ließ sie langsam wieder runter.

Eigentlich sollte sie immer noch wütend sein, aber Zack war so aufgelöst und außer sich, dass sie nicht anders konnte, als zärtlich sein Gesicht zu umschließen und ihn zu trösten.

Es ging ihm nicht darum, dass er, wenn sie starb, keine Antworten mehr auf seine Fragen bekommen würde. Nein, er hatte Angst um *sie*. Er sah aus, als stünde, je nach dem, was sie jetzt sagte, seine Welt kurz vor dem Einsturz. Seine Frau hatte ihn hintergangen und ihre Familie ihn aufs Hinterhältigste betrogen. Der Fortbestand der westlichen Welt lastete auf seinen Schultern. Und doch verlor er die Selbstkontrolle erst bei der Vorstellung, er könnte die Frau verlieren, die er liebte.

»Nein, Zack. Ich habe keinen Schluck davon getrunken. Seit du mir den Kaffee aus Finnland geschenkt hast, den ich so mag, habe ich das andere Zeug nicht mehr angerührt.«

Er hatte in den letzten Wochen die Wohnung im Weißen Haus umorganisiert, dafür gesorgt, dass ihre Lieblingsdinge immer in Hülle und Fülle vorhanden waren, und sogar den Kaffee aus Helsinki importieren lassen, den sie vor Jahren auf einer Konferenz probiert und besonders gemocht hatte. Sie war gerührt gewesen, dass er sich daran erinnert hatte.

Zack atmete langsam und zitternd aus. »Gott sei Dank, Baby. Gott sei Dank.«

»Mr Harding ist tot. Ich habe es überprüft. Er hat offenbar Gift zu sich genommen, ehe wir ihn zum Verhör abgeholt haben«, sagte Thomas.

Zack nahm Liz in den Arm.

»Er hat behauptet, es sei eine völlig neue Substanz«, erklärte Freddy, und klang dabei allen Ernstes begeistert. »Gerüchteweise wurde von russischer Seite an einem Gift geforscht, dessen Wirkung sich erst nach einigen Stunden entfaltet. Bis dahin wirkt das Opfer vollkommen normal. Ich wüsste da ein paar Leute, die sich nach Hardings Toxikologiebericht die Finger lecken würden.«

»Er ist tot?« Liz befreite sich erneut aus Zacks Umarmung, denn er schien sich jetzt unter Kontrolle zu haben, und es gab noch immer tausend Dinge, die sie ausdiskutieren mussten.

Oder? Vielleicht war auch alles glasklar. Bloß weil er es mit der Angst zu tun bekommen hatte, als ihr Leben auf dem Spiel stand, machte das nicht sein Misstrauen ihr gegenüber ungeschehen, und es hieß auch nicht automatisch, dass sie ihm vergeben musste.

»Lasst uns allein.« Zack starrte sie an, während alle anderen den Raum verließen. Selbst Thomas schien zu begreifen, dass Zack jetzt ein paar private Augenblicke mit ihr brauchte.

Sobald sich die Tür hinter den anderen schloss, blickte Liz dem Mann entgegen, von dem sie irrtümlich geglaubt hatte, dass sie den Rest ihres Lebens an seiner Seite verbringen würde. »Mach dir keine Sorgen, Zack. Es geht mir gut. Ich lasse bis heute Abend mein Büro ausräumen. Gus kann meine Sachen aus der Wohnung abholen kommen.«

»Elizabeth, ich …«

»Du musst mir nichts erklären. Ich verstehe, warum du gegen mich ermittelt hast. Wirklich. Aber du hast mich benutzt, und das kann ich dir nicht vergeben. Du wusstest, dass du mich nicht liebst, dachtest allen Ernstes, ich könnte dich verraten, und trotzdem hast du mit mir geschlafen. Du hast mich sogar glauben lassen, dass du mich liebst.«

»Aber das stimmte ja auch. Und ich liebe dich bis zum heutigen Tag«, wandte er ein. »Ich liebe dich, seit ich dich das erste Mal gesehen habe.«

»So behandelt man niemanden, den man liebt.«

»Oh, Liz. Ich weiß nicht, wie Liebe geht. Du bist die erste Frau, für die ich so empfinde«, sagte er und rückte näher. »Bitte. Es tut mir leid. Ich weiß, es ist viel verlangt, aber … Vergib mir.«

Sie schüttelte den Kopf und wich vor ihm zurück. Sie durfte jetzt keine Nachsicht mit ihm zeigen, ganz egal, wie verlockend der Gedanke auch war. »Das kannst du lange behaupten. Das nächste Mal, dass ich irgendetwas tue, was Roman verdächtig findet, geht dann trotzdem alles wieder von vorne los.«

Er näherte sich weiter. »Wenn Roman das nächste Mal auch nur die leiseste Andeutung macht, dass du kein Engel bist, der mich vor ewiger Einsamkeit bewahrt hat, feuere ich ihn.«

Liz machte wieder einen Schritt zurück. Dieses Mal spürte sie die Wand im Rücken. Zack kam erneut näher, so nah, dass sein Oberkörper ihren berührte und sie die Wärme spürte, die von seinem Körper ausging. »Zack …«

»Elizabeth.« Er stützte die Hände rechts und links von ihr

gegen die Wand, als wolle er einen Käfig bilden, und ließ die Stirn auf ihre Haare sinken. »Ich habe mich mein Leben lang auf eine einzige Rolle vorbereitet – die des Präsidenten. Ich habe nie etwas anderes gewollt. Bis ich dich sah. Keine Frau hat mich je geliebt, nicht einmal meine Mutter. Die Male, die sie mehr als eine Stunde Zeit mit mir verbracht hat, kannst du an einer Hand abzählen. Wir sind als Familie nicht in den Urlaub gefahren. Meine Eltern haben mir nicht beigebracht, was Liebe ist. Ich habe bloß gelernt, dass andere einen fertigmachen, wenn man sie lässt, und dass man dem vorbeugt, indem man selbst schneller ist.«

»Das tut mir sehr leid, Zack. Aber was du mir angetan hast, wird dadurch nicht plötzlich okay.«

»Das weiß ich, aber es ist die Wahrheit. Ich habe keine andere Erklärung für mein mieses Verhalten. Ich bitte dich, nein, ich flehe dich an: Vergib mir.« Er kam noch näher und strich ihr über die Seiten, als könne er sich nicht davon abhalten. »Ich habe mich so verloren und gefangen gefühlt. Die Russen … haben mich zu einer Schachfigur gemacht. Sie wussten ganz genau, wie sie mich kriegen können. Meine Schwäche bist du.«

»Das ist Quatsch, Zack. Du hast ihnen bereitwillig alles geglaubt, was sie dir eingeflößt haben, weil es leicht war und sich für dich richtig anfühlte.« Liz verlieh ihren Worten einen überzeugten Tonfall, auch wenn es sekündlich schwieriger wurde, Zacks Händen nicht nachzugeben.

Er hatte sich ihr gegenüber unmöglich verhalten, ja. Aber machte das die Jahre ungeschehen, die er sie gut behandelt hatte?

»Das ist nicht wahr. Am Anfang habe ich Widerstand geleistet. Sogar sehr lange. Aber die Beweislast wurde immer erdrückender, und irgendwann wusste ich nicht mehr, was ich glauben sollte. Ich bin ein hochintelligenter Mann, aber was

Beziehungen angeht, der reinste Analphabet.« Er schauderte. »Das klingt in deinen Ohren jetzt wahrscheinlich wie ein noch größeres Schuldgeständnis, aber selbst als ich dachte, du arbeitest gegen mich, hatte ich schon einen Plan ausgearbeitet, wie ich das alles vertuschen könnte, damit ich dich nicht offiziell begnadigen muss. Ich wollte dich zwingen, mich zu heiraten, damit du nie wieder in Schwierigkeiten gerätst. Ja, ich hatte den Verdacht, dass du mich verraten hast, und doch konnte ich nur an das Eine denken: wie ich dich halten kann.«

Seine Worte erweichten ihr Herz. Gleichzeitig hätte sie ihm am liebsten eine geknallt.

»Wie konntest du nur glauben, dass ich dich je verraten würde?«, fragte sie. Mit aller Kraft versuchte sie, seiner Nähe zu widerstehen, aber die Chemie zwischen ihnen beiden ließ sich nicht länger leugnen. Sie spürte seinen Herzschlag, das leise Zittern in seinem Körper, die Nachwehen seiner Angst, sie zu verlieren. Wie ehrfürchtig er sie berührte.

»Ich weiß auch nicht, was ich mir dabei gedacht habe. Alle haben mich angelogen, Elizabeth. Alle. Meine Schwiegereltern. Meine Frau. Selbst Maddox. Ich weiß, ich sollte nicht wütend sein, aber ich bin es. Klar, ich komme darüber hinweg, aber tief in meinem Innersten gibt es trotzdem eine Stimme, die flüstert: ›Jemand, der so treu und wunderbar ist wie Elizabeth? Das ist zu schön, um wahr zu sein.‹ Du bist schon so lange der Grund, warum ich morgens überhaupt aufstehe. Mein verdrehtes Hirn hat irgendwie geglaubt, dass deine Hingabe gar nicht echt sein kann. Ich weiß, wie erbärmlich das klingt.«

In der Tat. Dann wiederum: Sein ganzes Leben war erbärmlich. Seine Eltern hatten ihm die Lebensfreude entrissen und ihm stattdessen Ehrgeiz eingepflanzt. Er war eine Ehe mit Joy eingegangen, um seine außergewöhnliche Ambition auszuleben. Und dann hatte jemand genau diesen inneren Antrieb gegen ihn verwendet.

Wie wäre Zack Hayes heute, wenn er damals die Möglichkeit erhalten hätte, sich zu entfalten? Ob er dann imstande gewesen wäre, ihr zu vertrauen? Und wenn sie jetzt bei ihm blieb, würde er ihr dann jemals vollständig sein Vertrauen schenken?

Liz holte tief Luft. Sie konnte es selbst kaum fassen, was sie hier gerade tat. »Zack, entweder ich oder Roman.«

Ein Hoffnungsschimmer trat in seine Augen. Er umfasste ihre Schultern. »Roman ist mein Bruder. Das war er und wird er immer sein. Aber …«

»Aber was?« Sie triezte ihn noch ein wenig mehr. Nach allem, was sie durchgestanden hatte, brauchte sie die Bestätigung. »Was, wenn ich von dir verlange, ihn zu feuern?«

»Dann wärst du nicht meine Elizabeth«, gab er mit dem Anflug eines Lächelns zurück. »Ich war immer gut in Tests, weißt du? Du bist die liebste, nachsichtigste Frau, der ich je begegnet bin. So etwas würdest du nicht von mir verlangen. Um Folgendes wirst – und solltest – du mich aber stattdessen bitten: dass du mir wichtiger bist als alle meine Freundschaften. Dass du meine erste, beste Partnerin wirst. Dass du diejenige bist, der ich mich anvertraue und mit der gemeinsam ich alle Herausforderungen des Lebens angehe.«

Ja, er war in der Tat gut in Tests. Er hatte auf jeden Fall die richtige Antwort gegeben. »Ich werde mich nie zwischen dich und Roman oder die anderen stellen. Nicht, wenn ich es verhindern kann. Ich weiß, dass die Perfect Gentlemen immer in deinem besten Interesse handeln, aber du musst mir glauben, dass das ganz genauso auch für mich gilt.«

»Du hast recht. So recht. Bitte vergib mir. Ich will keinen einzigen Augenblick mehr verschwenden. Unser gemeinsames

Leben soll beginnen. Ich habe alles verbockt. Erst, weil ich dich beschützen wollte, und dann, weil ich mich beschützen wollte. Nichts davon hat funktioniert. Ich hätte das Normalste der Welt tun sollen, nämlich dich einfach zu lieben und dir zu vertrauen. Nichts in meinem Leben funktioniert ohne dich, Elizabeth. Heirate mich.«

Sie lächelte und kuschelte sich an seine Brust. »Okay.«

»So einfach?« Er entzog sich ihr gerade weit genug, um in ihren Augen lesen zu können.

Das Leben war genauso hart oder leicht, wie sie es sich machte. Das hatte ihre Mama immer gesagt. Wenn Zack und sie in letzter Zeit keine so gefährliche Situation durchlebt hätten, wenn Zack nicht heute um ein Haar Opfer eines Mordanschlags geworden wäre, wer weiß, dann hätte sie an ihrer Wut vielleicht noch länger festgehalten. Vielleicht sogar lange genug, um letzten Endes ihrem Stolz den Vorrang zu geben und dem Mann, den sie liebte, den Rücken zu kehren. Aber dieser Mann war ein Teil ihrer Seele, und das zu bestreiten, war sinnlos. Es war schlicht und ergreifend unmöglich, ihn nicht zu lieben.

Außerdem: Wenn er tatsächlich nie gelernt hatte zu lieben, sollte sie dann nicht mit gutem Beispiel vorangehen und es ihm beibringen, damit sie gemeinsam ein fantastisches Leben verbringen konnten?

»So einfach«, erwiderte sie und berührte zärtlich sein Gesicht.

Er lebte, das Schlimmste lag hoffentlich jetzt hinter ihnen, und zusammen würden sie alles durchstehen, was da noch kommen mochte.

»Die Sache ist noch nicht komplett ausgestanden«, warnte er sie. »Es kann sein, dass in meinen Adern russisches Blut fließt. Wenn ich also zurücktreten muss …«

»… bin ich an deiner Seite.« Sie würde ihn nie, nie im Stich lassen.

»Ich werde alles in meiner Macht Stehende tun, um dich zu beschützen. Alles, außer dich zu verlassen. Das ist unmöglich.« Er küsste sie, schlang die Arme um sie und drückte so auch mit seinem Körper aus, was seine Worte besagten.

Erleichterung durchflutete sie. Es gab immer noch Dinge zu klären, aber Liz wusste, dass sie sich an diesen Moment als den wahren Beginn ihres gemeinsamen Lebens erinnern würde.

Mit einem warmen Lächeln hob Zack sie hoch, als sei sie federleicht, und trug sie aus dem Raum.

Direkt neben der Tür wartete, mit grimmiger Miene, Roman. Ihm quollen beinahe die Augen aus dem Kopf, als er Zack mit Liz auf den Armen den Flur betreten sah. »Wo willst du hin? Wir sind immer noch dabei, die Verdächtigen zu fassen, sie herzubringen und zu verhören. Die Presse wartet auf eine offizielle Stellungnahme zu dem Mordanschlag. Du kannst nicht mitten in einer Krisensituation Liz durchs Haus spazieren tragen.«

»Das kann ich sehr wohl«, entgegnete Zack. »Ich bin hier der Präsident, und Liz hat soeben eingewilligt, meine First Lady zu werden. Wir werden uns jetzt für ein paar Minuten zurückziehen, um das zu feiern. Du kümmerst dich hier um den Scheiß, Roman.«

»Glückwunsch. Was machen wir mit der Leiche?«

»Pack die Schaufel aus, Kumpel. Oder, noch besser: Ruf die Polizei an. Erzähl ihnen alles. Diese verdammten Hurensöhne werden jetzt büßen, und zwar jeder einzelne von ihnen.«

Roman machte ein schockiertes Gesicht. Liz schmiegte sich enger an Zack und lächelte. Sie an erste Stelle zu setzen klappte ja schon mal ganz gut.

Mad zeigte ihr einen Daumen nach oben.

»Wo bringst du mich hin, Mr President?«, hauchte sie, obwohl es ihr im Grunde genommen völlig egal war. Solange sie an seiner Seite sein konnte, war sie glücklich.

»Nach Hause«, flüsterte er.

An den perfekten Ort, um ihre gemeinsame Zukunft zu beginnen.

Mad grinste von einem Ohr zum anderen. Da zog Zack also dahin in den Sonnenuntergang. Na ja, oder eigentlich in sein Schlafzimmer, denn sonst konnte er im Augenblick nirgendwo hin. In Zacks persönlicher Version von »und sie lebten glücklich bis an ihr Lebensende« blieb leider gar nicht so viel Zeit, das neugefundene Glück zu genießen, ehe die Pflicht wieder rief. Außerdem marschierten Thomas und ein zweiter Secret-Service-Agent dem trauten Paar stracks hinterher. Und über die Horden von Journalisten, die vor den Toren des Weißen Hauses Krawall machten, mussten die beiden ebenfalls geflissentlich hinwegsehen.

Noch nie war Mad so froh gewesen, nicht über Macht und Einfluss zu verfügen wie Zack.

»Ich wollte Liz nicht wehtun«, rief Roman den beiden hinterher. »Es tut mir leid.«

Zack antwortete nicht.

»Geduld, mein Freund. Er wird dir verzeihen. Und Liz auch«, versprach Mad. »Wenn sie ihm nach dieser Aktion vergeben kann, dann wird sie auch dir nicht ewig böse sein. Von Gus allerdings kannst du einen kräftigen Anpfiff erwarten.«

Roman verzog das Gesicht. »Vielleicht kann Liz ihr das Ganze ja einfach gar nicht erzählen. Oh Mann, es wäre tausendmal einfacher, wenn meine liebreizende Braut nie von dem Verhör erfahren würde.«

»Ganz so versöhnlich schätze ich Liz dann doch wieder nicht ein.« Mad war sich ziemlich sicher, dass Roman eine ganze Weile lang die Zeche zahlen würde.

»Also, was machen wir mit der Leiche?« Roman nickte in Richtung des zweiten Verhörraums, in dem noch immer Paul Harding lag.

»Kann ich sie haben?«, fragte Freddy in viel zu erpichtem Tonfall.

Mad schüttelte energisch den Kopf. »Nein, kannst du nicht. Eine Leiche ist kein Spielzeug.«

»Wenn ich sie nicht kriege, nimmt die CIA sie mit«, gab Freddy zu bedenken.

»Was zur Hölle wollen Sie mit Paul Hardings sterblichen Überresten?«, fragte Roman perplex.

»Sie untersuchen natürlich«, kam es wie aus der Pistole geschossen zurück, als sei die Antwort völlig offensichtlich. »Harding hat eine unbekannte, möglicherweise ganz neue Substanz eingenommen. Ich habe Kontakte zu Leuten, die das Gift isolieren und mit der Suche nach einem Gegenmittel beginnen könnten. Wäre doch toll, wenn wir bereits ein Heilmittel kennen würden, noch bevor die Russen anfangen, das Zeug im großen Stil an den Mann zu bringen, oder? Und auch sonst. Öffentliche Sicherheit und so weiter. Man glaubt gar nicht, wie viele Leute ein Neurotoxin schon für harmlosen Kaffeeweißer gehalten haben.«

»Du, mein Freund, lebst in einer sehr, sehr seltsamen Welt.« In einer Welt, der Maddox Crawford nun ein für alle Mal den Rücken kehren würde. Sobald die restlichen Gangster entlarvt und ins internationale Rampenlicht gezerrt waren, wollte er mit Frau und Baby nach Hause nach New York zurückkehren und der langweiligste Papa der Welt werden. Er sammelte bereits schlechte Witze, von denen er hoffte, dass sie seiner

Tochter eines Tages ein genervtes »Oh Mann, Dad« entlocken würden. Er wollte ein ganz normales, eintöniges, wunderbares Leben, in dem niemand je wieder versuchte, ihn umzubringen. »Ich würde sagen, wir lassen Connor entscheiden, während Zack sich … um die neue First Lady kümmert.«

Roman zog sein Handy hervor. »Ich rufe ihn an.«

Einer der verbleibenden Secret-Service-Agenten trat auf ihn zu. »Mr Calder, ich fürchte, ich muss Sie auffordern, das nicht zu tun.«

Mad sah auf. Der Mann hatte eine Waffe auf ihn gerichtet.

Verflucht. Das schöne, sichere Leben musste wohl noch ein Weilchen warten.

19

Zack trug Liz hinauf bis in die Wohnung. Sie witzelte darüber, dass er sich den Rücken verrenken werde, aber er weigerte sich vehement, sie runterzulassen. Im Aufzug hielt er sie in den Armen, in der Eingangshalle ignorierte er die Handvoll Leute, die ihnen merkwürdige Blicke zuwarfen, und obwohl die beiden wachsamen Secret-Service-Agenten Thomas und Glen ihnen auf dem Fuß folgten, strebte er schnurstracks ihr gemeinsames Schlafzimmer an.

»Dir ist klar, dass wir bald eine Pressekonferenz geben müssen?«, sagte sie, während er sich mit der Wohnungstür abmühte.

Die Agenten durchsuchten die Räume der Wohnung und postierten sich, als sie alles zu ihrer Zufriedenheit vorfanden, rechts und links der Eingangstür.

Als diese hinter ihnen ins Schloss gefallen war, setzte Zack Elizabeth endlich ab. »Ja, das ist mir durchaus bewusst, aber trotzdem brauche ich ein paar Minuten allein mit dir.«

Außerdem musste er sich umziehen. Wenn er dem Feind jetzt ganz offen den Krieg erklären wollte, war es wichtig, dass er dabei auch aussah wie ein mächtiger Staatschef, nicht wie ein ungeduschter Jogger, der sich um ein Haar hätte abknallen lassen. Das alte T-Shirt und die blutbeschmierte Sporthose mussten weg.

Sie fuhr ihm zärtlich durchs Haar. »Bist du auch wirklich okay? Du hast nichts abbekommen?«

»Alles ist gut. Thomas hat mir ein paar blaue Flecken verpasst, als er sich auf mich geworfen hat, aber dadurch hat er auch verhindert, dass ich getroffen wurde. Mike hatte weniger Glück. Wir müssen uns nachher erkundigen, wie es ihm geht. Er hat eine Schussverletzung am Arm und wird derzeit operiert.« Zack umschlang ihre Hüfte und zog sie an sich. »Jetzt in dieser Sekunde will ich mich aber um nichts von alledem kümmern. Ich will dich ins Bett entführen und mit dir zusammen die Welt vergessen.«

»Ich wünschte, das ginge. Ich vermisse dich. Ich hatte solche Angst um dich.« Sie schmiegte sich enger an ihn und wünschte sich nichts sehnlicher, als die nächsten Stunden nur mit ihm allein zu verbringen, wusste aber, dass sie ihn fürs Erste wohl oder übel mit dem gesamten Land teilen musste. Also begnügte sie sich mit dem Gedanken, dass sie später Zeit füreinander haben würden. »Der Mordanschlag hat die gesamten USA in Angst und Schrecken versetzt. Wir können zwar eine Pressemeldung herausgeben, aber die Menschen brauchen eigentlich etwas anderes. Sie müssen ihren Präsidenten sehen, Zack. Du musst ihnen zeigen, dass du lebst, dass es dir gut geht, und dass du dich nicht einschüchtern lässt.«

»Ich weiß. Wenn ich mich nicht bald vor der Kamera sehen lasse, könnten die Finanzmärkte empfindliche Einbußen erleiden.« Er küsste sie. Erregung und Wärme überfluteten sie. »Ich will dich an meiner Seite.«

»Ja.« Was für ein Sturm auch über sie hereinbrechen mochte, sie würden ihm gemeinsam trotzen. Die Russen – und der Rest der Welt – sollten erkennen, dass nichts und niemand sie auseinanderreißen konnte, und dass Zack weder seine Skrupel begraben noch sein Land verraten würde. Und verdammt noch mal: Niemand sollte je wieder glauben, dass sie das schwächste Glied in der Kette war. Von jetzt an wollte sie die Frau sein, die ihn stark machte, die Frau, auf die er immer zählen konnte.

»Bist du dir sicher?«

Sie nickte. »Ganz sicher.«

»Meine Überlegung ist die folgende: Sollen wir an die Öffentlichkeit gehen? Ich meine, mit allem? Wenn wir das tun, müssten wir ehrlich zugeben, was wir wissen – und was wir nicht wissen«, sagte er mit grimmiger Miene. »Ich weiß, Liebling, wir wollten so schnell wie möglich heiraten. Aber vielleicht wäre es wirklich klüger abzuwarten, bis du zu einhundert Prozent sicher weißt, wem du da das Ja-Wort gibst.«

Weil er herausfinden wollte – egal wie –, ob er wirklich Zachary Hayes, Sohn von Frank und Constance Hayes war. Bloß: Liz war die Antwort auf diese Frage vollkommen gleichgültig. »Ich weiß ganz genau, wer du bist, Zack. Ich möchte dich heiraten, so schnell es nur geht, ganz egal, was die Zukunft dann bringt. Es geht mir nicht darum, First Lady zu werden. Ich will deine Frau sein, und das bedeutet, dass ich dir beistehen werde, was auch passiert.«

Er seufzte. Ein tiefes, zufriedenes Seufzen. »Es wird nicht leicht, wenn wir beschließen, alles offenzulegen. Wir werden zu zig Vernehmungen erscheinen müssen. Meine politischen Gegner und meine Feinde werden die Geschichte auszunutzen wissen. Sie werden versuchen, mich zum Rücktritt zu zwingen und mich in den Medien als gefährlich darstellen. Es wird eine Anklage auf Amtsmissbrauch und einen Antrag auf Amtsenthebung geben.«

»Wenn es je so weit kommt, finden wir eine Lösung.« Dessen war sie sich vollkommen sicher. Gemeinsam war ihr und Zack fast nichts unmöglich. »Wir dürfen uns nicht einschüchtern lassen. Wir müssen jedem Gegner und jeder Bedrohung mit Gelassenheit und Mut ins Auge sehen. Sie müssen kapieren, dass wir nicht kleinzukriegen sind.«

»Wir sind nicht kleinzukriegen.« Er wiederholte ihre Worte wie ein Mantra.

»Apropos Feinde. Du warst nicht im Raum, aber Roman, Mad und ich glauben zu wissen, wer der Maulwurf im Pressebüro ist. Vanessa Jones.« Liz war sich beinahe sicher, dass Roman bereits ein Team losgeschickt hatte, um Vanessa dingfest zu machen, aber Zack brauchte die Information natürlich ebenfalls. »Sie ist die Einzige, die mir einfällt, die Zugang zu meinem Computer hat. Sie hat sich über die Jahre zu einer Vertrauensstellung hochgedient. Alle meine Arbeit geht durch ihre Hände, ehe sie das Haus verlässt. Ich nehme an, dass Ms Jones inzwischen bereits verhört wird.«

»Vanessa?« Er sah überrascht aus, aber dann hielt er inne und dachte noch einmal gründlich über Liz' Worte nach. »Ich schätze, das ergibt tatsächlich Sinn. Die Verschwörer sind extrem vorsichtig und sehr intelligent. Sie wussten, dass ich Gefühle für dich hege. Also haben sie jemanden in eine Position geschleust, die es ihnen erlauben würde, sowohl den Überblick über alle offiziellen Kommuniqués aus dem Weißen Haus zu behalten, als auch dich und mich zu überwachen.«

»Genau das. Außerdem habe ich gehört, dass sie öfter mit dir flirtet? Es hätte für deine Gegner ja wohl nichts Schöneres gegeben, als einen Spitzel in dein Bett einzuschmuggeln.« Bei ihren eigenen Worten fuhr sie unwillkürlich zusammen. »Okay, ich verstehe, dass du Zweifel an meiner Integrität hattest, aber ich finde nach wie vor, dass du mich hättest fragen sollen, anstatt einfach das Schlimmstmögliche von mir anzunehmen.«

Ein schelmisches Lächeln umspielte seine Lippen. »Ich kann dir versichern, dass ich Vanessa Jones auf keine zehn Meilen an meine Bettkante herankommen lasse. Du bist die Einzige, die unter meine Decke darf. Und ich gelobe hoch und heilig: Falls ich je wieder auf dumme Gedanken komme und dich für eine feindliche Spionin halte, frage ich vorher nach.«

»Abgemacht.« Sie stellte sich auf die Zehenspitzen und berührte seine Lippen mit ihren. Ein süßer, langsamer Kuss, der nach »willkommen« und »für immer« schmeckte.

Zack erwiderte ihre Berührung, kostete ihre Lippen, drückte sie an sich, als wolle er sie nie wieder loslassen. Dann riss er sich mit einem widerwilligen Ächzen von ihr los. »Ich gehe kurz vor die Tür und bitte Thomas um ein Update zu Vanessa.« Er zog Liz noch einmal an sich und hielt sie sekundenlang im Arm. »Wir müssen sichergehen, dass sie auch wirklich gefunden und für eine Befragung hergebracht wird. Und ich will, dass jemand meinen Vater im Auge behält. Ich werde dafür sorgen, dass er aus dem Weißen Haus auszieht.«

»Aber warum? Du weißt doch gar nicht, ob …« Liz brachte ihren Satz nicht zu Ende. Was Zack jetzt brauchte, war keine Diskussion. Zumal keiner von ihnen wusste, wie gefährlich oder ungefährlich Frank tatsächlich war. Er wäre schließlich nicht der erste treulose Judas, der sie seit Jahren umgab. Es war daher sicherlich klug, alle Verdächtigen aus der Gefahrenzone zu entfernen, bis die Spreu vom Weizen getrennt war. »Wir können ihn in ein Krankenhaus einweisen lassen und gesundheitliche Gründe vorschieben. Das klappt schon.«

Darin war sie gut. Sie brachte Dinge ins Lot und sorgte dafür, dass alles plausibel aussah und wie geschmiert funktionierte.

»Perfekt. Ich bin gleich wieder da«, versprach Zack. »Sobald Thomas mir bestätigt hat, dass der Secret Service dabei ist, Vanessa ausfindig zu machen, und dass alle unsere Freunde in Sicherheit sind, komme ich wieder rein und ziehe mich um. Und dann müssen du und ich uns für die Pressekonferenz vorbereiten. Wir müssen uns überlegen, was ich sage und welche Details wir über den Mordanschlag publik machen wollen. Wir haben keine Zeit, um eine formelle Rede vorzubereiten. Ein paar schnelle Notizen müssen reichen. Wenn du es noch ertragen kannst, im selben Raum wie Roman zu sein, dann …«

Schon klar, Roman musste natürlich mitmischen.

Liz verdrehte die Augen. Roman war so was wie ihr Arschlochschwager, der Zack und ihre Herzensschwester Augustine nun mal aus ganzem Herzen liebte. Irgendwann würden Liz und er schon miteinander klarkommen, und sei es nur, weil sie dieselben Menschen liebten. »Er gehört zur Familie«, seufzte sie, »und wir arbeiten immerhin seit Jahren zusammen. Ich rede mit ihm. Wir setzen einen Entwurf auf, aber es ist besser, wenn du nicht zu vorbereitet wirkst. Du hast heute dem Tod ins Angesicht geblickt und bist mit einem blauen Auge davongekommen. Nachdem du dein Statement abgegeben hast, sagen wir, dass die Polizei Fragen zum Attentäter beantwortet, sobald die Ermittlungen es zulassen.«

Zack nickte. »So machen wir es. Jetzt gehe ich kurz zu Thomas.« Er wandte sich zum Gehen, hielt dann aber inne und umarmte sie noch einmal. »Ich liebe dich. Das kann ich gar nicht oft genug sagen. Ich bin so dankbar und überglücklich, dass es dich gibt. Danke, dass du mir vergibst.«

Das war ihr Zack. Sie brauchte nur ihn. »Ich liebe dich auch.«

Lächelnd sah sie ihm nach, als er den Raum verließ. Dann betrat sie das Schlafzimmer und dort die riesige begehbare Garderobe, in der die Handvoll Kleider, die ihr hier zur Auswahl standen, kümmerlich aussahen. Fürs Erste musste das reichen. Sie würde etwas halbwegs Vorzeigbares auswählen, sich frisch machen, und auch für Zack einen Anzug herauslegen. Etwas Gravitätisches, worin er stark wirkte, mit einer breiten Krawatte.

Sie ging Zacks Kleiderstange durch, wählte ein paar Optionen aus und hängte sie separat. Dann fiel ihr Blick in den

Spiegel. Oh Mann, ja, sie brauchte dringend ein ausführliches Rendezvous mit ihrem Make-up-Täschchen. Fürs Erste aber musste es genügen, die Haare glatt zu streichen und den Lippenstift nachzuziehen. Das bisschen, was nach dem Verhör noch übrig geblieben war, hatte Zack ihr weggeküsst.

Liz hatte das Gefühl, dass Zack sie fortan sehr häufig küssen und es keineswegs verheimlichen würde. Das neue Präsidentenpaar würde vermutlich als Turteltauben in die Annalen eingehen.

Als sie den Lippenstift weglegte, traf sie die Erkenntnis. Sie stand im Begriff, Zachary Hayes zu heiraten, den wundervollsten Mann, dem sie je begegnet war. Sie war die Verlobte des Präsidenten der Vereinigten Staaten. In ihren wildesten Träumen hätte sie sich das nicht ausgemalt. Freudentränen stiegen ihr in die Augen.

Liz nahm sich einen Moment Zeit, um sich zu sammeln. Sie wollte nicht, dass Zack sie weinen sah. Sonst würde er sich Sorgen um sie machen, und das brauchte er im Augenblick nun wirklich nicht. Dafür gab es viel zu viel zu tun. Später, heute Abend, da konnte sie sich gehen lassen und all die Angst und die Freude, die der Tag ihr beschert hatte, noch einmal Revue passieren lassen. Fürs Erste aber musste sie stark bleiben.

Das Telefon in ihrer Hosentasche vibrierte. Liz zog es hervor. Zum Glück niemand von den vielen Pressevertretern, die sie den ganzen Tag über ignoriert hatte.

Sie wischte über den Touchscreen, um den Anruf anzunehmen, und stellte ihn direkt auf Lautsprecher, während sie zurück in die Garderobe tigerte. »Hey, Gus, was gibt's? Ist alles okay?«

»Das totale Chaos ist ausgebrochen«, erwiderte diese. »Wo ist mein Verlobter? Der Secret Service hat das Pressebüro abgeriegelt. Keiner darf die Räumlichkeiten verlassen, und ich kann Roman nirgends erreichen. Er geht nicht ans Telefon.«

»Er ist unten im Keller, vermutlich mitten in einem Verhör. Warum ist das Pressebüro abgeriegelt?« Liz Lächeln verwandelte sich in ein besorgtes Stirnrunzeln. Was, wenn der Mordanschlag nur ein Vorwand gewesen war? Wenn das Syndikat es überhaupt nicht auf Zack abgesehen hatte, sondern nur Chaos stiften wollte, um ungestört – ja, was zu tun? »Wo ist Vanessa?«

»Sie ist der Grund dafür, warum keiner gehen darf. Ein paar Typen in Anzügen waren hier und wollten sie mitnehmen, um sie zu befragen, aber sie ist unauffindbar. Ist sie eine russische Spionin? Ich wusste, warum ich die Tussi noch nie leiden konnte.«

Liz gab sich Mühe, nicht in Panik zu geraten. Vielleicht war Vanessa ja inzwischen längst gefasst worden, und die Mitarbeiter im Pressebüro wurden nur aus übertriebener Vorsicht weiterhin festgehalten. Sie würde gleich überprüfen, ob dem so war. »Offenbar hat sie meinen Computer benutzt und mein Telefon gehackt, um es so aussehen zu lassen, als sei ich die Böse – und deshalb hatten Roman und folglich auch Zack mich die ganze Zeit im Verdacht. Aber keine Sorge, es ist alles in Ordnung. Ich habe Roman nicht abgemurkst.«

»Du vielleicht nicht, aber ich hätte nicht übel Lust dazu. Dieser Vollpfosten!«, fluchte Gus. »Wusste ich doch, dass er was im Schilde führt. Dafür mache ich ihm die Hölle heiß.«

»Er hatte seine Gründe. Wir haben uns wieder vertragen. Zack und ich übrigens auch. Aber nur, damit du gewarnt bist: Es steht uns noch mehr Chaos bevor. Zack wird die Öffentlichkeit in Kürze über alles aufklären, was gelaufen ist.«

»Darüber sollten wir uns als Erstes gründlich unterhalten. Ist er sich bewusst, welche Konsequenzen das mit sich bringen kann?«

»Falls du damit meinst, dass dann ans Licht kommen könnte, ob oder dass er in Wirklichkeit der Sohn einer Russin ist – ich glaube, nach dem heutigen Tag ist ihm das vollkommen gleichgültig.« Eine ungute Vorahnung beschlich Liz, die sie – mit mäßigem Erfolg – zu unterdrücken versuchte. »Ich rufe dich gleich zurück, ja? Aber lass mich erst mit Zack sprechen. Er berät sich gerade mit Thomas. Wir müssen herausfinden, wie sich die Lage mit Vanessa entwickelt hat. Ich lasse es dich sofort wissen. Ist jemand vom Secret Service bei dir?«

»Ein Agent steht vor der Tür.«

»Sei vorsichtig. Wir haben sie noch nicht alle überprüft. Es könnte sein, dass einer oder mehrere von ihnen mit den Russen zusammenarbeiten.« Sie durchquerte die Wohnung in Richtung der Eingangstür, begierig darauf, Zack zu sehen. »Sobald ich aufgelegt habe, ruf Connor an. Sag ihm, es gibt möglicherweise ein Problem. Er soll ein Team aus Leuten schicken, denen er vertraut.« Besser auf Nummer sicher gehen. »Es darf uns kein Fehler unterlaufen.«

»Liz, du klingst beunruhigt. Ist alles in Ordnung?«, fragte Gus.

Nein, nichts war in Ordnung. Was, wenn Vanessa immer noch frei herumlief? Was, wenn sie den Mordanschlag dazu benutzt hatte, Zack von den anderen zu isolieren, sodass die Doppelagenten des Secret Service leichtes Spiel mit ihm hatten?

Was, wenn Zack noch immer in Gefahr war? Oder sie alle?

»Ruf Connor an. Jetzt.« Sie legte auf und eilte auf die Schlafzimmertür zu.

Sie musste zu Zack.

Mit schnellem Schritt überquerte sie die Schwelle ins Wohnzimmer – und sah sofort, dass sie nicht allein war. Hier und jetzt begannen die wahren Probleme.

Im Eingangsbereich stand Zack, und neben ihm, mit gezückter Waffe, Vanessa.

Liz' Tag war noch lange nicht vorbei.

Zack sah in Liz' blaue Augen und nickte. Sein Herz war voller Wärme. Es klang vielleicht nicht besonders männlich, aber die Treue und Aufopferung, die er in ihrem Gesicht las, tröstete ihn. »Ich liebe dich. Das kann ich gar nicht oft genug sagen. Ich bin so dankbar und überglücklich, dass es dich gibt. Danke, dass du mir vergibst.«

Die Schuld saß immer noch wie ein Felsbrocken in seiner Magengegend – und würde dort wohl auch für immer bleiben. Wie hatte er nur je an Elizabeth zweifeln können? Den Fehler würde er nie wieder machen. Sie war loyal, hielt unerschütterlich zu ihm, und in den kommenden Jahren wollte er lernen, der ideale Mann für sie zu sein.

Sie blickte zu ihm auf. In ihren Augen stand tiefe Zuneigung geschrieben. »Ich liebe dich auch.«

Vier kleine Wörter, die jede Angst in seiner Seele augenblicklich zerstreuten.

Mit einem Seufzen löste er sich widerstrebend von ihr – fürs Erste. Ihm standen ein paar nicht sehr angenehme Stunden bevor. Er musste vor die Presse treten und dem Land versichern, dass er sich bester Gesundheit erfreute und dass die Regierung weiterhin voll handlungsfähig blieb. Dann musste er sich mit seinen Freunden zusammensetzen und über die nächsten Schritte beratschlagen. Keine Spielchen mehr. Damit war jetzt Schluss. Wenn er die russische Bedrohung für Amerika nur dadurch eliminierte, dass er sein Amt aufgab, dann bitte. Was auch geschah, er würde dafür sorgen, dass diese abgefeimten Tyrannen sein Land nie wieder infiltrieren und versuchen konnten, es zugrunde zu richten. Diese Mauscheleien waren, wenn er es richtig begriffen hatte, ja mittlerweile seit Jahrzehnten im Gange. Es war genug.

Er sah sich noch einmal um. Elizabeth war im Schlafzimmer verschwunden. Er wusste, sie würde ihm jetzt etwas Passendes zum Anziehen herauslegen, damit er so makellos und normal wie möglich aussah. Das tat sie immer: ihm das Leben einfacher machen.

Der Verschwörung ein Ende zu setzen würde nicht leicht werden, aber mit Elizabeth an seiner Seite konnte er jedem Sturm trotzen, das wusste er. Selbst wenn er bei seinen Wählern in Ungnade fiel.

Er öffnete die Tür in der Erwartung, draußen Thomas vorzufinden.

Thomas befand sich auch tatsächlich vor der Tür – allerdings lag er mit dem Gesicht nach unten am Boden und rührte sich nicht. Da wurde Zack bewusst, dass er nicht allein war. Adrenalin flutete seinen Körper. Eine Waffe zielte auf seinen Kopf.

»Bitte gehen Sie zurück in die Wohnung, Mr President«, befahl der Agent, der über Thomas gebeugt im Flug stand. Glen Warren. Er arbeitete seit Jahren für den Secret Service und war sogar einer von Thomas' besten Leuten.

Thomas. Der treue, gute Thomas. Er hatte zwei Kinder und eine Frau, mit der er seit über zwanzig Jahren verheiratet war. Thomas sollte nicht dort am Boden liegen.

Zack starrte die Waffe an. Der Agent hatte einen Schalldämpfer aufgeschraubt, was erklärte, warum der Schuss nicht zu hören gewesen war. Die Verbrecher waren gut vorbereitet. Der Mordanschlag war also ein Trick gewesen, bei dem es nur darum ging, ihn allein in seine Wohnung zu bekommen. Und was noch? Worauf waren sie noch aus? »Sollten Sie nicht eigentlich meine Sicherheit gewährleisten, anstatt Ihren Chef abzuknallen?«

Glen zuckte mit den Schultern. »Sie zahlen nicht so gut wie die anderen. Tut mir leid wegen Thomas. Er wollte sich der Vernunft nicht beugen, also musste ich ihn wohl oder übel aus dem Weg räumen. So, und jetzt wollen wir herausfinden, wie es mit Ihrer Vernunft steht, Mr President.«

»Zachary?«, rief eine vertraute Stimme.

Er wirbelte herum und sah seinen Vater den Flur entlangkommen. Und sein Vater war nicht allein. Sein Krankenpfleger war ganz offensichtlich doch nicht so sehr am Wohlbefinden des Alzheimer-Patienten interessiert, denn auch er hielt eine Waffe in der Hand. Ebenso wie die Frau an seiner Seite.

Die Gegner waren ganz eindeutig in der Überzahl.

»Hallo Ms Jones.« Zack versuchte, seinen tobenden Herzschlag zu beruhigen. Heute würde noch mehr Blut fließen, ganz besonders, wenn er sich weigerte, bei der Pipeline einzulenken. Aber er musste sie von Elizabeth fernhalten. Hoffentlich würde Roman begreifen, dass etwas passiert sein musste. Und Connor würde bestimmt auch bald zurückkommen. Zack hoffte ausnahmsweise sogar, dass der verrückte Freddy ihn beschattete.

Dann wiederum – gut möglich, dass Roman beschloss, für heute genug angerichtet zu haben und Zack und Elizabeth eine Weile allein zu lassen. Connor konnte genauso gut noch mit der Befragung des Attentäters auf der Polizeiwache beschäftigt sein. Und Freddy? Bei ihm wusste man sowieso nie, was er gerade trieb.

»Hallo Zack«, erwiderte sie. »Ich duze dich ab sofort, denn ich gehe davon aus, dass mein Vater seine Mission heute erfolgreich beendet hat. Das bedeutet, dass ich jetzt hier das Sagen habe. Wie willst du eigentlich erklären, dass im Weißen Haus eine Leiche gefunden wurde?«

»Dein Vater?« Zack warf seinem eigenen Vater einen Blick zu. Der alte Mann schien ebenso verwirrt wie er.

»Hast du es noch immer nicht kapiert? Joy war meine Halbschwester. Sowohl dein Vater als auch meiner hatten recht liberale Vorstellungen davon, was eheliche Treue bedeutet.« Vanessa feixte. Jetzt wo Zack sie zum ersten Mal wirklich ansah, fiel ihm tatsächlich eine gewisse Ähnlichkeit zwischen ihr und Joy auf. »Einen Mann manipuliert man immer noch am leichtesten mit Sex.«

Das hatten sie mit ihm auch versucht. »Bei mir hat es allerdings nicht funktioniert.«

Ihr Grinsen verstärkte sich, wirkte aber plötzlich kein bisschen amüsiert. »Oh, das wird es letzten Endes schon noch. Und jetzt rein da mit dir, sonst knalle ich deinen Vater ab.«

»Zachary?« Sein Vater sah sich verwirrt um, als verstehe er nicht, wo oder in welcher Zeit er sich befand. »Was ist hier los?«

Aber Zack kaufte ihm den Schwindel keine Sekunde länger ab.

Er hatte es ursprünglich für eine ironische Fügung des Schicksals gehalten, dass sein Vater gerade dann eine Demenz entwickelte, als sie ins Weiße Haus gezogen waren. Auf gewisse Weise war es ihm wie ausgleichende Gerechtigkeit erschienen. Aber inzwischen hielt er den Umstand für einen allzu großen Zufall.

»Ich glaube, du weißt ganz genau, was los ist«, klagte er seinen Vater an. »Findest du es nicht auch höchst interessant, dass du dich die meiste Zeit nicht mal an deinen eigenen Namen erinnern kannst, dich aber mit Klauen und Zähnen gegen sämtliche Krankenpfleger gewehrt hast, bis wir auf magische Weise den einen gefunden haben, der mit dir umgehen konnte? Eines wüsste ich gern.« Er wandte sich dem Krankenpfleger zu. *»U tebya khoroshiy russkiy yazyk, moy drug?«*

Wie gut ist dein Russisch, mein Freund?

Der Mann im weißen Kittel seufzte, als scherte es ihn nicht das Geringste. *»U menya prekrasnyy russkiy yazuk. Takaya zhe, kak nasha zapadnya.«*

Mein Russisch ist perfekt. Genau wie unsere Falle.

Das Gebaren seines Vaters änderte sich. Er stand auf einmal aufrecht, und der leere Blick, den Zack die letzten drei Jahre an ihm beobachtet hatte, verschwand. »Was schaust du mich so an, Zachary? Glaubst du vielleicht, ich habe mir das ausgesucht? Meinst du, mir macht das Spaß?«

»Ich glaube, dass dir alle anderen außer dir selbst gleichgültig sind. Seit wann gehörst du schon zu den Verrätern?«

Zack hätte sich in den Hintern treten können. Warum war ihm die Niedertracht seines Vaters nicht schon viel früher klar geworden? Er hätte bei Franks plötzlicher Erkrankung sofort misstrauisch werden sollen. Aber auch hier war es den Russen auf perfekte Weise gelungen, ihn zu manipulieren. Der Geisteszustand seines Vaters hatte sich damals in den letzten paar Wahlkampfmonaten peu à peu verschlechtert – scheinbar. Joy hatte Fachärzte für seine Behandlung ausfindig gemacht – vermutlich bezahlte Schwindler – und dann, ohne es zu wollen, ihr Leben gelassen, damit er Präsident wurde. Im ersten, hektischen Jahr nach seinem Amtsantritt hatte Zack keine freie Minute gehabt, um über irgendetwas nachzudenken. Er war einfach nur im Überlebensmodus gewesen. Zeit mit seinem Vater war auf der Strecke geblieben, nicht zuletzt auch deshalb, weil ihre Beziehung ohnehin seltsam und angespannt war.

Wie manipulierbar er sich gemacht hatte! Es fiel ihm wie Schuppen von den Augen.

»Ich bin kein Verräter«, keifte sein Vater. »Meinst du, ich habe mir meine Lage ausgesucht? Ich habe mich mit Händen und Füßen gewehrt, als mein Vater mir die geheime Pflichttreue unserer Familie offenbart hat. Als ich Botschafter wurde, wollte ich den USA dienen, sonst nichts. Deine Mutter hat es versaut. Sie hat ihr Schicksal verdient.«

Zack starrte seinen Vater entsetzt an. »Du hast dafür gesorgt, dass sie umgebracht wird?«

Frank sah ihm nicht in die Augen. »Die Russen hielten sie für einen Klotz am Bein. Sie war peinlich. Dessen waren wir uns alle einig, als du in den Wahlkampf eingetreten bist. Noch bevor du deine Kandidatur bekannt gabst, tauchten immer wieder Fragen zu ihrem geistigen Zustand auf. Ach, aber wie viel milder die Wähler dir gesonnen wären, wenn deine Mutter urplötzlich auf tragische Weise ums Leben käme! Also ist Joy zu einem ›Shoppingtrip‹ nach Paris geflogen. Von dort aus war es kein Problem, nach England zu fahren, sich eine blonde Perücke aufzusetzen und Constance einen Besuch im Heim abzustatten. Joy hat deine Mutter mitgenommen, und weil Geld eine deutliche Sprache spricht, hat niemand genauer nachgefragt. Den Rest haben Krylovs Männer erledigt.«

Vanessa setzte Zacks Vater eine Pistole an den Hinterkopf. »Besten Dank für die Geschichtsstunde, Sergej. Und jetzt haltet die Klappe und rein mit euch, damit wir reden können. Sonst tue ich, was mein Vater längst hätte tun sollen, und schieße ihm das Hirn weg.«

Der Secret-Service-Agent presste die kalte Mündung seiner Waffe an Zacks Rückgrat. »Bewegung. Wir haben das Weiße Haus unter unsere Kontrolle gebracht, aber das heißt nicht, dass nicht noch jemand versuchen kann, uns dumm zu kommen.«

Zack verkniff sich weitere Fragen, hob die Hände und betete, dass Elizabeth sich in dem begehbaren Kleiderschrank verstecken würde. Sie war klug. Wenn es ihr gelänge, eine

Nachricht zu verschicken, konnten die anderen vielleicht Hilfe holen.

Vanessa folgte ihnen in den Eingangsbereich der Wohnung. Zu Glen gewandt sagte sie schroff: »Statusbericht.«

Der Doppelagent schloss die Tür hinter ihnen. »Wir haben die Notfallkommandozentrale besetzt. Bestätige, dass sich Calder und zwei weitere Personen in unserer Gewalt befinden.«

»Zwei weitere Personen? Ich denke, Calder ist der Einzige im Bunker.« Vanessa wandte sich zu Zack und sah ihn durchdringend an. »Wer ist noch da unten? Sparks? Spencer?«

Interessant. Dann wussten sie also nichts von Mad oder Freddy. Der Einzige, der das Geheimnis gekannt hatte, war Thomas gewesen.

»Keine Ahnung. Ist ein weitläufiges Haus. Es herrscht doch immer großes Kommen und Gehen.« Er lächelte humorlos. »Warum haben Sie meinen Vater Sergej genannt?«

Das war der Name, der ihm seit Monaten Angst einflößte. Wenn er jetzt Antwort erhielte, verschaffte ihm das möglicherweise Frieden – und Elizabeth mehr Zeit.

Während sie jetzt redeten, musste er sich darüber klar werden, worin eigentlich der Plan seiner Gegner bestand. Was war ihr großes Ziel? Falls sie ihn umbringen wollten, hätten sie längst Gelegenheit dazu gehabt. Stattdessen hatten sie ihn von den anderen abgeschottet und auf eine Gelegenheit gewartet, ihn allein anzutreffen. Sie konnten ihn aber nicht ewig hierbehalten und auch nicht das Weiße Haus abriegeln. Das würde zu viele Fragen aufwerfen.

Vanessa glotzte ihn an, als überlege sie, ob seine Frage die Antwort wert wäre. Dann endlich seufzte sie. »Natalia hat den Namen Frank gehasst. Er hat sie an Franks anderweitige Verpflichtungen erinnert – unter anderem gegenüber seiner Ehefrau. Sie konnte ziemlich besitzergreifend sein.«

Er stand gerade im Begriff, weitere Fragen über die Affäre seines Vaters mit Nata und über ihr Baby zu stellen, als sein schlimmster Albtraum wahr wurde. Elizabeth trat aus dem Schlafzimmer. In der Hand hielt sie ihr Telefon. Es sah aus, als habe sie gerade aufgelegt.

Elizabeth blickte auf – und blieb vor Schreck stocksteif stehen.

»Willkommen.« Vanessa richtete ihre Waffe auf Elizabeth. »Gesell dich zu uns. Bald wirst du ohnehin ein bisschen Zeit mit ein paar Freunden von mir verbringen.«

Zack streckte die Hand nach Elizabeth aus, und sie rannte mit klackernden Stöckelschuhen auf ihn zu. Er verschränkte seine Finger mit ihren. Ihr Atem ging stoßweise. Zack konnte ihre Angst förmlich spüren. »Bleib ruhig, Schatz. Ich glaube nicht, dass sie uns hier und jetzt umlegen wollen. Vielmehr geht es um eine neue Absprache, habe ich recht?«

»Ihr habt uns ja keine Wahl gelassen«, schimpfte sein Vater. »Wenn du dich auch nur halbwegs vernünftig verhalten hättest, wäre es nie so weit gekommen.«

»Was ist hier los?«, wollte Elizabeth wissen. »Abgesehen davon, dass dein Vater auf einmal erstaunlich klar ist.«

»Das war er die ganze Zeit über. Er hat uns was vorgespielt. In Wirklichkeit hängt er mit drin. Offenbar hat er sich unseren netten russischen Freunden kurz nach meiner Geburt angeschlossen. Raus mit der Sprache: Ist Natalia Kuilikow meine Mutter?«

Er wollte Antworten. Das hatte er verdammt noch mal verdient. Und er musste die Wahrheit hier und jetzt erfahren, bevor seine Gegner zur nächsten Phase übergingen. Worin diese bestand, konnte sich Zack leider nur allzu lebhaft ausmalen.

Ihr Ziel war ein zahmer, gefügiger Präsident. Den bekamen sie nur auf eine einzige Weise: indem sie Elizabeth als Geisel nahmen, sodass ihm nichts anderes übrig blieb, als sich ihren Wünschen zu beugen.

Zack hoffte inständig, dass der Plan scheitern würde, weil er Freunde hatte. Fantastische Freunde, die ihn noch nie im Stich gelassen hatten und nicht zulassen würden, dass die Russen dem Land schadeten oder seinen Widerstand brachen. Roman, Mad und Freddy waren zwar vielleicht in ihrer Gewalt – da wünschte er seinen Gegnern übrigens viel Spaß –, aber Dax und Gabe hatten sie hoffentlich noch nicht geschnappt. Und Connor war überhaupt nicht im Weißen Haus. Die drei würden schon einen Weg finden, um Elizabeth zu retten. Und dann, das schwor er sich, würden die Russen seine Rache zu spüren bekommen, und zwar nicht zu knapp.

Sein Vater sah verwirrt aus – aber nicht auf die abwesende Art und Weise, die er bisher immer vorgetäuscht hatte. »Wovon redest du?«

Zack spürte, wie Elizabeth seine Hand drückte, wie um ihm Kraft zu spenden. Die Berührung gab ihm den Mut, weiterzufragen, obwohl die möglichen Antworten ihn mit schrecklicher Angst erfüllten. »Ich weiß, warum du Mutter in die Nervenheilanstalt eingewiesen hast. Ich kenne die Tonbandaufnahmen. Sie hat aus Versehen ein Kind umgebracht. War das der echte Zack Hayes?«

Vanessa lachte laut auf. Kopfschüttelnd raunte sie dem Krankenpfleger zu: »Dachte ich's mir, dass er sich das so zusammenreimt.«

Zacks Vater legte die Stirn in Falten. »Glaubst du allen Ernstes, ich würde irgendeinen Bastard als mein eigen Fleisch und Blut verkaufen?«

»Das Kind war ja dein Sohn«, konterte Vanessa, »hervorgegangen aus deiner Affäre. Natalia hat dich geliebt. So wie ich die Geschichte verstanden habe, waren beide Frauen zur selben Zeit schwanger. Frank, Frank, böser Junge.« Sie wiegte den Zeigefinger hin und her. »Aber Constance war beleidigt, weil du die andere ebenfalls geschwängert hattest. Also hast du sie zurück in die USA geschickt, unter dem Vorwand, dass ihr Kind auf amerikanischem Boden zur Welt kommen sollte, damit in dieser Hinsicht niemals Zweifel aufkämen.«

»Es ging nicht anders. Constance verstand einfach nicht, wie herrlich bequem das Leben mit Natalia war. Dachte ich jedenfalls. Die Kuilikow hat mir versichert, sie könne nicht schwanger werden.« Zacks Vater ging im Raum auf und ab wie ein Löwe in einem Käfig. »Das war gelogen. Die ganze verdammte Affäre war ein Fehler. Ich habe versucht, sie zu einer Abtreibung zu überreden. Sie hat sich geweigert. Kurz nach der Geburt von Natalias Sohn kamen Krylov und ein KGB-Agent zu mir. Da verstand ich, dass sie von Anfang an geplant hatten, Schande über mich zu bringen, sodass ich mich nicht mehr weigern konnte, für sie zu arbeiten. Natalia war die Schlange, die sie mir in mein Bett geschickt haben. Aber es war mir gleichgültig. Mir war ohnehin klar, dass meine politische Karriere längst gestorben war, also habe ich ihnen ins Gesicht gelacht. Ich hatte schließlich einen wunderschönen, gesunden, amerikanischen Sohn, und auch wenn ich niemals Präsident werden würde, so konnte mit Zachary eines Tages doch noch ein Hayes an die Spitze der Macht gelangen. Und dann hat deine bescheuerte Mutter alles ruiniert, indem sie Natas Baby erstickt hat.«

Zack drehte sich der Magen um. »Meine Mutter hat meinen Halbbruder umgebracht?«

»Ja«, krächzte sein Vater. »Sie hat ihn erdrückt. Wie üblich war sie sturzbetrunken. Bis zu deiner Geburt habe ich es noch geschafft, den Gin von ihr fernzuhalten. Aber kaum warst du auf der Welt, hing sie wieder an der Flasche. Ich habe mich nur deshalb nicht von ihr scheiden lassen, weil ihr Vater stinkreich und sie seine einzige Erbin war. Mit dem Geld wollte ich deine politische Karriere finanzieren. Aber der Alte wollte und wollte einfach nicht ins Gras beißen.«

»Und Papa Frank war nicht da, um Constances kleinen Ausrutscher zu verhindern, weil er sich da gerade mit Natalia im Bett vergnügte. Ups! Tja, und so ist sein Sohnemann gestorben.« Vanessa zog einen Schmollmund.

»Mein Sohn lebt und steht direkt hier in diesem Raum.« Zacks Vater ballte die Fäuste. Rote Flecken tauchten an seinem Hals und im Gesicht auf. Er sah Zack an. »Nach dieser Episode habe ich dich beschützt. Ich habe Constance nicht mehr in deine Nähe gelassen. Aber nach dem Tod des Jungen tauchte der KGB auf.« Er schluckte. »Du musst begreifen, was für einen Skandal es ausgelöst hätte, wenn irgendjemand herausgefunden hätte, dass Constance ein Baby erstickt hatte, selbst, wenn es ein Unfall war. Ich konnte nicht die Polizei rufen. Die hätten deine Mutter festgenommen. Das hätte erstens das Aus für meine Karriere bedeutet, und zweitens hätte ihr Vater dir dann keinen müden Cent mehr gegeben. Ich brauchte seine tiefen Taschen aber für deine Laufbahn. Versteh mich nicht falsch, wir hatten zwar Geld, aber im Vergleich zur Familie deiner Mutter waren das Peanuts.«

»Dir war Geld also wichtiger als dein Land?«

»Mir war deine Zukunft wichtiger als meine Freiheit«, konterte Frank. »Glaubst du nicht, dass ich Constance liebend gerne losgewesen wäre? Sollten sie sie doch abtransportieren, und dann auf Nimmerwiedersehen. Aber das habe ich verhindert, damit du eine Zukunft hattest.« Er hielt Zack die Hände hin. »Diese Zukunft.«

»Dafür lasse ich mir nicht die Schuld in die Schuhe schieben. Du hast mich hintergangen. Hast mich an die Russen verkauft. Du wusstest genau, dass sie eines Tages wiederkommen und Forderungen stellen würden.« Aber nicht mit Zack. Mit ihm würde der jahrzehntelange Würgegriff Russlands ein Ende nehmen. »Du warst zu schwach, um Nein zu sagen.«

Seinen eigenen Sohn oder seine eigene Tochter würde er niemals in eine solche Lage manövrieren. Das würde Elizabeth auch gar nicht zulassen. Im Gegensatz zu seinem Vater hatte sich Zack für eine wahrhaft fantastische Partnerin entschieden, mit der er sein Leben verbringen wollte. Elizabeth würde seinen negativen Seiten stets etwas entgegensetzen und ihn im Zaum halten. Das tat sie bereits seit Langem. Echte Probleme waren erst aufgetreten, als er aufgehört hatte, ihr zu vertrauen.

»Wäre es nach mir gegangen, hättest du diese schmutzigen Details aus der Vergangenheit niemals erfahren«, sagte Frank.

»Sie haben geheimdienstliche Informationen weitergegeben«, sagte Elizabeth. »Sie dachten, wenn Sie Zack ausspionieren, können Sie die Russen mit geheimem Material versorgen, und dann würden die wiederum Zack in Ruhe lassen. Sie haben im Weißen Haus beinahe uneingeschränkten Zugriff auf alles, weil jeder annahm, Sie wären nicht mehr bei klarem Verstand und wüssten nicht, was Sie tun. Keiner stellt Fragen, wenn Sie durch die Gänge wandern oder man Sie zum Beispiel im Treaty Room am Schreibtisch Ihres Sohns auffindet.« Sie wandte sich an Zack. »Weißt du noch, wie ich dir erzählt habe, dass ich ihn vor zwei Wochen dort angetroffen habe? Der Secret Service hat ihn erst mal machen lassen. Sie sind zu mir gekommen und haben gefragt, wie *ich* damit umgehen will.«

Die Herren in den schwarzen Anzügen hatten also entweder nicht gewusst, wie sie den geisteskranken Vater des Präsidenten behandeln sollten, oder sie wollten eine Situation provozieren, in der es so aussah, als spioniere Elizabeth ihrem Boss hinterher. Zack wettete auf Letzteres, denn der Krankenpfleger hatte seinen Vater so schnell aus dem Raum geführt, dass Elizabeth letztlich allein in seinem Büro vorgefunden wurde. Außerdem hatte der Pfleger ihn angelogen. Auch das war Teil der Strategie, Zack zu isolieren.

»Wie naiv du doch warst«, spöttelte Vanessa und sah Frank dabei abschätzig an. »Natürlich wollten wir mehr. Zachary Hayes ist das Ergebnis von jahrzehntelanger Arbeit und sorgfältiger Vorbereitung.« Dann wandte sie sich Zack zu. »Weißt du eigentlich, dass bei uns in ehrfurchtsvollen Tönen über dich gesprochen wird? Du bist ein Mythos. Ein Einhorn. Ein Flüstern im Dunkeln. Das, wofür wir beten. Unsere ultimative Waffe. Und du wirst jetzt verdammt noch mal tun, wozu du bestimmt bist. Menschenleben wurden geopfert, um uns an diesen Punkt zu bringen. Meine Halbschwester und mein Vater sind tot, und ich lasse nicht zu, dass ihr Opfer umsonst war.«

»Was hat Joy denn bitte schön freiwillig geopfert? Ihr Vater hat mir bereits erzählt, dass sie keine Ahnung hatte, dass sie an jenem Abend in Memphis sterben würde. Also? Was hat sie für die russische Sache aufgegeben?«

»Nicht genug. Als beschlossen wurde, dass sie ihr Leben für Mütterchen Russland hingeben sollte, hatte Amerika sie bereits korrumpiert. Sie war nutzlos geworden. Meiner Meinung nach hat sie zu viel Zeit mit deinen Freunden verbracht. Ich habe den E-Mail-Wechsel mit Roman Calder gelesen.« Vanessa grinste höhnisch. »Joy dachte, wenn du nicht gewählt wirst, ist sie frei. Sie war immer schon naiv.«

Vielleicht war es nicht richtig, aber der Gedanke, dass Joy begonnen hatte, für ihre Freiheit zu kämpfen, erfüllte Zack mit einem gewissen Frieden. Das hieß also, dass nicht alle Interaktion zwischen ihr und ihm erlogen und falsch gewesen war.

Er hatte durchaus einen Weg zu ihrem Herzen gefunden und einen Einfluss auf sie gehabt. Wäre es ihr gelungen, ihre Unabhängigkeit zu finden, dann wäre sie vielleicht eines Tages eine gute Verbündete geworden.

Elizabeth lehnte sich an ihn, als erriet sie seine Gedanken. »Wenn er die Pipeline abbläst, was kommt dann als Nächstes?«

»Das ist nicht meine Entscheidung.« Vanessa nickte dem Secret-Service-Agenten zu. »Ich kann Zack nur raten, artig zu sein und mitzuspielen. Wenn er das tut, erlauben wir ihm vielleicht gelegentlich sogar, seine Freundin zu besuchen. Nicht zu oft, versteht sich, als frisch verheirateter Mann.«

Die Russen wollten also das altbekannte Skript noch einmal aufwärmen. »Ich nehme an, meine neue Braut sind Sie«, sagte Zack.

Vanessa zuckte gleichgültig die Achseln. »Einer muss ja in deiner unmittelbaren Nähe bleiben. Meine Schwester war nicht intelligent genug dazu. Ich schon. In ein paar Wochen heiraten wir. Die kleine Schlampe kommt in der Zwischenzeit in den Genuss von Krylovs Gastfreundschaft in Moskau. Wie es ihr dort ergeht, hängt von deinem Verhalten ab, mein Schatz.«

Allein bei der Vorstellung, Elizabeth in der Hand der Russen zu wissen, wurde Zack schlecht. Das würde er nicht zulassen. Niemand würde Liz außer Landes bringen. Niemand würde sie verdammt noch mal auch nur aus dem Weißen Haus entfernen.

Er umfasste Elizabeth enger. »Dass ich verliebt in Sie bin, nimmt Ihnen doch kein Mensch ab, Ms Jones. Und Ms Matthews ist bekanntlich alles andere als eine unbedeutende Nebendarstellerin. Sie ist verdammt noch mal meine Pressesprecherin. Sollte sie plötzlich verschwinden, wird man Fragen stellen. Ms Matthews hat den kompletten langen Tag über mit Journalisten zu tun. Die Presse liebt sie. Wenn Sie also wollen, dass meine Präsidentschaft den Bach runtergeht, dann bitte sehr: Bringen Sie die Reporter in Rage, die Elizabeth vergöttern. Die sind nicht blöd. Die wissen, dass sie meine Freundin ist.«

»Das stimmt«, bestätigte Elizabeth schnell. »Dass bisher nur Gerüchte und Andeutungen über unsere Beziehung an die Öffentlichkeit geraten sind, ist ein klares Zeichen, dass die Presse mich mehr als wohlwollend betrachtet. Was glaubst du denn, wie es aussieht, wenn der Präsident seine zutiefst respektierte und beliebte Pressesprecherin gegen eine Jüngere austauscht, die noch dazu – ich sage es, wie es ist – niemand ausstehen kann? Du arbeitest jetzt doch wohl schon lange genug in unserem Büro, um begriffen zu haben, wie der Hase läuft.«

»Das bekomme ich in den Griff«, beharrte Vanessa. »Und sollte uns die Sache um die Ohren fliegen, gibt es immer noch die Option Herzinfarkt. Wenn Zack ausfällt, setzen wir unsere Wünsche eben gemeinsam mit seinem scheinheiligen Vize durch. Den haben wir nämlich inzwischen ebenfalls in der Tasche. Jeder hat seinen Schwachpunkt. Die Pipeline wird nicht gebaut. Wir haben ein Monopol auf den europäischen Erdgasmarkt, und dabei wird es auch bleiben. Außerdem werden wir uns sehr bald mal über die Sanktionen unterhalten, die die USA nun schon seit Jahren über Russland verhängen. Damit ist nämlich jetzt Schluss. Unsere Länder werden sich verbrüdern wie noch nie.«

»Ich kann mich möglicherweise für Ihre Vorschläge offen zeigen, aber wenn Sie Elizabeth mitnehmen, verspreche ich Ihnen, dass ich auf Leben und Tod für sie kämpfen werde. Sie wollen, dass ich kooperiere? Dann lassen Sie sie in Ruhe. Sie bleibt bei mir, hier, in dieser Wohnung, und sie bleibt meine Pressesprecherin. Alles andere würde zu viele Fragen aufwerfen, und unbeantwortete Fragen haben wir bereits genug.«

Das war sein letztes Ass im Ärmel, sein letztes Druckmittel, um die Russen vielleicht doch noch zur Vernunft zu bringen.

»Meinen Sie vielleicht, Sie hätten hier das Sagen, Mr President?« Der Krankenpfleger kniff seine dunklen Augen zusammen. »Was Sie wollen oder nicht wollen, spielt nicht die geringste Rolle. Sie sind nichts weiter als eine Schachfigur, ein Bauer, den wir übers Brett bewegen, wie es uns gefällt. Vanessa, führ sie ab. Unsere Genossen dürften die Tiefgarage bereits gesichert haben. Wir können sie unbemerkt aus dem Gebäude schmuggeln.«

Elizabeth verkrampfte sich. Zack drückte sie an sich. Das durfte nicht wahr sein! Sie waren nicht so weit gekommen, nur um jetzt einfach das Handtuch zu werfen. Er konnte sich nicht zwischen Elizabeth und seinem Land entscheiden – er hatte versprochen, beiden zu dienen. Zu glauben, die Russen würden ihm Elizabeth je wiederbringen, war naiv. Und was sie ihr antun würden – nicht auszumalen.

Eines hatten die Russen aber wieder und wieder unterschätzt. Zacks Freunde waren sein Trumpf. Er glaubte an sie.

Er stellte sich schützend vor Elizabeth. »Das erlaube ich nicht. Eher sterbe ich, als dass ich zulasse, dass Sie sie entführen. Denken Sie gut über das nach, was Sie jetzt tun. Sie brauchen mich binnen der nächsten ein, zwei Stunden motiviert und vor laufender Kamera, sonst wird Amerika Fragen stellen. Wenn das passiert, scheitert Ihr ganzer schöner Plan.«

»Oder aber es tritt Plan B in Kraft«, meldete sich der falsche Secret-Service-Agent zu Wort. »Tut mir leid, Vanessa. Es wirkt am glaubwürdigsten, wenn wir einen Sündenbock haben. Wie sich herausstellt, hatte der Präsident eine kleine Nebenaffäre, was Ms Matthews leider in ziemliche Rage versetzt hat.«

Er feuerte seine Waffe ab. Der gedämpfte Knall hallte von

den Wänden wider. Vanessa riss die Augen auf und starrte auf das Einschussloch in ihrer Brust. Hellrotes Blut breitete sich auf ihrer weißen Bluse aus. Ihre eigene Waffe fiel ihr aus der schlaffen Hand. Dann stürzte sie zu Boden. Eine Blutlache breitete sich um sie herum auf den Fliesen aus.

Der Krankenpfleger schüttelte missbilligend den Kopf. »Damit solltest du doch noch warten.«

»Er hätte nicht kooperiert«, räsonierte Glen. »Mein Auftrag bestand darin, die Situation abzuwägen und entsprechend zu handeln. Ab sofort tritt unser neues Szenario in Kraft. Ms Matthews wird an den Pranger gestellt, weil sie ihre Rivalin und ihren Liebhaber im Affekt getötet hat. Der Vizepräsident zieht ins Oval Office ein. Ich denke, mit ihm wird sich die Zusammenarbeit sehr viel leichter gestalten.«

»Dann haben wir jetzt keine Wahl.« Der Pfleger erhob seine Waffe.

In dem Moment kam Zack in Bewegung.

Er stieß Elizabeth beiseite, sodass sie in dem Moment, als der Pfleger feuerte, von einer schweren Couch verdeckt war. Er spürte einen stechenden Schmerz im Arm, den er ignorierte und sich stattdessen auf den Boden fallen ließ, um Vanessas fallen gelassene Waffe an sich zu reißen.

»Nein!«, erklang da eine männliche Stimme. Auf einmal warf sich jemand schützend auf Zack. Im selben Moment ertönte ein weiterer dumpfer Schuss.

Sein Vater. Frank hatte sich zwischen Zack und den Angreifer geworfen.

Sekunden später flog die Tür auf. Tosende Schüsse ertönten. Wer auch immer sich in den Kampf eingemischt hatte, verwendete keinen Schalldämpfer.

»Hände hoch!« Die tiefe Stimme gehörte Thomas. »Ich bringe dich um, Glen. Ich bringe dich genauso um wie diesen verfluchten Krankenpfleger und werde es keine Sekunde bereuen.«

»Oder wir könnten ihn verhören«, ertönte eine sarkastische Stimme. Connor. »Ich verspreche auch, es wird wehtun. Von ihm können wir aber erfahren, wer die anderen sind, denn ganz ehrlich? In Ihrer Abteilung haben wir offensichtlich ein kleines Infiltrationsproblemchen.«

»Was glauben Sie denn, warum ich mittlerweile sogar im Weißen Haus in einer kugelsicheren Weste herumlaufe?«, gab Thomas zurück.

»Wollte … dir nie wehtun«, murmelte Zacks Vater, der immer noch wie ein nasser Sack auf ihm hing.

Hatte die Kugel, die für ihn bestimmt war, seinen Vater getroffen? Aus Angst, den alten Mann noch mehr zu verletzen, wagte sich Zack nicht zu rühren. »Dad, geht es dir gut? Elizabeth? Elizabeth, wo bist du?«

»Ich bin hier.« Auf einmal kniete sie neben ihm. »Connor, ruf den Notarzt.«

Frank schüttelte schwach den Kopf. »Kein Notarzt. Ist Sparks hier? Rollen Sie mich bitte von meinem Sohn.«

Auf einmal verschwand das Gewicht von Zacks Rücken. Über ihm erschien Elizabeth. In ihren wunderschönen Augen glänzten Tränen. Sie streckte die Hand nach ihm aus. »Tu das nie wieder. Du hättest tot sein können.«

Die Russen hätten ihn umgebracht, wenn sich nicht sein Vater dazwischengeworfen hätte. Zacks rechter Arm schmerzte, wo eine Kugel ihn gestreift hatte. Er presste die andere Hand darauf, um die Blutung einzudämmen, und erhob sich mühsam. Connor und Thomas hatten die Lage im Griff. Connor zwang gerade den Doppelagenten auf die Knie, und Thomas legte ihm Handschellen an.

Zack kniete sich neben seinen Vater. Aus dessen Gesicht war

alle Farbe gewichen, und sein Hausanzug saugte sich immer mehr mit Blut voll. Er würde jeden Augenblick die Schwelle zum Tod überschreiten. »Dad, wir müssen dich in ein Krankenhaus bringen.«

Elizabeth kniete sich ebenfalls neben ihn. »Und zwar schnell.«

Zacks Vater schüttelte wieder den Kopf, was ihn offenbar große Anstrengung kostete. »Nein. Vertuscht den Vorfall. Sparks weiß, was zu tun ist. Fang noch mal von vorne an. Die Öffentlichkeit darf nichts erfahren. Nichts von alledem war deine Schuld. Ich hätte stärker sein müssen, aber Zachary, ich wollte, dass dir die Welt zu Füßen liegt. Ich dachte, mit den Russen werde ich fertig. Dachte, sie würden dich in Frieden lassen. Ich hatte keine Wahl. Musste unseren Namen beschützen.«

Schock, Wut, Nichtwahrhabenwollen – eine Welle der Emotionen brach über Zack zusammen. War es seinem Vater jemals wirklich um ihn als Mensch gegangen? Oder nur um den Ruhm und die Präsidentschaft? Zack fürchtete, die Antwort zu kennen. Er war nichts weiter als ein Mittel zum Zweck. Durch ihn sollten die Hayes ein strahlendes Vermächtnis hinterlassen. Nur darum ging es seinem Vater.

»Unseren Namen beschützen? Und was war mit mir? Was war mit meiner Mutter? Und dem Baby, deinem Sohn, der seinen ersten Geburtstag nie erlebt hat?«

»Nur du warst wichtig. Kleine Fische gehen nicht in die Geschichtsbücher ein. Nur große Anführer, die große Dinge tun.« Ein gemeines Funkeln trat in seine Augen. »Du warst immer schon zu weich, um das zu verstehen.«

Und dann war sein Vater tot.

»Scheiße, Mann, was machen denn die ganzen Leichen hier?« Das war Mad. »Rufen wir die Polizei oder sollen wir uns jeder eine Schaufel schnappen? Obwohl. Das fällt bestimmt negativ auf, wenn wir plötzlich alle Mann den Rosengarten umgraben.«

»Jetzt ist nicht der richtige Moment für Witze, Babe.« Das war Saras Stimme. »Zack hat gerade seinen Vater verloren.«

Er erhob sich, wandte sich um. Da waren sie. Seine Freunde. Sie waren alle hier.

Sie hatten ihn gerettet, genau wie es er gehofft und geglaubt hatte.

Roman trat näher und berührte ihn an der Schulter. »Geht es dir gut? Connor war bereits auf dem Rückweg, als Gus ihn angerufen hat. Er konnte sich in die Tiefgarage schleichen, ehe die Russen sie vollständig gesichert hatten. Er hat Dax zu uns geschickt. Im Bunker liegen jetzt auch ein paar Leichen.«

»Du hast Roman nicht geantwortet. Sag was.« Elizabeth schlang die Arme um ihn. »Geht es dir gut?«

Ein breites Lächeln überzog Zacks Gesicht. Die Gefahr war gebannt. Elizabeth war bei ihm. Seine Brüder ebenso. »Es geht mir nicht nur gut, es geht mir wunderbar.«

20

»Sind wir hier richtig?«, fragte Lara, als sie einige Stunden später vor der offenen Tür des Red Room stand.

Beim Klang ihrer Stimme blickte Zack auf und winkte sie heran. Connor folgte ihr auf dem Fuß. Jetzt waren sie alle versammelt. Zacks Familie.

Er trug noch immer den Anzug, den Elizabeth Stunden zuvor für ihn ausgesucht hatte. Der Streifschuss an seinem Arm war mit ein paar Stichen genäht worden. Dann war er vor die Kameras getreten. Er hatte eine kurze, aber beruhigende Pressekonferenz abgehalten und den Bürgern versichert, dass es ihm gut gehe und dass er am folgenden Abend zur besten Sendezeit in einer längeren Ansprache ausführlichere Details über das versuchte Attentat bekannt geben würde. Am Rednerpult hatte er sein Möglichstes getan, um der Bevölkerung Trost zu spenden und gleichzeitig ein Bild der Stärke und Ruhe zu vermitteln. Ganz ungeniert hatte er während der gesamten Rede Elizabeths Hand gehalten.

Offenbar überschlug sich Twitter angesichts der öffentlichen Liebesbezeugungen von Seiten des Präsidenten bereits. Ihm war das egal.

Jetzt, um beinahe Mitternacht, war im Weißen Haus endlich Ruhe eingekehrt.

Connor und Thomas hatten sich der grausigen Szene in den Wohnräumen angenommen und wahre Wunder vollbracht. Keine halbe Stunde, nachdem dort Kugeln geflogen waren, hatten zwei schwarz gekleidete Personen den Tatort betreten:

ein finster aussehender Mann und eine schweigsame Frau, das helle Haar zu einem strengen Knoten gebunden. CIA-Agenten, denen Connor vertraute. Den Mann hatte er als Josiah Grant vorgestellt; von der Frau hatte er lediglich als Kim gesprochen. Beide schienen eher wortkarg zu sein. Ohne viel Aufhebens hatten sie sich sofort an die Arbeit gemacht, und schon kurze Zeit später hätte niemand mehr geglaubt, dass die Suite Schauplatz mehrerer blutiger Morde geworden war.

Zack wusste nicht einmal, wo die Leichen hingeschafft worden waren. Bei genauerem Nachdenken wollte er es vermutlich auch gar nicht wissen.

Connor berührte zärtlich die Schulter seiner Frau und küsste sie aufs Haar. »Du hast die richtige Entscheidung getroffen, Zack. Ich weiß, du hättest den Bürgern in der Pressekonferenz am liebsten alles über die russische Verschwörung erzählt. Aber es ist für alle das Beste, dass du die Sache anders handhabst.«

Roman nickte und schlang einen Arm um Gus. »Wäre die Wahrheit ans Licht gekommen, hätte das an den Finanzmärkten weltweit eine schwere Krise auslösen können.«

Dax schien allenfalls widerstrebend zuzustimmen. »Ich glaube nun mal an Wahrheit, Gerechtigkeit und unsere amerikanische Herangehensweise, genau wie du, Zack. Ich weiß, wie sehr es dich stört, die Tatsachen zu vertuschen. Aber es stimmt schon: Wenn publik wird, dass es den Russen um ein Haar gelungen wäre, unseren Präsidenten und unsere Regierung zu korrumpieren, dann würden unsere Allianzen ins Wanken geraten und unsere Feinde womöglich neuen Rückenwind bekommen.«

»Wo er recht hat, hat er leider recht«, sagte Holland und legte ihrem Mann die Hand aufs Knie.

»Wie erklären wir der Öffentlichkeit dann die ganzen anderen Einzelheiten?« Everly lehnte sich an Gabe. »Ich meine, es sind mehrere Menschen gestorben. Das wird doch nicht unbemerkt bleiben.«

Gabe hatte ein Glas Scotch in der Hand. »Freddy, wie lautet der Plan?«

Der ehemalige Geheimdienstagent hatte sich, so durchgeknallt er auch sein mochte, wieder einmal als unentbehrlich erwiesen. Jetzt leuchteten seine Augen auf, als habe man ihm soeben das größte Geschenk der Welt gemacht, ihm nämlich grünes Licht gegeben, seine eigene Verschwörungstheorie zu konstruieren und in die Welt zu setzen.

Mit federndem Schritt trat er vor die versammelte Mannschaft. »Tja, also, wenn ich es richtig sehe, hat der Vater des Präsidenten einen Herzinfarkt erlitten, als ihn die Nachricht erreichte, dass es einen Mordanschlag auf seinen Sohn gab. Das ist sehr tragisch, wenn auch nicht weiter überraschend, denn schließlich erfreute sich der alte Herr längst keiner guten Gesundheit mehr. Zack wird angemessen um ihn trauern, zumindest für die Kameras. Frank Hayes' langjähriger Krankenpfleger wird außerdem ein offizielles Statement abgeben und erklären, was sich genau zugetragen hat.«

Sara legte den Kopf schief. »Aber der ist doch tot.«

»Und schmort vermutlich in der Hölle, aber das weiß ja keiner. Wir haben einen CIA-Agenten ausgewählt, der viel Erfahrung darin hat, hässliche Geschichten zu vertuschen. Er wird ein Mal kurz als der Krankenpfleger vor die Öffentlichkeit treten und danach vollkommen in Vergessenheit geraten. Frank Hayes' Todesurkunde ist bereits unterschrieben. Er wird direkt morgen früh eingeäschert, in einem Aufwasch mit seinem russischen Pfleger.«

Connor führte seine Frau zu einem Sessel, in dem er Platz nahm und sie auf seinen Schoß zog. »Und da der Mann offenbar keine anderen Kontakte außer zu den Verschwörern hatte, wird sich mit Sicherheit auch niemand nach seinem Verbleib erkundigen.«

»Und was ist mit Vanessa? In Regierungskreisen ist ihr Name ein Begriff. Auch wenn die erste Assoziation sicher eher ›Zimtzicke‹ und nicht ›Pressereferentin‹ sein dürfte«, warf Mad ein.

»Vanessa stellt in der Tat ein größeres Problem dar«, räumte Connor ein. »Aber Freddy hat auch hier eine Lösung gefunden.«

»Wir hängen ihren Tod unserem Attentäter an«, erklärte dieser. »Dass er Kontakte zu Krylov hat, ist bekannt. Wir sorgen dafür, dass ihm heute Nacht auf unerklärliche Weise die Flucht aus der Untersuchungshaft gelingt. Er ist ja immerhin ein ganz schön gewieftes Kerlchen. Und dann« – Freddy schnappte gespielt theatralisch nach Luft – »stellt sich heraus, dass er Vanessa benutzt hat, um Zugriff auf den Terminkalender des Präsidenten zu bekommen. Klar, dass zwischen den beiden was lief, oder? Dann aber wird er nach seinem Ausbruch aus der Zelle wohl beschlossen haben, alle seine Spuren zu beseitigen – und dazu gehört leider Gottes auch Vanessa. Wir inszenieren ihren Mord. In ihrer Wohnung. Hach, das wird großartig. Ich freue mich schon richtig darauf.«

»Aber bei der Obduktion kommt doch dann sicherlich ans Licht, dass der angebliche Mörder zum Todeszeitpunkt in Polizeigewahrsam war, oder?«, wandte Gus ein.

Connor wischte ihre Bedenken mit einer Handbewegung beiseite. »Mach dir darüber keinen Kopf. Das ist nun wirklich eine Kleinigkeit für uns. Da haben wir Mittel und Wege.«

»Dann wollt ihr den Attentäter also einfach so laufen lassen?«, wandte Elizabeth ein. Sie hatte sich neben Zack gestellt.

Er ergriff ihre Hand und zog sie, so wie Connor es mit Lara gemacht hatte, auf seinen Schoß. Kein Millimeter Platz sollte zwischen ihnen sein. »Der Mann lässt sich seine Dienste teuer bezahlen, pflegt aber keine Allianzen. Außerdem hatte er nie vor, mich umzubringen. Sein Auftrag lautete lediglich, Chaos zu stiften, damit daraufhin zwei Dinge eintreten: Erstens gab es dadurch einen Grund, das Weiße Haus abzuriegeln, was den Russen die Gelegenheit gab, dort das Kommando zu übernehmen. Zweitens bekam Vanessa auf diese Weise ein Zeitfenster, um dich zu entführen, damit ich gezwungen war, mich ihren Wünschen zu beugen. Das Einzige, womit unsere Gegner nicht gerechnet haben, ist, dass Thomas übervorsichtig und auch ansonsten ein absolut krasser Typ ist.«

Thomas, der etwas abseits stand, deutete ein Lächeln an. »Gut möglich, dass ich die kugelsichere Weste nie wieder ablege, Sir. Zusätzlich werde ich Sie vermutlich nie wieder aus den Augen lassen.«

In der Tat hatte er den ganzen Abend lang wie eine Ein-Meter-neunzig-Mutterhenne über Zack gegluckt.

»Wissen wir inzwischen, wer die schwarzen Schafe sind und was mit ihnen geschehen soll?«, fragte Zack.

»Mit Connors und Freddys Hilfe konnten wir drei Doppelagenten identifizieren«, erklärte Thomas. »Das dürften alle sein.«

»Bei einem von ihnen können wir behaupten, er sei auf tragische Weise ums Leben gekommen, als er versucht hat, den Präsidenten zu retten«, fuhr Freddy fort. »Die beiden anderen haben wir bereits aus dem Verkehr gezogen. Connor wird sie vorerst an einen geheimen Ort bringen, eine Einsatznachbesprechung mit ihnen machen, so viele Informationen abgreifen wie möglich, und sie dann für immer an einen anderen, äh, Dienstort versetzen lassen. Später können wir dann Beweise fingieren, dass sie von den Anschlagsplänen auf den Präsidenten wussten und auf Krylovs Gehaltsliste standen.

Krylovs Motiv? Aus Eigennutz die Pipeline absägen. Ein Körnchen Wahrheit macht sich immer am besten.«

»Bonus: Zusätzlich stürzen wir Krylov selbst. Unser Attentäter hat nämlich ohne zu zögern zugegeben, dass der ihn beauftragt hat. Wir konnten Krylov am Flughafen festnehmen. Das Arschloch wollte das Land verlassen.« Connor sah ungemein zufrieden aus. »Selbst wenn er jetzt noch anfangen sollte von wegen ›der Vater des Präsidenten hat aber …‹, wird ihm keiner mehr zuhören. Die russische Regierung wird abstreiten, ihn zu kennen oder von seinen Aktivitäten zu wissen. Mit anderen Worten: Wir können mit ihm tun oder lassen, was wir wollen. In Moskau wird man bald eine neue Figur an die Spitze des Syndikats setzen. Die Russen wissen, dass du für sie mittlerweile außer Reichweite bist, Zack. Zu viele ihrer Agenten sind tot oder enttarnt. Wir sind uns absolut sicher, dass sie jetzt nur noch Schadensbegrenzung betreiben werden.«

Elizabeth drehte sich halb um, sodass sie Zack in die Augen sehen konnte. »Dann ist es also wirklich vorbei?«

Er nickte. »Ja. Wenn meine Freunde das sagen, vertraue ich ihnen vollkommen. Ich weiß jetzt, dass es keine Verfassungskrise aufgrund meiner Geburt geben wird. Ich bin kein anderer als der, der ich schon immer war. Niemand kann mich mehr erpressen. Jetzt kann ich meine Aufmerksamkeit dem Schutz und Wachstum unseres Landes widmen. Wisst ihr, ich habe lange darüber nachgedacht, ob ich mich zur Wiederwahl aufstellen lassen soll oder nicht.«

»Deine Kandidatur jetzt zurückzuziehen, wo die Wiederwahlen in weniger als einem Jahr anstehen, wäre eine ausgesprochen schlechte Idee«, argumentierte Gabe sofort.

»Unser Land braucht dich.« Dax schlug in dieselbe Kerbe. »Überleg doch mal. Wenn du jetzt zurücktrittst, wird Shorn kandidieren. Er ist der Vize eines beliebten Präsidenten, seine

Erfolgsaussichten stünden also ziemlich gut. Wir wissen aber, dass und warum er erpressbar ist. Mit ihm hätten die Russen einen neuen Ansatzpunkt.«

Zack hatte, noch ehe sie den Mund aufmachten, gewusst, was seine Freunde sagen würden, und hatte die ausformulierten Gegenargumente eigentlich schon im Kopf. Elizabeth war diejenige gewesen, die ihn letzten Endes davon überzeugt hatte, sich erneut zur Wahl zu stellen – nämlich zum Wohl der Menschen. Ganz abgesehen davon wollte er aber auch erleben, was das Land von seiner neuen wunderschönen, intelligenten, gütigen und wahnsinnig toughen First Lady halten würde.

Er hielt eine Hand hoch, um die Debatte im Keim zu ersticken. »Ich lasse mich aufstellen. Und genau aus diesem Grund wird Shorn auch Verstand zeigen und noch vor meiner nächsten Amtsperiode zurücktreten. Er will ›mehr Zeit mit seiner Familie verbringen‹. Ich bin nämlich ganz eurer Meinung: Diese Scheißkerle dürfen auf keinen Fall hintenrum doch noch gewinnen. Connor hat eingewilligt, zur CIA zurückzukehren, wo er eine Sonderabteilung leiten wird, die sich explizit mit Bedrohungen gegen die Regierung, dem Secret Service und unseren Geheimdienstmitarbeitern befassen wird. Es darf uns nicht noch mal passieren, dass unsere Reihen derart infiltriert werden. Dax, wir hatten gehofft, dass du vielleicht auch an Bord wärst. Ich weiß natürlich, dass ihr beide ursprünglich geplant hattet, eure eigene Firma zu eröffnen.«

Dax winkte ab. »Das hat Zeit. Ehrlich gesagt kann ich es sogar kaum abwarten, mich wieder in den Dienst meines Landes zu stellen.«

»Mad, bist du bereit für deinen glanzvollen ersten Auftritt? Wir berufen morgen oder übermorgen eine Pressekonferenz ein, die es in sich hat.« Er warf seinem Freund ein ironisches Grinsen zu. »Gibt es außer wutentbrannten Drogendealern noch einen weiteren Grund, warum du deinen Tod vorgetäuscht hast?«

Mad schaffte es, ein beleidigtes Gesicht aufzusetzen. »Mit illegalen Substanzen habe ich nichts am Hut. Jedenfalls nicht mehr. Ich bin ein unbescholtener Ehemann und demnächst auch Familienvater, falls du es vergessen hast. Meinen Tod habe ich selbstverständlich nur deshalb vorgetäuscht, weil ich Wind von dem Mordanschlag bekommen habe. Also bin ich abgetaucht und habe wochenlang in aller Heimlichkeit ermittelt, in der Hoffnung, ihn zu vereiteln.«

Mad besaß das unheimliche Talent, die Fakten in jeder Situation so hinzudrehen, dass er hinterher besser dastand als vorher.

»Und ich wusste davon.« Sara griff nach Mads Hand. »Wir können sagen, dass sich unser Beziehungsstatus damals schon geändert hat. Das ist weniger tragisch und lässt ihn außerdem deutlich intelligenter erscheinen, als er in Wirklichkeit ist.«

Mad grinste einfach nur und zeigte ihr einen Daumen nach oben.

Es schien also, als hätten Zacks Freunde die Sache voll und ganz im Griff. Er merkte erst jetzt, wie müde er war. Der heutige Tag war der längste seines Lebens gewesen, und er wünschte sich nichts sehnlicher, als ihn endlich zu beenden. Er brauchte Zeit, um die Ereignisse zu verarbeiten – vor allem die Tatsache, dass sein Vater, so arrogant er zu Lebzeiten auch gewesen war und so sehr er die Wünsche und menschlichen Bedürfnisse seines Sohns auch mit Füßen getreten hatte, sich in letzter Sekunde zwischen Zack und seine Angreifer geworfen hatte.

Elizabeth erhob sich, unterdrückte ein Gähnen und übernahm das Kommando. »Ich gehe ins Bett. Thomas, ich weiß gar nicht, wie ich Ihnen danken soll. Gehen Sie nach Hause zu Ihrer Frau.«

Thomas legte die Stirn in Falten. »Ich weiß nicht, ob es eine gute Idee wäre, Sie allein zu lassen.«

»Den verbleibenden Mitarbeitern können wir zu einhundert Prozent vertrauen. Ich habe außerdem für heute Nacht zusätzlich einige CIA-Agenten vor den Wohnräumen des Präsidenten postiert, denen ich vertraue«, versicherte Connor. »Gehen Sie nach Hause. Küssen Sie Ihre Frau und umarmen Sie Ihre Kinder, Thomas. Morgen ist auch noch ein Tag.«

Elizabeth drehte sich zu Zack und gab ihm einen Kuss, während die anderen Frauen sich erhoben und zum Gehen wandten. »Ich organisiere hier oben ein bequemeres Schlafzimmer für Sara und Mad.«

»Das ist lieb, aber das brauchst du gar nicht.« Sara drückte Mads Hand. »Der Keller ist inzwischen so was wie unser zweites Zuhause geworden.«

»So viele unvergessliche Erinnerungen.« Mad zwinkerte. »Außerdem will ich meinen großen Moment von wegen ›Überraschung, ich bin von den Toten auferstanden‹ ja nicht aus Versehen ruinieren.«

Liz und Zack brachen beide in Gelächter aus.

»Und wie sieht es mit Ihnen aus, Freddy?«, fragte Liz. »Das Lincoln-Zimmer stünde zu Ihrer Verfügung.«

»Nope, danke.« Freddy schüttelte den Kopf. »Mir gefallen die Lüftungsschächte. Sie sind sehr bequem.«

Zack verdrehte die Augen. Früher oder später würde er sich das Phantom des Weißes Hauses zur Brust nehmen müssen. Aber nicht mehr heute. Er sah Elizabeth und den anderen Frauen hinterher, als sie den Raum verließen, und lauschte noch für einen Augenblick ihren leiser werdenden Stimmen. Jetzt war er allein mit seinen besten Freunden.

»Kleiner Absacker gefällig?« Roman befüllte Gläser mit Scotch.

Das war jetzt genau das Richtige. Ein Drink, und dann ab ins Bett zu seiner Verlobten – oh Mann, er musste ihr dringend einen Ring besorgen – und sie die ganze Nacht im Arm halten. Aber erst wollte er sich einen Augenblick Zeit für die Menschen nehmen, die ihn von Grunde auf geprägt und ihm heute obendrein das Leben gerettet hatten. Wären Mad, Gabe, Connor, Dax und Roman nicht gewesen, wäre er genau der Mann geworden, den sein Vater so unbedingt in ihm hatte sehen wollen. Dann wäre er dem Trugschluss erlegen, dass sein guter Name das einzig Wichtige war und dass er außer seinem Erbe nichts zu geben hatte. Erst seine Freunde, seine Brüder hatten ihn die wahre Bedeutung von Familie gelehrt.

»Alles okay?« Roman klopfte ihm auf die Schulter und drückte ihm ein Glas in die Hand. »Was für ein Tag.«

»Gott sei Dank ist er vorbei.« Gabe griff nach seinem Cocktail. »Jetzt kann das Leben weitergehen.«

»Wir müssen trotzdem wachsam bleiben.« Connor lächelte. »Aber ich würde mal sagen, wir haben die Sache wieder im Griff.«

Mad prostete ihnen zu. »Dann heißt es jetzt: Seid ihr bereit für vergnüglichere Dinge? Zwei von uns Gentlemen müssen unter die Haube gebracht werden, und zwar bitte sehr mit allen Schikanen.«

Zack schüttelte den Kopf. »Da ich der Präsident bin, wird meine Hochzeit sehr zurückhaltend ausfallen und außerdem schon sehr bald stattfinden.«

»Wie bald denn?«, fragte Dax mit erhobenen Augenbrauen.

»Nächste Woche, allerspätestens. Elizabeth soll so schnell wie möglich meine Frau werden. Wir haben bereits zu viel Zeit verloren. Abgesehen von Liz' Familie werdet ihr – gemeinsam mit euren liebreizenden Frauen – die einzigen Gäste sein.« Er wandte sich seinem Stabschef zu. »Aber Romans Hochzeit, die wird ein rauschendes Fest.«

»Hey, Moment mal«, warf dieser ein.

»Ich will nichts hören. Du bekommst das volle Programm, Bruderherz. Dann sind wir nämlich alle verheiratet und können uns als Nächstes dem Kinderkriegen widmen«, erklärte Dax.

»Sag bloß, du und Liz wollt sofort eine Schar von kleinen Monstern in die Welt setzen?«, neckte Gabe. »Everly und ich werden unseren Nachwuchs jedenfalls zur richtigen Zeit am richtigen Ort ankündigen, wenn meine Holde dafür bereit ist. Obwohl sich an der Tatsache selbst schon nichts mehr ändern lässt.«

Everly war schwanger? Zack ergriff Gabes Hand und schüttelte sie herzlich. »Das sind fantastische Neuigkeiten, Bruder.«

»Du hast meine Schwester geschwängert?«, entrüstete sich Mad.

»Ich kann dich ja nicht ganz allein Freud und Leid des Vaterseins entdecken lassen«, erwiderte Gabe grinsend.

Mad rempelte ihn freundschaftlich an. »Hast recht. Gut gemacht.«

»Im Ernst jetzt, Everly will eine Party schmeißen und die Schwangerschaft offiziell und mit allem Pipapo verkünden. Tut also bitte, als wärt ihr überrascht«, beharrte Gabe. »Meinen Brüdern musste ich es aber trotzdem jetzt schon sagen.«

Zack erhob sein Glas. »Auf die Perfect Gentlemen. Wir haben unsere perfekten Ladys gefunden. Tun wir unser Bestes, um perfekte Dads zu werden.«

Alle stimmten zu – obwohl Zack natürlich genau wusste, dass es Perfektion in Wirklichkeit gar nicht gab.

Aber seine Brüder und seine zukünftige Braut waren ziemlich nah dran.

Er war glücklich.

Epilog

Connecticut
Zwölf Jahre später

»Weiß jemand, warum wir eigentlich hier sind?« Mad nahm seine Yankees-Cap ab und betrat den kleinen Warteraum vor dem Büro des Rektors.

Er und Sara waren in eine Kleinstadt in Connecticut gezogen, hatten ihre Wohnung in New York City aber behalten, denn weder er noch Gabe wollten das Großstadtleben ganz aufgeben. Nach ihrer Zeit in Washington waren auch Zack und Elizabeth in diesen verschlafenen Vorort gezogen.

Zack zuckte mit den Schultern. »Keine Ahnung.«

Mad runzelte die Stirn noch mehr. »Sind wir wegen der Original Gangster hier oder wegen der Newcomer?«

Ihre Kinder hatten sie in drei Gruppen gegliedert. Die Bezeichnung »OG« hatte Mad den sechs ältesten aufgrund seiner Vorliebe für Gangsta Rap verpasst, und nicht etwa, weil sie eine Gang gebildet hatten, wegen der Zack immer wieder gern die Nationalgarde um Hilfe gerufen hätte. Maddie Crawford, Alex Bond, Karlie Sparks, Jordan Spencer, Helena Calder und Nicholas Hayes waren nur maximal eineinhalb Jahre auseinander und von Geburt an wie Geschwister.

Nick und die anderen OGs waren in der fünften Klasse und hatten die Schule scheinbar im Sturm erobert, auch wenn das neue Schuljahr erst vor zwei Wochen begonnen hatte. Und jetzt wurden sie ins Büro des Rektors geladen.

»Ich habe keine weiteren Infos bekommen«, sagte Sara mit ruhiger Stimme.

Mad seufzte. »Es geht jedenfalls nicht um die Crazy Babys, denn sonst säßen wir jetzt in der Vorschule. Und da war ich gestern erst, weil mein Sohnemann der Lehrerin erklärt hat, sie sei in der Unterzahl.«

»Und zwar wortwörtlich«, fügte Sara kopfschüttelnd hinzu. »Er hat einen Aufstand angezettelt, weil die Schulmilch von Kakao auf Vollmilch umgestellt wurde.«

Zack schüttelte den Kopf und versuchte, sich ein Lachen zu verkneifen. »Ich glaube, wir sind wegen der älteren Kids da, denn Roman und Gus sind auch auf dem Weg hierher.«

»Ich gehe stark davon aus, dass unserer der Anführer war«, sagte Holland. Ihr Lächeln ließ vermuten, dass sie den Aufruhr in Wirklichkeit genoss. Schließlich war ihr Leben viel ruhiger, seitdem sie den NCIS von einigen Jahren verlassen hatte, um stattdessen für ausgewählte Sicherheitsfirmen private Nachforschungen anzustellen, zum Beispiel auch für jene, die ihr Mann und Connor führten, seit sie D. C. hinter sich gelassen hatten.

Dax und Holland hatten vor dem Rektorat bereits auf Zack gewartet. Sie hatten ein paar nette Minuten miteinander verbracht und sich gegenseitig auf den neuesten Stand gebracht, da sie sich seit dem gemeinsamen Essen bei Connor und Lara mehrere Wochen nicht gesehen hatten. Das wöchentliche Treffen würde diesmal bei ihm und Elizabeth stattfinden, und er durfte nicht vergessen, die Rippchen mitzubringen, sonst würde seine Frau mächtig sauer werden. Sogar Freddy hatte angerufen, wo auch immer er gerade war – das war streng geheim –, und wollte dazustoßen. Alle Kinder würden sich freuen, den verrückten Onkel Freddy wiederzusehen.

Die Tür ging auf, und Roman und Gus traten ein. Sie waren beide leger gekleidet, da sie gerade beruflich eine Auszeit nahmen, um sich um ihren jüngsten Familienzuwachs zu kümmern, einen neugeborenen Jungen, den sie vor kaum drei Wochen adoptiert hatten. Gus trug ihn über Jeans und T-Shirt in einem Tragetuch.

»Ich bringe sie um«, schwor Gus. »Er war gerade eingeschlafen, als der Anruf kam.«

Roman schüttelte den Kopf. »Keine Sorge, sie meint nicht die Kids. Auf dem Weg hierher sind ihr vier verschiedene Möglichkeiten eingefallen, die Schule zu verklagen. Ich habe jetzt keinen Nerv, juristisch herumzuargumentieren. Ich bin hundemüde.«

»Keine Sorge«, versicherte Zack. »Wir wissen doch, dass ich hier der Rädelsführer bin.«

Alle lachten.

Nach seiner zweiten Amtszeit als Präsident war er zu jung, um in den Ruhestand zu gehen. Also hatten er und Roman sich ihren alten Traum erfüllt und den Anwaltsberuf ergriffen. Sie arbeiteten ehrenamtlich für Amerikaner, die in Übersee in Schwierigkeiten geraten waren. Und in seiner Freizeit hatte er das eine oder andere Buch über Politikgeschichte geschrieben, während Roman zwei Tage pro Woche an der Yale University lehrte.

Das Geld brachten jetzt ihre Frauen nach Hause. Elizabeth und Gus leiteten eine PR-Firma in Manhattan, die sich auf Krisenmanagement spezialisiert hatte. Und sie waren verdammt gut.

Auch wenn sie nicht die erfolgreichsten ihrer Gruppe waren. Lara hatte einen Roman veröffentlicht, in dem der Präsident seine Liebe im Weißen Haus fand. Jetzt hatte sie ihre eigenen Fans und war enorm bekannt geworden.

Laut Lara war die Buchbranche Fluch und Segen zugleich.

»Aber sicher doch«, sagte Roman und gähnte. »Hey, Mad,

weißt du, wie man jemanden zum Einschlafen bringt? Man zeigt ihm deinen Film. Der läuft den ganzen Monat im Kabelfernsehen. Glaub mir, sobald nur der Titel auf dem Bildschirm erscheint, bin ich weg.«

Gus unterbrach ihn. »Jetzt reicht's aber. Der Film ist verdammt gut.«

»Also ich liebe ihn«, stimmte Holland zu. »*From Dead to Dad: Die Geschichte des Maddox Crawford* ist der beste Titel aller Zeiten.«

»Roman ist immer noch sauer, dass er von einem Schauspieler mit Geheimratsecken gespielt wurde«, zog Sara ihn auf.

Roman fasste sich an den Kopf. »Ich habe immer noch volles Haar, nur ein wenig grau.«

Gus beugte sich zu ihm und gab ihm einen Kuss. »Du bist immer noch verdammt heiß, Süßer. Der Beste, den ich jemals hatte, und das will schließlich was heißen.«

Zack wusste, dass die Schulmitarbeiter sie beobachteten, denn selbst in diesem wohlhabenden Vorort sah man nicht alle Tage den Mann, der acht Jahre lang die Geschicke des Landes gelenkt hatte. Vielleicht waren die Leute auch wegen Mad aus dem Häuschen, der in seinem Film besagtem Präsidenten das Leben rettete. Als der Streifen erschienen war, hatten sie ein Trinkspiel daraus gemacht.

Die Tür öffnete sich – und die Sonne ging auf.

Zack stand auf und stürzte sofort auf die fantastische Frau zu, die ihm vor zwölf Jahren das Ja-Wort gegeben hatte. Es hatte eine unscheinbare Zeremonie gegeben, das genaue Gegenteil der übertriebenen ersten Hochzeit. Nur er, Elizabeth, ihre besten Freunde und engsten Familienmitglieder. Manch einer hätte es nicht mal als Hochzeit bezeichnet, aber sie führten eine wirklich gute Ehe.

Selbst nach all den Jahren raubte es ihm den Atem, wenn sie

einen Raum betrat. Sie hatte ihm einen Sohn und eine Tochter geschenkt. Und ein schöneres Leben, als er es sich je erträumt hätte.

»Hallo Herzblatt.« Zack zog sie an sich und hielt sie einen Moment lang fest. Sie hatten sich ganze vier Stunden nicht gesehen, viel zu lang, wenn es nach ihm ging.

Sie seufzte, als spürte auch sie ihre Verbindung. »Hi. Ich hatte die Ehre, von Connor und Lara mitgenommen zu werden. Ist mit Nick alles in Ordnung?«

Zack nickte dem Pärchen zu, das gerade hereinkam. »Danke, dass ihr sie abgeholt habt.«

»Keine Ursache«, erwiderte Connor, Hand in Hand mit seiner Frau. »Die ganze Fahrt über haben wir gerätselt, was unsere Halbstarken wohl diesmal ausgefressen haben. Ich tippe auf irgendeine Schwindelei.«

Lara schüttelte den Kopf. »Ich glaube vielmehr, es hat etwas mit Karlies letzter Nachforschung zu tun. Sie ist sich sicher, dass die Cafeteria von der Fleischindustrie bestochen wird, und ich habe ein Gespräch zwischen ihr, Jordan und Nick mitbekommen, in dem es darum ging, das Büro des Rektors zu verwanzen. Wahrscheinlich hätte ich sie davon abhalten sollen, aber ich war so stolz auf ihre Meinung zu rotem Fleisch.«

Zacks Sohn liebte Hamburger über alles, aber für Karlie würde er fast alles tun, denn er war seit Geburt in sie verliebt.

Dax grummelte. »Wenn ich im Büro bin, überprüfe ich erst einmal meine Ausrüstung. Ich wette, mir fehlt etwas von meinem Überwachungsequipment. Ich hätte wissen müssen, dass unser Junge nicht einfach so einen Samstag mit seinem Vater im Büro abhängt.«

»Komm, sieh es mal positiv. Wenigstens haben wir hier drei Anwälte sitzen, und gute PR-Ratschläge können die Kids obendrein noch bekommen«, zählte Elizabeth schmunzelnd auf.

»Mich beschleicht das Gefühl, wir sollten wütender sein«, setzte Gus an, »aber ich bin irgendwie auch gespannt, was sie wohl diesmal angestellt haben.«

Gabe kam herein, gefolgt von Everly. »Bitte sagt mir, dass Alex keinen Blödsinn gemacht hat, wie zum Beispiel einen Helikopter kurzzuschließen. Seitdem ich weiß, dass die Schule zum landesweiten Polizeitag eigens einen Hubschrauber einfliegen lässt, mache ich mir Gedanken.«

»Das passiert nur, weil du ihn mit deinem Heli fliegen lässt«, beschwerte sich Everly, zwinkerte aber gleichzeitig ihrem Mann zu. »Und der Aktionstag findet auch erst nächste Woche statt.«

Es gab also etwas, worauf sie sich alle freuen konnten.

In dem Augenblick trat der Rektor ins Wartezimmer. »Meine Damen, meine Herren. Wir müssen uns über Ihre Kinder unterhalten.«

Zack grinste und sah zu seinen Freunden, die ebenfalls lächelten. Vermutlich dachten sie alle dasselbe. Sie waren als Kinder genauso gewesen, aber ihnen hatte damals niemand zur Seite gestanden. Sie hatten nur einander gehabt.

Ihre Kinder jedoch hatten eine Familie.

»Dann schießen Sie mal los.« Zack erhob sich.

Er konnte es gar nicht erwarten zu erfahren, was die Kids dieses Mal angestellt hatten. Hoffentlich etwas Fantastisches.

Denn schließlich hatte die junge Generation einen Ruf zu wahren.